KB195484

외톨이의
이세계
공략

life.8
푸른 폭풍의
변경 홀리데이

고지 쇼지
author — Shoji Goji

일러스트 ── 에노마루 사쿠
Ilustrator → Saku Enomaru

반장

부반장B

마의 숲
레저 풀장

안젤리카

네페르티리

"옆자리,
가도 돼?"

외톨이의
이세계 공략

life. **8** 푸른 폭풍의 변경 홀리데이

Lonely Attack
on the Different World
life.8 A Summer Breeze on Frontier Holidays

고지 쇼지
author — Shoji Goji

일러스트 — 에노마루 사쿠
illustrator — Saku Enomaru

CHARACTER

안젤리카

'변경 미궁'의 전직 미궁황. 하루카의 스킬로 '사역' 당했다. 별명 : 갑옷 반장.

하루카

이세계에 소환된 고등학생. 반에서 유일하게 신에게 '치트 스킬'을 받지 못했다.

네페르티리

전직 미궁황. 교국에 조종당하는 살육 병기였지만, 하루카의 마도구로 해방. 별명 : 무희 여자애.

반장

하루카네 반 반장. 집단을 이끄는 재능이 있다. 하루카와는 초등학교 때부터 아는 사이.

부반장 B

교내 '좋은 사람 랭킹' 1위의 부드러운 여자. 직업은 '대현자'.

슬라임 엠퍼러

전직 미궁왕. 「포식」한 적의 스킬을 습득할 수 있다. 하루카의 스킬로 「사역」됐다.

STORY

　변경에 쳐들어온 「변경지 평정군」에 혼자 맞서게 된 하루카. 수만의 군세 앞에서 하루카가 한 행동은 기념품 가게 가짜 던전 본점의 개점. 평정군은 가짜 던전 공략에 고전하고 있었기에, 기념품 가게에서 물자를 지원하는 것으로 협력자를 가장한 것이다.

　그 덕분에 하루카는 평정군의 내부 정보를 입수. 교국의 침공 작전이 '천벌'——즉 던전의 마물을 바깥을 향해 인위적으로 범람시키는 인공 스탬피드——을 써서 변경을 괴멸시키는 것이라는 걸 알아낸다.

　하루카는 안젤리카나 반 친구들에게 구원을 요청. 그들에게 '천벌'을 억누르도록 부탁하는 한편, 그보다 더한 위험과 대치한다. 그것은 교국의 술자가 조종하는 불사의 미라——미궁황 네페르티리. 사투 끝에 네페르티리를 교국의 지배로부터 해방한 하루카는 그녀의 협력도 얻어서 '천벌'을 진압. 마침내 왕국과 변경은 평화를 되찾는다——.

부반장A
바보 같은 짓을 하는 남자들을 엄격하게 감독하는 쿨 뷰티.

부반장C
어른 여성을 동경하는 기운찬 꼬맹이. 반의 마스코트적 존재.

날라리 리더
반 친구. 날라리 5인조의 리더. 전직 아마추어 모델이며 패션에 박식.

도서위원
반 친구. 문화부 팀에 소속된 쿨한 책략가. 하루카와는 초등학생 때부터 아는 사이.

나체족 여자애
반 친구. 전 수영 올림픽 강화 선수. 수영부였던 뻐끔뻐끔 여자애와는 친하다.

뻐끔뻐끔 여자애
반 친구. 이세계에서 남자에게 쫓겨다녀서 남성 불신 기미. 하루카는 괜찮다.

이레이리아
비즈레그제로의 여동생이자 엘프. 중병에 걸렸었지만, 변경산 버섯으로 치료해서 쾌유.

샤리세레스
디오렐 왕국 왕녀. 가짜 던전의 함정에 의한 '반라 영차영차'가 트라우마다. 별명: 왕녀 여자애.

세레스
샤리세레스 왕녀의 전속 메이드. 어린 시절부터 왕녀의 대역이 되기 위해 수련했다.

미행 여자애
조사나 정찰을 가업으로 삼은 시노 일족 수장의 딸. 「인비저블」로 불리는 일류 밀정.

멜로트삼
변경 오무이의 영주. 「변경왕」, 「군신」 등의 이명을 가진 영웅이자 불패의 검사.

메리에르
변경 오무이 영주의 딸. 하루카가 이름을 기억해 주지 않아서 「메리메리」라는 별명이 정착.

호박색 피부가 드러난 어깻죽지에 닿은 길고 윤기 나는 머리와 이국적인 눈동자를 두리번두리번 흔들며 거리를 돌아본다.

"저쪽…… 앗, 이쪽…… 저쪽?"

"아니, 어느 쪽인데!"

　가늘고 긴 손끝이 허공을 헤맨다. 긴 손발과 작은 얼굴, 그리고 균형 잡힌 몸매여서 어른스러운데도, 맛있는 냄새에 이끌려 입술을 적시며…… 군침을 흘리고 있어? 어린애냐!

"우물우물 ♪"

"이미 대화조차 아니었어!"

　손짓하며 가게에서 가게로. 이국의 정서가 감도는 무희 여자애는 모든 것이 신기한지 북적거리는 거리를 탐색하고, 상품을 보고, 탐험하고 있다. 이건 신기해하는 걸까, 그저 북적거리는 사람들이 그리운 걸까.

"뭐, 일용품은 사도 돼. 원하는 게 있다면 부업을 뛰면 되니까?"

"고맙……습니, 다."

　인파를 헤치고 노점에서 군것질을 하고, 닥치는 대로 가게를 들여다보고 상품을 구경한다. 그래도 기뻐 보이는 얼굴로, 즐겁고 행복하게 쇼핑을…… 응. 어느 의미로는 굉장한 은인이기는 하지만, 돈 낼 때가 엄청 위험할 것 같다!

79일째 밤, 하얀 괴짜 여관

돈을 다 써버린 여자애들과 고아들에 더해서 마스코트 여자애에 미행 여자애까지 모였다.

뭐, 일단 오타쿠 바보들도 있기는 하지만, 여자애들은 여관으로 돌아온 해방감 때문인지 편하달까 헐렁하달까 노출도를 넘어서서 나부(裸婦)에 가까울 만큼 나출도(裸出度)가 높다! 응. 오랜만에 살색 성분이 많아져서 오타쿠 바보들이 압도당했고, 말없이 벽과 동화되어 공기로 변했다!

그렇다. 놀랍게도 여동생 엘프 여자애까지 데님 반바지 장비로 고아들과 놀고 있어서, 오타쿠 바보들은 이 세상에는 미련이 없다는 듯 성불할 기세네? 응. 저 녀석들은 원령이었던 걸까? 일단 소금이라도 뿌려볼까?

"""오빠. 배고파~."""

고아들은 하루 종일 뛰어 다녀서 배가 꼬르륵한 모양이다. 그러나 발언 대부분은 오빠라고 하면 다 된다고 생각하는 가짜 고아 여고생들. 그렇다. 놀랍게도 고아들 호신용 대(對)변경형 초 방어 장비를 내장한 란도셀(초등학생용 책가방)을 만들어 줬더니 여자애들 모두가 주문했는데, 대체 여고생이 초등학생용 책가방을 메서 뭘 노리려는 건데!

"오빠, 피자가 좋아!"

"하지만 굳이 라자냐도!"

"""오오~ 즉, 그라탕은 간식인 거네~."""

뭐, 저녁밥은 미리 준비한 신작이다. 그러나 재료가 부족해서 한 번 쓰면 재고가 털리지만, 이것이 바로 왕도에서 겨우 찾아낸 최고의 보물!

"피자는 맞지만 치즈가 부족해서 인당 세 판까지 되고, 플레인 피자와 마르게리타와 피자 마리나라에, 치즈와 케첩에 말린 고기와 말린 버섯 토핑과 버섯투성이인 보스카이올라에서 세 개를 고르시지? 라고나 할까?"

"""피, 피, 피자다! 피자 님이다!"""

아…… 뭔가 조용해서 좋네. 응. 귀중한 치즈였지만 우물우물 먹는 소리밖에 들리지 않는 무언의 식사다. 다들 울면서 치즈를 쭉쭉 늘리며 먹고 있다.

아무래도 고아들도 마음에 든 모양이고, 슬라임 씨도 무희 여자애도 환희하며 춤을 출 듯한 기세다. 응. 갑옷 반장도 마음에 들었는지 우물우물 먹고 있는데, 늘어난 치즈를 혀로 끌어들이는 게 에로해! 어떻게든 또 만들자!!

"맛있어!"

"""응. 그립네(눈물)."""

"치즈 최고♪"

자, 그럼. 부업이라고나 할까 추가 란도셀 제작. 실은 수납성이나 실용성만이 아니라 기능성도 추구한 디자인으로, 머리가 무겁고 목이 약한 아이들이 넘어질 때 뒤통수가 깨지지 않도록 설계했다. 또한, 도주할 때는 방패도 되는 우수한 아이템이니까 아이들에게 보급해야 한다. 응. 그래도 여고생은 좀 아니지? 뭔가 수상해 보이잖아!

"""란도셀은 필요하지만, 그렇게 생각한다면 고아들의 란도셀을 중무장화하지 마!"""

하지만 변경은 위험하다. 언제나 마물에게 습격당하거나, 마물을 습격하는 부인들과 마주칠 우려가 있다. 응. 요전에도 스탬피드를 비상금으로 만들었다고 하니까!

"그치만 기능적이고, 전투에 방해되지 않는 장비가 될 수 있잖아? 응. 오히려 문제는 란도셀 여고생의 존재인데…… 어째서 오타쿠 바보들까지 원하는 거냐고! 그리고 빔 사벨 같은 건 이세계에서도 개발되지 않았으니까 표준 장비고 뭐고 없어!"

"""그게 약속이니까요!!"""

"오타쿠는 오타쿠답게 포스터라도 붙여! 나중에 희망하는 분사 장치를 달아주겠지만, 노즐은 뒤통수를 향해 화염을 방사하는 게 완벽하고, 긴급시만이 아니라 상시 분사할 거야!!"

"""우리가 생각하는 란도셀하고 달라!"""

응. 이 녀석들은 란도셀을 뭐라고 생각한 걸까? 그리고 바보들은 여전히 바보들이라서 "내 건 늑대 마크."라든가 "내 건 손자국."이라든가 "코카트리스야!"라든가, 역시 계속 바보였다.

"퓨마라고 했잖아! 표범은 고사하고 늑대라니 개로 변했어. 이미 카테고리가 틀려서 스치지도 않는다고!! 그리고 손자국? 그건 세 장의 잎이야! 그리고 너는 원래 세계에서 코카트리스 길렀냐고! 그냥 수탉이라고 했잖아! 코카트리스는 수탉까지는 맞아도 뱀이 들어가 있다고! 그보다 왜 너는 닭은 모르는데 코카트리스만 기억하는 거야!"

이제 싫다……. 고아들과는 별도로 유치원생용 덧옷과 튤립 모자도 만들었지만 비밀로 해두자. 응, 아무리 그래도 노란색 튤립 모자와 물색 덧옷을 입은 여고생은 완전 범죄 느낌이잖아? 응. 뭔가 위험해!

"난 핑크!" "빨간색이야말로 기본형이니까 정석 중의 정석으로!" "하얀색으로 해줘요." "무조건 노란색에 빨간색 하트 무늬!" "오렌지색, 비비드로!" "반짝반짝하게 꾸며줘!!" "앗, 크레이지 컬러는 가능?" "물방울 희망!" "일본식 무늬도 괜찮을지도~." "베이지가 필요해요! 가죽처럼 부탁해요!!" "아가일도 만들어 줘!" "라벤더로 나비 무늬를 투명하게 부탁해." "검은색에 스터 즈 붙여줘!" "꽃무늬를 북유럽풍으로!!" (뽀용뽀용)

어째서 그토록 란도셀에 집착하는 걸까……. 이거, 이세계에서 유행하면 어쩌지?

""" "다들 마음에 드는 걸 골라." """

""" "네——에 ♪ " """

내일부터 고아들은 낮에 잡화점이나 무기점 일을 돕는다고 한다. 기념품 가게에서 잘 단련했으니까 바로 써먹을 수 있고, 도시에 익숙해지고 나면 고아원으로 옮길 예정이니까 홍보 차원일까? 뭐, 학교에는 가는 게 좋고, 낮에 일만 하는 건 좋지 않다.

변경 고아원은 건물도 호화롭고, 식사도 충실하다. 응. 무리무리 씨가 관리하고 있으니 잘못될 일은 없다. 그리고 우리와 함께 있으면 이세계의 상식이 무너질 거고, 표적이 될 위험성도 있다. 확실히 정론이었지만, 부반장C는 괜찮을까?

"응. 오히려 같이 소속될 것 같네!"

그러니까 잔뜩 놀기로 하자. 내일 나는 무희 여자애의 레벨업도 시켜야 하고, 여자애들도 여동생 엘프 여자애의 레벨업을 돕는다고 한다. 게다가 인공 범람(스탬피드)이 가능한 이상, 미궁(던전)은 항상 최대한 없애두고 싶다. 뭐, 하지만 그건 무희 여자애가 없으면 못할 것 같네. 하지만 가능성이 있는 이상 없애두고 싶고, 나는 장비 레벨을 올릴 필요가 있다.

반대로 교국을 없애려면, 그때는 긴 여행을 떠나야 해서 언제 돌아올지 알 수 없다. 우리가 전쟁과 스탬피드를 없애러 가는 사이에도 고아들은 쭉 걱정하며 기다렸던 모양이다. 그러니까 변경에 살 곳을 만들어 두는 게 좋다. 우리는 언제까지 여기에 있을지 알수 없으니까. 응. 나는 숲의 동굴(=내 집)에도 돌아가지 못하고 있단 말이지. 풀 뜯으러 가야 해!

"""목욕하러 가자~."""

"""네──에 ♪"""

이쪽 건물의 남자 목욕탕은 좁으니까 남자 고아들은 마스코트 여자애의 부모님이 본관 목욕탕으로 데려갔다. 여자 고아들은 여자애들과 같이 들어간다.

"하아~ 이 여관의 나무 목욕탕도 오랜만이네~? 뭐, 내가 만들었고, 실은 무리무리 성에도 있긴 하지만?"

(뽀용뽀용)

변함없이 잡화점 누님은 두꺼운 주문서를 보내왔다. 하지만 지혜의 고속 정밀 제어라면 부업에 시간을 많이 들일 필요가 없다. 내일 던전은 1층부터 다시 들어간다지만 장비도 서둘러야겠지. 하지만 오늘은 느긋하게 있자……. 응, 할 거거든? 그야말로 엄청 느긋하고 차분하고 정답게 할 거라고!

그러나 여자 모임이 오래 걸릴 것 같다. 왠지 무희 여자애가 더해지고 나서 여자 모임 시간이 더더욱 늘어난 기분이 든단 말이지? 내용은 물론 여자의 비밀이라고 하고?

"이대로 평화로워지면 최고인데 말이지~? 변경만 어떻게든 하면 이 대륙은 괜찮을 텐데, 왜 성가신 전쟁을 일으키려는 걸까?"

(부들부들)

그렇다. 이 상태야말로 가장 평화롭다. 평범하게 생각하면 이걸로 끝이다. 그런데도 전쟁은 일어났다. 뭐, 전쟁 같은 건 전혀 하게 해주지 않았지만, 시도하기는 했다.

말도 안 된다고 생각했는데…… 도서위원은 '어리석어서' 그렇다고 말했다. 아무리 고민해도 '어리석은 것'은 막을 수 없다고 했다. 그렇더라도 상국은 상회 레벨로 분열되어 내분 중, 국가 예산은 모조리 빼앗기고 수송선단도 괴멸해서 붕괴 중. 어리석든 말든 움직이지 못할 거다.

그리고 교국은 최대의 히든카드 '무희 여자애'를 잃었고, 제어할 방법도 이미 없다. 그야 무희 여자애가 착용했던 『종속의 목걸이』는 내가 주웠으니까 내 거란 말이지? 응. 어째서인지 극악한 아이템은 전부 나에게 모인다니까?

그리고 아마 그 인공 스탬피드는 무희 여자애의 능력을 이용한 거였다. 마력이 『황천 귀환』에 가까운 것이었으니까, 교국은 최강의 카드인 무희 여자애를 잃고 최후의 수단인 인공 스탬피드도 하지 못하게 되었다. 그리고 마석 공급은 끊겼고, 마석 가공 기술의 독점도 실패했다. 이런데도 아직 포기하지 않을 수 있나? 여전히 비장의 수단이 있는 건가?

"으——음?"

(뿌용뿌용?)

그렇다면 무희 여자애를 도로 빼앗으려고 획책할 가능성도 없지는 않다.

"하지만 이미 해방된 무희 여자애를 어떻게 붙잡으려는 건지 의문이 끊이지 않네?"

(부들부들)

하지만 '어리석다면' 하겠지. 마석은 변경에 있고, 기술은 내가 가지고 있다. 무희 여자애도 『종속의 목걸이』도 전부 여기 있다. 모든 걸 다시 빼앗으려고 한다면 이곳…… 그러니 고아원이 더 안전하겠지.

"흐——음?"

(뿌용뿌용?)

하지만 만에 하나 무희 여자애 수준의 히든카드를 가지고 있다고 치자. 그것이 무희 여자애와 호각이라면 승부가 나지 않는다……. 하지만 이쪽에는 갑옷 반장과 슬라임 씨도 있으니까 두 들겨 패면 끝이다. 통상 전력도 반장 일행과 변경군이 있는 이 땅에서 싸우면 승산이 있을 리가 없다. 그리고 이미 왕국에는 우회적인 수단을 쓸 수가 없는데, 어리석으니까 그래도 손을 대려나? 망상으로도 승산이 없을 텐데?

"결국은 대비할 수밖에 없단 말이지~ 그게 제일 좋은 정공법이니까. 정말이지, 아무것도 하지 않으면 평화롭고 행복하게 살 수 있을 텐데."

(폼폼)

방으로 돌아가서 일대에 뻗은 마수 씨에 의한 고속 연동 제어식 분업 부업 유동 작업을 시작했다. 순식간에 부업이 진전되었고, 주문에 맞춰서 다양한 상품이…… 버섯 도시락 주문 참 많네! 아무래도 공방의 대량 생산이 아닌 특별 주문이 많은 걸 보면 부재중에 쌓인 모양이다. 그리고 겨우 끝날 무렵에 촉수투성이 방에 미니스커트 스튜어디스가 들어왔다……. 앗, 동시에 마수 씨들에게 붙잡혔어?

"무, 무, 무슨 짓, 인가요!"

"아니, 지금 속도를 보면 완전히 기습 공격이잖아!"

그리고 『야한 기술』과 『성왕』에 『감도 상승』까지 두른 촉수의 바다에 침몰했다.

"응. 타이밍이 안 좋았네? 그리고, 적어도 미니스커트 세일러(수병)라면 빠지지 않을 수 있었을지도 모르지만?"

뭐, 즐겁게 날고 있는 모양이니까 괜찮겠지…… 기분이 좋아 보이기도 하니까? 여러모로? 하지만 연령 제한 고도를 돌파하면 어쩌지?

역시 아침부터 핫도그를 입에 물고 오물거린 것이 위험했는지 아침부터 공기여서 존재가 느껴지지 않는다.

80일째 아침, 하얀 괴짜 여관

기습은 불가항력인 우발적 사고에 마주쳐 절찬 가동 중인 부업 공업지대에 돌입했고, 그 결과 우연히 촉수에 말려든 사고가 벌어졌는데…… 화났나? 그렇다. 잔소리가 더블 모드로 발동 중이지만 즐거웠잖아? 응. 엄청 근사한 미소였고…… 어느 의미로는?

"그건…… 죽어요!"

"불사자라도, 죽는 줄 알았, 습니다!"

화났나? 응. 굉장히 기뻐 보였는데 안 되는 모양이네? 최고조로 달아오른 걸로밖에 보이지 않는데, 아침부터 격노가 비처럼 쏟아져서 눅눅해졌네?

"쾌감이 광란, 흥분이 극치여서, 궁극 위험 영역 연속 돌파!"

어째서 잔소리할 때마다 랩하듯 말하는 걸까? 그리고 나른한 피로감을 드러내면서도 요염하고 망측한 자태로 야릇하게 시트를 두르며 잔소리 중. 응, 야하네!

"아니, 불사 속성(노 라이프 킹)이니까 안 죽지 않을까~? 게다가 무희 여자애는 장문으로 말할 수 있게 되었는데도 뚝뚝 끊어서 말하니까 수상한 중국계 사람처럼 됐는데, 치파오 신작 있거든? 응. 만들어 봤지?"

처음 만났을 때는 두 사람 모두 절망한 눈으로 죽음을 원했다. 그야 처음 한 말이 '죽여줘.' 였으니까. 그런데 죽는 줄 알았다면서 매일 아침 흘겨보면서 생기 넘치게 화내고 있으니까, 지금이 훨씬 좋다. 어제도 굉장히 생기 넘쳤으니까? 응, 도망치자!

""좋은 아침~.""

(뿌용뿌용)

그리고 아침 식사 회의. 아무래도 다들 핫도그를 더 먹고 싶었는지 아침부터 핫도그였지만, 고아들은 칠리소스도 머스터드도 뺀 케첩이네?

"""우물우물?"""

"""우물우물?"""

(부……부들부들!)

"아니, 이건 전혀 회의가 아니고, 슬라임 씨 반응은 대체 뭔데!"

각자 우물우물하며 예정을 말하고 조정했다. 응. 어떻게 말하는 걸까?

"우리는 도중에 그만뒀던 깊은 던전을 입구부터 다시 꾹꾹 들어가고, 그야말로 깊고 깊게 푹푹 파고들어서 던전 속을 팍팍 유린하고 침략하면서 안으로 안으로 깊숙하게 침공할 예정인데?"

"""좀 더 평범하게 예정을 설명해!"""

얼굴이 빨갛네? 뭐, 아침부터 얼굴이 빨개진 미소녀들의 눈흘김 집중포화라니 변경은 좋은 곳이다. 그나저나 예정을 물어봐서 대답했는데 화를 내다니 오늘도 아침부터 대단한 억까네?

마지막으로 들어갔던 그 던전에는 94층보다 아래가 있었다. 그런데도 생각지 못한 미스틸테인의 발견으로 MP가 고갈되어서 돌아왔고…… 그로부터 15일 넘게 내팽개치고 있었다! 응. 변경에서 인공 스탬피드가 일어났다면 진짜 위험했어!

"그치만 농담 삼아 '숨어있을지도?' 라고 살짝 중2 같은 여름을 떠올리면서 '꿰뚫어라, 미스틸테————인!' 이라고 포즈를 잡아봤더니…… 꿰뚫어 버렸단 말이지? 응. 그건 깜짝 놀랐지?"

(뿌용뿌용)

응. 깜짝 놀랐다. 그리고 그것 때문에 마력이 다 떨어져서 어중간하게 끝났다. 3주나 자리를 비워서 마물도 부활했으니 무희 여자애의 레벨업에는 딱 좋다. 그곳은 아이템 드롭도 마석도 좋았다…… 그리고 그 깊이는 서둘러서 없애지 않으면 위험하다.

30층 정도의 인공 스탬피드라면 별것 아니지만, 그게 50층을 넘어서면 변경군이나 근위사단으로는 무리다. 응. 신 무리무리 성이라도 위험했겠지. 그리고 100층에 가까우면 반장 일행이라도 무리다. 던전 안에서 한 층씩 가면 싸울 수 있어도 스탬피드 상태에서 미궁왕이나 계층주가 대량의 마물을 거느리고 일제히 튀어나오면 막을 수 있을 리가 없다.

다들 아직 정세가 신경 쓰이는 모양이지만, 생각해 봤자 의미가 없다. 그야 이세계 정세라든가 이세계 전이라든가 뜨거운 영감이라든가 생각해 봤자 아무것도 모른다. 그렇다. 영감이 뜨겁다면 태워버리면 그만이고, 결국 우리에게 대륙의 추세 같은 건 아무런 의미도 없다. ……그야 이름도 모르니까?

그렇다. 모르는 나라가 있는 모르는 대륙 같은 걸 아무리 생각해봤자 상관없는 이야기일 게 뻔하다. 그런데 어느 문제도 결국에는 같은 곳에 도달한다. 그것이 변경.

"그러니까 변경만 어떻게든 한다면 결국 이후에는 아무래도 좋은 거야. 변경이 평화로우면 밖에서 전쟁이나 문제가 일어나더라도 무의미하기는커녕 무익하고, 세계의 운명이라든가 마물과의 싸움 같은 건 상관없는 그냥 전쟁이나 침략이란 말이지? 응. 멸망이 시작되는 곳은 방치하고, 쓸데없이 불장난이나 하는 녀석은 무시하면 된다니까?"

"그래도 꽤 화내지 않았어?"

"뭐, 실랑이를 벌이지 않아도 된다면 그게 제일 좋지만."

상국이나 교국이 왕국에 끼어들고 변경에 시비를 거니까 뭉갠 거다. 왕국이나 수인국이 변경의 방파제가 되니까 힘을 빌려준 거고, 현재는 기본적으로 무관계하다고 해도 좋다.

"아니, 몸끼리 실랑이를 벌이는 건 손이 부족해서 마수 씨가 대활약할 만큼 좋아하지만, 세력끼리 실랑이를 벌이는 건 좋아하지 않고 딱히 화가 난 것도 아니고, 조금 울컥했을 뿐이니까 살짝쿵 괴멸시켰을지는 모르지만, 그건 변경에 얽히지 않는다면 그냥 조금만 태워버리면 될 뿐이고 아무래도 좋은 모국이니까 망국이라도 당하면 되겠지? 라고나 할까?"

"""아무래도 좋은데 멸망시킬 생각이 넘쳐나잖아!"""

"그보다 어디에도 살아남을 가능성이 제시되지 않고 있어!"

요컨대 변경에 수작을 부리지 말고 입 다물고 멋대로 망해버리면 된다. 이쪽에서 뭔가 하는 건 귀찮기만 하고 이익이 없다. 뭐, 영감 성애자 모임을 멸망시키더라도 무엇 하나 해결되지는 않겠지만, 개운하기는 하겠지?

"그러니까 던전이 최우선이겠지?"

"그렇겠죠. 강해지면 대비할 수 있어요. 그리고 던전이라는 위험을 걷어낼 수도 있으니까요."

""그러게.""

그러니 던전 공략이야말로 이익만 있고 불이익이 없는, 이득이고 경제적이고 가계에 도움이 되는 대책이다. 응, 돈이 없단 말이지?

반대로 생각하면, 교국이나 상국이 이쪽에 수작을 부리지 않는다면 마석이나 버섯을 아주 비싸게 팔아치울 좋은 호구가 된다. 그리고 멸망시키더라도 일시적으로는 벌겠지만, 장기적으로는 이득이 없다. 응. 멋대로 호구를 잡히고 멋대로 망하는 게 최고다.

""결국 멸망시킬 생각밖에 없잖아!""

"입으로는 이것저것 영문 모를 소리를 늘어놓고 있지만, 교회는 싫어하니까요."

"아아, 그 교리."

그러나 왕국에 손댈 수 없다면, 수인국이 피해를 볼 가능성이 있다. 왕국과 상국과 교국 3국 사이에 있는 지리적인 완충지가 수인국이고, 왕국 편을 들어주는 유일한 국가이자 동맹국에 해당한다고 하니까. 뭐, 별로 마음에 들지는 않지만 없어지면 왕국에는 불이익이 되고…… 수인국에 무슨 일이 생기면 짐승귀를 무척이나 좋아하는 오타쿠들이 이탈할 수도 있다.

"응. 아무래도 그 편지는 짐승귀 미소녀의 허니 트랩이었던 모양이네?"

""'그건 감사의 편지였다고요!'""

"아니, 미소녀가 무슨 말을 하면 대부분 함정이거나, 배가 고픈 건데?"

"정보가 엄청 편중되어 있어!"

""'이쪽 보면서 말하지 마!'""

그러니 수인국에 무슨 일이 생기면 오타쿠들은 달려갈 게 분명하다. 응, 나도 줄곧 허니 트랩을 목이 빠져라 기다리고 있는데 괘씸한 녀석들이다. 그러니 조금 더 짐승귀 미소녀에 관해 더 자세한 설명을…… 눈흘김의 바람이 몰아쳤고, 눈흘김의 비가 쏟아졌다. 아아, 오늘도 좋은 눈흘김이네? 응, 혼났다.

"앗, 이 던전 받아 갈게!"

"나도 여기가 좋아!"

"아~앙, 어디가 돈이 더 벌릴까?"

"돌파 금액이 적혀있다면 좋을 텐데?"

겨우 방침이 정해졌고, 던전을 최우선으로 두고 강화와 훈련을 하며 유사시를 대비하기로 했다. 당연하지만, 여자애들이 강해지는 게 최우선이다. 이세계와는 원래 아무런 관계도 없고, 빚도 없거니와 은혜도 없다. 응, 자기들 목숨과 안전이 우선이지.

"드롭 아이템이 나오면 아이템 지불로 빚 청산인가."

"그래도 이 『아이언 우드페커』라는 마물은 싫어. 찔리면 아플 것 같아!"

그래서 던전을 고르는 대 가위바위보 대회가 시작되었는데, 이긴 순서대로 사다리타기를 하고 정해진 기호의 끈을 당겨 행선지를 정하는 모양이네? 아니, 길잖아!

"좋아, 가볼까."

"""오오——!"""

먼저 가볍게 훈련하기는 했지만, 과거의 경험으로 봐서는 훈련이 실전보다 가벼웠던 적은 한 번도 없다. 뭐, 잘 생각해 보면 미궁왕을 잡기 위한 훈련으로 미궁황에게 도전해 얻어맞는 것부터가 이상한데? 응. 분명 던전이 더 안전할 거야!

━━◄ 던전은 최대 100층이니까, 101번째 포즈는 못 하는 모양이다. ►━━

80일째 낮, 던전 앞

그리고 던전에 들어왔다. 오랜만?

"그래. 여기서부터 실전이 시작된다는 10연전의 각오를 가지고, 그야말로 아침에도 포동포동한 피부에다 볼록하게 부푼 탐스러운 엉덩이의 근사한 윤곽이 쫀득쫀득해서 무릉도원에다 말랑말랑 복숭아색의…… 아, 이제 끝났어? 응. 수고했어?"

즉, 아무도 내 이야기를 듣지 않았던 모양이다. 뭐, 언제나 그렇지만. 1층에서 「구울 Lv1」이 대집단으로 마중을 나왔는데, 무희 여자애가 사슬을 한 번 휘두르니 순살이었다.

"똑같은 레벨 1인데 엄청난 차이네?"

차별 문제로 마물이 소란을 부리지 않을까 걱정되지만, 저쪽은 그로테스크 구울이고, 이쪽은 쿨 뷰티다.

"응, 마구 차별하자! 이 요염함 앞에서 구울 따위가 불평을 늘어놓는다니, 100 불가사의년은 일러!"

정말이지. 불평을 늘어놓고 싶다면 적어도 미소녀 마물 여자애로 진화하고 나서 다시 와야지. 근데 구울 여자애는 괜찮은 걸까? 뭔가 상한 것 같은데?

그리고 2층에서 드디어 떠올랐다. 뿅뿅 뛰는 「스파이크 래빗 Lv2」. 이게 귀엽단 말이지……. 뭐, 먹히고 있지만? 응. 뽀용뽀용 뛰고 있는데 『도약』 스킬이라도 먹은 걸까?

"무희 여자애의 레벨업이 우선이니까, 전부 먹지는 말고 남겨놔야 해. 그리고 나도 조금 나서고 싶거든?"

(뽀용뽀용)

(끄덕끄덕)

(꾸벅꾸벅)

여느 때의 좋은 대답이다. 즉, 절대로 내 말을 안 듣는 패턴! 뭐, 갑옷 반장도 즐거워 보이니 상관없나?

무희 여자애에게도 마물을 확실히 양보해 주면서 협력적인데, 내가 멋진 포즈를 잡으며 전투에 들어가려고 하면 순식간에 마물이 섬멸된다……. 계속 멋진 자세를 잡으면서 나무 작대기를 움켜쥔 채 27층?

"응. 아직 한 마리도 못 잡았고, 때리지조차 못한 채로 26번째 포즈 중이거든?"

(부들부들)

그러나 이 계층에서 겨우 미로에 4차로가 나왔다. 이거라면 길 하나는 내 몫이다!

"아니. 슬라임 씨, 분열하지 말아 줄래? 그걸 하면 던전 마물들은 전멸이고, 나는 평생 멋진 포즈만 취하고 있는 불쌍한 남고생으로 끝나버리잖아!"

응. 진짜로 봐달라고 애원해 봤더니, 마물들이 성불당했다!

"뭐, 27층이라면 마물은 레벨 27이니까 시험하기에는 딱 좋을지도?"

구석에서 옷을 갈아입었다. 그야 남고생의 옷 갈아입기 장면 같은 건 수요가 없잖아?

"나도 벗기는 건 좋아하지만 벗는 건 딱히 아무래도 좋거든? 응. 그쪽 문은 닫아두라고."

(뽀용뽀용)

평범한 가죽 경갑옷에 가죽 글러브와 부츠, 그리고 끝에 쇠가 달린 나무 장봉. 전부 스킬이 전혀 없다. 이게 레벨 20대에서 장비할수 있는 일반 장비다. 성능적으로는 어마어마하게 수준이 내려갔는데 외모는 별 차이가 없네!

"흡!"

단번에 『마전』을 두르고 「클로 에이프 Lv27」의 무리로 뛰어들었다. 『지혜』의 슬로 모션이 발동하고 시간이 유체처럼 서서히 늘어난다. 한 번 휘둘러서 두 마리를 베고, 반전하면서 베며 세 마리를 순삭. 나머지 두 마리, 순식간에 파고들어 몸을 돌려 왼쪽 에이프를 벤 기세를 실어 회전하면서 오른쪽 에이프도 양단했다. 응, 가능하다.

갈퀴 손톱이 달린 고릴라 같은 「클로 에이프 Lv27」은 꼬리가 없으니 유인원(에이프)이 틀림없어 보인다. 바보들보다는 똑똑하겠지. 꼬리가 있는 원숭이도 바보들보다는 똑똑하니까. 그러니 꼬리지느러미가 달린 물고기도 바보들보다는 똑똑하다. 응. 연역적 추리에 의한 완벽한 삼단 논법으로 바보들의 바보 수준이 판명된 것 같다.

"근데 유인원인데 도구를 쓰지 않고 발톱(클로)으로 싸우는 걸 보면 별로 똑똑하지는 않아 보이는데……. 그 손톱을 깎으면 무기를 들 수 있잖아? 응. 뭣하면 손톱깎이 팔아줄 수 있는데?"

사실 이름 없는 도시의 숨겨진 히트 상품이거든?

"뭐, 똑똑하고…… 교활하니까."

다음은 세 마리. 뭐, 똑똑해져서 야성의 감성을 잃은 에이프는 바보조차 될 수 없다.

한 발을 내디뎠다. 그립고도 매번 익숙한 『허실』로 세 마리를 일직선으로 베었다. 자괴 대미지는 즉시 재생된다. 연격은 무리지만 피해는 경미?

"역시 장비의 스킬이 과도한 건가?"

(끄덕끄덕)

(꾸벅꾸벅)

그러나, 이래서는 레벨 50 상대가 한계다. 장비가 없어도 어느 정도는 자신의 스킬만으로 싸울 수야 있지만, 이래서는 약체가 되어서 움직임도 느리고 감각도 둔하다.

"몸이 무겁네. 아니, 살찐 건 아니거든. 응, 원 모어 세트를 하지 않아도 얼마 전 무도회만으로도 있던 지방이 모조리 불탔어! 오히려 칼로리가 필요할 만큼 피곤해진 남고생인데 매일 밤 매일 밤 칼로리도 남고생의 코스모도 불타서 연료 오링이 되는 게 일상이고, 비일상적 눈부신 밤을 보내고 있다고나 할까, 알 수 없는 신비로운 눈짓으로 유혹하는 도발 행위로 인해 매일 밤 도전 중인 노력가 남고생이니까 그쪽은 완전 괜찮아. 응, 영혼의 한 방울조차 남김없이 착취당해서 경량화되고 있다고!"

결국 『마전』은 장비의 스킬까지 두르니까 스테이터스의 허용량을 뛰어넘어 버린다. 그게 자괴의 원인. 즉, 장비를 벗으면 제어할 수 있지만, 장비가 없으면 약하다. 상대 레벨이 27이라도 속도에는 여유가 없고, 결국 한 방 맞으면 즉사니까 위험 부담이 크다.

"응. 역시 조정한다면 장비도 포함해야겠어."

부지런히 갈아입었다. 잠깐 기다리라고 하면서 갈아입었지만, 에이프는 나타나지 않았다.

"아니, 오면 죽일 건데? 응. 암컷이라도 죽일 거야! 그 장르는 사절이라고!!"

이것저것 시험하면서 나아갔다. 실험도 끝났으니, 나머지는 세 사람에게 맡기고 성큼성큼 던전을 내려가기만 하는 던전 돌파다.

"반지보다는 역시 지팡이란 말이지."

역시 부하가 걸리는 최대 원인은 『위그드라실의 지팡이』. 현재는 이것 하나만으로도 『겨우살이의 덩굴 : 【나무 작대기, 지팡이의 강화】, 마법 및 기술 흡수, ?, ?, ?』과 『연리의 수목 : 칠지도, ?, ?, ?……』가 붙은 상태로 『엘더 트렌트의 마장 : 마법력 70% 상승, 속성 증가(극대), 마력 제어(특대)』, 『차공의 지팡이 : InT 30% 상승, 차원 공간 마법 효과(특대)』, 『절계의 성장 : ALL 50% 상승, 절계, 봉인, 마술 제어(특대), MP 증가(특대)』까지 지팡이 계열 세 개. 그리고 『차원도 : 【마력으로 절단력, 절단 거리가 달라지는 도, 요구 레벨 100】, 차원참』, 『쿠사나기노츠루기 : 【신검, 마를 끊고 멸한다】, PoW · SpE · DeX · LuK 30% 상승, ?, ?』의 검 계열 2개까지 장비 효과가 집중되어 있다. 이걸 두르게 되니까 위험한 건데, 이 장비 효과로 InT나 제어 계열이 상승하니까 들고 있지 않으면 제어에 문제가 생긴다.

"아직도 빈 자리가 16개라니, 들어가면 두른 순간 죽겠네!"

(뽀용뽀용)

그렇다면 스킬이 많은 대박 장비보다는 단독 강화계인 『터프 부츠 : ViT 10% 상승』 같은 장비가 더 좋을지도 모른다. ViT나 InT만 올라가지만, 제어계 상승 장비를 써서 억지로 밸런스를 잡을 수밖에 없다.

아슬아슬한 줄타기. 스테이터스의 레벨보다 스킬 레벨이 먼저 올라가면 저절로 제어 불능 상태가 될 게 뻔하다. 현재로서는 지금의 능력을 안정시키면서 얼버무려야 한다. 더 강한 힘은 제어할 수 없다.

즉, 성장 한계. 원래 처음부터 이미 성장 한계였다. 그걸 장비와 스킬을 섞어서 얼버무리며 여기까지 왔다. 하지만 마침내 그것조차 한계를 맞이한 거겠지. 막대한 마력 배터리에 의한 MP량으로 얼버무리고 있지만, 무리무리 성 전투로 한계가 드러나고 말았다. 그렇다. MP가 떨어지면 자멸한다.

"지금은 방도가 없고 마수 씨는 있지만, 그쪽은 밤에 힘을 써 달라고 하고…… 쓸 수 있는 방도가 없는 이상, 착실하게 깨작깨작 던전을 공략해서 레벨을 올리고, 스테이터스를 늘릴 수밖에 없는데…… 문제의 근원은 레벨업 속도가 느리다는 거야!"

(부들부들)

이미 『사역』 스킬의 『경험치 분배』는 역전 현상을 일으켜서 내가 경험치를 받는 상태일 거다. 그런데도 레벨이 오르지 않는다. 이대로 가면 레벨 30은 고사하고, 레벨 25조차 매우 어려워 보인다.

"우선은 레벨 24인데, 그 정도 올라가 봤자 지금과 큰 차이가 없을 것 같단 말이지……. 외통수네?"

기분을 전환해서 마법으로 원호 공격에 참전해 봤다. 마물을 『장악』으로 붙잡아서 움직임을 방해하고, 후방에서 파이어 불릿을 쏘는 후방 지원 마법직이다. 아마 『사역』의 의미는 원래 이쪽이겠지만, 레벨 23 마법으로는 간단히 레지스트(무효화)가 떠서 안 통한다.

직접 공격이라면 무효화를 막는 등 이것저것 할 수 있지만, 원거리에서는 레벨에서 밀리는 데다가 거리에 멀어질수록 효과가 줄어든다. 즉, 접근전 말고는 활로를 찾아낼 수 없다.

"응. 스테이터스와 스킬이 의미 불명이란 말이지……. 고속 기동형 은밀 마법사에 접근전 특화 무직이라니, 그걸로 어떻게 싸우라는 거야? 응, 우선 무직이 문제야!"

그리고, 그걸 억지로 두르고 또 두르니까 자멸한다. 다람쥐 쳇바퀴 돌 듯 진전이 없다.

"응. going around in circles라고 말하면 멋있는 가사 같은데, 다람쥐 쳇바퀴 돈다고 하면 좁은 우리 안에서 빙글빙글 돌기만 하는 거니까 엉망이 된 느낌이란 말이지?"

(뽀용뽀용)

남고생의 번뇌가 그리는 눈부신 관능의 나선은 매일 초고속으로 종횡무진 왕복 운동으로 단련하고 있긴 한데, 다른 게 안 올라간단 말이지? 그렇다. 『성왕』은 Lv3이 되었고 『재생』도 Lv8이었다……. 응, 확실히 그쪽만큼은 매일 팍팍 성장 중이라니까?

아마 약체화는 면할 수 없겠지만 점액화는 곤란하고, 여체화는 무조건 사절이다!

80일째 오후, 던전 지하 40층

제어와 힘 조절. 그게 가능하다면 처음부터 고생하지 않았겠지만, 하지 못하면 지나친 힘의 반동으로 자괴해서 아프다. 장비로 제어 능력을 얼버무리는 것도 한계가 있고, 최종적으로는 감각으로 조작할 수 있느냐에 달렸다.

그렇다. 『지혜』로 제어력은 몇 단계나 올라갔는데, 그 『지혜』 때문에 『마전』이 너무 강화되어서 몸이 파괴되고 있다. 응, 『재생』으로 버티고 있을 뿐이란 말이지?

"쉬지 않고 『재생』의 한계를 넘어서서 『한계 돌파』까지 습득했으니까, 그건 정말 매일 밤 매일 밤 도전하는 의미가 있었어! 좋아. 오늘 밤도 계속 도전해서 마구 돌파하자――!!"

뭐, 애쓰고는 있지만, 원래 체력 회복계 스킬은 『초속 회복』이나 『순간 회복』 순서로 올라가야 할 텐데……『재생』?

"확실히 『초속 재생』이나 『순간 재생』이 된다면 ViT나 HP 부족도 보충할 수 있을 텐데, 그건 그것대로 사람으로서 잘못된 느낌이 든단 말이지?"

(뽀용뽀용?)

"뭐, 강해진다면 뭐든 상관없지만……. 그래도 『재생』은 마물의 스킬이잖아?"

(부들부들)

남 듣기 안 좋은 말이니까, 가능하면 좀 더 인간족다운 범위 안에서 상위로 올라갔으면 좋겠다. 뭐, 나도 뜯겨나간 팔이 붙었을 때는 조금 기겁했단 말이지?

그리고 40층의 「기간트 맨티스 Lv40」과 맞부딪쳤다. 한달음에 발밑으로 파고들어서 반전하며 『위그드라실의 지팡이』로 다리를 쓸어버리고…… 가속하면서 일회전하여 원심력을 실어 목을 날려버렸다. 그리고 속도밖에 없는 내가 몸에 스킬의 부하를 주지 않고 싸우려면 회전(= 분위기)과 원심력(=기세)이 필요하다. 지금은 아직 무희 여자애의 원무를 모방하는 수준이지만, 잘 모방하면 스킬이 될지도 모른다.

"원심력으로 가속한 참격의 무게에 『중력』 마법도 얹고 싶단 말이지?"

(뿌용뿌용)

그러나 여전히 제어하지 못해서 자괴가 심하다. 그래도 한 번이라도 성공하면 『장악』으로 재현할 수 있을 거다. 그렇다. 『장악』만큼은 매일 부업으로 단련하고, 밥을 만들 때도 대활약해서 제어도 능숙해졌단 말이지!

무희 여자애의 검술은 체내와 체외에서 무수한 회전축을 만들어 복잡하게 연계하는 궁극의 원운동이다. 그건 아직 할 수 없다. 그리고 하지 못하는 걸 흉내 낸 부담으로 아프다!

하지만 무희 여자애는 좀 더 복잡한 다수의 원운동을 조작하고 있다. 그러니 속도나 파괴력도 올라가고, 읽히기 힘들고 변화시키기 쉽다.

"무희 여자애의 독자적 무도의 움직임은 너무 궁극이라서 역시 흉내 낼 수 없으니까, 일단 좋은 점만 따와서 이어 붙이고 섞을 수밖에 없겠지?"

(부들부들)

온몸의 관절을 원의 중심으로 삼고, 더욱 복잡하고 빠르고 낭비가 없는 효율적 원운동의 움직임을 만들어 낸다. 몸으로 익힌다……. 기술과 체술을 올리고, 스킬에 의한 강화를 줄이면서 효율적으로 운용한다. 그러면 자괴도 줄어들 거고, 『재생』에 필요한 MP도 아낄 수 있다. 게다가 최고의 모범 케이스가 두 명이나 있으니까.

(뽀용뽀용!)

"그래, 세 명이긴 한데 슬라임 씨를 모범으로 삼았다간 여러모로 인간족을 그만두지 않으면 무리라서 문제가 많다고!"

응. 인간족이 변형하거나 마물을 통째로 삼키면 여러모로 곤란하단 말이지?

"손목은 마지막. 어깨부터 팔, 이에요."

"맞다, 다리가 처음, 허리가 돈다. 허벅지와 배, 엉덩이와 등."

지도해 주는 말이 오간다. 팔을 억지로 움직이지 말고 몸으로 베라고. 그 후의 기술이 어깨부터 팔까지인 거다. 응. 확실히 허벅지와 엉덩이는 정말 좋아하지만, 내 건 그다지 의식하지 않았지? 응, 의식하면 위험한 사람이야!

다른 사마귀를 빙글빙글 돌면서 베어 봤다. 눈은 돌지 않지만, 스킬 『빙글빙글』 같은 게 붙을 것 같아서…… 마법이라면 큰일이겠네!

"휘두르면 안, 돼요. 살짝 칼날을, 미끄러뜨려요."

선생님들이 엄하게 채점했다. 좋아. 오늘 밤은 미니스커트 여교사와 열심히 공부하자!

하지만 그건 요전번 미니스커트 비서와 뭐가 다른 걸까? 뭐, 의상은 정장이라도 일단 두 사람을 위한 패션 안경도 준비해 놨다.

그래도 근사한 미인 비서와 분간이 가지 않는다면, 출석부라도 만들면 되겠지?

"아니, 다들 이세계에 있으니까 담임도 눈치껏 출석 체크하러 와야 하지 않나? 정말이지, 학생을 배려하지 않는 학교인데?"

갑옷 반장의 모범 연기. 그건 별것도 아닌 단순한 휘두르기였지만, 그것이야말로 모든 것이다.

"칼끝은 마지막, 몸, 팔 뒤에 따라와요. 베는 건 몸."

모든 움직임을 하나로 모으는 것이 일섬. 하지만 모든 걸 때려박는 허실은 『마전』된 『전이』의 순간 이동 때문에 가속의 타이밍이 어긋난다. 동시 발동해서 한 점을 향해 최속으로 향한다면, 그 어긋남이 부하가 된다. 그러니까 힘을 모아두면서 신체적으로 올바른 베는 법으로 수정할 수밖에 없다.

발바닥에서 허벅지, 허리에서 배와 등. 발과 상반신이 연동해서 비틀리는 몸의 원운동 이후 가슴에서 어깨, 그리고 마지막으로 팔로 전해지며 칼끝이 움직인다. 즉, 기본을 날려버리고 있으니까, 초심부터 다시 시작하는 게 필요한 거지?

"히얏하~?"

""그 초심, 필요 없어요!""

필요 없는 모양이다. 가시 박힌 어깨 패드도 벗어놓자. 응. 이건 어째서인지 안 팔린단 말이지?

갑옷 반장 선생님의 움직임은 언뜻 보면 허실에 가깝다. 그러나 원리는 전혀 다르다. 그야 이건 스킬조차 아닌 그냥 기술이니까. 거기에 스킬이 따라붙고 있을 뿐, 스킬로 가속해서 동시에 맞도록 쏘아버리는 허실과는 완전히 다르다. 그리고 원운동을 사용하는 무희 여자애 선생님 쪽도 고속의 발놀림과 신체 조작으로 만들어 내는 원심력의 운동 제어가 어렵다.

그러니까 초심자 코스로 흉내 낼 수 있는 건 뻐끔뻐끔 여자애. 뻐끔뻐끔 선생님이다. 실은 여자애들 가운데서 검술이 특출나게 아름다운 건 뻐끔뻐끔 여자애다. 그 움직임은 단순하면서도 합리적으로 연마되어 있다. 전력을 다한 힘을 낭비 없이 재빠르고 정확하게 사용하고, 합리적인 움직임과 결과를 중첩해서 하나로 만들고 있다. 그것이 올바른 움직임. 그것이야말로 몸의 부하를 줄이는 로직.

요컨대 지금까지 몸을 무시하고 최속 공격만을 추구했던 결과가 자괴다. 몸으로 베는 게 아니라, 베는 것만을 위해 스킬로 몸을 쓰고 있어서 탈이 난 결과다. 하지만 지금이라면 『조신』도 레벨 9. 기초 부분 정도는 기술로 가능할 거다.

"크윽."

숨이 새어 나온다. 힘을 너무 줬다. 힘이 흐름으로 변하지 못하고 있으니까 참격이 되지 못한 채 검에 휘둘린다.

아까부터 41층의 「메탈 비틀 Lv41」을 베고 있는데, 초고속으로 날아오는 쇳덩어리라서 칼날을 대는 게 꽤 어렵다!

"응. 이건 무조건 배트로 두들겨 패는 편이 때리기 쉬운 것 같은데? 게다가 미묘하게 변화구라서 그에 맞추는 게 힘들다고!"

(부들부들)

그러나 배트로 히얏하~ 하는 건 그건 그것대로 호감도에 위험할 것 같은 건 어째서일까?

　"아니, 여러 방향에서 5구 6구나 동시에 사구(死球)를 던지는 투라니, 배트를 들고 쫓아가서 때려죽이는 게 무조건 올바른 것 같은데?! 응. 그건 확실히 난투가 벌어지겠어!!"

　"연습만이, 있을 뿐. 몸이, 기억해요."

　(뿌용뿌용!)

　"아니, 뿌용뿌용이라니. 그건 유체 생물밖에 할 수 없는 극의고, 그게 가능하면 인간족으로서는 끝장이거든!"

　응. 무모한 요구야! 지금 뿌용뿌용은 '몸이 따라오지 않는다면 몸을 변형하면 되지 않아?' 라는 거였겠지? 확실히 슬라임 씨는 움직이면서도 몸 안에서 회전을 만들고 있다. 응, 마력으로 어떻게 안 되려나? 그치만 체액으로 하면 인간족이 아니게 되고, 건강에도 굉장히 안 좋을 것 같단 말이지?

　"의식해야 함, 몸, 움직임."

　(부들부들!!)

　몸으로 기억하기 전에 『지혜』가 이해한 모양인지, 최적의 움직임을 무의식적으로 이해하기 시작했다. 뭐니 뭐니 해도 『나신안』으로 줄곧 두 사람의 시범을 지켜봤으니까, 정보만큼은 대량으로 가지고 있다! 응. 그야 이 두 사람의 여성형 갑옷은 꽤 에로하단 말이지……. 그러니 계속 보고 있었거든?

　그리고 『검호』의 보정인지 몸이 올바르게 베는 법을 익히고 있다. 이후에는 실전에서 연습하면 되고, 올바른 남고생의 생활은 매일 밤 실천하고 있으니까 오늘 밤도 실전이다. 그렇다. 그곳이야말로 전장이고, 이런 건 그냥 칼부림 연습장이다!

"큭. 마지막이 메탈 비틀의 무빙 패스트볼이라니 치사하잖아!"

""아직 멀었네, 예요.""

(뽀용뽀용)

응. 포크볼이라고 생각해서 헛스윙했다! 하지만 아래층은 검을 들고 덤벼들어서 상대하기 쉬운 「스켈레톤 나이트 Lv42」. 검으로 치고받을 상대로는 가장 좋고, 갑옷도 입고 방패도 들고 있으니까 용돈도 벌 수 있다. 한 걸음 내디딘 몸이 멈췄다. 그 잠깐의 충전 뒤에 검이 내달린다. 속도는 빠르고 위력적이며, 그리고 몸에 부담이 거의 없다. 하지만 순간적으로 몸이 이동을 멈췄다. 그것이야말로 치명적.

"이러면 얻어맞겠지? 움직임이 순간 멈췄고, 가속이 끊겨서 다음 동작도 늦어졌으니까?"

(폼폼)

(끄덕끄덕)

(꾸벅꾸벅)

맞으면 죽으니까 항상 이동해야 한다. 무희 여자애처럼 춤추는 움직임을 조합하지 않고 그냥 파고들면 몸이 정지해 버린다. 다음 행동으로 이행하는 관성도 사라져, 공격까지는 괜찮아도 이후에 위기 상황이 찾아온다. 그렇다. 얻어맞는 거다!

"잠깐, 왜 기쁜 듯이 두들겨 팰 생각만 하며 동의하는 건데!"

(폼폼, 끄덕끄덕, 꾸벅꾸벅)

응. 돌아가는 길에 길드 연습장이라도 빌려서 연습하자. 싸우는 법을 생각하지 않을 수 없으니까, 우선은 훈련이 필요하다. 싸우는 법을 바꾸는 건 단점이 크다. 아마 약체화는 면할 수 없다. 그러나 나중 일은 아무래도 좋다. 일단은 지금 당장 싸울 힘만 있으면 되니까……. 아무튼 때릴 방법은 가지고 있어야 한다. 응, 나중 일은 때리면서 생각하면 되고, 대체로 세상의 어지간한 일은 계속 때리고 있으면 해결되는 법이니까?

➤ Mk Ⅱ 다음을 Mk Ⅲ로 할지 Z로 할지는 중요한 문제다.

80일째 저녁, 모험가 길드 훈련장

하루카 일행은 빨리 돌아온 모양이다. 50층까지 갔다가 빠르게 접고 돌아왔다고 한다. 다들 열심히 해서 30층 전후였는데……. 그리고 모험가 길드 훈련장은 관객으로 북적였고, 그곳은 몰아치는 눈보라 같은 은빛 검격이 춤추고 있다…… 괴롭힘인가?

"잠깐, 이거 훈련 명목의 구타가 아니라, 그냥 구타야!"

안젤리카 씨가 검격을 날리고, 네페르티리 씨가 사슬을 날렸다. 그걸 피하면서 도망치는 하루카.

"또 혼나는 거야?"

"아닌 것 같네."

"응. 이건 퇴짜를 놓는 것 같지?"

그렇다. 안젤리카 씨와 맞부딪치면서, 안 좋은 부분은 네페르티리 씨가 사슬로 맞추고 있다. 이건 지도라고 하기에는 너무 처절한 공격이고, 괴롭히는 걸로만 보이지만……. 게다가 왠지 안젤리카 씨와 네페르티리 씨는 즐거워 보이니까? 응. 슬라임 씨도 참가하고 싶어 보이지만, 최강의 3인조를 피할 수 있다면 연습할 필요가 없지?

"잠깐, 기다리라고 했는데 한 번도 기다리지 않고 있잖아. 가끔은 기다려 보시지? 그보다 그거 무리. 무리무리 성보다 무리라니까…… (퍼억!)끄아악!!"

하루카의 움직임이 평범해졌다. 흐릿해질 만큼 빠른 순간적인 이동――인데 눈으로 따라갈 수 있다. 충전이나 리듬 같은 당연한 움직임이 더해졌고, 그 예측 불능의 신속이 사라졌다.

"근데, 이건……."

""응. 약해졌지?"""

연속되는 가속은 눈으로 좇을 수 없다. 그 변칙적인 속도에 더한 가변은 상상할 수조차 없다. 그래도 그런 환혹의 움직임이지만 예측 범위 안에 있고, 빠르고 순간적인 동작이라도…… 그건 그냥 검술이다. 그러니 예측할 수 있고 움직임을 따라갈 수 있다. 터무니없이 뛰어난 기술로 초고속으로 움직이고 있지만…… SpE 자체가 낮으니까, 예상할 수 있으면 눈으로 따라갈 수 있다.

"저건…… 약해졌어?"

"응. 저거라면 이길 수 있을지도."

"적어도 싸울 수는 있고, 싸울 수만 있다면 스테이터스로 이길 수 있어."

"으~음. 저거라면 맞힐 수 있으니까……. 하루카, 죽겠네~?"

올바른 움직임. 그것은 인체의 합리이기에 정확하고, 그렇기에 이해할 수 있다.

"다쳐서 몸 상태가 안 좋다거나?"

"하지만, 저것도 레벨 23이라고는 믿을 수 없을 만큼 강해."

"그래도, 저거라면…… 이겨 버려……. 이길 수 있어."

빠르고 강하지만, 우리에게는 평범하다. 레벨 100을 넘으면 스테이터스가 단번에 상승한다. 그러니 보고 쫓을 수 있다면…… 스테이터스 차이로 밀어붙일 수 있다. 분명 이길 거다. 우리에게 저 하루카가…… 져버린다.

발을 내디디고, 몸을 남긴다. 그 한 걸음으로 거리를 무효로 만들고, 순식간에 간격을 좁히지만── 보인다. 남겨둔 몸이 돌아온다. 그건 비틀리는 움직임. 한 걸음을 내디디는 한순간에 힘을 응축하는 지극히 합리적인 움직임이지만── 그러니까 읽을 수 있다.

그 한순간 이후를 검이 흐른다. 그건 초고속 참격. 그러나 그건 그냥 검술이다. 믿기지 않을 만큼 경지가 높은 기술이지만…… 그건 스테이터스로 보충할 수 있는 속도다.

"간단하네요. 베게 놔두고 나서 베면 돼요. 확실하게 받아낸다면, 하루카는…… 이제, 움직일 수 없으니까요."

그렇다. 그 순간 베면 된다. 벨 수 있다. 저거라면 맞부딪친 상태에서 몸통으로 부딪치면 우리가 이긴다. 처음 보더라도 파고들어서 한순간 이동을 멈추는 순간에── 확실하게 벨 수 있다.

꺾을 수 있다. 그렇게나 강했던 하루카를……. 눈에 보였을 때는 이미 늦었다고 말할 만큼 빠르고, 그 움직임조차 영문을 알 수 없고, 아무것도 하지 못한 채 꺾였고, 그렇게 언제나, 언제나 모두를 지켜왔던 하루카는…… 이렇게나 약했다.

"어째서…… 어째서야."

"이런 건, 이런 건……."

알고 있었다. ……겨우 레벨 23. 그건 초보 모험가 수준의 힘이다. 아직 던전 같은 건 터무니없고, 모험가 파티를 따라다니며 배우고 보호받는 초보 정도의 힘이다. 어마어마한 스킬을 사용하고, 고속 사고와 경이로운 기술을 가지고 있더라도…… 이게 레벨 23의 스테이터스다.

"저런 스테이터스로 싸웠구나……. 전혀 강하지 않았어……."

누구도 흉내 낼 수 없는 높은 기술과 판단력, 그걸 뒷받침하는 깊고 빠른 사고에서 생겨나는 날카로운 수읽기. 그렇기에 저런 낮은 스테이터스로 『검호』 칭호까지 얻었다. 하지만 느리고 약하다. 그게 레벨 23의 스테이터스니까. 이 움직임조차 레벨 30은 물론이고 레벨 40에도 밀리지 않는다. 그러나 레벨 50이라면…… 아무리 기술로 웃돌아도, 속도(SpE)로는 따라갈 수 없다.

"그러니까 지켜주기로 했는데! 지켜주기로 결심했는데……."

"저런…… 저렇게 약한 몸으로 혼자 싸우게 했구나…… 내가!"

"강하다고 생각해 버렸어……. 저 스테이터스는 거짓이라고."

"하루카하고는 상관없는 일이라고…… 그럴 리가 없는데."

카키자키네와 오다네도 사라졌다. 굉장히 화내고 있었다.

"몸에 한계가 온 거야. 이제 스킬에 스테이터스가 따라가지 못하게 된 거야…….”

“그치만, 그치만 지금까지는…… 지금까지는…… 어째서야!”

“누구보다 노력했는데…… 어째서, 왜 하루카한테만 이렇게 심한 짓을 하는 거야.”

자기 자신에게 화가 나서 미칠 것 같다. 우리의 무력함 때문에 저렇게까지 몰아넣고 말았다. 그러니까…… 저렇게 약한 상태에서 줄곧…… 줄곧…….

“이제 됐어…… 이제 됐다고…….”

“응. 이제 한껏 지켜줄 거야. 이제 강해지지 않아도 돼!”

“내가 강해질 테니까, 그러니까 이제…….”

그러니 끝내자. 이제 더 싸우지 않아도 된다. 그렇게 노력하고 무리하면서…… 몸이 망가질 때까지 모두를 지켜왔으니까.

“응. 이제 끝내자. 돌이킬 수 없게 되기 전에.”

안젤리카 씨에게 부탁해서 교대했다. 하루카에게 연습전으로 도전한다. 물론 무기는 나무 작대기. 하지만 전력으로 간다. 이제는 괜찮다는 걸 전하기 위해서.

“간다~ 그보다 한 명씩 해도 괜찮아? 으음…… 앗, 미궁황들은 줄 서지 않아도 되거든! 지금까지 실컷 두들겨 팼잖아!! 응. 대체 얼마나 두들겨 패고 싶은 거야! 앗, 여동생 엘프 여자애도 첫 참전. 훌러덩은 있는 걸까……. 아니, 갑옷이잖아! 훌러덩 떨어지는 게 아니라 남고생들의 꿈과 희망이 떨어지고 말았어……. 보고 싶어지네?”

그러니까 내가 처음으로 간다. 모두가 나섰지만…… 모두가 전하고 싶으니까. 이제 괜찮다고. 지금까지 고맙다고── 그리고. 이번에야말로 우리가 반드시 지켜주겠다고!

"응……. 갈게. 하루카……."

그러니까…… 그러니까 끝날 때까지는 울지 않는다. 진심이니까── 가속하면서 축지를 써서 도망치지 못하는 사이 일격에 간격을 없앴다. 하루카에게 보호받으면서 확실히 강해졌다는 걸 전하기 위해서. 이제 괜찮다고 알리기 위해서. 그러니까…… 어라?

"""……어라라?"""

느리다. 절망적으로 느리다. 그 경이로울 만큼 고도의 기술과 반사신경으로도 몸의 움직임 자체는 치명적일 정도로 느리다…… 그런데 안 맞잖아?

"""어째서!"""

안 맞는다. 조금만 더 움직이면 되는데…… 닿지 않는다. 몸통을 부딪쳐 공멸할 각오로 거리를 좁혔지만, 스치지도 않네? 보이고, 느린데도 맞지 않는다. 마치 슬로 모션.

그 반격도 느리다. 뻔히 보이는 공격에 느린 참격. 보이고, 무엇보다 예비 동작이 있으니까 움직임을 읽을 수 있다. 그래서 피하고 걷어냈는데…… 정신이 들자 궁지에 몰려서 퍽퍽 얻어맞고 있잖아?

"어라?"

"""반장, 진지하게 하고 있어?!"""

그러나 교대했는데도 다들 전멸했고, 둘이 덤벼도 셋이 덤벼도…… 안 맞았다. 결국 모두가 덤비고 얻어맞았네?

"""어라라?"""

하지만 약했다. 느리고 날카롭지도 않고 뻔한 공방이었다. 조금도 질 요소가 없었는데, 다들 영문도 모른 채 얻어맞았다. 그래도 틀림없이 약해졌다…… 하지만 이기지 못했다. 보이고, 반응할 수도 있고, 속도도 웃돌고 있는데…… 일방적으로 얻어맞았다.

"""어라──?"""

"수고했어~ 응. 좋은 훈련이 됐네? 갑옷 반장하고 무희 여자애는 너무 무자비하단 말이지! 응. 연습 이전에 생존이 최우선이라니, 그건 훈련을 넘어서서 사선까지 넘을 것 같고 슬픔의 시선도 완전히 무시한 대련이라는 이름을 가진, 지선만이 아니라 본선까지 벗어나서 구타 방면으로 일직선인 초특급이고 너무 얻어맞아서 대련한다는 느낌이 하나도 없었거든? 응. 그러니까 두들겨 패 봤다?"

얻어맞았다. 다들 결의했다. 그러니까 고맙다고 말하려고 온 힘을 다했다. 그래도 울었다. 이기지 못해서 다행이라고. 하지만 강해져야 한다. 이기진 못했지만…… 진짜 치명적일 만큼 약했다.

"""지금 그건 뭐야!"""

분명 아직 뭔가 아무도 생각하지 못하는 엉뚱한 짓을 해서 얼버무리고 있을 뿐이다. 실은 이세계에 오고 나서 언제나, 언제나 약했다. 그 숲에 있을 무렵부터 언제나 약한 상태로 싸우고 있다. 그러니 우리가 강해져야 한다.

분명 지금쯤 카키자키네도, 오다네도 필사적으로 훈련하고 있을 거다. 우리도…… 울음을 그치고 훈련하자. 그러니까 지금은

조금…… 조금 정도는…….

"""결국 그건 뭐였냐고!"""

여관으로 돌아오자 곧장 하루카가 밥을 했다. 그쪽이 신경 쓰여서 견딜 수가 없었는데…… 그건 바비큐인 척하는 고기구이였다! 양념이 준비되어 있었으니까!!

"수읽기나 연산 계열인 것 같은데……."

"하지만 다 덤볐는데도 읽히다니!"

이미 고기를 양념에 적시고 손으로 양념을…… 아니, 마수로 양념을 묻히고 있었다.

"적어도 환술은 무효화했어요. 그건 체술이나 기술일 거예요."

기름을 바르고 철망에 불을 피우면 준비는 만전. 천천히 연기도 오르고…… 연기는 『장악』을 써서 확실하게 밖으로 옮겨 환기까지 하고 있다!

"뭔가…… 움직임을 유도하고 있지 않았어?"

"응. 묘하게 움직이기 어려운 느낌이었어!"

그래. 채소도 버섯도 중요하지. 조잡하게 보일 만큼 마구 썬 느낌이 중요한 거다.

"하지만 상태이상계도 모두 무효화했어요."

"네. 마법도 스킬도 통하지 않았을 거예요."

"응. 왠지 맞을 것 같았는데, 도망쳐 버렸지?"

아아아아, 지글지글! 지글지글 굽고 있어! 이제 고기가, 고기가! 육즙이 지글지글——!

"""반장——!"""

혼났다. 하지만 저건 이제 무리다. 모두가 등을 돌리고 있지만, 나는 줄곧 보고 있어서…… 울 것만 같았다. 사과와 마늘을 갈았으니까. 저건 옛날에 아무 생각 없이 하루카에게 말했던…… 우리 집의 특별 양념 제작법이다. 그걸 기억하고, 만든 거다. 또 잃어버린 걸 되찾아 주었다.

"아아~ 냄새가 장난 아니야!"

""'소리까지 맛있어!"""

어린 시절에도 연기를 삼키면서 말없이 굽던 고기를 바라보고 있다. 냄새에 이끌려서 어느새 돌아온 카키자키네는 이미 양동이를 꺼내서 기다리고 있다.

뭘 생각하는지 알 수 없고, 물어봐도 얼버무릴 거다. 하루카는 괴로울 때 태연한 표정을 지으며 아무 말도 하지 않으니까. 그리고 평소에도 멀쩡한 말을 하지 않으니까?

"구웠으니까 각자 쟁탈전을 벌여도 되겠지만, 그쪽은 고아들 전용이니까 빼앗지는 말라고……. 아니, 새끼 너구리는 이쪽! 밥은 밥통에 있으니까 마음껏 퍼 담을 수 있지만, 고기는 200킬로그램밖에 없으니까…… 알아서 빼앗으라고? 라고나 할까?"

만약 묻고 싶다면, 하루카에게 이길 수밖에 없다. 언젠가 하루카를 이겨서, 이제 우리는 강해졌으니까 괜찮다고 말할 수 있는 그날까지. 하지만, 그때가 올 때까지 하루카는 포기하지 않는다. 그러니 절대로 가르쳐 주지 않는다.

""""잘 먹겠습니다――!""""

꺄아아아아아…… 우물우물…… 우걱우걱……………………

우물우물, 꿀꺽……………………………… 우물우물(눈물).

맛있어서 오열했다. 이제 아무도 말할 수가 없었다. 그리고 배부른 상태로 다들 욕탕에 둥둥 떴다. 아이들도 배가 볼록 튀어나왔다. 그리고 우리는…… 나중에 어떻게든 하자. 원 모어 세트!

"맛있었네~."

"""고기구이는 병기였어!"""

"흰 쌀밥과 고기구이와 채소의 콤비네이션 어택에 당했어."

"잘 생각하면 1인당 1킬로그램인데, 그게 부족하다니……."

"쟁탈전을 벌일 때까지 알아채지 못했어…… 원 모어 세트?"

"""원 모어 세트! 원 모어 세트! 원 모어 세트!"""

"""원 모어 세트 ♪ 원 모어 세트?"""

아이들은 안 해도 되거든? 그건 너희에게 아직 일러.

"""우와아아아아아아아아아……."""

게다가 목욕탕에서 나오자 경악과 환희가 몰아쳤다. 탈의실에서 안젤리카 씨와 네페르티리 씨가 나눠줬다.

"디자인도 확실히 바뀌고, 프릴이 세밀하고 진짜 귀여워졌어!"

"이 레이스 뜨기는 현대 기술의 수준을 추월했어요. 이건 예술품이에요."

"""귀여워!!"""

하루카가 속옷(개량) 상하의를 모두에게 나눠준 거다. 이걸 착용해 보고 개선안을 내놓으면 제2회 브래지어 측정회도 고려한다고 한다. 이미 궁극의 착용감이고, 브래지어를 했다는 사실조차 깜박하는 걸 넘어서서 전투 중일 때 가슴의 존재조차 잊어버릴 정도인데.

거기서 더 좋아진 개량판이고, 여기에 다른 개선점을 요구하면 더욱 상위 진화한 브래지어를 제작해 준다니! 그건 이미 입기만 해도 행복에 감싸이는 궁극의 브래지어일 거다.

"이거 굉장해!"

"이건 천의 신축성이 전부 다르고, 맞물리는 부분도 움직이네."

"""스트랩까지 전부 레이스라니…… 실전 속옷이야!!"""

뭐…… 싸울 상대는 마물이지만, 어느 의미로는 매일이 실전?

그렇다. 안젤리카 씨와 네페르티리 씨가 신작 개량형 브래지어 Mk II : 긴급용 마법 장벽 효과 첨부 브래지어와 팬티를 나눠줬는데, 굉장한 완성도였다. 겉보기의 귀여움과 화려함과 아름다움과 고급감, 그리고 궁극을 넘어선 착용감! 이미 삼천세계에서 가장 뛰어난 기술 혁명이고, 마법 기술과 재봉 기술에 물리학이 결집한 지고의 보물이다!

"근데 이거 아마…… 비키니 아머로 기술 이전되지 않을까?"

"결계 능력을 줄인 대신, 속옷은 한계까지 무사하다고 해요."

"장비나 옷이 망가지면 발동하는구나?"

갑옷이나 의복이 망가지는 건 목숨과 연결되는 한계 상태. 그런 상황에서도 속옷은 남아서 지켜준다니……. 아니, 그 상황은 이미 무리잖아?

"갑옷이 부서지고, 내의가 찢어져서 방어력이 없어졌을 때 발동하는데…… 평소에는 강화 부여만 된다고 하네요."

"""그거, 위험해지면 던전에서 속옷으로 배틀?!"""

하지만 귀엽고 근사하고 갈아입을 분량까지 준비되어 있어서, 브래지어 두 개에 팬티는 다섯 개. 무늬를 맞춘 세트이지만, 디자인은 다른 란제리. 게다가 불만이 있다면 Mk II 개량형도 생각한다고 한다. 지혜를 이용한 혁명적인 기술 혁신으로 만들어진 안젤리카 씨와 네페르티리 씨의 Mk III는 이미 Mk II를 가볍게 뛰어넘었다고 한다. 하지만…… 치수 재기도 혁명적으로 혁신되었고, 마수 씨로 천옥의 건너편에 있는 치옥(癡獄) 너머까지 날아갔다고 하더라고? 응. 경험자(=안젤리카 씨)의 말이다.

"""귀여워어 ♪"""

"근사해요."

하지만 지금은 기쁨이 가득해서 서로 보여주기 시작하고 있다. 그야, 잔뜩 요청했던 네글리제가 나왔으니까. 두 사람만 주다니 치사하네!

그렇구나. 이게 변경의 나날. 이게 돌아온 매일. 맛있는 밥에, 목욕탕 여자 모임에서 속옷 이야기로 달아오르고, 또 내일도 던전 공략 힘내자고 말하는 변경의 매일이 돌아왔다. 모두 확실히 이곳으로 돌아왔다.

"우와아아~ 팬티도 엉덩이에 달라붙는 것처럼 딱 맞고, 확 올려주는데 압박감이 전혀 안 들어!"

"""이세계 마법보다 이게 더 마법이야!"""

이세계로 전이한 마법사는 다정한 마법으로 맛있는 밥과 귀여운 옷과 속옷에 따스한 잠자리를 마련해 줬다. 그건 모두를 행복하게 하기 위한 마법. 응. 디자인은 야하지만?

그러니까 이젠 싸우지 않아도 된다고 말할 수 있게 되고 싶다. 싸움 같은 시시한 일을 위해 이런 근사하고 다정한 마법을 쓰지 못하게 되는 건 아까우니까. 이 이상 싸워서는 안 되니까. 왜냐하면…… 이제 한계가 와버렸으니까.

그러니까 한계를 넘어선 하루카가 안심할 수 있을 만큼 우리가 강해져야 한다. 그거면 된다. 처음부터 여자 모임의 목표는 그거였다. 하루카는 원래 은거 생활을 희망했으니까……. 뭐, 그 녀석이 은거하면서 각국을 여행하다가는 대살육이 펼쳐질 것 같기는 하지만?

> 아무래도 귀찮고 위험한 스킬을 가진 상대가
> 나라는 사실이 간파당한 모양이다.

80일째 심야, 하얀 괴짜 여관

왕궁 보물고에 있던 『지식의 두관 : InT · MiN 30% 상승, 제어(대), 마도(대), 세 개 들어감』을 미스릴화하자 『예지의 두관 : InT · MiN 40% 상승, 제어(특대), 마도(특대), 다섯 개 들어감』이 되어서 상당히 알맞게 올라가 주었다. 그걸 실전에서 써본 결과, 실감은 크게 나지 않았지만 반장 일행과 싸웠을 때는 생각보다 제어가 잘됐다……. 무엇보다 슬로 모션 효과가 길어졌다.

그리고 극히 미약한 거리지만, 직선으로 나가는 것 이외의 『전이』를 의식해서 막을 수 있었다. 그로 인해 움직임이 단순해졌고,

속도도 떨어졌지만…… 반대로 아주 미약한 어긋남 때문에 반장 일행은 거리감과 리듬이 흐트러져서 무너졌다. 응. 미궁황들한테는 얻어맞았지만!

"뭐, 발동을 억누른 것만으로도 제어가 꽤 편해졌네."

완전 제어는 불가능하다. 그야 완전한 『전이』가 가능하다면 그것만으로도 무적 치트다. 그런 스킬이 있다면 세계는 한참 전에 끝장났겠지?

"원래 공간 마법은 진짜 희귀 스킬이니까 방해받을 가능성은 매우 낮을 텐데…… 간단히 두들겨 패지 말았으면 좋겠다니까?"

그렇다. 제어하려고 집중하니까 쓸데없이 전이 직전에 움직임이 멈춘다. 그보다 멈추지 않으면 관성이 가속해서 발동 후에 몸이 망가진다. 그러니까 비장의 수단, 읽히지 않기 위한 사용법이 중요한데…… 필사적으로 물고 늘어졌던 반장 일행은 어째서 패배했는지 모르겠지. 응. 필사적으로 물고 늘어지려고 하니까 어긋나서 무너지는 건데? 뭐, 저녁밥은 고기구이에 달려들어서 바빴으니까, 해명할 여유도 없었겠지?

"근데 갑옷 반장은 『전이』에 맞추고 있고, 무희 여자애까지 읽어서 궁지에 몰아넣던데, 어째서 『전이』에 맞출 수 있는 거지? 그건 약점 같은 게 있는 건가? 뭐, 연비는 굉장히 안 좋고, 연속 사용도 힘들고, 아직도 스스로 거리감을 잡지 못한다는 문제가 있지만…… 이거 못 써먹을 스킬인가?"

그렇다. 반장 일행은 휘둘렸지만, 갑옷 반장은 금방 맞췄다. 그리고 무희 여자애도 간파한 느낌이 있다. 그러니 과신했다가는 함정에 빠져서 요격당한다. 약점을 이해하지 못하는 기술이라니 무서워서 실전에서는 쓸 수 없다.

"마력으로, 앞을 간파, 해요. 움직임 단순, 해요."

"발끝, 무릎, 방향, 숨기지 못하고 있다."

마력시로 『전이』의 순간을 간파하고, 타이밍을 어긋나게 해서 공격하는 모양이다. 거리도 소멸도 한순간이니까, 그것만으로도 포착할 수 있다. 그리고 무의식적으로 이동 방향으로 발끝을 돌리고 있다. 버릇이 들키면 모처럼 건 기책도 무의미하다. 극도의 집중과 복잡하기 그지없는 조작 때문에 의식을 읽힌 거다.

"무희 여자애의 방향을 자유자재로 바꾸는 원운동을 내 것으로 삼지 않으면, 직선 운동에서 이어지는 전이는 위험해 보이네?"

(부들부들)

처음 보는 여자애들은 속일 수 있어도, 간파당하면 치명적인 기술이라니 너무 위험하다. 응. 기다리고 있으면 엄청 얻어맞잖아! 그래도 슬로 모션으로 느려진 세계 속을 『미래시』와 『혜안』으로 미리 보면 『지혜』로 상대의 행동을 고속 연산할 수 있다. 그것만으로는 SpE의 차이를 넘을 수 없지만, 거기서 『전이』를 조금이라도 의식적으로 쓸 수 있다면 스테이터스라는 전제를 크게 뒤엎어 버릴 수 있다.

그야 사기잖아. 상대가 쥔 카드를 보면서 연산 예측하고, 이쪽은 그에 맞춰서 사라지거나 어긋나거나 할 수 있으니까. 응, 다음에는 칭호에 『야바위꾼』 같은 게 생길 것 같지만, 이길 수 있다면, 그걸로 싸울 수 있다면, 얻어맞지 않는다면 그래도 좋다!

"훈련과 실전으로 조정하면서 뭔가 좋은 장비를 찾아 조금씩 조금씩 얼버무리면서 강화할 수밖에 없겠지? 그런데 반장네는 속아 줬을까? 뭐, 이기지 못하는 동안에는 아무 말도 하지 않겠지만, 조바심을 내면 위험하니까 봐줘야지?"

"네. 그래도 장비는 안, 돼요."

"알겠, 습니다. 그래도 장비는 금지!!"

(부들부들!!)

여자 모임은 빨리 끝난 모양이고, 딱히 급한 부업도 없다. 다들 목욕도 끝나고 따끈따끈해서 나왔으니 천천히 쉬면 되는데…… 움직일 수가 없다. 응. 구속 중?

"빈틈 발견, 호색한? 어머나, 엉큼, 해요!"

"잠깐. 색기 있는 걸 좋아하는 사람이 호색한이고, 문외한이나 무뢰한이나 파렴치한 같은 건 사람 잘못 본 거야!"

『지혜의 관』을 미스릴화하는 겸사겸사 봉인된 안티 호감도 장비 중 하나인 『프로메테우스의 사슬 : 속박, 전 능력 무효화』도 미스릴화했다. 이 사슬로 무희 여자애를 구속했으니까. 줄곧 교회에 구속되어서 자유로워지지 못했는데, 내가 이 사슬로 구속했다. 그 뒤로 풀어줬지만, 억지로 복종시켰다. 그러니 구속할 수 있는 장비를 내가 소유하고 있으면 진심으로 자유로워진 기분은 들지 않겠지.

게다가 무희 여자애라면 사슬을 장비하니까 쓸 수 있을 것 같아서 미스릴화했더니, 『프로메테우스 신의 사슬 : ALL 30% 상승, 형태 신축, 속박, 구속, 전 능력 강제 무효화, +ATT』라는 고레벨 장비가 됐네? 응. 그렇게 생각해서 줬더니, 내가 묶여버렸다!

"응. 이건 좋은 장비야…… 아니, 『마수』씨도 발동 불능이고 『전이』도 못 쓰잖아!"

"귀찮고 위험한 스킬을 가진 상대를 무력화하는데 적합한 무기, 네요(방긋)."

"진동 마법, 못 쓴다. 그렇다. 다음은 알겠지?(씨익)."

그러나 『재생』은 작동하는 것 같고, 『성왕』도 무효화되지는 않은 느낌이다. 즉, 몸 밖으로 방출하는 마법이나 스킬이 무효가 된 건가? 이미 사슬에 묶인 채 침대에 쓰러졌고, 『위그드라실의 지팡이』와 『망토』는 최우선으로 무장 해제당해서 차례차례 장비가 풀려나가고 있다. 남은 건 『천옷』뿐이라서 야한 동인지 같은 일을 당하기 직전인 상태다!

위쪽은 하얀 섹시 란제리에 감싸이면서도 삐져나온 호박색 육체에 덮였고, 그 짧은 순백의 네글리제 사이에서 맨살이 드러나 배꼽까지 보인다. 그리고 아래에서는 검은 섹시 란제리를 입은 야릇하고 하얀 육체가 내 다리 위에서 근사한 보디를 말랑말랑 밀어붙이며 기어 올라오고 있다. 남고생에게 위아래에서 협공 작전이라고!

"잠깐, 끄하아아아악! 아니, 적어도 이야기는 들어야지!"

(도리도리, 붕붕)

마전이 분해됐지만, 몸 안에서 작용하는 효과는 사라지지 않았다. 그러나 이제 장비가 없다!

"그러니까……."

(질척질척♥)

"이제 대답조차 아니게 됐어!"

재생 능력은 통한다. 이제 이 영겁의 부활이 남고생의 표준이 되었다면…… 세상의 남고생들은 이제 고등학교에 갈 여유도 없어! 그리고 안타까운 떨림, 이건 『성왕』도 통하고 있다는 뜻. 그렇다면 『프로메테우스 신의 사슬』은 몸 내부에는 효과를 미치지 못한다. 외부에 스킬을 방출하지 못하더라도, 지구전이라면 가능. 하지만 지금도 부드럽고 위험한 파상 공세가 위아래에서 남고생에게 포위전을 시도해서 집중 공격을 당해 피탄 중. 이대로 가면 함락은 가깝다. 재생은 가능해도 MP는 줄어든다!

"잠깐."

(아앙♥)

"그러니까 이야기를."

(할짝할짝♥)

바지에는 『천 주머니』가 장비되어 있다. 그래서 위아래에서 꿈틀대는 매혹적인 육감에 짓눌리면서도 천천히 팔을 뻗어서 손끝을 주머니에 걸었다. 그렇다. 그곳에는 부업 작업 중이라 떼어놨던 『글러브』가 들어있다!

"아니, 그러니까."

(몰캉♥)

"아니."

(말랑♥)

배 위에서 꿈틀대는 두 개의 동그란 탄환이 흔들리고, 허벅지 위에서는 포동포동한 두 개의 동그란 과육이 떨린다. 『나신안』에 비치는 그 천상의 광경이 위험하다. 남고생 전멸의 위기다!

얼굴을 꽉 조이는 허벅지의 매혹 효과를 강한 마음으로 저항하고, 살짝 핥으면서 천 주머니로 손을 뻗었다. 들키지 않게 신중하게 손끝에 건 주머니를 천천히 당겨서 끌어들였다.

"헉! 뭘…… 으히이이익!"

단숨에 주머니에 손을 집어넣었다. 먼저 움직임을 알아채고 손을 잡으려던 무희 여자애의 근사한 로라이즈 팬티를 향해, 근사한 행위에 대한 행복한 복수의 업화를 손끝에 실어 단번에 일점 돌파로 보냈다. 그것이 바로 역전의 수단인 『감도 상승』이후의 『야한 기술』을 발동한 궁극의 『진동』마법. 오른손의 건틀릿 『모순의 건틀릿[오른쪽] : 물리 마법 방어 무효화』라면 무효화조차 무효화된다고!

"꺄앗. 꺄, 꺄으응. ……(털썩♥)"

그렇다. 형세는 완전히 역전되었다!

(도리도리)

갑옷 반장은 울상을 지으면서 몸을 웅크려 떨고 있고, 겁먹은 눈동자로 도리도리하고 있네?

"촉수 씨. 마수 씨. 어서어서 해치워 버리세요! 라고나 할까?"

"무리! 무리무리, 싫어, 아아앗! ……앗♥(풀썩♥)"

오늘도 싸움은 비정했다. 그러나 인정은 에로에 도움이 되지 않고, 도움이 되지 않으면 에로를 얻을 수 없다는 말도 있으니까 에로하게 가자! 그래. 말하기만 하고 들은 적은 없지만 에로하게 가는 거다!

"그야 남고생이니까!!"

""꺄아아아아……아아아♥""

부활했지만 다리에서 힘이 풀린 무희 여자애에게 복수해서 쉽게 만들고, 기어 올라온 불굴의 갑옷 반장도 연이어서 보복해 굴복시켰다. 그리고 다시 부활한 무희 여자애는 앙갚음 겸 남고생적 연타로 꺾어서 쓰러뜨리고, 그래도 불멸이었던 갑옷 반장을 부활과 동시에 계속해서 복수전을 벌여 승천시켜 지속성 분풀이 연속 답례로 되받아쳤고, 계속해서 되풀이되는 남고생적 복수를 복습하면서 복합 스킬에 의한 행복의 절정 무한 연쇄가 연쇄 반응을 일으키는 에로의 연쇄.

복수란 허망한 것일 텐데, 즐거우니까 막을 수 없고 멈출 수도 없단 말이지? 응. 내일도 좋은 눈흘김을 볼 수 있을 것 같다. 지금은 흰자위, 아니 검은 부분이 사라져서 경련하며 입을 벌리고 있네? 응. 침도 흘리고 있고……. 뭐, 피곤한 모양이니 버섯이라도 입에 물려 줄까?

영원한 17세 문제에 이어서
당분간 16세 문제까지 발발하다니 이세계도 큰일이다.

81일째 아침, 하얀 괴짜 여관

그저 말하자. 그저 있는 그대로의 진실을. 그것이야말로 윤회의 고리(누명)에 사로잡힌 마이너스의 연쇄를 풀어헤칠 진실의 열쇠, 그런고로 나의 무고함과 누명을 증명? (그치만 나는 잘못한 게 없잖아)?

"무기는 치사하다니. 처음에 『프로메테우스 신의 사슬』로 남고 생 포박 감금 사건을 일으켜서 다수의 능욕 학대 행위를 걸어온 건 그쪽이잖아! 아니…… 서, 설마 더블 데헷날름이라고——!"

((데헷날름♪))

"아니, 싸움이 걸려서 받아쳤을 뿐인데 무고한 연속 습격의 끝없는 연쇄 반응이라니, 남고생이 조금 과잉 반응해서 과격하고 근사하고 야릇한 생체 반응을 일으켜 무심코 조건 반사를 해버린 파블로프 댁의 개 학대 문제는 접어두고, 구금 반응 이후의 반동도 더해져서 축차 반응과 연속 반응을 일으킨 남고생 반응 때문에 반항기에 들어간 망나니가 중간 반응해서 최종적으로는 경고 반응적인 근사한 접촉 반응이 일어나 마구 접촉했다고나 할까, 필연적인 고순도 농축 남고생적 에너지의 화학 반응이었으니까……. 알기 쉽게 과학적 접근을 제외한 순수 문자로 설명하자면 나는 잘못한 게 없지? 라고나 할까?"

어라? 무반응으로 눈흘김? 나의 알기 쉽고 논리적으로 조합되어 변형되고 진화하여 궁극 합체했다고까지 불리는 이론과 논리를 받아들이지 않은 모양이네?

"미칠 것, 같아요! 천옥이거나, 지옥!! 의식, 새하, 얘요!!"

"죽는다!! 불사라도 죽는다!! 죽는 줄 알았다!!"

(부들부들)

"아, 좋은 아침. 슬라임 씨. 오늘도 뽀용뽀용하네?"

(뽀용뽀용!)

""똑바로 들어————!""

어라? 무고하다고 설명했고, 증명되어서 명백하게 명시했는데 화를 내네? 이상하다. 나의 무고함은 공공연하게 밝혀졌고 해답 편도 규명됐는데, 참 불가사의하네?

자, 그럼. 아침밥 요청은 핫케이크였다. 어째서 고아들에게 물어봤는데 여자애들이 맨 먼저 대답한 건지 현재 해명 중인 의문점이지만, 여자애들도 넓은 의미로 해석하면 이세계 고아 상태라고 할 수도 있다. 뭐, 미성년자고 말이지?

"그나저나 요즘은 말마다 오빠라고 붙이면 다 된다고 생각하는 것 같은데?"

(뽀용뽀용)

(끄덕끄덕)

(꾸벅꾸벅)

그래도 이미 이세계에 온 지 2개월이 지났으니까, 몇 명은 나이를 먹었을 텐데?

실은 생일 파티도 생각했지만, 이 세계의 달력은 복잡했다. 태양의 위치로 새해를 정한다고 해서 미리 알 수는 없다고 한다. 놀랍게도 날이 지나고 나서야 '아, 새해 3일 차구나'라고 발표하고, 1년이 며칠인지도 대략적으로 정한다는 모양이다. 그러니 달이라는 개념이 없달까, 애초에 달이 없다. 응. 이 세계는 위성이 없단 말이지?

"이제 달구경은 할 수 없는데…… 왜 명절떡을 보채는 걸까!"

분명 달님이 없어서 여자애들도 쓸쓸한 거겠지. 어? 떡을 먹여 주면 불평하지 않을 것 같다!

그리고 복잡하게도 먼 곳에 다른 태양이 있는 모양이라, 그걸 달로 여기고 있었다. 어쩐지 계속 보름달이다 싶더란 말이지? 그렇다. 밤에도 달빛이 밝다고 생각했더니, 어느 의미로는 계속 해가 떠 있었던 거다. 응. 정말 헷갈리는 이세계라니까!

"뭐, 먼 태양이든 달이든, 떡만 있으면 떡이 부족한 것 말고는 더는 불평이 나오지 않을 것 같지?"

(뽀용뽀용)

(끄덕끄덕)

(꾸벅꾸벅)

아마 이중 태양 때문에 1년의 날짜가 제각각일 거다. 하늘에 관심을 쏟아서 천문학적 견지를 통해 이세계의 학술 레벨을 고찰하며…… 떡에 뭘 바를지 생각하고 있는데, 여전히 잔소리가 끝나지 않네? 응. 죽는다면서 생명의 위기에 대해 말하고 있지만, 두 사람 다 불사 속성이잖아? 전직하고 나서 생각해 줄래?

뭐, 영원한 삶 같은 건 이별뿐이라서 슬플지도 모른다. 하지만 두 사람이라면 전혀 다르다. 혼자와는 무조건 다르다. 게다가 슬라임 씨도 수명 불명에 부정형 불가사의 속성이니까, 오래 살겠지……. 이러니저러니 해도 계속 살 수 있을 것 같으니까 세 명이 있다면 쓸쓸함도 많이 완화될 거다.

그리고 반장 일행도 상당히 오래 살겠지. 레벨이 올라가면 노화는 지연되고 수명은 늘어난다. 즉, 생일 파티는 고사하고 아마 다들 17세가 당분간 오지 않을지도?

"영원한 17세 문제에 이어서 당분간 16세 문제까지 발발하다니 이세계도 큰일이네?"

(뽀용뽀용!)

응. 그 문제는 절대로 해결될 가망이 없단 말이지. 그리고 잔소리를 들으면서 가루를 녹이고 섞어 반죽을 끝낸 뒤, 여전히 무지귀한 버터로 핫케이크를 굽자…… 잔소리의 기세가 사라졌고, 눈은 핫케이크에 못 박혔고, 입가에서 군침이 흐르고 있다. 뭐, 밤에도 흐르고 있었지만? 여러모로?

"앗, 시트 세탁해 두자. 흠뻑 젖었다가 마른 상태였어!"

""……!!""

느닷없이 얻어맞았다!

""""잘 먹겠습니다~ ♪""""

"와~아. 핫케이크. 너무 좋아── ♪"

기운차게 핫케이크를 허겁지겁 먹는 결식 아동들의 군상극.

"잠깐. 어젯밤에는 이제 못 먹는다고 하면서 쓰러졌잖아? 스킬 『소화』 넌 내 거야? 근데 그건 흡수도 세트일 테니까 원 모어 세트라고."

"어제의 한계를 넘어서기 위해 오늘이 있는 거야!"

"""오오~ 명언이다!"""

"아니, 한계를 살찌우는 것 같은데…… 아무것도 아닙니다!"

""""맛있어~ ♪""""

슬라임 씨와 바보들은 한 그릇 더 가져오는 게 귀찮아서 천장까지 쌓아 올렸다. 그러나 너무 쌓아서 핫케이크의 무게를 이기지 못하고 접시가 깨진 게 아깝네?

　"정말이지, 슬라임 씨는 스킬 『부유』로 띄워서 예의 바르게 먹고 있는데…… 바보네?"

　""빨리 먹지 않으면 여자애들이 다 먹는다고!""

　뭐, 바보들도 나름 필사적으로 고민한 거겠지. 식당에 있는 의자를 쌓고 그 위에 올라가서 천장에 매달려 핫케이크를 먹고 있다…… 근육뇌 바보 곡예단?

　"역시 접사다리나 사다리 같은 문명의 이기는 무리 같아서 슬쩍 놔뒀는데…… 역시 무리였나?"

　그러나 틀림없이 점프해서 천장에 달라붙을 줄 알았던 바보들이 놀랍게도 도구를 사용했다! 그렇다. 어쩌면 앞으로 1만 년 정도면 진화해서 식기와 무기의 차이를 기억할지도 모른다. 뭐, 부메랑으로 핫케이크를 자르고 단검을 꽂아서 먹는 와중에는 문명화는 무리겠지. 응. 역시 숲에 방목할까?

　"그리고 짐승귀 소녀는 어디 있어! 실토해. 실토하라고. 실토하지 않으면 헛되이 태워버리겠어. 핫케이크보다 바삭하게!"

　""식사 중에 토하라고 하지 마!""

　"아무 일도 없었어요. 그냥 고마워했을 뿐이라고요!"

　"맞아. 폭신폭신 쪽은 아무 일도 없었어……."

　""짐승귀조차 전혀 만지지 못했다고요(눈물).""

　우리는 이전 세계의 잘못된 정보에 세뇌당했던 모양이다. 그렇다. 짐승귀 소녀를 구하면 복슬복슬 해준다는 법칙은 허위 전설이었던 거다!

"그래도 짐승귀 미소녀였다면서? 아아~ 내가 아저씨한테 쫓기면서 홀아비 냄새 회피 훈련을 하고 있을 때 짐승귀 미소녀와 만나고 있었다니 진짜 열 받아! 역시 태워버릴까?"

"태우지 말라고요. 그보다 미소녀 무희가 있는데 대체 뭐가 불만인 거죠!"

"게다가 우리는 짐승귀 소녀들과 말도 못 붙였는데…… 사역이라니."

"이 세상에서 하루카만은 질투할 여지가 없다고 보는데요!"

"응. 태울 건데?"

""전혀 해결되지 않았어!"""

그야 짐승귀잖아?"

"토끼 귀 소녀 나이스바디. 동그란 꼬리도 있었어요."

""진짜로! 그보다 언제 본 거야! 굿잡!!"""

"초식계 토끼인데 몸매는…… 육식계!"

""오오——!"""

어머나, 이게 무슨 일인가요. 놀랍게도 토끼 수인이 있었던 모양이다. 게다가 글래머러스하고 쭉쭉빵빵했다는 게 핸드 사인으로 전해진다. 그리고 그 토끼 귀 소녀는 동그란 꼬리까지 장비한 궁극의 미(美)수인이었다고 한다!

"확실히 그 흔들림은 범상치 않았어…… 꼬리도 흔들렸고."

"근데 그 잘록함은 수인의 야성적인 매력이!"

"응. 엉덩이가 확 올라가 있고, 동그란 꼬리가 살포시."

"끄허어어억! 나 잠깐 수인국에 잊고 온 물건이 있는 것 같으니까, 잠깐 날아갈게? 아디오스, 오타고?"

"""잊고 오고 자시고 가지도 않았잖아요!"""

"그리고 오타고가 누구야!!"

그러고 보니 수인국이 어디에 있는지도 모른다. 아니, 지도로는 봤지만, 이 세계의 지도는 좀처럼 믿을 수가 없다. 그리고 무엇보다 토끼 귀 포인트가 있지는 않았다. 정말 도움이 안 되는 지도다. 가장 중요한 정보가 없잖아!!

"편지면 충분해요……. 굉장히 무서워했으니까."

"인간족에게 가족이 살해당했는데도, 그래도 고맙다고…… 그거면 충분해요."

"""응. 그 상황에서 러브 코미디 전개는 무리."""

뭐, 플래그는 세우더라도, 이 녀석들이라면 퀵&드로우로 부러질 것 같네? 뭐, 그런 상황이라면 말 걸 수가 없고, 다가가지 않는 게 다정함이었겠지. 이 녀석들은 인싸력이 없으니까!

"하지만 세상에는 절망적인 외형의 무지 안타까운 중2병 안대를 장비해서 정신을 침식하고, 악랄한 사슬로 구속하고 속박한 상태로 자유를 빼앗고 저질스럽기 그지없는 목걸이로 강제 복종시킨 초 최저 최악 상황의 멸망적 호감도에서…… 놀랍게도 크레이프 하나로 기적의 리커버리 샷을 날려 홀인원에 성공해서 에로 코미디 전개에 도달한 천신만고의 남고생이 있으니까 강한 의지는 바위도 뚫는다는 정신을 본받아 줬으면 좋겠네?"

"""그건 대체 어떻게 한 건데!"""

뭐, 그래도 어제는 그 장본인에게 사슬로 묶이고 습격당했지? 은근히 진지하게?

실은 수인국에 대한 원조 제안도 있었다. 수인국이 강해지면 왕국은 더 안전해지고, 수인 노예를 얻지 못하면 상국도 교국도 쇠퇴하니 좋은 일뿐이다. 하지만 수인국은 마음에 안 들어서 내팽개쳤는데…… 가보는 건 괜찮을지도 모르겠네?

"응. 무슨 일이든 견문은 필요해. 주로 동그란 꼬리라든가! 아니, 미소녀 토끼 귀 소녀의 동그란 꼬리를 어떻게 본 거지? 역시 태우자. 오타쿠는 소독하라고 옛날 위인이 말했다고 하니까?"

"""그 모히칸은 위인이 아니었을 텐데요!"""

하지만 이 녀석들은 이세계인이라면 괜찮을 것 같았는데, 마스코트 여자애에게도 과자를 주거나 선물을 주고 있지만…… 그걸 먹는 걸 떨어진 곳에서 싱글벙글 보고 있을 뿐이란 말이지? 응. 뭔가 팬클럽 같은 분위기라서 대화는 없고…… 이세계에서도 안 될 것 같네?

하지만 이 세계는 괴로움으로 가득하다. 응. 그야 배가 빵빵하게 차서 쓰러진 여자애들이 잔소리 체제로 포위 전개 중. 그렇다. 그 쭉쭉빵빵의 핸드 사인을 들킨 거다! 응, 도망치자!!

81일째 낮, 던전 지하 52층

아아, 역시 이곳이야말로 나의 휴식 장소, 마음 편히 쉴 수 있는 휴식의 던전을 나아갔다. 응. 변함없이 이세계는 던전 안이 제일 평온하고 안전한 힐링 공간이란 말이지? 뭐, 동급생의 잔소리에서 도망친 거니까 이세계는 사실 무죄인 느낌이 들기도 하네?

"그러고 보니 모험가도 늘어나고 장비도 좋아졌으니까, 던전도 모험가가 잔뜩 있을 줄 알았는데…… 아무도 없네?"

일단 깊고 위험하다고 보고하기는 했는데, 던전에서 모험가를 만난 적이 한 번도 없다. 응. 만남이 없어 보인달까, 매번 만나서 데리고 돌아오는 게 마물이란 말이지?

"미녀 모험가와 만나는 게 정석일 텐데……. 뭐, 아직 모험가가 되지는 않았지만, 길드에는 매일 꼬박꼬박 가고 있단 말이지? 응. 변하지 않았지?"

그렇다. 오늘도 좋은 접수처 반장의 눈흘김이었다. 장래에는 눈흘김 길드장으로 승진하는 것도 좋아 보인다……. 그야 길드장은 아저씨니까?

습도도 높지는 않다. 공기도 탁한 느낌이 없고, 벽도 바닥도 부자연스러울 만큼 매끄럽고 방이나 통로가 정돈된 느낌이 든다. 이게 깊은 던전. 깊은 던전은 동굴 같은 느낌이 사라지고 던전에 가까워진다……. 개조 중인가? 응. 나도 하고 싶네?

그리고 역시 내려가더라도 미녀 모험가는 없다. 마물에게 당할 뻔하고 있으면 구해주고 싶다는 기대감도 있는데, 변함없이 마물도 여기까지 도달하지 못하고 있지? 그렇다. 혹시 몰라서 줄곧 멋진 포즈를 잡고 있는데, 마물도 미녀 모험가도 나타나지 않는다. 응, 앞으로 나아가자.

"알기 쉽게 지금 상황을 해석하자면, 또 사역자만 놔두고 가고 있어!"

뭐, 마물은 전멸했을지도? 무희 여자애는 레벨 20을 넘어선 이후부터 괴물 수준의 강함을 드러내기 시작했고, 훈련에서도 확실히 얻어맞고 있다. 그리고 밤의 싸움이 더더욱 위험한 영역으로 깊이깊이 들어가고 있어서, 그야말로 가장 안쪽 깊은 곳까지 탐구심 왕성한 남고생의 대모험이 나갔다 들어갔다를 고속으로 반복하는 밤의 던전 돌파가 큰일이라고!

(뽀용뽀용)

"어서 와~ 맛있었어? 그보다 이 계층의 마물은 대체 뭐였지? 응. 보지도 못했는데?"

마석은 받았지만 마물은 모르겠고, 저번의 기억도 없으니까 저번에도 못 봤을 가능성이 높다. 즉, 매번 계단을 내려가기만 하는 건강하고 안전한 던전 돌파란 말이지? 슬라임 씨를 쓰다듬으며 걷고, 슬라임 씨를 어루만지며 나아갔다. 그러자 개운한 표정의 갑옷 반장과 무희 여자애가 돌아왔다.

"응. 이제는 마물과의 만남은 없어 보이지만, 어젯밤에도 만족의 건너편까지 과잉 만족감에 빠져서 쓰러져 있었는데 아직도 욕구 불만이야? 응. 오늘 밤은 좀 더 힘써 볼까? 뭐, 마물에게 화풀이할 가능성도 있겠지만 힘내자!"

그리고 53층은 훈련에 딱 알맞은 「레서 샐러맨더 Lv53」을 부탁하고 간청해서 나눠 받았다. 그렇다. 이게 사역자의 위엄이라는 거다. 그게 아니라는 설도 있지만 듣고 싶지 않다. 들리지 않으니까 안 들린다!

"결국 50층 계층주도 부활하지 않았고, 그곳은 『수고했매머드 Lv50』 같은 크고 신기한 이름의 마물이 있었던 기억이 나는데도 자리를 비웠지?"

그리고 이쪽은 「레서 샐러맨더 Lv53」. 레서라고 붙으면 귀여워 보이지만 열화판이다. 아마 lesser일 테니까 소형종을 의미하는 걸지도?

"뭐, 꼬마 샐러맨더라면 귀여운 느낌이 들어서 마물도 싫을 것 같고, 그리고 불도마뱀이라고 쓰면 혼나겠지? 응. 뭔가 공을 던지면 포획할 수 있을 것 같고 일곱 개 모으면 팬티를 받을 수 있을 것도 같지만, 여자 팬티도 내가 만들고 있으니까 필요 없단 말이지? 응. 또 추가 주문이 왔어…… 끈팬티가?"

(부들부들)

불꽃을 두른 도마뱀 남자. 뭔가 직립보행하는데 상위종인가? 바닥을 두드리며 소리를 내서 도마뱀 남자를 넓은 방으로 불러들였다. 집단전을 벌이는 게 끊임없이 싸울 수 있어서 연습에는 좋고, 분담하면 내 몫이 안 남으니까!

"그래. 여전히 이세계의 마물 부족 문제는 해결하지 못했고, 던전에서 줄곧 걸으면서 끈팬티를 만들고 있단 말이지?"

(부들부들!)

뭐, 주요 요인인 세 명은 누워있네?

론도(윤무). 다리가 떨어질 듯해서 재수 없는 이름이지만, 던전에서 떨어지는 건 경험자니까 신경 쓰지 않는다. 게다가 무너지는 건 런던 다리고 론도 다리는 아직 하치오지에 건재할 거다.

그러니까 론도…… 근데 윤무라고 하면 어째서인지 우아하고 아름다운 춤의 이미지란 말이지?

"희곡 론도는 밤일 전 남녀 두 명의 대화극 10선이고, 처음에는 창녀와 병사, 다음이 병사와 하녀, 그다음이 하녀와 젊은 남자에 이어서 마지막에 백작이 처음에 나온 창녀로 돌아가는 무시무시한 NTR 희곡이고, 그건 과연 춤출 때인지 여전히 의문이 드는 기만으로 가득한 희곡이란 말이지? 응. 그걸 만든 슈니츨러 씨는 1900년에 발표했는데, 당시의 성도덕이나 계급 이념에 노골적으로 반대되는 내용이라서 상연도 출판도 포기하고 자비 출판본 200부를 지인에게 나눠줬을 뿐이라니까?"

(부들부들)

검격이 번쩍이며 춤추는 참격.

"응. 전후에 검열이 사라져서 겨우 1920년에 상연이 가능해졌지만, 결국 법정 논쟁을 일으켜서 완전 문제작이 됐는데…… 춤추는 게 대소동이었지?"

(뿌용뿌용!)

아니, 그러니까 윤무인 거란 말이지?

"응. 설명하다가 『레서 샐러맨더』들이 다들 전멸해 버렸어! 모처럼 멋지게 '론도. 그것은 다른 주제를 끼워 넣으면서 같은 주제를 반복하는 형식의 악곡으로, 선율이 A→B→A→C→A→B→A로 반복되면서 처음 주제로 돌아가게 되니까……' 라고 말할 예정이었는데 희곡이 너무 문제라서 도달하지 못했잖아! 응. 해설하면서 잡으려고 했는데!"

(부들부들)

아무래도 잡다한 이야기 내용보다 「레서 샐러맨더」가 더 적었던 모양이네?

"수고했어~ 그보다 리스폰 숫자가 좀 적네? 뭐, 윤무까지는 완성?"

"움직임, 바뀜, 가능했습니다."

"다행이네요, 맞아요, 그래도 단조로워요."

(폼폼)

제1단계는 합격. 움직임에 변칙을 넣어서 완급이 있는 것처럼 보여주고, 움직임의 크기로 변하는 것처럼 보이고 있을 뿐인 페이크라서 근본적인 템포 자체는 변함이 없다. 반장 일행은 거짓 변칙에 현혹되어서 연계 타이밍이 어긋나 내 손바닥 위에서 놀아났지만, 한눈에 간파할 수 있고 간파하지 못하더라도 두들겨 팰 수 있는 미궁황들에게는 마구 얻어맞았던 모션 체인지.

"지금부터는 변박자를 습득해야 하려나?"

"변속의 폭, 중요해요."

지금까지 무박자를 지향한 만큼, 싸움에 리듬을 붙이려고 해도 템포는 단조로웠다. 사람은 무의식적으로 같은 템포로 움직인다. 그러니 읽힌다. 그걸 바꾸기 위해서는 변박자. 그 너머가 혼합 박자에서 무한 박자로. 무한한 박자를 자유자재 변환자재로 천변 만화시키는 것이 무희 여자애의 궁극기이자 묘기다. 하지만 그건 무리. 그야 갑옷 반장조차도 댄스 교실 강의를 받으면서 무리무리라고 했으니까? 하지만 그것에 조금이라도 다가간다면, 그건 흉내라도 최강의 무기가 된다.

"처음에는 넓게, 큰 움직임으로, 움직임에 일부러 지연, 만들면, 돼요."

그 박자를 빼고 속도를 올리는 변박자 부분이야말로 『전이』. 지금은 반 박자 정도밖에 할 수 없지만, 거기서 박자를 무한 변칙으로 바꿀 수 있다면 그 기술은 단순하면서도 결코 읽을 수 없다.

그렇다. 기술은 날카롭고 고도의 수준이 될수록 타이밍이 어긋나면 무의미해진단 말이지? 『전이』하는 순간만큼은 맞지 않으니까?

"이러면 『전이』를 몸에 동조시키면서 제어하는 『난격』을 날릴 수 있을지도?"

그러나 어긋나면 자멸한다. 아까는 다리가 부러졌지만, 이번에는 어깨가 부서졌다.

"뭐든 두르고 섞지 마요!"

뭐, 매일, 아니 매일 밤 단련해서 갈고닦아 레벨 8까지 상승한 『재생』이 치료해 주겠지. 응, 떨어지지는 않았으니까 세이프?

몸이 나을 때까지는 다른 일행들이 무쌍하고, 재생해서 나으면 훈련을 반복하면서 아래로 아래로 나아갔다. 그리고 최대의 난관이자 우리로는 잡지 못했던 궁극의 적, 60층의 계층주. 그 이름하여 「벌레즙 뿌리는 거대 파리」도 리스폰하지 않았다. 응, 그건 무리!

"잡화점에서 살충제를 왕창 샀는데, 안 쓰고 넘어갔네……. 그건 극혐이지?"

(끄덕끄덕)

(꾸벅꾸벅)

(뿌용뿌용!)

꽤 비싸고, 입하량이 적으니까 아낄 수 있다면 좋다. 그리고 오랜만에 만나는 「어새신 고스트 Lv66」은 오늘도 기특한 「어새신 고스트」였다.

"그래그래. 이 녀석들은 사라져서 접근하는데…… 우리는 다 보인단 말이지?"

몰래 다가와서, 베인다. 실체화하지 않으면 공격할 수 없지만, 계속 모습을 감추고 숨어서 오니까 마구 벨 수 있다. 그런데 기특하게도 사라져서 다가온다는, 어새신으로서의 직업 윤리와 고스트로서의 긍지를 겸비한 훌륭한 「어새신 고스트」들이었다. 뭐, 베긴 하겠지만?

그리고 67층은 안성맞춤인 「소드 위즐 Lv67」. 온몸이 칼날인 족제비로, 『마법 무효』를 보유했지만…… 바람 마법은 없단 말이지?

족제비 대군이 광대무변한 덩어리가 되어 쏟아진다. 검으로 하는 공격은 뻐끔뻐끔 여자애의 낭비 없는 합리적인 움직임, 그리고 몸놀림과 보법이 과제이자 난관이다. 이미지는 무희 여자애의 무도. 『지혜』가 기억하는 움직임을 따라간다. 그렇다. 상상만 하고, 망상에 이르지 않도록 섬세한 주의가 필요하다. 기억한 춤도 몸도 무척 야하니까 남고생에게는 곤란하기 그지없는 싸움이란 말이지! 응. 역시 몸의 움직임이 잘 보이려고 다 비치는 레오타드를 입고 춤추고 있으니까 곤란했다. 하지만 그것은 남고생의 영구 보존판이다!

"흡━━━!"

족제비가 쏟아내는 칼날의 비를 뚫고, 춤추고 돌면서 베고 가르고 찌르는 참격의 무도를 따라간다. 현실과 상상을 맞춰 보고 망상을 엿본다. 그야 그 잘록한 허리에서 이어지는 라인은 남고생을 망상으로 유혹하는 매혹의 보디라서 큰일이란 말이지?

벨 때마다 『전이』로 빠져버리는 박자를 맞추고, 『전이』의 기세를 죽이지 않고 다음 모션으로 연결하여 종합한다. 그것이 검무. 이것이 검술! 대처가 늦었던 족제비는 『마수』 씨로 몰래 찔러 죽이기도 하고 있지만 검술이다! 늦어서 타이밍이 어긋나면 『장악』으로 누르면서 베기도 하지만 검술인 거다! 조금 늦어서 『중력』으로 찍어 누르거나, 귀찮아서 『난격』을 날려 대혼란이 일어나기는 했지만, 검술이라면 검술!! 응. 눈흘김이 날아오고 있지만, 갑자기 하기는 무리란 말이지?

저 황당해하는 눈흘김을 보니 돌아간 뒤의 훈련이 위험해 보인

다. 그야 이세계에서 가장 괴롭고 힘든 싸움은 구타니까! 최근에
는 죽고 죽이는 싸움이라도 마물과 싸우는 게 더 편안함이 느껴진
단 말이지? 어라?

━━➤ 뱀도 보물 상자도 갈아입는 미소녀도 없다면 숨기지 말라고. ➤──

81일째 오후, 던전 지하 68층

 여기가 고민되는 지점이다. 시안은 여느 때처럼 살충제를 피워
서 해충 구제, 시간은 들지만 편하다. 게다가 지금 상황을 고려하
면 대련이나 하는 게 낫다는 사안도 없지는 않다.
 응. 시안화합물을 써서 독살하는 것도 고려해 봐야 할지도 모르
지만, 이런 곳에서 화학 병기 제조 실험을 시작할 바에는 바로 교
살하는 게 빠른 것 같다.
 "슬라임 씨도 먹어야 하고……. 68층은 벌레니까?"
 (뿌용뿌용!)
 뭐, 메뚜기를 팍팍 베는 게 올바른 해답. 하지만 창 모양으로 변
해서 날아오는, 가짜 창인 「스피어 호퍼 Lv68」은 변함없이 기척
탐지로 다 셀 수 없을 만큼 우글우글 몰려오고 있다.
 저번에는 살충제를 피운 연기를 메뚜기와 같이 『장악』해서 피
어오른 연기에 가뒀다. 하지만 난전이야말로 훈련이 된다. 왜냐
하면 검으로 상대하기 좋은 상대가 의외로 없단 말이지? 응. 있어
도 섬멸당할 경우가 많아서 없단 말이지?

"그보다 메뚜기가 깨물지 마! 아니, 그렇다고 찌르지 마!!"

메뚜기를 매도하는 배틀에서, 자괴가 일어나기 아슬아슬한 한계까지 『지혜』를 발동해 집중한다. 시간의 흐름과 메뚜기의 움직임이 느리고 완만해지는 초고속 사고에 의한 슬로 모션……. 느려진 데다 『나신안』으로 메뚜기의 얼굴이 또렷하게 보여서 징그럽고 극혐! 어린 시절에는 재방송에 나왔던 괴인 메뚜기 남자를 좋아했었는데…… 응. 메뚜기로 개조당하고 싶지는 않네!

"기세만이 아니라, 부드럽게, 예요."

종횡무진 검을 내질러 베면서 나아간다. 메뚜기 천국이 된 지역을 팍팍 쓸어버리는 대난투. 훈련에는 딱 좋고, 『전이』에 실수하면 찔리니까 움직임을 끊지 않고 필사적으로 검무의 진을 구축한다. 그야 찌르는 건 좋아하고, 특기이기도 하고 사랑한다고 봐도 지장이 없어서 매일 밤 과감하게 찌르고 있지만, 찔리는 건 싫거든? 응. BL도 싫지만 메뚜기에게 찔린다니, 이미 썩은 구울 여자에게도 수요가 없어!

"응. 메뚜기에게 박히는 얇은 책은 좀 아니지……. 있으면 무섭잖아!"

원심력을 이용하니까 반동도 없고, 몸에 걸리는 부하도 거의 없지만, 바쁘기도 하고 어수선하고 부산하고 분주하고 정신없고 눈이 핑핑 돌 정도라서 회전하며 베고 베고 춤춘다.

"자동 『선풍검』이나 『전자동 선풍기』 같은 게 필요해! 치트 보유자는 스킬 발동한 후에는 전자동인데, 이쪽은 전시대적인 완전 수동이고 자기 반응에 따른 자기 책임이라 무사고로 헤쳐 나가지 않으면 메뚜기한테 찔린다는 수수께끼의 벌칙 게임이 있는 망겜이란 말이야!"

실은 아이템 주머니에 투망 같은 게 들어있는데, 던지면 안 될까? 아니, 훈련이기는 하지만, 메뚜기 면상이 너무 짜증 나서 이제 질렸어!

"헥~헥~헥. 짜증 났어. 그 뾰족한 머리가 확대되어서 돌진하는 걸 『나신안』으로 보는 게 짜증 났다고! 아아~ 벌레는 이제 싫어. 이제 다음부터는 살충 처분하고 소각 처리하자! 헤엑, 헤엑……."

일행들이 내 등을 토닥토닥 두드려 주고 있다. 역시 『지혜』를 완전 전개하면 머리가 아프다. 뭔가 뇌세포 같은 게 파괴되고 있는 것 같은데, 그건 『재생』하더라도 기억 같은 건 괜찮을까? 잠깐. 내 기억 무사한 거냐고!

"으음, 이 나라는…… 모르지만, 변경은 확실히 오모…… 오메? 뭐, 어쩌고 영주인 메리 아버지는 부부싸움 무승인 아저씨? 응. 괜찮아 보이네?"

(부들부들)

하지만, 이렇게 궁지에 몰린다면 갈고닦을 수 있다. 지금까지 했던 것 중에서 가장 이미지대로 움직였다. 즉, 궁지에 몰리지 않으면 의욕이 안 나는데, 위험해지면 전력을 내는 건가?

"무기점 아저씨나 잡화점 누님에게도 ViT나 InT나 제어계 단독 효과 장비를 찾아달라고 했으니까, 조만간 기초 능력 향상은 가능하겠지?"

"확실하게 연습, 이에요!"

"그리고, 금방 질리면 안 됨!!"

(뽀용뽀용)

레벨과 함께 스킬 레벨도 올라가서 상위화되니까, 결국은 스테이터스가 따라가지 못하게 된다. 기술만이 정석이고 정당한 정공법, 올바른 해답이다.

"응. 뭔가 편하고 좋은 꼼수 없나? 그게. 받은 자괴 대미지를 오타쿠들에게 준다거나, 덤으로 불태운다든가, 마무리로 묻어버린다든가. 나는 그런 사람이 되고 싶단 말이지? 아니, 『망석중이』는 이미 가지고 있으니까 안 되어도 되거든?"

(부들부들)

그리고 다음은 「솔저 퍼핏 Lv69」. 대인전도 집단전도 대련에도 최적이고, 장비도 많아서 돈도 벌 수 있는 인형. 무엇보다 단독 스킬 장비가 나올 가능성이 크다. 저번에는 전쟁 장비 연습 상대로 딱 좋았는데, 이번에는 훈련 상대로 최적이고 돈도 많이 벌 가능성이 있는 근사한 적이 바로 이 인형이란 말이지.

"히얏햐~!"

(뽀용뽀용!!)

"인형과 노는 동화적 남고생이니까, 분명 호감도 상승의 기대감도 높아. 뭐, 인형을 베어 죽이고 있지만, 기대해도 되겠지? 이렇게 된 이상 인형과 살육전을 벌여도 올라가는 호감도와도 타협하는 허심탄회한 마음으로 도전하는 거야!"

(부들부들!!)

오른쪽에서 날아오는 검에 지팡이를 맞대고, 왼쪽 옆구리를 검이 통과한다. 그대로 선회해서 한꺼번에 베어버리고 앞으로 나아간다. 검으로 된 벽을 『전이』로 헤쳐나오고, 창이 깔린 진형을 『공중보행』으로 뚫으며 베고 돌아다닌다. 메뚜기와는 다른 데다 공간이 있다. 그러니 하늘도 무도의 자리다. 멈추지 않는 입체 기동으로 가속하는 참격의 춤에 말려들어 베인 인형들의 몸이 날아간다.

『칠지도』의 거대함을 활용해서 대검처럼 휘두르고, 창처럼 휩쓰는 살육의 무도. 그러나 진짜 『칠지도』는 자루를 포함해도 1미터도 안 되었을 텐데, 지금은 3미터는 가뿐하다……. 뭐, 『위그드라실의 지팡이』 자체가 신축자재고 변형도 가능하니까, 내장된 『칠지도』가 고지 가위처럼 늘어나더라도 놀랄 일은 아니지?

지팡이가 더 쓰기 쉽지만, 파괴력만 보면 『칠지도』가 압도적이다. 그리고 전혀 위화감이 없으니까 『봉술의 이치』로 보정도 된다. 아마 '찌르면 창, 휩쓸면 나기나타, 들면 태도'니까 검도 보정하면 되지 않느냐는 말을 M씨가 할 것 같아서 어쩔 수 없이 보정하고 있는 거겠지? 응. 이세계에서도 M씨 무쌍은 멈출 줄을 모르네.

"푸핫——."

잔해의 산이 마석으로 변했다. 「솔저 퍼핏」은 많았던 것 같은데, 리스폰에 종족 차이가 있는 건가? 인형 놀이 우선이라든가?

"너무 크게, 휘둘러요. 빈틈투성이, 예요."

"조잡! 발놀림이, 큽니다."

(부들부들)

엄격했다!

"아니, 『칠지도』의 파괴력에 맡겨서 휘둘렀는데, 그 숫자는 단번에 파괴하지 않으면 버겁잖아. 게다가 공중 기동까지 넣으면 아무래도 발놀림이 커지게 되는데, 그렇게 깨작깨작 『공중보행』이라니 구도상 이상하지 않아?"

그리고 무엇보다 귀찮았다. 까놓고 말하자면, 도중부터 질렸다! 그래서 파괴력 중시로 크게 휘둘렀고, 너무 깊이 파고든 거겠지. 그렇기에 신체 제어가 흐트러지고 리듬이 어긋나서 대회전으로 돌입하고 말았다. 역시 여유가 너무 넘쳐도 안 되는 모양이다. 분명 나는 역경에 강한 타입이랄까, 한계가 올 때까지 의욕이 안 생긴다고 해야 할까, 죽을 것 같아야 노력하는 타입인 거겠지……. 응, 뭔가 글러먹은 인간 같다!

혼나면서 아래로 향했다. 절대 잔소리에서 도망치려는 건 아니거든?

"오, 이건 ViT 단독이고, 이쪽도 제어 단독? 이건 놀랍게도 InT 30% 단독이잖아. 지금까지는 초라해서 팔아치웠는데, 이건 꽤 도움이 되네?"

주운 장비의 재고 정리. 이 기세라면 땜빵이었던 『터프 부츠 : ViT 10% 상승』은 처분할 수 있을 것 같다. 그러나 왠지 이 부츠는 땜빵을 위해서라고는 해도 돈을 내고 샀으니까 아깝다는 기분이 드는데, 이제는 용도가 없지?

"많이 나오기는 했는데, 미묘하지?"

부족하기는 하지만, 연결고리용 장비에 미스릴은 아깝다. 아마 갑옷 반장이나 무희 여자애의 장비를 미스릴화하게 되면 미스릴이 엄청나게 줄어들 거다. 높은 장비 효과와 필요한 미스릴의 양은 비례하는 경향이 있다. 낭비는 삼가야 한다. 요전에 접시를 미스릴로 바꿨다가 포크에 찔려서 구멍투성이가 되었으니까 인색하게 가자. 그리고 70층, 슬라임 씨가 좋아했던 서리 거인「요툰 Lv70」은 리스폰하지 않았다.

 "계층주는 드롭이 좋은데 전멸인가……. 계층주는 돈을 버는데 말이지?"

 (부들부들)

 그렇다. 날라리 리더의 흉기『영구빙창』도「요툰」의 드롭 아이템을 미스릴화한 것이다. 즉,「요툰」이 40마리 정도 리스폰해서 드롭해 준다면, 현재 파티 리더 말고는 배포하지 않은 강력한 병기를 모두에게 돌릴 수 있다. 하지만 그렇게 쉽게 돌아가지는 않으려나 보네? 응. 환영 깃발을 세워도 안 나오니까?

 "뭐, 길드 자료실에 있던 책에도 리스폰 계층주의 드롭 아이템은 초라하다고 적혀 있었으니까?"

 (뽀용뽀용)

 그렇다. 모험가 말고는 읽을 수 없다며 접수처 반장에게 혼나면서 읽었으니까 틀림없다.

 "응. 리스폰을 기대하는 것보다는 돌파하고 돌아다니는 게 나은 모양이야. 던전이 생기는 게 꽤 빠른 모양이니까?"

 (부들부들)

그렇게 해서 내려온 71층은 「플레어 스네이크 Lv71」. 이건 추워져도 동면하지 않고, 저번에도 훈련 겸 베고 돌아다닌 기억이 있다. 땅을 기고, 공중에 도약하며 밀려오는 불뱀의 무리. 빈틈 없이 밀집 상태인 뱀들을 베어버리며 춤췄다. 빈틈 없이 밀려오니까 간격에 들어간 직후부터 그저 베면서 도약했다. 발을 디딜 곳조차 확보하기 어렵지만, 슬로 모션의 세계에서는 그냥 거치적거리는 꾸물꾸물이다.

만약을 위해 저번에 「플레어 킹 스네이크 Lv71」이 있던 비밀 방도 엿봤지만, 뱀도 없었고 갈아입는 미소녀도 없었다……. 엿봐서 손해 봤다.

"확실히 『플레어 킹 스네이크』에서는 『명경의 대형 방패』가 드롭됐는데, 뱀도 보물 상자도 갈아입는 라미아 미소녀도 리스폰하지 않았네?"

뭐, 갈아입는 미소녀는 처음부터 없었으니까 리스폰이고 뭐고 없지만? 그래도 있으면 이 방 앞에 새집을 만들어서 체류 준비를 시작했을 거다! 보고 싶네!!

뭐, 미궁황들도 끄덕이고 있으니까, 아까 그건 합격점이었던 모양이다. 발놀림과 몸놀림에 의한 회피 중시에 이동 우선이 고평가였던 거겠지. 그러나 벌써 안절부절못하고 있다. 분명 인내심의 한계가 온 거고…… 내달릴 생각이 넘쳐나고 있다!

"그러고 보니 이 앞쪽에 있는 마물은 거의 기억이 없네?"

그렇다. 즉, 저번에도 이 주변에서 참지 못하게 되어 폭주한 거겠지. 응. 전혀 성장하지 않았다!

노사 분규 끝에 재고용 계약을 했는데
개선 조건은 모두와 똑같았다.

81일째 저녁, 던전 지하 80층

80층까지 내려왔지만, 80층 계층주였던 구름 마물 「그라운드
클라우드 Lv80」은 리스폰하지 않았다. 그리고, 슬슬 적당한 시
간이겠지. 마법이나 효과를 절약하고 몸에 대한 부담도 줄인 탓
인지 그다지 배가 고프지 않지만, 버텨봤자 앞으로 몇 층만 남았
으니까 80층이 딱 괜찮으려나?

"돌아가서 밥이나 먹을까? 오늘 밤은 애들이 요청한 햄버그&나
폴리탄풍 케첩 덕지덕지 빨간 저녁밥이고, 통상의 3배는 준비하
지 않으면 여자애들이 아이들 것까지 다 먹을 거야....... 응. 역시
그 포크는 몰수해야겠지? 그건 파스타를 먹기만 해도 여포 씨가
적토마를 짊어지고 도망칠 대소동이고, 아이들 식생활 이전에 영
향을 줄 우려가 있단 말이지?"

(끄덕끄덕, 꾸벅꾸벅, 뿌용뿌용)

70층부터 80층까지는 세 사람이 재빨리 쳐들어가서 유린전을
벌였고, 너무 빨라서 또 마물이 뭐였는지도 몰랐네? 응. 바위 같
은 게 힐끔 보였지만 감정할 새도 없이 부서졌네. 뭐, 그렇게나 날
뛰면 만족도 하고 배도 고프겠지. 최근 1인당 3인분 정도로는 완
전히 부족한데...... 그건 식비를 모두가 한꺼번에 내니까, 먹지

않으면 손해라고 생각하는 느낌이 있단 말이지……. 회계 시스템 재검토도 급선무겠네?

"뭐, 아이들은 예의범절 같은 건 내던지고 기운차게 배가 **빵빵**해질 때까지 먹으면 되지만, 여자애들은……. 그건 바보들의 악영향일까? 뭔가 슬슬 양동이를 들고 먹을 것 같다니까?"

(부들부들?)

게이트를 통해 단번에 지상으로 돌아가자, 바깥은 아직 밝지만 해가 질 무렵이다. 마의 숲을 조금 돌다가 돌아가자. 낌새도 알고 싶고, 벌채 의뢰도 나왔으니까?

"슬라임 씨, 통역 부탁해도 될까?"

현재는 「데몬 사이즈」들과 노사 교섭 중이다. 그렇다. 「데몬 사이즈」들은 다른 사역과는 다르게 『데몬 링 : 【악마를 사역한다(3명)】』을 써서 억지로 사역했다.

그래서 미안하니까 풀어주려고 했는데 싫어하더라고? 하지만 이대로 있는 것도 못마땅한 느낌이고, 의견을 몰라서 교섭이 난항을 겪고 있기에 슬라임 씨에게 중재를 부탁하고 싶단 말이지?

(뽀용뽀용)

이 「데몬 사이즈」들은 과자를 좋아하니까, 지금까지는 과자를 주고 벌채 의뢰를 했다. 그러나 불만이 있는 모양이라, 보수를 밥이나 미스릴이나 돈이나 마석 같은 걸 주는 걸로 교섭해 봤는데…… 아닌 모양이네? 하지만 해방도 싫은 것 같다. 그러나 과자는 먹고 있다. 슬라임 씨도 먹고 있네? 그거 정말로 교섭하는 거야?

(폼폼?)

"""……"""

풀어준 뒤의 고용 계약도 다수 준비했는데, 부탁은 들어주지만 뭔가 불만이 있는 듯한 미묘한 상태에서 좀처럼 개선이 안 된단 말이지? 응. 사역이란 참 어려운걸?

(뿌요뿌요)

"……!"

(뽀용뽀용)

"……?"

(부들부들)

"……!!"

(부들부들!)

이건 고용 조건에 관해 상의하고 있는 건지, 과자 이야기를 나누며 먹고 있는 건지는 모르겠지만…… 분위기를 봐서는 스위트 포테이토는 정의인 모양이다. 응. 아무래도 감자튀김도 괜찮은 모양이네? 하지만 「데몬 사이즈」들은 사역 조건의 차이 때문인지 레벨업이 빠르다. 이미 레벨 77이라니 운이 좋아 보이는 레벨인데, 그건 악마로서는 과연 어떨까?

단지── 무조건 풀어주기에는 너무 강하다. 언젠가 싸워야 하는 일은 피하고 싶은데……. 대화가 난항을 겪고 있는지, 또는 조건이 안 맞는 건지, 아니면 혹시 과자를 먹고 있을 뿐인 건가? 응, 수수께끼네?

(부들부들)

"""……."""

그래도 지금까지 「데몬 사이즈」들은 부탁하면 뭐든 해줬다. 과자를 주면 기뻐하는 게 전해졌으니까, 틀림없이 잘 지내고 있다고 생각했다. 하지만 억지로 사역하는 건 좋지 않아 보여서 교섭해 봤더니 불만이었던 모양이다. 그러니 조건만 내주면 받아들일 거다. 이 일은 전적으로 내 잘못이니까.

교섭하면서 느긋하게 걸어서 돌아왔다. 이제 햄버그는 반죽이 끝났고, 이후에는 굽기만 하면 되니까 서두를 일은 없다. 느닷없이 모닝스타를 든 갑옷 반장과 무희 여자애에게 쫓기면서 여관으로 향했다. 살아서 도착할 수 있을까?

"세상 남고생은 생각도 마음도 속내도 뜻도 대체로 전부 엉큼하단 말이지?"

그렇다. 분명 세상의 남고생에게서 엉큼한 부분을 빼버리면 기억 상실에 걸려 이름도 떠올리지 못할 거다. 요즘 남고생은 모든 것을 의인화해서 미소녀로 기억한다. 에도 막부의 역대 쇼군은 그야말로 망측한 하렘 상태로 기억하고 있을 거다!

"응. 어린 미소녀 쇼군을 좋아하는 녀석은 위험해 보이네. 있으면 신고하자!"

오늘 나온 아이템으로 장비의 향상도 진행되었고, 조정이나 훈련은 내일 하면 된다. 내일부터는 레벨 80 이상의 마물이 나오고, 만에 하나 즉사 공격이나 속성에 따른 위험한 스킬이 있을 수도 있으니 갑옷 반장네만 행동하는 일도 줄여야겠지. 내가 가장 약하지만, 가장 죽기도 힘들다. 가장 약하지만, 특수한 적이라도 확실하게 죽일 수 있으니까.

(뽀용뽀용뽀용뽀용, 부들부들!)

"아아~ 토라지거나 불만이 있는 게 아니라 따돌림이라 느끼고 있었다고?"

(((……!)))

섣부른 생각이었다. 에둘러서 빙빙 돌아 생각하는 바람에 어리석고 조잡하게도 이해해 주지 못했으니 우둔하기 그지없다. 응. 주인 실격이다. 그저 모두와 마찬가지로 자기 의지에 따라 사역당하고 싶었다. 언제나 함께 있었는데 그걸 몰라줬다니.

"미안해. 잘못했어. 전혀 알아주지 못했네. 『해제』. 이걸로 자유인데, 지금까지 미안했어. 그리고 지금까지 고마웠어. 그리고…… 앞으로도 함께 있어 주겠어? 응. 모두와 함께? 그래…… 고마워. 『사역』. 앞으로도 잘 부탁해? 라고나 할까?"

(((…… ♪)))

좋아. 과자를 통 크게 쏜다. 지금까지의 사과도 담아서 위자료 대신 과자 대량 투입이다! 분명 『데몬 링』 안이 쓸쓸했던 게 아니라, 자기들 의지로 사역당하고 싶었던 거다. 다 먹고 다시 『데몬 링』으로 돌아갔으니까…… 아니, 사실 출입 자유였던 거냐! 뭐, 거기서 사는 데 익숙해진 것 같지만, 『데몬 링 : 【악마를 사역한다 (3명)】』은 비어버렸는데, 다음 악마는 들어가려나?

그러면서 여관에 도착해서 저녁밥을 내놓자, 군웅할거에 뒤이은 삼국정립은 고사하고 각자 나폴리탄의 제패를 다투면서 여관의 대지에서 사투를 펼치는 만부부당, 천하무쌍의 식사였다! 역시 큰 그릇으로 내놓는 건 그만둘까!

"""잘 먹겠습니다&맛있어…… 한 그릇 더!"""

각 파티에 한 접시라면 사이좋게 먹을 줄 알았는데, 처절한 파스타 돌돌 말기 전쟁과 빨아들이기 다툼이 빈발했다. 응. 그래도 봉골레 비앙코를 먹고 싶은데 말이지?

슬라임 씨는 양동이로 먹고 있고, 갑옷 반장과 무희 여자애는 사이가 좋다. 선배라서 그런지, 무희 여자애는 갑옷 반장을 잘 따르는 것 같다. 사이좋은 건 아름답고 근사하고 야릇하고 요염하니까, 분명 오늘 밤도 무척 바쁘겠지. 응. 다른 테이블에서는 고아들이 사이좋게 나눠주면서 먹고 있다. 본받으라고!

그리고 전란이 종결을 알리고 나서는 슬라임 씨와 같이 목욕탕에 들어갔고, 뽀용뽀용 장난을 치면서 방으로 돌아왔다. 내일부터는 하층 구역에 진입하니 오늘 안에 장비를 정리해 두고 싶다.

"잘 생각해 보면 ViT를 올리고 싶은데 갑옷이나 방패가 없는 게 치명적일지도?"

(폼폼)

확실히 일곱 개 들어가는 방패 같은 게 있다면 ViT를 마구 올릴 수 있을 거다. 하지만 싸우든 피하든, 방패는 방해되잖아? 맞부딪칠 ViT도 HP도 없으니까, 방패는 들고 있어도 쓸 수 없다. 방패와 함께 얻어맞고 죽는 게 끝이겠지. 결국 피하거나 흘릴 수밖에 없으니까 방패는 방해가 된다. 그리고 갑옷도 장비 레벨이 부족하고, 그것도 방해라면 방해다. 뭐, 갑옷은 『천옷』에 복합하면 되지만, 방패는 모아도 소용없지?

"으음? 30%가 최고였을 테니까."

69층의 「솔저 퍼핏 Lv69」는 100대 넘게 있었으니까, 드롭 장비도 수백 개에 달한다. 돌아오다가 들른 무기점과 잡화점에도 주문한 것이 몇 점 입하했으니까, 눈에 띄는 것만 엄선해서 샀다. 그리고 왕궁 보물고의 아이템이 300개 있으니까, 그것도 감정하고 분류했다. ViT와 InT와 제어가 우선이고, PoW나 SpE는 제외하는 방향으로 골랐다.

"으~음. 『도깨비의 가죽 갑옷 : PoW · ViT 20% 상승, 회피(대), 근력 증강(대)』라니 가장 대박 같은데, 『근력 증강』은 어떤 의미일까?"

근력 증강이 ViT적인 의미라면 대박이다. 그러나 PoW적인 의미라면 자괴의 원인이 늘어나 버린다. 양쪽 모두라면 플러스마이너스 제로? 뭐, 비교 검토해서 취사선택할 수도 있으니 복합 후보로 남겨두자.

"복합할 수 있는 장비의 빈칸이 옷이 3에 망토가 5인데, 마수 씨가 들어있으니까 4? 글러브 4에 부츠 3이고, 부츠는 『터프 부츠 : ViT 10% 상승』은 교체 후보니까 실질적으로 4. 여기에 반지가 4에 관, 아니 카추샤는 통째로 비어있고 문제의 지팡이가…… 도검이 5에 지팡이가 4에 창이 텅텅 비어서 7이라니……. 방패 들어가려나…… 들어가네!"

이미 쿠사나기노츠루기에 미스틸테인의 창, 그리고 칠지도가 세트가 되어버린 가격 파괴가 상시 붕괴에 자기 파괴라서 내가 절찬 붕괴 중. 그러나 롱기누스의 창이라든가 진정한 트라이던트라든가 엑스칼리버 같은 게 나올지도 모른다.

그리고 반동이 너무 강해서 아군의 장비로 주는 것도 주저되니까, 내가 쓰거나 봉인할 수밖에 없다. 실제로 신검은 갑옷 반장조차도 싫어했다. 그건 신성 효과를 싫어한 게 아니라 폭주의 위험성을 염려한 거겠지. 제어 능력에 특화된 것은 사실 나뿐이다. 괜히 제어 능력을 부업으로 갈고닦으면서 밤의 싸움을 제압하고 있는 게 아닌 거다! 응. 돈도 벌고 즐겁기도 하지만, 훈련이라고 주장하면 훈련인 거다. 바보의 일념은 바위조차 뚫는다!

(부들부들)

"위로받고 있어!"

결국은 낌새를 보기로 해서 천옷에는 『도깨비의 가죽 갑옷 : PoW · ViT 20% 상승, 회피(대), 근력 증강(대)』와 『마법진의 홑옷 : 물리 마법 내성(대), 마법 제어(대)』에 『마법 가죽의 옷 : ViT 20% 상승, 강력』 세 개로 완료다. 망토는 『사선의 외투 : 참격 타격 내성 증대(대), +DEF』와 『철사의 망토 : ViT 20% 상승, 참격 찌르기 내성(대), 철갑화』 두 개를 넣어서 빈칸은 두 개 남았다.

글러브는 1개뿐으로, 『공각의 수갑 : ViT 20% 상승, 물리 마법 공격 내성(대)』를 복합해서 빈칸은 세 개. 부츠에는 『철의 정강이 장갑 : ViT 20% 상승, 물리 방어 효과(대)』와 『강각의 족갑 : ViT 20% 상승, 마력 경화』에 『메탈 칩 부츠 : ViT 20% 상승』과 『철갑의 그리브 : ViT 30% 상승, 신체 방어, 물리 내성(대)』까지 네 개를 넣어서 『터프 부츠 : ViT 10% 상승』은 필요가 없어졌다. 응. 모처럼 돈 주고 샀는데 손해 본 기분이다.

"관, 아니 카추샤는 빈칸이 다섯 개 통째로 비어있는데 『강철 투구 : ViT 20% 상승, +DEF』뿐이란 말이지?"

(뽀용뽀용)

문제의 지팡이는 방패를 넣어 보고 싶어서 『비연의 회피 방패 : ViT · PoW 20% 상승, 회피 방어 보정(대), 회피(대), 회복(대)』를 넣어봤다. 그렇다. 이게 높았다. 그리고 드롭 아이템인 『은철의 방패 : ViT 20% 상승, 물리 내성(소), 물리 마법 보조(소)』도 넣어봤다.

"10% 상승이나 효과(소)라면 아직 남아있지만, 내가 만드는 게 효과가 높아 보인단 말이지?"

(부들부들)

일단 예비, 아니 쓰고 버릴 후보만 남겨두고 나머지는 팔아치우자. 반지는 매물도 드롭도 없었고, 팔 물건도 좋은 게 없었다.

"아직 빈칸이 네 개 있고, 엄지는 무리더라도 앞으로 7개는 남아 있으니까 11개는 달 수 있을 텐데……. 뭔가 모든 손가락에 달면 졸부 같아서 싫은데, 떼부자니까 참을까?"

(뽀용뽀용)

뭐, 떼부자인데 돈이 또 없어서 여관비는 외상으로 달았다는 건 비밀이다. 응. 무희 여자애가 늘어난 만큼 요금이 올라갔단 말이지?

음식 재료비도 많이 받았는데 남지 않았다. 실은 재고 식량이 산더미처럼 있어서 살 필요는 없지만, 그걸 쓰는 게 들키면 또 잔소리다.

"다음에 외상을 달면 용돈인 5만 에레에서 여관비를 빼고 준다고 했으니까, 들키면 용돈이 실질적으로 3만 5천 에레라는 빈곤한 떼부자가 된다고……. 그러면 이제 추운 눈 오는 날에 성냥을 팔고 교회에서 슬라임 씨를 끌어안으며 종교화에 불을 질러 온기를 쬐며 교회도 교회 아저씨도 불태우는 일거양득 일석이조 두 마리 토끼를 쫓는 자는 두 마리 버니를 즐긴다는 불쌍한 떼부자가 되는데, 양손에 버니는 좋은 생각이네!"

(부들부들)

응. 토끼 귀는 좋지! 뭐, 목욕하고 나왔으니 땀을 흘리는 건 싫지만, 가볍게 낌새를 보고 싶으니 훈련장으로 가자. 응. 슬라임 교관도 머리 위에서 확실히 대기 중이거든?

◆━ **대체 이세계가 내게 뭘 원하는지 궁금하지만, 묻고 싶지 않다.** ━◆

81일째 밤, 하얀 괴짜 여관의 훈련장

두른다. 이제 숨을 쉬는 것과 같은 감각으로 『마전』을 걸 수 있다. 응. 매일 밤 힘내고 있으니까!

하지만 시스템도 여전히 이해하지 못했고, 여전히 미해명 상태로 그저 죽지 않으려고 『마력 두르기』였던 시절부터 두르고 살았다……. 이것이 없으면 마의 숲에 감도는 마력에도 견디지 못했으니까. 하지만 파악하고 분해하고 이해하면서 조합하고, 의식하면서 제어해 두르지 않으면 진가를 발휘하지 못하고 진화시킬 수도 없다. 아직 다음 단계가 있다. 아직 제대로 활용하지 못하는 단계니까.

그 순간, 무거운 공기가 몸을 휘감았다. 공기는 갑자기 기체가 아니라 액체로 변했고, 무겁고 끈적하게 휘감기기 시작했다. 그런 끈적한 세계에 잠기면서도, 무거운 공기를 헤치며 헤엄치듯 나아갔다.

"끄으으……으윽!"

고작 그것만으로도 고통스러운 목소리가 나온다. ViT란 체력, 신체 지구력, 신체 강도를 나타내는 수치일 거다. 그걸 끌어올린 만큼 부하를 견딜 수 있지만, 아프다. 부서져도 『재생』으로 낫지만, 아픈 건 아프다! 『마전』으로 물리 대미지는 줄어들지만, 그 『마전』 자체가 아프다. 마지막으로 『허실』까지 진행되면 근육 여기저기가 찢기고 온몸의 뼈가 조금 삐걱거린다. 금만 간 거면야 금방 낫지만 아프다고!! 하지만, 아프지만 쓸 수는 있었다. 단지…… 연속 공격은 무리네.

"장비로 끌어올리기는 했는데, 이 정도가 한계인 모양이네?"

역시 제어 능력 상승이 필요하다. ViT를 올려도 잘 부서지지 않을 뿐이라서 아프다. 바로 낫기는 하지만, 결국 또 금방 부서지고 항상 아프다!

(뽀용뽀용!)

"오오. 의미심장한 말이네. 과연, 적우침주(積羽沈舟)란 가벼운 깃털이라도 산처럼 쌓이면 배도 가라앉힌다는 뜻이지. 즉, 나도 가라앉는다? 안 되잖아!"

(부들부들!!)

"아닌가 보네? 그렇구나. 군경절축(群輕折軸)이라. 아무리 가벼운 물건이라도 많이 쌓으면 수레의 축도 부러뜨릴 수 있는데? 즉, 나는 부러진다? 완전 안 되잖아!"

(폼폼폼~!!)

"아아~ 그런가? 응. 분골쇄신의 마음으로 힘내라고? 아니, 정말로 뼈가 부러지고 몸이 갈리는데 그리고 살이 찢기는 유혈 상태니까 전혀 비유가 아니거든?"

"""왜 슬라임 씨하고 만담하고 있는 거야!"""

"게다가 둘이서 똑같은 나비넥타이까지!"

"아니, 이 나비넥타이는 무도회에서 쓴 건데, 슬라임 씨에게도 만들어 줬는데도 고아들의 보디가드를 하느라 보여주지 못했거든? 참고로 동그란 구체 드레스도 있었는데 나설 차례가 없었고, 변형에 방해가 되는 모양이라 창고행이야. 아깝네?"

목욕탕에서 나온 모양이다. 목욕탕에서 나온 고아들과 목욕하고 나온 미녀 23인에 둘러싸였다. 아직 몸에서는 수증기가 오르고 있고, 피부도 살짝 분홍색으로 상기됐고, 얇은 옷에 살색 면적이 압도적인 영역을 점령 중인 데다 아래쪽 반바지나 미니 원피스에서는 건강하고 긴 다리가 쑥쑥 튀어나와 있고, 위쪽의 무방비할 정도로 깊은 V넥 티셔츠나 탱크톱에서는 어깨와 가슴팍과 쇄골까지 드러난 채로 다가오고 있는데…… 가깝네?

""""와아아아아아――! 오빠~ 놀자~!""""

그리고 이번에도 뛰어든 고아들 탄막을 피하면서 돌파구를 엿봤다. 그러나 포진에 빈틈이 없다. 고아들 탄막 뒤에서 완전한 연계로 포위하고 있다!

"오빠, 주문이……."

"오빠! 신작 희망함!"

"오빠, 밤만쥬."

"오빠, 생크림 케이크 먹고 싶은데?"

"오라버니, *유카타가 필요해요."

"""오빠, 추가 주문……."""

함정이다. 이건 갓 목욕하고 나온 여자애들의 함정이다! 일찍이 이 패턴으로 일어나는 전개는 유일한 정석!!

"아니, 이 전개는 분명 요망이나 요청이나 탄원이나 조르기라고 핑계를 대면서, 알았다고 하지 않는 한 벌어지는 일은 단 하나뿐인 여자애 밀어내기 경기잖아!!"

다른 이름은 「말을 들어줄 때까지 맨살 꾸욱꾸욱 압살 지옥」인데, 포동포동하게 밀어붙이고 뽀용뽀용 짓누르는 천옥이라고도 한다! ViT는 올라갔고, 물리 내성과 회복도 보강되었다. 그러나 이 말랑말랑 부드러운 감촉에 속아서는 안 된다. 이 출렁출렁한 탄력은 레벨 100을 넘은 초월자들의 포동포동한 육감. 그렇다. 『지혜』로 연산하는데도 피할 수 없는 부드러운 살덩이 요새에 포위되어 살색 도가니에 휩쓸려서 탈출도 뜻대로 할 수 없다고!

훈련도 끝나서 『위그드라실의 지팡이』나 『망토』나 『글러브』를 해제한 게 치명적이었다. 어쩌다 잠깐 빈틈이 보이더라도 갑옷

---

* 유카타 : 일본의 여름 홑옷. 형태에 따라 여름 외출복, 잠옷, 호텔의 실내 가운, 목욕 가운으로도 사용된다.

반장이나 무희 여자애가 막아서 출구 없는 포동포동에 짓눌리고, 부드러운 살덩이에 튕겨나면서 여고생투성이 탁류에 휩쓸린다. 잠깐의 『전이』로 벗어나려고 해도, 의식을 집중하는 순간 표적이 된다!

"왼쪽 앞이에요!"

"반전은 페이크, 아래예요!"

여동생 엘프 여자애가 나의 의식 집중을 감정, 탐지해서 읽으며 지시를 보내고 있다! 그리고 반장의 지시대로 포위당해서, 여체에 마구마구 짓눌리고 육체 사이에 끼어서 몸이 휘감기는지라 조금의 틈새도 빈틈도 없다. 물론 『마수』와 『야한 기술』과 『진동 마법』에 『성왕』을 중첩해서 두르면 살색의 육체를 가진 어중이떠중이들은 순식간에 엎어지면서 전율하겠지. 하지만 그건 호감도에는 무척이나 좋지 않을 것 같고, 모처럼 목욕탕에서 나왔는데 또 목욕하러 들어가야 하니 불쌍하다. 그렇다. 그건 정통으로 맞으면 여러모로 좀 그래서, 다시 목욕탕에 들어갈 필요가 있단 말이지? 응. 요즘에는 이불 건조도 특기가 되었다니까?

"잠깐. 보통 요청하고 나서 밀어내기 경기를 벌였었는데, 왜 느닷없이 밀어내기 경기로 약화시킨 뒤에 요청하려는 거야? 그건 이미 요청이 아니라 다른 무언가고, 남고생에게는 위험한 교섭인데다 요청을 듣기 전에 욕망이 폭주했으니까 대참사 확정이고 위험 관리에 전념해야 하는 말랑말랑이니까 요망서를 제출하고 나서 교섭한 뒤에 실력 행사에 들어가라고! 응. 왜 느닷없이 육탄전부터 시작하는 건데!"

이제 틀렸다! 그러나 장비의 효과는 충분히 있었다. HP 감소는 미약하고, MP도 흡수 초과라서 전혀 소비되지 않았다. 그래도 남고생적인 의미로는 저항할 수 없었고, 이건 전용 『출렁출렁 내성』이라든가 『말랑말랑 무효화』 같은 특수 장비가 아니면 대항할 수 없다! 아마 있어도 대항할 수 없겠지만, 그건 그 어떤 남고생이라도 불가능하겠지. 그야, 이게 멀쩡하다면 BL이나 LO라고!

그래도 물리 공격은 무효화할 수 있으니까 장비 방면은 문제없다. 정신 방면은 내가 남고생이니까 어쩔 수 없다. 아니, 이건 절대 무리잖아!

"""" 오빠 잘 부탁해!""""

던전에서 돈을 번 모양이라, 주문표의 기세가 살아나 부업이 리스폰하다니…… 어?

"하나~둘~셋…… 21장. 즉, 전원 버니걸 버니 수트를 주문한다니…… 입는 거냐고! 어째서 버니걸이 될 생각인데!"

마침내 이세계에서 버니걸 여고생 가게가 문을 여는 건가. 아니면 카지노라도 만들 생각인가? 응. 돈 벌지도?

"그건 결코 싫지는 않다고나 할까, 토끼를 정말 좋아하는 마음씨 착한 남고생이라는 설정으로 호감도 상승을 노려볼까 생각할 정도로 토끼를 정말 좋아하거든? 응. 갑옷 반장의 흑버니와 무희 여자애의 백버니 사이에 끼어서 치유받으며 까르르 깔깔한 행복한 마차 여행을 했던 건 근사하고 기분 좋았으니까 정말 좋아하지만, 여고생 버니걸이 있는 가게는 굉장히 위험한 여관 같아서 영업 허가를 받지 못하는 게 아닌가 생각하는 바인데…… 허가 내는 건 메리 아버지니까 아무래도 좋을 것 같네?"

그러나 버니는 세간에서 보면 윤리적으로도 도덕적으로도 위험한데, 그 이상으로 남고생적으로 위험해!

(좋아. 주문표는 줬어!)

(완벽해.)

(안젤리카 씨네 이야기로는 버니 걸에 약하다고 했으니까…….)

(응. 오다네가 한 토끼족 미소녀 수인 이야기에도 달려들었고.)

(토끼를 좋아하는 걸까?)

(((……어느 의미로는 말이지!)))

그렇다. 이 망사 타이츠 버니는 너무 위험한 파괴력을 감추고 있다. 이게 23명이나 있으면 남고생은 이미 물리적 문제로 일어나지 못하게 된다! 이건 남고생이 필수적으로 고개를 숙여야 하는 행동 저해 효과가 있는데, 이걸 표준 장비로 삼아도 되는 걸까?

"나머지는 유카타 제안서인가……. 유카타 자체는 가능하지만, 무늬 때문에 아직 멀티 컬러화가 진전되지 않는단 말이지?"

이건 날라리 여학생들의 유카타 무늬 원판을 기다려야 하나?

"이쪽은 신작 뮬을 희망한다니, 벌써 신발 20켤레씩은 있지 않아? 지네야? 다리가 대체 몇 개인 거야!"

응. 다리가 너무 늘어나면 남고생의 한계치를 넘어설걸? 이후에는 여느 때의 수영복과 신작 속옷과 실내복 파자마 시리즈에 슬리퍼에…… 아니!

"나, 나나, 남고생에게 여자애 일용품을 주문하지 말라고! 하지만 이건 여럿이 희망한 걸 보면 진지한 모양인데? 뭐, 요컨대 흡수하는 무언가를 만들면 되는 거겠지만, 이 묘하게 자세한 설계도와 주문 포인트가 리얼하게 생생한데…… 새지 않고, 피부염이나 가려움도 안 된다고? 이, 이게 진짜 목적이었구나!"

견본 같은 그림이나 미사용품을 받았는데, 여고생한테서 미사용 생리대를 받는 남고생의 호감도가 매우 걱정된단 말이지. 대체 내 호감도는 어디로 가버린 걸까?

말하기 힘든 모양이었지만, 저번부터 요청은 있었다. 그러나 저쪽도 말하기 힘들겠지만, 이쪽도 굉장히 곤란하다. 응. 그러니까 억지로 밀어내기 경기를 들고나와서 밀어붙인 모양이다.

"즉, 절실한 건가……. 브래지어도 그렇고 생리대도 그렇고 여자는 참 고생이 많아 보이지만, 그걸 남고생더러 해결하라니…… 변태잖아!"

그나저나 또 복잡하고 하이테크다. 복층 구조의 표면 재료는 피부에 닿는 느낌을 중시하고, 메인 흡수체는 방습재에 스며들지 않게 일방통행이어야 하고, 거기에 미끄럼 방지도 딸린 구성이어서…… 참 심오하지만, 어째서 남고생이 그 심오한 부분을 매번 탐구해야 하는지 의아하고, 점점 박식해지는 자신이 조금 슬픈데 필요한 모양이니까? 이제 얼마 안 남았다고 한다.

"아아~ CM에서 개더라든가 날개라고 말하던 건 이 구조를 말하는 건가! 그건 CM을 볼 때마다 뭐라 말 못 할 기분이 드니까 조금은 남고생을 배려해 줬으면 하거든? 과연. 틈새로 새는 걸 막기 위해 이 부분을 넓고 딱 맞게…… 딱 맞게 붙는구나~ 형상이~ (흐릿한 눈으로 고민 중!)"

특수 섬유를 개발하거나 마법으로 대처할 수밖에 없다. 어째서 남고생이 이런 걸 대처하는 건지는 접어두고, 기술적으로 대처하지 않으면 다음을 진행할 수 없다. 응. 어째서 남고생이 이런 걸 생각해야 하는지는 생각하면 안 된다!

"화학 소재 없이 이세계에서 대처하려면 마법에 의지하고 싶지만, 『흡수』라든가 『건조』 같은 걸 실에 부여하면서 바느질해서 천 모양으로 만든다면 역시 천 생리대겠지?"

반복해서 쓰는 것이니까, 멀티 컬러에 『오염 방지』 효과를 부여하면 오래 버틸 거다. 과연 이게 남고생이 고민해야 할 문제인지가 문제인 게 아닌가 하는 문제 제기가 나올 것 같지만, 이 복잡한 구조는 확실히 대응하기 어렵다. 이미 『지혜』에 의한 분석이 진행되고 있고, 설계 연산이 시작되었다. 분명 『지혜』도 깜짝 놀랐겠지. 그야 나도 놀랐으니까. 설마 이세계까지 와서 브래지어를 만들다니 나는 대체 뭘 하는 건가 했더니만…… 이번에는 생리대다. 응. 이세계 전이는 대체 뭐였더라?

"역시 이 젤 소재는 석유 제품이겠지……. 게다가 이건 차갑고 착 달라붙는 그것과 똑같은 성분이잖아!"

그렇다. 나만 변태 취급을 받을 걱정은 없어진 모양이다. 그야, 아무래도 다들 이마에 붙이고 있다고 하니까. 응. 변태다!

"과거의 독서 지식 안에도 생리대 구조는 없었지?"

뭐, 있으면 뭘 읽고 있었는지 큰 문제가 되겠지만.

"근데 이세계 전이에서 생산 카테고리는 인기도 있었고, 자주 읽었는데…… 브래지어나 생리대 같은 걸 만들었던가? 읽은 적이 전혀 없어! 애초에 히로인도 있었지만 누구 하나 브래지어를 만들어 달라고는 하지 않았던 것 같은데? 응. 어째서일까?"

하지만 역시 종이는 땀이 차기 쉽다. 습기로 섬유가 부풀면 땀이 차고, 흡수하더라도 돌아가지 않게 하려면 통기성도 있어야 한다. 그렇다면 천밖에 없지만, 새지 않게 하려면 형상이 중요하고, 완전히 달라붙지 않으면 움직임에 따라 샐 우려가 있다. 딱 달라붙는 형상…… 형상이라니. (고장 중, 잠시 기다려 주세요)

"앗. 이거이거. 스포츠 브라를 만들 때 연구했던 『마력 성형』이잖아. 이거라면…… 내가 피팅하지 않아도 돼! 그야 아무리 생각해도 여고생이 쓰는 천 생리대의 형상을 딱 맞추기 위해서 피팅을 진행하는 남고생이라니, 완전 끝장이잖아!"

아마도 화학 소재보다는 마법 소재가 더 유리할 것이다. 그러나 코스트 측면에서 일회용으로 쓰면 비싸지고, 새로운 이세계 소재가 발견되지 않는 한 예비를 두는 게 한계겠지. 응. 생리대의 흡수 소재 탐구를 위해 이세계를 모험한다니, 뭔가 싫잖아?

"후크로 팬티에 걸면 틀어지지 않을 테니까…… 개더 부분을 『마력 성형』하고, 날개 부분의 형태를 개별적으로 설계하면서 천 한 올 한 올에 『흡수』와 『건조』를 교대로…… 여기서 스며드는 대책을 위해 단방향 한정으로 『방수』하면…. 아아, 왠지 굉장히 좋은 완성도이긴 하지만 반대로 슬픈 마음이 드는 멜랑콜리 남고생이 되었는데, 역시 이건 남고생이 완전히 이해하고 궁극에 도달해서 되는 물건이 아니지 않을까? 진심으로!"

그리고 가장 큰 문제가 남았다.

"우선 이걸 테스트한다 치고, 다음에 개량하려면 사용……해야겠지." (생각 중)

게다가 천 생리대는 세탁이 필요하지만, 『오염 방지』효과와 마력 섬유 덕분에 내구성은 발군일 거다.

"단지…… 특수한 마법 소재를 세탁할 수 있는 건 나뿐이란 말이지……." (비애 중)

이날 밤, 머나먼 밤하늘의 태양을 바라보며 우수에 잠긴 한 명의 남고생이 슬픈 눈빛으로 생리대를 가만히 바라보고 있었다고 한다. 본인 이야기? 라고나 할까?

← 최근 고아들 런처의 난사 속도를 보건대 『가속』을 익힌 걸까? →

81일째 밤, 하얀 괴짜 여관에서 여자 모임

정보 수집을 이어가서 모인 정보를 집적하고 다시 편집하고 해석을 거듭해서 마침내 『성왕』의 약점을 알아냈다!

"""설마 했던 토끼 속성!"""

그렇다. 왕도에서 돌아오는 길에 마차 안에서 버니 걸들과 싸울 때도 "넋을 잃어서, 빈틈, 생겼어요."라는 정보에 "토끼 코스프레, 안 벗기려고 합니다, 그 틈이 기회!"라는 정보까지 들어왔다. 그리고 오늘 토끼 미수인에 달려드는 걸 보고 확신으로 변했다. 약점은 토끼(버니)!

"근데 실은 치파오에도 약하다던데?"

"그래도 그래도, 차이나는 방어력이 약해서 입은 채로 덮친대."

그렇다. 그래 봬도 버니걸은 수비가 단단하다고 한다.

"근데 비서도 약점이라지 않았나?"

"미니스커트는 성왕이 금방 덮친다고 했어!"

"근데 레오타드와 방어력은 다르지 않고, 그것도 약점이라고 하던데?"

"레오타드, 젖히고, 버니는 벗겨질 때까지 공격할수 있습니다!"

"""그렇구나!"""

그렇다. 공격을 당하기만 하면 안 된다. 일방적으로 공격하고 끝장을 보지 않으면 역습을 당해서 죽는, 무시무시한 파괴력이다!

"하지만, 학교 수영복도 약점이라고 했는데."

"그것, 도…… 젖혀서 끝나요. 부르마도, 안 됐어요."

"그보다 아무것도 안 입는 것도 약점이랬는데."

"""아무것도 안 입으면 단숨에 죽어버리니까!"""

응. 실은 대체로 전부 약점이다. 그러나 버니 수트는 신축성이 낮은 새틴 같은 광택 있는 옷감이라서 늘어나지 않는다. 그리고 벗기기 어렵고 잘 벗기려 하지도 않으니까 벗겨질 때까지가 승부라고 한다! 그런데 사슬로 묶어도 안 된다니…… 묶어 봤구나!

이세계에서는 여성 측에서 헌신하고 봉사하는 게 중요한 의미를 가지고 있고, 특히 옛날일수록 그 감각이 강해서 안젤리카 씨나 네페르티리 씨가 봉사할 생각이 넘쳐나는 건 애정과 충성의 표현이다. 그런데 더 굉장한 봉사로 돌아오니까 훨씬 더 봉사하고 싶어져서 더한 봉사가 시작되고…… 그 결과, 강제 봉사 결전으로 난투가 시작된다고 하네? 응. 어째서인지 패배하고 있어서 매일 어떻게 압도적으로 봉사할 수 있느냐로 목표가 변했지만?

"애정과 충성과 헌신을 위해 사슬로 묶고 봉사로 유린……."

"""응. 뭔가 다른 싸움이 되지 않았어?"""

옛날 이세계의 감각으로는 강하고 훌륭한 남성은 아내나 첩을 잔뜩 뒀고, 모두가 감사를 바치며 열심히 봉사했다고 한다. 그리고 그에 응해서 남성은 아름다운 옷이나 보석을 선물하고, 맛있는 식사나 과자를 나눠준다.

즉, 안젤리카 씨와 네페르티리 씨 쪽에서 보면, 자신을 구해주고, 갚을 수 없는 은혜를 받고, 언제나 언제나 믿을 수 없을 만큼 다정하게 대해 주는 데다 예쁜 옷이나 보석이나 맛있는 식사나 과자까지 매일매일 주는 셈이니까, 그래서 봉사하려고 했는데…… 반대로 봉사를 받아서 기뻐하고 있으니 전혀 은혜를 갚지 못하고 있다는 심정인 모양이네?

"아니, 하고 있거든? 그거 엄청 좋아하고 있으니까."

"맞아. 옷도 보석도 밥도 과자도 기뻐하길 바라면서 주는 거니까, 확실히 기뻐하고 고마워하기만 하면 돼."

"그리고 전투 면에서도 호위 면에서도 대활약이잖아."

"게다가 하루카는 함께 있어 준다는 걸 기뻐하고 있어요. 그것만으로도 기쁘니까 선물을 많이 주는 거예요."

그렇다. 그건 하이퍼 동방박사의 선물 인플레이션 ver 무한 착각 방향성이었다.

"그건 한쪽이 머리핀을 선물하려고 은시계를 팔았더니 다른 한쪽이 은시계 사슬을 선물하려고 머리카락을 팔았고, 그건 언뜻 무의미해 보이지만, 그렇기에 서로를 생각하는 마음이 동방박사의 선물이라는 이야기였던가요."

"응. 이쪽은 서로가 서로에게 강제 실력 행사로 철저하게 기쁨을 선사하는 궁극의 선물 배틀로 발전했고, 매일 밤 성왕과 미궁황 두 명이 사력을 다해 봉사 인플레이션을 벌이는, 받아내면 잔뜩 죽어버리는 흉악한 음란박사의 선물이지만?"

"""응. 서적화는 어려워 보여."""

"판매 금지가 틀림없겠어!"

서로가 감사하고 아끼면서 선물하는 것까지는 똑같은데, 대체 어디가 어떻게 되었길래 성 기술의 극한으로 둘이서 덤벼드는 절세 미녀를 성왕이 촉수로 맞받아치는 수수께끼의 배틀이 시작된 걸까? 응. 오늘도 눈을 떼어놓을 수 없는 격전일 거다!

아무것도 없는 안젤리카 씨와 네페르티리 씨는 몸도 마음도 모두 바치려고 하고, 아무것도 없는 두 사람에게 모든 걸 되찾아 주려는 탐욕스러운 강탈자가 오늘 밤도 치열한 싸움을 반복하겠지. 서로가 서로에게 전력으로 행복을 나눠주는 동방박사의 하르마게돈은 끝이 보이지 않는다.

그리고…… 안젤리카 씨와 네페르티리 씨는 여자에게 가장 존귀한 일은 경애하는 남자의 아이를 낳는 것이라고 말하는 고전적 생각의 소유자들이었다. 그러니까…… 마물이 된 두 사람은 사람과의 사이에서 아이를 가질 수 없다. 응. 여자의 날도 안 온다고 한다. 그러니 적어도 뭔가 보답하고 싶어서, 그 마음과 몸으로 대접하려고 하는 거다. 오늘도 덮칠 생각이 넘쳐서 옷 고르기에 여념이 없다! 오늘 밤은 체조복과 부르마로 갈 생각인 것 같은데, 이 두 사람은 몸매가 너무 좋아서 완전히 다른 걸로 보인단 말이지?

"앗! 나도 부르마 부탁할까."

"응. 이렇게 보니 괜찮네."

"의외로 스포티해."

"""응. 추가 주문하자!"""

겨우 던전 진입의 일상이 돌아와서 빚이 줄어들었는데, 추가 주문을 하면 더 늘어나잖아?

하지만 즐거워 보인다. 변경에서 우리는 행복을 손에 넣었다. 언제나 언제나 절망하던 우리가.

이 여관과 동굴만이 행복한 추억이고, 그곳이야말로 모든 걸 잃어버린 우리의 보물이다.

그러니까 행복해지자. 그저 이곳과 주변의 모두를 지키고 싶다. 돕고 싶다.

그래서 귀족이 되고 싶다는 아이는 아무도 없었다. 그야 절대로 떨어지고 싶지 않으니까.

왜냐하면, 행복해졌으니까. 이 나날이야말로 보물, 모든 것을 잃었지만 많은 행복을 받았다. 그래서 다들 변경에 돌아오고 싶었다. ——지금, 우리가 가지고 있는 행복한 추억은 변경에밖에 없으니까.

그리고 아이들을 목욕탕에 넣어주고 나서, 여자 모임은 주문 문제로 옮겨갔다.

"그게 슬슬…….."

"근데 그걸 부탁할 거야?"

"다른 방법이 없어요."

"부끄러워서 도망칠 것 같은데?"

"일단 전부터 부탁했었거든~?"

"무리일까~?"

"그래도 만들어 준 예쁜 속옷이 더러워지면 싫어."

"""그렇단 말이지!"""

안젤리카 씨와 네페르티리 씨가 자기들은 어디까지나 첩이고, 우리가 본처라고 주장하는 이유 중 하나가 이거다. 두 사람은 경애하는 남자의 아이를 낳지 못하는 것을 무엇보다 큰 죄악으로 여긴다. 그리고 우리는 괜찮다. 그러니까 여자의 날이 문제다.

고레벨이니까 몸에는 문제가 없다. 몸은 괜찮고 휴일도 필요 없지만, 무리한 부탁을 해서 하루카가 만들어 준 그 예쁜 속옷은 절대로 더럽히고 싶지 않다. 옷도 속옷도, 모든 것을 잃어버린 우리가 받은 보물이다. 그것도 전부 소중한 추억이다.

"그래도 부탁하기 힘드네."

"그래도 필요하잖아?"

"""밀어붙일까?"""

아마 진지하게 설명하고 진심으로 부탁하면 만들어 줄 거다. 싫다 싫다 떠들면서도, 부끄러워하면서도 정말 곤란해 보이면 만들어 줄 거다. 하지만 진지하게 설명하고 진심으로 부탁하는 게 부끄럽고, 분명 하루카도 부끄럽겠지만 우리도 굉장히 부끄럽다.

　고민하면서 목욕탕에서 나와…… 모두가 뭐라 말해야 할지 열심히 고민하고 있는데 하루카는 우리 마음도 모르고 슬라임 씨와 만담을 벌이고 있었다. 응…… 뭉개버리자.

　"""왜 슬라임 씨하고 만담하고 있는 거야!"""

　"게다가 둘이서 똑같은 나비넥타이까지!"

　기척을 한발 먼저 감지한 슬라임 씨는 쥘부채를 수납하고 도망쳤다. 지금은 하루카가 고아들 런처 난사에서 도망치고 있고, 빈틈도 낭비도 없고 끊기지 않는 변환자재의 보법에 아이들이 휘둘리며 요격당하고 있다. 그렇다. 완전히 빈틈없는 포위, 그러면서도 접근전에서 밀집하지 않으면 도망치게 된다. 저건 한순간이라도 『전이』로 소실되면 빠져나갈 수 있다. 없는 건 붙잡을 수 없다. 그야 존재하지 않으니까.

　그래도 포위는 완성되었고, 이쪽에는 엘프의 무녀 이레이리아 씨가 있다. 그 능력은 『감정 탐지』와 『사고 감지』, 하루카의 『전이』 순간과 방향만 안다면 이중 포위로 압살할 수 있다. 그렇다. 우리도 강해졌단 말이지!

　"오빠, 주문이……."

　"오빠! 신작 희망함!"

　"오빠, 밤만쥬."

　하루카는 장비를 전부 해제하지 않았다. 하지만 이쪽은 목욕하고 나와서 따끈따끈한 여고생들이 매끈매끈한 피부로 미끌미끌한 맨다리에 촉촉하게 달라붙은 얇은 옷에 육감이 가득 담긴 색기 넘치는 여고생 포위망이다. 억누르기만 하면 함락된다. 함락할 수 있다!

"오빠, 생크림 케이크 먹고 싶은데?"

"오라버니, 유카타가 필요해요."

"""오빠, 추가 주문⋯⋯."""

아무리 그래도 여자의 날 때 쓰는 그거라고 말할 수는 없으니까, 이것저것 추가 주문을 붙이면서 밀어내기 경기로 들어가 압살했다. 뭔가 아우성치고 있지만, 얼굴은 기뻐 보이니까 집중력은 약해졌다. 그렇다. 그렇게나 매일 밤 과격한 일을 하는 것치고는 색기에 약하고 쑥스러움을 타는 성왕이란 말이지? 응. 곤란한 표정으로 마구 짓눌려서⋯⋯ 가라앉았다. 격침 확인!

"""오빠, 잘 부탁해!"""

하지만 확실히 모두 성왕의 약점인 토끼 장비도 주문한 것 같다. 멀티 컬러라면 빨간색이든 하얀색이든 검은색이든 자유자재로 바꿀 수 있으니까, 턱시도 조끼와 나비넥타이에 소매 팔찌도 주문했으니까 분명 귀여울 거다. 응. 문제는 나설 차례가 있느냐지만?

그리고 도망치듯이 아이들을 데리고 돌아왔다. 힐끔 돌아보자, 곤란한 표정을 지으며 머리를 긁적이면서 투덜대고 있었다. 이미 만들어 줄 생각인 모양이라 최초의 난관은 넘어섰지만⋯⋯ 그 이후가 최악 최흉 최고 난관이란 말이지?

"시착은 있으려나?"

"없겠지!"

"천이라면~ 있을 수 있지~?"

"확실히 딱 맞추지 않으면…… 그렇지?"

"""맞춘다니! 딱 맞춘다니!"""

그렇다. 가장 위험한 공격력을 자랑하는 성왕님에게 가장 위험하고 약한 부위에 딱 맞추는 치수로 조종하고 보정받는다니…… 소녀는 전멸의 위기?

"누구부터…… 아, 반장인가?"

"""응응."""

그렇다. 나라면 『재생』도 있으니까 몇 번이든…… 아니, 잠깐 기다려어어어!

"어? 왜 나인데? 왜 결정하고 있어? 다들 같이 가는 거지? 적어도 제비뽑기로……."

혼자서라니 절대 무리! 그보다 처음도 무리! 그, 그, 그, 그그, 그, 그치만 측정할 거 아냐! 하루카가 확실하게 딱 맞춰서 밀착하고 밀접하게 측정한다니, 맞춰본다니, 그치만 거기, 그곳은……. (화끈)

"""의료반~ 여느 때의 그거."""

"라저. 에잇(아움♪)."

응. 소녀에게 필요하지만 소녀에게는 너무 위험해서…… 제작자가 성왕이라니 무리야(울음).

> 복숭아를 두 개 먹었더니 멜론이 네 개 나온 것 같다.
> 앵두도 빠짐없이 따라 나온 모양이다.

81일째 심야, 하얀 괴짜 여관

뭐, 생리대는 완성했다고 봐도 되겠지. 이걸 남고생이 완성했다고 단언해도 되는 건지 굉장히 의문이지만, 완성했다. 그리고 사용해 볼 때까지는 개선할 여지가 없지만, 갑옷 반장이나 무희 여자애는 여자의 날이 오지 않을 거다. 응. 시착을 부탁하는 건 좋지 않겠지.

뭐, 여자애들에게 주고 리포트를 써달라고 할 수밖에 없고, 일단 『오염 방지』 특화형의 크고 조금 촌스러운 팬티도 만들어서 인원수만큼 놔뒀으니까 시험은 가능할 거다.

장비를 벗어서 테이블 위에 올려놨다. 여전히 내 몫의 앵클릿이나 목걸이는 장비하지 않았으니까, 뭐 빈칸이 있기는 하다.

"하지만 액세서리를 너무 짤랑짤랑 매달고 다니는 남고생은 미묘한 느낌이 드는데, 장비의 개수로는 중요하단 말이지?"

(뽀용뽀용)

그리고 오늘의 전리품 중 미묘한 장비를 늘어놨다. 왕궁 보물고의 물건과 도시에서 산 물건은 장비했지만, 「솔저 퍼핏」의 장비는 거의 손대지 않았다.

"으음. 이쪽이 ViT 20%하고 InT 20%, 저쪽이 방어 계열이고…… 이쪽도 미묘?"

분명 효과만이라면 이『반사의 방패 : 반사』나『순전(瞬轉)의 망토 : 순전』같은 것도 쓸만한 장비다. 하지만 이 효과도 두르게 되면 제어가 또 복잡해져서 자괴할 원인이 될 수도 있다. 하지만 아깝네?

"응. 스킬 장비는 낭만이라고……. 그게 자괴의 원인이지만?"

(부들부들!)

특히『순전』같은 건 보법에도 즉시 효과가 있어 보이니까, 분명 두르면 움직임 전체에 보정이 걸리고 몸 기술 전반에서 향상 효과를 얻을 수 있을 거다. 응. 장비는 뒤로 미루고…… 그래도 로망이 잖아?

지금은 복합한 장비를 줄이는 것도 생각해야 한다. 능숙하게 다루는 것을 우선해서 조정해야 하지만, 지금까지 있던 능력이 갑자기 사라지는 게 왠지 무섭다. 실전 중에 감각이 어긋나거나, 지금까지 할 수 있던 걸 하지 못하는 게 너무 무섭다. 그래서 장비 교환은 밸런스를 생각하면서 진행할 필요가 있다.

"이『반사의 방패 : 반사』를 지팡이에 복합하고, 원래 망토에 넣어둔『마법 반사의 망토 : 마법을 반사한다』를 교체하면 밸런스는 잡히려나?"

그리고 마법 반사에 한정하지 않고 전체 반사로 물리 반사 효과도 얻을 수 있을 거다. 그러나 실제 능력을 검증해 보지 않으면 비교할 수 없고, 실은 장비의 진가는 미스릴화할 때까지는 알 수 없는 경우가 많다. 하지만 경향은 있다……. 좋은 장비일수록 부피와는 상관없이 미스릴 요구량이 많다. 그러니 미스릴화만 해도 좋은지 나쁜지의 판단 기준이 된다.

"어느 쪽도 당첨 같기는 한데, 미스릴로 바꾸면 또 제어가 어려워질 게 틀림없으니까? 우선은 기반 향상이 우선이니까, 역시 제어계가 최우선인가?"

응. 『허실』로 자괴해서 아픈 건 언제나 그러니까, 일단은 싸울 수 있을 정도까지는 돌아왔다. ViT는 늘릴 수만 있다면 늘리고 싶지만, 제어계를 우선해야 한다. 보조계는 『재생』이 올라가는 건 고맙지만, 다른 효과도 보조하고 있으니까 결국 자괴의 원인이 된다.

원래 장비는 자신의 전투 스타일에 맞춰서 조합하는 것. 그걸 현재 장비와 조정하면서 골라야 한다. 그러나 몸이 망가지게 되면 그런 걸 따질 수가 없고, 원래 전투 스타일은 고사하고 무슨 직업인지도 알 수가 없는 상태다. 응. 여전히 무직이라는 건 확인했다!

"마물을 몰래 두들겨 패는 마력 특화에, 모든 마법을 두르고 고속 이동하며 몰래 돌격……이라니. 그런 스타일은 없어! 몰래몰래 돌격하는 마법직이라는 장르는 아직 존재가 확인되지 않았다고!"

그렇다. 스타일에 최적화된 장비라니, 우선 스타일이 최적화되었으면 좋겠단 말이지?

"미스릴도 캐러 가야 하니까……. 슬슬 갑옷 반장이나 무희 여자애의 장비에도 손을 대고 싶으니 아무리 많아도 부족하단 말이지?"

소재가 모이면 『레츠 고 마도구!』에 실린 장비 아이템도 만들 수 있다. 아직 손대지 못한 기술이 많고, 아마 가르쳐 줘도 동급생들은 생산할 수 없을 거다.

"여자애들은 단념하지 않고 요리부 여자애를 중심으로 요리 특훈을 하고 있단 말이지. 소용없을 텐데?"

그야 직접 요리를 만들 수 있더라도, 조금이라도 마법이나 스킬이 섞이면 폭발하거나 타오른다. 그건 틀림없이 직업의 제약이다.

"응. 아무리 요리를 못하더라도, 그리 쉽게 폭발하지는 않는다고 생각한단 말이지?"

(뽀용뽀용)

나를 제외한 모두가 전투직. 전투 기술은 오르기 쉽고 보너스도 얻을 수 있지만, 그 이외는 페널티가 부과되는 것 같다. 오타쿠들의 경우는 저주받은 것 같기도 하다. 응. 투창을 만들어 봤더니 장의자가 되었고, 식당에서 고아들이 마음에 들어 하는 것 같더라니까?

"역시 생산직인가? 그보다 무직인데 말이지. 아무것도 되지 못하지만 페널티도 없……으니까 전부 할 수 있다는 건가!"

(부들부들)

보통 『마을 사람』 같은 걸 시작 직업으로 얻는다고 한다. 나만이 『무직』. 뭘 하더라도 직업을 얻지 못하고, 촉수만이 꿈틀꿈틀 붙고 있네? 아니, 이게 무슨 촉업이냐고!

"이 『마창 : InT 상승』을 넣어두자. 나머지는 『마신(魔身)의 로

드 : 마법으로 신체를 강화』도 수수하게 괜찮아 보이고, 『마력의 망고슈 : 마력으로 방어 방위 효과』도 괜찮아 보이네?"

섞으면 위험하다고 해도, 섞고 싶어지는 것이 남고생의 슬픈 운명이라는 거다.

"ViT 계열은 갑옷과 부츠가 많으니 이미 꽉 찼단 말이지? 뭐, 바꿀 정도의 물건도 없고?"

(뽀용뽀용)

"어? 반지? 아얏, 『데몬 링』을 미스릴화하라는 거야?"

(부들부들!)

(((……♪)))

뭐, 대우 개선이 될 테니까 미스릴화 정도는 싸게 먹히는 거겠지만…… 만약을 위해 데몬 사이즈들을 밖으로 내놓고 슬라임 씨와 함께 과자를 먹여줬다. 그동안 미스릴화를 해보니 『마신의 반지 : 【마신·악마를 소환 사역한다(마력량에 따른다).】, InT·MiN 50% 상승, 마술 제어(특대)』가 되어서 단번에 어마어마하게 안 쓰러워졌다.

"InT 50% 상승에 마술 제어 특대라니 대박이지만, 다른 건…… 못 본 걸로 치자?"

뭔가 마신이라든가 소환이라는 위험한 글자가 보인 것 같지만, 분명 기분 탓이다. 응. 남고생이 마신 소환이라니 무조건 안쓰러운 계통이잖아!!

아무리 그래도 다시 훈련하러 가는 건 귀찮으니까, 반지는 내일 시험하면 되겠지.

"이후에는 보물고에서 얻은 물건만 미스릴화하고 1인당 3개까지 무료 바겐세일을 열면 되려나? 원래 포상의 일환이기도 하고, 그리 뛰어난 물건도 아니니까?"

(부들부들)

수준은 그리 좋지 않지만, 기반을 향상하기에는 충분하다. 여동생 엘프 여자애의 장비도 갖춰야 하고, 아무튼 많이 필요하다. 이런저런 장비 아이템을 만들고, 덤으로 개조에도 손을 대고……『지혜』로 인해 출력이 급상승해서 머리가 아프지만, 장비 효과로 버틴다. 확실하게 제어하게 두고 복잡한 분석과 계산에 기반한 예측을 세워서 실증하며 오로지 재연산을 반복했다.

(꾸물♥)

(꾸물꾸물♥)

맨다리가 돌아왔다. 문에서 길고, 그러면서도 근사한 살집이 붙은 다리가 순백과 호박색의 콤비네이션을 짜서 꾸물꾸물 뻗어 나왔다.

"지금, 돌아, 왔어요."

"지금, 돌아, 왔습니다?"

경어 같은 건 안 써도 된다고 했는데, 갑옷 반장이 무희 여자애한테까지 정중한 말투를 가르쳐 주는 모양이다. 응, 잔소리까지 교육 중이라면 어쩌지?

그리고 이미 『지혜』는 작업 능력을 잃었고, 제작 중인 장비는 바닥에 픽픽 떨어졌다. 지금 『지혜』와 『나신안』 콤비는 녹화와 저장으로 바쁜 모양이다! 그야 호박색 다리에 하얀 하이 삭스와 실내화에 허벅지까지 드러내면서 고개를 내미는 무희 여자애, 그리고 순백의 다리에 감색 로 삭스로 다리를 드러낸 갑옷 반장이 문에서 예쁜 얼굴과 예쁜 다리를 빼꼼? 응. 함정이다!

"그러나 남고생은 함정이라는 걸 알아도 가야 하는 때가 있지. 그보다 정신이 드니 어느새 가 있었다? 같다고나 할까!"

순간적으로 무장을 전개하려고 시도했지만, 문에서 나타난 감색 부르마 차림의 갑옷 반장과 빨간 부르마 차림의 무희 여자애라는 쭉쭉빵빵 보디의 오만한 풍만함과 잘록하게 들어간 허리의 콘트라스트에 시선을 깜빡이는 사이…… 붙잡혔네? 응. 『프로메테우스 신의 사슬』로 묶여서 장비도 옷도 전부 벗겨진 남고생은 실려 가서 침대 위에 내동댕이쳐진 채 뛰어든 여자들에게 말타기 자세로 습격당하는 중?

"헉. 미인계 같지만 가택 침입 강도의 수법이었어!"

이미 남고생의 남고생은 남고생다운 고도의 고강도로 애쓰고 있지만, 지구전만으로는 싸움조차 될 수 없다. 장비는 두 사람이 방구석으로 던져버려서 멀다. 적어도 얼굴 앞에 포동포동 들이밀고 있는 군청색 부르마에게 한 방 먹여주려고 고개를 뻗어봤지만, 아슬아슬하게 닿지 않는 위치에서 포동포동 내려다보고 있단 말이지. 아니, 부르마에 눈은 없지?

"잠깐. 희롱할 요(嬲)를 당하는 상태지만 글자로 따지면 정반대인 희롱할 요(嫐) 중이고, 재생도 레벨 8인데 재생하지 못하는 입 공격이라고오오오오오!"

응. 소프트 아이스크림이라면 몇 초 만에 다 핥아버릴 기세다.

다음에 만들어 보자!

그렇게 압도당하고, 쓰러졌다가 재생하고, 즉시 또 무너지는 남고생의 윤회전생이 칠전팔기로 일어났다. 어느새 체조복은 벗겨져서 배꼽도 배도 다 보이고 맨살 체조복으로 꾸물꾸물 감싸는 밀착 공격. 장난스러운 네 개의 손과 20개의 손가락이 소악마고, 두 개의 혀는 그야말로 최종 보스! 하지만…… 의식은 남고생에게 향하고 있다.

그렇다. 이런 일도 있을까 해서 지팡이에 복합해 둔 새로운 장비는 『개방의 지팡이 : 구속 개방, 스킬 마법 해제』. ViT도 InT도 제어력도 오르지 않아서 쓸모는 없지만, 이건 『프로메테우스 신의 사슬』을 상대하기에 최적인 장비란 말이지!

"해방! 해제! 나의 턴, 발동. 『남고생』! 그보다 남고생이니까 언제나 발동하고 발정하는 중이거든? 즉, 계속해서 남고생의 턴! 이라고나 할까!!"

지팡이의 신장비만으로도 『비연의 회피 방패 : ViT · PoW 20% 상승, 회피 방어 보정(대), 회피(대), 회복(대)』로 회복이 강화되었고, 『은철의 방패 : ViT 20% 상승, 물리 마법 내성(소), 물리 마법 보조(소)』의 물리 마법 내성이 끈적하고 부드러운 입 공격을 버티는 걸 보조하고, 『마창 : InT 상승』도 『재생』이나 『성왕』의 성능을 올려준다. 그리고 『마신의 로드 : 【마법으로 신체를 강화】』의 신체 강화로 남고생이 더 강화됐고, 『마력의 망고슈 : 【마력으로 방어 방위 효과】』로 방어 방위가 되어 반격할 때까지 버텨냈다. 그렇다. 마지막으로 『개방의 지팡이 : 구속 개방, 스킬 마법 해제』로 역전이다!

(도리도리)

(붕붕)

두 사람이 얼싸안으며 떨고 있네? 응. 나도 얼싸안고 싶지만, 먼저 할 일이 있단 말이지? 응. 복수의 시간이다! 그렇다. 장비 효과로 올라간 것은 ViT나 InT만이 아니다. 제어력도 올라가서 『마수』도 『촉수』도 『진동 마법』도, 그리고…… 『성왕』의 힘도 개방된 거다──! 가라, 마수츄, 천만 진동이다──!!

““꺄아아~~~~~!(풀썩, 털썩)””

복수는 끝났다. 기나긴 절규와 교성 후에는 꿈틀대고 허덕이면서 함락되었다. 이제 화근은 없다. 없지만, 침대 위에는 흐트러진 체조복 차림 미소녀 두 명이 흐트러진 차림새로 거친 숨을 허덕이며 쓰러져 있다. 그렇다. 남고생의 진실은 언제나 하나!

““히이야아악~~~~~!(꽈당, 픽)””

두 사람의 체조복은 이미 트이고 벗겨지고 노출되어서 무척이나 천박한 차림새다. 응. 남고생의 이름을 걸고!

““삐이야아악~~~~~!(철퍼덕, 쿠당탕)””

생각보다 체조복은 위험한 아이템이었지만, 그래도 나는 반바지파란 말이지? 아니, 부르마라니……. 대체 어느 시대야? 아니, 스패츠도 괜찮고, 딱히 부르마가 싫다는 건 아니거든? 그래도 반바지는 만들자! 지쳐서 쓰러진 두 사람에게 모포를 덮어 줬다. 응. 그야 이것저것 보이면 끝이 안 난단 말이지?

“동그랗고 말랑한 매혹 공격이 유혹적이고 고혹적인 자태고, 선혹(煽惑)적으로 견혹(見惑)하고 있으니까 광혹(狂惑)의 익혹(溺惑)에 빠져 황혹(惶惑)할 만큼 무시무시한 광혹(誑惑)당할 것 같으니까 숨기자! 응, 봐버리면 현혹당해서 혼혹(昏惑)하는 사이에 혹란(惑亂)당해서 남고생적으로 저항할 수 없으니까 남고생이 두근두근해진단 말이지!"

새로운 장비의 느낌도 확인했고, 효과도 확인했다. 이걸로 한동안은 얼버무릴 수 있을 거다.

"애초에 생산직이라니…… 생리대 제조자라니 절대 싫어!"

그러니까 다시 싸울 방법이 필요하다. 분명 반장 일행에게 패했을 때, 나는 싸우는 걸 막히게 될 거다. 이제 한계를 넘어섰다는 게 전부 들켰다. 그러니 장비로 얼버무릴 수밖에 없다. 즉, 던전에 들어갈 수밖에 없다는 거지? 결국 경험치도 장비도 평안도 모두 그곳에 있다. 응. 이세계에서는 방에서 제일 대모험하고 있으니까?

핑크 리본을 달고 선물이라니, 센스는 얄볼 수 없지만 물건은 가리시지?

82일째 아침, 하얀 괴짜 여관

아침부터 고데기를 발매하자 노도의 기세로 밀려온 여자애들이 바로 사재기해서 방으로 돌아갔고, 겨우 돌아오더니 폭신해진 건 둘째 치고…… 드릴이 있다! 응. 귀족 영애는 없었는데, 설마 하던 동급생 드릴화였다!

뭐, 날라리 여학생들인데…… 지금부터 투구 써야 하잖아? 응. 안 보이니까 무의미하고, 보이더라도 상대는 마물이거든? 투구를 벗을 무렵에는 말린 머리도 풀리잖아?

그리고 아직 특화 검이 없는 멤버에게는 어젯밤 직접 만든 최고 걸작『단절의 검 : PoW・SpE・DeX 40% 상승, 검술 보정(대), 물리 방어 무효, 단절, +ATT』를 바가지 가격으로 판매했다. 이걸로 검 장비 인원의 수준은 올라갔을 거다. 다음은 창과 방패에 해머인가? 응. 모닝스타는 안 만든다. 사슬낫도!

"""잘 먹겠습니다~."""

오늘 아침은 돈가스 샌드위치. 아무래도 요즘은 여자애들까지 육식계다. 튀김은 칼로리가 높지만, 마물 상대로 운동해서 연소하겠지. 분명 아침밥을 너무 먹었다는 이유로 사냥당할 마물에게는 대단한 민폐일 거다!

머그컵에는 콩소메 수프. 뭐, 닭 육수 수프다. 이 머그컵도 신작으로 어제 만들었는데, 다들 돈가스 샌드위치에 필사적이라서 눈치채지도 못하고 있다. 참고로 접시도 신작인데 아무도 안 보고 있다. 응. 역시 큰 접시로 내는 건 그만두자. 이제 스킬까지 발동한 부반장 A는『마수』를 발동해서 동시에 여섯 개의 돈가스 샌드위치를 잡고 씹어먹고 있는데, 그중 하나에 새끼 너구리가 달라붙어서 치열한 싸움이!! 응, 그건 던전에서 하자!

""""잘 먹었습니다!""""

모두가 설거지해 주니까 먼저 여관을 나왔다. 설거지도 내가 더 빠른데 어째서 하려고 하는 걸까? 뭐, 아이들 교육에도 좋고, 약삭빠르게 언제나 함께 먹고 있는 마스코트 여자애와 미행 여자애도 설거지 중이다. 그리고 남자들은 도망쳤다! 뭐, 있어도 방해되지만?

오늘도 오늘대로 아침부터 잡화점과 무기점에서 납품을 마치고, 구매도 하고 모험가 길드에서 게시판 문제로 눈흘김을 받는 등 아침부터 바쁘다. 아무래도 나에게는 평온한 아침 새소리는 오지 않으려는 모양이다……. 응. 아침부터 잔소리였다. 그야 아침부터 부르마가 이리 와 이리 와, 포동포동♥ 하고 불렀단 말이지? 응. 불렀다니까?

던전은 이어서 갈 거니까 게이트로 다시 들어가서 80층. 여기서부터는 마물도 괴물 수준만 모여있고, 그 스테이터스도 800을 넘는다. 그런데 미궁황이 우르르 실례해서 괴물 같은 것들을 무참하게 살육했다……. 응, 아침의 상쾌하고 멋진 포즈만 잡았지 나설 차례가 없네?

"내려갈까. 마물도 내 차례도 전혀 남지 않은 모양이니까?"

81층의 이구아나도 순식간에 무희 여자애의 레벨로 변환되었다. 두 개의 갈고리 곡검(코피스)과 여덟 개의 사슬을 다루면서 감전도 당하지 않고 순식간에 사냥했다. ──역시 『프로메테우스 신의 사슬』이 위험하다. 레벨 80을 넘는 마물이 한 번 휘두르기만 해도 튕겨나가고 있다!

"응. 나는 저것에 묶였단 말이지. 응. 제대로 씻었어!"

갱신된 장비의 조정을 위해 「선더 이구아나 Lv81」을 세 마리 받아서 마전을 걸고 가볍게 전투를 벌였는데, 위화감은 없었고 자괴도 거의 느껴지지 않았다. 역시 원무의 움직임이라면 부담이 적고, 변박자의 완급은 엉성하지만 서서히 숙달되기 시작했다. 이후에는 『허실』까지 이어갈 수 있느냐다. 자괴는 하겠지만, 그건 익숙하니까 전투 불능만 되지 않으면 된다.

그리고 앞을 걷는 매혹적인 몸매를 보유한 갑옷 차림의 두 사람을 바라보며 하층으로 향했다. 슬라임 씨도 뽀용뽀용 의욕이 넘친다. 데몬 사이즈들도 데려오려고 했지만, 숲이 더 즐겁다고 해서 마의 숲 벌채를 보냈다. 응. 나도 숲이 더 좋지만, 이 던전은 빨리 없애고 싶다. 이건 아마 100층에 가깝지 않을까?

붉은 광채는 오렌지색으로 변했고, 푸른색이 더 늘어났다. 탄심은 용해된 철광석. 공중에 무수하게 빛나는 작열의 탄환이 고속 회전하면서 차례차례 발사되어 춤추듯이 계층 전체에 쏟아지며 구멍을 뚫어 섬멸한다. 그리운 파이어 불릿이 『지혜』로 재계산되었고, 마법 성능이나 제어력 상승에 동반해서 파괴력이 늘어났기에, 예전에는 발을 묶는 정도였던 잔챙이 전용 대량학살 마법이 레벨 80을 넘은 마물을 태워버리고 섬멸하고 있다. 근데 연비가 엄청 나쁘네!

그렇게 전멸한 82층의 「아머 비틀 Lv82」. 그 대량의 마석을 모두 함께 주우러 갔다. 응. 거대 황금충(풍뎅이)들이었는데, 돈은 떨어지지 않았으니까 부자는 되지 못할 모양이다. 황금충도 거대하고 기분 나쁘고 벌레즙도 걱정되니까 태워 봤다?

"MP 소비가 심각하네. 철도 아깝고?"

(끄덕끄덕, 꾸벅꾸벅, 뽀용뽀용)

그래도 레벨 82의 장갑(아머) 마물을 관통하고 태워버렸다. 철 광석을 탄심으로 써서 관통력과 파괴력을 높였고, 내부에서 터지면서 태워버리는 덤덤탄과 점착 유탄의 상승효과는 악랄하다. 단발이라도 단번에 쏴버리면 무기가 된다. 그러니까 탄은 확실히 만들어 두기로 하자.

참고로 흉내를 냈던 오타쿠들도 불릿의 연습 성과는 아직 나타나지 않았다. 마력 탄두 형성이나 고속 회전이라는 제어가 불가능한 모양인지, 동그란 파이어 볼 그대로였다. 나보다 스테이터스 수치가 높으니까 위력은 강했지만, MP 소비도 많고 속사성도 없다. 역시 직업 제약이 존재하는 걸지도 모르지만, 그 오타쿠들이니까 장담할 수는 없다. 응. 그 녀석들이라면 파이어 불릿은 못 쓰면서 불꽃놀이는 할 수 있다고 해도 놀라지 않는다! 응. 할 법도 하고 즐거워 보이네! 오타쿠 가게?

"제어계와 InT가 올라가서 마법 마법직도 가능할 것 같지만, 무직이니까 적성이 없고 직업 보정도 없는 대신…… 역시 페널티도 없어서 뭐든 가능한 건가? 응. 이미 부업 전문가는 되었단 말이지. 아침부터 돈도 벌었으니까?"

(뽀용뽀용)

전쟁이랄까 내란이 끝나자, 변경은 빠르게도 마석이나 버섯을 사러 찾아온 상인들로 북적이고 있다. 그리고 상인이라면 당연히 빈손으로 오지 않기에 거리에 상품이 늘어났다. 즉, 돈을 벌었지만 통 크게 사들였으니까 돈이 없어졌다!

"응. 돈은 천하를 돌고 도는 법이고, 너무 고속 회전해서 붙잡을 여유조차 없단 말이지? 너무 빨라서 원심 분리된 건가?"

(부들부들)

그리고 길드는 물론 거리에도 모험가가 늘어났다. 변경에 신인
도 늘어났고, 변경 밖에서 온 모험가도 있다. 이걸로 마의 숲이나
작은 던전은 금방 없어질 거다. 변경군도 던전에 들어가서 순조
로운 모양이고…… 하지만 50층부터는 무리겠지.

이미 정상급 모험가보다도 반장 일행이 더 강하다. 그들은 이
미 영웅이나 용사의 레벨에 도달했다. 그런 파티조차도 중층까지
고, 50층부터는 안전을 생각해 2파티 레기온을 편성하고 있다.
하층에 들어가려면 6파티 풀 레기온이 되겠지. 그래도…… 이제
는 하층에서 싸울 수 있다. 이미 모험가들이나 군대라도 불가능
한 계층을 돌파할 만큼 강하다. 조바심을 낼 필요가 없는데도 필
사적으로 싸우고 있다. 분명 지금도…… 돈이 없겠지. 응. 너무
많이 사서!

"굳이 목소리 높여서 '난 이번 던전이 끝나면 우리 집 잡초를 뜯
으러 갈 거야!'라고 플래그를 세워봤는데…… 마물이 안 오네?
무희 여자애의 레벨업과 나의 연습으로 나설 차례가 없던 두 분이
폭주라니, 제초 작업으로는 약했나? 응. 다음은 정원 손질을 해보
자. 목욕탕 손질도 버리기 힘들지! 마구마구 희롱하고 또 희롱해
주겠다는 의욕적인 플래그로 플라잉도 불사하겠어! 반드시!"

그런고로 88층. ——여기서 『연리의 수목』이 나타났고, 『수목
의 지팡이?』가 세계수가 되고, 은근슬쩍 붙은 『겨우살이』에 블러
프를 걸었더니 대소동이 벌어졌다. 일단 엿봤지만, 아무것도 없

다. 물론 미소녀 모험가도 갈아입고 있지 않았다. 이 상황에서는 마물 미소녀라도 눈치껏 갈아입었으면 했는데 아무도 없다. 응. 플래그는 세워지지 않은 모양이다.

"여기부터는 하층이니까 마음을 꽉 다잡고…… 어? 전에 했다고? 진짜로? 근데 무희 여자애에게는 처음 하는 지시고, 그야말로 첫 경험을 이런 일이나 그런 일을 붙였다가 떨어져서…… 아뇨. 아무것도 아닙니다. 그보다 무희 여자애까지 사슬낫을 들고 있어? 아아~ 여자애들한테 선물로 받았어? 평범한 여고생은 친해지면 사슬낫이나 모닝스타를 선물하지 않는 것 같은데……. 어? 리본까지 달았다고? 사슬낫에 핑크 리본이라니 얕볼 수 없는 센스지만, 그건 비주얼상 어떤데! 귀여웠어? 응. 귀여웠다면 상관없지만, 모처럼 준 선물로 나를 찌르려 하진 말자. 전에도 말했겠지만, 보통 낫은 날아오지 않을 텐데 왜 다들 원거리 참격을 쓰려고 하는 거야? 네. 죄송합니다. 입 다물겠습니다!"

던전 통로는 어슴푸레하게 비치고, 나는 눈흘김을 받고 있다. 그렇다. 이것이 바로 던전 공략의 묘미. 왜냐하면, 눈흘김은 이세계를 밝히는 희망의 등불이니까!

그리고 89층에서는 각자 흩어져서 마물을 쫓아다니며 섬멸했는데, 다른 일행이 거의 가로채버려서 연습은 미묘했다. 「킬러 하운드 Lv89」는 산을 뿌릴 새도 없이 살육당했고, 두려워하는 눈으로 낑낑대며 참살당했다.

"아니, 킬러니까 낑낑대지 마! 때리기 힘들잖아!!"

춤추듯이 『전이』와 스텝을 섞어서 액센트를 붙여 베었다. 회전과 스텝의 합을 연결하고, 모션을 전환해 다채롭게 잇는다. 나보다 SpE가 높은 마물 상대라도 가능하다. 여기서 호감도만 발굴할수 있다면 나도 잘나갈 텐데, 여전히 호감도는 드롭되지 않네?

왠지 조금 강해진 듯한 느낌은 있지만, 그보다도 자괴 대미지가 없다는 게 크다. 이거라면 『허실』은 비장의 수단으로 온존할 수 있고, 검무의 정밀도가 올라가면 『허실』을 지금보다 부담 없이 실행할 수 있을 거다. 역시 『전이』와 『중력』의 제어로 몸의 부담이 줄어들기 시작했다. 그러나 『장악』 마법이야말로 제어 계통의 숨겨진 치트일 텐데, 『장악』으로 두른 『마전』은 제어하지 못하게 된다니 대체 뭐냐고!

"역시 무장 해제하고 지속전 능력을 올려야 하나? 응. 신검을 제외하면 단번에 편해질 것 같은데, 없으면 그건 그것대로 불안하단 말이지? 그래도 이미 신검급인 칠지도와 미스틸테인이 붙어 있는데 『쿠사나기노츠루기』는 과잉인 느낌이 들지만, 그건 그것대로 마를 멸한다는 효과가 실은 통하고 있다는 느낌도 든단 말이지?"

(뿌용뿌용)

온갖 스킬이 뒤섞이고 엉킨 걸 분해하고, 『지혜』로 해석하고 분석하고 제어한다. 그러니까 시간은 들지만, 모든 걸 겹쳐서 집적하고 실험과 실천을 반복하고 실전을 거듭하다 보면…… 어딘가에서 퍼즐처럼 딱 맞는 포인트가 있을 거다. 아무튼 피스가 부족한 건지 피스가 너무 많은 건지, 더블 피스는 낭만이라고나 할까, 형태가 완성되지 않는다.

"그래. 밤에도 답답하고 또 답답해서, 이제 그냥 태양을 소멸시키고 계속 밤으로 만들면 되잖아. 두 개나 있으니까? 그렇게 생각할 만큼 답답해서 꿍꿍거리는 게 근사한 젖은 피부의 요염함이…… 이크, 누가 온 모양이네. 누구인지는 알고 있어. 소리 없이 가속하는 철구는 갑옷 반장이야…… 그야아아악!"

(부들부들)

아니, 어제의 근사한 출렁출렁 네 개의 회상 장면을 나신안으로 재방송하고 있을 뿐이었는데 혼났다. 뭐, 남들은 얻어맞았다고 말하기도 한다. 응. 이 느낌이라면 『재생』이 또 올라갔네. 오늘 밤도 힘내자!

결국 90층의 계층주 「그레이터 가디언 Lv90」도 리스폰하지 않아서 자리를 비웠다. 저번에는 여기서 설마 하던 미스틸테인이 발동하는 바람에 나는 힘이 다했다. 여전히 던전에 뚫린 구멍이 수복되지 않았으니까, 역시 상당히 위험한 것이었겠지.

이후 94층까지는, 저번에는 갑옷 반장과 슬라임 씨가 놀러 가서 섬멸했으니까 뭐가 있는지 모른다. 문제는 95층부터는 리스폰한 게 아닌 마물들이 기다리고 있다. 이 포진으로는 위험이 없다고 생각하지만, 흩어지지는 않는 게 좋겠지. 뭐, 무희 여자애도 완전한 상태는 아니고, 나 역시 어디까지 할 수 있는지 죽여보지 않으면 모른다. 응, 애초에 죽여보고 알았을 때는 죽었으니까 알아봤자 의미는 없지만, 뭐 대체로 죽이면 해결된단 말이지?

끈적끈적한 용해액은 꼭 새로운 가짜 던전에 스카우트하고 싶은 인재인데 살육당했네?

82일째 낮. 던전 지하 91층

SpE가 이미 900을 넘었다. 거의 두 배다. PoW도 당연히 900을 넘어서 세 배에 가깝다.

힘, 즉 운동 에너지는 속도×속도×질량×1/2. 질량은 무게와 크기고, 속도는 SpE와 가속. 이것이 파괴력으로 바뀔 때까지 지속하면 나오는 것이 PoW. 그리고 속도가 두 배가 되면 운동 에너지는 제곱이 되고, 그런 걸 맞으면 그냥 죽는다.

이 순수하게 물리학적인 차이야말로 스테이터스. 이걸 사기를 쳐서 벡터를 조금 틀고, 몰래 받침점을 어긋나게 하고, 슬쩍 힘점에 간섭해서 작용점을 무효화하는 게 테크닉이다.

"응. 맞으면 죽으니까 피하고 흘리고, 그 힘을 분산해서 방향을 바꿔 속도를 죽여 무효화하는 게 과학적 해결이지? 응. 받치는 다리에 로직은 편리하단 말이지?"

레벨 90급은 그런 상대다. 레벨 91이란 그 정도의 마물! 응, 맛있었어?

(부들부들)

"응. 이세계에서는 물리학적 위협은 영양학적으로 맛있게 해결되었나? 저쪽은 저쪽대로 물리학이 사슬에 휘감긴 원심력에 의해 자멸로 바뀌었고, 건너편은 건너편대로 물리 법칙째로 베였네? 근데 물리학은 베지 말고, 물리 현상에 따라 싸우자? 뭐, 자연과학적으로는 죽이면 해결되니까 상관없나?"

(부들부들 ♪)

내가 혼자서 진지하게 한 마리씩 싸우는 사이에 바로 쓸린「메탈돌 Lv91」은 커다란 인형들이었다. 죽이면 마석이 되니까 전투하면서 기특하게 깨작깨작 착실하게 용해해 봤는데, 그냥 철과 납이다. 직접적인 속도와 무게와 힘을 겸비한 철 격투 인형은 원무의 좋은 연습 상대였는데 연습하는 겸 철만 전부 받았더니 마석이 되었네? 응. 납은 안 남더라?

그리고 마지막 한 마리가 휘두른 철권을「전이」로 피하고, 내지르는 다리를 걸고, 후려치는 손등을 반전하면서 걷어냈다. 직선운동은 원운동과 상성이 안 좋고, 게다가 완고하고 딱딱한 납 대가리라서 머리도 나빠 보이니까 쓸데없이 날뛰고 있다.

"근데 이「메탈돌 Lv91」은 안 맞으면 공격을 바꾸기도 하니까, 학습력은 엄청 떨어져도 지성이 느껴지네? 응. 바보들이라면 더 빠르고 강하게 때릴 뿐이고, 그걸로 해결해 버리니까 바보란 말이지?"

(뽀용뽀용)

회전하면서 주먹을 젖히고, 나선을 그리며 검을 휘둘러 선회하며 가속했다. 맞지 않고 회전하고, 베면서 빙글빙글 춤추니까 눈도 돌아갔다. 분명 이세계도 돌고 있겠지. 그러나 이세계는 돌고 있다고 하면 교회에서 트집을 잡을 것 같네?

"지금부터는 만에 하나가 있으니까 확실히 싸워보자고? 뭐, 분명 없을 것 같지만, 방심의 일본어는 유단(油斷)인데 기름(油)이 끊기면(斷) 튀김을 만들지 못하게 되니까 끊으면 안 되는데 오일 플레이라면 남고생이 금방 서버리니까 끊길 걱정은 없고, 그러니 남고생이 끊임없이 허슬하고 피버하는 익사이팅 끈적끈적 오일 플레이라면 지금 당장 준비할 수 있는데……. 응, 모닝스타는 잘 손질했으니까 기름을 칠 필요는 없거든? 아니, 눈앞까지 다가와도 녹 하나 슬지 않았고 완벽해. ————가깝네! (투콰~앙!)"

그렇다. 이쪽은 스치기만 해도 위험에 처한다. 한순간의 실수가 죽음으로 이어진다. 스테이터스 차이는 그만큼 심각하며, 그러니 오일 플레이는 나중이다. 아직도 노려보고 있고? 눈뭘김이네!

그나저나 위험성을 고려한다면 여기서 갑옷을 벗기고 미스릴화하고 싶지만, 벗기면 오일도 발려서 끈적끈적 출렁출렁하게 흠뻑 젖은 미소녀에게 슬쩍슬쩍 번들번들하게 되면 그야말로…… 무무무, 무슨 짓이야——(얻어맞는 중).

혼났다. 화내든지 두들겨 패든 하나만 해줬으면 좋겠지만, 훌륭하게 양립했다!

그나저나 에로한 말을 하면 무척이나 부끄러워하면서 구타하지만, 에로한 일은 강경하게 강공을 시도한다. 그리고 쑥스러움을 감추기 위해서 철구를 쓰니까 언제나 흉악하다. 그렇게 웃거나 부끄러워하거나 화내거나 하면서 과자를 먹으며 던전을 나아간다. 가능하면 계속 분노나 슬픔으로 싸우는 게 아니라 웃기 위해 싸워 주면 좋겠다. 응. 가능하면 철구 공격도 그만해 주시죠?

무희 여자애도 던전 밑바닥에 있었다고 한다. 그리고 교회에 의해 구속당했다. 두 사람 모두 던전에 좋은 추억은 없다. 던전 밑바닥에서 사람이 아니게 되었고, 슬프고 쓸쓸하고 괴로운 기억뿐이었다고 하니까…… 그래도 따라와 줬으니, 웃으며 과자를 먹으면서 즐겁게 침략해야 한다.

선두에 갑옷 반장, 그 왼쪽 뒤에 무희 여자애고 오른쪽 뒤에는 슬라임 씨. 이 트라이앵글 뒤에 멋진 포즈를 잡고 대기하는 나! 완벽한 포진이다. 완벽한 포진으로 두고 가서, 멋진 포즈를 잡은 채로 쫓아갔다. 저기, 두고 가지 말아 줄래?

그대로 난전에 돌입. 미로처럼 수많은 구멍에서 튀어나오는 「디솔루션 웜 Lv92」는 선두에 있는 갑옷 반장에게 베였고, 좌우는 무희 여자애와 슬라임 씨가 쓸어버려서 사라졌다. 그리고 멋진 포즈를 잡은 나! 아니, 조금은 뒤에도 나눠주지 않을래? 트라이앵글 선두가 파고들어서 베어버리고, 분단된 좌우의 「디솔루션 웜」은 휩쓸려서 찢어졌다. 즉, 뒤로 오지 않는다!

"용해(디솔루션)라면, 그 용해액은 꼭 신 가짜 던전에 스카우트하고 싶은 인재인데…… 베이고 있네? 아니, 벌레 혐오 의혹이 있는 슬라임 씨도 지렁이목이라면 먹는 건가?"

(부들부들)

맛있지는 않아 보이지만, 마침내 『용해』까지 익혀 버렸다. 실은 『촉수』도 『진동』 마법도 익혔고, 『점착』이나 『무기 장비 파괴』도 가지고 있는데 『용해』까지……. 『부식』도 가지고 있는 것 같으니 은근히 스킬이 귀축계인 마물인데, 뽀용뽀용 귀엽게 뛰어다니고 있다. 최근에는 부업 중에 어깨에 올라타서 『진동』 마법으로 점액 마사지를 해주는 편리한 애완 마물인데, 미궁황급 두 사람과 비교해도 전혀 손색이 없는 섬멸력이다.

물론 갑옷 반장도 무희 여자애도 마사지는 해준다. 하지만 그 한밤중의 마사지는 부업을 하지 못하게 하고, 비밀스러운 행위가 안쪽에서 생겨나서 안으로 안으로 마사지하며 비비고 또 비비고 얽혔다가 풀어지고 엉키고 뒤섞이고, 그런 곳을 마찰하면서 이런 곳도 마사지해서 개운하게 풀어도 혈행은 좋아지고 단단해진 남고생적인 마사지가 대단한 솜씨로 결행되는데…… 그건 뭔가 아닌 것 같단 말이지?

그리고 엄청난 미인 마사지 아가씨 콤비와 무진장 귀여운 마사지 애완 마물에 의해 「디솔루션 웜」들은 섬멸되었다. 물론 아무도 녹지 않았으니까 훌러덩도 없다.

뒤로 돌아가서 구멍에서 나오려 했던 「디솔루션 웜」을 태워 죽였으니까 참전은 했지만, 구멍을 태웠을 뿐이다. 『미래시』로 나오는 곳을 알고 있으니까 파이어를 던지고 『장악』으로 구멍을 막았더니 구멍 안에서 점액이 인화해서 불타버리며 끝났다. 응. 나도 남고생적으로 불타오르고 싶었는데, 훌러덩도 없이 전투가 끝나버렸다. 그렇다. 용해의 플래그는 서지 않은 모양이다!

늦은 점심밥은 닭고기와 양배추와 버섯 야키소바를 철판구이로 대접했다. 던전 안에서 소스가 타는 향긋한 냄새가 퍼졌지만, 마물은 다가오지 않았다. 뭐, 전멸했으니까?

이미 익숙해서, 갑옷 반장도 무희 여자애도 후루룩 소리를 내며 흡입하고 있다. 슬라임 씨는 달려들어서 즉각 소화하는 왕코소바 상태다. 면을 좋아하는 여자애들에게 주먹밥을 줬으니까 들키면 시끄럽게 불평할 것 같은데, 밤에는 뭘 하지? 재료가 한정되면 메뉴가 자연스레 정해지지만, 풍부해지면 선택지가 늘어나서 고민이 끊이지 않는다. 직접 만들다 보면 남은 것과 싸구려를 섞어서 메뉴를 자동적으로 정하지만, 『아이템 주머니』 안에 있는 건 역시 상하지 않으니까 메뉴를 생각할 필요가 생기는 사치스러운 고민이다.

"아이들에게 물어보면 또 햄버그일 거고, 여자애들에게 물어보면 또 파스타가 될 것 같고, 오타쿠 바보들은 고기만 재촉하니 요청이 세 개로 끝이란 말이지?"

(뽀용뽀용)

갑옷 반장과 무희 여자애와 슬라임 씨는 아직 먹어본 적이 없는 걸 먹고 싶어 한다. 언젠가는 아는 요리를 전부 먹여주고 싶다. 이 세 사람에게는 그럴 자격이 차고 넘치니까.

배도 든든해졌고, 잠깐 휴식하면서 조금 꽁냥꽁냥하다가 93층으로 향했다. 가고 싶지 않게 되었지만, 여기는 오늘 안에 없앨 수 있다면 없애고 싶다.

염염(炎焰)──「플레어 크리처 Lv93」은 용암 진흙 인형 같은 이형의 마물이었다. 너무 이형이라 뼈꿈뼈꿈 여자애도 으갸갸갹 절규할 것만 같은 모습인데, 그오그오 외치면서 베이고 먹히고 있다. 응. 저거 먹으면 화상 입지 않을까?

슬라임 씨가 오가면서 『빙계』의 냉기로 바닥을 얼리며 「플레어 크리처」를 약화시키자 싸움은 한순간이었다. 응. 역시 저번에 「요툰」을 먹었지?

**길은 심오하니까 궁극에 도달하기 위해
파고들고 꾸물거리고 꿈틀대자!**

82일째 오후, 던전 지하 94층

제어하고 있다고는 말할 수 없지만, 일단 어떻게든 되고 있나?

즉시 『전이』하는 건 어렵지만, 사전에 타이밍과 장소를 예측 연산하면서 끊임없이 연속해서 『전이』할 수는 있다. 응, 『소실』의 형태가 되고 있다.

노도의 기세로 쏟아지는 벌레, 잠깐만. 벌레, 으헉. 벌레, 징그러워. 벌레, 진짜 싫네! 잠깐의 『전이』라도 뜻대로 연속해서 쓸 수 있다면 굉장한 기술이 된다. 전이 중에는 실체가 통과하니까 상대의 공격은 무효화되고, 이쪽의 공격은 관통하니까 막을 수 없다. 날아드는 벌레, 발밑에 달려드는 벌레, 꿈틀대면서 얽히려 드는 벌레……를 완전히 무시하고 나아간다.

그저 정해진 대로 전이할 수밖에 없다면, 계산 밖의 공격은 대응할 수 없다. 일단 형태를 무너뜨리면 『전이』의 타이밍을 잃는 만큼 위험해진다. 이빨을 딱딱 울리면서 물어뜯으러 덤벼드는 벌레를 베고, 회전하면서 휩쓸었다. 도약하면서 올려 베고, 통과하면서 목을 휩쓴다. 춤추듯이 달리며 『공중보행』으로 하늘로 피해서

──꼴좋다── 선회하며 검을 휘둘렀다. 뭐, 작대기지만?

백을 넘는 지네의, 만의 다리를 검무로 베었다. 칼끝으로 춤추면서 휩쓸고, 예리한 발톱의 틈새를 빠져나온다. 그야 멈추면 깨물리니까! 곤란하게도 구타 훈련 정도의 느낌은 없다. 실전에서 실천, 연습하고 있는데 십전불태? 이 기술은 성공하지 못했을 때가 위험하지만, 실전에서 성공하지 못하면 위험하니까 힘을 뺄 수 없다. 구타 훈련에서는 힘을 빼지 않더라도 얻어맞는다. 응. 『전이』하든 『소실』하던 가차 없이 얻어맞고, 구타를 뚫고 나오면 확실히 다음의 구타가 기다리는, 친절하고 세심하고 자잘한 일까지 신경 쓰는 철저한 구타인 거다! 응. 너무 자잘해서 망가질 것 같다!!

"으랴압!"

입체 기동으로 위로 뚫고 나가는 건 치사한 것 같지만, 이걸 전부 걷어내긴 어렵다.

이런 숫자라면 사고 속도에 신체 속도나 기술이 따라가지 못한다. 결국 슬로 모션은 고속 사고의 연산으로 만들어 낸 타임 랙. 상대의 움직임이 느리게 느껴지는 만큼, 나의 몸도 느릿하게 움직일 수밖에 없다. 그러니 읽어낸다면 단번에 갈 수 있지만, 이렇게 숫자가 많으면 가능성이 연산을 복잡하게 만들고 사고 속도를 넘어서서 포화되어…… 슬로 모션이 붕괴한다.

일격에 죽는 몸으로 도박을 걸 수는 없다. 그렇다. 이 몸은 밤까지 무사해야 하는 소중한 몸이다. 물론 밤에는 망가질 때까지 혹사하고, 망가지면서 재생하고 힘낼 거지만! 그렇다. 밤이 되기 전에는 소중한 몸인 거다!!

　가속——한 발짝 내디딜 때마다 몸에 속도를 싣고, 틈새를 헤치고 베면서 틈새를 만들며 돌파한다. 멈출 때는 죽을 때다. 움직이지 못하게 되었을 때 멈춘다. 팽창하는 효과를 두르고, 올라가면 올라갈수록 몸은 삐걱거리고 머리는 아프지만 세계는 멈춘다. 잠깐의 정지된 세계를 이해하고, 최적해의 무도장이 나타나는 사선의 검무…… 뭐, 작대기지만?

　"푸핫~! 몸을 망가뜨리지 않고 싸우는 게 어렵다니 뭔가 잘못된 느낌도 들지만, 아프지 않은 게 좋은 것도 사실이니까 마조히스트 속성은 아니거든? 하지만 정신적으로는 피곤하네?"

　스킬을 죄다 두르고 최속 최단으로 돌파한다. 『허실』이라면 이정도의 고속 사고도 연산도 필요 없다. 그저 맞는 대로 죽이고, 그저 베고 날려버리는 최속의 뺄셈이다. 그러니 단순. 인체 구조 같은 건 무시하고 오로지 베기만 하면 되고, 오로지 빠르게 움직이면 될 뿐이었다. 그러니 몸이 망가지지만, 그건 빠르고 강한 최단 최속의 로직이었다.

　그걸 무도의 몸놀림과 발놀림의 흐름으로 바꾸려면, 경험으로 읽고 고속 연산의 극치에 도달할 수밖에 없다. 그리고 무박자로 최적의 『허실』을 익혔을 때…… 갑옷 반장의 『일섬』으로 가는 길이 보일 거다. 뭐, 무리 같지만?

　"이 『아머드 센티피드 Lv94』는 장갑이 붙었는데도 장갑이 빈틈 투성이라니, 절지동물의 장갑화(아머드)는 헛수고고 빈틈이 많아지는 것 같지 않아?"

(부들부들)

온몸이 가동 부분이니까 빈틈투성이란 말이지?

"근데 이거 정말로 지켜주기는 했어? 왠지 벌레가 싫어서 나한테 떠넘기지 않았어? 정말로? 아니, 연습이 되었으니까 상관은 없는데. 그래. 훈련은 되었어. 분명, 분명…… 징그럽고 극혐이라서 떠넘긴 건 아니겠지!"

(폼폼 중입니다)

저 많은 레벨 94 상대로 자괴를 최소한으로 억눌렀고, 확실히 검격전이 가능했으니까 진전은 됐다. 하지만 이것도 지구전이라면 무리고, 꽤 오래 이어지면 머리가 깨질 듯 아프다. 저 상태라면 집중력이 언젠가 끊긴다. 그리고 여기부터가 미답의 95층.

진형을 짜고 나아갔다. 내가 약체화되고 무희 여자애가 레벨업 중임을 고려하면, 저번 갑옷 반장과 슬라임 씨 무쌍 때보다 전력이 떨어졌다고 생각하는 게 좋다. 상대가 잔챙이라면 숫자가 두 명 늘어서 공격 수단이 압도적으로 늘었다. 하지만 수비적으로는 약점이 늘었고 전투 중에도 경계할 필요가 생겼다. 던전 특유의 무겁고 차가운 공기, 조용히 소리를 내지 않고 기척을 찾았다.

"이겼네."

(뽀용뽀용)

95층의 마물은 「스윔 블롭」. 고깃덩어리 같은 구형 생물인데, 점액처럼 꿈틀거리고 몸에서는 촉수가 튀어나왔다. 지금 보이는 숫자는 318, 아직 나오지 않은 게 200 정도. 그리고 질척질척 기어 와서 돌기 붙은 촉완을 일제히 뻗어 주변 일대를 촉수로 메워버렸다.

"어설퍼! 촉수전만큼은 매일 밤 한다고나 할까, 밤마다 그 기술을 갈고닦고 있는 이 나에게 던전에서 끈적거리기만 하던 고깃덩어리가 촉수를 써서 이길 수 있다고 생각하는 거냐!"

눈앞까지 밀려오는 무수한 촉수. 그걸 끊고 베면서 지면에 흐트러뜨렸다. 고작 뻗기만 하는 살덩이 촉수, 하지만 돌기가 붙어있다. 『지혜』로 제어하는 마력실의 고속 와이어 커터로 돌기 촉수들을 썰어버리며 전진했다. 갑옷 반장과 무희 여자애는 뒤에 숨어있다. 응. 왠지 고깃덩어리의 그로테스크함과 돌기 촉수에 겁을 먹은 모양이네?

방어전만이라면 와이어 커터를 충분히 제어할 수 있으니까, 촉수의 접근을 전혀 허용하지 않고 「스웜 블롭」째로 베고 썰어버렸다. 그러나 내가 고속 이동하며 『전이』를 발동하면 연산이 복잡해져서 제어 곤란? 뭐, 느긋하게 움직이면 문제없다. 재생 특화형이라 약한 모양이니까? 이거라면 여유가 있기에, 통로에서 나타나는 「스웜 블롭」들에게 단발 개량형 파이어 불릿을 쏘면서 토벌했다.

"후. 정말이지. 내게 촉수전으로 도전하다니 어리석기는!"

여전히 미궁황급의 검술에는 도저히 미치지 못하고, 전투력은 비교할 것도 없다. 그러나 그 미궁황급을 거듭 거꾸러뜨리고, 유린했던 나의 『마수』 씨에게 촉수전으로 도전하다니 어리석구나! 그렇다. 너무 어리석은 짓이고, 이건 결코 질 수 없는 싸움인 거다! 설령 직업이 없는 무직이라도, 촉수만큼은 지지 않아!!

"징그러우니까 슬라임 씨도 너무 먹으면 안 된다? 응. 귀여운 뿌요뿌요가 그로테스크한 고깃덩어리 점액 생물이 되어버리잖아? 라고나 할까?"

(부들부들!)

계층 전체를 기척 탐지했지만, 남은 기척은 없다. 「스웜 블롭」은 전멸했다.

"앗, 비밀 방. 누가 갈아입고 있을지도? 하지만 블롭은 필요 없고, 블롭 소녀도 싫은데? 응. 고깃덩어리(블롭) 소녀는 싫잖아!"

대량의 마석은 크고 순도도 높았다. 팔아도 되고 아이템 주머니 안에 넣어서 마력 배터리로 써도 된다. 이건 떼부자의 재림이다. 그나저나 돌기들이……. 촉수의 길은 심오한 모양이니까, 그 길의 궁극에 도달하기 위해 오늘 밤에도 깊게 파고들고 꾸물거리고 꿈틀거리자!

"……."

"……."

갑옷 반장과 무희 여자애가 말없이 흘겨보고 있다.

"아니, 나쁜 촉수는 이제 없으니까 괜찮거든? 응. 이건 돌기 연습 중이고 혹하고 주름이 뭔가 야하지만 한밤중의 파괴력은 강해 보이잖아?"

"……!"

"……!"

갑옷 반장과 무희 여자애가 겁먹었다.

"그러니까 이제 나쁜 촉수는 없으니 괜찮다니까? 응. 이건 내 착한 촉수 씨고, 굉장히 좋으니까? 그래. 이 버섯 모양 머리가 진짜 좋아 보이네!"

""…….""

자, 슬라임 씨의 식사도 끝난 모양이니 내려가자. 이크, 그 전에 비밀 방에 가야지. 어째서인지 갑옷 반장과 무희 여자애가 다가 오지 않지만 앞으로 갈까?

끝없는 휴식은 연일 숙박 코스고 영주할 위험도 있다.

82일째 오후, 던전 지하 95층

비밀 방을 엿보자, 그곳에는 갈아입는 소녀와 눈이 마주치는 일 없이 얻어맞고 있는 「기가 블롭 Lv95」와 보물상자. 응. 갑옷 반 장과 무희 여자애는 마치 뭔가 원한이라도 있다는 듯 엄청 두들겨 패면서 돌기 촉수를 베어버렸다.

"거기서는 이렇게 꽉 속박하면서 양다리를 쫙 벌리지 않으면 안 되잖아? 응. 저 예쁜 다리를 180도로 벌린 절경이야말로 중요 포 인트고, 거기서부터가 진정한 촉수의 근사함이고 촉수다운 모습 인데 글러먹은 촉수 마물이네?"

어째서인지 얻어맞은 끝에 조각조각 베이고, 마무리라는 듯 신 기한 마법 공격까지 작렬해서 가루조차 남지 않았다. 잠깐, 슬라 임 씨가 그다지 먹지 못해서 불만스러워하고 있는데? 응. 증오와 분노조차 느껴지는 건 어째서일까?

(이 녀석 때문에, 돌기가, 오늘 밤!)

(저 버섯형, 위험함. 저게…… 돌기가!!)

뭐, 죽었다. 보물상자는 역시 오늘도 자물쇠가 없고, 내용물은
『네크로맨시의 반지 : InT 40% 상승, 마술 제어 보정, 즉사 내성,
사령 작성 조작』. ……응, InT 40% 상승이다!

"마술 제어 보정도 붙어있고, 즉사 내성은…… 뭐, 상관없지?
나머지는 못 본 걸로 치면 되는 장비네. 보게 되면 또 호감도가 영
체화를 시작해서 성불 위기란 말이지? 헉. 설마 세상을 떠난 호
감도의 망령을 사령 작성 조작? 그건 과연 호감도가 남아있는 걸
까? 아니, 그 호감도가 저주받을 것 같잖아!"

(부들부들)

이걸로 반지는 『마신의 반지』와 『페어리 링』이 복잡한 이웃 관
계인데 『네크로맨시의 반지』까지 추가되었다. 뭐, 『페어리 링』
에는 요정이 없으니까 데몬 사이즈들에게 네크로맨시와 친하게
지낼 수 있는지 물어보자.

그리고 96층. 미궁왕전을 대비해 마력을 온존하고 검술로 베고
있었으니까, 자괴는 최소한으로 억눌렀다. ……그렇게 방심한
순간에 허리뼈가 부서져서 마사지 중이다. 아프네?

"아아아아아아. 뿌용뿌용도 기분 좋지만, 무릎베개의 말랑말랑
함과 어째서인지 저절로 손이 가는 몰랑몰랑도 기분 좋네! 그냥
이 계층을 개조해서 침실을 만들고 회상 장면으로 넘어갈 만큼 기
분 좋은데……. 아니, 치료 중이니까 모닝스타는 그만두지? 응.
눈앞에서 뿌용뿌용하고 있어서 저도 모르게 주물렀을 뿐이거든?

그리고 무릎베개 너머에 있는 동그란 포동포동을 어루만지는 것
도 결코 악의는 없었거든?"

그치만 남고생이니까? 그렇다. 갑옷을 벗은 매혹의 보디로 어
루만지는 야릇한 치료 중이다. 이미 재생했다는 건 비밀 중의 비
밀이다! 이 아름다운 다리로 밟아주는 마사지도 싫지는 않지만,
지금 부탁하면 모처럼 재생한 게 밝혀져서 부서질 것 같다!

그렇다. 96층의 마물은 오랜만에 나온 스켈레톤인 「스켈레톤
로드 Lv96」이었다. 정통파 검술과 마법을 다루는 순수 전투직이
다. 미궁왕전 직전의 최종 조정을 겸해서 혼자 싸워봤더니 어마
어마하게 강했다. 레벨 96의 스테이터스에 검술이라는 기술이 더
해졌고, 갑옷과 방패로 무장한 해골이 지성을 가지고 연계하며
전술로 몰아세웠다. 뭐, 도중부터 무리 같아서 구덩이 함정을 파
서 묻고 태웠다. 응. 이건 무리!

결국 무리한 회전 운동으로 검무가 붕괴했고, 속도 때문에 허리
뼈가 부서져서 세 사람의 난입으로 도움을 받아 치료 중. 「네크로
맨시의 반지」 효과로 더 깊게 가속한 슬로 모션에 진입했지만, 도
중부터 몸이 따라가지 못하게 되어 부서졌다. 응. 여기서 또 문제
는 스테이터스.

그리고 역시 상대가 강하면 『전이』에 의한 『소실』의 출현 순간
을 핀 포인트로 노린다. 다음을 예측하고 출현 순간을 노리면 자
괴해서라도 『허실』을 쓸 수밖에 없다. 허실은 스킬을 전부 두른
덧셈이고, 속도 이외의 모든 걸 깎은 뺄셈이다. 그저 벤다는 미래
를 연산해서 억지로 실현할 뿐이니까 부하를 계산할 수 없다.

"자, 다 나았으니까 가 볼까? 무릎베개, 아니 허벅지는 아쉽지만, 아쉬워하다가는 분위기가 풀려서 주무르게 될 거고, 끝없는 휴식이 시작되어 숙박 코스에 연박 연전으로 영주하게 될 위험성이 있으니까 아쉽지만 작별하기로 할까? 응. 아쉽네!"

검무의 문제도 알았다. 고속을 연속해서 유지하면 간파당하기 쉽지만, 안일하게 완급을 붙이는 게 오히려 위험하다. 풀리는 순간 표적이 된다. 결국 간파와 수읽기, 그게 갑옷 반장과 무희 여자애의 강함──흐름이다.

그리고 97층은 순식간에 유린했다. 이제 '벌을 줘라'라고 말하기 전부터 절찬 징벌 중이고, 반성할 새도 없이 즉시 처형이라는 엄벌에 참살. 응. 벌을 줄 생각은 없어 보이네? 뭐, 어쩌면 칼등 치기일지도 모르지만, 양날이란 말이지?

"뭐, 저 검속이라면 칼등이라도 둔기고, 결국은 죽으니까 결과는 동일? 이라고나 할까?"

녹색 피부에 근육질인 「데스 기간트 Lv97」. 즉사의 눈을 가진 거인······은 등장과 동시에 울면서 죽었다. 응. 내려가자. 아직 밑이 있다.

미로에다 흩어져 있으면 시간이 걸리지만, 계층형이고 마물 쪽에서 몰려들면 단번에 끝난다. 아무튼 마석을 모으기 쉽다. 응. 사실은 마석 줍는 것도 시간이 꽤 걸린단 말이지.

"98층······. 우와~ 또 아래가 있네? 이거 아슬아슬했나?"

(부들부들)

쓸데없이 전쟁 같은 걸 할 때가 아니었다. 일그러진 형상을 가진, 전신이 비늘에 덮인 이형 「렙타일 키메라 Lv98」을 네 명이 돌격해서 베어버렸다. 가차 없는 속공전으로 『마전』을 두른 『허실』로 자괴를 각오하고 베러 갔다. 이 녀석은 후수로 돌게 되면 위험한 『초재생』을 보유……했지만, 오버킬을 당해서 『초재생』이 별로 의미가 없었을지도?

"파충류(렙타일)니까 파충류 키메라겠지만, 파충류는 특기란 말이지? 응. 그로테스크 계열인 『벌레 키메라』 같은 거였다면 다들 도망쳤겠지만……. 그야, 아무튼 바퀴벌레가 섞여 있을 것 같잖아! 나는 도망쳤을 거야!!"

(끄덕끄덕, 꾸벅꾸벅, 부들부들!)

얼리려고 했더니 슬라임 씨도 『빙계』로 도와줬으니까, 일부 화염계 부위 말고는 움직임이 둔한 호구였다. 그리고 언 부위도, 저항이 뜬 화염계 부위도 전부 먹었다. 응. 아무튼 먹히는 운명이었네? 그리고 최종회. 모두 지금까지 고마워……. 이게 아니라, 최종층. 99층 던전이었다.

레벨 99의 미궁왕. 응, 장난이 아니다. 이게 지상으로 나오면 단독으로도 지옥. 던전 스탬피드를 이끈다면 변경이 사멸할 수도 있는 위협이다. 뭐니 뭐니 해도 불사 속성의 미궁왕이니까.

주변의 밝기도 빨아들이는 암흑의 갑옷을 입고 칠흑의 검을 휘두르는, 검은 어둠을 두른 사령기사 「셰이드 Lv99」. 응. 불길한 느낌이다. 저 어둠은 기분이 나쁘다. 그리고 갑옷 반장이나 무희 여자애에게도 위협적으로 보이고, 슬라임 씨마저도 위축된 것 같다.

"다들 물러나. 저건 내가 맡을게? 아니, 지금까지 나설 차례가 없었으니까, 여기서 멋진 포즈를 내지 않으면 남고생의 멋있는 모습을 어필할 자리가 사라지고 호감도가 계속 언터처블이 되잖아? 응. 그러니까 부탁할게? 응?"

너무 불길한 느낌이다. 엄청 기분 나쁘다. 분명 고대의 말 초 베리 배드란 이 녀석을 말하는 거겠지. 저건 대미궁에 사로잡혔을 때 갑옷 반장에게 달라붙었던 어둠과 비슷하다. 그 정도까지 진하고 흉흉하지는 않지만, 불쾌한 느낌이 어딘가 비슷하다. 그러니 내가 한다. 이제는 어둠에 사로잡히게 두지 않는다. 어둠 따위에게 두 번 다시 빼앗기지는 않는다. 그 어둠까지…… 모조리 빼앗고 없애버리겠다.

"그래. 그것이야말로 바가지도(道)다! 떼부자를 얕보지 말라고. 마석 두고 가라!!"

나의 바가지도에 빼앗긴다는 단어는 없다. 응. 지금 돈이 없거든! 그러니까 있는 건 빼앗는다는 단어뿐이다!

"너를 여관비로 만들어 주마아아아아……. 응, 밀렸거든?"

네 자릿수를 넘는 스테이터스로 휘두르는 기다란 흑검을 떨쳐내고, 흑방패를 피하며 흑갑옷을 관통했다.

역시 갑옷 안은 실체가 없는 어둠. 이건 죽일 수 없다── 그러니 내가 한다. 일찍이 대미궁 최하층에서 갑옷 반장에게 달라붙었던 어둠을 떨쳐냈던 건『수목의 지팡이?』였다. 그 정체는『위그드라실의 지팡이』. 그건 아홉 개의 세계를 내포하고, 세계를 떠받친다는 거목이며, 차원조차 초월하고 세계를 연결한다고 전해

지는 존재! 의 끄트머리? 뭐, 작대기?

"세계수라고 우쭐댈 정도니까, 지팡이라도 위대하다고. 분명 그럴 거고, 그렇게 정했어!!"

그렇다면 어둠이라든가 죽음이라든가 암흑이라든가 잔소리 같은 것도 정화할 수 있을 거다. 어쩌면 잔소리만큼은 무리일지도 모르지만, 다른 검은 것 정도라면 껌이다. 응. 잔소리에는 뭘로 저항해야 할까? 아무래도 잔소리만큼은 우주 규모를 넘어서는 것 같네?

거칠게 부는 폭풍과도 같은 흑검의 위험한 참격이 몰아친다.

흑사의 미쳐 날뛰는 맹격 앞에서 춤추는 검무로 받아친다.

떨어지는 검격을 떨구고, 휩쓰는 참격을 걷어낸다.

간격을 제압하고, 틈틈이 『전이』하고, 초가속 상대로 검의 선을 중첩해서 어둠을 깎는다.

검과 지팡이가 종횡무진하며 수천 수억의 참격을 날려서 서로 튕겨내고, 내달려 가속하고 춤추고 벤다. 흑검에 베인 상처의 치유가 늦다. 피하고 있는데 베이고, 『소실』로 피하는데도 베이고 있다. 미세하긴 하지만 베이고 있고, 『재생 Lv9』라면 순식간에 나을 텐데도 작은 상처에서 여전히 피가 흐르고 있다.

그러니 깊고 깊고 깊게 가라앉는다. 무거운 시간의 흐름 속으로 파고들어 심연으로 가라앉는다……. 지혜의 사고 가속으로 한없이 늘어나는 시간이 푸르고 깊고 무겁고 끈적하다. 슬로 모션의 시간 밑바닥으로. 그곳은 죽음과 가장 가까운 곳. 시간 흐름의 끝……의, 바로 직전에 살짝 옆 정도다. 아니, 모르지만?

따라오는 흑검을 피해 몸을 젖히고, 흐릿해지며 사라졌다. 환영을 두르고, 소실을 반복하며 몽환의 검무로 무한의 참격을 흑갑옷에 새겨 넣었다. 아낄 여유도 없어서 칠지도로 베고 있는데, 그럼에도 압도하지 못하고 있다.

일격에 죽는 나는 계속 피해야 한다. 참격을 피하면서 베고 있는데, 파고들지 못해서 검격이 얕다. 나신안으로 보고 완벽하게 피하고 있는데도 뭔가 스치면서 HP가 줄어든다. 그리고 재생이 늦어서, 슬금슬금 HP가 줄어들고 있다.

당장에라도 튀쳐나올 것 같은 세 사람을 눈으로 제지하고, 생사의 틈을 파고들었다. 조금도 정지하지 않는 무한, 지연되어 정지할 것만 같은 시간의 밑바닥을 기어다닌다. 그저 베고 떨쳐내고, 그저 베고 정화한다. 이미 『허실』로 가까스로 참격을 연결하고, 참격을 통과시키고 있다. 상당한 어둠을 베어냈지만, 시간과 함께 나의 몸이 무너지고 있다.

"아직 안 되려나."

무동작 무박자로 빈틈 없이 어둠을 벤다. 벤다는 결과만을 위해, 스킬도 마력도 모두 『마전』에 쏟아붓는다. 그저 벤다는 결과만을 강제로 실현하는 기술, 그 과정에 있는 모든 걸 억지로 이어붙인다. 그것이 『허실』. 그렇기에 너무 빨라서 무도 동작이 들어가지 못하게 되고, 흘려낼 수 없는 관성력에 몸이 버티지 못하고 붕괴한다.

그리고 움직였다. 어둠의 기사는 방패를 들고 돌진했다. 그것은 몸을 버리는 공격. 그것이 정답. 압도적일 정도의 스테이터스

차이가 있다면 이것이야말로 정공법이고, 이것이야말로 회피 불
가능한 필살. 다가오는 죽음은 끈적하게 달라붙는 것처럼 무거운
시간의 흐름 속에서 매우 천천히 다가왔다. 『미래시』로도 피할
여지가 없는 몸을 버린 일격, 매우 둔하고 완만한 시간의 흐름 속
에서 다가오는 검이라는 이름의 죽음이 보인다. 사령기사 셰이드
는 영혼만을 검은 방패로 숨기고, 이후에는 모든 걸 버렸다. 맞바
꾸는 건 나의 목숨. 몸을 버리고 죽이는 것에 모든 걸 걸었다.

　내지른 흑검은 공중에 천천히 참격의 선을 새겼다. 그것의 목적
지는 나의 목숨. 이제 회피는 불가능하고, 방어도 불가능한 필살
필승의, 몸을 버리며 날리는 참격. 긴 시간에 걸쳐, 기나긴 시간
속을 나아가 도착……하기 전에 넘어졌다.

　"좋아. 넘어졌다! 두들겨 패자!!"

　퍽퍽퍽퍽……(두들겨 패는 중입니다). 완전히 끝장낼 생각이었
으면서, 방패로 숨겼다. 그곳이 바로 코어. 사령기사라면 영혼은
있을 거고, 그리고 넘어졌으니까 영혼도 마구 두들겨 팰 수 있다.
몸을 버렸으면서도 진짜 막판에 자신의 약점을 가르쳐 준 거니
까, 나는 잘못 없지? 그렇다. 애초에 언제나 나는 올바른데 누명
을 쓰고 있단 말이지?

　그렇다. 어째서인지 뒤에서 흘겨보는 시선이 느껴지지만, 마지
막까지 확실하게 두들겨 팼고, 죽었지만 덤으로 두들겨 팼다. 이
어둠이 전부 사라질 때까지 두들겨 팼다. 응. 마석은 두고 가시
지?

　"그냥 같이 찌르기만 했으면 됐을 텐데. 그것만으로도 간단히

이겼을 텐데 말이지?"

응. 사령이 목숨을 아끼지 말라고! 사령기사는 목숨을 다 버리지 못하고 목숨을 걸었다. 그러니까 LuK : MaX가 한계 돌파한 상대 앞에서 도박에 나선 거다. 그렇다. 목숨을 아까워했다. 그러니까 죽었다. 솔직히『네크로맨시의 반지 : InT 40% 상승, 마술 제어 보정, 즉사 내성, 사령 작성 조작』으로 Lv99의 미궁왕을『사령 조작』할 가능성은 조금도 없었는데……. 도박에 나서니까 넘어지는 거라고? 응. 넘어지면 두들겨 패겠지?

결국 마지막의 마지막 국면에서『사령 조작』에 다리가 걸려 넘어진 이유는 목숨을 아까워하며 도박에 나섰기 때문이다. 자신의 미래를 주사위에 걸어서 넘어지고 말았다. 그러니까 넘어져서 죽었다.

그렇다. 폭발적인 운에 의한 화려하고 유려하면서 노련한 지적 승리인데 흘겨보고 있네? 아니, 완벽했잖아? 응. 보통 그건 못 이기니까. 응. 눈흘김이네?

◄━ **버니걸의 버니 수트 없음 Ver는 굉장히 버니한 긴 귀뿐이었다.** ━►

82일째 저녁, 하얀 괴짜 여관

다들 후후하며 오야코동(닭고기달걀덮밥)을 먹고 있다. 응. 역시 김이 필요한데?

""""맛있어── ♪""""

조금 나른하지만 부상은 치료했다. 역시 그 어둠에 뭔가 있는 거겠지. 나에게는 『위그드라실의 지팡이』가 있고, 게다가 그 효과를 두를 수 있으니까 시간이 걸리더라도 완치는 된다. 그러니 그건 내가 해야 했다. 나 말고는 후유증이 위험해 보이니까?

""""하루카. 한 그릇 더!""""

"오빠, 나도!!"

"특곱빼기로."

"""한 그릇 더~ ♪"""

그보다도 그 던전이 99층까지 있었다는 게 문제일지도 모른다. 그곳은 별로 오래된 던전이 아니었을 테니까.

"건더기 넉넉하게 줘!"

"국물도 넉넉하게 주고."

"아아…… 고기 빼고?"

"""고기 빼지 마! 그럼 달걀덮밥이 되잖아!!"""

급성장한 걸까, 간과하고 있었던 걸까……. 하지만, 거기서 1층만 더 늘어나면 한계층이었다. 그리고 100층이 생기면 던전은 급격히 강해진다. 그렇기에 없앤다면 그 전에 해야 하는데, 문제는 들어가지 않으면 깊이를 알 수가 없다. 그러나 들어가면 던전을 돌파해서 깊이를 알아봤자 의미가 없단 말이지?

"고기 듬뿍 메가 곱빼기로."

"밤만쥬……."

"오빠, 수프도."

"양동이에 곱빼기로 담아줘!"

(뽀용뽀용)

"나도 필요해~(출렁출렁 ♪)"

"""…………."""

"남자들!"

레벨이 올라가고 스테이터스가 올라가면 동시에 먹는 양도 늘어난다고 하는데……. 이건 뭔가 아닌 것 같다. 응. 그냥 대식가잖아! 고레벨은 대량으로 먹지 않으면 쇠약해진다고 하는데, 이 여고생들은 먹은 뒤에 조바심을 내며 원 모어 세트를 한다니까! 응. 섭취 에너지를 레벨이 못 따라가고 있어!!

"""맛있었어~."""

"잘 먹었어 ♪"

"남자들은 고기만 먹잖아!"

보고회에서는 모든 팀이 중층까지 갔고, 내일부터는 50층 계층 주전. 그러니 만약을 대비 두 파티로 간다고 한다. 우리도 다음 던전을 알아보려고 했는데, 쉬라는 말을 들었다. 내 안색이 나쁜 모양이다. 응. 얼굴 탓이 아닌데? 얼굴은 아무 말도 하지 않으니까?

피를 너무 흘렸는지, 어둠에 의한 피해 때문인지, 혹은 엉큼한 마음이 드러난 건지……. 어쩌면 야해서 그런 걸지도 모르지만 확실히 나른하다. 만약을 위해 『위그드라실의 지팡이』는 팔찌로 만들어서 착용하고 있고, 내일이면 완전히 회복되겠지만 안 되는 모양이네?

"뭐, 모레부터는 하층 던전으로 바빠질 테니까, 그 전에 한번 우리 집으로 돌아갈까?"

그렇다. 여전히 슬라임 씨도 무희 여자애도 숲 동굴에 있는 우리 집에 간 적이 없다. 갑옷 반장도 한 번뿐이고, 여자애들도 가고 싶어 하니까 미리 청소하고 풀을 뽑고 고블린과 코볼트도 잡자. 응, 마의 숲도 봐두는 게 좋겠지.

"메리 아버지는 모레 정도에 돌아온다고 하던데 연락은 왔어?"

"오무이 님은 아직 돌아오지 않았지만, 측근 씨가 마의 숲 토벌을 부탁한다는 의뢰를 냈어."

벌채 의뢰 지도를 받으니 커다란 곳이 세 곳이고 작은 구획이 무수하게 있었다. 숲이 꽤 넓어졌는데, 크고 작은 마을 근처가 우선인 모양이다. 데몬 사이즈들에게 물어보니 커다란 곳 중 하나와 작은 곳 몇 군데는 오늘 깎았고, 버섯도 대량으로 나왔다고 한다. 그러나 어떻게 대낮이 버섯을 채집한 거지? 응. 마석도 가져왔더라고?

모두 원 모어 세트에 댄스댄스 레볼할 것 같아서 먼저 목욕탕으로 갔다. 그러나 고아들까지 댄스댄스 레볼을 시작하고 있는데, 저건 뭘 노리는 걸까?

"뭐, 댄스댄스 레볼이라는 이름의 각종 무도와 무투 교실이지만, 고아들은 즐겁게 코사크 댄스를 추고 있네. 재롱잔치?"

(부들부들?)

잡화점 누님도 무기점 아저씨도 고아들은 일을 잘한다며 웃었다. 길드 누님은 착한 아이라고 말하면서 나를 흘겨보더라? 응. 뭔가 하고 싶은 말이 있는 건가.

도시에서 란도셀을 짊어지고 일하는 고아들은 대인기라 과자를 잔뜩 받았다고 한다. 이미 변경 고아원의 고아들에게도 란도셀을 나눠줬으니 온 거리에 란도셀 아이들이 대량으로 일하고 있다. 가끔 새끼 너구리도 끼어 있지만, 분간이 안 가니까 내버려 두자. 란도셀이 전혀 어색하지 않더라?

"푸하~."

(뽀용뽀용~)

욱신욱신하지만, 생각보다 상처가 심하진 않았다. 이미 일상적으로 찢어지거나 부러지거나 떨어지거나 썰리거나 하고 있으니까 이런 건 생채기 수준이다. 『위그드라실의 지팡이』를 항상 착용하고 있으니까 치료도 곧 끝날 거다. 그 어둠에 관련된 건 접근을 허용하고 싶지 않으니까 빨리 낫자.

뒷정리는 맡기고 슬라임 씨와 입욕. 의식하면서 『재생』을 두르고, 『위그드라실의 지팡이』에 마력을 순환했다. 슬라임 씨도 뽀용뽀용 『치유』나 『정화』를 걸어주면서 뽀용뽀용 치료해 주고 있다. 욕조에 잠겨서 멍하니 치료를 이어갔다. 생각해야 하는 일이 잔뜩 있지만, 일단 오늘은 이겼다. 그거면 된다. 미궁왕의 드롭 아이템도, 최하층에 있던 비밀 방의 아이템도 감정은 나중에 하면 된다. 지금은 아무 생각도 하지 않고 천천히 탕에 잠겨서 피로를 씻어냈다.

"아아아~ ♪"

(폼폼~ ♪)

릴랙스 타임이니 뽀용뽀용하자……. 오늘은 장시간 목욕이다. 천천히 나른하고 기분 좋게 목욕탕에서 나오자, 원 모어 세트도 마무리인 모양이라 갑옷 반장이 검을 가르치면서 닦달하고 무희 여자애는 방패를 중심으로 가르치면서 단련했다. 사이사이 개인 레슨도 끼워 넣으면서 특수전도 하고 있다.

갑옷 반장이 뻐끔뻐끔 여자애에게 검술을 전수하면, 무희 여자애는 리듬체조부 여자애에게 연체 무투를 전수한다. 갑옷 반장이 날라리나 반장 일행에게 검술을 가르치면, 무희 여자애는 배구부 여자애들에게 방패술을 가르치고 문화부 여자애들에게 회피 탱커 기술을 가르친다. 선생님이 두 명이 되어서 배리에이션이 늘어났고, 배울 일이 늘어나고 할 일도 늘어났다. 그것만으로도 살아남을 가능성이 늘고, 게다가 모닝스타와 사슬낫 교실이 시작되었는데…… 그건 필요 없지 않을까? 그치만 그건 마물에게는 안 쓰고 나한테만 쓰는 데다 나만 살아남을 가능성이 폭락하니까 안 가르쳐 줘도 돼!

""""감사했습니다~.""""

끝난 모양이다.

"오타쿠 바보들은 땡땡이야? 바보들이 전투 훈련에 안 나오는 건 드물지 않아?"

"어? 남자들은 자율 훈련인데?"

"응응. 요전부터 그랬어."

파티 단위 전투에 특화할 생각인가. 레기온에서 남자들은 실수가 없다. 바보에다 오타쿠지만 전혀 흐트러짐이 없다. 개인 기술이라면 갑옷 반장이나 무희 여자애의 지도를 받는 게 좋을 텐데, 개별적으로 뭔가 한다는 건 파티전이나 소수 연계일 거다.

현재 파티 단위로 안정감이 있는 건 오타쿠 바보들과 날라리 여학생들이다. 임원은 실력이 돌출되어 있을 뿐 안정감은 없고, 부활동 여자애들과 문화부 여자애들은 변함없이 잘하고 못하는 것의 격차가 심하다. 그리고 오타쿠 바보들은…… 이미 살육전을 경험했다. 무의식적으로 눈짓을 보낼 수 있고, 방심하면 죽는다는 걸 몸으로 기억했다. 마물은 속이지 않는다. 당당하게 덮쳐든다. 그러나 사람은 다르다. 아군인 척하다가 뒤통수를 친다. 그건 모르는 게 나은 일이지만, 모르면 위험하다. 그러나 알면…… 사람이 달라진다.

여자애들은 사람을 의심하고 속이고 경계하고 속내를 읽기에는 너무 다정하다. 그건 변하길 바라지 않는 것이다. 우리처럼 되지 않아도 좋다. 되지 않을 수 있다면 그게 당연히 좋다. 남자들은 이 세계에 와서 한 번도 무기를 놓은 적이 없으니까. 설령 모두가 있는 여관 안에서도…… 언제나 살육전 속에 있는 거다.

방으로 돌아가 부업 전 휴식. 조금 나른하니까 뽀용뽀용 슬라임 씨를 어루만졌다. 응. 역시 슬라임 씨다. 같은 구형 점액이라도 그로테스크한 고깃덩어리인 스윔 블롭과는 하늘과 땅보다도 차이가 크다! 뽀용뽀용 몸 위를 이동하면서 『치유』해 주고 있다. 이제 눈에 보이는 상처는 거의 사라졌다.

"후우……. 바로 3개월 전까지는 평범한 남고생이었는데, 지금은 상처가 『재생』하고, 『촉수』가 돋아나고, 여친은 계속 안 생기고 있는데 첩만 늘어났잖아? 호감도는 언제나…… 아니, 호감도는 그 이전부터 찾을 수가 없었고, 그러고 보니 본 적도 없잖아? 보고 싶네? 한 번 정도는!"

(뽀용뽀용)

MP도 고갈되어서 나른함이 두 배였지만, 상처도 아물었고 MP도 회복되어서 몸 상태가 돌아왔다. 나른해서 그다지 저녁밥을 먹고 싶지 않지만, MP 회복에는 식사와 수면이 중요하다. 하지만, 그래도 수면이 어렵다! 그야 미녀 두 명 사이에 낀 남고생에게 잠들라니, 세상의 모든 남고생은 침대에서 미녀 두 명 사이에 낀 상태라면 『슬립』조차 저항하고, 욕망과 애욕이 소용돌이치는 스파이럴 남고생으로 변할 거다! 응, 수면은 무리!!

그러니까 식사. 데몬 사이즈들도 불러서 슬라임 씨도 끼워 과자모임. 고아들 대책으로 만들었던 쿠키를 모두 함께 먹었다. 그렇다. 고아들 런처를 피하기 위해 개발한 신병기인 미끼 과자란 말이지?

"이 쿠키 채프를 뿌려서 날아오는 아이들을 미끼로 유도하고 도망친다는 새로운 기술이야. 지금은 왕도 고아 팀에 더해서 변경 고아 팀까지 더해진 고아 런처의 요격망이 도시 전체에서 완성되어 가고 있어서, 다들 일하러 나가니까 거리 어디를 가도 날아온단 말이지?"

(부들부들!)

"""…… ♪"""

"맛있었어? 가루를 연금으로 연성해서 잘고 균일하게 만들어 구우니까 놀랍게도 1랭크 상위의 맛이 되었단 말이지?"

요리는 수고에 비례한다고 하던데, 마법도 효과적이었던 모양이다.

"자. 핫밀크야. 뜨거우니까 조심하라고 하고 싶었는데, 슬라임과 대낮이니까 뜨거워도 문제없을 것 같기도 하지만 후우후우하라고? 일단? 약속?"

(뽀후~뽀후~)

"""……——, ……——."""

왠지 모르게 슬라임 씨는 가능해 보였는데, 대낮인 데몬 사이즈들도 후우후우가 가능한 모양이다. 역시 이세계는 얕볼 수 없다!

그 어둠에 대한 것, 던전의 성장에 대한 것, 그 촉수의 돌기에 대한 것 등등 생각해야 하는 일이 많지만…… 가끔은 느긋하게 보내도 되겠지. 모처럼 동료가 늘었으니까 느긋하게 가자.

그리고 느긋하게 있는 사이 두 마리의 「턱시도 버니 Lv 에로」가 돌아와서 과자 모임에 참가했다. 그, 그래. 느긋하게 과자 모임을……. 마, 망사 타이츠 허벅지가 몰캉! 아니, 느긋하게 핫 밀크…… 팔꿈치에 밀키한 것이 뽀용!

느, 느, 느긋하게! 네 개의 기다란 토끼 귀가 흔들리고, 두 개의 동그란 꼬리가 실룩실룩하지만, 느긋하게 과자 모임이다! 그래 매일 던전에서 싸우는 전사가 치유받는 휴식의 한때. 느긋하게 쉬는 시간이 뽀용뽀용이라고오오오오오!

소파 양옆에 절세 미소녀 턱시도 버니가 딱 달라붙어서 기대앉았다. 과자를 먹으며 교대로 나에게도 먹여주는 매혹의 토끼 서비스. 그렇다. 뭔가 뒤에서 굉장히 바가지를 씌울 것 같은 서비스다! 그리고 시선을 내리면 그곳에는 호박색 다리에 망사 타이츠도 고혹적이지만, 순백의 허벅지를 가린 검정 스타킹도 요염하다. 이, 이건 토끼의 함정이다!

슬라임 씨와 데몬 사이즈들은 왕창 먹고 졸려서 고아원에서 쉬기로 했다. 응. 자는 게 꽤 빠르다. 그리고 세 사람만 남게 되자 서비스가 더욱 과격해져서, 나의 오른쪽 다리 위에는 오른쪽 옆에 있는 갑옷 반장의 왼쪽 다리가 올라가 예쁜 다리 사이에 끼워졌고, 왼쪽에서는 무희 여자애의 기다란 다리에 나의 왼쪽 다리가 꽈악 끼워졌다. 그리고 좌우에서 팔짱을 끼고 오른손에는 갑옷 반장의 허벅지, 왼손에는 무희 여자애의 허벅지, 할아버지는 산으로 풀을 베러?

"아니, 할아버지는 없잖아! 그리고 할머니는 어디 있는데!"

영문 모를 소리를 늘어놓으면서 양옆에서 안긴 팔이 말랑말랑한 감촉에 휩싸였고, 손은 허벅지 사이에 끼워졌다. 그리고 팔을 안아서 밀착한 채 교대로 쿠키를 입에 넣어서 먹여주는 매혹적인 고급 버니들의 요염한 접대. 뭐, 답례겠지. 분명 어둠을 다가오지 못하게 하려던 건 다 알고 있을 테니까.

"아니, 그치만 그 정도의 연습도 훈련도 없달까, 삶과 죽음을 건 아슬아슬한 저울이 거의 죽음으로 기울어진 그 정도가 진정한 실전 아니겠어? 응. 애초에 죽기 직전까지 몰리면 의욕도 나고?"

이제는 꽁냥꽁냥 달라붙어서 쪽쪽 쿠키를 입으로 옮겨주는 뽀용뽀용 밀착이다. 이건 천국에 가장 가깝겠지만, 천국보다도 아득한 고층에 있는 천상의 버니 클럽 접대였다! 이런 부분이 닿고,

저런 부분을 만지작거리면서 좌우에 있는 매혹적인 토끼들에게 밀착 접대를 받았다. 아무리 바가지도의 궁극에 도달한 나라도 이 서비스라면 반대로 바가지를 쓰더라도 매일 밤 다니겠다고 말할 만큼 근사한 토끼 천국이야!

""봉사, 예요♥""

분명 천국의 최상 999층은 토끼 천국이고, 지하 최하층 쓰레기장보다 아래가 영감의 하얀 방이겠지. 뒤엉키면서 꺄아꺄아 우후후 봉사를 받다 보니 어느새 버니 의상도 젖혀졌고, 근사한 맨살을 비비적비비적 만지작만지작 하면서 순순히 만끽하자 남고생도 대단히 기분이 좋아졌달까 즉시 기립했고, 버니걸들이 예쁜 얼굴로 눈을 살짝 치켜뜨면서 가만히 응시하고 있지만 입은 바빠 보인다!

역시 두 사람도 그 어둠에는 바닥을 모를 위기감을 느끼고 있었겠지. 그야 슬라임 씨조차도 겁을 먹었으니까. 그러니까 혼자 싸우는 나를 걱정했고, 싸운 나에게 감사한 거다. 아니……그야 나는 아무것도 느껴지지 않았으니까?

아니, 지금은 굉장히 느끼고 있는 다감한 시기의 감성적인 남고생이고, 감수성 풍부한 남고생 중이지만…… 어둠 같은 건 그냥 싫은 느낌이 들었을 뿐 두려움도 공포도 느껴지지 않았다. 그러니까 딱히 상관없거든? 죽을지도 모른다고 생각했지만 못 이긴다고 생각하지는 않았고, 나는 죽일 자신이 있었다. 그러니까…… 그건 내 사냥감이 맞다.

하지만 접대는 대환영이고 활활 불타오르는 남고생의 버니걸 버니 수트 없음 Ver은 굉장히 버니한 긴 귀뿐이라서 이것 또한 좋다!

기뻐해 준다면 그걸로 충분하다. 뭐, 기쁘게 해주겠지만 그것도 좋다! 굉장히 좋다!! 밤의 야시시한 어른의 가게는 여전히 발견하지 못했지만, 파라다이스 토끼 천옥 지점은 이곳에 있었던 모양이니까…… 아니, 어째서 사슴!(토끼토끼♥)

> **그야말로 다감하고 민감하고 감수성 풍부해서
> 감동에 젖은 나머지 감촉을 감열하며 실감한 모양이다.**

83일째 아침, 하얀 괴짜 여관

혼났다. 그건 납작하게 늘려서 평탄하게 깔린 지평선상으로 이야기하자면, 그것이야말로 잔소리라고 사람들은 말하겠지. 근사한 버니 접대로 토끼토끼한 밤이었는데 혼났네?

뭐가 문제였던 걸까? 뽕가버렸는데? 뭐가 곤란했던 걸까. 맛있게 물었으면서? 표준형 촉수 씨와 비교 검토해도 돌기형 주름 버섯 머리 촉수 씨는 당사 대비 3배 이상의 고성능을 성적으로 발휘했는데, 아직 불만이 있는 건가? 굉장히 굉장히 만족스러워 보였고 굉장히 기뻐하는 표정으로 기절했는데, 아침부터 잔소리하는 건 촉수에 아직 많은 개선의 여지가 있는 모양이네?

"아니, 돌기형 촉수 씨가 두른 『성 기술』이나 『감도 상승』 효과도 어우러졌잖아. 그야말로 다감하고 민감하고 감수성 풍부해서 감동에 젖은 나머지 감촉을 감열하며 실감했고, 솟구치는 쾌감에 감응해서 감격하고 촉수의 감촉에 감탄해서 감희, 감루하며 즐겼으니 감개무량했을 텐데 불같이 화내더라?"

응. 좀 더 호감을 느낄 수 있게 돌기의 형상을 바꾸고 숫자를 늘리자는 말자. 지금 시점에서 시작형 이종 형태 촉수는 아직 78 패턴밖에 제작하지 못했지만, 불만이 없을 때까지 철저하게 개량과 시험 운전을 반복할 필요가 있어 보인다. 다음에는 하늘하늘한 주름 형태 특화형이었던가?

잔소리를 들으면서 몰래 배후에서 신형 촉수 돌기 진동 연습을 하고, 새로운 형상의 돌기와 주름으로 변형했더니 파괴력이 커 보였다. 응. 오늘 밤에는 이걸로 가자!

그리고 아직 다리에서 힘이 풀려 일어나지도 못하는데 잔소리 중인 두 사람에게는 잔소리 방지 효과가 높은 회복 버섯을 입에 물렸다. 경험상 이걸 삼킬 때까지 잔소리가 멈추는데, 삼키고 회복하면 더 강화된 잔소리가 시작되니까 지금 이때 도망치자!

"오늘은 휴일이니까, 현안이었던 우리 집 초대 투어면 되려나? 아직 슬라임 씨도 간 적이 없고, 무희 여자애도 첫 변경에 첫 여관이니까 첫 동굴도 보고 싶겠지? 게다가, 뭐…… 거기가 보금자리? 같다고나 할까?"

그렇다. 원래는 동굴이었다. 가끔 도시에는 왔었지만, 그곳이 내 보금자리였는데 이렇게 오랫동안 돌아가지 않다니 참 신기하다. 길은 두 개 있었다. 그리고 어느 쪽도 내 보금자리는 그 동굴이었다. 만약 동급생 모두가 힘을 합쳐서 이세계에서 살아갔다면,

여행을 떠나는 무수한 영웅들, 그리고 동굴에 사는 마법사였던 생산직인 나. 그리고 이세계에서 내정에 힘써야 했던 누군가.

하지만 그 누군가는 최강을 목표로 삼고 동급생들의 능력과 목숨을 빼앗는 길을 선택했다. 그리고, 그 길의 끝은 동굴에서 나와 살육전을 벌이다 모든 힘을 잃고 죽는 것이었다.

결국 완전히 다른 길을 나아가게 되었지만, 덕분에 이 세 명과 만났다. 그러니 초대하자. 우리 집으로.

(뽀용뽀용♪)

슬라임 씨는 전쟁 전부터 기대했는데 좀처럼 가지 못했으니까 기뻐 보인다. 무희 여자애도 기대하고 있어 보이니까 그네는 2인용으로 다시 만들자.

그리고 식당에는 배고픈 아이들과 미성년자가 기다리고 있었다. 그래서 『지혜』의 제어를 통한 다중 지각과 병렬사고에 의한 마법 개별 분할 처리로 몇 종류의 조리와 여러 공정을 거쳐 오므라이스를 만들고, 햄버그와 미트볼을 굽고, 나폴리탄과 닭튀김을 가열 조리했다. 이제는 고아들도 여동생 엘프 여자애도 몸은 완전히 건강한 상태로 보이지만, 만전을 기해서 버섯도 잔뜩 넣었다.

"어린이 런치처럼 케첩 잔뜩 뿌린 진홍의 런치 같은 고아님 런치거든? 뭐, 많이 드세요?"

""""잘 먹겠습니다~♪""""

(부들부들)

모두 조리 경험이 있는 것들뿐이니 간단 순간 병행 조리가 된다.

오히려 이 어린이 런치용 깃발을 만드는 게 더 힘들었다. 일부 양동이에 담은 바보도 있지만, 슬라임 씨도 깃발과 양동이 양쪽을 준비했고, 데몬 사이즈들도 아침 식사에 참가 중인데…… 대낮이 어린이 런치를 먹고 있는 건 참 초현실적이네?

"""오빠. 맛있어~ ♪"""

고아들에게 처음 먹여준 것도 오므라이스였다. 그걸로 케첩을 좋아하게 된 거겠지. 아직 식재료나 조미료에는 불만이 있었고, 야위고 마르고 병들고 쇠약했던 고아들이 먹을 수 있게 우유로 끓인 약용 버섯을 잔뜩 넣어서 만든 환자식 같은 소금기 없는 오므라이스였는데…… 치료와 영양 보급이 최우선이어서 그렇게 맛있지도 않았을 텐데. 그런데도 지금도 먹고 싶은 걸 물어보면 케첩을 뿌린 것뿐이다. 그러니까 햄버그도 오므라이스도 미트볼도 나폴리탄도 전부 얹었다. 응. 새빨갛네?

여자애들에게는 장갑 강화형 갑옷 시제품 실험 운영을 부탁했으니까, 확인과 연습을 하고 나서 던전에 들어간다고 한다. 성능 강화에 더해서 효과의 질과 숫자도 올라간 새로운 설계라서 가능성도 몇 단계로 도약했고 움직이기 쉬워졌지만…… 미묘하게 체형에 딱 붙는 에로한 밀착형이 되고 말아서 남자가 없는 곳에서 확인할 거다.

뒷정리는 맡기고 도시를 나왔다. 무희 여자애도 자기 돈으로 쇼핑하는 건 처음이고, 일해 주는 만큼 용돈도 지급하고 있으니 기쁘게 쇼핑 중이다. 응, 그야 낭비하는 것이 즐거움이니까.

지금 변경은 왕도보다도 상품이 많고, 품질도 좋다. 그리고 활기가 다르다. 울퉁불퉁하던 흙길은 돌로 평평하게 포장되었고, 돌만 쌓은 집이나 가게도 정비되어 하얀 외벽으로 채색되었다. 부족했던 목재에 도료까지 나돌고 있고, 선명한 간판이 많이 내걸린 거리가 북적거리고 있다. 판석 가장자리에는 가로수도 있으니 세련된 느낌도 있고, 작은 광장이나 벤치에 분수도 있는 공원 거리를 걸을 수 있다. 옛날과는 길이나 가게 배치가 조금 달라졌지만 헤맬 일은 없다. 응. 내가 만들었고, 설계했으니까 헤매지 않거든?

그리고 잡화점은 오늘도 크게 북적이고 대혼잡했다. 장사진을 이루고 있어서 계산대에 있는 누님이 울상으로 이쪽을 보고 있기에 『마수』 씨를 써서 창고에서 보충 상품을 온 선반에 죄다 쏟아부었다. 덤으로 납품한 분량도 진열했고, 이후에는 계산만 하면 되니까 바가지를 씌우자. 응. 이제 곧 고아 부대가 구조하러 나타날 거다.

무희 여자애는 가게 안에 우글거리는 군중 속에서도 부딪치지 않고 춤추듯이 틈새를 헤쳐나와 상품을 바구니에 넣었다. 여전히 일용품도 사지 않았으니까 쇼핑하느라 바쁘다. 물론 탐욕 씨도 신나게 옷을 고르고 가방을 들고 있다. 폭식 씨는 뽀용뽀용 밖에서 군것질 중이다. 이제 슬라임이 평범하게 노점에서 음식을 산단 말이지? 게다가 에누리도 하고 있네?!

"눈짓으로 차례차례 사고 있는데, 저건 부업으로 만들었으니까…… 여기서 안 사도 방에 있잖아?"

(뽀용뽀용 ♪)

뭐, 가게에서 사는 게 즐거운 거겠지. 그래도 어제의 버니 클럽 대금도 추가해서 용돈을 잔뜩 줬는데도 둘이서 양손에 옷을 들고 남은 용돈을 계산하며 고민하고 있다. 서로 옷을 맞대 보면서 어느 걸로 할지 옷을 안고 사이좋게 고민을……. 응. 이건 길어질 것 같네!

사실은 던전에서 벌고 있으니까 용돈은 얼마든지 줄 수 있지만, 쇼핑은 고민하면서 사는 게 즐거운 법이다. 둘이서 상담하며 고민하고 있는데, 그게 즐거워 보인다. 뭐, 손에 들고 있는 건 전부 부업으로 만든 물건이라서 말만 하면 만들어 줄 수 있지만.

그리고 만족스럽게 양손 가득 짐을 안은 두 사람을 데리고 왔던 길로 돌아왔다. 먼저 여관방에 짐을 두자. 아이템 주머니 안에 넣어도 되지만, 모처럼 자기 몫으로 산 거니까 방에서 원할 때 쓰거나 입고 싶겠지. 응. 우리 집에도 세 명의 방을 만들자. 모두의 집이니까 그게 좋을 거다.

그곳은 깊게 우거진 풀과 하늘을 뒤덮을 기세로 난립하는 초목이 뒤엉켜 미로를 만드는 대자연의 미궁―― 마의 숲. 설령 숙련된 모험가라도 섣불리 발을 들이면 즉시 방향 감각을 잃고, 돌아갈 길도 잃어버린 채 마물의 습격을 당하는 악몽의 숲.

"그래도 스킬 『지도』가 있으니까? 응. 헤매지 않지? 그리고 습격하고 자시고 마물이 습격하면 바로 멸종 위기고 돌아갈 때 전멸시킬 것 같으니까?"

(뾰용뾰용)

숨이 막힐 만큼 농후한 숲의 나무 냄새. 축축하고 어두운 다갈색 지면에는 수많은 풀이 우거져 있고, 심록색 나무가 햇빛을 차단해서 어둡고 울창한 암록색의 미로와 같은 수해를 만든다. 그곳에 들어오는 사람을 노리는 흉악한 마물들의 무리……가, 도망치고 있다. 응. 고블린과 코볼트가 흉악하다고 해도 말이지?

"뭔가 마의 숲은 세간의 평가가 너무 심하지 않아? 여기는 고블린하고 코볼트밖에 없는데? 뭔가 마의 숲, 마의 숲이라고 호들갑을 떠는데, 그냥 고블린과 코볼트와 버섯만 잔뜩 있는 삼림이잖아? 여기를 탐험하라든가 탐색하라든가 마물 토벌을 하라든가 말해도 곤란해. 귀성일 뿐이고?"

(부들부들)

마의 숲은 중요 위험 지대. 접근하는 것도 신고가 필요하고, 들어가려면 심사가 필요하다. 응, 허가증을 받으면 어엿한 모험가라고 말할 수 있다는 모양이더라고?

"아니, 허가고 자시고 사람이 살고 있다니까! 우리 집이야! 잠깐 집을 비웠지만, 집으로 돌아가는데 일일이 신고라든가 허가를 받을 수 있겠냐!! 뭐, 모험가가 아니니까 허가도 안 받았고 신고도 안 하지만?"

어둡고 좁은, 시야가 통하지 않는 깊은 삼림. 그곳에 숨어든 어둠 속 마물들. 거기서 솟아나듯 덮쳐드는 마물들의 거처. 그것이 마의 숲……이라니, 시야는 탁 트이고 잘 보인다. 그야 『나신안』과 『공간 파악』으로 다 보이고, 전혀 솟아나지 않아서 멸종 위기거든?

"마의 숲은 과대평가를 받고 있단 말이지? 뭐, 안쪽은 확실히 위험하지만 다른 곳은 그렇지도 않고, 곳곳에 오크의 영역이 있지만…… 고작 오크니까?"

(뿌용뿌용)

넷이 흩어져서 마물과 술래잡기를 하고 있는데, 싸움이 벌어질 정도의 숫자도 없고 레벨도 낮다. 또 범위가 넓어졌지만, 여전히 약하고 마물도 부족하다. 그저 버섯을 대량으로 채집할 수 있어서 수고가 들 뿐이란 말이지?

(뿌용뿌용)

고블린을 잔뜩 먹어서 기분이 좋아 보인다. 『성욕 왕성』도 꽤 쌓였겠지. 분명 반장도 엄청 있을 거다. 응, 『절륜』도 『재생』도 가지고 있으니까?

"강탈계 무쌍에 마음껏 먹을 수 있으면 엄청 이득인 느낌이네?"

(부들부들)

나도 자동 검술 치트 같은 걸 갖고 싶은데, 얻어도 결국 못 쓰니까 무의미하다. 치트는 발동하면 스킬에 따라 움직일 수밖에 없는 자동에 강제인 기술. 그리고 도중에 멈추거나 변경할 수 없는 기술이라니 가지고 있어도 무서워서 안 쓴다.

"하지만 『칠연참!』 같은 걸 말해보고 싶잖아? 응. 내 스킬은 입 밖으로 내고 싶지 않은 게 너무 많아! 『백수!』라든가 『외톨이!!』라는 걸 외치면서 싸우고 싶지는 않고, 게다가 『야한 기술!』은 왠지 싫어!!"

얄궂게도 언제나 한 방만 맞으면 죽으니까 몰래몰래 재빨리 고블린들을 덮쳐서 죽였다. 지금이라면 정면에서 벨 수 있는 기량이 있고, 몇 방 정도는 장비로 버틸 수 있게 되었는데…… 버틸 수 있게 되었을 무렵에는 이제 공격 같은 건 스치지도 않는다. 사고 가속 같은 걸 발동하지 않아도 언제나 슬로 모션이다. 때리면 죽고 말이지?

오랜만인 것 같으면서도 언제나 여기 있었던 것 같은 신기한 기분이 든다. 고블린과 코볼트조차도 그립지만, 멸종한 모양이니까 이제 만날 일은 없겠지? 뭐, 금방 또 나오지만.

처음에는 혼자 살았고, 정신이 들자 여고생투성이라 소란스러워졌고, 그리고 지금은 네 명이 귀성한다. 줄곧 혼자서 숲속에 살 줄 알았는데, 정신이 들자 떠들썩해졌다. 숲속의 경치는 그립기도 하고 감회도 깊지만, 네 명이 있으니 전혀 다른 경치로 보인다.

뭐…… 마물들에게 저 세 명은 큰 민폐겠지? 그래도 다행히 민폐를 끼치기도 전에 이웃은 전멸한 것 같지만?

**육해공에서 대활약하고 있지만,
사실 수중전에서 그 진가를 가장 발휘하는 모양이다.**

83일째 정오, 마의 숲

과연 나는 강해졌을까. 장비는 강해졌다. 너무 강해져서 몸이 파괴될 만큼 터무니없는 장비를 갖추고 있다. 하지만 나는……?

오르지 않아도 어떻게든 레벨을 올렸다. 이 숲에 있을 무렵에는 레벨 10의 벽을 넘지 못한 채 싸웠다. 그런데 지금은 레벨 23. 하지만 강해졌을까?

"으음. 있다 있어. 『Lv20 초보 모험가 세트』라니, 이건 레벨 20이 되었을 때 신나서 충동적으로 기념 구매한 채로 까먹었었지. 뭐, 보기만 해도 불안한 장비지만, 사실은 이게 어울리는 건가? 라고나 할까?"

전혀, 요만큼도 훈련이 안 되는 고블린 코볼트 때리기에 질색을 하다가 문득 떠올랐다.

"이건 그냥 나무 작대기지만 끝부분은 철이고, 여기에 가죽과 천을 이어 붙인 경갑옷이라니……. 큭, 입기 힘들어! 귀찮아! 움직이기 불편해!! 나머지는 가죽 헬멧에 부츠와 글러브……. 앗, 어깨 보호대에만 철이 붙었네? 망토는 두꺼운 천인가. 아니, 무거워!"

이게 일반적인 레벨 20 초보 모험가의 장비. 물론 스킬은 하나도 없다. 시험 삼아 『마전』을 써봤지만, 슬플 정도로 둘렀다는 실감이 약하다. 하지만 한밤중의 싸움에서는 장비 없어도 『마전』으로 싸우고 있으니까, 감은 금방 잡겠지.

푸성귀에 숨은 녹색 피부, 키는 작고 우락부락한 짧은 체형. 새끼 오니라고 부르기에는 어떤 생물과도 닮지 않은 못생긴 얼굴에 곤봉을 든 마물——그것이 고블린!

(으걱!)

죽었다. 응. 분위기를 띄워봤지만 고블린은 고블린이지?

"아니, 레벨 9인 데다가 한 마리로는 아무것도 모르겠는데? 응.

있는 힘껏 때렸더니 죽었잖아?"

(뽀용뽀용)

역시 장비가 없으면 『전이』는 발동할 수 없다. 무리하면 가능할지도 모르지만, 제어 불능 사태로 쓰기에는 너무 위험한 스킬이다. 시험 삼아 『공중보행』으로 공중을 박차 보니, 장비가 없으면 미덥지 못하다! 그래도 고블린 무리 중심에는 뛰어들 수 있었다. 즉시 『마전』을 건 상태에서 단번에 『허실』로 베면서 여섯 마리를 세 번 휘둘러 순살이다!

"가장 강한 것도 레벨 14? 여섯 마리 있었는데 기습하고 말았으니 뭐라 말할 수가 없네~?"

(끄덕끄덕)

(꾸벅꾸벅)

(부들부들)

말 좀 해! 아무래도 나설 차례가 없어서 지루한 모양이다. 지금 싸움에서는 장비가 없어도 『허실』은 발동하고, 자괴도 거의 없다는 걸 알 수 있었다. 단, 위력은 초라하다.

뭐, 실제로 고블린 정도라면 그냥 때려도 죽는다. 그걸 『허실』로 때리면 너무 빨라서 훈련이고 뭐고 되지 않는다. 고블린들도 '헉?'이라는 표정으로 죽었다. 반응이 느리네? 아니, 노는 놈들이었나?

시험 삼아 돌아봤지만, 고블린들의 레벨 저하와 내 레벨 상승으로 인한 스킬 증가 때문인지 전혀 감이 오지 않는다. 두 달 반 전에는 목숨을 걸고 싸웠던 숲은, 이미 비무장으로도 쉬운 숲이 됐다.

"강해진 건지 능숙해진 건지는 모르겠지만, 이건 연습의 의미가 없지 않을까?"

(끄덕끄덕)

(꾸벅꾸벅)

(부들부들)

갑옷 반장도 무희 여자애도 갑옷을 벗고 평상복이다. 그래도 전투를 고려한 고스킬 부여에 미스릴화한 평상복이니까 어지간한 갑옷보다 강하다. 하지만 외모는 푸른 옷깃이 달린 원피스에 하얀 세일러 컬러 원피스라서 소풍이라도 갈 것 같은 모습. 뭐, 정말로 마의 숲 섬멸 소풍일지도?

"히얏하?"

고블린을 몇 번 습격해 봤지만, 굳이 선수를 양보하고 포위당했는데도 상대가 안 된다. 조금은 강해진 모양이라, 사기 장비 없이도 싸울 수 있었다. 스테이터스로 우위에 서고 기술로 압도하니까 실력은 조금 는 것 같다. 언제나 필사적으로 발버둥 치면서 기발한 트릭에 페이크를 조합해 무리해서 억지로 싸웠는데, 조금은 의미가 있었던 모양이다.

"여전히 약하고 무르지만, 조금은 강해진 것 같네⋯⋯. 여기에 왔을 때는 이 숲에서 몇 번이고 죽을 뻔했는데? 응. 나도 오타쿠들도 반장네도⋯⋯ 필사적으로 싸웠어. 바로 얼마 전 이야기인데 말이지."

응. 바보들은 야생화했지만? 그렇다. 고작 80일 전의 나는 여기서 마물을 두려워하며 어두운 숲을 혼자 걷고 있었다. 무척 옛날

일 같지만, 바로 얼마 전이다. 이런저런 일이 있었지만, 의미는 있었던 모양이다. 의의라면 옆에 있는 세 명도 있으니까.

마물을 사냥하고, 버섯을 채집하면서 동굴로 향했다. 다른 루트로 진행 중인 데몬 사이즈들도 조만간 합류하겠지. 지겨워져서 장비를 원래대로 돌리고 숲을 나아갔다.

결국 데몬 사이즈들도 정식으로 사역하게 되어서 레벨 1로 돌아갔으니까 마의 숲에서 레벨을 올리고 싶겠지. 여유만 나면 벌채하러 나가는 모양이고……. 그리고 이제 레벨이 추월당할걸? 아니, 언제나 그렇기는 하지만?

자, 그럼. 이제 안전권이라고 봐도 되겠지. 동굴까지는 얼마 안 남았다. 모두를 뒤로 물리고 방향을 잘 확인한 뒤, 제어할 수 있는 범위로 날린다. ──「차원참」!

"휩쓸어라, 차원 제초!"

마력도 스킬도 마법도 모두 두르고, 『마전』을 건 상태로 날리는 『차원참』. 『지혜』의 제어로 위력보다 거리를 중시하고, 방향에 최대한 주의를 기울이면서 제어한 참격의 선이 숲속을 가르며 나아갔다. 응. 마당 벌채와 잡초 제거거든?

그리고 지극히 당연한 결과이자 인과응보라고 할 수 있는 결론인데…… 자괴했다. 전신 근육의 단열에 분쇄 골절, 혈관 파열까지 바쁜 와중에 마력도 떨어졌다. 최고급 회복 버섯은 처음부터 물고 있었고, MP 버섯으로 마력도 회복해서 고속 재생이 시작되었지만 조금 쉬었다.

"응. 동굴에서 반원형으로 주변 1킬로미터 이상은 벌채했으려나? 해가 들어서 밝은 초원으로 변했으니 경치도 좋아졌지?"

제어 불능은 아니게 되었지만, 그 반동까지는 완전히 제어할 수 없다. 응. 아프네? 그리고 회복하고 나서는 쓰러진 나무와 버섯과 말려든 고블린들의 마석을 회수하고 동굴로 돌아왔다.

"오랜만~ 다녀왔어~ 아니, 대답이 있어도 곤란하지? 응. 확실히 앞쪽 팻말에 『암굴왕 사절』이라고 적어놨으니까 아무도 없지?"

(뽀용뽀용! 뽀용뽀용 ♪)

슬라임 씨가 크게 뛰면서 뽀용뽀용 방 안을 탐험하고 있다. 무희 여자애도 신기한 듯 방을 돌아봤고, 나와 갑옷 반장은 테이블에서 둘이 쉬면서 버섯차 타임.

"왠지…… 그립, 네요."

응. 갑옷 반장도 기분이 좋아 보인다. 현재는 『지혜』의 제어로 청소 진행 중이니까 딱히 할 일도 없다. 풀베기도 일격에 끝났고, 『차원참』이 살짝 정원을 스쳤기에 돌 테이블이 벤치와 함께 썰려 버렸으니까 수리하러 가자. 응. 나중에 바깥 정원에서 밥을 먹자. 그로부터 『연금』을 익혔으니까 『지혜』의 제어로 극치에 달한 부업력으로 방이나 가구를 업그레이드 하자.

"맞다맞다. 그 시절에는 철도 연금도 없었으니까 의자의 에펠 베이스도 나무 마법으로 나무만 써서 만들었단 말이지……. 이건 이것대로 괜찮은 느낌일지도?"

유리 테이블도 새로 만들자.

"응. 파올로 피바 씨가 이세계 전생하면 화낼 것 같은 디자인이지만, 유리 테이블이라고 하면 역시 이거겠지?"

　그렇게 어디서 본 듯한 가구나 선반을 양산하고 거실 자체도 넓게 개조하면서 동굴 자체를 재설계. 예전에 여자애들용으로 만든 큰 방을 둘러싸듯이 개인 방도 만들어서…… 동굴 개조 같은 건 며칠 만에 하는 건지 회상하며 리폼에 리노베이션. 개조 중에 수정 광맥에 닿았으니까 회수하고, 나중에 밝기 확보용 수정 창문을 만들자.

　"이 방은 너희 방이니까 마음대로 써. 개인 방이니까 방 배정은 상의해서 정해도 돼. 뭐, 좀처럼 돌아오지는 않겠지만, 자기 방 정도는 있는 게 좋겠지? 응. 모두의 집이니까?"

　천하쟁패를 내건 치열하기 그지없는 처절한 사다리타기 끝에 천하를 판가름하는 방 배정이 정해진 모양이네? 응. 던전의 싸움보다 굉장한 기백이었다! 그리고 리퀘스트를 들으면서 방에 가구를 놓으러 갔다. 이곳이 세계의 끝에 있는 작은 구역이라도 자신의 보금자리가 된다. 그렇게 생각하기만 해도 된다. 여기에 상주하는 건 아니고, 이 방은 좀처럼 쓰지 않을지도 모르지만…… 자신이 돌아올 수 있는 곳이 확실하게 있다는 것만으로도 분명 의미가 있을 테니까.

　그리고 바비큐! 밝고 전망도 좋아진 동굴 앞 정원에서 바비큐! 부채로 부치고 있으니까 왠지 닭꼬치 가게 같지만 바비큐!! 뭐, 꼬치구이라고 할 수도 있지?

　(폼폼)

　(우물우물)

(우걱우걱)

(((············ ♪)))

데몬 사이즈들과도 합류해서 식사했다. 밥 먹을 때는 놓치지 않는구나. 아니, 레벨이 추월당했어!

"밖에서 밥, 맛있다, 기분 좋다."

무희 여자애도 마음에 든 모양이다. 대륙의 땅끝에 있는 집. 이웃은 나물들이지만 이곳이 나의 집이다. 그러니 모두의 집이다.

정원이 단번에 넓어졌기에 강에서 물을 퍼서 풀장을 만들었다. 앞쪽에는 원형의 얕은 풀장. 이거라면 온수를 넣어 야외 거품 욕조로 바꿀 수 있다. 그리고 안쪽에는 50미터 풀장. 나무 부표도 만들면서 8레인을 준비했는데, 이세계에서 수영 경기를 하고 싶은 건 뻐끔뻐끔 여자애와 나체족 여자애밖에 없을 것 같기도 하네?

그리고 모처럼 완성했으니까 야외 풀장이라는 이름의 거품 욕조에 온수를 넣고 모두 함께 들어갔다. 데몬 사이즈들은 다시 벌채하러 갔는데, 역시 대낮이니까 목욕탕에 넣으면 녹슬려나?

그렇다. 거품 목욕탕! 야외 거품 욕조다!! 혼욕이지만 수영복을 착용한 건전한 목욕탕이고, 슬라임 씨도 마음에 들어서 계속 떠 있다...... 아니, 자고 있어?

그리고 건전하고 건강한 검정 하이레그 경기용 수영복 차림의 갑옷 반장과 하늘색 하이레그 경기용 수영복 차림의 무희 여자애와 거품 속에서 놀았다. 그래. 거품 속이니까 뭘 하더라도 문제는 없다. 그렇다. 안 보이면 세이프! 이 경기용 수영복은 언뜻 보면 몸에 딱 달라붙는 평범한 수영복이지만, 뒷면은 교차하는 라인밖에 없으니까 등이 훤히 드러난 디자인이다. 그리고 말할 것도 없지만 촌스러운 패드나 서포터는 없다. 응. 이 탄력과 파고드는 부분이야말로 자연스럽고 건전한 거다!

거품으로 끈적끈적한 탕 안에 있는 무한 촉수 씨들도 무척 기쁘겠지. 응. 꿈틀꿈틀 엉기면서 장난치는 갑옷 반장과 무희 여자애도 무척 들떠서…… 크게 날뛰고 크게 절규하고 버둥거리며 허덕이고 있고, 하늘도 즐거워하고 땅도 기뻐하듯 강제로 즐기고 있는 모양이네? 역시 목욕탕은 좋은 것이다……. 앗, 가라앉았나?

"다이브, 인 투 더 푸──울!"

대형 풀장으로 달려가 잽싸게 다이빙대에서 화려하게 뛰어들어 자유형으로 헤엄쳤다. 뒤에서는 모닝스타의 철구가 속속 떨어져서 물기둥이 치솟고 있다. 아무래도 신형 촉수 씨도 불만인 모양이다. 좋아, 다음은 드릴 회전형으로 해볼까?

수중전은 불리하다고 판단한 두 사람은 원거리에서 철구의 비를 퍼부어서, 잠수했는데도 뭉개질 것 같다! 그렇다. 목욕탕에는 망토를 장비할 수 없으니까 안심하고 방심했겠지. 실은 『망토』에 복합되어 있던 『무한의 마수』는 『궁혼의 반지』로 이사했거든? 응. 들어가더라? 그렇다. 이걸로 촉수 씨는 언제나 친구다!

그런고로 근사하고 녹아내린 얼굴로 거품 욕조의 부스러기가 되었고, 그야말로 요염한 자태를 드러내며 경련하던 두 사람은 앙갚음이라는 듯이 나를 영원한 시체로 만들고자 아지랑이 같은 투기를 두르며 모닝스타로 원거리 공격 중! 그보다 이제는 틀린 것 같다!

그리고 혼났다. 기분을 달래기 위해 두 사람에게 바캉스 같은 챙 넓은 모자를 만들어 주자 겨우 기분을 풀었다. 응. 갑옷 반장은 은근히 모자에 약하다. 무희 여자애는 아직 신기한 건지 과자든 옷이든 액세서리든 뭐든 달랠 수 있거든?

그리고 저녁—— 모처럼 왔으니 비치 체어에 테이블도 붙여서 트로피컬 같은 모습의 주스를 내줬더니 다시 기분이 좋아졌다. 참고로 엄청 달다. 계속 넣어놨던 나무 열매 주스가 베이스인데, 넣어둔 채 계속 까먹고 있었는지라 계속해서 달고 진해져서 엄청 달다. 고아들이나 여자애들은 기뻐하며 마시겠지만, 남자는 무리였다. 응. 사흘 정도 입안에서 단맛이 났다!

그나저나 희대의 미모를 자랑하는 절세의 미녀 두 사람이 아찔한 수영복 차림으로 비치 체어에 누워 반짝이고 요염하고 섹시한 자태를 드러내고 있다. 그래서 나신안도 녹화하느라 바쁜 모양이다. 응. 과자도 가져가자.

그리고 저녁 전까지 꽁냥꽁냥 달라붙고 장난치면서 오히려 사이좋게 정을 나누고, 그야말로 밀접하게 친목을 깊고 깊고 깊게 나누면서 가족끼리 적시고 또 적시며 친근하고 정답게 교우를 다지고, 깊은 사이가 되어 화기애애하게 찰싹 붙어서 친근하게 우호를 다지며 놀았다. 물론 꺄아꺄아 우후후 화목하게 밀월의 유대를 다지면서 파라다이스에서 근사한 휴식을 가졌지만 격렬하게 피곤했다는 건 말할 것도 없겠지.

돌아가는 길에는 숲을 우회해서 크게 돌아가면서 마물을 잡으며 도시로 향했다. 느긋하게 보낸 듯도 하고, 바빴던 듯도 하고 개운한 듯도 한 휴일이었지만 세 명 모두 기뻐했다. 방도 마음에 든 모양이니, 또 오자. 그보다 집이잖아?

자, 밤에도 힘내자. 응. 그건 별도다!

**두껍고 단단한 문고리를 살며시 손으로 움켜쥐고,
천천히 돌려서 문을 열면 될까?**

83일째 저녁, 하얀 괴짜 여관

마의 숲을 우회해서 마물을 토벌하며 데몬 사이즈들과 합류했다. 그리고 마물 사냥에서 삼림 벌채로 전환하여 목재에 버섯에 마석 회수 등등 와자지껄했지만, 측근이 부탁한 벌채도 끝났다. 이걸로 용돈을 얻었다. 데몬 사이즈들에게도 뭔가 사주자.

그리고 도시로 돌아와 영주 저택에 보고해 용돈을 받고, 거리에서 돈을 쓰면서 여관으로 돌아왔다. 갑옷 반장&무희 여자애 콤비는 여자 모임을 가버려서 슬라임 씨와 방으로 돌아왔고, 데몬 사이즈들은 무척 살기 좋은지 『마신의 반지』에서 쉬고 있다.

(부들부들~ ♪)

슬라임 씨는 정원의 그네가 마음에 들었는지 계속 흔들며 자고 있었으니까, 여관방에서 해먹을 만들어 주니 무척 기뻐했다.

(뽀용뽀용 ♪ 뽀용뽀용 ♪)

즈, 즐거워 보인다! 내 것도 만들까?

"하루카~ 지금 괜찮아?"

"열려 있달까 닫혀 있지만 자물쇠는 걸지 않았으니까 문고리를 돌리면 문이 열린 상태가 될 테니 우선 그 두껍고 단단한 문고리를 살며시 손으로 움켜쥐고 천천히 돌려서 두껍고 단단한 문고리를 열면 된달까, 당기면, 놀랍게도…… 문이 개방되는 구조거든?"

"길――어! 그리고 알고 있어!! 예전 세계에서도 문은 잘 열었으니까! 왜 내가 문도 못 열어서 곤란해하는 불쌍한 아이처럼 문 여는 법을 세심하게 가르쳐 주는 건데! 그리고 두껍고 단단하다는 부분은 필요 없어!!"

들어온 건 오랜만에 나온 절규 반장이고, 눈흘김 반장도 겸임하고 있는 모양이다. 응. 유감스럽게도 포박 반장은 발동하지 않은 모양이지만, 어째서인지 흘겨보면서 채찍을 꺼낸 반장님 모드로 모드가 넘어가고 있으니까 사과하자.

"이제 곧 밥 만들러 내려갈 건데? 못 기다렸어? 출출해? 내 버섯을 먹을래? 라고나 할까? 그보다 간장 바른 버섯구이와 훈제 버섯이 있는데 뭐가 좋아? 양쪽이라고? 서, 설마 그 입으로 버섯 두 개를 먹어치울 정도로 배가 고팠다니! 응. 말해줬다면 다음 버섯도 준비를……."

"아니――야! 그리고 버섯은 집어넣어! 왜 내가 오면 배가 고픈지 걱정하고, 출출한 애 취급을 하는데? 그리고 '내 버섯을 먹을래?'는 금지! 금지어 처분입니다!!"

금지당한 모양이다. 분명 호빵 사람도 곤란하겠지. 그리고 배가 고프지 않아도 만쥬는 먹는 모양이다. 그보다 먹고 있다…… 살찌겠네?

"살찌지 않았어! 오히려 여기 오고 나서는 탄탄하게 다져졌어!"

"어라? 내가 중얼거렸나? 아니, 반장이 살찐 게 아니라 시제품인 막대 만쥬가 빵빵히 쪘고 길어서 먹기 힘든지 고민하고 있었던 거라 결코 반장의 허벅지가 살쪘다거나 두껍다거나 듬직하다거나 요즘 조금…… 아뇨. 아무것도 아닙니다. 네. 아니, 아니라고! 그, 그, 그, 그래. 최근의 세균에 대한 재현을 제한 없이 최고로 재고했을 뿐이거든? 결코 허벅지 같은 걸 보지는 않았고, 살쪘다는 생각은 조금도 하지 않고 근사한 허벅지에 인사했을 뿐이니까 나는 잘못 없잖아? 응. 사슬낫 칼끝이 꽂히고 있다니까. 전에도 한참 알렸지만 나는 찌르는 건 정말 좋아해도 찔리는 속성은 없고, 그쪽 속성 변화도 요구하지 않는다는 최근의 조사 결과에 근거한 여론조사가 요론지마에서 있었달까 없었달까 가라후토는 두꺼웠달까 허벅지도 두껍…… 끄기야아아아악!"

──잔소리 중입니다. 잠시 기다려 주세요?

"아니, 그럼 처음부터 용건을 말하면 됐을 텐데. 입에 두꺼운 만쥬를 물고 허벅지를 어필하러 오니까 자란 게 아닌가 하는 불필요한 오해가 어머나어머나 하고 일어나는 거잖아? 두껍네……. 아뇨. 아닙니다. 라고나 할까? 입니다."

"그러니까 처음부터 용건을 물어봐! 그리고 허벅지 어필하지 않았어!!"

아니, 그야 짧은 반바지에 니삭스라는 절대 영역이 힐끔힐끔 포동포동 가시 영역에 들어오고 영역 침범을 반복하면서 매끈매끈

하니까 남고생에게는 자극이 강하거든? 그리고 용건은 여자아이의 일용품 리포트와 개선 요구였다. 아무래도 남자가 있는 곳에서는 말하기 어려우니까 내 방에 왔다고 하는데……. 난 남자거든? 그렇다. 그건 남자가 직접 만든 거고, 밤이면 밤마다 남고생이 하나하나 심혈을 기울여서 한땀 한땀 바느질한 천 생리대거든? 응. 상당히 초현실적인 구도의 작업 풍경이었는데?

"성형형과 일반형은 문제없지만, 격렬하게 움직일 때 약간 불안하고, 흡착형은 안심감이 뛰어나지만, 조금 어색한 느낌이 앗……. 앗, 앗, 그건 안 돼! 여자한테는 굉장히 문제야!!"

듣자니 밀착형의 『흡착』 효과 부여 타입은 파고들고 쓸려서 위험하다고 한다. 그걸 상세하게 설명하라고 하니까 눈흘김이 날아왔다! 응. 아무래도 반장의 사용 리포트였던 모양이다. 쓸려서 위험하다고 한다!!

"조금 더 많은 종류를 만들고 싶지만, 이번에는 3종 하이브리드형을 설계해 볼게. 아마 이전 세계에서도 고속 스킬 전투를 고려한 여자의 일용품을 개발하지는 않았을 테니까, 설계 사상부터 다시 만드는 게 요구될 텐데……. 남고생이 생리대 설계 사상을 이념 레벨로 해명하는 건 왠지 의문과 의심이 남거든? 뭐, 일반형을 바탕으로 아우터를 성형형으로 홀드할 수 있게 하면서, 중앙을 피해서 사이드에 한정한 『흡착』 효과를 부여해서 새지 않는 설계를 하는 게 제일 합리적일 것 같네?"

결국 시제품 제작을 반복해서 사용감을 확인하며 개량할 수밖에 없다. ……그야, 난 시험할 수 없으니까?

"세로…… 중앙 부분을 피하면 『흡착』 효과 부여형의 설계로도 문제는 없을 거야. 하지만 아직 사용해 보지 않은 리듬체조부 여자애는 움직이는 영역이 넓으니까 다른 설계가 필요할지도."

치밀한 정보 공유를 진행하며 자세하게 정보를 받아 문제점을 찾아내며 정밀 조사를 거듭한다. 역시 개인마다 다른 형상이 문제의 근간에 있는 모양인데, 그 근간의 형상은 남고생이 건드려서는 안 되는 근간이니까 평균치와 패턴을 할당해서 대응을 거듭할 수밖에 없어 보인다.

"내일 아침까지는 신형 시제품을 줄 테니까, 구형과의 비교 리포트를 부탁해……. 따, 딱히 내가 원하는 건 아니거든! 이렇게 츤데레 해봤는데 필요하거든? 응. 내가 봐야 하니까…… 사용 리포트를? 어라? 왠지 슬픈 기분이 들고, 어딘가에서 내 호감도가 손을 흔들며 사라지는 것 같은데!"

"으, 응. 잘 부탁해."

슬라임 씨와 해먹 위에서 흔들리면서 『지혜』로 문제점을 개선하고 재설계를 진행했다. 세밀한 예측 가능 문제까지 열거하고 시안과 대조하며 연산하며, 시행착오로 축적된 정보를 분류해 집적한다. 이걸로 요구되는 최적 수치로 재설계해서 제작하는데, 3종 하이브리드 설계는 정보량이 너무 적어서 시제품 사용 앙케트를 보며 개량할 수밖에 없을 것 같다. 응. 깊이 생각하면 호감도가 사라지니까 저녁밥이나 만들자.

"응. 남고생이 방에 틀어박혀서 우울하게 생리대 사용에 관해 고민을 거듭한다니, 건설적인데도 전혀 건전하지 않은 것 같거든? 그야 앙케트에서 파고들고 스쳐서 위험하다고 하니까!"

(뽀용뽀용!)

그리고 저녁밥은 재빨리 생선이라도 굽자.

"생선, 생선, 생선을 문…… 생선? 그냥 먹이사슬이었어!"

(부들부들!)

"""대체 무슨 노래고, 왜 경악하는 거야!"""

생선을 굽는다. 어째서인지 생선구이나 바비큐 같은 구이는 손으로 굽는 게 맛있다. 아마 마법으로 균일하게 구우면 빠른 대신 반대로 불안정한 거겠지.

"아. 피시본 구조로 감싸면…… 아니, 생선을 구우면서 생리대 설계는 그만두자……. 하지만 좋은 방법이야……. 아니, 생선에 집중하자고!"

오늘은 느긋하게 보내……지는 않겠지만 휴일을 받아서 실컷 재충전은 했다. 그러니 갚아줘야겠지. 오늘 밤에 모두의 장비 아이템 교환을 끝내자. 지금 장비라도 모두가 나선다면 중층은 문제없고, 하층도 충분히 대응할 수 있을 거다.

하지만 앞으로도 모두가 함께 있을 수 있다는 보장은 없다. 실제로 바보들은 제1사단에서 교도관으로 와달라는 의뢰가 계속 오고 있다. 바보들도 제1사단의 근육질 누님들이 신경 쓰이는 모양이다. 열 받게도 이전 세계에서는 팬클럽이 있었고, 팬레터도 왔던 유명 스포츠 선수 5인조다. 연예계에서도 권유가 있었다고 하고, 입만 다물면 외모도 좋다. 그런데 여자가 있는 기색이 전혀 없어서 BL 의혹이 돌아 그쪽 취향의 부인들에게도 인기가 폭발했지만, 그만큼 여자 관련 소문을 들은 적이 없다. 응. 근육질을 좋아했나?

확실히 이전 세계에 저런 근육질 무투파 누님은 없었을 거다. 스포츠 선수는 있어도, 칼로 베고 죽이는 싸움 속에서 살아가는 여자는 없었다. 아무래도 바보들의 취향은 전투력과 커다란 덩치인 모양이고, 그런 데다 제1사단 누님들은 키가 큰 근육질 몸매인데 미형이란 말이지.

그리고 전투 스타일이 맞물린다. 힘과 속도로 직접적으로 싸우는 스타일. 제1사단은 집단전형이지만 개인기에 중점을 두고, 철저한 타격전으로 승리하는 스테이터스 중시다. 거기에 부족한 건 전투의 감, 감성이다. 그러니 야생의 감과 움직임을 바보들에게서 배우려고 하고 있다. 즉, 전쟁이 아닌 마물과의 싸움법을.

매우 올바른 판단이다. 바보들에게 배울 건 감밖에 없다. 그러나, 그것이야말로 집단전에서는 기를 수 없는 번뜩임과 감성, 그리고 진정으로 맞붙어서 이기기 위한 스테이터스 사용법이다.

우선은 왕녀 여자애의 근위사단이 교차 배치로 변경에 들어오고, 메리 아버지의 지휘 아래에서 던전 돌파에 도전한다. 변경을 돕는 일과 군대의 레벨업을 양립하는 거니까, 앞으로는 왕국군이 변경에 교대로 주둔하게 된다. 그렇다면 교관을 보낸 여유도 생길 것이며, 제1사단과 제2사단의 강화로도 이어진다. 무엇보다 제1진이 왕녀 여자애인 것도 변경에 익숙하기 때문이고, 그런 의미에서는 제1사단과 연결고리가 생기는 건 좋은 일이다.

그리고 오타쿠들도 그렇다. 그 녀석들은 원래 가장 먼저 배를 준비했다. 처음부터 여행을 떠날 생각이었다. 이런저런 일을 거쳐서 함께 있지만, 지금은 수인국이 신경 쓰이는 모양이니까⋯⋯. 그보다 토끼 귀를 말이지! 고양이 귀도 강아지 귀도 있다고 한다! 너구리족도 있다던데, 그건 이쪽에도 충분하거든? 응. 새끼 너구리와 맞교환 안 될까?

그러니 남자가 없더라도 안전하게 싸울 수 있는 장비를 여자애들에게, 그리고 멀리서 싸우게 될지도 모르는 바보들이나 오타쿠들의 장비도⋯⋯. 응. 폭발 장갑이라도 넣을까?

"언제까지고 모두 함께 있을 수 있을지는 모르니까⋯⋯. 그러니까 만들어 두는 거야. 지금 줄 수 있을 때. 그야, 없어지면⋯⋯ 바가지를 씌울 수가 없잖아!"

(부들부들!)

게다가 오타쿠들은 배로 행상을 시키고 싶다. 간장의 출처는 수인국이었다. 그렇다면 된장이나 다시마나 가다랑어포 같은 게 있을지도 모른다. 그리고 변경에서 왕국과 수인국은 강으로 연결되어 있다. 뭐, 앞쪽에 상국도 있지만, 해적업이라도 겸하면 돈도 벌겠지. 응. 태울까?

""""잘 먹겠습니다~ ♪""""

당연해진 매일이다. 하지만 언제나 이어지는 건 아니다. 고아들도 이제 곧 고아원으로 이동한다. 바로 근처고 도시에서 일하니까 언제나 만날 수 있지만, 언제나 함께 있을 수는 없어진다. 지금도 우리는 대부분 던전에 들어가 있으니까 함께 지내는 건 밤과 아침뿐.

그러니 변경을 평화롭고 풍족하게 만들자. 언제든 만나고, 언제든 돌아올 수 있게. 그렇다. 언제든 바가지를 왕창 씌울 수 있게!

← 열어야 의미가 있으니까 내릴 수 없는 지퍼는 그냥 지퍼다. →

83일째 저녁, 하얀 괴짜 여관

모두에게 시험 사용을 부탁한 신형 갑옷과 경갑옷 리포트가 올라왔다. 착용상의 문제점은 없었던 모양이다……. 응. 생리대 리포트는 나중에 해도 되겠지! 개량하면서 부여 효과를 높이고, 미스릴로 바꾸면 던전 중층 레벨의 장비가 될 거다. 30인분의 무장이니만큼, 제조하지 않으면 드롭 아이템 말고는 줄 수가 없다. 검은 오늘 아침 배급해서 바가지를 씌웠으니까, 창과 해머에 손대기 시작하자. 방패는 의외로 다들 그럭저럭 좋은 게 있으니까 뒤로 미루고, 활도 나중에 하면 된다고 한다.

집중――『지혜』의 연산으로『마수』를 정밀하게 고속 제어한다. 이 기술력으로 부업의 레벨이 크게 뛰어올랐다. 오히려 연금기술이 따라잡지 못할 정도라서, 덕분에 장비 아이템도 고레벨 제조가 가능해졌는데…… 어째서인지 전신 갑옷도 그 무도회의 드레스 레벨을 따라가지 못한단 말이지?

"철을 미스릴로 바꾸기만 한 거라면 마석 가루로 코팅하고 미스릴화한 철사를 짜 넣어 만든 마법진이 들어간 천을 넘어서지 못하나 보네?"

표면적의 차이인지 부여 효과도 뒤떨어진다. 차라리 천 장비가 더 고레벨로 만들 수 있을 것 같은데, 고레벨의 공격으로 효과 능력을 웃도는 대미지를 받으면…… 철사가 들어간 얇은 천으로는 너무 위험하다.

"철판 뒤에 천을 깔아도 효과가 없다니, 서로 간섭하는 건가? 아니, 상반하지는 않는 느낌이었으니까 떼어놓으면 문제없어 보이지? 앗, 처음부터 나눠서 내의를 만들어야 하나? 아니, 어차피 그 드레스의 천 면적에는 이길 수 없으니까 먼저 망토인가?"

최하층 미궁왕의 드롭 아이템과 비밀 방 아이템도 손대지 않고 있는데, 그건 뒤로 미뤄도 된다. 응, 비밀 방에 있었던 건 『이지스의 숄더 실드 : ViT · PoW 50% 상승, 자동 방어, 물리 마법 방어(특대), 반사, 흡수, 방패 베기, 방패 치기, +DEF』. 뭐, 방패 모양을 한 팔꿈치까지 내려오는 어깨 패드로, 쇄골도 지켜주는 L자형이었다. 가시는 없으니까 장비할 때 모히칸 머리를 하지 않아도 괜찮겠지.

갑옷 장비에는 장착할 수 없으니까 좀처럼 보지 않지만, 천이나 가죽을 장비한 신출내기 모험가가 가끔 착용했었다. 어깨 보호대, 팔꿈치 보호대, 이후에는 가슴 보호대와 무릎 보호대에 허리 갑옷도 있다고 한다. 저레벨이라도 장비할 수 있는 장비 아이템이라 나도 사려고 생각한 적이 있는데, 방해만 되고 효과도 전혀 없는 물건이었던 기억이 난다.

그러나 이건 대박이다. 단, 시험해 보기만 해도 못 쓴다는 걸 알 수 있다. 보통은 아무런 문제도 없고 좋은 장비지만, 『자동 방어』

때가 위험하다. MP 소비도 어마어마하지만, 자동이라고 하면서도 그 거동을 수시로 머릿속에 보낸다. 지시에도 따르지만, 전투 중에 방어가 늦어지는 상황에서 발동한 『자동 방어』 기능에 의식과 제어가 필요해지니까 『지혜』가 없으면 『병렬사고』를 가진 나라도 못 쓰는 완전 민폐 장비였다.

"제어할 수 있고, MP가 충분하다면 굉장한 장비겠지만, 근데 이걸 장비하면 또 『마전』으로 효과를 두를 테니까…… 봉인해야겠네? 아니, 먼저 갑옷이라고!"

그리고 미궁왕의 드롭은 『생명의 보주 : 【연성술, 연단술 및 방중술에 의한 신체 연성, 연금술사, 대현자가 필요】』. 신체 연성이라니 한없이 수상한 데다 방중술이라니 야릇함 만점이다! 이건 인간을 그만두라는 유혹이다. 인간족인 나에 대한 함정이다! 스테이터스는 강화될지도 모르지만, 개조인간이나 선인(仙人)이 될 수도 있는 위험한 아이템. 그리고 연금술사는 가지고 있지만 대현자는 없으니까 어차피 못 쓰고, 사용하면 인간족이 진짜 위험하다! 무조건 봉인한다!!

"대현자라면 부반장 B인가……. 근데 부B도 연금술사는 없고, 그 위험한 뽀용뽀용이 신체 개조에 방중술까지 하면…… 이세계의 위기야!"

그건 이세계 남자 전체의 위기라고 할 수 있겠지. 응. 이미 지금도 위기라고!

"앗, 그러고 보니…… 『성(聖) 마법』을 익히는 걸 깜빡 잊고 있었어!"

대현자는 대마도사와 성자의 복합 상위직이다. 그리고 『장악』을 쓰면 마법은 간단히 익힐 수 있는 경우가 많다. 그렇다. 『치유 마법』을 익히면 『마전』으로 두를 수 있으니까 자괴도 막을 수 있을지도 모르는데 『재생』이 있고 버섯도 있는지라 회복 마법은 익히지 않았었다!

배우자. 그게 자괴를 막을 가장 유용할 수단일지도 모르고, 익히면 『회복』 장비도 만들 수 있게 된다. 그러니 드롭 아이템도 뒤로 미룬다. 현재 자괴를 막을 수는 없지만 자멸하지는 않고 있다. 장기전이 되면 자멸하겠지만, 『재생』이 그럭저럭 오래 따라잡고 있었다. 어둠의 검이 입힌 상처만큼은 치유가 늦었지만, 몸의 재생은 확실히 이루어졌다. ViT나 InT를 장비로 올렸으니까 미궁 왕전도 버텨냈다. ……그렇다면, 이 이상의 과도한 장비는 뒤로 미루고 먼저 치유 마법을 습득해야 한다.

"응. 망가지는 전제로 가는 게 해결도 편하다니……. 그래도 간단하잖아?"

이건 마의 숲에서 생활하던 시절과 전혀 변함이 없다. 그 시절에도 꽤 아슬아슬했었고, 그걸 무시하고 망가지며 싸웠다. 결국 그 시절 그대로다. 그걸 내가 죽어야 했던 숲속에서 떠올렸다. 지키고 싶은 게 생기고 어느새 윤택해졌지만, 그 시절에는…… 강함 같은 건 생각하지 않았다. 그렇다. 죽이면 된다. 죽일 때까지, 망가지더라도 움직이면 된다.

"좋아. 스테이터스."

NAME : 하루카

종족 : 인간족

Lv : 24, Job : ──

HP : 433, MP : 519

ViT : 369, PoW : 377, SpE : 520, DeX : 505, MiN : 506, InT : 550

LuK : MaX(한계돌파)

SP : 2017

무기 기술 : 「봉술의 이치 LvMaX」, 「도피 Lv8」, 「마전 Lv9」

「허실 LvMaX」, 「순신 LvMax」, 「부신 Lv7」, 「동술(瞳術) Lv1」,

「금강권 Lv5」 「난격 Lv5」, 「한계 돌파 Lv3」

마법 : 「지괴(止壞) Lv3」, 「전이 Lv8」, 「중력 Lv8」, 「장악 Lv9」

「4대 마술 Lv7」, 「나무 마법 Lv9」, 「번개 마법 Lv9」, 「얼음 마법 Lv9」

「연금술 Lv8」, 「공간 마법 Lv6」

스킬 : 「건강 LvMaX」, 「민감 LvMaX」, 「조신(操身) LvMaX」, 「보술 Lv9」

「사역 Lv9」, 「기척 탐지 Lv7」, 「마력 제어 LvMaX」, 「기척 차단 Lv9」

「은밀 Lv9」, 「은폐 LvMaX」, 「무심 Lv9」, 「물리 무효 Lv5」

「마력 흡수 Lv7」, 「재생 Lv9」, 「질주 Lv8」, 「공중보행 Lv8」

「순속 Lv9」, 「나신안 Lv6」, 「야한 기술 Lv5」

칭호 : 「골방지기 Lv8」, 「백수 Lv8」, 「외톨이 Lv8」, 「대마도사 Lv6」

「검호 Lv6」, 「연금술사 Lv7」, 「성왕 Lv5」

Unknown : 「지혜 Lv5」, 「요령부족 Lv9」, 「망석중이 LvMaX」

장비 : 「위그드라실의 지팡이」, 「천옷?」, 「가죽 장갑?」, 「가죽 부츠?」

「망토?」, 「나신안」, 「궁혼의 반지」, 「아이템 주머니」

「마물의 팔찌 PoW+66%, SpE+65%, ViT+38%」, 「검은 모자」,
「예지의 두관」

저번 던전 돌파와 미궁왕 격파로 올라간 거겠지. 그러나 숲 전투에서도 이상한 느낌이 안 들었으니까, 약간 증가한 정도다. 전체적으로 향상되기는 했지만, InT 상승은 제어할 수 있는 레벨이었으니까 위화감도 들지 않았다. 응. 극히 일부만 굉장히 극적으로 올라갔고, 상당한 실감도 있지만 신경 쓰면 패배다!

"전투에서 쓴 적도 없는데, 이 『한계 돌파』는 대체 뭘 얼마나 돌파했길래 레벨 3이 된 거지? 뭐, 기억은…… 매번 있나? 아니, 남고생이니까, 진입하면 다들 한계를 넘어서 돌파한다고! 했단 말이지? 응, 꽤 했어!"

응. 생각했던 한계 돌파와는 다르지만, 짐작 가는 건 엄청 많거든? 그리고 그 이후 봉인해서 쓰지 않은 『지괴』도 멈춰 있으니까, 역시 분자 조작계 스킬이 틀림없다. 『장악』으로 공간을 고정해서 움직임을 막거나, 불태우거나 얼리는 등 분자 진동수의 가변에 얽혀있는 거겠지. 그리고 한 번도 마물과 격투전을 한 적이 없는데 『금강권』은 레벨 5…… 역시 미궁황과의 밤일은 격투기였던 모양이다!

체술 계열이 전부 올라갔는데, 이건 한밤중의 격투기 말고도 무도회에서 무희 여자애와 훈련했기 때문이겠지? 뭐, 확인할 방도는 많이 있고 확인할 수도 있고, 확인하지 않아도 알고 있지만 『야한 기술 Lv5』에 『성왕 Lv5』, 그리고 『재생』도 3이나 올라서 레벨이 9다……. 뭐, 당연하지? 응, 애썼거든?

그리고 최대의 의심 소재였던 『망석중이』는 만렙이 되었다. 아, 범인은 알아냈지만, 모르는 척하자. 괜히 상위화되면 제어하기 곤란하다. 아마 그것 계열이니까 오히려 편해질 것 같기도 하지만, 아니라면 눈 뜨고 볼 수조차 없다. 이건 한계가 왔을 때 알아봐야 한다. 『장악』도 2 올라갔으니까 확신이 없다.

"이 상태라면 새로운 장비는 미뤄야 하려나?"

새로운 장비의 스킬을 두르고 제어하는 건 무리겠지. 게다가 저 어깨 보호대는 자동 방어니까 바깥에 장비해야 하는데, 망토 위에 어깨 패드라니…… 미묘해 보이잖아?

"로브에 어깨 보호대가 어울리나? 이거, 겉모습이 세기말 격투 마법사!"

갑옷 개량에 보급 장비용 창과 해머 설계. 문화부용 마법 방패와 전원 분량의 망토와 로브 설계와 시제품 제작, 방어용 내의도 다시 만들었다. 병행해서 마석 동력 세탁기와 냉장고 개발에 생리대 2호, 하이브리드 프로토타입도 만들었다. 응. 뒤섞이면 큰일이겠네!

"역시 할버드로 할까? 어차피 다들 PoW가 세 자릿수 후반은 되니까, 힘을 유용하게 활용해야 하지 않을까?"

어라? 누가 온 모양이다. 갑옷 반장과 무희 여자애인데……. 큭, 가죽 일체형 작업복. 타이트한 레더 수트. 그건 전면 위에서 아래까지 지퍼가 달린 근사한 가죽 작업복이고, 여자 스파이처럼 타이트하고 본디지한 느낌이 넘치는 물건이었다. 게다가 실은 장비 아이템이다. 문제가 있다면 무기점에 죄다 팔았던 건데⋯⋯ 날카롭게 발견해서 사더라고. 그렇다. 생각하는 건 모두 똑같다. 이건 벗기기 어렵단 말이지! 쓸데없이 딱 달라붙어서 입는 것도 힘들지만, 벗기는 게 너무 어렵다!

"잠깐, 그건 치사해! 큭, 완전 딱 달라붙어서 촉수가 파고들 빈틈이 없다고!"

아무래도 캣수트풍으로 타이트하게 밀착 성형 처리한 물건이니까, 전혀 없다고 해도 좋을 만큼 빈틈이 없다. 적어도 지퍼를 열지 않으면 승부조차 하지 못하는데, 그 약점인 작은 지퍼 손잡이는 완벽하게 보호받고 있다. 그렇다. 실은 그 지퍼는 이세계 첫 지퍼라서, 시제품으로 만들어 봤는데 너무 수고가 들어서 비싸지는 바람에 지퍼는 여전히 유일하게 이세계에 보급되지 않은 물건이다. 그런 이세계에서 유일하게 귀중한 지퍼라서 내릴 수가 없다. 뭐, 두 개 있지만?

"큭, 내리면 근사한데 내리지 못한 채 남고생이 묶여버렸고, 남고생이 가죽 장갑 너머로 대단히 괘씸해져서 분노하며 기립하고 있다고!"

"봉사는 여자의 액세서리, 예요!"

"잠깐. 그건 어디의 미인 괴도냐고!"

개방할 수 있는 곳이 한 군데밖에 업다는 견고한 방어를 우려해서 울면서 방치했던 물건. 그걸 볼 수 있어서 기쁘게 녹화 중이지만⋯⋯ 이건 무리! 장비 아이템이니까 『진동 마법』도 무효고, 『감도 상승』을 걸려고 해도 맨살 부분이 없다. 그렇다. 가공할 때

하이넥 타입으로 했던 게 화근이 되었다. 응. 원래는 전신 가죽 갑옷이었단 말이지?

"언젠가 미인 스파이가 찾아왔을 때를 위해 만들었고, 벗기기 어려우니까 매각하려고 했는데 돌고 돌아서 캣수트가 캣파이트로 야옹 재회할 줄이야. 기묘한 운명을 가진 가죽 수트였어! 그래. 지금은 적이라고는 해도, 나는 미인 스파이를 꿈꾸며 열심히 부업 뛰면서 만든 그 가죽 수트를 절대 파괴할 수 없다고(눈물)."

그치만, 그 가죽 수트는 남고생의 사랑과 꿈과 희망이 담겼고, 지금은 더 근사한 게 꽉꽉 들어가 있잖아! 하지만 안 열려──!

고심에 고생을 거듭하며 고뇌의 나날을 보냈고, 겨우 눈앞에 보인 가죽 수트의 활약상을 눈에 새기면서 남고생은 쓰러졌다. 뭐, 쓰러져도 일어나고 쓰러지는 끝없는 남고생이지만, 언젠가 그 지퍼를 이 손으로 내리겠다는 끝없는 꿈을 꾸며 만들었는데…… 끝장날 것 같다!

**마침내 나타난 수수께끼의 의료반이자 메딕은
정체불명이고 여전히 수수께끼였다.**

83일째 밤, 하얀 괴짜 여관에서 여자 모임

수중이야말로 흉악한 함정이었다. 그 반짝이는 수면 아래에 잠복한 것은 꿈틀대면서 흔들리는 공포의 위협이었다. 그렇다. 그리운 마의 숲 동굴은 더욱 개장에 개축을 진행했고, 정원도 확장하고 풀장까지 완성했다고 한다. 그러나 그 풀장은 놀랍게도 거품 욕조와 경기용 수영장도 있고, 그곳에서 해전이 개전해서 거품 욕조 안에 촉수가 꾸물꾸물 대량 발생했고, 수영복의 빈틈을 파고들어 와서 이런 곳을 이런 식으로 저런 식으로 해버려 두 사람은 자지러지며 격침됐다고 한다.

그리고 돌아갈 때는 수정 유리가 깔린 루프형 워터 슬라이더까지 건축해서 모두 함께 "슬라이더~!"를 했다고 한다!

""""가고 싶어. 풀장! 워터 슬라이더도!"""

"그런데~ 수중에 꿈틀꿈틀~이 있을지도?"

""""꺄아아아아! 위험해! 그래도 헤엄치고 싶지만 위험해!"""

다들 새빨간 얼굴로 꾸물거리고 있다. 그건 상상하면 안 된다. 아무래도 던전 마물의 촉수를 보고 촉발되어서 새로운 흉악무비한 신형 촉수가 탄생한 모양이니까!

"머리는 버섯! 몸통은 돌기, 관절은 주름입니다."

"그건 위험한 것, 이에요!"

"즉, 돌기와 주름이…… 꿈틀꿈틀?"

""""안 돼에에에에에에에에에에(부글부글)."""

가라앉았다. 자극이 너무 강하다. 소녀인데도 상상력이 너무 풍부해졌다. 그런데 그 상상력을 가볍게 웃도는 흉악 병기가 개발되어서 망상(오버히트) 중이라 다들 욕조에 가라앉았다. 그렇다. 거품 욕조의 로션은 예측했는데, 설마 꿈틀꿈틀 거품 욕조 수중 촉수 지옥이 천국이었다고 한다. 위험하다. 그야 머리가 버섯이고 몸통이 돌기고 관절은 주름이 꿈틀꿈틀한다니, 그건 소녀에게는 절대 무리다!!

"그래도 헤엄치고 싶어요."

"하지만 꿈틀꿈틀이…… 꿈틀꿈틀이 수영복 속이라니……."

""'안에서 꿈틀꿈틀……(부글부글).'""

"풀장…… 그래도 수중에는…… 풀장에 들어가면 침입한다니……(뽀글뽀글)."

역시 수영부 콤비는 헤엄치고 싶은 모양이다. 그립고, 잊을 수 없어서. 그래서 하루카는 경기용 수영장을 준비했다. 되찾아 주고 싶어서…… 촉수가 꿈틀대는 풀장을?

""'워터 슬라이더 타고 싶어!'""

"응. 워터 슬라이더에는 꿈틀꿈틀도 없을지도?"

"근데 풀장에 골인하니 거기는 꿈틀꿈틀 풀장이었다~ 라는 패턴~?"

""'안 돼에에에에에에(뽀글뽀글).'""

그래도 하루카는… 모두가 수영복을 입으면 슬금슬금 떨어지지 않을까? 응. 그야 그건 쑥스러움도 타고 내성적인…… 비장의 수단이 촉수인 한심한 성왕이니까?

"돌기, 진동, 그건 죽음."

""'히이이이이이익(부글부글).'""

"주름이 꾸물꾸물!"

""'꺄아아아아(뽀글뽀글).'""

다들 새빨간 얼굴로 꾸물꾸물하며 들었고, 우물쭈물하며 상상했다. 앗, 이레이리아 씨가 격침됐다! 여전히 비밀의 여자 모임에 익숙하지 않아서 자극이 너무 강했던 걸까, 아니면 원래 엘프의 무녀였다고 하니까 순진무구하고 풋풋한 걸까……. 혹은 상상력이 너무 강해서 그런지 이레이리아 씨는 자주 격침된다. 그래도 금방 부활해서 맨 앞줄에서 주먹을 움켜쥐며 듣고, 고개를 끄덕인다. 얼마 전까지는 누워있던 환자였는데 꽤 터프하네?

"기어다닌다니, 어, 어, 어째서, 어째서 거기서 떨면서 회전하는 건데!"

(첨벙)

"아, 안쪽이라니, 안쪽이…… 꿈틀꿈틀?"

(퐁당)

"꿈틀대면서 돌기가 진동이라니…… 꾸물꾸물…… ."

(텀벙)

이미 소녀의 HP는 0이다. 긴급 후퇴로 방으로 돌아가서 계속 듣기로 하자. 응. 이제 여러 의미로 현기증이 나서 위험한 상태다. 현안이 많은지라 방에서 회의를 열었는데, 최우선 안건은 내일 일이다. 던전 할당을 정하고 파티 편성을 상의한다. 그야 우리는 강해져야 하니까…… 아니, 꿈틀꿈틀은 무리지만?

그도 그럴 것이, 하루카는 이번에도 여느 때처럼 당연하다는 듯이 던전 최하층에서 죽을 뻔했다. 안젤리카 씨나 네페르티리 씨나 슬라임 씨도 손대지 못하는 상황에서 레벨 99 미궁왕과 싸웠다. 약해진 몸으로, 강하지 않은 몸으로.

"새로운 장비, 서두르고 있나 보네."

"카키자키네나 오다네를 보내줘야 하니까."

"그래도 쓸쓸해 보였어. 남자가 하루카밖에 안 남게 되잖아."

""남자들은 사이가 좋으니까.""

실제로는 카키자키 그룹도 오다 그룹도 하루카를 데려가고 싶어 한다. 하지만 정말로 위험한 건 변경이고, 여기를 벗어날 수 없다는 것도 알고 있다. 걱정하고 있다. 우리를 걱정하고 있다. 우리가 지켜줘야 하는데, 언제나 우리가 걱정을 끼치고 있다.

그리고 안젤리카 씨나 네페르티리 씨도 이해하고 말았다. 정말로 위험할 때는 하루카가 혼자서 싸운다는 걸. 가장 약한데 혼자서 싸우러 간다는 걸.

마땅히 그래야 한다는 듯, 당연하다는 듯, 언제나 언제나 변함없이, 언제나 혼자서 모두를 지키려 한다. 약한 몸으로 혼자서, 누구도 다루지 못하는 파괴적인 장비를 몸에 두르고 혼자서 싸우러 간다.

항상, 항상 그렇다. 언제나 위험한 일을 하고, 아무리 화내도 자기만 위험에 몸을 던진다. 아무도 상처받지 않게, 누구도 잃지 않게, 누구도 빼앗기지 않게, 모든 걸 빼앗기지 않도록, 모든 걸 빼앗을 생각이다. 아마, 이제는 아무것도 잃고 싶지 않으니까. 그러니까 죽어도 지키려 한다. 그런 짓만 하면 정말로 죽는데, 그런 위험한 일만 하면 망가질 게 뻔한데도. 그런데도 망가져서도 싸우려 한다. 부서진 채 다시 강해지려고 발버둥 친다.

따라가고 싶다. 곁에 서고 싶다. 만약 정말로, 정말로 이제 틀렸고 어찌할 수 없게 된다면…… 혼자서 죽게 두고 싶지 않다. 적어도 그때는 모두 함께 있고 싶다. 그러니 강해져야 한다……. 적어도 곁에 설 수 있게끔.

"슬슬 소풍 일정도 잡아야겠지?"

마의 숲은 위험하다고 한다. 마의 숲 자체에는 아무 죄도 없지만, 그곳에 둥지를 튼 귀성 중의 촉수 장비 남고생이 위험하기 그지없다. 고아들을 데리고 소풍을 가려고 했는데 무척이나 어덜트한 숲이 되어서 아이들을 데리고 가도 안전할지 물어봤더니, 아이들에게는 안전해도 사춘기 소녀에게는 위험 지대였다!

"뭐, 아이들도 있으니 괜찮겠지?"

"여차하면 반장이?"

"아아~ 수중전을 한다고?"

"안타깝네~ 나무아미타불~ ♪"

"죽이지 마~! 그렇게 생각하면 산 제물로 삼지 말라고!"

최근에는 다들 매정하다. 근데 아무리 『재생』이 있더라도 그건 절대 무리다. 소녀는 촉수 공격과 싸우면 안 되고, 그 이전에 소녀는 꿈틀꿈틀 침입 금지인 금단의 금지 사항이 안에서 꾸물꾸물 움직이면 안 되는……(꽈당) (우물!) 이하, 버섯 물고 있는 중.

마침내 의료반을 부르지도 않고 쓰러진 순간 입에 버섯을…… 준비하고 있었구나!

━ 그건 무효화나 마법 반사처럼 시시한 게 아니었고, 컸다.

84일째 아침, 하얀 괴짜 여관

검은 부러지고 화살은 떨어졌다. 그래도 둘이서 열심히 가죽 수트를 당기며 벗는 모습은 에로했다! 입는 것도 힘들었던 모양이라 입기 위해 몸에 기름을 바르고 착용했는지 끈적끈적 기름 범벅인 몸이 번들번들 빛나면서 가죽 수트에서 튀어나와 흐르는 광경은 대단히 근사했다! 그걸 본 것만으로도 이 패배에 의의가 있었다! 응. 지금 앙갚음하고 있고?

"이겼군."

""꺄아아아(털썩)."

"잠깐, 아니거든? 응. 타이밍은 괜찮았고, '꺄아' 는 귀여웠지만 필요 없거든? 응. 안 들리나 보네?"

자, 시트를 빨까? 어젯밤 완성한 마석 동력 냉장고와 세탁기는 유료로 설정해서 여관에 놔뒀고, 시험과 개량이 끝나면 잡화점에서 판매하면 될 거다. 응. 기름때도 완벽히 해결되지만, 이 오일 범벅은 예상하지 못했단 말이지?

"뭐, 냉장고와 세탁기는 가정의 노동 시간을 격감시켜서 여성의 노동력을 경제로 편입시킬 수 있었던 근대화 치트라고 하니까, 잡화점에서 판매 중인 마석 동력 청소기와 합치면 변경의 발전이 빨라질지도? 응. 이제 이세계의 위협적인 아저씨 비율이 경감되지 않을까?"

식당에 개량형 여체형 갑옷 Mk Ⅱ와 신작 망토와 창에 해머도 팔았고, 시제품 생리대 Ⅱ호기를 몰래 넘겨준 뒤에 아침밥 준비에 들어갔다. 전언은 없으니까 메리 아버지 쪽은 아직 변경에 돌아오지 않았겠지. 그야 돌아오면 옥좌형 안마의자 Ver 변경백을 조르러 올 게 뻔하니까!

"창은 『단절의 창 : PoW・SpE・DeX 40% 상승, 창술 보정(대), 물리 방어 무효, 단절, +ATT』이고, 『단절의 검』과 할인 세트로 맞췄으니까 던전 중층 장비급이고, 해머도 『폭쇄의 대망치 : PoW・SpE・DeX 40% 상승, 장갑 파괴 내부 파괴 효과(대), 물리 방어 무효, 폭쇄, +ATT』라는 흉악한 게 나왔으니까 절대 모닝스타는 안 만들 건데?"

"""살래. 세트 할인으로!"""

그러나 역시 남자는 딱 달라붙는 섹시 장갑이 싫다고 하니까 딱히 만들지 않았다. 귀찮지만 나도 보고 싶지 않다. 응. 싫어!

"사내놈들은 달라붙는 것을 이상하게 느끼고, 반대로 여자애들은 딱 달라붙는 게 마력 효율이 좋다고 하니까…… 어쩐지 가죽 수트가 위험하다 했어!"

그렇게 장비 아이템을 팔아치우고 신작 장갑용 내의도 팔았더니 대성황이었다. 내의라고 해도 긴소매에 타이트하게 달라붙는 하이넥에 스패츠와 니삭스. 전체 30% 상승에 전체 내성에 물리 마법 경감과 상태이상 내성까지 완비되었고, 『가속』과 『경화』도 붙은 대박 장비다. 그러나 평범하게 스패츠 입은 것처럼 돌아다니지는 말지? 응. 또 사내놈들이 투명해지잖아…… 야하네!

""잘 먹겠습니다~.""

오늘 아침 식사는 뷔페 형식. 응. 차이점은 고아들이 바이킹 차림새를 안 하는 게 뷔페고, 뿔 달린 헬멧의 유무뿐이다. 뭐, 조만간 고아들을 풀장에서 놀게 해주려는 소풍 계획을 세우고 있고, 당연히 풀장이니까 바이킹 해적 룩도 필요해 보인다!

나의 오늘 예정은 대현자에게 회복 마법을 배우는 거니까 반장 일행과 함께다. 분명 대현자니까 크고, 그야말로 내의 천이 팽팽해지면서 곡선이 크게 흔들리고 아래에서는 탱글탱글 포동포동한 스패츠가 딱 달라붙어 있으니까 치유 마법도 회복 마법도 확실히 보고 익히자! 그렇다. 분명 그 커다란 뽀용뽀용에는 치유와 회복과 꿈과 희망이 들어있는 거다! 그래. 어디가 어디인지 잘 보고 확인할 필요가 있겠지!!

그나저나 시선을 돌려 『나신안』으로 보고 있었는데…… 46개의 눈흘김. 앗, 마스코트 여자애와 미행 여자애도 추가해 50 눈흘김 달성이다! 팡파르는 안 울려도 되려나?

그리고 던전.

"저격해 주마! 아니, 겨냥하지 않고 쏘면 위험하잖아? 응. 똑바로 겨냥하지 않으면 친구에 우호적인 아군 공격으로 격노하게 될 테니까 잘 노려야겠지? 이라고나 할까?"

쏴봤다.

""입 다물고 빨리 쏴!""

"시끄럽고 길고, 좀처럼 쏘지 않으니까 싸우기 힘들어!!"

혼났네? 그치만 겨냥하고 쏘지 않으면 위험하다고. 뭐, 선언하지 않아도 저격하겠지만, 분위기를 형님 느낌으로 해봤는데 혼났다. 동생을 좋아했던 걸까?

그래도 파티에 들어갈 수 없는 나는 할 일이 없고, 지루하니까 개량형 파이어 불릿을 단발로 저격했더니 혼났다. 갑옷 반장은 부활동 여자애와 문화부 여자애의 더블 부활동 레기온을 따라갔고, 슬라임 씨는 오타쿠 바보들을 뿌용뿌용 닦달하고 있을 거다. 나와 아직 레벨이 따라잡지 못한 무희 여자애는 콤비로 반장과 날라리즈를 따라갔다. 중층까지 세 갈래로 갈라져서 공략했고, 하층은 미궁왕전이 될 것 같으니까 우리가 받아가기로 했다. 레벨 60이라도 계층주라면 위험한 녀석이 종종 나오니까 도와주는 거다.

"산개!"

"""Ja(알았어)!"""

활을 연사하면서 움직임을 막고 협공. 2면 돌격에서 옆으로도 전개하여 포위 섬멸이라는 한 치도 어긋남 없는 연계 공격. 응. 실오라기 하나 걸치지 않은 연계 공격이라면 매일 밤 보고 있지만, 개인적 견해를 굳이 말하자면 옷을 입은 것도 정말 좋아한다! 응. 밀착 가죽 수트는 반드시 공략해야겠어!!

무희 여자애도 탱커 역할로 참전 중이다. 50층대라면 혼자서 사슬 춤으로 유린할 수 있지만, 확실하게 연계전에 참가 중이다. 그보다 탱커도 잘할 수 있는 모양이다……. 평소에는 대형 방패를 들면서 회피 무쌍이라니 그거 방패 필요 없지 않냐고 할 만큼 변환자재의 고속 이동이라 방패의 의미가 전혀 없는 회피탱이지만, 오늘은 후방을 지키는 탱커인 모양이다. 그리고 나는 무직이니까 할 일이 전혀 없다.

그래도 모두의 장갑이 미묘하게 야릇해졌으니까 뒤에서 지켜보다 보면 왠지 야시시한 마음이 든다. 그래서 억지로 참가했더니 혼났으니까 한가하네? 응. 아까는 벽에서 촉수를 꺼내 적을 사로잡아 봤는데 아무도 돌격하지 않았고?

"정말이지, 남고생에 대한 비난의 바람이 너무 강해서 저도 모르게 양력이 발생해 둥둥 뜨게 된 남고생의 유체역학적 문제에 따른 대류가 비난을 강하게 받아서 경계층으로 나뉜 압력차로 인해 공기와 같은 존재가 되어 견딜 수 없이 가벼워진 게 부양력이란 말이지? 응. 한가하네?"

"""한가하다면서 분위기도 못 읽고 양력으로 떠서 놀지 마!"""

방패 여자애는 부활동 여자 그룹에 들어갔고, 임원에는 여동생 엘프 여자애가 들어갔지만 연계도 전투력도 전혀 손색이 없다. 아직 레벨 70대라고 들었는데 상당히 강하다. 갑옷 차림도 볼록하고 잘록한 유선형이라 에로하다! 그렇다. 사실 몸매가 에로프 씨였던 모양이다!!

"그나저나 엘프답게 활과 마법과 세검이 특기라고 들었는데, 채찍도 특기…… 아니, 그건『식물 마법』?"

"네? 그런데요?"

엘프 특유의 레어 마법이라고 한다. 덩굴 채찍으로 마물을 날려버리고 있는데, 그것도 어느 의미로는 촉수의 동료 아닐까? 게다가 나의 『마전』과 비슷하게 『마법전』이라는 마법을 두르는 기술로 낮은 레벨을 보충하고 있고, 엘프족은 마법이나 스킬 특성이 다른 걸지도? 응. 왕도에서 드문드문 수인족 아저씨를 보기는 했는데 엘프는 거의 없었다. 무기점에 드워프도 없었으니까. 왕국은 몇 안 되는 아인 차별이 없는 나라인데도 부패 귀족들 때문에 줄어들고 있었다. 응, 역시 태워버릴 걸 그랬네!

"""안 돼~! 꿈틀꿈틀이!"""

"괜찮아. 그거 마물이니까!"

"응. 그냥 스피어 웜이니까!"

"아니, 마물은 괜찮지 않달까, 마물을 때려잡으려고 온 거잖아? 그게 적인데 왜 이쪽을 힐끔힐끔 보고 있어!"

미리 대량 생산한 철제 덤덤탄을 록 불릿으로 쐈다. 착탄과 동시에 폭발하는 탄두에 머리가 파괴된 「스피어 웜 Lv58」이 차례차례 파열한다. 역시 파이어 불릿보다 귀찮지만, 실제 탄두를 써서 회전시키며 날리는 록 불릿이 MP 소비가 낮고 위력이 높은 것 같다. 응. 중층까지는 이거면 되겠다.

"이게 치유의 빛이야~."

"오오…… 흔들리잖아!"

""어딜 보는 거야!""

걸어가면서 부반장 B에게 성 마법을 배웠는데, 가슴 앞에 손을 들고 빛을 만드니까 그림자까지 흔들린다! 응, 라이트 업에 박력도 업이다!!

"아니, 부정하기 전부터 모닝스타를 나란히 꺼내는 건 그만두자! 그치만 아니니까 다르고 상이하니까 개별이고 별종에 별건이라고. 분명! 응. 그저 빛의 공이 흔들린다고 중얼거렸을 분인데 무고하고 무구한 남고생에게 무정한 의심을 보내는 혐의적 자세는 회의적으로 봐야 하니까 나는 잘못 없잖아?"

정말이지. 사람이 진지하게 마술의 진수를 배우고 있는데 생트집도 유분수지.

"빛의 공은 흔들렸지만, 그 전에 '출렁출렁이다!' 라고 있는 힘껏 중얼거렸잖아! 빛의 공은 출렁출렁하지 않아!!"

""응. 유죄 확정!""

혼났다. 그치만 굳이 가슴 앞에 손바닥을 드니까 보게 되잖아? 그러면 필연적으로 출렁출렁하게 되니까…… 보게 되잖아? 응. 남고생이니까? 분명 거기서 보지 않는다면 빈유교 신자일걸?

성 마법에서 쓰는 빛의 구슬, 『회복』을 장악해서 『지혜』로 해석해 제어한다. 회복 마법이니까 인체에 대고 시작하면 효과가 있는 건가?

"가라아! 라이트닝 볼이여!"

"아~~앙♪ (뿌용뿌요~옹♪)"

"뭣이이! 튀, 튕겨났다고~!"

""유죄! 어디에 맞히는 거야!!""

무, 무슨 소리를 하는지 못 알아듣겠다고 생각하겠지만 튕겨났어! 저건 저항이나 마법 반사 같은 그런 시시한 게 아니었어. 그치만 컸으니까!!

응. 치유 이미지가 중요하고, 엉큼한 생각은 안 되는 모양이네? 그치만 뽀요~옹이었다고! 어마어마한 흔들림에 라이트닝 볼이 어딘가로 날아갔어! 응. 어디까지 날아간 걸까, 나의 성 마법……. 어딘가에서 마물을 치유할 것 같다!

"아니, 그치만 가까웠고, 뭐랄까 공끼리 마음이 맞을까 하는 배려의 마음으로 진심을 담아 날린 공이 튕겨났다고——! 뽀요~옹하고? 뽀용하네?"

뽀용하고, 튕겨나고, 혼났지만 『성 마법』은 익혔다. 그리고 『현자』를 건너뛰고 『대현자』가 되어서 "뽀요~옹 ♪"인 사람하고 똑같아졌다. 분명 슬라임 씨도 기운차게 뽀용뽀용하고 있겠지.

이걸로 『회복』이나 『치유』를 두를 수 있으니 예전보다는 자괴를 견딜 수 있을 거다. 게다가 『인첸트』도 있다고 하니까 자괴 자체를 억누를 수 있을지도 모른다. 『대현자』도 얻었는데, 「인간족」이 걱정되니까 『생명의 보주』는 안 쓰는 게 좋겠지. 응, 사용법도 모르고, 그건 뭔가 위험한 느낌밖에 들지 않는다. 왜냐하면…… 『방중술』이 붙어있었으니까?

던전의 복잡한 동굴 속을 유유히 메아리치면서
울려 퍼지는 절규는 오랜만이었다.

84일째 정오, 던전 지하 59층

항상 죽음과 등을 맞대는 전장, 그것이 던전. 여담이지만 등은 정말 좋아한다. 그 몸매가 두드러지는 뒷모습의 아름다움과 요염한 등에서 엉덩이로 내려가는 곡선미도, 근사하게 흔들리는 동그란 엉덩이가 뽀용뽀용…… 던전은 죽음과 마주하는 곳인 모양이다. 응. 지금 무희 여자애가 흘겨보면서 모닝스타를 꺼냈어! 응, 도망치자! (뻐억!)

"그런데 신형 갑옷의 상태는 어때?"

"""굉장히 좋아."""

"근데 드레스보다는 약하네."

그 드레스는 예산을 도외시했으니까 던전 하층품 수준의 효과가 있다. 그걸 넘어서는 건 어렵지만, 그렇다고 아머드 드레스나 프릴 드레스로 던전 공략이라는 건 뭔가 잘못된 것 같거든? 응. 마물도 갑자기 드레스로 나오면…… 무척이나 곤란하겠지!

"반장. 생리대는 문제없어?"

"굉장히 좋아. 저번 것도 좋았지만 도중부터 안쪽이 파고들고 닿고 쓸려서, 하마터면 조금 느낄…… 아, 아, 안 돼에에에에에에에! (투쾅! 뻐억! 즈가각! 콰~앙!)"

얻어맞았다. 엉큼한 마음은 전혀 없었고, 전투 중에 문제가 없는지 물어봤을 뿐인데 얻어맞았어! 『궁혼의 반지』까지 발동하면서 죽기 직전이었다고! 그렇다. 죽기 직전이 아니면 발동하지 않는데 빛나기 시작했으니까 엄청 얻어맞은 거다!

"응. 아프네?"

"미안해~ 무심코(눈물)."

그리고 무희 여자애가 눈을 동그랗게 뜨고 있다. 응. 반장은 지휘관이고 집단전의 핵심이지만, 그 단독 능력도 위험하단 말이지? 나도 간파하지 못했으니까, 또 뭔가 강탈한 모양이고?

그리고 아침부터 생선을 구우면서 떠올려서 개량한, 파고드는 문제를 방지하고 형상 자체의 일체감을 높인 피시본 구조는 효과적이었던 모양이다. 그렇다. 역시 물고기는 위대하다!

"미안, 그래도, 그치만…… 그치만 갑자기 물어보면…… 무심코, 그보다 언제나 여자뿐이어서…… 미안해."

"아니, 나았으니까 상관없거든? 응, 『성 마법』을 익힌 효과가 있었달까, 없었으면…… 죽었어!"

"미안해. 미안해. 정말 미안해…………(루프 중입니다)."

울 것 같은 표정이어서 머리를 쓰다듬어 주자 얼굴을 새빨갛게 물들이며 조용해졌다. 그러니까 곧바로 만쥬를 대령했다! 그렇다. 대체로 세상이란 긴급시에 머리를 쓰다듬고 과자를 주면 어떻게든 해결되는 법이다. 옆에는 실제 사례인 무희 여자애도 있으니 틀림없겠지.

(좋~아. 거기서 안아버려~? 그냥~ 벗어버려~)

(꺄아아아! 무리무리무리니까! 그리고 왜 던전에서 벗는 건데!)

(((응. 망설임 없이 만쥬를 먹고 있으니까…….)))

(엉망이네!)

결국 급거 과자 타임이 되어버렸고, 만쥬파와 크레이프파와 호박파이파로 나뉘어 우물우물 서로 먹고 있네? 무희 여자애는 기본적으로 크레이프파에 속하지만 크레이프를 다 먹으면 자연스럽게 호박파이파로 전향하고 만쥬파에도 참가한다. 저렇게나 먹는데 저 잘록함…… 역시 무도(댄스)는 스포츠였던 모양이다!

"그나저나 새끼 너구리에 책가방은 상관없지만, 왜 최근 갑옷에 책가방이 유행의 전조를 보이고 있고 최첨단을 지향하며 던전 안에서도 대거 진행 중이라니, 던전 안에는 마물밖에 없는데 마물 사이에서 대유행하더라도 몰살할 테니까 유행하지는 않겠지?"

"편리하다고!"

"뭐, 망토 밖에 멜지 안에 멜지 논쟁이 일어나고 있지만?"

"아니, 망토 안에 란도셀을 멘다니 툭 튀어나오고 꺼내기 힘들잖아!"

뭐, 마음에 들었다면 딱히 상관없지만, 갑옷에 란도셀도 겉보기에는 꽤 그런데……. 거리에서 미니스커트에 란도셀을 멘 여고생이 어슬렁거리면 수상한 사람이니까 저도 모르게 수상한 사람 신고서에 신고할 만큼 수상한 분위기란 말이지? 뭐, 고아들은 똑같다면서 좋아했지만?

"50층 정도라면 갈 수 있겠네. 처음 등장한 시제품이지만 만들어 본 바로는 나쁘지 않았으니까?"

시험하는 상대는 「팽 이블 Lv59」. 파고드는 축지와 동시에 칼집을 뽑아 들고, 단번에 발도해서 베었다. 발도술에서 나오는 일섬으로 여섯 마리의 「팽 이블」 무리 속으로 파고들어서 세 마리를 한꺼번에 베었다. 그리고 돌아보면서 대각선 베기로 한 마리를 썰고, 검을 회수하며 한 마리를 베었다. 그리고 마지막 한 마리도 베어버리고…… 피를 턴다. 끝.

"""일본도다!"""

"시제품이지만 나의 애도 『코테츠짱』은 휘두르면 살이 베이는 위험한 칼날을 가진 코텟짱이거든?"

"그 이름은 안 돼!"

"응. 그건 *코테츠고, 그 『코텟짱』은 안 된다고!"

"그 발음으로 배가 고파졌잖아!!"

느닷없이 퇴짜맞았다. 뭐, 이름을 붙여봤자 시제품이니까 오늘 밤에 쓰지 않는다. 분명 내일에는 Mk Ⅱ 같은 게 될 것 같은데 ZZ 까지는 멀어 보이네?

"응. 오타쿠들에게 도를 만드는 법을 전부 실토하게 해서 만든 시제품 『코테츠 : 참격(중), +ATT』인데, 초라하단 말이지?"

하지만 레벨 20이 장비할 수 있는 검치고는 파격적인 성능이다. 원래는 레벨 30이 되지 않으면 검의 효과를 발휘할 수 없는데, 레벨 20에도 쓸 수 있고 초라하다고는 해도 스킬까지 붙었다. 그리고 이건 『위그드라실의 지팡이』를 들지 않는 것으로 『마전』에 의한 자괴 대미지를 최소한으로 억누르기 위한 시제품 장비다. 그리고 『성 마법』과 『대현자』를 두른 효과인지 축지를 써서 최고속으로 움직여도 전혀 자괴하지 않았다. 이거라면 장시간 전투에 버틸 수 있고, 무엇보다 도에는 중2심이 떨리는 뜨거운 게 있단 말이지……. 뭐, 고2지만?

미로 계층. 이 복잡한 통로를 나눠서 나아가며 닥치는 데로 베었다. 이 「팽 이블」은 이빨(팽)이라는 거창한 이름에다 보란 듯이 기다란 이빨이 튀어나온 짐승형 악마인데, 실제로는 『수면』, 『암

---

* 코테츠(虎徹)는 일본 에도 시대의 도공이자 그가 만든 명검의 명칭. 코텟짱은 일본의 가공식품 브랜드.

흑』, 『기절』, 『혼란』 같은 상태이상이 특기인 간접적인 수단을 즐겨 쓰는 악마다. 그러니까 『상태이상 내성』 특화 장비를 한 여자애들에게는 대적조차 하지 못하고 간단히 베여서 정화되었다. 뭐, 깨물리면 아프겠지만, 스테이터스가 낮고 물리 공격 스킬은 『깨물기』뿐. 상태이상이 안 통하면 코볼트의 형 정도 힘밖에 없다.

"무희 여자애도 수고했어. 아니, 아직도 남았어? 뭐, 내버려 두면 날라리들이 깨물어 죽일 거고, 광기의 새끼 너구리도 있으니까 깨물기 대결이라면 최강 멤버 편성이라고 해도 될 테니 괜찮겠지? 라고나 할까?"

""안 깨문다고 했잖아!"""

"어째서 저런 털투성이 악마를 깨물어야 하는 건데!!"

"그보다 털이 마구마구 나 있지 않아도 안 깨물어! 그리고 날라리도 아니라고 했잖아──!!!"

던전의 복잡한 통로에 계속 메아리치며 울려 퍼지는 날라리의 외침이었다. 오랜만? 그나저나 팀을 나눌 때 '우리가 한 일은 사과해도 용서받을 수 없어.' 라고 말하며 굳이 날라리 팀이라고 자칭했으면서 내가 날라리라고 부르면 깨물려고 한단 말이지? 응. 그치만 스테이터스의 사역칸에도 여전히 날라리니까? 그렇다. 여전히 날라리 퀸으로 진화하지 않았는데, 진화 조건은 뭘까? 미궁왕을 깨물어 죽이는 건가? 응. 뭔가 깨물어 죽일 듯한 눈으로 노려보고 있네!

"이쪽도 끝났어~ 내려갈까~?"

이미 휴대식이랄까 햄버거를 먹으면서 공략하러 왔으니까 아직 밥은 필요 없을 거다. 그리고 60층 계층주는 뱀구슬이었다…….

아니, 「스네이크 키메라 Lv60」이니까 하나뿐인 모양이네?

"아니, 키메라는 다종다양한 생물의 이점을 살리는 건데…… 왜 뱀 한정이냐고! 뭐, 여러 종류의 뱀이 뒤엉켜 있기는 한데, 결국 뱀밖에 없으니까 다양성은 없는데? 뭘 하고 싶은 거야? 뱀구슬?"

"""느닷없이 키메라를 괴롭히지 마!"""

뱀으로 뭉친 거대한 구체에서 차례차례 뱀이 뛰쳐나왔다……. 하지만 연결되어 있으니까 안 닿네?

그리고 차례차례 베이고, 맞고 죽어서 녹아내렸다. 참고로 때리는 사람은 한 명뿐이고, 게다가 로브니까 흔들린다. 저건 가슴 보호대를 만들어도 내부에서 파괴되고 분쇄되는 어마어마한 진동 병기다! 그냥 그걸로 때리라고 말하고 싶을 정도의 파괴력이 있는데, 아까부터 살기가 날아오니까 생각하지 말자! 응. 지켜보기만 하자!! 그래. 무사히 보스를 잡았는데 잔소리를 듣잖아?

"아니, 그치만 '여기는 맡기고 뒤에서 보고 있어.' 라고 말했으니까 봤을 뿐이거든? 응. 엄청 보고 뚫어져라 보면서 견식을 다지고 있었거든? 보라고. 나는 역시 전혀 조금도 잘못이 없고, 말을 잘 듣는 착한 아이잖아? 봤거든?"

"""그러니까 어디를 보고 있던 거야, 어디를!"""

"응. 그건 대체 무슨 견식을 다진 걸까!!"

역시 급속도로 운동을 정지시키는 이미지로 『지괴』를 발동하자 단번에 얼어붙었다. 그리고 즐거운 뱀구슬이 되었고, 얼어붙으니 늘어나지도 않았다. 응. 파충류니까 얼면 움직임도 둔해지고, 그래서 간단하고 위험도 없이 여자애들이 해체했다. 그렇다. 나는 올바르게 들은 대로 보고만 있었는데 잔소리 중? 이세계 언어에 의한 커뮤니케이션은 어렵다…… 동급생이니까 번역은 불필요할 텐데 말이지?

그리고 드롭은 『뱀술사의 목걸이 : 【일곱 개 들어감】InT 40% 상승, 뱀 복제(3마리・몸에서 마력으로 복제), 독 제조, 비늘 경화, +DEF』. 그렇다. 일곱 개가 들어가다니 대박이다!!

특히 InT 강화는 엄청 필요했다. 그러나 몸에서 뱀이 나오고, 독도 있고 전신 비늘에 방어 가능? 주려고 하자 여자애들은 다들 도리도리하고 있었다.

마음을 다잡고 비밀 방으로 가서 보물상자를 열자 『암석의 롱해머 : ViT・PoW 40% 상승, 선단부 암석 제작, 흙 마법 필요, 파괴 파쇄(대), 내부 파괴(대), +ATT』. 긴 자루가 달린 롱해머니까 탱커에게 어울리겠지만, 무희 여자애는 안 쓰니까 여자애들에게 넘겼다. 흙 마법을 쓸 수 있다면 머리 부분이 암석으로 변하는 모양이니까, 파괴 병기로도 우수해 보인다.

자, 그럼. 하층으로 걸어가면서 『성 마법』 연습. 분명 밤에 연습하면 『성(性) 마법』이 나올 것 같으니까 지금 이때 해두자. 응. 조만간 『성(性) 마법』이 나올 것 같은 건 기분 탓일까? 최하층까지는 멀다. 그리고 밤도 머네?

> 아무래도 사역 스킬 효과는 달콤하게 유혹하는
> 매수를 못 이기는 모양이다.

84일째 오후, 던전 지하 66층

던전 60층. 마물은 다들 레벨 60을 넘겨서 위협적이다. 일반 모험가 파티가 싸울 수 있는 마물은 자기들 레벨의 절반 이하라고 하고, 그만큼 마물은 체격이나 구조가 사람보다 강하다. 뭐…… 얻어맞고 있지만?

조금 주의해서 2인조로 나뉘어 미로를 무너뜨리고 있다. 여자 애들은 레벨 110에 달할 것 같으니까 숫자로는 6인으로 레벨 55 이하가 적정 수치일…… 텐데, 둘이서 마물을 습격해서 두들겨 패고 있네?

"뭐, 치트들이니까. 게다가 미궁황들의 제자니까 강한 게 당연? 응, 분명 그냥 다이어트만 하는 건…… 응. 뭐가 메인일지는 무서워서 말할 수 없어!"

응. 갑자기 살기가 던전을 뒤덮고 있다!! 그나저나 『위그드라실의 지팡이』를 들고 있지 않아서 『마전』의 감각이 전혀 다르다. 하지만 이건 이것대로 쓰기 쉬우니까 분간해서 쓰는 훈련이 필요하다.

"훗. 오늘 밤의 코텟쨩은 마물에 굶주려 있다?"

공중을 박차고 하늘을 날며 교차하는 마물들에게 참격을 새겨

넣는다. 도는 베는 무기다. 타격력은 없지만 베어 죽이는 것에 특화되어 있다. 원래는 타격력이 없어서 갑옷이나 장갑에 약하지만, 이세계라면 어지간한 일은 마력과 스킬을 실으면 기세로 어떻게든 된다. 게다가 『검호』의 보정도 있고, 어지간히 단단하지 않은 한 벨 수 있으니 베고 돌아다니면 된다.

"그나저나 이세계에서 처음 만난 드래곤이 드래곤플라이라니, 굳이 이세계에 오지 않아도 잠자리(드래곤플라이) 정도는 평범하게 있었어! 뭔가의 착오로 잠자리를 죽였는데 『드래곤 킬러』 같은 칭호가 붙으면 어쩔 거야!!"

66층에서 드래곤과 만났지만, 「아머드 드래곤플라이 Lv66」이었다. 만약을 위해 원월검도 시험해 봤지만 눈은 돌지 않는 모양이네? 내성 있나?

"왠지 다관절 생물의 아머드를 많이 보는데, 아머드(장갑)해 봤자 움직이는 관절에 빈틈이 있어서 약하니까 다관절 생물에게는 의미가 없잖아?"

하지만 몸길이 2미터를 넘는 장갑 잠자리는 조금 박력이 있어서 무서웠다. 그리고 기동력이 의외로 빨랐다! 그래도 무희 여자애는 사슬 연타로 떨궜고, 뭉개면서 단번에 끝냈지만 너무 빨라서 불만인 모양이네?

그렇게 67층에 도달했다. 여자애들이 철저한 활과 마법 공격 연사와 연계 파상 공격으로 적을 날려버렸다. 그래. 절대 접근전을 하고 싶지 않겠지. ……응. 67층의 마물은 「디비전 리치 Lv67」로, 커다란 거머리였다.

67층은 바닥도 벽도 천장마저도 모두 검붉은색으로 꿈틀거리는 거머리로 가득 메워진 넓은 방이었고, 왠지 내장 같아서 그로테스크했다! 바닥이나 벽에서 뛰어드는 거머리 무리, 천장에서 쏟아지는 거머리의 비, 그리고 발밑에서 기어 오는 거머리의 홍수 앞에서 꺄아꺄아 외치며 도망쳤다. 응. 우리는 멀리서 응원하고 있었다는 건 말할 것도 없겠지!

"아니, 『디비전 리치』는『디비전(분열)』을 보유하고 있어서 단번에 해치우지 않으면 늘어나니까 처리하지 못하잖아? 게다가 달라붙어봤자 다들 갑옷 장비니까 괜찮아. 그 갑옷은 레벨 60의 『부식』 정도로 녹지는 않으니까…… 후, 훌러덩이 없다고! 부식 보유하고 있는데!"

응. 안 녹는다…… 훌러덩도 없다. 내가 만든 갑옷이 원망스럽지만, 훌러덩이 있다면 있는 대로 내 목도 훌러덩 날아갈 테니까 참자. 이미 노려보고 있고, 눈흘김 성분은 적다…… 유감이다.

"저 꾸물꾸물 달라붙는 게 싫어! 극혐이야!"

"가, 가, 갑옷을 기어 올라왔어. 저 거머리!"

"아니, 그래도 환형동물이니까 지렁이나 선충의 친구잖아?"

"""그 친구들이 전부 싫어!"""

"베면 끈적한 느낌이…… 끈적하게."

그 거머리는 골격 등이 없고 부드럽다. 지느러미나 피부로 호흡하는 좌우대칭의 고리형 절지가 직렬로 늘어서 구성된 환형동물이고, 커다란 건 이전 세계도 3미터급이 있었으니까 분열하지만 않으면 그냥 거머리잖아?

"커. 징그러워!"

"반대로 커서 다행이잖아? 응. 저게 작아서 갑옷 빈틈에 들어간다면…….."

"""꺄아아아! 싫어! 말하지 마!"""

"그치만 갑옷에 침입하고 기생형이기라도 하면 몸속까지 침입해서 안으로……."

"""말하지 말라고 했잖아! 설명하지 마, 입 다물어!!"""

생물을 상대하는 건 정보전이다. 적의 종류를 파악한다면 그 공격이나 특징, 그리고 약점도 알 수 있는 경우가 많다. 적을 알고 나를 알면 좋은 엉덩이라고 그 검호도 말했는지 어땠는지 확실하지는 않지만 정보는 중요하지? 응. 좋은 엉덩이도 중요하지만, 입 다물고 있자. 반장님이 채찍을 장비했다! 그치만 20명의 에로한 갑옷이 신경 쓰이는 나이라고나 할까, 남고생은 망토가 펄럭일 때마다 힐끔힐끔 보이는 갑옷의 둔부가 신경 쓰이는데…… 갑옷만 봤는데도 흘겨보고 있다! 응, 혼나지 않게 일하자!!

"귀찮고, 끝도 없고 질렸으니까 대신할게? 잠깐 물러나 줄래? 이거 뿌릴 테니까? 아마 괜찮겠지만 어째서인지 매번 누명을 써서 잔소리를 들을 위험이 있단 말이……지?"

아이템 주머니에서 도시에서 대인기인 하얀 벽 제조용 석회를 꺼내서는 바람 마법으로 단번에 노도의 기세로 쏟아부었다. 아마 이 계통은 건조나 열이나 불에 약하다. 그러니까 건조제를 쏟아부어서 말린다. 그리고 파닥파닥 바닥에 떨어져서 모여있을 때 대량의 불량 밀가루와 나무 부스러기를 쏟아내고 파이어 볼을 던진 다음 도망치자 계층 일대에 새하얗게 흩날리는 밀가루 분진이 붉게 빛났고, 타오르는 작열이 연쇄적으로 공간을 불태우는 분진 폭발.

"뻥이요? 가루 가게? 뭐, 산산조각?"

폭음과 함께 밀어닥치고 불타오르고 소용돌이치는 화염의 열풍을 벽에 쪼그려 앉아 몸을 숨기고 피했다. 여자애들은 즐겁게 날아가고 구르고 있지만, 나는 확실히 물러나라고 말했으니 잘못이 없다. 응. 저 장비라면 저 정도의 폭풍이나 불꽃은 아무렇지도 않을 테니까? 응. 말했잖아?

"""무슨 생각인 거야——!"""

상층까지 날아가서 구르다가 겨우 회복된 모양이네? 데굴데굴 꽤 즐거워 보였다. 스커트가 아니라 유감스러울 따름이다.

"아니, 그러니까 물러나라고 했잖아? 물러나라고 말한 건 물러나지 않으면 위험하니까 위험하다고 조언을 준 건데, 도움의 말을 건넨 내가 왜 혼나는 걸까? 확실히 말했잖아? 보라고. 난 잘못 없잖아?"

"""물러났다가 날아갔어! 폭풍에 휩쓸려 날아갔다고!!"""

"느닷없이 던전에서 대폭발 같은 건 생각하지 않았어!!"

폭압은 차폐물이 없는 공간을 직진한다. 그러니까 정면에 서면 거리가 있어도 필연적으로 폭풍에 휩쓸린다. 응. 일반 상식이다. 그러니까 주의도 줬고, 확실히 『내열』, 『내화』 효과도 있으니 머리털 하나 상하지 않았을 텐데 잔소리네?

"아니, 그치만 가루까지 뿌렸으니까 알 수 있잖아? 보통은?"

거머리는 대량의 석회에 수분이 빨렸고, 건조되었을 때 밀가루 폭염에 말려들어 전멸. 문제는 마석도 날아가서 줍는 게 힘들다. 하지만 밀가루에는 불순물도 많고, 연성하면 일부는 불량 부분이 나와버린다. 의외로 던전에서 처리하는 게 친환경일지도?

"평범한 사람은 건조로 끝이라고!"

"평범한 사람은 밀폐 공간에서 분진 폭발은 안 써요!"

"평범한 사람이라면 확실히 설명할 거야!"

"평범하다고 생각하는 논거를 제시해!"

"평범은 고사하고 인간족인지 수상해!"

"""애초에 어디의 친환경이 폭염으로 불태우는 건데!!"""

최속 최단으로 단순하고 신속하게 거머리를 정확하게 처리했는데 불만인 모양이다. 건조시켜서 태우면 분열할 새도 없다. 그래서 산산이 폭염 처리한 건데 마음에 안 든 모양이네? 그리고 오늘은 여기까지인 모양이니까 혼나면서 지상으로 돌아갔고, 야단맞으면서 도시로 향했다. 어째서 내가 나쁘지 않다는 걸 완고하고 단호한 결의로 고집을 부리며 이해해 주지 않는 걸까? 역시 이성의 호감도 문제는 절실하고 심각한 모양이다.

"아니, 그러니까 확실히 이거(석회와 밀가루) 뿌릴 테니까 (멀리까지) 물러나 (숨어) 줄래? (분진 폭발 쓸 테니까)라고 말했잖아?"

응. 말했지 말했지?

"""너무 생략했어! 전체 문장을 다 전해야지!"""

"그리고 말했다 말했다고 하지만 금방 대폭발했잖아! 5초도 안

220 · 외톨이의 이세계 공략 ·

걸렸어!!"

유유한 발걸음으로 도시로 향했고, 토끼처럼 내달렸고, 도망치듯 질주했다. 일반적으로는 도망쳤다고도 말한다. 그러나 2파티라면 공략이 느려진다. 아침부터 들어갔는데 16층밖에 진행하지 못했고, 다른 레기온도 큰 차이 없겠지.

그러면 6파티 레기온으로 속도전을 벌이는 게 공략이 빠를 것 같지만, 숫자로 밀어붙이게 되면 전투 기술이 편중될 우려가 있다. 그리고 모두가 모이면 잔소리가 무섭다!

하늘을 내달리듯이 『공중보행』으로 공중을 춤추며 상쾌하고 아슬아슬하게 철구를 회피했다. 역시 『위그드라실의 지팡이』까지 포함된 완전 장비라면 『공중보행』의 기동력이 전혀 다르다.

"그보다 왜 폭발을 약삭빠르게 피한 무희 여자애까지 공격에 참가하는 거야? 어쩐지 아까부터 조준이 정확하다 했어!"

응. 과자를 먹으면서 대공 포격을 하고 있으니 매수당한 거겠지? 아무래도 『사역』의 효과는 과자 매수를 못 이기는 모양이다!

"큭! 이렇게 되면 쿠키 채프다! 아니, 단번에 수십 개의 사슬 춤으로 쿠키만 갈취했어······? 벌써 먹고 있잖아?"

빠, 빠르네?

"앗, 끄아아아악······(투콰아앙!)"

【추락&체포&잔소리 중입니다】

아프네? 뭐, 저녁밥 준비라도 하자. 아직 잔소리 중이지만?

84일째 저녁, 하얀 괴짜 여관

잔소리는 하지만, 안 듣는다. 응 매번 매번 안 듣는다.

"잠깐. 전설에 전해지는 『여친이 없는 경력=나이』의 방정식에서 16세에 『대현자』가 됐는데 30을 넘기면 어떡하지? 아저씨? 그건 칭호였나!"

그렇게 전혀 상관없는 소리를 늘어놓으면서 뛰쳐나갔다. 즉, 전혀 듣지 않았다. 말하는 게 잘못된 게 아니라, 말하는 본인이 잘못된 거지?

"그렇게나 매번 매번 계속해서 성왕 강림에 촉수 대마왕으로 대난동을 부렸으면서."

"""그거로 30에 마법사가 될 생각이구나!"""

"그건 여친이 없는 경력이 아니니까!!"

"초절정 미인 첩을 두 명이나 끼고 있는 사람이 그걸 말하면 이세계 전체에서 '폭발해라'의 집중포화라고요!"

이렇게 모든 잔소리가 통하지 않은 채 생선튀김이 튀겨져서 진열되었다. ……응. 생리대의 피시본 구조 때문에 의식이 생선으로 가버린 모양이지만, 저녁밥이 생리대 관련이라는 건 입 다무는 게 좋아 보인다. 현재 피시본 구조의 비밀과 굉장함을 알고 있는 건 나쁘니까? 응. 굉장히 쾌적하네?

그리고 밥을 다 먹으면 반성회와 원 모어 세트. 각자 교관님에게 지도를 받고, 그 후 꽉 조여지고 탄탄하고 잘록하고 확 치켜 올라간 엉덩이를 목표로 삼고 벨리댄스! 응. 허벅지를 중점적으로 부탁하자. 그래도 두껍지는 않으니까!!

"""잘 먹겠습니다~."""

당했다. 응. 또 당해버렸다. 그야 다들 또 눈물짓고 있으니까. 그렇다. 생선튀김으로 보였지만, 잔소리 대비용 비밀병기는 덴푸라였다. 이것에는 다들 당해버렸다. 고구마튀김도 닭튀김도 나왔고, 버섯도 호박도 버섯까지 튀기는 중이다.

"나, 집에서 마지막으로 먹은 게…… 엄마가 만들어 준 덴푸라였어……."

누군가가 중얼거리며 눈물을 흘렸다. 그리운 맛에 추억이 되살아났다. 포기했던 맛, 잊을 것 같았던 소중한 추억. 분명 괴로워도 절대 잊어서는 안 되는 소중한 그 시절의 맛이었다.

정리하고 훈련하러 향했다. 이제 대만족해서 배가 가득 찼으니까, 원 모어 세트의 긴급 사태다!

"""당해버렸네."""

"응. 덴푸라를 만들면 잔소리할 수 없어."

"게다가 인생 최고로 맛있었어."

"""이젠 여자로서 따라잡을 수 없어!"""

아무리 여자라도 저건 무리이지 않을까? 그치만, 저건 이미 직공의 영역이고 장인의 기술이니까. 가족 모두 일본식에 정통한

도서위원까지 신음하고 있으니까, 진짜 은근히 굉장한 기술력이 란 말이지?

"잊어버리는 게 편해질 것 같았는데…… 절대로 잊어서는 안 됐 었네."

"하루카는 가족을 잃었으니까…… 그런 의미로 선배이려나."

"그래서 잊으면 안 된다는 걸 가르쳐 준 거네."

"응. 어째서 그 배려가 분진 폭발에는 미치지 못하는 걸까!"

""정말이라니까!!"""

분명 몰래 튀김가루를 연구하고, 그러다 가루가 남아서…… 분 진 폭발을 떠올린 거다. 그리고 그걸 떠올린 바람에…… 다들 던 전에서 데굴데굴 구르게 되었다!

"멈추는 건, 힘을 낭비하는 것, 움직임을 힘에 싣습니다."

그리고 반성회를 겸한 교련을 시작했다. 설득력 있는 이론적인 지도. 근데 네페르티리 씨, 거머리를 본 순간 멈춘 것만이 아니라 물러나지 않았어? 정신이 드니 어느새 없었는데? 앗, 데헷날름 티리 씨였다! 사역자의 악영향을 엄청나게 받는 것 같은데, 이것 도 『사역』 효과인 걸까? 근묵자흑이라고, 분명 주인이 굉장히 검 은 데다 매일 뒤엉키는 바람에 엄청 검게 물든 걸지도?

보고 배우고, 덧그리듯이 춤추며 검을 휘둘렀다. 끊임없이 발을 움직이고, 그 움직임과 힘의 흐름을 기세로 제어한다. 이게 하루 카가 하던 춤 같은 전투 기술의 정체. 몇 번을 보면서 구조와 의미 를 이해하고, 무도도 배웠고 신체 능력도 있는데…… 생각처럼 할 수 없다. 어렵다!

"이런 복잡한 움직임을 동시에 한다니."

"이론이 아니라 관성을 흘리는 동작이에요. 이건 관성이나 반동을 견딜 수 없기에 하는 움직임일 거예요."

혼자서 하는 연무인데도 힘든 복잡한 동작의 조합. 이 무한해 보이는 다채로운 패턴. 여기에 상대가 있으면 어렵다는 수준조차 아니게 되고, 생각처럼 움직이면 상대에 맞추지 못해서 움직임이 멈추고, 상대에 맞추면 생각처럼 움직일 수 없다. 수읽기와 유도로 흐름을 만든다…… 만든다니…… 만들 수 있나 보네.

그리고 얻어맞은 뒤에는 벨리 댄스. 기본적으로 스텝도 테크닉도 몸의 부위마다 원운동. 허리나 어깨를 바닥과 평행하게 따로 움직이는 수평축 원운동을 조합해서 만들어졌고, 특히 오늘의 라크스 샤르키는 몸 전체의 근육을 이용하는 운동으로 표현하는 의미를 가진 '어휘'. 그걸 음악의 리듬에 실어 유동적으로 조합해 무용으로 표현하는 것이었다. 그렇기에 춤의 흐름을, 그 의미를 배우면서 다시 잘록하게 만드는 거다!

""잘록! 잘록!!"""

"가는 허리! 가는 허리!!"

몸의 부위마다 독립된 움직임으로 근육을 고립시킨 동작을 강조하니까 다양한 근육이나 고립된 근육 계통을 움직이는 법을 습득할 수 있다. 예를 들어 베일을 쓴 댄스는 팔이나 어깨와 다른 상반신 근육을 단련하는 걸로 이어지고, 핑거 심벌즈의 연무는 근육 강화와 손가락 하나하나를 제각각 움직이는 것으로도 이어진다. 이게 몸 안과 밖에 다양한 원심을 만들어 낸다. 예측할 수 없고, 말도 안 되는 움직임으로 몸을 다루는 네페르티리 씨가 강한 비밀이다.

전신에 수십 개의 원운동을 만들고, 자유자재로 조합해서 복잡하면서도 순간적으로 흐르며 낭비 없는 움직임으로 자아내는 가변의 비기. 그리고── 저 몸매의 비결이다!

"""지쳤어──."""

"아아~ 극락 극락."

"힙업이, 엉덩이 근육이 아파."

그리고 피곤한 채로 목욕탕 여자 모임. 기다리고 있던 고아들을 재빨리 씻겨서 욕조에 넣어줬다.

"""극락, 극락~?"""

"힙업?"

"""그건 기억하지 않아도 되니까."""

또 이상한 말을 배웠다.

"이세계적으로 목욕탕에서 극락은 문제없을까?"

"아, 도덕적이나 종교적으로 괜찮은 걸까?"

"문제가 생겨서 교회가 고아들을 괴롭힌다면…… 위험한 건 틀림없이 교회일 텐데, 괜찮을까?"

오늘도 하루 내내 열심히 일하던 아이들은 욕조에 잠겨서 몸이 따스해지자 눈이 흐물흐물해졌다. 잠들 시간인 모양이다……. 거리에서 일하는 착한 아이들이라며 대호평이었고, 도와달라는 의뢰도 끊이지 않는다. ──그래서 어떻게든 쉬게 해주고자 소풍 계획이 정해졌다.

줄곧 열심히 일해도 가난했고, 지금은 매일 맛있는 밥을 배가 꽉 찰 때까지 먹고 있으니까 그만큼 열심히 일해야 한다며 의욕적이다. 내버려 두면 휴일에도 일하러 갈 것 같고, 돈을 벌어도 아이들은 그걸 밥값으로 써버린다.

"꼭 놀게 해줘야겠지!"

"응. 처음에는 근면하고 영리하다고 생각했었는데."

"하루카가 울컥해서 놀게 해주거나, 낭비하게 하려는 건 어떤가 싶지만……."

"""그건 하루카가 올발라! 행복하게 보여도 강박관념이 남아있으니까, 그것만큼은 하루카가 올발라!"""

아직 어딘가에서 착한 아이로 지내니까 맛있는 걸 배가 꽉 찰 때까지 먹을 수 있다고 생각하고 있다. 그러니까 쉬려고 하지 않는다. 하지만 휴일은 즐거워야 한다. 아이가 쉬는 걸 불안해하는 건 잘못됐다. 응. 그러니까 꼭 놀게 해줄 거다.

웃으면서 행복하게, 열심히 잔뜩 일하고 있으니까, 그건 무척이나 착한 아이들이지만…… 너무 피곤해하고 있다. 무의미할 만큼 과하게 애쓰고 있다. 목욕탕에서 나와 수분을 꼼꼼하게 닦아주고 잠옷을 입힌 뒤 방으로 데려갔다.

"""안녕히 주무세요~."""

"""응. 잘 자."""

모두를 재우고 불을 껐다. 피곤하니까 자는 것도 빠르다. 행복한 얼굴로 자고 있다. 그러나 우리와 함께 있는 한 노력하게 될 거다. 양육 받는다고 생각하며 노력할 거다.

고아원에서 자활 상태라도 돈을 모으면 괜찮다고 생각할 거다. 그야 자기들은 확실히 노력하고 있으니까, 확실히 일해서 돈을 벌고 있으니까. 그런데도 가난했던 게 이상하다. 이게 당연하고 일반적인 건데……. 그게 행복한 게 아니라 평범하다는 걸 알려 줘야 한다.

그리고 마음을 다잡고, 지금부터는 소녀들의 진정한 목욕탕 여자 모임이 시작된다. 오늘은 타도 성왕을 이뤄낸 용사들의 영웅담이 밝혀진다. 뭐, 아침에 보복당했다고 하지만, 그 성왕을 봉사로 압도해서 기뻐 보인다. 그야 이 두 사람도 고아들과 마찬가지로 매일이 행복하고 기뻐서 봉사하며 은혜를 갚고 감사를 표현하려고 필사적이다. 그저 웃기만 해도 될 텐데, 하루카는 그것만을 위해 데리고 돌아왔는데……. 심야에 대격전이란 말이지?

"촉수 내성 장비, 가죽 수트, 완벽합니다."

"""오오──!"""

"딱 붙어서, 조이니까…… 꿈틀꿈틀 못 들어와요. 진동도 저항, 이길 수 있어요!"

"""용사님들이 못된 성왕을 타도했구나! 고맙네, 고마우이."""

뭐, 그쪽은 자칭 인간족이고, 이쪽은 전직 미궁황이지만……. 잘못되지는 않았지? 하지만 왜 농민풍 어조야?

그리고 기뻐하며 성 기술의 극한으로 봉사. 그 108개의 오의로 성왕을 쓰러뜨리는 모습을 둘이서 자세하고 세밀하게 묘사하며 몸짓 손짓까지 붙여 설명했다. 응. 굉장히, 무척이나 잔뜩 봉사해서 기뻐 보이지만…… 뜨거운 배틀 이야기로밖에 들리지 않는 건 기분 탓일까? 그리고 오늘도 바로 레더 수트를 입었고, 그 모습은 육감적이면서도 늠름하고 아름다워서……. 근데 입을 때의 모습은 좀 그랬지?

응. 너무 타이트해서 보디 오일을 바르고, 허둥지둥 모두가 도와줘서 쑤셔 넣고 잡아당기면서 입었다. 저 밀착도라면 확실히 간단히 벗길 수는 없으니 지퍼만 사수한다면 빈틈조차 없다. 그리고 기분 좋게 나가는 두 사람을 배웅하고, 소풍과 풀장 예정을 세웠다. 즉, 수영복 제작. 빨리 디자인화를 정해야겠지!

"으으으, 비키니?"

"에어를 넣으면 떠버려!"

"""어디에 넣으려는 거야!"""

"안젤리카 씨네는 경기용 수영복이었다고 해."

"우리는 학교 수영복을 만들어 달라고 했어요."

"하지만 그 속옷 만드는 실력이라면 비키니도 굉장할 거야."

"""확실히!"""

"또, 치수부터 해야겠네~? 꿈틀꿈틀~ 하고."

"""그게 문제였어!"""

아마 저번에 잰 사이즈로 만들어 줄 거다. 그러나 수영복은 소재부터 구조까지 달라서, 뼈끔뼈끔 여자애 쪽도 큰 통에 들어가서 물을 적시며 만들었다고 한다. 그렇다면, 확실하게 좋은 물건을 원한다면 치수 재기와 시착부터…… 해야겠지?

그로부터 『지혜』로 인해 더욱 상승한 복식 제작 기술. 그래도 새로운 『야한 기술』과 『성왕』과 『감도 상승』 스킬이 이미 레벨업을 반복해서 소녀에게 위험하기 그지없는데……. 신작 수영복이라는 말에 소녀심이 자극되네? 게다가 풀 오더 수영복이라니, 분명 다들 처음이라 소녀심이 자극되지만 촉수에게 자극당하는 게 문제니까…… 다들 고민하고 있다. 그야 마음은 이미 풀장 바캉스니까.

"아——앙. 정할 수가 없어."

"""응. 전부 갖고 싶어!"""

분명 작은 거품 풀장은 어린이용이고, 경기용 풀장이 수영부용. 그리고 다른 모두에게는 워터 슬라이더. 그리고 무엇보다 그리운 건, 그 동굴——. 이 세계에서 처음으로 우리가 웃을 수 있던 곳.

고아들이 고아원으로 이동하기 전에 행복한 추억을 많이 만들어 주고 싶은 거겠지. 이제 다들 확실히 웃을 수 있게 되었는데도 전혀 부족한 거다. 도시의 고아원 아이들도 란도셀을 메고 있었다. 즉, 하루카는 도시에 고아원을 지어주고 나서도 고아원에 다니고 있었다. 하루카는 가족을 잃었으니까, 가족을 잃은 고아들에게 뭔가 주고 싶었던 거겠지. 그야 매일 웃으면서 란도셀을 멘 아이들이 온 도시를 돌면서 일하고 있으니까. 응. 굉장히 행복하게 웃으면서.

좋아. 모두가 웃을 수 있는 즐거운 소풍이다. 계획서는 확실하게 만들자!

84일째 밤, 하얀 괴짜 여관

오늘 전투에서 몸을 비틀 때 미약한 왜곡이 보였다. 그건 갑옷이
몸의 힘을 가로막은 결과. 미약하더라도 힘을 손실하고 갑옷의
내구도나 강도에도 영향을 주는 문제다. 그 왜곡의 원인을 파악
하고 재설계해서 가동부를 기본 구조부터 재검토하고 문제점을
알아낸다.

"아아, 이거구나. 마력 성형으로 가변하는 부위가 겹쳐서 가변
이 신체 속도를 따라잡지 못하고 있네. 마력 성형을 줄이고 기믹
식 가변 부위를 늘리면 해결? 조금 무거워지지만 그만큼 장갑을
강화할 수 있으니까……. 아니, 오히려 문제는 몸이 늘어났을 때
장갑이 얇아지는 거니까, 복층화로 움직이기 쉽게 만들면 마력
소비도 억누를 수 있겠지."

(뽀용뽀용)

어째서인지 슬라임 씨가 갑옷에 들어가 탐험하고 있다. 뭐, 귀
여우니 상관없나?

"완벽이나 완전 같은 건 없으니까 개량에 개량을 거듭하고, 또
신기술이나 신소재로 재설계하면서 계속 개량하면 끝이 없으니
까 완성 같은 건 없거든?"

(부들부들)

마트료시카의 구성과 자바라 구조를 조합해서 마찰이나 저항을 줄이고 장갑을 비늘 형태로 조립했다. 역시 마법 소재에 의지하면 설계가 어설퍼진다. 실제로 실전에서 가동하는 곳을 알아보니 간과하고 있던 문제점이 속출했다.

"참격에는 강하고, 자바라 구조라서 충격 완화도 괜찮지만 구조 자체가 파손되면 위험하겠지? 역시 단순하게 비늘 구조가 무난하고 안전?"

(뾰용뾰용)

과연. 비늘 구조는 방향으로 강약이 생기는 건가……. 굴곡을 줘서 방향을 한정하는 게 좋겠다. 만들어서 시험하면 그것이 정보가 되고, 정보가 조합되면 다시 새로운 방안이 생겨난다. 설계하고 시험하면서 완성도를 높이고 있지만, 갑옷 반장이나 무희 여자애의 갑옷에 들어간 마법 기술까지는 아직 도저히 도달할 수가 없다.

"정말이지, 이세계 전이를 시킨다면 공업 고등학교로 했어야지. 보통과밖에 없는 진학교는 이세계에서 도움이 안 된다고. 전문 고등학교라면 이세계 무쌍! 노려라, 마동 로봇 선수권! 응. 농업 고등학교라도 엄청 도움이 될 텐데 왜 일반 학교야?"

(부들부들)

책으로 읽고 아는 지식만으로는 이해까지 하지 못한다. 연구하며 이해하려고 해도 결국 만들어 보지 않으면 알 수 없다. 보통 학술적이라고 하면 결국 만든단 말이지? 그렇게 오로지 시험 제작과 실험을 반복하고 새로운 구조를 조합해서 옆구리와 복부를 개량형으로 바꿨다. 한 번에 너무 바꾸면 비교 검토할 수 없으니까 오늘은 여기까지다.

"활은 어떻게 할까……. 속사성인지 파괴력인지로 설계 사상이 바뀌니까 정하기 힘드네? 좋은 점만 고르고 싶지만, 복잡하면 전투에서 망가지기 쉽기도 하고?"

우선 비밀 방에서 나온 던전 장비 『암석의 롱해머 : ViT · PoW 40% 상승, 선단부 암석 제작, 흙 마법 필요, 파괴 파쇄(대), 내부 파괴(대), +ATT』의 미스릴화를 해두자. 상당히 많은 미스릴이 필요했다. 즉, 좋은 장비다.

그렇게 『강석의 롱해머 : ViT · PoW 50% 상승, 선단부 강석 제작(흙 마법 필요), 파괴 파쇄(특대), 내부 파괴(특대), +ATT』. 파괴력과 타격력 특화니까 단단한 적에게 유효하겠지. 응. 방패 여자애라도 괜찮겠지만 여자 배구부 콤비에게도 유용해 보인다. 그러나 누가 흙 마법을 가지고 있지? 뭐, 반장에게 맡기면 되려나.

"자, 그럼. 성 마법도 연습하고 싶은데, 먼저 이쪽을 연습해야겠지……. 응. 세밀하고 부드럽게 베지 않게 실을 자아내서…… 아, 제어려나?"

마법에 틀은 없다. 그러니 형태를 만드는 것은 상식이나 지식 같은 고정관념. 그러니 관념에 고집하지 않으면 무한한 가능성이 있을 테니까, 이미지부터 제어……. 확실하게 설정하지 않으면 흩어진다. 시간이 없으니까 세밀함만 있으면 된다. 아무튼 제어.

똑똑. ——돌아온 모양이다. 그리고 문에서 엿보이는 두 개의 아름다운 웃음. 그것은 절대적인 강자만이 보여주는 의기양양한 여유. 요염하고 아름다우면서 귀여운 얼굴이 웃었고, 그 자신감이자 절대난공불락의 가죽 수트가 빼어난 육체미에 달라붙어 육감적인 곡선미를 자랑했다.

""지금 돌아왔습니다 ♪""

손가락 하나, 마수 하나 들어갈 수 없이 육체에 밀착한 가죽 갑옷 때문에 어젯밤은 패배했다. 그 부드러운 피부에 닿지도 못해서, 그야말로 대단히 기분 좋게 남고생을 대방출하며 패배했다. 그러니 저렇게 여유롭게…… 느긋한 발걸음으로 좌우에서 팔짱을 끼고, 무저항인 나를 보며 포기했다고 생각한 거겠지. 그러니 요염하게 웃으면서 침대로 끌고 간다. 그러나 지금은 힘을 풀고…… 집중하자.

가죽 수트에는 마수 하나 들어갈 수 없다? 그럼 마수란 무엇인가? 그것은 마력이 실체화된 무언가, 정해진 형태가 없는 마력 덩어리다. 그렇다면 불가능할 리가 없다. 이후에는 『지혜』로 어디까지 인식하고 제어할 수 있는가? 하지만 그것만으로는 부족하다. 분산된 힘은 약하다. 철은 단단하더라도 가느다란 철사는 간단히 찢어지니까. 그러나 해결책은 굉장히 가까이 있었다……. 그렇다, 그것은 버섯!

이미 장비는 벗겨졌고, 감미로운 자극 탓에 남고생이 더욱 극적으로 정상에서 발정 상태로 변했다. 레더로 감싸인 손끝으로 인해 격동의 시대를 맞이하며 휘둘리면서 살아남고 있지만, 뽑혀버릴 것 같다!

자아낸다——. 버섯이란 눈에 보이지 않을 만큼 가느다란 균사가 얽혀서 형성된다. 그렇다. 미세한 세균의 균사라도 합쳐지면 버섯이 된다! 머리카락보다 가느다란 극세 마력의 실을 흩뿌리면서 제어한다. 간단히 찢어질 정도로 약하고 물러서 아무런 힘도 없는 마력의 실. 그러나 없는 거나 다름없는 미세한 섬유라면 레더 수트의 딱 달라붙은 틈새라도 침입할 수 있다!

"큭, 마력이에요!"

이미 남고생은 남고생적으로 위험한 영역까지 몰려서 집중이 흐트러진다. 그러나 여유로운 공격에는 방심이 있다. 그리고 잠깐의 빈틈만 있다면 실은 닿는다.

"소용없어요, 레더 수트, 최강!"

아름다운 두 개의 얼굴이 당혹스러워하며 잠깐 멈칫했다……. 지금밖에 없다. 『지혜』로 전력 집중. 단 한 가닥의 실에 온 신경을 쏟아부어 제어한다. 무에 가까운 빈틈을, 한없이 무와 다름없는 가느다란 실이 빈틈을 뚫고 들어간다.

"히이이이이익!"

"어째서!!"

그리고 한번 침입을 허용하면 그걸 타고 차례차례 실을 보내서 합칠 수 있다. 조합되어 짜이면서 강도가 올라가고, 더 강하고 굵게 얽히고 비틀리면서 결합한다. 그렇게 가죽 수트 안에서 꿈틀거리며 케블라 섬유처럼 엉켜서…… 침입 성공!

"아아아아, ㅇㅇㅇㅇㅇㅇㅇㅇㅇ응!"

아름답게 활처럼 휘고, 요염하게 떨고, 미려하게 무너지는 우아한 미녀들. 딱 달라붙는 가죽 수트에 감싸인 파렴치한 보디 라인의 쭉쭉빵빵 보디가 야릇하게 경련을 반복하면서 몸을 뒤튼다. 기어다니는 촉수에 맞춰서 요염하게 꿈틀대며 형태를 바꿔 맥박친다. 피부를 기고, 살을 어루만지며 꿈틀대는 움직임에 맞춰서 검은 가죽 수트 안에서 주무르고 형태를 일그러뜨리며 유린을 시작한다. 응. 이겼네?

"후아아아앗!"

잠깐, 아니거든? 그러나 침입을 이뤄낸 시점에서 승부는 정해졌다. 실보다도 가느다란 촉수를 자아내는 집중력이 결정타였다. 과신해서 방어를 소홀히 했고, 놀라서 집중할 시간을 주었다. 그 순간에 승패는 뒤집힌 거다!

더욱 두께를 늘리면서 침입하는 촉수가 어쩔 도리도 없이 파고들었고, 만곡, 왜곡하며 비틀리면서 꿈틀거리기를 반복하자 떨리는 걸 멈추지도 못한 채 움찔움찔 잘게 떨었다. 꾸물거리는 검은 가죽에 감싸인 채 유린당하며 떨리는 자태가 요염했고, 숨도 헐떡이며 이완되어서…… 이제 움직일 수도 없어 보인다.

"길었어. 굴욕의 나날을 버텨내고, 고난 이틀째에 겨우 이 지퍼를 내릴 수 있는 날이 찾아왔어. 마침내 여기까지 도달한 거야!"

가늘고 아름다운 목덜미에서 세심하고 정중하게 만감의 마음을 담아 슬금슬금 지퍼를 내렸다. 딱 달라붙어서 몸을 감싼 검은 가죽이 천천히 좌우로 열리고, 요염하고 하얀 피부와 호박색 피부가 바깥 공기를 쐬었다. 슬금슬금 아래로 내려가기만 해도 미려한 몸이 드러나고 노출된다. 깊고 부드러운 계곡을 통과하자 예쁜 쇄골 라인이 보였고, 풍만한 살덩이가 가죽을 밀어내며 튀어나왔다. 그리고 예쁜 배 위에서 자애롭게 지퍼를 내려 귀여운 배꼽을 지나 종점인 살짝 높은 하복부 위까지 통과했다.

우아한 몸을 감싸는 검은 가죽이 세로로 갈라지고, 하얀 피부와 호박색 피부가 드러나는 아름다운 경치. 조금씩 서서히 검은 가죽을 벗기며 천천히 천천히 끄집어냈다. 점점, 점점 벗겨내자 조금씩 슬금슬금슬금슬금 매혹적인 육체가 서서히 요염한 자태를 드러내며 시시각각 착착 피부를 드러냈다. 응. 살아있어서 다행이네!

그 몸에서 검은 가죽이 벗겨졌고, 마침내 숨겨져 있던 우아한 두 개의 육체가 거룩하게 누워있게 되었다. 응. 다음은 알겠지!

함정인 줄 알면서도 스스로 함정에 뛰어드는 그 행위는 절대로 내 탓이 아니니까 나는 잘못이 없어.

85일째 아침, 하얀 괴짜 여관

아침을 알리는 상쾌한 새의 지저귐, 아침을 선고하는 눈흘김의 잔소리도 시작됐다. 응. 여느 때의 아침이다. 눈부신 햇살을 받으며 혼난다…… 오늘도 좋은 날이다.

"아니, 그치만 그것 말고는 가죽 수트를 공략할 실마리는 없었으니까, 실처럼 가느다란 촉수가 슬금슬금 침입하고 스윽스윽 기어가서 안에서 얽히거나 비틀면서 영차영차 침투극을 벌이며 피스톤 운동을 한 건 어쩔 수 없으니까, 나는 잘못이 없지?"

뭐, 그 후에는…… 남고생이었다. 그건 그야말로 해방되어 넘쳐 나는 남고생이라는 이름의 거센 물결. 멈출 수 없이 넘쳐나는 남 고생적인 세찬 물줄기. 그것이야말로 노도처럼 밀려오는 남고생 스러운 난류 대방출이었다. 응. 그야 남고생이니까? 혼나면서 식 당에 내려가자, 다들 이미 모였다. 응. 배고팠나?

"""좋은 아침~."""

"좋은 아침이랄까 배고파서 아침밥을 기다릴 수 없었어? 뭐, 금 방 끝날 테니까…… 영차?"

아침밥을 놓았다. 성장기 고아들에게는 고기와 생선을 잔뜩 줘 야 하지만, 매일 밤 원 모어 세트를 고민하는 것치고는 전혀 행동 에 망설임이 보이지 않는 사람들은 추가로 나온 주사위 스테이크 의 산까지 정리해 버렸다. 그리고 평소에도 양동이에 채우는 바 보들이 사양하고 있는 건, 여자애들 몸에 딱 달라붙은 스패츠를 보고 공기가 되었기 때문이겠지. 응. 오타쿠들은 이미 병풍이 되 었네?

"버섯 샐러드의 산도 엄청난 기세로 줄어드는데, 채소도 먹어서 건강해지려는 것 같지만 먹다 죽을 기세로 먹는 건 건강한 걸까?"

(뽀용뽀용 ♪)

바깥에서 기척. 갑작스러운 손님에 모두가 무의식적으로 무기 와 무장을 확인했다. 근데 저건 측근이잖아? 영주 저택의?

"아침 일찍 죄송합니다. 위급한 사태이니 용서해 주시길 바랍니 다. 사실은……."

날았다. 허공을 박차고, 공중을 내달리며 너른 하늘로 날아올랐다. 설마 왕녀 여자애가…… 만전의 방책을 세워서 위험은 없다고 생각했다. 왕녀 여자애의 푼수끼를 얕보고 있었다. 분명 갑옷 반장에게 들어서 알게 된 거겠지. 그 가짜 던전의 비밀을!

『중력』으로 체중을 0에 가깝게 만들고 『공중보행』으로 달리면서 바람 마법을 두르고 가속하며 『전이』로 허공을 찢으며 무리무리 성으로 향했다. 설마 왕녀 여자애가…… 나는 메이드 여자애에게 뭐라 말해야 좋을까.

"아니, 이건 분명 내 잘못은 아니잖아? 그치만 안전책을 세워놨는데 왜 안전장치를 풀고 함정에 뛰어드는 거야? 그보다 함정에 걸릴 생각이 넘쳐나서 끼얏호~ 하는 시점에서 분명 나 때문은 아니고, 초특급으로 달려가서 구해냈을 때는 이미 뒤늦은 상황이었지만…… 그건 이미 무리거든? 응. 이제 틀렸지?"

"용서해 주세요. 죄송해요. 심한 짓은 하지 말아 주세요. 죄송해요. 야한 일도 하지 말아 주세요. 너그럽게 봐주세요. 죄송해요. 심한 짓은 하지 말아 주세요. 용서해 주세요. 죄송해요. 야한 일도 하지 말아 주세요. 꿈틀꿈틀은 안 돼요. 죄송해요. 괴롭히지 말아요. 죄송해요……."

글렀다고 해야 하나, 질리지도 않는다고 해야 하나…… 여러모로 글러먹은 것 같네? 그렇다. 구해냈을 때는 이미 늦었다. 그야 라플레시아들에게 알몸으로 붙잡혔으니까(감동)!

"공주님, 정신 차리세요! 왕국의 공주에게 파렴치하기 짝이 없네요. 불경이에요. 왕국 반역죄보다 불경하고 괘씸한 악행 삼매

경이라고요! 공주님을 꾸물꾸물한 촉수로 붙잡아서 옷을 녹이고, 전신을 촉수로 꿈틀꿈틀한 불경 맥시멈죄를 물어서 거열형으로 찢어버리겠어요!"

화내고 있다. 측근에게 이야기를 들은 순간 메이드 여자애의 분노를 예측하고 최대 가속으로 날아왔지만 때는 이미 늦었다. 그렇다. 라플레시아들은 기대를 배신하지 않고 훌륭하고 멋진 일을 해줬네요. 저질렀나? 그렇다. 라플레시아들을 가짜 던전에 스카우트한 나의 안목은 그릇되지 않았던 모양이지만, 메이드 여자애의 눈이 분노에 미쳐 날뛰고 있단 말이지? 굉장히 서둘러 날아와서 추락하는 바람에 아팠는데, 어째서 내가 또 혼나고 있는지 불합리하고 부조리하고 황당무계하고 비합리적이고 난센스한 비난을 수난 중이란 말이지?

아마 여자 모임에서 가짜 던전의 「입구로 돌아가는 슬라이더」 함정을 들은 거겠지. 그건 갑옷 반장이나 슬라임 씨가 좋아하는 함정이니까, 가짜 던전의 함정을 무효화하는 『사원증』을 떼어놓고 출구의 「입구로 돌아가는 슬라이더」 함정에 직접 걸리러 갔다는 모양이더라고?

"아니, 여기는 한 번 망해서 『가짜 던전』에서 『신 가짜 던전』으로 변했거든? 함정도 배치도 다르단 말이지. 그 위치의 함정은 아저씨라면 지하의 강에 수몰되어서 바깥까지 흘러가고, 누님이라면 라플레시아의 환영? 화사하네?"

그리고 상대가 지휘관이라고 판명되면 촉수들에게 사로잡힌 채 라플레시아의 접대로 확보……당해버린 모양이다. 응. 전에 알

몸 영차영차 함정에 걸려서 대소동이 벌어졌었는데, 전혀 질리지 않네!

"꾸물꾸물은 용서해 주세요. 죄송해요. 꿈틀꿈틀하지 말아 주세요. 꼬물꼬물하는 심한 일도 하지 말아 주세요. 꼼지락꼼지락은 용서해 주세요. 죄송해요. 촉수로 야한 일도 하지 말고 장난도 치지 말아 주세요. 죄송해요. 죄송해요……."

하지만 이대로는 분명 또 사실무근의 누명을 쓰게 된다. 언제나 무고한 내가 혼나는 미래가 예견되어 있다는 말도 있다. 좋아. 과자를 먹여주자!

(우물우물 ♪)

무사히 해결된 모양이다. 먹고 있으니까?

"변경의 어쩌고 도시까지 가면 다들 소풍을 떠날 예정이고, 워터 슬라이더 풀장도 있으니 굳이 함정에 걸리지 않아도 되거든? 그리고 건네준 갑옷도 드레스라면 부식되지 않는데 왜 평상복으로 뛰어들었어? 녹았잖아?"

"그렇지만…… 모처럼 주신 건데 더러워지면 안 된다고 생각해서……."

적어도 변경의 옷이라면 버틸 수 있었을지도 모르는데, 스킬이 하나도 안 붙은 옷으로 라플레시아들의 소굴로 뛰어들다니……. 무, 무모한 짓을 하기는? 봐버렸네?

"여어, 하루카 군. 지금이라기보다는 아까 돌아왔다네. 뭔가 군이 찾아오게 해서 미안하군. 함정 해제 방법을 몰라서……. 샤리세레스 님은 또 망가진 건가?"

"하루카 님. 이번에는 귀중한 버섯과 비싼 갑옷과 무구를 주셔서 감사합니다. 덕분에 변경의 궁지에 늦지 않게 갈 수 있었어요. 감사합니다."

무리무리 성에서 마중을 나온 건 메리 아버지와 무리무리 씨다. 무리무리 씨는 무도회 전부터 만날 때마다 감사를 표하고 있는데, 잡화점 누님에 이어서 버섯 도시락이 마음에 든 건가? 응. 새로운 버섯 중독 환자 문제가 걱정된다!

"게다가 하루카 군에게는 확실히 보고해 두고 싶어서 말이지. 왕국의 비보 중에 『거짓과 진실의 물거울』이라는 게 있는데, 모든 귀족이 물거울에 다시 맹세해서 허위였던 자는 작위 박탈. 그리고 과거의 행동도 심사해서 부패 귀족과 관리는 죄를 물어서 심판해 일소했다네. 왕을 대신해서 감사를 표하고 싶어. 정말로 고맙네. 귀족가의 재편으로 고생했지만 겨우 끝났어……. 건국 이야기에 나오던 왕국은 멸망하고, 새로운 왕국사가 시작되었지. 뭐, 지금부터겠지만."

아직도 비보가 있었던 모양이다. 주워가지 못했다!! 그 물거울로 심문해서, 대부분이 악행으로 처형당했다고 한다. 추방당한 자도 이미 저택도 재산도 남아있지 않다. 응. 주웠으니까?

이런 일에 구원이고 뭐고 없지만, 고아들의 원수는 갚았다. 괴롭힌 녀석은 전부 괴롭혀 줬지만, 이런 건 그저 인과응보에 자업자득. 나쁜 짓을 전혀 하지 않았던 고아들이 그렇게 괴로워했던 몫은 갚아주지 못했다. 응. 위자료는 전부 주웠지만?

"당연히 남은 귀족과 왕가도 부패를 용납하고 백성을 괴롭게 만든 벌로 재산의 절반을 몰수해 고아원이나 학교나 병원 건설이나 재건에 충당하기로 했지만…… 다들 가난해서 말이지. 왕이 빚을 장기 분할로 갚아도 되겠냐며 묻더라고?"

"아아~ 그건 언제든 상관없어. 그야 그 왕화는 어디를 가더라도 못 쓰고, 노점 아저씨가 기겁하면서 엄청 싫어하던 저주받은 화폐였으니까 돌아와도 곤란하거든? 아, 자. 하나 더."

(우물우물, 우물우물 ♪)

아무래도 왕녀 여자애는 크레이프파, 메이드 여자애는 만쥬파인 모양이다. 뭐, 두 번째니까 회복도 빠를 거고……. 그나저나 어째서 아무도 걸리지 않는 희귀한 에로 트랩에 매번 걸리는 걸까? 나 참. 나는 혼나고 있는데, 곤란하다. 응. 나중에 문제점 해명을 위해 영상 기록 마석을 철저하고 세심하게, 정자세로 앉아서 분석해야겠지!

서둘러 오기는 했지만 반장 일행에게는 무희 여자애가 붙어 있고, 급하게 돌아갈 필요도 없으니 메리 아버지에게 정보를 물었다. 시골은 정보가 좀처럼 안 들어온단 말이지?

그리고 빨랐다. 돌아오는 게 너무 빨랐다! 아니, 그 던전은 99층까지 성장했으니까 돌아오는 게 아슬아슬했고, 오히려 너무 늦었을 정도지만, 엇갈려서 왕도에 찾아온 수인국의 사자는 늑대 귀의 미인이었다고 한다! 큭, 어차피 아저씨일 것 같아서 돌아갔더니 미인 짐승귀 누님이었던 모양이다.

일단 수인국을 왕국이 도와준 형태로 했으니까, 감사를 위해 파견된 사자여서 자잘한 조약이나 상거래 이야기를 했다고 한다.

껄렁왕에게는 통상 거래 때는 잡화점 왕도 지점을 통하라고 신신 당부했으니까 이제 쌀과 간장은 확보했고, 된장이나 가다랑어포 에 미역이나 다시마도 가능성이 있다!

그리고 정식으로 오타쿠 바보들을 초대했다고 한다. 실패했다 고 읊조리고, 늦었다고 한탄하고, 적어도 납치당한 수인을 되찾 겠다고 분노하고, 죽은 영웅들을 조문하며 슬퍼하던 모습을 인정 한 거겠지. 하지만 그 녀석들에게 공식 행사는 무리이지 않을까? 하지만 왕국에서 파견했다는 구실이니 거절하는 것도 곤란한 모 양이다. 급하게 바보들을 조련할 필요가 있어 보이지만, 반장님 트레이너에게 부탁해 보자.

상국에서도 비공식 사자가 찾아왔다고 한다. 구 상국 상층부가 아닌 상인들의 연합이다. 이대로 내부 분열로 휘젓기 위해서라도 이중 외교 거래로 끌고 들어가 상국의 재산을 뜯어내라고 공략본 에 적어놓기는 했는데, 상인 상대로 어디까지 할 수 있을까? 뭐, 하지만 못하면 이번에야말로 정말 망할 테니까 관리들도 전력으 로 임하겠지.

이걸로 상국이 움직일 수 없다면, 남은 건 교국뿐. 내분이 일어 났지만 대주교의 반환 요구만은 했다고 한다. 당연히 왕국은 대 주교가 저지른 파괴 행위의 변상을 조건으로 달았고, 그것이 아 주 엄청난 바가지 가격이었다. 응. 그야 내가 가격표를 썼으니까? 교국의 대간부를 죄인으로 붙잡고 있다면 교국의 위신에 흠집이 난다. 그러니 움직인다면 교국이다.

겸사겸사 신 가짜 던전의 점검과 시찰을 진행했는데, 메리메리 씨는 자동판매기형 기념품 가게에서 군것질을 하고 있었다. 응. 함정에 걸린 왕녀 여자애는 버린 모양이네?

"아니거든요! 샤리세레스 왕녀님이 출구에 돌아오지 않아서 확인하러 온 거라고요! 그저 기다리는 동안…… 쇼핑?을 했을 뿐이에요!"

도와주러 입구까지 달려와 수색했다고 한다. 입에 문 팥소가 진실을 말하고 있다는 것을 본인은 아직 깨닫지 못한 모양이지만, 딱하니까 말하지는 말자.

"자, 돌아갈까. 다들 70층 계층주를 상대할 무렵이니까?"

갑옷 반장 쪽도 붙어있으니 최악이어도 퇴각은 가능할 거다. 나아가더라도 75층까지는 가지 않았을 테니까 위험하지는 않겠지만…… 슬슬 배가 고프겠지!!

'남의 처지가 되어 생각하자'와 '남이 싫어하는 걸 하자'는 도덕 교육의 기본인데 불만인 모양이다.

85일째 오후, 던전 지하 71층

지옥의 불꽃이 계층을 채우고, 타오르는 열풍이 몰려온다. 응. 따라잡았고 불태워 봤다?

"어떻게 『플레어 트렌트』를 태워버린 거야!"

"저건 불 속성 마물이잖아!"

그렇다. 마른나무가 불타며 불덩이를 날리고 있었다. 어이없다.

"평범하게 베어도 되겠지만, 뜨거워 보이고 뭔가 마른나무가 타오르고 있다는 게 석연치 않다는 기분을 담아서 『나신안』으로 해석했더니 『염열 마법 무효』가 있었으니까 기름을 뿌려서 마법이 아닌 불로 해봤더니 잘 타네? 응, 마른나무니까?"

기름을 『장악』해서 공으로 만든 오일 볼의 물 마법 연사만으로 끝났다. 그러나 뜨거워서 다가갈 수 없다. 마석으로 바뀌었지만 마석도 뜨거워 보인다! 70층 계층주도 시간은 걸렸지만 잡은 모양이고, 무희 여자애도 합격점을 줬으니 그냥 구경하고 있었던 모양이네?

그나저나 모처럼 갑옷의 새로운 차원에 도달해서 몸과 근육의 움직임에 맞춘 기계 장치 가동식 마트료시카 구조의 갑옷 Mk X를 표준화했건만……. 드롭이 갑옷이다. 응. 받은 갑옷은 『석귀(石鬼)의 갑옷 : ViT 50% 상승, 석화(부동), +DEF』로 방어 특화. 이건 미스릴화하면 『철귀의 갑옷』이나 『강귀의 갑옷』 같은 게 되는 패턴이지만 (부동)이 문제다.

"이거, 움직이지 않고 버티는 타입이고 최종적으로 사망 플래그인 녀석이잖아. 응. 군대라면 유용해 보이지만 모험가가 이걸 입으면 죽는 걸 기다릴 뿐이지?"

그래서 무희 여자애가 거둬간 모양이다. 바로 팔아버리는 게 좋으려나. 방패 여자애가 원하기라도 하면 위험해 보이니까?

71층은 「플레어 트렌트 Lv71」들의 파이어 불릿 집중포화가 날아왔고, 탄막 속에서 노는 반장 일행과 합류했더니 뜨거워서 불태웠고, 식을 때까지 정보 교환을 끝내고 계층주전 이야기와 『석귀의 갑옷』 체크도 마치고…… 아직 뜨겁다고나 할까, 덥네?

"오늘은 74층까지 하고 접을 거니까 급하지는 않은데……."

"이해는 하지만, 불의 마물을 태운다는 발상이 아무래도……."

"상식이 방해가 되는데, 상식은 버리고 싶지 않지?"

"아니, 보통 상식적으로 생각해서 마른나무 마물을 보면 태우는 내가 평범하고 상식적이고 통속적이라는 게 정보통들 사이에서는 통설이라고 생각하거든?"

겨우 온도도 내려가서 덥기는 해도 뜨거움은 사라졌다. 71층에서 마석을 모았는데, 그러나 이곳도 70층을 넘었다. 우연인 걸까, 심화가 빨라진 걸까.

"접근전, 문제없었, 습니다. 원거리 공격을 받으면…… 무리?"

감독인 무희 여자애의 평가로는 원거리 공격 대처가 문제인 모양이다. 보통은 같이 사격전을 벌이거나 돌진할 수밖에 없는데, 다재다능한 만큼 상대를 파악하려고 주저하는 거겠지.

"72층으로 내려갑니다~ 준비는 됐지?"

""""Ja(응).""""

준비라고 해도 마음의 준비 정도지만, 진심이 다감해서 느끼기 쉬운 시기인 고등학교 2학년의 순정은 두근두근을 메모리얼할 정도로 불안하게 흔들리는 남고생심이고, 레디라고 들으면 어렵지만 레이디라고 들으면 고할 수밖에 없는 반응 행동인데, 아무도 나한테는 묻지 않는 모양이네? 응. 두고 가버렸고?

그리고 이거 거북한 패턴. 「버블 슈터 Lv72」라는 거품 마물이 장거리에서 비눗방울을 뿜어내며 공격한다. 응. 어느 게 공격이고 어느 게 마물인지 알 수 없어서 허둥대는 모양이네? 그리고 망설이다가 방어에 들어가서 반격하려 했지만, 상대는 원거리 공격을 하고 본체가 보이지 않으니까 반격할 수가 없다.

"전열 방패!"

"마법 안 돼요."

"후열 활 준비, 쏴라아아아!"

비눗방울은 활을 쏴서 터뜨릴 수 있지만, 분열하기만 하고 무슨 효과인지는 모른다. 그래서 망설임이 커졌고, 결국 3연사를 해도 효과는 불명이라 후수에 몰리면서 주도권을 빼앗기고 있다.

"발도, 직접 공격. 베어버려어어어!"

"""Jaaaaaa(알았어어어어)!"""

(주르륵, 꽈당꽈당)

아, 미끄러져서 자빠졌다. 그렇게나 비눗방울을 터뜨렸으니 바닥은 미끈미끈. 응, 나는 그 분야에는 꽤 박식하거든? 수수께끼의 마물「버블 슈터」는『물거품』,『거품』,『윤활』,『분열』,『용해』같은 변칙 스킬을 가졌다. 그러니 바닥은『윤활』로 번들번들 미끄럽고 여자 고등학생들은 허둥지둥하며 윤활제에 미끄러져서 미끌미끌 뒤엉키며 자빠지고 있는데, 거품에 물들어도 갑옷 차림이니 별로 즐겁지는 않다. 갑옷이『용해』될 위험은 없지만, 번들번들 미끄러져서 일어날 수 없다. 위태롭다. 아무래도 초조해하면 혼란에 빠지는 모양이다.

"날라리라고 해야 할까, 날라리 리더. 그 창은 뭐야? 반장도 포동포동하지 말고 채찍을 꺼내라고 해야 할까, 포동포동? 보고 싶어지네?"

""아!""

날라리 리더가 『영구빙창』으로 『빙동진』을 발동해서 거품을 마물까지 함께 얼려버렸다. 그걸로 겨우 차분함을 되찾은 반장이 『호뢰쇄편』을 들었다. 응. 이제 끝. 충격파——『폭공진』으로 거품을 날려버리고 『선풍』과 『백격』의 채찍이 초고속의 난무로 「버블 슈터」를 파괴했다. 얼어붙어서 『분열』도 하지 못한 채 분쇄되었고, 산산이 티끌로 변할 때까지 부서져서 마석으로 변해 소멸했다.

응. 비장의 수단을 그냥 넣어두기만 하고 까먹은 채 혼란에 빠진다니…… 처음부터 쓰면 금방 끝났을 텐데. 뭐, 전투 연습은 되지 않지만, 우선은 이겨야 하잖아?

"미안해. 패닉에 빠졌어. 하루카 고마워. 근데 포동포동 발언은 나중에 이야기하자?"

"거품 마물은 처음 경험하니까 어쩔 수 없어~."

"응. 거품을 쓰러뜨리는 건 생각한 적도 없었어!"

"얼려서 부수면 됐구나~ 약점이 떠오르지 않았는데."

"정말이지 발상력이 부족하네? 좀 더 상대의 마음으로 어떤 일을 당하면 싫을지, 어떻게 하면 곤란할지 생각해서 상대가 당하고 싶지 않은 걸 잘 생각하며 행동해서 싸우면…… 상대는 괴로워하며 죽잖아? 응. 평소에도 남고생을 향한 다정함이나 배려가 없어서 그게 마물에 대한 배려가 없는 걸로 이어지는 거니까, 좀 더 남고생을 배려하고 위로해 줘야 해. 단, 오타쿠 바보는 제외?"

"""잠깐 좋은 이야기로 들렸는데 잘 듣고 보니 최악이었어!"""

아무래도 고상한 나의 고마운 이야기의 감동적인 고마움이 좀처럼 전해지지 않은 모양이네?

"우선 '남의 처지가 되어 생각하자'. 그리고 '남이 싫어하는 일을 기꺼이 하자'가 도덕 교육의 기본 전술이라는 게 한탄스럽네. 응. 나는 특기니까 잘못이 없지?"

잘못한 게 없는데 반장의 웃는 얼굴이 무섭다! 그러나 신기한 마물이기는 했다. 결국 거품이 평범하게 본체였는데, 스킬인 『물거품』과 『거품』에 『분열』해서 본체를 알 수 없어서 혼란에 빠졌다. 생각하지 않고 막강 화력으로 밀어붙이면 됐을 텐데, 관찰하고 고민하니까 혼란에 빠져서 뭘 해야 좋을지 알지 못하게 된 모양이다. 응. 의외로 이런 게 위험하단 말이지.

"아~앙. 미끄러졌어~…… 다 젖었네~?"

응. 미끄러져서 대단히 흔들렸습니다. 버블 슈터 굿잡! 아니, 죽었지만?

"이런 적도 나오니까, 신발에 미끄럼 방지가 필요하겠네?"

"""오오~ 신작 플래그!"""

나는 『흡착의 부츠 : 【벽이나 천장에 설 수 있다】』를 복합하고 있으니까 그립력도 강하고, 은근히 쿠션성도 좋다. 그러나 장비 아이템은 그립력이나 쿠션성에 문제가 있어서, 갑옷의 발 부분을 재검토해야 할 것 같다. 그렇다. 흔들리니까 부반장 B에게 시선이 가지만, 밀착형 에로틱 장갑의 진가는 각선미가 대단하다. 그야말로 부반장 A가 서 있기만 해도 실루엣이 요염하다! 다리를 뚫어져라 보면서 파악하고 재검토해야겠지. 응. 이건 좋은 다리다!

"""눈이 야릇해!"""

"뭐어? 미끄러진다고 하니까 갑옷의 발 부분을 재검토하고 있는 성실한 갑옷 제작 남고생에게 사실무근인 악담을 하는 게 들리는데?"

현지에 실제로 문제를 알아보러 가는 필드 워크의 중요성을 모른다니 한탄스럽다. 다리는 요염하지만, 눈흘김은 까칠하네? 무서운걸?

"""왜 갑옷의 발 부분을 재검토하는데 허벅지를 빤히 봐!"""

"허벅지에는 그립감 필요 없거든!!"

"그리고 포동포동 발언은 천천히 이야기하자?"

일리 있다. 확실히 허벅지에는 매끈매끈한 느낌이겠지. 갑옷 허벅지에 매끈매끈한 느낌은 필요할까? 엉큼한 느낌이라면 충분히 느껴지는 허벅지들이지만, 질감까지 필요할까? 응. 갑옷 플레이는 새로운 테크닉이네!

눈흘김을 받으면서 73층으로 내려갔다. 앞으로 2층이면 오늘은 끝인 모양이다. 그래도 생사가 걸린 던전에서는 이런 때야말로 긴장해야 한다. 그러나 내려가고만 있으니까 탄탄하고 근사한 갑옷 라인을 만끽할 수 없다. 그건 올라가는 모습을 뒤에서 따라가는 게 좋은 거다. 아아, 대미궁이 그립다.

뭐, 오늘 밤은 다들 영주 저택에 호출받았으니 만찬에서 왕도의 결말을 듣고 감사의 표현으로 작은 연회를 연다고 한다. 그러나 어째서 감사할 생각이 있는 상대에게 밥 준비를 의뢰하고, 은근슬쩍 주무르기와 진동 기능이 탑재된 옥좌형 안마의자 변경백 사양까지 부탁한 걸까? 돈은 벌겠지만, 아저씨를 주무르고 진동해야 하는 안마의자가 안타까워서 만들어도 즐겁지 않아! 무리무리 씨용은 크고 흔들릴 것 같아서 안마의자도 기뻐할지도 모르지만, 즐거워하면 여러모로 곤란하겠지.

응. 평범하게 만들자. 74층은 비밀 방이 있었을 뿐, 마물은 별일 없이 파멸했다. 정공법으로 갈 수 있는 평범한 마물에게는 무척 강하다. 선수를 치면 우선은 위험 없이 집단행동으로 궁지에 몰고, 속임수 없이 약점을 찔러 깎아낸다. 그러니 익숙해지거나 경험을 쌓을 수밖에 없다. 과제가 끝이 없으니까. 그리고 잔소리도 끝이 없는 모양이다……. 응, 반장의 웃는 얼굴이 무서우니까 입 다물고 있자!

> 튼튼하고 견고하고 강고하게 건설하지 않으면
> 반항기의 발구르기로 집이 파괴될 우려가 있는 모양이다.

85일째 저녁, 오무이 영주 저택

동급생들과 왕도 팀과 변경 팀 고아 군단으로 우르르 영주 저택으로 향했다. 그리고 떠올랐다. 여기는 튼튼하지만, 낡고 초라하고 좁았다!

연중 내내 안에 들어차서 우글대고 있는 아저씨들을 건물 밖으로 우르르 내쫓고 초라한 영주 저택을 통째로 『장악』했다…….

아무리 초라하더라도 장비 아이템이나 사적인 물건은 보존해야 하니까 귀찮네. 그러나 겨우 쓰는 데 익숙해지기 시작한 『지혜』의 제어를 사용한 변경의 첫 건축이고, 첫 공개이기도 하니까 노력해 보자.

머릿속에 숫자의 나열과 대량의 방정식이 명멸했고, 번뜩이는 것처럼 구조 강도와 설계도면이 그려졌다. 신 가짜 던전 건조 때 나온 대량의 흙을 아이템 주머니에 넣어둔 상태이고, 목재는 충분. 지하실을 대량으로 늘리고 지상에도 흙을 보충할 수 있으니까 설계 완료.

매일 끝없이 단련하고 있는 부업력은 이미 『연금술 Lv8』. 단단하고 강한 벽을 연성하고 굳게 변질시켜서 쌓아 올리고 조합하고 이어 붙이고 늘리고 겹친다. 그걸 넓혀서 굳건한 단일 구조의 건축물을 만들었다. 응. 너무 지나친 느낌은 있지만, 이 영주 저택은 도시의 최전선 성채. 그러니까 단단하고 강하면 불만은 없겠지. 불만이 있어도 메리 아버지라면 안마의자를 만들어 주기만 해도 잊어버릴 거고, 무리무리 씨는 버섯 도시락으로 회유할 수 있을 거니까?

왠지 『지혜』가 설쳐서 성벽까지 일체로 확장해 고층 아그라 성벽처럼 되었는데…… 거인이라도 진격하는 거냐고! 뭐, 완성?

"하, 하, 하, 하, 하루카 씨……. 이게 뭔가요? 이 왕궁보다 호화롭고 중후한 건조물은!"

메리메리 씨가 올려다보며 떨고 있다. 고소공포증인가? 뭐, 낮은 방이라면 괜찮겠지. 장식성이 없는 게 신경 쓰였는지라, 실용성을 몹시 사랑하는 『지혜』에게 설득과 교섭을 반복해서 외관만큼은 몽생미셸 느낌으로 해봤음. 응. 외벽은 제2외벽풍으로 바깥에 크게 전개했고, 지금까지의 벽을 제1외벽으로 개장해서 연결했다. 응. 이거라면 갑자기 거인이 오더라도 안심이다.

"아니. 왜냐니. 메리메리 씨의 집이랄까 성채랄까 성채 도시적으로 근사한 영주 홈? 방도 전부 넓혀놨으니까 방을 교체하는 건 알아서 해주시지? 초대받아서 왔는데 좁고 노후화돼서 초대받은 쪽도 곤란하고 고아들의 정서 교육에도 좋지 않으니까 상층까지 넓혀 봤더니 높아져서 호화롭게 해봤다? 라고나 할까?"

뭐, 아그라 성벽도 몽생미셸도 관광 명소인 세계유산이니까 이걸로 변경에도 관광객이 찾아와 투어가 편성되어 근사한 가이드가 흰 장갑을 끼고 이런 가이드나 저런 가이드를 해주고 매혹적인 원더랜드로 관광 안내해 줄 가능성이 없지는 않겠지만, 고아들이 기다리고 있잖아?

"뭐, 들어가 들어가. 내 집은 아니지만 집사람들에게 안내해 줘야겠지. 내부 구조를 강도 문제와 방어적 시점에서 고쳤으니까 안내 게시판도 설치한 친절 설계인 성채고, 쳐들어온 사람도 헤매지 않아 안심되는 안내 게시판? 이라고나 할까?"

"아니, 하루카 군……. 이걸 보면 아무도 공격하지 않지 않을까? 나라면 이 성채를 본 순간 물러날 텐데."

뭐, 측근의 허가는 받았으니 괜찮겠지. 여기는 대체로 측근에게 묻는 게 빠르단 말이지? 고아들을 위해 큰 식당과 호화로운 방도 만들었으니까, 진수성찬을 대접하자. 요금만큼은 메리 아버지가 낼 테니까 통이 클 거다. 도시 사람들에게도 다정한 대우를 받고, 훌륭한 귀족 저택에 초대받아서 밥을 먹으면 여기에 있어도 된다. 여기는 있어도 되는 곳이라고 생각하게 되겠지. 그렇게 언젠가 자기들 보금자리로 삼으면 된다. 그걸 위해 데려왔는데 영주 저택이 여관보다도 초라하면 엉망이잖아! 그래. 적어도 이 정도는 훌륭하지 않으면 고아들에게 어울리지 않는단 말이지?

(아버님……. 왠지 너무 호화로워서 너무 불안한데요?)

(나도 그렇다……. 뜰에 오두막이라도 지을까? 평범한 걸로.)

(하지만 모처럼 하루카 님이……. 하다못해 내부만이라도 평범하고 아늑하게.)

"자자. 따라오지 않으면 미아 영주가 영주 저택에서 조난해서 수색대가 수색하러 나설 건데 안으로 들어가는 거니까 수색대는 대체 뭘 어떻게 해야 하느냐는 딜레마에 빠져서 수색할 경황이 아니게 될 텐데, 실은 수색대도 내부 구조를 몰라서 조난자가 수색대의 수색으로부터 시작되는 사태에 돌입할 테니 밥이나 먹자? 라고나 할까?"

마석 샹들리에가 밝히는 천장 높은 아치형 로비를 빠져나와 폭신폭신하고 긴 융단을 밟으며 긴 복도를 걸어 식당으로 향했다. 사실은 모든 방에 융단을 깔고 싶었지만 너무 넓게 만들어서 융단 소재가 부족했는지라 내빈용 장소만 깔았다.

"응. 역시 중세 성은 이래야지. 왠지 어디를 가더라도 초라했다니까? 화사한 느낌이 아니라 곰팡이가 난 돌 느낌이라서?"

(아버님. 이건 무리예요. 이런 굉장한 곳에서는 살 수 없어요!)

(그래. 뜰 구석에 오두막이라도 세우자. 그게 좋겠어.)

(그럴 수가. 확실히 있기 거북할 만큼 안 어울리는 느낌은 들지만…… 세울까요?)

이것이야말로 올바른 궁정이라 할 수 있다. 궁정이라고 말하면서도 호화로운 내부 구조는 극히 일부밖에 없는 돌 건물이었으니까. 그 정도로 궁정을 자칭하지 말았으면 좋겠네?

(부탁이에요. 하루카 님을 말려주세요. 이 이상 호화로워지면 가족이 가출할 거예요!)

(((아~ 포기해 주세요. 분명 이미 늦었으니까.)))

(응응. 마스코트 여자애 가족들도 방이 너무 호화로워서 진정되지 않는다며 창고에서 살고 있으니까?)

(응. 기념품 가게 왕도 고아원 지점도 굉장했지~)

(((거기, 목욕탕에 대리석을 깔았으니까. 아마 여기도?)))

(아──앙(눈물).)

화기애애 담소를 나누고 있는데, 어째서인지 비장감이 팍팍 감돌고 있는 건 어째서일까? 아아, 건물이나 방이 넓어졌는데 가구가 부족해서 불만인 건가? 응. 만들어 주지…… 아르데코로 해볼까?

(안 돼~ 그 공주님 같은 가구는 뭔가요! 누가 쓰는 건데요!)

(((아니, 공주님이잖아!)))

(하루카는 은근히 고양이 발 가구를 좋아하네?)

(그러고 보니 동굴의 첫 목욕탕도 고양이 발이었지?)

(그건 동굴인가요?)

(((소풍하러 가면 알아요. 체념도 되고요.)))

이 자리의 분위기라면 프렌치겠지. 결국 생크림은 입수할 수 없었지만, 우유는 대량 구입했고 재고도 있다. 응, 우유 크림으로 얼버무리고 디저트도 크레이프에 슈크림을 넣으면 괜찮을 것 같다! 골라 먹을 수 있고, 우선은 전채로 버섯과 채소와 생선 카르파초, 새싹 양배추와 감자 콩피, 토마토로 싼 저민 고기와 향초 구이에 메인은 생선 소테에 와인을 졸인 크림 파이. 역시 고기는 왕도인 스테이크로 해서 각종 소스를 진열, 닭다리살 소테는 화이트 와인 크림소스에 버섯을 곁들였고, 무언가의 꽃등심 그릴도 있다. 응. 빵만으로는 쓸쓸하니까 감자 갈레트도 내놓고 디저트는……. 아니, 디저트는 미리 내면 위험해 보인다!

"음. 이제 인사할 필요는 없겠지."

"""잘 먹겠습니다~ ♪"""

조리 중에 길고 길어서 영원의 6배 정도 길었던 메리 아버지의 이야기도 끝났고, 식사회다. 그치만 "어쩌고 왕국의 어쩌니저쩌니 하는 일은 고맙다. 그쪽은 좀 그렇지만 이쪽도 좀 그렇다. 뭐, 큰일이지."라면서 모르는 고유명사를 꽉꽉 채워 장대하게 떠들어댔는데…… 모르거든? 응. 그야 이 성의 이름도 아직 판명되지 않았는데 그렇게까지 이야기를 넓히면 따라갈 수 없다고? 성의 간판도 이름을 모르니까 '변경의 이름 없는 성? 그보다 있을지도 모르지만 모르니까 무명?'이라고나 할까?'라고 적어놨다. 뭐, 뭔가 말하고 싶어 보이지만 옥좌풍 안마의자 응접실용 변경백 사양 마사지 진동판을 만들어 줬더니 만족한 모양이다.

그리고 메리메리 씨는 반항기인지, 뜰에 단독주택이 필요하다고 한다. 역시 백작 영애 정도 되면 가출할 때도 단독주택이 필요하고, 분명 훔친 말을 타고 내달려서 성의 강화 유리를 부수려고 악전고투할 복잡한 나이인가 보다. 나중에 단독주택과 강화형 해머를 주자.

"근데 그 유리는 메리메리 깨지는 않을걸? 응. 한계까지 강화한 데다 두께 50센티미터를 넘으니까?"

"훔치지도 않고 달리지도 않고 깨지도 않아요! 그보다 비뚤어지지 않았고, 메리메리도 아니에요!!"

오오~ 오랜만에 발을 구르고 있다. 나도 참가하자 무희 여자애도 참가했고, 덤으로 고아들도 참가해서 발구르기 대회가 개최되었다. 무도회에서 하지 못했으니까 불만이었던 걸까? 그리고 고아들, 그거 도중부터 코사크 댄스가 됐는데 그건 발구르기와는 다르거든? 메, 메리메리 씨까지 코사크라고! 유행하는 건가!

그리고 식사회는 막힘없이 시작되었다. 처음에는 긴장하던 고아들도 지금은 먹느라 바빠 보인다. 여자애들은…… 예의 바르게 매너를 지키며 먹고 있다! 여관에서는 삼지창을 휘두르고 스킬이 작렬하는 식사 배틀 전개를 보이던 여자애들이 청초한 행동거지로 담소를 나누면서 식사하고 있다. ……가짜?

"""누가 가짜야!"""

"레이디라고!!"

"아아, 레디 포 배틀?"

"아니야!!"

그나저나 슬라임 씨도 테이블 매너가 완벽하다! 촉수로 나이프와 포크를 우아하게 사용하며 냅킨으로 입가를 닦았다. 아니, 입은 없고, 냅킨도 흡수되고 있잖아!

재회한 왕녀 여자애와 메리메리 씨에 메이드 여자애도 떠들썩한 여자 모임 상태. 등록상으로는 사역 마물인 스켈레톤과 미라에 속하는 갑옷 반장과 무희 여자애도 정식으로 참가해서 화기애애? 응. 확실히 무도회 때 "이쪽이 스켈레톤인 갑옷 반장이고, 이쪽이 미라인 무희 여자애거든? 이쪽은 그대로 슬라임 씨? 라고나 할까?"라고 소개했으니 문제는 없다. 굳었지만, 확실히 말했으니까 완벽하다.

바보들은 테이블 구석에 격리되어 먹고 있다. 착한 아이로 있지 않으면 무서운 반장이 채찍을 들고 '나쁜 바보는 어디 있냐~' 하고 올 거라고 위협했으니 얌전하다. 역시 반장님 트레이너는 거스르지 못하는 모양이다. 제대로 얌전히 접시로 먹고 있다.

오타쿠들은 확실히 조용한 공기가 되었고, 그대로 희박해져서 모든 존재감을 없앤 채 식사하고 있다. 분명 아무도 있다는 걸 눈치채지 못하고 있겠지! 저건 스킬보다 굉장할지도?

뭐, 영주의 초대라고는 해도 다들 평상복으로 왔다. 게다가 메리 아버지는 공적인 자리에 나서면 갑자기 캐릭터를 만들면서 꺼림칙한 말투를 시작하니까 고아들이 무서워할 거다. 그러니 와글와글 와자지껄 이야기를 진행했고, 주최인 부부인 메리 아버지와 무리무리 씨, 그리고 왕녀 여자애가 테이블을 돌며 담소를 나눴다. 한 명 한 명에게 인사하면서 감사의 뜻을 표하고 있다.

그걸 위해 초대한 거니까 왕의 말과 함께 감사를 전하고 돌아다니고 있는데, 왕이 껄렁왕이니까 고마움이 없다. 그래도 감사를 하고 싶었다고 한다. 딱딱한 행사가 아니고, 공식적인 미사여구도 아닌, 영예나 명예를 주면서 칭송하는 것도 아니고, 그저 자신의 말로 잘못을 사과하고 고개를 숙이며 감사를 표했다. 그래야만 의미가 있다는 걸 알고 초대한 거다.

고아들에게 무릎을 꿇고, 한 명 한 명에게 웃어주면서 이야기하고 있다. 결국 이 변경이 버틸 수 있었던 건 모두가 믿었기 때문이다. 제각각 흩어져서 모이지 못한 채 서로 발목을 잡아끌며 방해하고 자신의 권위와 욕망밖에 생각하지 못하는 변변찮은 세계에서, 변경만이 하나로 뭉쳐서 모두 함께 도우며 살고 있었다. 그 상징이 이 변경백가다.

모두가 믿은 것. 그것은 가문이나 역사나 권위나 명예 같은 그런 게 아니라 그저 백성과 함께 있는 것. 그것만으로도 모두가 믿었고, 그리고 그 믿음을 배신하지 않았다.

호화로운 성도 권위도, 인정받지 못하면 무의미한 장식품이다. 그런 돈을 모으면 어떻게든 되는 물건에는 진정한 가치가 없다. 모두에게 인정받은 자라면, 돈 같은 게 없더라도 당당하게 호화로운 성에 살면 되거든?

몸에 안 맞는 권위나 호화 저택이라면 야유를 받겠지만, 영민이 긍지를 가지는 영주라면 자랑할 수 있는 집에서 살며 보여줘야 한다. 그야…… 뜰에 단층집을 짓는 건 귀찮으니까? 응. 꾀죄죄하고, 보기에도 안 좋잖아?

> **그건 비키니 아머를 각별히 사랑하는 모든 사람들이**
> **용서해 주지 않는 대죄 장비가 될 거다.**

85일째 밤, 하얀 괴짜 여관

식사회가 오래가서 여관으로 돌아오는 게 늦어졌다. 그래서 여자애들은 고아들을 서둘러 목욕시키고 재울 준비를 하느라 허둥대고 있다. 응, 일단 명목상 겉치레적인 견해를 말하자면, 고아들은 변경에서 제일 높은 사람과 대화를 나누고 환대받았다. 지금은 아직 그 의미를 모르더라도, 자라서 불안해졌을 때 떠올리면 된다.

안쓰러워해서 양육해 주는 것도, 보호해 주는 것도 아니다. 확실히 초대받아서 여기에 있다. 있어도 되는 곳이 아니라 있는 게 기쁘다는 것을. 확실하게 변경의 일원으로 인정한다는 것을.

외국의 움직임은 표면적으로는 없고, 수면 아래의 암약은 있을지도 모르지만, 변경이 최우선이고 가장 중요하다는 건 변함이 없다. 모두가 대략적인 이야기를 듣고, 오타쿠 바보들은 편지를 받았다. 역시 초대에 응하지 않는 건 곤란한 모양이다. 그리고 바보들은 글이 통했다! 즉, 바보인데도 편지를 썼다. 그건 즉, 글을 이해하고 있을 가능성이 생겼다. 먼저 부메랑 사용법을 익히라고!

"푸핫——?"

(부들부들)

목욕탕에서 욕조에 잠겨 멍하니 설계하고, 목욕탕에서 나와 방에서 개량했다. 그리고 갑옷은 Mk X에서 Mk Z로 진화했다. 현재로서는 여기까지겠지. 분명 조금 지나면 Z 개량형이 될 것 같지만, 현행 기술에서 금속으로 가능한 최고 레벨까지는 도달했다. 이건 아직은 드레스에도, 던전 하층 장비에도 미치지 못하지만, 일반 금속과 미스릴밖에 없는 지금 시점에서는 한계다. 응, 오리할콘 같은 게 묻혀있지 않으려나?

"으~음. 갑옷의 망토에 레이스나 프릴이나 코르사주는 뭔가 아닌 것 같고, 마물도 곤란하지 않을까? 그래도 갑옷에 란도셀을 멘 시점에서 새삼스러운 것 같기도 한 기분도 든단 말이지?"

(폼폼)

으~음. 철학적 접근법 같은 해석이다. 확실히 금속이 안 된다면 전투용 드레스를 만들면 되지 않느냐는 말에는 일리가 있다. 그러나 객관적 시점에서 보면 드레스 차림의 여고생이 습격하는 걸 지켜봐야 하는 마물들에 대한 죄책감이 들기도 하는데, 미스릴화한 철사 케블라 섬유라면 이미 강도만 보면 갑옷 레벨까지 올라갈 가능성이 있다.

지금 시점에서는 현재 가진 드레스라도 아무 문제는 없다. 그러나 여자애들은 다들 소중히 여기고 있으니까 던전에서 입는 건 싫어하겠지. 왕녀 여자애도 변경에서 만든 옷을 너무 소중히 여긴 결과 라플레시아에게 녹아서 촉수에 당해버렸으니까. 여자애들에게는 옷에도 추억이나 마음이 담긴 거다. 응. 애착이 있는 것치고는 일상도 전투도 체육복으로 끝내는 바보들도 본받길 바란다.

그나저나 남자 갑옷. 아까부터 만들고 있지만 즐겁지는 않은 남자 물건. 입는 오타쿠 바보들도 만드는 나도 밀착형 섹시 갑옷은 싫다며 웬일로 의견이 일치했다. 응, 보고 싶지 않아!

"오타쿠들은 중장갑형이고, 바보들은 기동력 우선이면 되겠지만…… 바보들은 너무 바보라서 갑옷을 방패로 쓸 테니까 어렵단 말이지? 뭐, 올바른 사용법이기는 하지만 바보라서 모를 테니까 설명하는 것도 귀찮고, 게다가 절대로 이해하지 못할 거고?"

(부들부들)

어깨나 팔은 물론이거니와, 어깨나 흉갑으로 검을 흘리고 갑옷조차 무기로 쓰는 바보들의 전투 스타일은 장갑을 어떻게 붙여야할지가 어렵다. 단단한 부분은 불필요할 정도로 튼튼하게, 약한 가동 부분은 피하거나 막을 테니까 얇아도 된다는, 주문 자체가 갑옷을 무시하는 발상. 응, 이 녀석들에게 갑옷은 장착형 방패다. 그러나 만드는 방식에 따라서는 갑옷이 배 주변을 비우게 되니까 굉장히 찜찜하단 말이지? 그냥 차라리 바보들에게 비키니 아머를 입힐까 했는데, 굉장히 죽을 만큼 보고 싶지 않아서 관뒀다. 왜냐하면, 그건 비키니 아머를 각별히 사랑하는 남고생들이 용서하지 않을 대죄 장비가 되기 때문이다!!

비밀 방 장비도 『스파이크 원형 방패 : ALL 30% 상승, 찌르기 배시, +DEF』이어서 미묘한 느낌이었지만, ALL 30%니까 미스릴화해서 바겐세일에 내놓자. 스킬에 무기 파괴가 있다는 걸 고려하면 예비가 많아서 곤란할 일은 없다.

그렇게 소풍 용품도 충실하게 만들어서 리퀘스트로 나온 여자용 유카타와 남자의 진베이(겉옷), 물론 고아들 몫까지 완성했다. 기모노는 직선 재단에 직선 바느질이니까 굉장히 빨리 만들어졌다. 이 천과 염료와 무늬가 복잡하지만, 합쳐서 대충 만들어도 되니 빨랐다.

그리고 도서위원이 후리소데(전통 나들이 정장)도 만들자며 소란을 부렸지만, 성인식은 한참 나중이고 레벨 100을 넘어서 성장도 느려졌으니까 내버려 둬도 되겠지. 그렇다. 어째서 이세계에서 전통복이나 나들이옷 같은 것이 이것저것 필요한지 수수께끼란 말이지?

"그나저나 어째서 이세계에서 갑옷과 유카타를 만든 뒤에 연등을 만드느라 고생해야 하는 걸까? 근데 이게 어렵고 꽤 귀찮단 말이지?"

(부들부들)

슬라임 씨도 대나무 세공에 고전 중이다. 그러나 종이를 붙이는 건 슬라임 씨가 더 빠르다!

"그보다 종이 만들기가 귀찮아. 심플한 것일수록 심오하고 얼버무리기 힘든 데다, 마법이나 연금으로 보정할 수는 있어도 시행착오가 큰일이란 말이지."

(뽀용뽀용)

그러나 축제에 연등이 없는 건 쓸쓸하다. 딱히 덥지는 않지만, 부채도 양산 중이다. 「오모 어쩌고 축제」라는 프린트도 끝냈다.

고아들이 고아원에 이동하기 전에 즐거운 추억을. 그게 모두의 소원이니까 부업 정도는 뛰자. 그리고 어차피 할 거라면 모두가 즐겁지 않으면 의미가 없다. 원래 고등학생은 전쟁이나 던전 전투가 아니라 쇼핑으로 낭비하거나 축제에서 무의미하게 노는 게 올바르니까. 그렇다. 그러니까 남고생이 잠깐 밤에 남고생다운 행동을 거창하게 하더라도 그건 올바른 행위인 거다! 응. 오늘도 힘내자.

이미 노점도 준비했고, 거리에는 군옥수수부터 붕어빵까지 판매하고 있다. 겨우 메리 아버지 쪽도 돌아왔고, 이후에는 일정만 잡으면 되니 준비를 서두르자.

이미 시제품 1호로 잠옷용 유카타는 두 벌 준비했다. 물론 시제품이니까 잠옷으로 쓸 수 있게 천은 달라붙으면 비쳐 보일 만큼 얇고, 앞자락의 여밈도 굉장히 얇게 만들었고 옷깃도 깊게 파인 근사한 유카타다!

시제품을 만들면서 나의 유카타도 만들어 봤는데, 분명 아무도 남고생의 유카타 차림에는 흥미가 없겠지. 응. 오타쿠 바보들도 유카타지만 바보들은 진베이를 원했다. 그리고 핫피(축제 겉옷) 주문도 왔는데, 가마라도 짊어지고 싶은 건가? 하지만 여고생 여신 가마 훌러덩도 있을지도 모르니 당장 만들자! 서, 설마 훈도시인가! 보고 싶네~!

그렇게 슬라임 씨도 잠들어 조용해져서 부업 타임을 만끽…….아니, 딱히 부업은 취미가 아니지만, 또 돈이 없단 말이지?

"매일의 생활이 손톱에 불을 켜서 화염 마법으로 태워버리고 싶을 만큼 쪼들리고 있고, 새로운 일용품 공방의 가위나 손톱깎이,

T자 면도기가 폭발적으로 팔려서 제조가 따라잡지 못하는 미증유의 대성황이고, 뭔가 거울도 팔리고 또 팔려서 그레이트 떼부자인데…… 수요가 따라잡지 못해서 추가 투자가 더 들어가고 있고, 수요를 맞추기 위한 부업에 쫓겨서 근로 근면한 장시간 근무 떼부자이기도 하단 말이지? 응, 잠깐 자리를 비웠을 뿐인데 일이 산더미처럼 쌓였달까 그냥 산이잖아?"

(……ZZZ)

분명 『지혜』가 없었다면 영원히 따라잡지 못하는 부업 무한 루프에 빠졌을 거다. 그렇다. 초고속 병렬 연산 처리 기능 『지혜』가 활약할 자리는 바로 부업이었던 거다! 아마도?

『─────!』

무한히 이어지는 나선형 마력 벨트 컨베이어가 돌아가고, 돌고 돌아서 눈이 돌 만큼 바쁘네? 뭐, 유카타 의뢰서에 비치 샌들 제안서에 빙수 요망서와 신작 원피스 주문서가 세트이고 놀랍게도 수영복 샘플까지 신청서가 접수되어서 제작 중. 뭐, 각종 이름이 잔뜩 나왔지만 전부 주문서다.

"따분한 나머지 온종일 부업을 뛰고 주문이 쌓여가는 부질없는 일들을 두서없이 진지하게 만들어 보니 이상하게도 노동 착취 같아서 미칠 것만 같구나? 그보다 죄다 떠넘기네? 건강제일? 이라고나 할까?"

따분해서 시처럼 읊어봤는데 은근히 진지했다! 뭐, 미치고 자시고, 물욕에 광란하는 여자애들은 바가지를 씌울 수 있는 단골이다. 역시 변경에 돌아오면 최대의 거물 고객은 동급생들이니까.

덤으로 부채 정도는 서비스해 주자. 응. 바가지 씌우니까?

밤의 어둠에서도 그렇게나 아름다운 자태가 두 명이나 있으니 몸매를 보고 싶네? 라고나 할까? 밤의 장막에서 나타난 짙은 감색에 하얀 은방울꽃 무늬를 가진 청초한 유카타. 거기서 엿보이는 눈처럼 하얀 피부. 그리고 갈색 피부를 감싼 연홍색에 벚꽃이 흐드러지게 피어난 사랑스러운 유카타 차림. 그 덧없고 얇은 천이 요염하게 몸을 감싸면서 곡선미를 드러내는 유카타다운 모습. 간소한 비녀로 묶은 머리는 부드럽게 흐트러져 있고, 유려한 목덜미와 안쪽 안감이 없는 등의 피부까지를 채색하고 있다.

"지금, 돌아왔어요. 어울리나요?"

(끄덕끄덕)

앗, 아니, 슬라임 씨는 아닌데 압도당해서 목소리가 안 나온다!

눈이 못 박혔달까, 나신안이 전력으로 녹화 보존 중이라고! 그렇다. 서면 에로하고 앉아도 에로하다. 걷는 모습도 무지 에로하다. 벗겨서 에로하고 싶다!

"도움을 받아서, 입고, 왔습니다. 귀엽습니까?"

(꾸벅꾸벅)

귀엽습니다. 그야말로 너무 귀여워서 에로함이 억천 배고 귀여움이 무량대수고, 미터기를 뚫고 완전 돌파 남고생 오버 리미트!! 이 청량감과 청순감과 청초감이 더더욱 색기를 내고 연용(娟容)하고 여용(麗容)하고 염용(艶容)한, 요염한 여색이 넘쳐난다.

"차를…… 드세요."

(끄덕끄덕)

방긋 웃으면서 오른편에 바로 앉고 달라붙은 갑옷 반장. 진짜로 정좌했고, 속옷도 당연히 안 입은 모양이라…… 속이 비쳐 보일 것 같다! 얇은 부분에서 삐져나오는 피부와 목덜미가 엿보이는 색기가 합쳐진 야릇한 복장이 요염하고 섹시하다. 그야말로 아리따운 모습!

"수고하셨습니다. 과자도, 드시죠."

(꾸벅꾸벅)

왼쪽에 달라붙은 무희 여자애가 눈을 살짝 치켜뜨고 있다. 그 벌어진 유카타 앞자락의 틈새에 시선과 영혼이 빨려들고 있다. 그렇다. 함정이라는 걸 알면서도 그 깊고 어두운 안쪽에 있는 부드러운 피부에 의식이 빼앗기는 거다!

진정한 미인이란 천변만화하며 모든 옷을 맵시 있게 입는 법이다. 참고로 벗기면 더 굉장하지만, 입혀도 그 미려함은 뚫어져라 바라볼 만큼 아름답다.

핑크색 연지를 바른 아름다운 입술이 차를 입에 머금었고, 주홍빛으로 번들거리는 입술이 만쥬를 물고 기다리고 있다. 오른손은 감색 유카타의 소맷자락을 걷고 볼록하게 튀어나온 유카타의 얇은 천 속으로 파고들었고, 왼손은 연홍색 유카타의 옷자락을 벌려서 포동포동 닫힌 부드러운 살의 계곡으로 비집고 들어갔다.

차와 만쥬를 교대로 맛보는 과정에서 어느새 남고생의 의복은 벗겨졌고, 두 사람이 남고생을 어루만지면서 이미 궁지에 빠졌다. 유혹에 매료되어 어찌할 수 없는 남고생은 뜻대로 남고생성을 마음껏 만끽하게 되었고, 저항할 수 없는 매혹을 저항하지 못

한 채 그대로 홀려서 밤의 장막이 드리워졌다. 응. 이제 할 일은 언제나 하나!

"어~라~~~~~♥"

따를 푸니까 빙글빙글 도는데, 그건 대체 누가 가르쳐 준 거야! 아니, 이건 모든 남고생이 꿈꾸는 어~라~이지만, 이건…… 여고생이 여자 모임에서 가르쳐 준 건가? 감사함다? 그보다 잘 먹겠습니다? 영~차~?

이세계에서 연령 문제는 세이프 같지만 역사 문제는 금기인 모양이다.

86일째 아침, 하얀 괴짜 여관

약간의 눈흘김은 느껴지지만 잔소리까지는 이르지 못했다고 해도 좋겠지. 잔소리 중? 뭐, 흘겨보는 중?

"으~~!"

"우~~!!"

유카타 미녀가 다짜고짜 흘겨보며 신음하고 있다. 그야 얇은 유카타에 감싸인 매혹적 아름다움으로 유혹하고, 근사한 육체로 매끈매끈 접대하며 남고생을 초대하면 의욕적으로 가슴이 터질 듯 노력할 수밖에 없고, 부드러운 환대를 받은 이상 남고생은 그야말로 성심성의껏 오로지 열심히 열성적으로 일의전심하며 그야말로 일심일의에 일심불란에 예리하게 전념하고 최선을 다해 남고생력을 발휘하여 노력했더니…… 눈흘김이 날아오네?

그러나 시험 제작하고 시험 사용해서 마음 가는 대로 시험해 볼 가치는 있었다. 나는 유카타의 궁극에 도달했다고 해도 과언이 아니겠지. 유카타의 진수는 직선과 곡선의 경쟁, 그리고 여밈과 틈새야말로 미학이 있는 거다! 끝없는 무언의 신음과 눈흘김 때문에 "너무 귀여워서…… 그만? 저질렀다? 라고나 할까?"라고 말하자 새빨개져서 이불 속으로 숨어들었다. 뭔가 귀엽네?

귀엽기도 하고 아침의 흐트러진 유카타 차림도 마음에 와닿는 게 있어서 그 이불을 벗겨내서 파고들고 싶은 열정이 터질 듯이 샘솟지만, 그러면 또 잔소리일 테니까 참자. 응. 아침의 남고생은 큰일이란 말이지?

그리고 두 사람은 얼굴을 이불에서 반만 내놓고 흘겨보고 있다. 나이로 따지고 보면 일단 나보다 누님일 텐데, 왠지 이럴 때는 귀엽다. 세대적으로는 역사가 얽힐 정도의 세대 차이가……. 아뇨, 아무것도 아닙니다! 아니라고요. 세대 차이의 역사적 고찰에 관해서 그동안의 역사를 엮어내고 싶을 뿐이라고요! 그보다 어디서 꺼낸 거야!

"아니, 뭘 어떻게 해야 유카타에서 모닝스타가 나오는 거야. 너무 이상하잖아!"

소매에서 나올 크기가 아니고, 가슴팍에서도 이상하잖아? 아니, 가슴팍 훌러덩은 꼭 보고 싶다고 매일 갈망하고 있지만, 모닝스타 훌러덩은 세간에서 일반적으로 원하는 훌러덩과 장대한 괴리가 있어서 이해가 난해하거든?

(퍼억! 빠악)

아프네? 여자의 나이 문제는 금기라고 하지만, 나이 문제보다 역사 문제가 진정한 금기였던 모양이다! 뭐, 분명 이야기하고 싶으면 해주겠지. 이야기하고 싶지 않으면 하지 않아도 된다. 옛날 일은 옛날 일이고 아무래도 좋은 이야기니까. 중요한 건 앞으로 '잘됐군, 잘됐어'을 말하는 거니까. 뭐, 만약 언젠가 이야기해 주더라도…… 생년월일은 듣지 않는 게 좋겠지! 응. 들으면 나의 인생이 '옛날 옛적에' 가 될 것 같다!

"아침밥 먹으러 가자? 아무리 그래도 그 근사하게 비쳐 보이는 유카타 차림은 외출 금지령 및 공개 금지고, 보면 오타쿠 바보들의 눈알을 후벼 파고 뇌까지 재로 바꿔서 기억 상실을 시켜야 하니까 꼭 갈아입는 걸 도와드릴까요? 하고 싶네?"

안 되는 모양이다. 뭐, 벗기는 걸 도와줬다가는 벗은 상태에서 좀처럼 입힐 수 없을 테니까. 오늘도 아침부터 시각적 에로와 물리적 구타로 눈이 번쩍 뜨였다. 혹이 점점 『재생』 되어 간다. 역시 어젯밤의 '어~라~' 로 너무 힘썼고, 거기서 '좋지 않은가~ 좋지 않은가~' 전개가 이어져서 『재생』은 LvMaX가 될 때까지 열심히 노력한 모양이었다. 응. 역시 '어~라~' 가 위험했다. '어~라~' 가?

그나저나 그 강렬한 반응을 고려하면 『야한 기술』과 『성왕』도 올라간 걸지도? 그야 장비 없이 평범한 남고생이 실례했을 뿐인데도 마구 허덕이며 몸부림을 쳤다. 그렇다. 그 과잉 반응은 남고생이 『야한 기술』과 『성왕』을 『마전』한 건지, 도중부터 엄청나게 굉장한 모습으로 흐트러져서 굉장히 부끄러웠는지…… 또 눈흘김이네?

"좋은 아침~ 이라고나 할까?"

"""좋은 아침 ♪"""

겨우 아침 유카타의 유혹에서 빠져나와 식당으로 내려가자, 오늘도 여고생 포동포동 스패츠가 여기저기에서 포동포동 인사를 해왔다. 아니, 스패츠는 말하지 않지만, 날라리들이 포동포동 스패츠다. 그렇다. 언뜻 레깅스풍으로 세련되게 입고 있지만, 잘 보면 여기저기 파고들어서 위험합니다! 응. 다들 조금 더 아침의 남고생이 얼마나 힘든지 이해해 줬으면 좋겠다.

그야 최근에는 오타쿠들의 존재가 『기척 탐지』로도 탐지 검출 한계를 맞이할 것처럼 공기화 진행 중이고, 그 치녀들이 사라지면 피눈물을 흘리면서 짐승귀용 스패츠와 부르마를 주문하러 오니까 짜증 난다. 역시 괜히 오타쿠라 자칭하는 게 아닌 모양이다. 부르마와 스패츠를 노리다니 오타쿠의 상급직이네!

(돈이라면 얼마든지, 꼭 부르마에 학교 수영복도 첨부해서!)

(로리 드워프용으로 사전 준비 필수!)

(그래도 진정한 납작 엘프 소녀용도! 에로프는 치사함!)

(다들 진정하자. 우선은 줄무늬 팬티와 세일러복이야!)

(((오오오오~오! 천재 등장!)))

이렇게나 여자애들에게 영하의 시선을 받으면서 공기인 오타쿠들. 응. 존재감을 내든 없애든 확실하게 해줬으면 좋겠다. 그나저나 이 견적 금액은…… 진지한 모양이다!

"아침부터 달라붙지 마, 짜증 나, 극혐이야, 성가시고 번거롭고 오타쿠 같아! 정말이지 너희는 진짜 중요한 것을 놓쳤잖아……. 꼬리 구멍 위치 알아?"

"""끄허어억!"""

공기가 차갑다. 분명 분무기로 물을 뿌리면 다이아몬드 더스트가 될 게 틀림없을 절대영도의 시선이 따갑다. 여자애들에게 츤데레 속성은 없는 모양인데, 툰드라 속성 마법은 익혔을 게 틀림없다! 요쿨라프에 말려들기 전에 도망치자!

아침부터 오야코동. 남자의 압도적 고기덮밥 지지를 여자애들이 숫자의 폭력으로 짓밟고, 규동(소고기 덮밥)과 고민하다가 오야코동으로 가결되었다! 그렇다. 고아들은 전부 먹고 싶은 모양이던데, 역시 탐욕 씨의 영향일까? 혹은 폭식 씨의 영향일까?

"잘 먹었어~ 정리하면 바로 가자!"

"""오오──!"""

빠르다! 눈이 다르다. 이건 싸움에 나서는 전사의 눈초리, 짐승을 노리는 사냥꾼의 눈빛. 돈을 벌 생각이 철철 넘쳐난다……. 그렇다, 마침내 수영복 디자인이 정해진 거다. 아무래도 오늘의 마물들은 수영복 비용이 될 운명인 모양이다.

어마어마한 기세로 식기를 씻은 포동포동 스패츠 씨들이 갑옷을 입으러 갔다. 기본 갑옷은 발부터 장착하기 때문에 고개를 앞으로 숙인 여자애들의 검은 스패츠에 덮인 동그란 엉덩이가 하늘하늘 흔들리는 게 몇 번을 봐도 굉장한 광경이다.

반대로 몸통 장갑은 등을 뻗은 만세 자세로 장착하니까, 슬라임 씨들이 뽀용뽀용 흔들린다. 그리고 구석에서 오타쿠 바보들은 말 없이 장비도 하지 않고 가만히 앉아있다. 응. 일어날 수 없는 깊은 이유가 있는 거겠지. 남고생에게는 고문이라고 할 수도 있지만, 뭐 이후에는 모험가 길드로 가서 용건을 마치고 반장 일행을 기다리는 게 매일 아침의 통례다.

　"그러니까 불변부동의 게시판과 굴하지 않고 일하지 않는 게시판 담당자에 의한 기적의 콜라보레이션이고, 역시 오늘도 의뢰가 달라지지 않았다는, 한결같으면서도 안정적이고 영속적인 강고한 의뢰 내용의 강경함이 처음 봤을 때부터 조금도 어긋나지 않고 무궁한 모습을 보여줄 만큼 영원한데, 이건 이미 장구한 게시판이 항구적으로 유구한 시간을 넘어서지 않았어? 뭐, 굳이 말하자면 변하지 않았는데 대체 언제가 되어야 내가 돈 벌 수 있는 의뢰가 나오는 거야?"

　"하아……. 왜 매일, 매일 아침 모험가가 아닌 사람이 몰래 게시판을 보러 오면서 혁혁하고 장엄한 위엄을 가지고 당당한 태도로 매일매일 트집을 잡는 거죠? 도대체 몰래몰래는 어디로 가버렸고 대체 언제부터 그렇게 위풍당당하게 달라졌는지 꼭 물어보고 싶은데요. 일단 확인하겠는데 모험가가 아니니까 몰래 보러 오는 게 아니었나요? 어째서 그렇게 단 한 번도 몰래 오는 모습을 본 적이 없는 거죠? 어째서 모험가도 아닌 몰래 온 사람이 역대 최고로 불평이 많고 일찍이 본 적도 없을 만큼 우쭐대는 건가요!"

　""헥~헥~헥~헥~!""

훌륭하고 혀도 잘 돌아가는 태클이다. 이세계 사상 최고봉으로 불리는 눈흘김, 접수처 반장의 칭호는 폼이 아니다! 뭐, 스테이터스에는 없지만? 자, 그럼 나가 보실까. 반장 일행도 길드에 보고하고 제출을 마친 모양이다.

"그쪽 부탁해. 협공하자!"

"왼쪽, 알았어!"

"OK."

"완료!"

그리고 던전. 물 흐르는 연계로 포위하고 변환자재로 섬멸한다. 75층부터는 우리만으로 갈 생각이었는데 80층까지 가고 싶다는 요청이 다수였고, 반장 일행도 수락해 오늘은 75층부터 80층을 돌파하게 되었다. 편성은 변함없고 오후부터는 모두가 중간 지점에서 만나기로 했다.

"이동 공격, 멈추지 마!"

"""Ja(알았어)!"""

적의 연타로도 무너지지 않는 방어력. 거구를 자랑하는 「블레이드 고릴라 Lv75」의 강타 폭풍을 방패로 받아내고, 흘리면서 밀어붙이는 유동하는 진형전. 방패가 없고 쌍검을 든 부반장 A도 검을 반회전시키고 비틀면서 마물이 날린 혼신의 일격을 칼배로 비스듬히 흘려낸다. 레벨 75의 파워와 스피드를 연계와 기량으로 웃돌고 있다.

응. 새끼 너구리도 재주 좋게 도끼를 방패처럼 쓰면서 받아내고, 휘두르면서 베어내고 있다. 새끼 너구리 VS 고릴라를 조금 기대했는데 깨물지는 않나 보네?

"다리 뭉개버렸어!"

"각개 격파, 밀어붙여!"

포위해서 몰아넣자, 밀집 상태가 되어 팔에 달린 거대 블레이드를 휘두를 수 없다. 그 괴력으로 붙잡는다면 승산도 있었을 텐데, 팔이 블레이드이니까 무리지?

(((크아아아아아아아아아아아——!)))

괴력과 거구를 자랑하고, 팔에는 거대한 검. 그『마법 반사』를 가진 강모에 뒤덮인 거구가 포위된 채 깎여나가며 파괴되었다. 스킬『포효』의『공포』나『공황』에『위업』도 무효화되었고, 전혀 어쩔 도리도 없이 베이고 있다. 응, 압승이다.

레벨 100을 넘어서 레벨업 속도는 느려졌지만, 매일 원 모어 세트로 기량을 갈고닦고, 던전에서 싸워 경험을 쌓아 판단력과 작전 능력을 기르고 있다. 그리고 집단 전투는 압도적. 상대에게 말려들면 무척 약하지만, 정공법이라면 하층에서도 충분히 싸울 수 있는 기술과 재능이 있다. 이게 갑옷 반장과 무희 여자애가 가르친 것, 고고하기에 알 수 있는 숫자의 힘.

그 기세를 타고 76층, 77층을 집단전으로 압도했지만, 78층은 미로형. 적도 알 수 없기에 파티로 움직였다. 즉, 나는 무희 여자애와 둘이 간다. 그리고 발견한 건「액스 폭스 Lv77」. 왠지 발음이 야릇하게 느껴지는 건 다감한 남고생이기 때문일까? 응. 남자 중학생이라면 위험했겠지?

"꼬리가 양날 도끼인 여우라니, 체모도 가시 같으니까 만지는 건 무리고, 그 이전에 귀엽지 않아!"

(꾸벅꾸벅!)

뭐, 이미 사슬로 묶여 마구 얻어맞고 있으니까 만지고 자시고도 없다! 그나저나 위화감……. 전에도 그랬지만, 깊은 것치고는 마물이 약하다. 던전의 급성장에 마물의 강화가 따라잡지 못하고 있는 걸까. 아니면 그저 개체 차이일까?

대미궁의 마물은 레벨보다 더 강했다. 그런데 여기에는 그게 없다. 그래도 2파티만으로도 하층에서 싸우기에 충분할 만큼 강해졌다. 아직 3개월도 지나지 않았는데 치트 보유자들은 역시 뭔가 다르다. 무희 여자애는…… 뭐, 미궁황을 기준으로 삼으면 안 되겠지?

78층의 비밀 방에서『하늘을 뚫는 마창 : PoW · SpE 40% 상승, 마법 물리 방어 무효화(중), 천공, 회전 관통, 장갑 파괴, +ATT』. 까놓고 말해서 드릴이다. 빚을 갚는 던전 아이템 지불로 내가 받았는데, 미스릴화해서 바겐세일로 팔 테니까 결국 빚은 더 늘어난다. 좋아. 이걸로 오늘의 여관비는 낼 수 있을 것 같다.

79층도 간단히 쓸어버렸고, 오늘의 메인 이벤트인 80층 계층주전. 80층 계층주가 약하지는 않겠지. 신형 장갑도 있으니 간단히 당하지도 않겠지만 나도 무희 여자애도 싸울 준비를 시작했다. 그보다 속으로는 아직 보지 못한 계층주를 한창 응원 중이기도 하다. 그야 마물이 약하면 진짜 내 차례가 없으니까! 한가하네?

> **중후함과 위압감을 겸비한 중저음의 압력은**
> **있는 힘껏 던졌더니 달려갔다.**

86일째 정오, 던전 지하 80층

　최대한 빈틈이 적은 움직임으로 불꽃을 피하고, 발밑을 철저하고 노려서 무너뜨리는 여자애들. 나는 견제만 해도 된다고 해서 물 흐르는 듯이 몸을 틀면서 『분신』을 날렸지만…… 간파당하고 있다. 일단 쏟아지는 파이어 불릿의 틈새를 『전이』를 둘러 소멸하면서 이동하며 깨작깨작 방해에 전념했다. 그렇다. 심술이다. 왠지 엄청 특기란 말이지?

　"교대. 움직임을 멈추지 말고 이동 우선으로 포위 섬멸!"

　""'알았어!'""

　그러나 어긋났다——. 방패 팀이 이동한 배후, 그 잠깐의 어긋남을 감지한 날라리 C가 방패를 들고 뛰어들었다가 얻어맞고 날아갔다. 벽에 처박힌 순간 아픔으로 움직이지 못했다. 그리고 그런 빈틈을 놓칠 리가 없이 마무리를 지으려는 불꽃의 거인. 그 눈앞에 뛰어들어서 『칠지도』를 휘둘렀다.

　"위험! 앗뜨거!"

　지금 이건 위험했다. 그리고 연계가 흐트러지고 거리가 벌어진 순간을 노린 건지, 불타오르는 거인이 『칠지도』의 참격을 피했다. 그리고 날라리 C의 커버에 집중하던 우리의 반대편, 혼자 고립되어 포위를 유지하던 날라리 리더를 향해 돌진했다. 기다란 검으로 찌르는 강불의 일격⋯⋯ 눈에 비치는 건 불타오르는 새 빨간 대검이 날라리 리더를 향해 빨려 들어가는 잔혹한 광경이었 다. 그렇다. 그건 잔혹하기 그지없는 결말.

　그곳에는 『영구빙창』을 들고 얼음 갑옷 『빙장』으로 몸을 감싸 면서 순백의 『빙동진』의 결계를 깐 날라리 리더. 춤추는 『빙창』 과 『빙검』이 휘날리는 폭풍 속에서 홍련의 불꽃은 베이고 썰리며 사라졌다.

　"화염계 마물은 날라리 리더님한테 돌진하면 안 되잖아? 응. 깨 물릴걸?"

　지옥불을 두른 네 개의 팔도, 하나는 달려온 반장님의 『호뢰쇄 편』으로 날아갔고, 또 하나의 팔은 무희 여자애의 『프로메테우 스 신의 사슬』로 뜯겨나갔다. 다른 하나도 부반장 A의 사도류 참 격에 썰린 뒤 새끼 너구리의 회전 연격 도끼에 맞아서 떨어졌고, 남은 마지막 팔로 후위를 노리고 돌진했는데⋯⋯ 상대가 안 좋았 네?

　"영~차~!"

　눈앞에 펼쳐진 불꽃은 수증기에 감싸였고, 타오르는 불꽃의 대 검과 함께 얼어붙어 마지막 팔도 부서졌다. 그리고 굉음을 내며 휘두른 대질량의 가슴──이 아니라 지팡이! 그 이전에 해머가 얼어붙은 「플레임 기간트 Lv80」을 산산이 부쉈고, 얼음 조각이 반짝이며 흩날렸다. 그동안 날라리 C의 입에 버섯을 쑤셔 넣었 다. 뭐, 이제 와서 만회할 방도는 없다. 얼어붙은 몸은 집중포화의 참격에 부서져서 순식간에 얼음 입자가 되어 사라졌다. 이겼네?

""하아아아아, 지쳤어——!""

뭐, 기대하지는 않았지만 역시 무리였다. 응. 꽤 근접했던 만큼 아쉽다!

80층 계층주 「플레임 기간트 Lv80」의 사나운 모습에 허를 찔렸고, 불꽃을 두른 네 개의 대검을 든 거구를 보고 힘으로 밀어붙이는 직접 공격 타입이라고 판단하고 말았다. 그리고 빠르지만 단순하고 직선적인 움직임을 보고는 무식하게 돌진만 하는 타입이라 판단했는데, 그래서 『화염 환영』이나 『화염 분신』 같은 잔기술에 현혹되어 붕괴했다. 그 위기를 감지하고 커버하러 간 날라리 C가 직격을 맞았고, 그리고 부상자가 생기자 더더욱 그 커버를 위해 모이는 바람에 허를 찔렸다. 그렇다. 근육질 거인이라고 해서 머리 나쁜 근육뇌라고 생각해 방심한 거다.

"즉, 바보들 때문이야! 돌아가면 괴롭히자. 정말이지, 마물이라도 똑바로 생각하는데!!"

"하루카. 살았어요. 고마워요."

"아니, 조금 도와줬을 뿐이니까? 응. 제대로 쓰러뜨려야지? 같다고나 할까?"

미끼와 지연을 위해 조금 방해하면서 심술을 부려 시간을 벌었을 뿐, 싸워서 잡은 건 여자애들이다. 덤으로 두 파티로 레벨 80 계층주에게 승리했다. 지금도 어느 정도 부상 위험을 두려워하지 않았다면 도와주지 않았더라도 충분히 승리했을 거다. 그러나 여전히 안전 보장이 없고, 여전히 만에 하나가 있을 수 없다. 그리고 실전에서 그 만에 하나는 용납할 수 없다.

그러나 납득이 가지 않는다. 심상치 않은 문제다. 게다가 꽤 많은 것 같다. 왠지 갑자기 강해져서 허를 찔렸다. 그러나 그 이상으로!

"왜 플레임 자이언트가 아니야? 왜 영어에서 갑자기 독일어? 그렇다면 플람메 기간트라도 되잖아! 괜히 섞여서 미묘하게 기억하기 힘들어!!"

역시 이세계어 번역이 문제인 거겠지. 어쩐지 언제나 나의 세밀하면서도 윤리적인 대화가 전해지지 않는다 싶었는데, 역시 나는 잘못이 없다는 진실이 또 하나 증명된 모양이다.

"집합 지점으로 갈까? 다들 점심을 기다리고 있을 거고, 그보다 모두 샌드위치와 닭튀김 샐러드를 줬는데 분명 무조건 빨리 먹어서 점심을 먹으러 올 것 같거든? 응. 그야 반장네가 이미 실제로 증명했으니까."

"""잘 먹었어~ 맛있었어. 점심은 뭘까~ ♪"""

아니…… 그게 점심이었다니까? 응. 안 듣고 있네?

오타쿠 바보들은 이미 집합 지점에 도착해 있었다. 오타쿠의 말에 따르면, 던전에 들어가기 전에 일찍 먹어서 배고파진 바보들이 마구 날뛰어서 80층까지 돌진했다고 한다. 생각이 없는 것도 정도가 있지만, 돌진으로 80층 계층주를 잡은 바보들도, 배고프다는 이유로 느닷없이 죽은 계층주도 무척 감회가 깊겠지. 응. 바보들은 아무 생각도 없겠지만?

"""배고파, 죽겠어. 이제 한계."""

"머, 먹을 걸 줘. 밥은 아직이야?"

"아니, 너희는 아직 정오인데 벌써 두 번이나 먹었잖아. 아침 식사 뒤에 사 먹고 도시락도 일찍 먹다니 대체 얼마나 연비가 나쁜 거냐고! 보통 인류는 에너지의 70%를 뇌가 쓰거든? 너희는 전혀 쓰지 않으니까 30%의 식량으로 살아가는 친환경적인 바보일 텐데 왜 그렇게 연비가 안 좋은 거야!"

여자 운동부와 문화부 팀은 아직 돌아오지 않았다. 전위의 방어와 중위의 변칙적인 수를 중심으로 한 파티니까 들어맞으면 엄청 강하지만, 들어맞지 않으면 시간이 걸린단 말이지.

뭐, 75층부터 80층 계층주, 만에 하나 미궁왕이 나오더라도 갑옷 반장이 붙어 있으니 걱정할 건 없다. 오히려 만반의 준비를 하고 씨익 등장한 미궁왕이 전직 미궁황과 딱 마주쳐서 얻어맞는다는 걸 생각하면 연민의 감정조차 느껴질 정도다.

응. 구타 피해자 모임이 생기면 나도 들어가기로 하자.

"""바비큐! 바비큐! 바비큐! 바비큐! 바비큐! 바비큐! 바비큐! 바비큐! 바비큐! 바비큐!"""

(뽀용뽀용뽀용! 뽀용뽀용뽀용 ♪)

발을 구르면서 숟가락과 포크로 테이블을 두드리며 일제히 시작된 바비큐 콜!

"근데 그건 바비큐가 아니라 Rock you거든? 게, 게다가 전주 부분의 영구 콜이라고! 응, 중후함이 느껴지는 콜이 땅울림처럼 들리고, 정체 모를 굉장한 박력이 느껴지는데……. 뭔가 『부추김 내성』 같은 게 붙을 것 같아!"

(뽀용뽀용!)

시끄러우니까 바비큐 준비를 시작하는 사이 겨우 갑옷 반장 일행도 합류했다. 문제는 없었지만, 소모전으로 들어갔다고 한다. 소모했다면 밥이 필요해 보여서 바비큐 화로에 고기와 채소를 꽂은 꼬치를 부지런히 놓았고, 지글지글 고기 굽는 소리와 함께 솟구치는 연기를 보자 바비큐 콜은 종적을 감추고 침묵했다. 대신 배가 꼬륵꼬륵 울리는 뱃소리와 꿀꺽 침을 삼키는 소리……. 다들 대체 얼마나 일찍 도시락을 먹은 거냐고! 주먹밥도 휙휙 만들어서 쌓고, 닭고기로 국물을 낸 치킨&머시룸 수프도 만들었다.

"다 됐어~ 밥이야~ 근데 왜 도시락을 주고 보냈는데 점심밥을 전원 기다리고 있는지 불가사의한 점심밥인데, 바비큐도 구웠으니까 알아서 쟁탈전을 벌이지? 좀 더 쟁탈전을 벌이라니까? 이라고나 할까?"

"""꺄아아아아아! 잘 먹겠습니다~."""

접근전 무쌍이자 백병전 최강인 바보들이라도 갑옷을 벗고 딱 달라붙는 포동포동 스패츠 무리에는 돌입하지 못해서 피눈물을 흘리며 주먹밥만 먹고 있다. 오타쿠들에 이르러서는 완전히 공기가 됐는데, 야외에서 공기라니 날아갈 것 같네? 뭐, 저건 남고생은 돌입할 수 없는 꾸물꾸물 지옥, 일찍이 저 꾸물꾸물의 파도에 삼켜져서 무사했던 남고생은 없겠지! 그래. 여러모로 큰일이었어…… 남고생은.

뭐, 너무 딱해 보여서 구운 바비큐 꼬치를 『전이』를 둘러 초가속해서 열심히 던져주자 바보들은 크게 기뻐하며 주먹밥을 한 손에 들고 쫓아갔다. 오타쿠들은 여전히 포동포동 스패츠 씨들이 앞다 투어 바비큐 쟁탈전에 꾸물꾸물 육탄전을 벌이는 광경에서 회복하지 못하고 있는 것 같으니까 안 던져줘도 되겠지. 아마 던지면 꽂힐 것 같고?

3레기온인지 3유니온인지, 아무튼 그 모두가 80층 계층주를 해치웠다. 미궁왕은 없었다고 하니까 역시 던전이 심화하고 있는 걸지도? 응. 성장기인가?

"뭐, 커져서 부풀어 오르면 모를까, 들어가서 깊어지는 마이너스 성장기가 과연 성장인지는 의문이 남기는 하네. 계층이 늘어나고 있으니 성장이겠지만 던전이 커져서 부풀어 오른다면 저도 모르게 던전을 주물러 버릴 것 같아! 기대되네?"

(뽀용뽀용)

반장 일행은 50층에서 탐색이 멈춘 세 개의 던전을 3유니온으로 나뉘어 들어간다고 한다. 감독은 없지만, 80층에서 싸울 수 있다면 60층 정도는 문제없겠지. 그리고 날라리 C는 80층 계층주가 날린 필살의 일격도 30% 이하의 대미지밖에 받지 않았다. 완전히 자세가 무너졌다면 위험했겠지만, 새로운 신형 갑옷 Z는 충분히 지켜줬다고 해도 되겠지. 응. 그거라면 즉사할 걱정도 없고, 최악이라도 도망칠 수는 있다. 오타쿠 바보들에게도 신형 갑옷 투박형을 나눠줬고, 확실하게 바가지 씌웠으니까 괜찮다. 그렇다. 몸에 딱 달라붙지 않으니 괜찮을 거고, 딱 달라붙는 남고생이라는 징그러운 건 안 볼 수 있었다. 그야 그로테스크 내성 스킬 같은 건 없으니까!

그나저나 변경 전체의 던전이 심화하고 있다면, 얕다고 생각해서 뒤로 미뤘던 던전도 다시 확인해야겠지. 50층 이상의 던전에는 범람할 위험이 있으니 경계를 게을리할 수 없다. 뭐, 내일부터는 변경군에 근위사단도 추가되어 던전 돌파를 시작할 예정이니까, 일단 돌아가서 전달해 두자. 앗, 바비큐를 물고 바보들이 기뻐하며 돌아왔다. 혹시 또 던져야 하나? 눈이! 뭔가 기대하고 있어!

> **어울리지 않는 근무처에서 실수로 일하다니 직장이 치명적이었다.**

86일째 오후, 던전 지하 81층

자, 그럼. 여자애들은 돈을 벌 생각이 가득했다. 즉, 오늘부터 수영복 제작이 시작되니까 던전 공략은 빨리 접자. 뻐끔뻐끔 여자애나 나체족 여자애에게 학교 수영복을 제작해 줘서 소재 개발까지는 끝났고, 갑옷 반장이나 무희 여자애에게도 경기용 수영복을 만들어 줬으니까 제작 노하우는 축적되었다. 그러나 여자애들이 노리는 건 비키니! 또 설계부터 시작할 필요가 있고, 성장기라서 빠르게도 브래지어 사이즈가 달라지기 시작한 애도 있으니까 다시 치수를 잴 필요가 있는 모양이다. 응. 이세계는 남고생에게 대체 뭘 요구하는 걸까? 큰일이라고…… 여러모로?

(크갸아아악)

(콰앙!)

부업은 돈을 번다. 하지만, 돈을 전부 거둬가는 것도 딱하니까 금액 설정도 고민된다. 그야 너무 싸면 이번에는 추가 주문이 엔들리스란 말이지? 은근히 진지하게!

(크와아아악!)

(퍼엉!)

뭐, 유카타의 본격 제작 전이고 세세한 치수를 재 두면 조정도 약간만 하면 된다는 메리트는 있다. 이미 레벨 100을 넘어선 스테이터스로 시판되는 옷을 입는 건 여러모로 힘들다.

(카아아아아아악!)

(서걱!)

아아, 바쁘다 바빠?

"시끄러워! 집중할 수가 없잖아? 정말이지, 성실하고 진지하고 근면하게 부업 작업 공정을 정리하느라 바쁘니까 일일이 외치지 말아 줄래? 정신 사나워지잖아? 짜증 나네?"

(끄덕끄덕, 꾸벅꾸벅, 뿌용뿌용)

자기들이 휙휙 나와서 덮쳐오는 마물이라니…… 보통은 한곳에 모이지만, 이 녀석들은 일일이 매복하고 있으니까 귀찮다. 나 참, 사람이 멋진 포즈를 잡고 기다리고 있을 때는 덮치지 않으면서, 걸어가면 나온다니 최악으로 눈치가 없다.

그렇다. 「앰부시 베어 Lv81」은 일단 숨어있고, 모습도 보호색으로 지우고, 기척도 없어서 몰래 대기하고 있는 곰인데…… 보인다. 확실히 『기척 감지』 정도라면 주의하지 않으면 알아챌 수 없지만, 『나신안』이라면 훤히 보인단 말이지? 응. 여자애들도 모두 상위 스킬인 『기척 탐지』 고레벨을 보유하고 있으니까 81층 정도라면 문제없다. 그러나 어떻게 해야 저렇게 오르는 걸까?

거구에 어울리지 않는 민첩함. 날카롭게 휘두르는 발톱을 어깨 보호대로 흘려내면서 품으로 파고들어 대각선으로 올려 베서 잡는다. 새로운 장비인 『이지스의 숄더 실드 : ViT · PoW 50% 상승, 자동 방어, 물리 마법 방어(특대), 반사, 흡수, 순참, 순격, +DEF』를 시험 삼아 장비해 봤는데, 어깨 보호대가 꽤 편리했다. 그냥 받아내면 내 HP와 ViT로는 위험하지만, 흘려내는 건 의외로 쓰기가 좋다. 이건 돌아가고 나서 팔꿈치 보호대라도 만들어 보자. 어깨, 팔꿈치, 건틀릿 등 상반신 측면에서 공격을 흘려낸다면 싸움의 폭이 넓어질 것 같다.

"이건 바보들이 장갑으로 자주 하고, 바보 같으니까 바보 취급 했는데 바보라고 넘길 수 없을 만큼 효과적이네. 뭐, 그래도 바보지만?"

(부들부들)

받아내지 않고, 파고들어서 갖다 대면서 흘려낸다. 공격의 측면에 끼어들어서 흘려내는 느낌이라면 대미지도 경미하다.

"하지만 잘 받아내지 않으면 HP가 줄어드는 게 왠지 불만? 뭐, 첫 실전이니까 연습하면 쓸 수 있을 거고 여차할 때 몸을 지키는 방법도 되지만…… 겉모습이 말이지? 아파 보이네?"

말을 걸어봤지만, 과묵한 부끄럼쟁이 곰이 대답하지 않는 걸 보면 세상을 떠난 모양이다. 그래도 검은 망토 로브 차림에 검은 어깨 보호대라는 게 뭔가 이미 무슨 직업이냐는 느낌인데, 무직이라는 게 왠지 굉장히 미묘하네? 응. 그래도 편리하단 말이지?

　갑옷 반장 쪽에서 권유하는지라 시험적으로 써 봤는데, 지금으로서는 『마전』을 걸어도 자괴하는 느낌도 안 나고 위화감도 별로 없다. 그리고 생각보다 신경 쓰지 않고 움직이기 쉽다.

　(크와아아아아아악!)

　(퍼억!)

　공격 예측. 힘의 흐름과 이동 방향. 그 가변하는 폭과 시간차.

　"그나저나 왜 숨어서 매복(앰부시)하는데 소리를 지르는 거야? 뭐, 『위압』하는 걸지도 모르지만 모처럼 숨어있으니 기습하는 게 낫지 않을까?"

　너무 느긋해서 내가 마지막이고 다들 기다리고 있었다. 그렇다. 빨리 끝내기 위해서라도 당장…… 그렇게 생각했는데 87층에서 종점. 미궁왕이다. 때때로 어중간한 층에서 미궁왕이 나오는데, 역시 성장 도중? 뭐, 발육은 좋아 보이네.

　87층에서 보게 된 미궁왕 「폴리페모스 Lv87」은 외눈 거인이었는데, 사이클롭스가 아니라 이름이 붙었다. 확실히 그리스 신화에 나오는 남의 여자에게 집적대는 속성을 가진 악질 거인이었는데, 일단은 포세이돈의 자식이다.

　가계도가 복잡한 일가니까 "뭐, 있었지?" 정도라는 느낌? 뭐, 마초한 대거인이고, 일어나면 계층이 높은 천장인데도 머리가 부딪칠 정도로 덩치가 크다. 거인 중에서도 한층 크다. 즉…… 휘두를 수가 없다. 그렇다. 손이 올라가면 천장에 닿으니까?

　"응. 던전이 너무 좁네?"

그래서 천장으로 걸어가 머리를 두들겨 팼다.

"일단 하늘을 찌를 정도의 덩치라면 굉장해 보이지만, 너무 좁아서 싸우기 힘들잖아? 머리 위에 있으면 팔도 휘두를 수 없고? 응. 언제나 생각하는 거지만 거인은 던전에 안 어울리지 않아?"

""거인도, 천장을 걸어서 때리는 비상식, 생각하지 않아요!""

(뽀용뽀용)

그치만 저 덩치의 보폭으로 기동전으로 들어가면 어마어마한 위협이다. 그런데 낮은 천장에서 아담하게 날뛰고 있단 말이지? 스킬보다 덩치를 활용하는 파워형인데 너무 좁은 공간에서는 어쩔 수가 없고, 아래에서는 썰리고 위에서는 머리를 계속 얻어맞으니까 깨작깨작 날뛰고 있네? 괴력과 맷집은 대단하지만, 그걸로 끝. 조심하면서 시간을 들여 머리를 두들겨 패면 여자애들이라도 잡을 수 있을 거다……. 뭐, 꼬박 하루 정도 걸리겠지만?

유일하게 귀찮은 건 『전체 반사(특대)』. 레벨 차이가 있기에 섣불리 공격하기 힘들지만, 그 효과는 모피 옷에만 있는 모양이라 팔이나 다리나 머리는 마음껏 노릴 수 있다. 그보다 키가 너무 커서 보통은 다리밖에 노릴 수가 없는데?

"천장에서 날리는 머리 공격이 싫어서 발밑이 부재중이라 마구 벨 수 있다니…… 대머리인데?"

"대머리라도, 머리는 지켜도 돼요!"

(부들부들)

그러나 만약 이 녀석이 밖으로 나간다면 막을 수 없었다. 그리고 잡을 때까지 시간이 걸려서 피해가 터무니없이 커졌을 거다. 이렇게나 크고 강하면 성벽도 버틸 수 없으니 확실히 여기서 죽여야 한다. 그야, 던전 안이라면 그냥 커다란 아저씨니까!

"단단해. HP가 안 줄어! 그리고 대머리!!"

"확실히 줄어들고 있어요. 집중 끊지 말아요!"

외부의 대미지를 『금강화』로 최소한으로 억누르고 『초재생』으로 회복하는 HP 네 자릿수의 대거인. 평범하게 싸우면 간단히 끝나지 않는. 그런 폴리페모스의 머리를 향해 제어 가능한 범위에서 『지괴』를 쏴버렸다. 뭔가 뇌를 원자 진동시키는 건 위험한 느낌이 드니까 시험해 본 건데, 머리를 감싸 쥐고 괴로워하며 버둥거리고 있다. 근데 커다란 외눈 아저씨가 버둥거리는 건 봐도 즐겁지 않으니까 일제 공격에 들어갔다.

"뭐, 거인이니 프로메테우스 씨를 묶은 『프로메테우스의 사슬』의 강화 버전 『프로메테우스 신의 사슬』라면 당연히 묶을 수 있겠지만, 머리를 감싸 쥔 아저씨를 사슬로 묶어봤자 구도상 슬픔밖에 생기지 않을 테니까 당장 파괴할까? 응. 봐봤자 전혀 즐겁지 않아. 물론 촉수도 수요 없으니까 안 꺼낼 건데?"

(뿌용뿌용!)

『프로메테우스 신의 사슬』로 무력화하고, 미궁황급 세 명의 공격을 계속 받는데도 즉사하지 않는 튼튼함. 뇌를 노리고 『지괴』로 원자 진동시켜도 『초재생』으로 버티는 경이로운 내구력. 응. 뇌에 닿지 못해서 모근이 죽은 걸지도?

"던전에 있지 않았다면 강했을 텐데……. 좁은 곳은 거북하니까 취직을 잘못했네? 응. 미궁왕으로는 어울리지 않았어."

(부들부들)

역시 『지괴』는 이쪽의 뇌가 자괴한다. 즉, 내구전이라면 내 모근이 위험하다! 그리고 자괴가 결정적이라면 빨리 부수는 게 편하겠지……. 영차, 뚫려라 대머리!

"수고했어~ 그보다 귀찮네? 뭔가 가볍게 잡을 방법 없는 걸까. 우리는 과잉 공격력과 변칙적인 수단도 있으니까 어떻게든 됐지만, 이 녀석 반장네라면 장기전이 필수고 위험한 녀석이었지?"

(끄덕끄덕, 꾸벅꾸벅, 우물우물 ♪)

아니, 우물우물은 대답이 아니잖아? 그다지 맛있어 보이지는 않고, 귀여운 슬라임 씨에게 아저씨 성분이 들어가는 건 싫지만 『초재생』이나 『전체 반사(특대)』에 『금강화』는 먹기 좋은 모양이네? 이렇게나 폭식하는 걸 보면 모든 스킬 컴플리트를 지향하는 걸까? 그래도 『골방지기』라든가 『백수』라든가 『외톨이』 같은 건 제패해도 되는 걸까? 뭐, 그런 배드 스테이터스를 가진 마물은 본 적도 없지만?

그나저나 오늘의 목적은 『어깨 보호대』를 시험해 보는 거였는데, 저런 괴력의 아저씨라면 스치기만 해도 죽으니까 시험할 수 없었다. 게다가 『자동 방어』는 대체 얼마나 위험해야 발동하는지도 알 수 없고, 연습해서 익숙해지지 않았을 때 갑자기 의식을 빼앗기면 무섭다. 그리고 『순참』과 『순격』은 유도 공격 같은데, 이 것도 제어 능력이 필요해서 시험해 보고 싶었건만 『지괴』를 쓰게 되어서 그럴 경황이 아니었다. 응. 『마전』 상태에서 『전이』와 『중력』을 방패가 둘러버리면 『지혜』로도 제어가 위험하다. 가뜩이나 모든 스킬을 통합해서 운용하니까 업무가 너무 다채로워져서 『지혜』는 이미 과중한 노동에 시달리는 블랙 상태라고……. 응. 조만간 보복당할 것 같다!

"던전을 하나 더 가봐도 되겠어. 잠깐 연습하고 싶거든? 여관에서 연습하면 어깨 보호대째로 얻어맞을 게 눈에 선하니까, 안전하고 평화로운 던전에서 시험해 보고 싶은데 괜찮겠지?"

(끄덕끄덕, 꾸벅꾸벅, 뽀용뽀용)

괜찮은 모양이다. 즉, 구타를 부정하지는 않았다!! 슬라임 씨가 마석을 가져다줬고, 드롭 아이템도 나온 것 같다. 모피밖에 입지 않았던 거인은 『폴리페모스의 가죽 갑옷 : PoW · ViT 30% 상승, 재생(대), 전체 반사(대), 금강화, +DEF』를 주며 이름을 어필했다. 응. 아무래도 허망한 등장이 불만이었던 모양이네?

돌아가는 길에 근처 던전에 실례했다. 뭐, 얕기도 하고, 1층부터니까 놀이나 다름없다. 그러나 의외로 잔챙이가 대량으로 나오는 게 시험에도 안성맞춤이고, 핵심인 줄 알았던 『자동 방어』 기능은 생각보다 도움이 안 됐다. 이건 어디까지나 긴급용으로 목숨을 구하기 위한 것이고, 자동에 의존하는 건 좋지 않아 보이네? 그야 제어하지 않는 상태로는 갑자기 뛰쳐나오니까 쓰기 힘들다. 하지만 위험한 상태에서는 유용하기도 하다.

오히려 진짜 핵심은 『순참』과 『순격』이었다. 뭐, 직접 베는 게 빠르고 『난격』도 있다. 『차원참』이나 파이어 불릿으로 장거리도 문제없지만, 이것이 핵심이다……. 왜냐하면 이건 판넬(Funnel)이란 말이지!

"쩐다. 즐거워!"

어깨 보호대가 공중을 날면서 공방을 담당하며 서포트한다. 약점은 마력 소비와 컨트롤의 어려움이지만, 마수 씨로 만들어 낸 『마력실』로 연결해서 유선 조작하면 마력 소비는 격감하고, 『마력실』로 인한 절단이나 변칙적인 방법도 쓸 수 있다. 뭐, 결국 제어는 『지혜』에 맡겨야 하지만, 『나신안』 덕분에 항상 시각으로 포착할 수 있으니 조작도 충분히 가능하다.

"이걸 능숙하게 쓴다면 순수한 공방의 숫자도 늘어나고, 『마력실』 씨로 접속하면 마법도 쓸 수 있으니까 파이어 불릿 크로스 파이어도 가능해! 사실 유용성은 미묘하지만 로망 병기라고!!"

(뽀용뽀용!)

이건 무리무리 성의 아저씨 지옥 때 필요했다. 자폭이나 저격 상대라면 굉장히 유용하다. 하지만 마물 상대라면 조금 미묘?

던전이라면 쓸 곳이 적겠지. 그야 『위그드라실의 지팡이』의 위력이 압도적이라 힘껏 두들겨 패는 게 빠르니까. 그보다 어지간한 마물은 계속 때리면 해결되지? 그렇다고 함정이나 변칙적인 수단을 없애는 거라면 그렇게까지 편리하지는 않고, 그냥 대인전에서의 심술 정도가 최적인 것 같다. 그야 판넬은 치사하니까……. 그건 일대일이라고 할 수 없잖아?

> 열심히 성실하고 진지하게 하면 할수록
> 이성의 호감도가 멀어지는 이유가 뭘까?

86일째 저녁, 하얀 괴짜 여관

결국 기고만장해서 판넬 놀이로 16층까지 가는 바람에 늦어졌다. '시, 시간이 보이네?'라고 말하며 놀다가 시간이 보이지 않게 되었던 모양이다.

돌아가는 길에 오늘도 삼림 파괴를 즐기고 온 데몬 사이즈들과 합류해서 여관으로 돌아가자 여자애들이 재촉하는지라 어마어마한 기세로 밥을 만들었고, 목욕도 했다!

그리고 방에서는 오랜만에 눈가리개 반장. 게다가 부반장까지 취임했고, 오른눈은 갑옷 반장이고 왼눈은 무희 여자애가 손으로 막는 호화로운 포진이지만 손가락을 벌리고 있잖아! 응. 어째서 평범하게 천 눈가리개를 채용하지 않는지 질의해 봤는데 응답은 없는 모양이네?

"이건 분명 미궁황이 둘이나 달려들 일이 아니고, 게다가 제대로 하지도 못하고 있잖아!"

대야의 크기 문제 때문에 전원의 몫을 만들어야 하는데도 제작은 한 명씩, 그 첫 번째는 이미 눈앞에서 옷을 벗고 있다. 그렇다. 첫 번째는 누군가에게 묻지 않아도 알 수 있다. 이 『기척 탐지』를 뒤흔드는 거대 질량 구체의 흔들림! 분명 실내의 공기도 진동하며 휘젓고 있을 대질량 병기!

최대의 시련이 첫 번째로 찾아왔다. 가장 시간이 걸릴 것 같으니까 먼저 시작하는 게 올바르다면 올바르지만, 좌우의 손가락이 한껏 벌어지면서 눈을 열어젖히고 있는 느낌이 드는 건 어째서일까? 응. 눈을 뜨면 가장 위험한 것이 눈앞에 있으니까 좀 봐줄래? 분명 너무 눈앞이라 시야에 다 들어가지 않을 가능성이 높지만, 그건 그렇다 치고 어째서 눈앞 몇 센티미터까지 갖다 대고 있는 거냐고!

"앗, 아~앙. 거, 거기는~ 으하아아아~."

"아니, 어깨거든? 거기는~ 이라고 말하고 있는데, 그건 어깨라고! 응. 어깨 건드렸는데 그 소리는 무조건 이상하잖아!"

우선은 지탱하는 곳부터 치수를 잰다. 브래지어는 한계까지 추구했지만, 수영복 브래지어는 거기에 물의 저항이 더해진다! 그리고 그 압력으로 알맹이가 몰캉 변형하니까 새로운 문제가 꾸물꾸물 발생하고, 다음 대책이 말랑 필요하겠지. 게다가 수압을 가장 많이 받게 될 거대함과 그 광대한 진동폭과 변형률, 끝으로는 그 막대한 질량으로 발생하는 부력! 그렇다. 슬라임 씨의 말로는 (부글부글)이라고 한다!

"응, 앗, 응~……. 앗, 아~앙♥"

"아니, 지금 디자인 확인을 하고 있을 뿐이고 아무것도 안 했잖아! 왜 서 있기만 해도 이상한 소리가 들려오는 거야!!"

"뭐~? 그야 여고생이 옷을 벗고 남고생의 눈앞에 서 있잖아~ 그렇게 생각하면 느끼……."

"와악~와악~! 안 들린다면 안 들려! 응. 좌우에서 귀를 막고 있으니까 안 들리지만, 부탁이니까 눈을 가려줄래? 응. 눈가리개가 귀를 막고 있으면 눈이 가려지지 않아서 눈가리개 담당의 존재 의의가 첫 번째 사람부터 완전 부정…… 으걱으거거거걱(거기는 입이야)!!"

공간 파악 능력 때문에 건드릴 수 있을 만큼 가까이서 흔들리는 구체에서 애타는 심정으로 눈을 돌리고, 가슴이 찢어지는 심정으로 아래를 보며 디자인화를 재확인했다. 이건 확실하게 내 호감도의 위기다. 남고생적으로도 위기인 건 말할 것도 없겠지! 아니, 가깝잖아!!

디자인화를 확인하니 끈이었다. 가장 버티기 어려운 유연 구조의 중량물을 끈으로 받치라고? 필요 최소한의 천 면적 말고는 끈. 부반장 B는 노출도가 많고 흘러넘치고 삐져나오는 근사한 취미를 가지고 있는 건가?

"그게 말이지. 어렵다고는 생각하지만~ 최대한 어떻게든 되도록~ 끈으로 해봤어. 무리일까~ 역시?"

요약하면 옛날부터 줄곧 평범한 수영복을 동경했다고 한다. 하지만 너무 커서 확실하게 감싸는 깊은 컵형 브래지어밖에 고를 수 없었다. 그 사이즈 문제 때문에 귀여운 걸 팔지 않으니까, 원피스나 깊게 감싸는 천 면적이 넓고 커다란 비키니 말고는 입을 수 없었다고 한다. 응. 아무리 찾아봐도 없었던 모양이다.

"응. 미안해. 무리겠지……."

그리고 속옷 브래지어에서 기대한 대로 한계까지 개방감을 내는 걸 보고, 그로부터 줄곧 수영복을 만들기를 바랐다고 한다. 그러나 천 면적이 없으면 지탱할 수 없고, 삐져나오고 만다. 그러니 고민하고, 고민하고, 또 고민한 결과, 천 이외의 부분을 끈으로 만드는 게 최소한의 부탁이었던 거다.

"무리한 부탁을 해서 미안해~."

"좋아. 그렇다면 전쟁이다!"

"에엑~!"

뭐, 여러모로 남고생적으로 하고 싶은 말도, 이런저런 감정도 있다. 하지만, 그렇게나 기대하고, 그렇게나 꿈꾸고 있다면 할 일은 하나! 그렇다. 『지혜』에게 죄다 떠넘긴다! 잘 부탁해!

"훗. 남고생의 브래지어 제작 능력에 불가능이라는 글자는 로고 프린트고, 분명 사전에도 남고생의 브래지어 제작에 관한 기록은 없으니까 가능성은 무한대인 거야——!"

크아악……. 머리가 깨질 것 같다. 아프다기보다는 머릿속이 괴롭다. 분명 죄다 떠안은 『지혜』가 열심히 연산하는 거겠지. 응. 죄다 떠넘겨서 앙갚음하는 거면 어쩌지! 불가능한 가능성을 찾고, 기적적인 몇 가지의 가능성을 조합해 단 한 점을 추구하여 계산하고, 그때마다 수많은 임시 설계를 반복하며 가설을 조합했다.

그야 여고생이 줄곧 꿈꿨는데 이루어지지 못한 것이 남고생의 머리가 깨지는 걸로 이루어진다면 가치는 충분하다. 깨져도 확실히 『재생』할 거고, 궁극의 브래지어조차 만들지 못하는 남고생은 그냥 남고생이라고오오오! 응. 아마 남고생들은 만들지 않을 테니까?

"아니야. 입체로 유지하는 건 무수한 점으로 상대 방향이이이이이이이아아아아아!"

요컨대 천 면적이 너무 커서 촌스러운 게 싫은 거다. 하지만 헤엄치거나 놀 수 없는 브래지어로는 의미가 없다. 즉, 천 면적을 줄이고 개방감을 내면서 끈으로 버티고 감싸면 된다.

그렇다면 개방 부위에 넓은 천을 망사 형태로 감싸서 조합한다. 지탱하기 위해서는 아래쪽과 바깥쪽 천이 필수니까, 안쪽 계곡의 V존을 크게 잡고, 위쪽에서 끈을 망사 모양으로 짜서 지탱하는 것 말고는 방도가 없을 거다. 그렇다. 다리도 와이어로 매달아서 지탱하니까, 분명 거대한 가슴도 끈으로 감싸서 지탱할 수 있을 거다! 뭐, 조금 파고들겠지만!

"하, 하, 하루카!"

"지, 지금 제작 가능성이 있는 디자인이 이 3패턴인데, 어느 걸로 할지 희망하는 바는 있을까? 응. 사실은 세 개 시험하는 게 좋겠지만, 세 개나 만든 게 들키면 모두가 세 개 만들어 달라고 요구할 거고, 수영복 제작과 시착이 너무 바빠서 영원히 풀장에 들어가지 못해서 여관의 대야 전용 수영복이 될 테니까 마음에 드는 걸 고르시지? 뭐, 뭐어, 만들어 보지 않으면 확실하지 않지만, 지금은 이게 한계? 라고나 할까? 아니, '라고나 할까' 니까 눈가리개를 풀지 말아 줄래~? 뭐야, 그 노린 것처럼 훌륭한 좌우의 연계! 노렸구나?"

"고마워, 하루카…… . 그냥 어느 것도 기뻐~…… 고마워."

(몰캉, 뽀요~옹 ♥)

뭐, 뭔가 얼굴에 닿았다! 게다가 좌우에서 시간차로 뽀용뽀용이라고! 순간적으로 머리를 껴안듯이 조이면서 '말랑말랑(고마워)'이라고 감사를 표하고 있다……. 그보다 누가 감사를 표하는 거야!

그리고 그 한순간에 눈을 가리던 손이 사라졌다. 역시 잽싼 미궁 황급 콤비! 즉, 말랑말랑 밀착해서 매몰되었고, 오히려 아무것도 보이지 않고 숨도 쉴 수 없는데 좌우의 눈가리개 담당은 팔과 몸을 밀어붙여서 움직일 수가 없고 벗어날 수가 없어! 응. 생각해 봤자 소용없어 보이는 느낌이 줄곧 예전부터 들고 있었는데, 눈가리개란 뭘까?

"푸하아아아아앗! 그럼 B안이면 되겠지? 헤엑헤엑. 응. 뭔가 『마수』 씨가 치수를 재기 전에 얼굴로 치수를 재 버린 것 같으니까 만들게? 말랑하네?"

안쪽 비키니 상의는 천 면적을 크게 줄인 아슬아슬한 면적으로 지탱하면서 가리고, 겉을 망사 모양의 천으로 감싸는 이중 구조형 브래지어로 확정했다. 이런 이율배반의 명제가 집약된 비키니의 디자인에 따라 하의는 천 면적을 줄이고 만들고, 위쪽을 망사 모양으로 했다……. 응, 이거 사내놈들은 풀장에서 나갈 수 없겠어. 뭐, 나오지 않을 때는 상어라도 풀자. 코피를 따라 몰려들 것 같다!

"기쁘네……. 나는 커다~란 브래지어밖에 할 수 없다고 생각했으니까, 이런 귀여운 건 포기했었으니까~ ……응. 고마워."

첫 번째 사람부터 죽을 것 같은 심정으로 시제품 완성까지 도달했고, 지금은 거대한 대야 안에서 시험 중. 수영복을 착용하고 있으니 눈을 떠도 된다고 해서 눈으로 확인해 봤는데…… 어째서 배영하고 있는 거야? 아니, 떠 있단 말이지. 저도 모르게 슬라임 씨도 난입해서 세 마리가 뽀용뽀용 수면에 흔들리고 있어!

"근데 구조상 아무래도 아래쪽에서의 수압에는 약하니까 다리 쪽부터 힘차게 뛰어들지는 말라고? 그보다 가급적 뛰어들면 안 되거든? 왜냐하면 분명 홀러덩이 발생할 수 있다고 나는 우려하고 있는데, 홀러덩은 혼내지 않고 나한테 화를 내서 독설을 퍼붓는 여느 때의 여고생 재판이 나를 부당 판결할 거고, 아래도 로라이즈니까 우효~ 하고 엉덩이 절반 노출의 위험을 조심하지 않으면 유죄가 될 것 같으니까 조심하라고? 응. 해산물도 원하니까 바다에도 가고 싶지만, 유죄는 곤란하단 말이지? 그리고 그 수영복은 파도 같은 것이 강하면 위험하니까 풀장용이거든? 홀러덩할 테니까?"

"응. 고마워. 꼭 평생 소중히 간직할게~ ♪"

마력으로 감싸는 것도 고려했지만, 물속에서 마력이 고갈되면 무조건 침몰한다. 그리고 마력으로 누르다가 제어가 엉성해지면 삐져나올 위험이 더 컸다. 분명 좀 더 심플하고 작고 평범한 사이즈를 입고 싶었겠지만, 망사나 끈으로 얼버무릴 수밖에 없었다. 응. 완전히 글렀는데도 기뻐해 주고 있다. 저 강대한 구체 문제를 해결하려면 『지혜』의 더한 레벨업이 필요해 보인다!

"다음, 들어와도 돼~ 그보다 벗어버려~ 에~잇~ ♪"

"잠깐, 하루카가 아직 눈가리개를! 아직 안 썼으니까, 아직은 안 돼——! 벗기면 안 돼——!"

"손으로 가리고 있으니까 세~이프~ ♪"

"손으로 가린다면서 왜 내 눈을 가리는 거야! 가슴을 가려달라고……. 아니, 아래도 가려줘어어어어어!"

반장 절규 시리즈도 절찬 롱런에 대절규? 하지만 내 눈은 가려주시죠?

"응. 왜 내 눈을 가리지 않고 내 가슴에 손이 가 있는 거야? 나는 옷을 입고 있으니까 안 가려도 되잖아! 오히려 알몸으로 기다리고 있었다면 신고당했을 거야! 그거 이미 경찰청이 통째로 소환될 정도의 사건이라고!!"

대소동도 진정됐지만, 반장은 진정되지 않은 모양이다. 마수 씨의 치수로 꿍꿍대면서도 필사적으로 입에 손을 대고 떨고 있네?

"아, 하품이라도 나올 것 같아? 응. 하품은 뇌가 산소를 원하는 자연 현상이니까 막지 않는 게 좋다는 설도 있지만, 반대로 요즘에는 뇌를 자극하기 위해서라는 게 유력하고, 산소 흡입도 뇌를 활성화하기 위해서고 긴장을 완화하고 집중력을 높이기 위한 것이라고 하니까 막지 않는 게 좋거든?"

대답이 없다. 그저 필사적으로 입을 막고 몸을 젖히며 떨며 몸부림치는 중이네?

"뭐, 확실히 다른 설로는 체온을 조절하기 위해서고, 뇌의 냉각과 방열을 위해서라는 견해도 있지만, 냉각 전에 떨리는 건 이상하다는 말도 있거든? 뭐, 아무튼 하품은 필요한 행위니까 하품하

는 건 불성실하다고 말하는 녀석은 뇌가 움직이지 않는 거고, 하품할 필요도 없이 숨통을 끊는 게 좋겠지?"

그렇다. 뇌에 자극도 산소도 냉각도 불필요한 생물이라니 숨통을 끊는 게 좋을 거다. 숨을 멈추면 대체로 다들 불평하지 않게 된다는 설이 유력하고, 아마 죽었겠지만 처음부터 불필요한 뇌니까 딱히 상관없지?

"아래 간다~ 꽤 천 면적이 작으니까 조금 빡세게 갈 거거든?"

"으으, 응…… 히이익!"

대답이 에로하지만 괜찮은 모양이다. 떨림은 경련으로 변했고, 몸을 젖혀서 만들기 어렵지만 괜찮은 모양이네? 그리고 긴장해서 떨리는 몸에 밀리지 않게 눈가리개 담당들의 손가락 힘이 강해!

"아니, 눈꺼풀 찢어지겠어! 응. 어째서인지 눈을 가리는데 눈꺼풀을 잡아당기는 현상이 일어나고 있어서 안와골절 위기야! 히, 힘내라『재생』!"

"앗, 하아악…… 으하아아아악."

성장기인 건지 댄스댄스 레볼의 성과인지 체형에 약간 변화가 보이니까 치수를 다시 재면서 재작업했다. 그러나 속옷과 수영복은 같은 브래지어라도 사용 목적이 다르고, 요구되는 기능도 너무 다른지라 설계 이전에 구조를 재검토하는 것부터 시작해야 했다. 같은 형상인데도 요구되는 부분 강도가 전혀 다르다. 전투용 브래지어에 가깝지만 그건 물살과 수압을 고려하지 않았기 때문에 결국은 재설계할 수밖에 없다. 무엇보다 목적이 다르니까 소재가 다르고, 통기성과 흡기성을 요구하는 속옷과는 다르게 수영복은 발수성과 건조성을 요구한다. 그리고 물을 흡수해도 머금지 않는 배수성 소재가 요구되니까 올이 촘촘하지 않은 게 좋지만, 그랬다간 속이 비친다. 그리고 비치게 되면 내가 혼난다!

그러니 안과 밖의 이중 구조로 소재를 두 종류로 써서 그 신축성으로 투과성을 없애는 게 중요하고…… 이렇게나 소재가 다르면 결국 기본 설계를 전부 다시 짜야 한다. 그러니 천에서 브래지어를 자아내며 올바른 브래지어의 모습을 깊고 깊게 생각한다……. 응, 이세계에서 과연 나에게 뭘 요구하고 있는지를 한번 이세계 씨에게 직접 물어보고 싶다!

"아으으! 으응…… 히이익 ♥"

물론 『마수』 씨에 『감도 상승』은 부여하지 않았다. 하지만 반장은 한계에 몰렸고, 제작이 종료되자 대야 속에서 힘이 빠진 모양이네? 응. 현재는 오버 히트가 되어 대야 속에 떠서 증기를 뿜고 있단 말이지? 뭔가 목욕이 될 것 같네?

"이봐~ 반장. 살아있어~? 일단 물 마법으로 물살을 만들 테니까 빠지지 말라고?"

그러나 물속에서 둥실둥실 떠서 쉬고 있는 여고생의 가슴에 물 마법으로 수류를 만들어서 각도를 바꿔 흔드는 변태 남고생이라는 인상 조작으로 호감도가 마구마구 휩쓸려 가는 듯한 기분이 드는 건 어째서일까?

응. 매일 열심히 성실하고 진지하게 할수록, 내 이성의 호감도가 멀어지는 기분이 든단 말이지? 해류 현상일까? 모르겠네?

몰캉몰캉 변형시키면서 수류와 수압에 의한 형태 변화를 조사하고, 자잘한 보정을 이어갔다. 반장은 거품을 부글부글 물고 있지만 무사한 걸까?

"감상의 목소리가 숨을 헐떡이면서 뭔가 경련하고 있지만, 너무 펄떡이면서 몸을 젖히면 수면이 파문으로 흔들려서 계측하기 어렵거든? 응. 안 듣고 있네?"

"……(부글부글부글)."

신축할 때의 형상도 최적화하고, 겨우 완성됐으니까 구조가 필요한 사람을 끌어올려 타월로 닦아주고 온도 마법으로 데웠다. 응. 에너지를 소비한 모양이니 만쥬를 입에 넣어주자, 우물우물 먹고 있으니 괜찮아 보이네?

그리고 다음도 어느 의미로는 최고의 난관. 선문답으로 물리 법칙을 넘어서려고 하는 곤란한 2인조다.

"모으고 올려서 어떻게든 해줘!"

"에어를 넣어주세요!"

부반장 A와 C 콤비였다. 임원들부터였나.

"기하학적으로도 평면은 모으고 올릴 수 없고, 공기를 넣어도 걸리는 곳이 없으면 브래지어만 떠버리잖아? 응. 말로 해도 이해할 테니까 우선 모닝스타는 집어넣자! 워~워~워~?"

이 두 사람은 돌기물이 거의 없으니까 브래지어가 어긋나기 쉽다. 그렇다. 안 걸리는 거다.

"그보다 왜 비키니! 분명 어긋날 테니까, 그건 접착하지 않으면 고정화가 불가능해! 헤엄치지 않으면 어떻게든 할 수 있지만, 물

살 VS 걸리는 부분에서 물살이 압도적으로 압승하는 완전 시합이
고 가슴이 무저항주의를 관철하는 비돌출주의 가슴이니까……
적어도 세퍼레이트로 하지 않을래?"

"가슴은 그런 주의 주장 없으니까!"

"그치만 우리는 줄곧 세퍼레이트나 원피스였다고!"

"그랬더니 부B가 무리라고 생각했는데 만들어 줬다고, 정말로
기뻤다고 말하니까…… 평범하게 귀여운 비키니 브래지어를 입
고 싶어져서."

"그러니까…… 부탁해 보려고……."

"응. 왠지 잘 알았으니까 잠깐 기다려 줄래? 지금 죄다 떠넘겨서
머리가 깨질 것 같거든? 응. 아프다니까?"

끄아아아아아악! 역시 『지혜』에게 죄다 떠넘기니까 앙갚음한
다는 설이 농후해 보인다. 진짜 아픕니다! 옆쪽은 문제 없이 가능
하다. 아래쪽도 위에서 매다니까 문제는 적다. 즉, 헤엄칠 뿐이라
면…… 그리고 내용물이 없으니까 내부의 압력도 전혀, 요만큼
도 문제없다. 그럼 어긋나서 올라가는 건 어떻게 할까? 아래에서
당기는 힘이 전혀 없는 구조인데 걸리는 부위가 없는 걸 넘어서서
멸종. 밀려 올라가는 것만큼은 막을 수가 없다.

아래쪽에 강력한 벨트를 넣으면 결국 세퍼레이트 타입이 된다.
그렇다고 사이드를 아래쪽으로 내리면 X라인 구조가 되고, '평
범하게 귀여운 브래지어'라는 희망 사항에서 벗어나고 만다. 응.
접착은 싫어하는 것 같으니까? 절대로 불가능한 물리 구조에 해
답이 있을 리가 없다. 하지만 여기는 이세계고, 내가 지금까지 이

세계에서 쌓은 지식 속에 그 해답이 있었다.

"맞아. 생리대에 달았던 『흡착』 부여! 난 정말로 이세계에서 뭘 하는 거지?"

물에 대한 저항이 극한까지 낮은 체형이라고 해도, 『흡착』 부여만으로는 위험하다. 넓은 천 면적이나 물리적 보조가 필요하다. 방향 분산? 응. 디자인화를 그려서 두 사람에게 보여줬다.

"이건 크로스 와이어 비키니라고 해서, 앞은 X고 뒤는 W라서 '평범하게 귀여운 수영복' 하고는 조금 다를지도 모르지만, 놀아야 하니까 이 형상을 추천하는데 어때?"

겉모습은 아래에 장식끈을 달았을 뿐이지만, 실제로는 옆이나 오른쪽 대각선, 왼쪽 대각선을 크로스라인으로 받쳐서 세 방향의 탄력을 얻는 디자인이다. 그리고 X라인만큼 아슬아슬하지만 야하지는 않다.

"" 귀여워. 이걸로 부탁해!""

A는 조금이나마 걸리니까 얇은 끈으로 마무리하고, C는 새끼 너구리니까 끈 부분을 천 형태로 넓혀서 『흡착』 효과를 높이게 디자인했다. 그렇다. 이세계 생리대 개발 노하우는 헛된 게 아니었던 거다! 그러니까 대체 나는 뭘 하러 이세계에 온 거냐고!

"근데 한계는 있으니까 조심하라고? 뛰어들거나 슬라이더 탈때는 밀려나지 않게 누르고, 그리고 진심으로 엄청 헤엄칠 때는 원피스도 가져가는 게 좋거든? 응. 레벨 100의 PoW 네 자릿수라면 모터보트급이거든?"

"" 응. 고마워.""

그렇다. 레벨 100의 전력에 대응할 수 있는 강도와 형상을 추구하기가 어렵다. 언제부턴가 여자인데도 옷이 파괴되는 스테이터스를 보유하게 되었다. 그러니 그런 걸 신경 쓸 필요가 없는 옷이나 수영복이 필요하다. 왕녀 여자애나 메리메리 씨도 같은 고민을 하겠지. 그러니까 여자애들이 입고 신나게 놀 수 있는 옷을 만들어 주자. 분명 언젠가 휩쓸려서 먼 바다로 가버린 내 호감도도 귀향해서 돌아온다고 믿자! 내 호감도는 연어인가?

"지쳤어어어어어어어!"

이렇게나 노력했는데도 한 팀, 네 명뿐. 이후에도 알몸 여고생들의 수영복 치수를 계속 재야 하고, 대야 안에서 젖은 수영복을 지켜보고 보정해야 한다. 왕녀 여자애나 메이드 여자애나 메리메리 씨도 확실히 불렀으니까 여동생 엘프 여자애도 넣으면 24인분. 그리고 마스코트 여자애와 미행 여자애까지 용돈을 쥐고 찾아왔으니까 26인분……. 이미 수영복이 있는 갑옷 반장과 무희 여자애도 비키니를 원한다고 하니까 28인분. 끝나면 고아들 몫이 산더미처럼 필요하다.

그리고 분명 과거의 경험으로 유추해 보면, 완성되면 다들 서로 보여줄 거고, 그리고 갖고 싶어져서 두 번째 주문을 하겠지?

"응. 대체 언제 소풍에 갈 수 있을까? 기네?"

그리고 한밤중에 갑옷 반장과 무희 여자애의 비키니를 급히 만들었고, 입혀놓고 벗겨서 아침까지 대야에 있었다는 건 말할 것도 없겠지. 물론 로션도 투입해서 근사한 풀장을 즐겼다는 것도 전달해 두겠다.

내일 아침 날씨는 어떨까. 분명 눈흘김이 쏟아진다는 건 알고 있거든? 응. 로션 풀장에는 역시 꿈틀꿈틀이었으니까?

> **가정적이고 내 집 같은 이름이라 멋진 부인에게 사랑받을 줄 알았는데, 구속하고 목을 조이는 서스펜스 가정이었다!**

87일째 아침, 하얀 괴짜 여관

아무래도 촉수가 열심히 땀을 흘리면서 근면하게 일하면 다음 날 아침 잔소리가 빡세지는 경향을 보인다. 하지만 로션 풀장에 꿈틀꿈틀이 없으면 일말의 쓸쓸함이 지나가니까 눈치껏 꺼낸 건데 혼났네? 응. 울컥울컥? 그래도 뽀용뽀용이었는데?

갑옷 반장도 무희 여자애도 촉수들과 굉장히 친해져서 언제나 즐겁게 놀고 있으니까 이제는 친구인 것 같아서 꺼냈더니 대단히 기뻐했으면서 화를 내네? 여자의 우정은 복잡한 모양이다……. 뭐, 촉수에 성별이 있는지는 모르지만?

"그치만 수영복을 만들 때 둘이서 이상한 짓만 하니까 남고생이 큰일이었고, 고양이 손도 빌리고 싶을 만큼 바쁜 남고생이었으니까 마음씨 착한 촉수 씨를 잔뜩 빌려줘서 남고생적인 위험 영역을 탈출해서 꺼냈다가 넣었다가 대단히 바쁜 어른의 사회과 견학이 펼쳐진다는 따스한 에피소드가 I~IX까지 일거 방영되어 올나잇인 한때를 보냈을 뿐이고, 다시 말해 불가항력 항쟁은 남고생적으로는 자연의 섭리니까 나는 잘못 없잖아? 나는 굉장히 좋았다고? 라고나 할까?"

대답은 없다. 구타였다!

"크아아아악! 아니, 그건 여자 모임에서 배운 거냐고! 아야야야야야야야진짜로 아파! 깨물고 있잖아. 머리를 좌우에서 입으로 깨물고 있어!"

((깨물깨물!))

머리 안쪽에서 격통이 일어나는 건 익숙해졌지만, 바깥에서 깨물리는 아픔에는 익숙하지 않고 익숙해지고 싶지 않아! 이건 날라리들에게 배운 건가? 아니면 새끼 너구리?

"머리가 아프지만, 이건 두통이 맞는 건지 의문이고 두피 신경이 아프달까 두피가 깨물려서 신경까지 아픈데, 병명은 어느 쪽이 올바른지 병리학적 견지에서 고찰하고 싶지만 아마 학회에서도 『미궁황에게 머리를 깨물린 건』이라는 논문은 아직 발표되지 않았을 것 같거든?"

(까득까득♥ 으득으득♥)

그렇다. 인생의 간난신고보다 달콤한 깨물기였다!

"좋은 아침. 오늘은 일찍 돌아왔네. 빨리 만들어 줘야 해. 다들 수영복을 기다리느라 진정하지 못하는 것 같으니까."

"어제도 네 명으로 끝나 불만이 속출해서 큰일이었거든."

"좋은 아침~ 아니, 네 명밖에 완성되지 않았다니, 그 네 명이 진범이거든? 특히 대야 속에서 젖은 비키니로 요염하게 활처럼 몸을 젖히고 꿈틀꿈틀 떨며 경련하며 즐겁게 놀던 사람이 장시간 기고, 대야가 마음에 들어서 나오질 않아 침몰하는 바람에 시간이

걸린 거지 나는 잘못이 없거든? 에로했지?"

수영복은 멀티 컬러 대응이고, 현재 프린트 무늬에도 대응할 수 있게 디자인 복사기에 패턴을 양산 중이다. 그리고 대야로 시험하고 재보정할 때는 속이 비치지 않았지만, 확인차 하얀 수영복으로 체크하고, 그리고 음영이 선명한 하얀 비키니로 몸에서 물줄기를 흘려보냈다가 브리지 자세로 경련하며 수몰되어서 구조 활동도 하며 무척 바빴으니까 시간이 걸린 건데…….

자세한 해설을 하며 무죄를 주장하려 했지만, 반장님이 활짝 웃으면서 모닝스타를 들고 굿모닝 미소를 짓고 눈이 무서웠으니까 입 다물자. 응. 비키니 팬티가 어긋나지 않도록 『마수』 씨들로 세심하고 꼼꼼하게 보정과 수정을 반복하면서 철저하게 피팅을 진행한 촉수 작업에 대단히 만족했었으면서 눈이 무섭다!

"에로하지 않아! 그리고 즐겁게 놀지 않았으니까!! 게다가 왜 물에 빠질 때까지 철저하게 마수 씨로 무한 촉진을 펼치는 건데! 어째서 진동까지 하는 거냐고!!"

반장은 특히 치골이 높고 하각의 폭이 넓다. 그러면서 서혜부가 깊어서 틀어지지 않으려면 상당히 세밀한 조정이 필요했는데, 그래서 입체적으로 미세하게 탐구하니까 매번 망가지더라고? 뭐, 굳이 말하자면 정중선이 크게 부푼 만큼 틀어지기 쉽다. 그래서 몇 번이고 재보정이 필요한데 날뛰니까 더더욱 큰일이고, 덕분에 남고생도 굉장히 큰일이었지만 떠올리려고 하니까…… 눈이 무섭다! 그건 절대 미소가 아니잖아? 응. 혼났다.

오늘은 여난의 상인 건가. 왠지 이세계에 오고 나서 여난의 상이 천중살[天中殺. 사주에서 하늘이 돕지 않는 시기]에다 대살계[大殺界. 육성 점술에서 말하는 운이 나쁜 시기]에다 공망[空亡. 사주에서 허망한 시기] 중에다 0지대[0학 점술에서 아픔과 고통이 있는 시기]가 진짜 오래 이어지고 있는데, 대체 언제까지 이어지는 걸까?

"그보다 점술에서는 별의 흐름이 안 좋다고 말하는데, 어느 별을 파괴해야 행운인지 확실하게 가르쳐 주지 않으면 도움이 안 된단 말이지? 응. 어느 걸까? 차원참으로 닿을까?"

""""잘 먹겠습니다~!""""

(뽀용뽀용~!)

"그리고 자기 행동을 제쳐놓고 행성을 파괴하려 들지 마!"

아침부터 채소와 버섯 튀김 덮밥이다. 아침은 빵 vs 밥 논쟁이 아니라 무슨 덮밥으로 할지가 논의되고 있다. 그리고 쌀이 아직 비싼지라 모아놓은 돈이 식비로 사라지고, 다들 가난하면서도 기뻐하며 먹고 있다. 이제 고아들도 젓가락을 곧잘 쓰는데, 역시 슬라임 씨가 가르쳐 준 만큼 뛰어나다. 반대로 갑옷 반장과 무희 여자애는 지금도 툭툭 떨어뜨리는 게 힘들어 보이고, 마스코트 여자애와 미행 여자애도 고전 중이다. 그리고 밤이 되면 놀러 와서 묵고 가는 왕녀 여자애나 메리메리 씨도 연습하고 있지만 아직 덮밥은 무리라 숟가락으로 먹고 있다. 응. 의외로 DeX 수치와는 관계가 없나 보네?

그리고 오늘도 게시판에 마음을 보내면서 새로운 던전을 81층부터 내려간다. 응. 게시판 앞에서 던전으로 질질 끌려왔단 말이지?

그러나 오늘은 양보할 수 없는 싸움이다. 저번 시험에서 『이지스의 숄더 실드 : ViT · PoW 50% 상승, 자동 방어, 물리 마법 방어(특대), 반사, 흡수, 순참, 순격, +DEF』는 생각보다 도움이 되었고, 뭔가 즐거워서 마음에 들었다. 그래서 밤중에 미스릴화로 강화해서 『이지스의 체인 숄더 실드 : ViT · PoW 50% 상승, 자동 방어, 물리 마법 방어(특대), 전체 반사, 흡수, 순참, 순격, 마격(魔擊), +ATT, +DEF』로 변했고, 분위기를 타버렸는지 양옆에 세 장씩 붙은 연결 방패 형상이 되었다. 즉, 판넬 여섯 장! 게다가 『마격』으로 마법을 쓸 수 있다! 히얏하아아아아!

(투두두두두두두두두두두두두두두두두두────웅!!)

"으랴랴랴랴랴랴랴랴랴랴랴랴? 아니, 아름다워 보이기는 한데 좋은 마물은 죽은 마물이라고나 할까 마석만 두고 가라고나 할까, 마석은 좋은 거니까 마물은 잡는다(번뜩) 같은 소리를 하면서 실은 그냥 남획? 뭐, 난사 중?"

여섯 장의 어깨 보호대가 공중을 지그재그로 불규칙하게 날면서 사선으로 포위망을 만들며 수천의 십자 포화를 복잡하게 만들어 냈다. 편차 사격으로 「리빙 클로스 Lv81」을 꿰뚫고 태워버린다. 우선 원격 조작식 기동 타격 포대의 타격군에 의한 여섯 방향의 파이어 불릿 난사다.

"그치만 가정적이고 내 집 같은 근사한, 부인이 좋아할 것 같은 이름인 『리빙 클로스』는 살아있는 천인데, 포위해서 감싸고 구속해서 목을 조이는 서스펜스 같은 의미로 가정적인 마물이라니 반대로 무서워!"

베어도 끈이 되고, 때려도 통하지 않는다. 물리 무효인 하늘을 나는 천이라면 태우면 된다. 그야 『완전 빙풍수토 내성』이라니 그냥 태워달라는 것처럼 편중된 속성이니까. 확실히 물 마법이나 바람 마법이라면 세탁이고, 왠지 가정의 일상인 찌든 때와의 싸움이 될 것 같다!

하늘하늘 날면서 쇄도하고 잠깐의 빈틈을 타서 교살하려 드는 전위 킬러인 마물. 하지만 판넬 놀이를 하기에는 최적의 적이었다. 그렇다. 이 공중전 같은 느낌이 정말 참을 수 없다! 어깨 보호대 씨는 파이어 불릿을 연사하면서 날아다니며 베고 자르고 날아다녀서, 이미 어깨를 지키는 방패라는 자기 직업을 전혀 기억하지 못하고 있겠지!

"이거 즐겁기는 한데, 실은 어마어마한 MP 낭비? 게다가 내가 파이어 불릿을 쏘는 편이 빠르다는 건 신경 쓰면 지는 거지만, 기분만큼은 3D 플라이트 슈팅 게임인데 6대 동시 플레이인 강제 집단전? 어느 의미로는 망겜이었어!"

평범한 인간은 플레이 불가능한 6기 독립 고속 이동 3D 슈팅. 머릿속에서 자신의 몸과 합쳐 일곱 개의 풍경이 오가는 신기한 감각이고, 『나신안』으로 보며 『지혜』로 제어하니 꽤 즐겁기는 해도 뇌의 부담이 위험하다. 그리고 어깨 보호대도 『전이』나 『중력』을 둘러서 기동력이 장난이 아니라 이건 상대도 빠겜이고 나도 빠겜이다! 하지만 압도적……. 계산된 제어에 의한 여섯 기의 완벽한 콤비네이션으로 회피 불가능한 탄막을 치면서 순간 이동으로 베고 자른다! 공략될 느낌이 조금의 여지조차 남아있지 않은 그냥 살육, 공중전에서 압도적인 우위에 설 수 있는 신 장비다…….

응. 뭐, 나도 날 수 있으니 의미는 없지만?

(부들부들 ♪)

슬라임 씨도 즐겁게 뛰었고, 갑옷 반장과 무희 여자애도 웬일로 공중전을 지켜보고 있다. 확실히 즐거워서 잊고 있었지만, 이 전법은 이세계 느낌도 판타지 느낌도 전혀 없는 SF 배틀에 돌입한 분위기일지도?

"뭐, 잘 생각해 보면 우리가 이세계에 맞춰서 검과 마법의 세계를 살아갈 필요는 전혀 없지. 그야 검과 마법의 세계라니…… 나는 나무 작대기와 판넬인데?"

응. 판타지는 무리 같다! 그리고 81층은 양보받았지만, 전부 태운 게 불만이었는지 82층은 빠른 사람이 임자라는 평소의 던전 순회. 단, 하층에서 빠른 사람이 임자 방식으로 앞다투어 돌격하게 되면 특수 효과를 가진 적이 나올 때 위험하다. 그러니 사역자의 위엄으로 가위바위보를 해서 포메이션을 정하고, 정해진 범위는 가로채기 없는 파티제로 갔다.

82층은 내가 선두고 오른쪽이 갑옷 반장, 왼쪽이 슬라임 씨고 후위가 무희 여자애였는데, 탱커가 후위에 있는 파티는 분명 드물겠지? 하지만 뒤에서 은색 사슬로 원거리 공격을 하면서 범위 밖에 있는 「브루탈 래트 Lv82」를 후려치고 묶고 휘두르고 내던진다. 의외로 후위 쪽이 능숙할지도 모른다! 이름은 흉포한 쥐인데 크기는 도사견 이상이고 곰 미만? 뭐어, 새끼 곰? 설치류라서 그런지 깨물리면 아파 보이지만, 깨물리는 것에는 익숙하다! 익숙해지고 싶지 않았지만 자주 깨물리는 것 같으니까!!

"그래. 오늘도 아침부터 미궁황한테 깨물렸으니까, 그냥 설치류 따위는 적수가 아니라고!"

"그건 살짝 깨문 거예요!"

"맞음. 애정 표현!!"

(부들부들)

포메이션이라고 해도 뒤쪽 세 명이 굉장하니까 내가 제멋대로 움직이는 것에도 맞춰준다. 정면에 있는 쥐를 베고, 오른쪽에서 내달려서 뭉쳐있던 쥐 세 마리를 가로 일섬으로 베어버리자, 왼쪽에서 슬라임 씨가 올라와서 나의 왼쪽을 커버하며 쥐를 베고 돌아다녔다. 후위에 있는 무희 여자애가 유격으로 좌익에 들어가 횡렬로 늘어서서 쥐를 궁지에 몰았고, 오른쪽의 갑옷 반장이 옆에서 세로로 돌진해서 쥐를 베었다. 좋게 말하면 임기응변에 유연한 대열 편성, 직설적인 견해를 보이자면 틈만 나면 빼앗으려 드는 마물 쟁탈전. 솔직히 말하면 대열만 짰을 뿐이고 그냥 빠른 사람이 임자다!

하지만 빈틈없고 효율적이고 안정성 높은 싸움법이다. 다들 반장 일행의 싸움을 보고 배웠고, 반장의 지휘를 경험하면서 익힌 전술이다. 왜냐하면 이건 근대 전투 지식, 죽이기 위해 계속해서 갈고닦은 전술의 집대성……. 뭐, 모두가 혼자서라도 잡을 수는 있지만?

실은 오히려 단독 전투 능력이 뛰어나다. 안전책이라고 하면 그럴싸하지만, 마물을 효율적으로 분단해서 각개격파하는 걸 유기적으로 연동하고 있을 뿐이니까, 과잉 전력을 낭비하고 있다고도 할 수 있다. 그야 섬멸할 뿐이라면 한가운데로 뛰어드는 게 빠르다. 그러나 그걸로 이길 수 있을 때는 좋아도 호각인 상대가 오면 전술 없이는 져버리지만…… 이 멤버는 안 지려나? 응. 안전하고 효율도 좋고 낭비도 없지만…… 미궁황급과 호각인 상대는 던전에 없잖아?

"응. 그런 게 다수로 연계하면 도망치겠지. 그건 싸우면 안 되는 상대야! 응. 매일 아침 매일 밤 경험자니까 단언할 수 있어!!"

(부들부들)

그러나 세 명이 있다. 즉, 없다는 보장은 없다. 미궁황급은 한 명이라도 절대적인 경이, 그 위협 앞에서는 편성이나 대열로 연계하더라도 효율도 계산도 모두 무의미해진다.

"뭐, 무의미하더라도 굳이 위험을 무릅쓸 의미는 없고, 편하게 이기는 게 전술이고, 싸우지 않고 이기는 게 전략이고, 한밤중에 노력해서 이기는 게 전쟁이라고! 응, 이것이 남고생의 성전인 거야!!"

그야 즐거워 보이니까. 혼자서 고독하게 싸웠으니까, 분명 이렇게 모두 함께 싸우는 게…… 어쩌면 쟁탈전이 즐거울 뿐일지도 모르지만?

"이걸로 마지막, 이에요. 내려갈까요?"

"대열. 가위바위보, 앞이 좋다!"

(부들부들)

연계하며 싸우는 게 즐거운 모양이다. 그건 옆에 설 사람이 아무도 없었던 고고함 때문이고, 그건 어느 의미로는 고독했을 거다. 그 무쌍이 세 명이나 있고 연계전이 가능하다. 옆에 서서 함께 싸우는 건 처음 하는 경험이다. 그러니 즐거운 거겠지. 뭐, 마물에게는 재난이지만?

"오른쪽에서 몰아넣자. 우방향 사선대형이라고? 가자. 가라. 판넬! 이렇게 부르고 있지만 사실은 어깨 보호대고, 마구 공격하고 있지만 실은 이지스(수호)하는 방어구? 하지만 일단 말해두자. 잡았다……! 가라아아! 가라앉아라!! 라고나 할까아아!!"

88층에서는 포위전을 해보고 싶다고 해서 굳이 적을 광장에 모으고 나서 포위 섬멸전을 전개 중. 300을 넘는 「암즈 골렘 Lv88」을 넷이서 포위전이라니 뭔가 잘못된 느낌이 들지만, 압력도 공격 수단도 앞서고 있으니 가능하네? 응. 죽지 않게 몰아넣는 게 제일 힘든데?

"근데 이게 포위가 맞긴 한가? 4방향 중앙 돌파 아니야?"

(폼폼)

하지만 하층의 무장 마물은 대량의 무기와 방어구를 남기니까 지갑에도 대단히 친절한 좋은 마물이다. 포위당해서 중앙에 몰린 골렘들은 적과 접촉하지도 못한 채 아군의 밀집으로 움직이지 못했고, 주변의 골렘은 4방향의 포위 공격에 밀려 더욱 과밀하게 밀집되어 경단 상태에 빠지는 바람에 무기도 휘두르지 못한 채 섬멸당했다. 그렇다. 완전히 반장의 전술을 흉내 낸 것……. 그러나 이건 돌파당하면 의미가 없지 않을까?

비밀 방도 있었지만, 보물 상자 안은 철선이었다. 뭔지 몰라서 쳐다보고 있는데 무희 여자애가 눈을 반짝이며 바라봐서 "필요해?"라고 물어보니 끌어안았다. 응. 갑옷이라서 별로 즐겁지는 않았지만 탐욕 씨는 필요 없는 모양이니 무희 여자애한테 줬다. 마음에 든 모양이고, 유용해 보이면 밤에 미스릴화도 해주자.

그리고 한 쌍의 철선을 들고 기뻐하며 들떠서 부채춤으로 89층을 섬멸 중. 중장거리의 사슬에 근거리의 철선이 더해져서 턴에 롤을 더해서 스핀하듯 춤추자, 너덜너덜해진 마물들이 땅에 떨어졌다. 「블레이드 배트 Lv89」에게 무희 여자애의 댄스 파트너는 짐이 너무 무거웠던 모양이다. 응. 나도 무도회에서 죽을 뻔했으니까 마물의 마음도 잘 안다. 저 원심력은 방심하면 뼈가 부서진다니까?

그리고 나도 「블레이드 배트」와 판넬 공중전을 벌이고 싶었지만, 무희 여자애의 춤에 넋을 잃은 사이 나설 차례가 없어졌다. 조금 멋진 판넬 사용자의 포즈까지 준비하고 기다렸는데 한 마리도 남지 않았다. 응. '포착했다. 거기다! 잡았다아아아!' 같은 대사도 생각했는데, 남아있지 않았다.

응. 마음을 다잡고 90층 계층주전이다. 대사는 어떻게 할까?

◆─ 여고생이 손수 짠 케블라는 애정이 아니라 교살용일까? ─◆

87일째 정오, 지하 89층

아무래도 철선은 주요 장비가 아니라 예비 접근전용 휴대 장비인 모양인 듯, 무희 여자애는 직성이 풀렸는지 대형 방패와 곡검 장비로 돌아갔다. 뭐, 다음은 레벨 90 계층주니까 중장비가 정답이다.

갑옷 반장도 슬라임 씨도 레벨 48에서 멈췄으니까, 무희 여자애의 레벨도 두 명을 따라잡았다. 역시 틀림없이 사역에 의한 레벨 제약이 있고, 사역인 내 레벨이 24에서 올라가지 않으니까 조만간 세 사람 모두 레벨 48로 맞춰질 거다. 단, 스테이터스는 레벨 48인데도 네 자릿수를 넘기 시작했고, SpE나 DeX는 세 사람 모두 네 자릿수를 넘어섰으니까 역시 기본부터 다르다.

"던전 느낌으로 봐서는 별로 강하지 않겠지만, 그래도 90층 계층주니까 조심하라고? 두 사람 모두 ViT나 HP는 높지 않으니까? 슬라임 씨는…… 과하게 먹지 말고? 너무 이상한 걸 먹으면 배탈이 나겠지만, 배가 없으니 상관없나? 그래도 아저씨를 너무 먹으면 귀여움이 마이너스 효과로 감소할 테니까 조심해야 할걸? 그리고…… 어둠이 있으면 손대면 안 되거든? 그건 내가 받아 갈 거니까?"

(끄덕끄덕, 꾸벅꾸벅, 뽀용뽀용)

불만스러워 보이지만, 그것만큼은 절대 안 된다. 그건 정화하지 않으면 달라붙을 위험성이 있고, 그리고 미궁황급이 어둠에 물들면 막을 방법이 없다. 분명 죽일 수밖에 없어지고, 죽이는 것 자체도 불가능에 가깝다. 그리고, 그런 건 싫다고.

"남고생이라면 어둠에 물들더라도 조금 중2병이 재발할 정도고, 『내 왼손에 깃든 진정한 능력이여!』라고 떠들 정도니까……

이후에는 에로한 일을 할 뿐이니 평소 그대로잖아?"

그러니 걱정할 것 없다. 오히려 지금 상황이 더 걱정이다!

"슬슬 내 호감도를 고려한 계층주의 등장을 부탁하고 싶은데?"

꺼림칙하게 땅딸막한 인간형 개구리 같은 모습. 그 체구는 불쾌할 정도로 끈적끈적 번들거리고 돌기가 튀어나온 흑회색의 두꺼운 피부에 덮여있다. 그리고 그 전신에서 섬뜩하게 돋아난 무수한 돌기 촉수가 해조처럼 꿈틀꿈틀 흔들리는 게 이형이자 꺼림칙한 적이다.

어째서인지 아군이 흘겨보고 있네? 기괴 생물의 끈적끈적 점액에 젖은 꺼림칙한 돌기 촉수 연타. 그걸 건전하고 근면한 노동 촉수 씨가 버섯 형태로 가볍게 요격한다. ……흘겨보고 있네? 그리고 갑옷 반장도, 무희 여자애도 한참 떨어져서 이쪽을 바라보고 있잖아?

왠지 빨리 죽이지 않으면 내 호감도가 드득드득 깎여나갈 것 같다. 응. 왠지 질 수 없는 싸움인 것 같아서 촉수 씨로 받아내고 있는데, 어차피 100개에도 미치지 못하는 그로테스크 촉수다. 수량 제한이 붙은 그로테스크 정도로 『무한의 마수』 씨를 얕보지 말아줬으면 하는데!

"훗. 촉수 씨, 마수 씨. 해치워 버리세요! 그보다 끝? 이라고나 할까?"

어깨 보호대를 유선으로 제어할 수 있다면, 분명 가능하겠지. 그야, 원래 『마수』 씨는 병기를 들고 다룰 수 있거든. 그걸 위해 연습한 기술이니까…… 한밤중에?

"유선 제어 원격 조작식 소드 레인! 아, 창이나 도끼도 있거든? 뭐, 소드 레인이긴 하지만, 검이 조금 부족하다는 느낌? 이라고나 할까?"

무겁고 너무 커서 동급생에게도 팔지 못하고, 너무 고급이라 판매도 할 수 없었다. 그러나 이 절삭력과 파괴력은 굉장하다. 효과는 초라해서 용도가 없이 계속 언젠가 쓰자며 아이템 주머니에 잠들어 있던── 그 대미궁 제99층 미노타우로스의 거대한 무기들이 칼날의 집중 호우를 퍼부었다. 그 파괴력 특화의 거대한 참격을 일제히 때려 박았다.

"겨우 소드 레인이 실용 레벨에 도달했네? 응. 지금까지 잡화점의 물건 보충을 도와주는 것밖에는 용도가 없었단 말이지? 잡화 보충 레인?"

그러나 제어 때문에 움직이지 못한다. 움직이지 못하는 데다 99개의 무기와 어깨 보호대 여섯 개를 조작하는 유효 사정거리는 100미터도 안 된다. 유용하게 운용할 수 있는 건 기껏해야 50미터 정도고, 도망치는 적이라면 끝장낼 수 없고, 자신은 무방비. 지금까지 쓰기가 어려웠는데…… 뭐, 하고 싶었단 말이지? 이세계니까?

"아니, 저 꺼림칙한 괴인 촉수 개구리 남자를 흘겨보는 건 이해하는데, 왜 나까지 저 이형의 괴기 생물과 똑같이 흘겨보는 거야? 눈흘김에 죄는 없지만, 저것과 동일시하는 건 편견에 기초한 사실무근의 촉수 차별이거든? 그치만 저쪽은 혐오스러운 흑갈색 돌기 촉수고, 나는 귀여운 버섯 머리 돌기고 여러모로 러블리한 핑크잖아? 응. 매일 밤 사이좋게 지내는 절친 촉수 씨고, 어제도 사이좋게 같이 놀았는걸? 꿈틀꿈틀?"

"" 똑같음! 오히려 이쪽이 위험해요(눈물!)."""

부당한 처우에 단호하게 유감의 뜻을 표명하고 싶지만, 애초에 세상은 유감의 뜻을 확실히 표명하면 무시당하는 모양이니까? 응. 이 슬픔은 오늘 밤 유감 없이 발휘하기로 하자! 절친도 함께 다! 그래. 밤은 돌기 버섯 촉수 레인이다!

결국 그로테스크 개구리 남자는 「밸리언트 프로그맨 Lv90」이었고, 괴기 개구리 남자인지 실은 잠수부(프로그맨)였는지는 알 수 없었지만 이형이라는 건 확정이었다.

"틀림없이 크툴루 계열로 오는 걸 기대했는데, 전혀 상관없는 그저 이형의 잠수부(프로그맨)였던 모양이네? 뭐, 미소녀 기어 오는 혼돈은 아니니까 죽여도 화내지 않겠지?"

일단 먹는 모양이다. 극혐 음식을 좋아하는 것도 곤란하지만, 이걸로 슬라임 씨도 『감도 상승』과 『발정』 상태이상을 보유하게 되었다. 나의 『독수의 글러브』도 효과는 『각종 독 상태이상 부여』, 즉 『감도 상승』만이 아니라 『최음』이나 『발정』도 부여할 수 있는데, 부여하지 않아도 습격을 당하거나 유혹을 받거나 해서 용도가 없다. 대인전도 아저씨뿐이라 죽여도 쓰지 않는다! 차라리 독 상태이상 『대머리』 부여 같은 게 있다면 좋았을 텐데, 대머리는 상태이상이 아닌 모양이다. 뭐, 태우면 똑같지만?

드롭 아이템과 마석을 슬라임 씨에게 받자, 『밸리언트의 목걸이 : 변태, 이형화, 점액(전체 내성, 전체 상태이상 부여), +DEF』

라는 염원하던 목걸이 장비……인데, 이건 안 되잖아! 응. 오타쿠한테 주자. 『변태』고, 점액도 나오니 무척 좋아하겠지. 줘도 왠지 위험해 보이지만!

이 느낌으로 보면 경계할 정도는 아닌 것 같지만, 91층부터는 방어력 높은 슬라임 씨와 무희 여자애가 앞으로 정해졌다. 나와 갑옷 반장은 고기동형 양익이다.

역시 90층부터는 강하다. ……자괴를 시작한 몸으로 뛰어들었다. 기세를 타고 몰려드는 개코원숭이들을 슬라임 씨와 무희 여자애가 막은 순간, 먼저 판넬을 보내서 집단을 꿰뚫고, 『위그드라실의 지팡이』를 들고 도약해서 『마전』 상태의 『허실』로 개코원숭이를 베어버렸다.

왼쪽에서 갑옷 반장이 나서고, 슬라임 씨와 무희 여자애가 좌우로 펼쳐지면서 협공했다. 방어전에서 공격으로 전환했고, 개코원숭이들은 사방에서 압력을 거는 공격에 밀려 혼란에 빠졌다. 방패를 들고 있어도 옆이나 뒤에서 공격하면 의미가 없고, 지휘관이 없는 무리는 집단행동도 하지 못한 채 아군끼리 부딪치면서 섬멸당했다.

"「얼티밋 바분 Lv91」이라니, 개코원숭이 쪽에서 보면 최강종(얼티밋)일지도 모르지만 원숭이종 최강이라면 모를까 개코원숭이 한정인 데다 처음 만나는 개코원숭이 마물이니까 궁극(얼티밋)이라고 어필해 봤자 비교할 여지가 없잖아? 응. 바분은 초대면이니까?"

확실히 『전체 내성』, 『참격 무효』, 『마법 무효』의 Lv91. 타격을 노리려고 해도 방패와 장갑을 들고 있는 거구의 개코원숭이. 그 스테이터스도 PoW과 SpE가 네 자릿수를 넘는 미친 짐승들이라 강하지만, 개코원숭이 최강이라고 우쭐대봤자 개코원숭이의 기준을 모르겠단 말이지? 그래도 반장 일행이 두 파티라면 이건 무리다. 이 정도의 마물이 『연계』로 몰려들면 숫자의 폭력에 밀리고, 도망치지 못하면 희롱당하다 죽는다. 모두가 오면 이길 수 있겠지만, 피해는 헤아릴 수 없을 거다.

우리에게는 대책이 있다. 게다가 방책과 대책이 두 개 있는 안심할 수 있는 전투다. 그 책략이란, 『마법 무효』밖에 없으니까 무리의 중심부에 기름을 던져서 방화했다. 화염 무효가 없으니까 크게 소란을 부리면서 『연계』할 수 없어졌다. 그래도 위협적인 건 숫자의 폭력이니까, 그 대책은 「숫자로 폭력을 휘두른다면, 좀 더 폭력적으로 돌려주면 되잖아?」로 숫자째로 두들겨 팼다. 100마리의 폭력에, 1인당 1만 발의 폭력을 때려 박았다. 응. 완벽한 대책이다.

단, 판넬로는 힘들었고, 소드 레인은 무리였다. 전력으로 『마전』을 걸고 고속 이동을 하게 되면 판넬까지 제어할 수 없다. 그리고 무리하다 제어 불능 상태에 빠져서 마전이 폭주해서 자괴. 그래도 90층 정도 되면 적이 강하다. 여력을 남기고 싸우다간 언제 죽어도 이상하지 않은 이상, 전력으로 가야 한다. 그렇다. 결코 고집을 부려서 판넬로 놀고 싶었던 게 아니야! 응. 즐거웠지만?

"아니, 조금 정도는 자괴하더라도 『대현자』를 얻었으니까 『재생』의 효력도 좋아지고 치유도 빠르고 『치유』도 『회복』도 둘렀다니까? 아마 『소생』도 두를 수 있을 테니 조금 정도라면 죽어도 괜찮을지도?"

그래도 뭔가 그 효능은 조금 싫네!

"위험한 일은 하지, 말아요!"

"그치만 위기관리를 하려고 해도 개코원숭이가 너무 많아서 개코원숭이 관리에 바빴다고. 분명 개코원숭이도 매일 히이히이 떠들면서 고생하고 있을 거고, 어젯밤에는 자기들도 히이이히이이이이익 하고…… 아니, 무슨 짓이야!!"

얻어맞았네? 그래도 단일 전투라면 움직임에 실패가 없다면 자괴하지 않고 싸울 수 있다. 그러나 집단 상대로 판넬 공격이나, 무한의 마수로 와이어 커터나, 무한 마수 소드 레인 같은 원격 조작 대량 공격을 쓰면 처리 능력을 넘어선다. 그게 무모하다고 말한다면 그뿐이지만, 부하의 비율을 파악하고 양립할 수 있는 한계를 알고 싶었다. 언젠가 수단이 떨어지고, 궁지에 몰리지 않기 위해서. 응. 그리고 '포착했다, 거기다! 잡았다아아아!' 라고 말하고 싶었거든?

대량의 적진 속에 뛰어드는 건 무리라도 이 92층 같은 미로 조우전이라면 양립에 가까운 정도로는 쓸 수 있게 되었나? 응. 원격 조작도 적이 적으면 처리가 편하고, 본체는 반사만 하며 피할 수 있다. 뭐, 그래도 「스케일 오스트리치 Lv92」는 철 비늘갑옷을 입은 타조고, 『마전』이 가장 유효해서 고속 이동으로 회피하며 와이어를 날려서 지나갈 때마다 절단하고…… 이후에는 넘겨졌네? 응. 갑옷은 틈새만 있다면 의외로 『마력실』에 약하고, 달리면 걸려서 넘어지지?

　그렇다. 이 타조는 공격 특화라 위험하지만, 방어력이나 방어 스킬은 적어서 물렁했다. 그리고 마력실에 걸리면 넘어지고? 하지만 이런 것하고 정면에서 맞부딪치면 레벨 100이라도 죽는다.

　이런 상대가 있으니까 반장 일행을 하층에 보내고 싶지 않다. 방어 무효인 『절대 관통』 부리에 찔리거나 발톱에 걷어차이면 공격이 통해서 치명상을 입을 수 있다. 아무래도 던전 하층 마물은 고레벨을 상대하는 데 특화된 스킬이 많은 것 같단 말이지?

　타조들을 사냥하고 비밀 방에 갔다. 슬라임 씨가 부들부들 기분 좋아 보이니 당연히 타조를 먹은 모양이다. 보물상자는 지극히 당연하게도 자물쇠가 없었다. 그리고 함정도 없다. 내용물은 『마도의 비표(飛鏢) : 참격(대), 비표, 유도, 마법 전도, +ATT』. 18세트가 있는 뭔가 이득 본 듯한 표창 세트. 기본적으로 투척 병기지만 손잡이가 고리라서 소검으로도 쓸 수 있는데, 고리에 끈이나 천을 묶어서 휘두를 수도 있는 병기인 모양이다. 하지만 이거, 무희 여자애의 사슬 끝에 달아두면 벨 수도 있게 될지도? 뭐, 그것도 뒤로 미루고 『공간 파악』의 느낌으로 봐서는 다음이 최하층이고, 미궁왕의 방인 것 같다.

　"실례한달까, 실례하겠는데 두들겨 패고 마석으로 만들어서 팔아치우는 건 뭔가 악덕 강도보다 질이 나빠 보이는데, 양질의 강도 그건 그것대로 싫은 느낌이란 말이지? 뭐, 최하층에서 던전의 파이널 턴이고, 드로우는 나중에 하면 되니까 6연 기동 실드 전개하고, 느닷없이 6연 기동 실드 트리거를 발동해서 공격해 봤는데 이미 봤으니까 인사는…… 계속 나의 턴이니까, 괜찮지?"

역시 여기도 깊었다. 결국 93층에서 레벨 93 미궁왕……이라고 생각했는데, 여기에 와서 레벨 100이냐고. 하지만 어둠만 없다면 아무 문제도 없다.

그리고 커다란 식물 「어스 플랜트 Lv100」은 채소 같지 않았으니까 식용은 아니겠지? 그래도 틀림없이 정통파 촉수 대결이 벌어질 줄 알았는데, 이단인 펜서였다. 날카로운 가지로 찌르면서 가지를 뻗어 증식하는 창진이다. 후위에서 판넬의 원호 사격으로 가지를 닥치는 대로 떨궜지만, 순식간에 증식해서 원래대로……. 이세계에도 대형 전정 가위가 필요한 모양이네?

무한히 증식하고, 무진장 분열하면서 내지르는 무한한 창. 『마법 내성』에 『마법 반사』, 『마법 흡수』까지 가지고 있고 『염열 내성』이라 기름으로도 불타지 않는다. 베어도 꿰뚫어도 부러뜨려도 『증식』해서 끝이 없고, 날카로운 가지와 덩굴의 찌르기 때문에 접근할 수가 없다. 순간적인 직선으로 찌르는 가지와 휘어지며 베기 위해 뻗어오는 덩굴의 탄막을 회피하면서 도망칠 수밖에 없는 소모전. 마력 고갈까지 기다리는 방법도 있지만, 『마력 흡수』가 있으니 오래 버틸 거다.

갑옷 반장과 무희 여자애는 춤추듯이 뻗어오는 가지의 찌르기를 피하며 증식하는 가지를 베고 있다. 그래도 손패가 무한한 찌르기의 비를 회피하느라 바빠서, 날카로운 가지의 창진으로 보호받는 본체까지는 육박할 수 없다. 슬라임 씨는 찔러대는 걸 그대로 먹고 있는데, 먹어도 먹어도 계속 나와서 기뻐 보인다…….

응. 멍멍이 샐러드 상태?

(뽀용뽀용♪)

　후위에서 견제하는 건 포기하고, 『이지스의 체인 숄더 실드』를 어깨로 되돌렸다. 그리고 중위에서 100개의 소드 레인을 바로 위에서 때려 박았다. 제어 없이 그저 바로 위에서 레벨 99 미노타우로스의 대검들을 쏟아붓자, 그 평범한 물량이 늘어나며 분기하려는 가지를 파괴하면서…… 튕겼다. 단단하고 강하다. 부서지면서도 100개의 검을 튕겨내고 있다.

　"홋. 고작 식물 마물에 초식계 남고생이 친환경 대결에서 질 리가 없지!"

　봤을 때부터 생각하고 있었다. 하지만 왠지 그건 슬픈 느낌이 들어서 쓰지 않고 있었지만 어쩔 수 없지. 소드 레인도 아이템 주머니에 되돌리고 『마력실』을 케블라 형태로 자아냈다. 이제 직물도 완전히 특기가 된 남고생인데, 케블라를 뜨는 남고생은 더더욱 드물겠지. 뭐, 여고생이라도 거의 없겠지만?

　"응. 직접 만든 케블라를 선물해도 사랑은 싹트지 않을 텐데 말이지? 오히려 교살용!"

　그리고 끄트머리를 무겁게 짜낸 세 개의 『마력실』을 고속 회전시키며 계층 전체로 증식하는 가지의 창진을 향해 도약했다. 찔러 오는 덩굴과 가지의 창을 『위그드라실의 지팡이』로 베어내면서 전선으로 나갔고, 고속 회전하는 『마력실』로 뻗어오는 덩굴과 가지를 닥치는 대로 깎아냈다.

　"뭐, 풀베기라고나 할까 와이어 예초기? 응. 왜 이세계에서 제초 작업을 해야 하는지는 제쳐놓고, 내가 예초기가 되다니 대체 뭐야!"

360도를 구형으로 깎아내는 입체 제초 남고생이다. 응. 성실하게 검으로 베던 갑옷 반장과 무희 여자애가 흘겨보고 있다 …….. 그러니까 하고 싶지 않았다고~ 뭐, 이세계에서 와이어 예초기는 신기한 모양이니까 의외로 잘 팔릴지도?

"남고생이 던전에서 제초하다니, 뭐 마물깎이랄까 어스 플랜트 사냥? 이 경우에는 둥실둥실 둥실둥실 어디에서 흘러오는 걸까? 오히려 대나무숲을 베어서 미인을 얻는 게 좋겠는데 가지와 덩굴뿐이라서 대나무는 없다고! 근데 대나무가 난다면 와이어 3D 예초기를 방어할 수 있었을 텐데 서로 유감스러운 결과가 되어 채용 탈락 메일이 날아와서 벚꽃이 저무는 게 아니라 풀이 저물고 풀이 돋아나서 대폭소?"

마법을 흡수하고 반사하고 내성이 있더라도 상관없는 그냥 벌초. 그렇다. 결국은 풀이다!

"윈드 커터로 벨 수 없으면 예초기로 사냥하면 되잖아? M을?"

거참. 마의 숲 제초가 마음에 들었는지 데몬 사이즈들은 아침부터 마의 숲으로 나갔는데, 설마 던전에서 내가 제초 작업을 하게 될 줄이야……. 이세계까지 와서 던전에서 제초. 게다가 예초기로 제초라면 그나마 용납할 수 있지만, 이세계 스킬로 내가 예초기라니 뭔데!!

"응. 이세계는 대체 나를 무슨 용건으로 부른 거야? 예초기로 불렀다면 이세계를 통째로 베어주겠어! 그래도 브래지어 제작이라면 대화라는 이름의 잔소리야!!"

　겨우 전정이 끝나 깨끗해진 「어스 플랜트」는 슬라임 씨의 맛있는 샐러드가 되었다. 응. 이 던전은 고기밖에 없었으니까 건강에 좋을지도?

　"나 참. 시시한 걸 베었달까, 깎았달까, 촉수 씨 낭비였네?"

　그렇다. 마물을 잡는다는, 남고생적으로는 잘못된 촉수 씨 사용법이었으니까 밤에는 입가심을 해야겠지만 촉수 씨한테는 입이 없잖아? 응. 흘겨보고 있네?

> 이 세계는 18세가 지나면 노처녀라고 하는데,
> 영원한 17세에 관해서는 건드리지 않는 모양이다.

87일째 저녁, 하얀 괴짜 여관

　하루카 일행은 던전을 없앴다. 93층까지 있는 깊은 던전이었고, 그리고 심층 마물도 위험한 능력을 가진 게 많았다고 한다.

　"그러니까 80층까지? 뭐, 85층까지라면 갈 수 있을 것 같지만 꼼수를 쓰는 녀석이 늘어나거나 특수 스킬 가진 녀석이 많으니까 장비가 충실해질 때까지는 금지라는 방향?"

　즉, 우리만으로는 하층은 아직 무리라는 거다.

　""""에엑~!""""

　""""우우우우!!""""

　감시자가 없다면 모두가 가도 안 된다. 돌파한 던전의 마물이 그렇게나 위험했던 모양이라, 80층대가 아슬아슬하고 90층부터는 금지. 그러나 이 네 사람이 '그럭저럭 위험했다'고 하니까, 우리한테는 어마어마하게 위험하다. 그야, 이 네 사람이 정말로 위험했다고 한다면, 그건 이세계에서는 무리일 테니까? 응. 이 네 사람이 버거워한다면 우리는 확실하게 목숨이 위험하다.

"이 장비라도 안 된다니, 뭐가 더 부족한데!"

"힘으로 밀어붙여서 이길 수 있는 무기와 특수 공격을 막을 갑옷? 나머지는 도망칠 때 두고 갈 수 있는 미끼용 오타쿠라든가, 수수께끼의 적에게 돌진하게 시켜서 실험대로 쓰기 위한 바보? 그리고 부추겨서 깨물어 죽이게 할 날라리?"

"""은근슬쩍 버리고 가지 마!"""

"""안 깨문다고! 왜 부추기는데. 그리고 날라리 아니야!!"""

불만은 있다. 하지만 무한히 늘어나는 창 마물이라니, 대체 어떻게 싸워야 할지 모르겠다. 안젤리카 씨나 네페르티리 씨도 다 베지 못하다니, 우리라면 다 같이 덤벼도 돌파할 수 없다. 그리고 인간 예초기도 무리니까?

그리고 하루카는 미스릴을 찾고 있다. 안젤리카 씨나 네페르티리 씨의 초고성능 장비도 미스릴화하고 싶은 모양이다. 그렇다. 우리가 입은 신형 갑옷조차 「대용품」. 그건 지나치게 과보호라서 요구하는 안전성이 너무 높은 것 같지만, 실제로 80층에도 대미지를 어느 정도 받고 있으니까……. 그리고 하층 마물은 더욱 강해진다.

"정공법, 으로 이기는 거. 좋아요……. 무장은 필요, 해요."

"이기는 병기, 지지 않는 방어구, 전부 다루는 게 기술입니다."

(뿌용뿌용)

안 되는 모양이다. 네 사람 전원 반대. 희생자를 절대로 내지 않는 싸움법으로는 아무래도 안전책으로 기울어진다. 하지만 그건 이 네 사람이 위험을 떠안는다는 뜻이다. 우리가 이길 수 있는 적하고만 안전하게 싸울 때, 위험한 마물을 전부 떠안고 있다…….이건 아직도 보호받는 거나 다름없다. 애초에 가장 약한 건 하루카고, 안젤리카 씨네도 레벨 제한이 있고, 슬라임 씨는…… 장비조차 없으니까?

"아니, 죽지 않고 죽일 수 있게 되면 되니까 고민하지 않아도 되거든? 응. 우리는 죽기 전에 죽이는 게 특기고, 반장네는 죽지 않고 죽일 수 있는 적을 죽이면 될 뿐이야. 그보다 최하층 마물은 고레벨 적에 적응하는 것 같으니까 성가실 뿐이고, 레벨로 압도하거나…… 레벨 차이 같은 걸 무시할 수밖에 없거든? 응. 반장네는 레벨을 올리고 그에 맞는 장비를 모으기만 해도 되니까?"

(끄덕끄덕, 꾸벅꾸벅, 뿌용뿌용)

알고 있다. 머리로는 잘 알고 있다. 우리에게 올바른 싸움법도, 우리의 힘이 부족하지 않다는 것도. 그러니까…… 훈련이다. 그것밖에 없으니까. 강해지기 위해 할 수 있는 일은 단련밖에 없으니까. 그리고 아침밥으로 나온 돈가스를 너무 많이 먹었으니까! 납득할 수밖에 없으면서도 마음은 납득하지 못했다. 그러니까 노력할 수밖에 없다……. 그래. 원 모어 세트!!

응. 그 추가로 나온 갈은 무와 돈가스가 함정이었다!!

"무리하게 포위하지 않아도 되니까, 흩어지지만 마!"

""""Ja(알았어)!""""

그리고 훈련은 터무니없었다. 안젤리카 씨와 네페르티리 씨와 슬라임 씨가 3인 동시에 포메이션을 짰다. 전혀 무너뜨릴 수가 없다……. 연계는 조잡하지만, 그 개개인에게 파고들 빈틈이 전혀 없다. 여자 20명에 놀러 온 샤리세레스 왕녀님과 메리에르 씨, 메이드 세레스 씨까지 참전했는데……. 고작 24인으로는 저 세 사람의 상대가 되지 못한다.

불규칙하게 역할을 바꾸는 트라이앵글 포메이션에 우리 진형이 휘둘리며 무너진다. 혼자서도 최강인 세 사람이 모여서 연계까지 하니까 손쓸 수도 없이 열세에 몰린다. 재정비하자마자 진형이 해체되고, 황급히 방어하면 무너진다. 포위는 돌파당하고, 기습은 뒤가 잡히고, 그저 생각만으로 진행되는 연계에 휘둘리면서 쓸려버린다.

그렇다. 이게 우리의 약함. 개별적으로는 이기지 못하니까 모여서 연계하며 싸우는데, 그 연계가 무너지면…… 당한다. 재정비하지 못한 채 궁지에 몰리고, 커버하러 가면 단번에 저격당한다. 단 한 곳이라도 무너지면 거기를 지키기 위해 빨려 들어가서 섬멸당한다. 그리고 그걸 뒤집을 방책도 히든카드도 없다. 우리는 개별적으로 보면 약하니까.

그러니까 '힘으로 밀어붙여서 이길 수 있는 무기와 특수 공격을 막을 갑옷'. 이렇게 되었을 때를 위해, 이렇게 되지 않기 위해. 아무 말도 하지 않지만, 남자들은 이미 개별 연습을 시작했다. 언젠가는 없어질 테니까 우리만으로 그 구멍을 메워야 한다. 공격과 기동의 핵심과 방어와 공수의 주춧돌. 그게 없어지면 진형을 유지할 수조차 없어서 무력하고, 유지할 수 없으니까 공수를 전환하지 못하고 열세에 처한다. 그리고 재정비하지 못한 개별적인 상태로는 절대적으로 약하다.

"큭. 막을게요!"

""도와줄게.""

선두에 있는 안젤리카 씨를 탱커 팀이 막았지만, 억지로 베고 들어오지 않고 끌어들인 뒤에 후위에 있는 네페르티리 씨가 오른쪽에서 뛰쳐나와 협공했다. 황급히 우익에 있는 우리가 네페르티리 씨를 막자, 그 빈틈을 노린 슬라임 씨가 중앙 돌파해서 분단되어 둘러싸였다!

"안젤리카 씨는 맡겨줘! 탱커는 슬라임 씨를 막아!!"

"""응. 무리!"""

좌익에 있던 시마자키 일행이 파고들어 위치를 교대해서 억지로 진형을 이어 붙였다. 우리와 문화부가 네페르티리 씨를 협공하려 했지만, 쫓아가니까 후퇴하면서 유도당했다. 그대로 좌익으로 돌아서 시마자키 일행을 협공하려는 네페르티리 씨의 움직임을 저지하려고 움직였는데…… 이번에는 슬라임 씨에게 저지당했다!

(뽀용뽀용 ♪)

"이거, 분명 연습했어!"

"남자들, 확실히 유격해 줘."

"""움직임이 빨라서 따라잡을 수가 없어!"""

결국 남자들까지 참가했는데도 붕괴. 고립되어 집중 공격을 받았고, 그걸 커버하러 가니까 기다렸다는 듯 노려서…… 얻어맞았네? 응. 던전에서 연습한 거겠지?

7전 7구타로 눈이 ×(가위표)가 되자, "수고했어~ 지금이라면 달고 맛있는 회복 포션 주스가 단돈 300에레라는 바가지 가격으로 제공? 이라고나 할까?"라고 말하며 주스를 나눠줬다(바가지를 씌웠다). 그리고 저쪽은 오늘 네페르티리 씨의 리턴매치인 모양이다. 저번에는 아직 레벨 1이었던 네페르티리 씨가 반칙 공격으로 패했지만, 오늘은 레벨에서 압도하고 있다. 단, 서로 평범한 나무 작대기로 싸우고, 하루카도 허리에 『위그드라실의 지팡이』를 차고 있으니 전력이다.

"""판넬 공격!"""

"아니, 단번에 격추당했잖아?"

"""그래도 낭만이라고요!!"""

"아니, 저것 때문에 하루카는 늦어졌는데?"

사라진 것처럼 일렁이며 소실한 뒤에 뛰쳐나오는 검은 그림자. 몸을 반회전하며 회피와 동시에 나무 작대기를 옆으로 그으며 베었다. 하지만 그것조차 페인트였고, 발 쪽에서 낮게 『마력실』을 옆으로 휘둘러서 발밑을 노리는 다리 걸기!

"스텝만으로!"

"레벨이 문제가 아니라, 기술이 너무 다르네."

반면 네페르티리 씨는 오른손의 작대기를 휘둘러 참격을 쳐내고, 초저공 『마력실』 공격을 걸어서 뚫고 나왔다. 가볍더라도 도약하면 착지할 때를 노릴 테니까, 그걸 노리고 있던 하루카의 빈틈을 타서 나무 작대기를 휘둘렀다.

"공중에서 회피."

"스치지 않았어!"

"""저 판넬, 방패구나!"""

하루카는 그걸 어깨 보호대로 흘려내면서 공중에서 회전했다. 그 도망칠 곳 없는 몸에 달려드는 네페르티리 씨도 공중에서 옆으로 회전했고, 작대기와 작대기가 원을 그리며 교차하고 교착하는 검격을 펼쳤다. 그리고 다리가 땅에 붙는 동시에 상반신을 틀어서 지면과 수평이 될 만큼 몸을 눕혔고, 가로 회전을 억지로 세로 회전으로 바꾸며 그 변환에 따라 나무 작대기를 아래에서 위로 궤도를 바꿨다.

"춤추는 것 같아."

"응. 모르고 있을 텐데도 호흡이 딱 맞네."

사라지면서 피하고 뒤로 돌아가려고 했지만 네페르티리 씨의 회전은 멈추지 않았고, 몸을 일으키면서 가로 회전으로 변한 참격으로 흑의를 쫓았다. 그것은 마치 정해진 형식을 따라가는 연무, 그저 기적 같은 아름다운 춤 같았지만…… 서로의 얼굴에는 조금도 여유가 없다.

응. 패한 사람이 30분 무저항으로 밤의 공격을 받아낸다는, 목숨을 건 연습전이라고 하니까!

"헤엑헤엑헤엑. 밤에는 2 대 1이니까 30분의 핸디캡은 있어야 마땅하다고!"

서로 춤추듯이 베고, 춤추듯이 파고들어 교차한다. 초근접——그런데도 서로의 몸이 닿지는 않았고, 베이는 일도 없이 서로의 위치를 바꾸며 몽환과도 같은 검무를 무한히 이어간다. 응. 두 사람 다 진지하네?

"헥～헥～헥. 하지만 거절한다, 입니다. 30분 촉수, 300번 죽음, 입니다!"

떨어지는 나무 작대기를 원을 그리듯 흘려내고, 반격하며 베고 들어간 나무 작대기는 허공을 베었고, 또 타격전을 벌이면서 위치를 바꿔 교차한다. 응. 30분에 300번은 죽는다고 하네!

"헤엑헤엑헤엑……."

물 흐르는 듯한 원운동의 조합에 다리가 춤추고, 검격이 번뜩이며 몸이 춤춘다. 즐거운 듯, 서로 다가가듯 몸을 맞대면서 돌고 돌면서 부딪친다……. 정말 진지하다.

"헥～헥～헥～."

이제 하루카는 네페르티리 씨에게 대항하지 못하고 있는 모양이다. 그런데도 승부는 호각이고, 슬라임 씨도 뽀용뽀용 열전을 응원하고 있다.

"네페, 아직, 익숙하지 않아요. 저 변칙적인 움직임, 사라지는 동작, 그리고 보이지 않는 마력실도."

그렇다. 네페르티리 씨는 미궁황의 힘을 되찾고 있다. 보기만 해도 느껴질 만큼 어마어마하게 강하다. 그러나 익숙해지지 않으면, 저 반칙왕은 버겁다! 베면 사라지고, 피하면서 촉수를 뻗고,

이미 네페르티리 씨의 무도를 익혀서 움직임의 방향을 읽고 있다. 그리고 거리가 너무 가까워서 사슬을 쓸 수 없는 게 힘들다.

하지만 변칙왕도 스테이터스로는 압도적으로 밀려서 육탄전으로는 이길 수 없다. 그리고 기술도 큰 차이가 나고 있으니까, 읽고 있더라도 결정타를 날릴 수가 없다. 그렇다. 서로가 30분 무저항의 위험성을 숙지하고 있어서, 진지한 눈초리로 맞부딪치고 있다. 그리고── 타임 아웃.

"""정말이지~ 더 오래 끌면 수영복 제작이 늦어지잖아!"""

심판(=안젤리카)이 난입해서 무승부로 끝났다. 그야말로 사투. 네페르티리 씨는 무저항으로 300번 죽지 않을 수 있어서 안심하고 있지만, 『완전 정신 내성』을 가졌는데도 300번 죽는다니…… 대체 어느 정도인 거야!

"아아…… 지쳤어."

"""자자. 수영복 수영복 ♪"""

하루카는 봉인해 둔 『위그드라실의 지팡이』를 쓰지는 않았어도 장비는 하고 있었다. 새로운 『어깨 보호대』까지 착용한 상태로 싸웠다. 고작 며칠 만에 너덜너덜하게 망가졌던 몸을 고치고, 약해졌던 힘을 되찾고 있다. 그러나 그건 아슬아슬할 거다. 분명 한계를 속이고 사기를 치고 얼버무리고 바꿔치기하고 꼼수를 쓰고 기만하고 있을 뿐……. 응. 한계 씨에게 대체 무슨 짓을 하고 있는 거야!

"못 이겼어."

"""무리무리."""

"응. 그야 절대 네페르티리 씨에게는 약한 모습을 보이지 않겠지……. 하루카는 고집불통이니까."

그렇다. 본의 아니게 조종당해서 하루카의 몸을 부숴버린 걸 괴로워하고 있을 네페르티리 씨 앞에서 약한 모습을 보일 수는 없으니까. 그리고 걱정하면서 보고 있던 모두에게 안젤리카 씨가 설명해 줬는데, 하루카가 강한 비결은 『마전』이다.

그건 마력이나 스킬만이 아니라 모든 마법이나 장비 효과까지 두른 신체 강화. 그 어마어마한 효과에 결국 몸이 버티지 못해서 망가지기 시작했다. ……전부터 계속 망가지고는 있었지만, 한계를 넘어서서 제어 불능에 빠졌다. 네페르티리 씨를 구해낼 때는 이미 공격도 받지 않았는데 온몸에서 피가 터졌고, 뼈는 부서지고 꺾였고, 팔은 뜯겨서 바닥에 떨어졌다고 한다. ……언제나, 이미 한계였다.

그래서 장비인 『위그드라실의 지팡이』를 놓거나, 무리한 움직임을 보이지 않게 『허실』을 봉인하고 무도를 배우면서 검무의 움직임을 도입했는데…… 또 질리지도 않고 장비 아이템으로 신체 능력을 끌어올려서 얼버무리려고 하는 모양이네? 응. 전혀 반성하지 않고 있다!

""푸하앗, 좋은 탕이야──!""

""Viva-non-no♪""

그리고 잔소리하려던 강한 의지는 더한 진화를 이뤄낸 궁극의 『진(眞) 거품 바디워시』로 씻겨나갔다. 그 경악스러운 매끈매끈한 느낌에 매료되고, 서로서로 씻겨 주면서 거품에 물들어 행복으로 충만한 기분에 잠겨 몸을 씻은 뒤, 천천히 탕에 몸을 담가 쉬면서 기력을 충전했다.

그리고 쳐다봤다. 매료된다. 닦이고 젖어서 매끄러워진 과일 같은 아름다운 피부. 맨들맨들 비단처럼 미끄러지는 윤기 나는 맨살. 그 달라붙을 듯이 매끄럽고 투명한 하얀색. 마치 도자기처럼 매끈매끈한 피부에 매료될 것 같다!

"""이 바디워시는 대체 뭐야!"""

다들 서로의 피부를 보며 아연실색했다. 그저 자신의 피부를 만지며 경악하고 있다. 투명해진 듯한 팔을, 상아처럼 매끄러워진 배를, 도자기 같은 다리를…… 넋을 잃겠네?

"""예쁘다…….."""

"이거 너무 대단하잖아!"

피부가 아름다우면 이렇게나 미인도가 올라간다고 할 만큼 다들 예뻐졌다. 목욕탕은 마치 현실이 아닌 듯한 아름다움으로 가득 찼고, 다들 도취되어서…… 이건 이제 포기할 수 없다. 이건 바가지 가격이더라도 무조건 필요하다!

오늘은 리듬체조부와 배구부의 운동부 트리오와 방패 여자애도 같이 수영복 제작. 그러니까 피부를 닦아서 재빨리 하루카의 방으로 향했다. 눈가리개 담당인 두 사람도 똑바로 따라갔지만…… 사실은 없는 게 더 안전한 것 같지?

"눈가리개를 푸는 정도라면, 하루카는 필사적으로 눈을 감을 뿐일 텐데 말이지~?"

"""응. 어떻게든 부추겨서 하렘으로 만들 생각이 넘쳐나네!"""

꽤 진지하게 하루카가 덮치게 만들려는 모양이지만……. 느닷없이 덮쳐도 곤란하지만, 하루카는 지금까지 습격당한 적밖에 없지? 그건 초 흉포한 초식계에 소극적인 부끄럼쟁이 성왕이고, 최강 최악의 소녀 킬러인…… 소심자니까?

예정으로는 두 번째 차례가 샤리세레스 왕녀님과 세레스 씨에 메리에르 씨, 그리고 여동생 엘프 이레이리아 씨 네 명. 이세계인이라고 해야 할지, 서양인 그룹이지만 무도회의 드레스 때는…… 단번에 쓰러졌다. 그리고 이번에는 더 강력해진 촉수 씨의 정밀 치수 작업이 될 텐데 괜찮을까? 이레이리아 씨는 부반장 트리오에게 치수 재기 비화를 듣고 얼굴을 새빨갛게 물들이고 있다. 근데 왠지 의욕이 있어 보이네? 그래도 왕녀님이나 엘프의 무녀와 촉수 씨라니…… 왠지 위험해 보인다!

졸업 예정이 의심스러운 남고생에게 이세계 통신 교육 제도 같은 건 없는 걸까?

87일째 저녁, 하얀 괴짜 여관

하얗고 작은 주먹을 가슴 앞에서 힘차게 움켜쥐고 진지한 눈빛으로 목소리 높여 선언했다.

"이 수영복으로 노력할게요!"

"""뭘 노력하려는 거야!"""

"응. 방패 여자애, 아니 방패 반장은 변함없이 의욕적인데, 그거 수영복이니까 노력하지 말고 평범하게 헤엄치시지? 그거 싸우는 장비 아니니까. 비키니로 너무 노력하면 여러모로 위험하거든?"

최소한의 부여는 했고, 만약을 위한 액세서리 판매로 바가지 씌울 예정이지만, 전투용이라고 하긴 어렵다. 그보다 비키니 전투 장면이 시작되면 남고생은 굉장히 곤란하니까, 마물에게 깨물리더라도 눈치채지 못하고 조용히 정좌하고 관전에 힘쓰겠지?

"특히 리듬체조부 여자애는 너무 특수한 움직임은 하지 말라고? 비키니로 유연 체조 같은 거 하면 커버할 수 있는 천 면적이 부족해서 훌러덩은 고사하고 '까꿍' 할 거라 남고생이 코피를 뿜어대는 피투성이 풀장이 되어서 상어라든가 날라리가 깨물 테니까 헤엄만 치라고? 그리고 배구부 여자애들도 지금 신체 능력을 완전히 써서 비치발리볼 하는 건 무리니까, 날아갈 거야! 응. 강이니까 모래사장도 없지?"

"""알고 있어! 그리고, 까꿍이 뭔데!"""

그래도 불안하니까, 리듬체조부 여자애에게는 로라이즈 복서 타입도 추가했다. 그야 비키니의 천 면적으로는 다리가 180도 넘게 벌어지는 관절부의 가동 영역은 커버할 수가 없단 말이지? 꽤 신축성을 중시한 천에다 『흡착』까지 부여했지만, 아무리 그래도 그런 특수한 움직임은 따라갈 수 없다. 그야 무희 여자애가 제자로 들어가 리듬체조를 배울 정도로 특수하니까. 그리고 아래쪽이 까꿍하고 나와버리면 내 호감도가 작별 인사를 할 만큼 위험성이 높다! 응. 대체 무슨 대화냐고!

"다들 요청한 디자인의 천 면적이 너무 작지 않아? 확실하게 가리는 원형에 가까운 컵형이라면 상관없지만, 놀랍게도 전원 아슬아슬한 삼각형이고, 게다가 스트랩까지 끈이야?"

"""그건 소녀의 모험이야!"""

"아니, 이세계에서 매일 던전에 들어가 모험하면서 더 이상 무슨 모험을 할 게 있냐고!"

그리고 여러분(부분적 예외자 두 명 있음). 은근히 나이스 바디라서 굴곡이 심하다. 그리고 레벨 100을 넘어선 신체 능력이 천에 부하를 걸고 있으니 홀러덩이 위험하다고!

완전하게 몸의 곡선을 따라서 만든 입체 재단으로 감싸지 않으면 『흡착』은 효과가 약하다. 게다가 파고들면 그건 그것대로 여자도 남자도 여러모로 곤란하다. 꽤 곤란하다! 그리고 신축성을 너무 주면 늘어났을 때 비친다. 비키니가 포동포동 육감적으로 당겨지는 상태에서 비치기라도 하면…… 굉장히 위험하다. 응. 여자도 남자도 위험하지만, 내 호감도도 치명적으로 위험하다!

그야, 여고생에게 파고고 비치는 수제 수영복을 입히는 남고생은, 아무리 생각해도 이성의 호감도 높낮이를 넘어선 절대적 천적이야!

"적시고 나서 보정할 거니까, 문제가 있으면 재조정할 테니 신형 거대 대야로 여고생의 비키니 모습을 마구마구 적시고 촉촉하게 흘릴 거야?"

"""네~에. 그보다 말투가 야릇해!"""

시착 상태니까 눈가리개 담당은 손을 뗐다. 그러나 떨어지기 전부터 손으로 가린 기억이 없는 건 어째서일까? 두 사람 모두 손을 활짝 펼치고 얼굴을 덮고 있는데, 눈을 벌리는 눈가리개에게 눈가리개라는 의미는 과연 남아있는 걸까?

"응. 그 새끼손가락으로 내 입을 잡아당기던 의미는 대체 뭐였을까? 마침내 눈꺼풀만이 아니라 입까지 벌리고 있던데, 전라 여고생의 눈앞에서 입을 벌린 채 침을 흘리는 남고생이라니 구도적으로 봐서 문제가 넘쳐난다고!"

섬유는 젖으면 줄어들고, 꼬인 실은 세로로 줄어들기 쉬워서 파고드는 원인이 된다. 그리고 섬유가 줄어들고 천이 거칠어지면 투명해지는 원인이 되고, 남고생의 호감도가 치명상을 입을 원인이 된다. 응. 아무래도 스킬 『재생』은 내 호감도에게는 안 통하는 모양이네?

(첨벙첨벙)

줄어드는 것과 투명해지는 것 양쪽은 안전하다. 문제는 투명감을 조사하기 위해 멀티 컬러를 하얀색으로 한 게 문제점으로 거론되고, 확실히 투명감을 조사하려면 최적이고 파고드는 문제도 음영이 나오기 쉽다. 그러나 그건 눈으로 조사하는 것인지라 음영이 나오는 돌기 부분이나 근육 부분을 빤히 바라보며 조사하는 남고생이 문제라고나 할까 문제 밖이라고나 할까 의문의 여지가 없으니까 문제가 되지 않는 게 아닌가 할 만큼 문제다. 응. 주로 호감도적으로?

"귀여워."

"응. 답답하지는 않을지도."

그리고 투명감이 생기면 천을 마수 씨로 두껍게 채워 넣고, 파고드는 모습이 보이면 마수 씨로 천을 응축하고 강도를 유지하면서 다시 꿰매는 보정 작업을 진행한다. 즉, 그런 곳이나 이런 곳을 마수 씨가 핀 포인트로 간단 말이지?

"아앗, 으앗, 히앗…… 으응!"

"하아악. 하아악. 하악. 아으으윽!"

"으응, 으응! 으하아앗!"

"햐앗…… 흐아아아아아앗."

(첨벙첨벙)

요염하네!

"뭐랄까, 세간에서 본다면 굉장히 호감도에게 바람직하지 않은 것 같은데, 호감도에 바람직하지 않은 감도만이 남아버려서 그건 그것대로 뭔가 곤란하지만, 어딘가 빡빡한 곳 있어? 응. 움직이면서 체크해 볼래?"

물이 들어간 대야에 잠겨있는데 피부는 살짝 분홍빛으로 상기되어 있고, 묘하게 호흡도 거칠고…… 응. 이유는 묻지 않는 게 좋아 보인다. 나의 오랜 세월에 걸친 남고생 경력으로 봐서는 물어보면 혼날 예감이 들지? 뭐, 대체로 언제나 혼나니까 틀림없다. 그리고 남고생은 앞으로 몇 년 정도 이어질까? 이세계 방통고 같은 데는 없나?

"괜찮은 것 같아. ……그보다, 이 이상은 무리이."

"하악, 하악. 노력했어요……. 이 수영복으로 노력할게여어."

"상당히 움직여 봐도 괜찮기는 한데…… 천이 늘어나서 달라붙고 파고드는 게…… 아아앗."

"잠깐! 거기, 젖은 비키니로 Y자 밸런스 포즈는 하지 마! 그건 리듬체조용으로 설계된 게 아니니까 진짜로 좀 봐주세요!"

조금 더 건전하고 건강한 남고생에 대한 배려라는 게 있어도 될 것 같은데, 다들 저마다 뽀용뽀용 시험해 보고, 출렁출렁 알아보고 있다. 근데 거기 당기지는 말라고. 파고드니까 그만둬 줄래? 그리고…… 벌리지 말지? 응. 눈앞에 있는 남고생이 여러모로 큰일이라 곤란하다고!

"""응. 완벽해."""

합격인 모양이다. 색상을 검은색이나 빨간색으로 바꾸고 거울 앞에서 포즈를 잡으며 디자인 최종 체크. 그걸 뒤에서 만족스럽게 지켜보는 남고생……. 아니, 체크니까!

"레벨 100의 슈퍼 신체니까 약간 당겨지는 느낌의 신축성으로 만드는 게 좋고, 조금 파고들게 해서 틀어지는 걸 막을 수밖에 없으니까 포동포동하고 선정적이라…… 잠깐 확인 포즈 생각해 보자!"

마음에 들었나 보다. 하지만 보는 앞에서 젖은 비키니가 들러붙은 엉덩이를 흔들면 시선을 돌릴 곳이 없는데, 꼼꼼한 남고생은 『나신안』 씨의 도움으로 상세하고 엄격하게 체크해서 정보를 보존 중이다. 응, 기록은 중요하지?

그렇게 겨우 네 명이 끝났으니 30분 정도 휴식을 받았고, 휴식을 틈타서 더블 눈가리개 담당이 눈가리개를 할 수 없을 만큼 피곤한 상태가…… 눈도 흘겨보네? 아니, 꽤 큰일이었으니까 어쩔 수 없는데? 응. 난 노력하고 있거든? 뭐, 노력해 봤다.

"잘 생각해 보면 눈가리개 담당의 회복을 기다리지 않아도 눈을 가리는 데는 아무 지장이 없다는 걸 알아챘으니까 다음 사람을 불러오기로 했거든? 응. 경련하고 있지만 신경 쓰지 말라고?"

이 네 사람으로 오늘은 한계다. 그야, 여러모로 한계다! 하지만 밤은 한계 돌파로 힘내자!

"부탁드려요. 하루카 씨."

"하루카 님. 저희 것까지 감사합니다."

"근데…… 그 수영복이라는 건 좀 부끄럽네요?"

"공주님에게 괘씸한 짓을 저지르면 알고 있겠죠! 매번 전혀 알지 못하고 있는 것 같지만, 보면 불경죄 상습범으로 눈알을 파버리겠어요!!"

여동생 엘프 여자애에 왕녀 여자애, 메리메리 씨와 메이드 여자애라는 이세계 4인조. 모두가 서양인 체형이라 데이터가 적고, 갑옷 반장 쪽에서 받은 정보와 외모로 조정하고 있지만…… 완전 맞춤 속옷도 갖고 싶은 모양이네? 결국 정밀 측정이니까 괘씸한 짓은 아니지만……. 어느 의미로는 여자가 남고생에게 몸을 정밀하게 재 달라고 부탁하는 것이야말로 괘씸한 것 아닌가?

(사락사락, 스륵…… 투욱!)

몇 번을 해도 이 옷을 벗을 때의 옷 스치는 소리가…… 사람은 오감의 일부가 막히면 다른 감각이 민감하고 예리해진다고 한다. 눈을 감아서 청각이 민감해진 건가? 그리고 쓰러져서 경련하던 눈가리개 담당이 기어 와서 눈꺼풀을 열려고 하고 있잖아!

"잠깐, 양손으로 잡아당기지 마! 아파. 그보다 눈꺼풀 찢어져!

눈 가리기와 눈 찢기를 착각하는 거 아니야?"

골격부터 근본적으로 다르니까 근육이 붙은 느낌까지 다르다. 골반 형상이 다르면 기본 설계부터 달라지고, 갑옷 반장에 가까우니까 정보량은 충분해도 개개인의 차이란 이렇게나 큰 건가 싶을 만큼 사람의 몸 형상은 천차만별이다. 그 차이를 확인하기 위해 만지고 쓰다듬고 밀고 흔들면서 하나씩 세밀하게 확인하니…… 망가졌네? 응. 촉수 씨 시절부터 경험해서 내구력을 올려온 동급생들과는 달리, 이세계 팀은 익숙하지 않으니 약하단 말이지? 그야, 드레스 때도 이랬으니까?

"아, 아, 아아, 죄, 죄, 죄죄, 죄송해요. 무, 무, 이제 무리. 요, 요, 용서해 주세요. 야한 건 안 돼요. 이건 안 돼, 무리, 아, 아, 아아아, 아, 으앗……(털썩)."

치수를 재면서 천을 대보며 입체적으로 성형하고, 붙여 보고 감쌌다. 응. 움직임이 격렬해서 만들기 어렵네? 그렇다. 몸을 젖히고 떨고 버둥거리고 있으니까 시간이 더욱 오래 걸리고 예상 밖의 부분까지 치수를 재게 된단 말이지?

"자, 잠깐만요. 잠깐, 거기느은, 앗, 아, 아앗! ……(꽈당)."

"고, 공주님에게…… 무, 무무, 무슨 파렴치한! 부, 부부, 불경한…… 부, 부, 불경…… (풀썩)."

"햐앗, 이, 이게! 앗, 괴, 괴, 굉장해, 너무 굉장해! 뀨우! (픽)"

역시 아직 상하 동시 치수 재기는 무리였나……. 그래도 더 오래 끌면 남고생이 한계에 가깝다. 남고생의 이성이 붕괴해서 촉수 씨가 폭주하면 대참사 확정이거든?

시험 제작과 시험 착용까지 가고 나서 쓰러져 줘야지. 쓰러진 상태라면 조정과 보정을 하기 힘든데……. 뭔가 수상하게 경련하면서 허리를 비비 꼬며 버둥거리고 있잖아?

"""아, 안, 아, 안 돼! 아앗, 잠깐, 거, 거, 거기는 아, 안 되니까……!"""

일단 뒤로 쓰러진 채로 조정. 몸을 둥글게 말고 경련하더니 갑자기 젖히는 등 바빠 보인다. 이거 거대 대야에 넣으면 익사하지 않을까? 뭐, 눈은 ×가 되었으니까 지금 이럴 때 거대 대야에 넣어서 보정하자.

"완전히 의식을 잃고 힘이 빠졌는데, 이 상태로 피팅해도 되나? 뭐, 의식이 돌아왔을 때 재보정하면 되니까, 이걸로 끝낼까?"

그렇게 완성했는데…… 본인들이 부활하지 않는다. 무희 여자애가 눈치 있게 각 관절을 사슬로 매달아서 꼭두각시 인형 형식으로 움직여 줬기에 그대로 조정해서 겨우 끝났네?

"응. 이제 조종하지 않아도 되거든? 그리고 그 포즈는 아무리 생각해도 이상하지 않아? 왜 요가 포즈 『해피 베이비』로 매달고 있어!"

그리고 기척!

"하루카, 들어갈게. 끝났어? 오늘은 샤리세레스 씨 일행으로 끝내도 되는…… 걸……까, 했는데…… 뭐 하는 짓이야! 왕녀님과 공주님에게 무슨 포즈를 시키는 거냐고——!"

혼났네? 반장은 이쪽이 대비하기도 전에 잔소리를 퍼부었다!

"뭘 하냐니, 수영복 만들고 있었는데. 포즈라니 저건 무희 여자애가 건강을 생각해서 뇌를 쉬고 스트레스 해소나 피로 회복에도 효과가 있다고 요가에서도 정평이 난 아난다 발라아사나라는 포즈이고, 별명이 해피 베이비라는 걸로 봐서는 건전하고 건강한 포즈고, 아무리 생각해도 수영복 제작에는 필요가 없는 포즈지만…… 저지른 건 무희 여자애니까 나는 잘못 없잖아? 그런데 저건 신장 경락이 풀리고 부종 해소나 해독 효과도 있다고나 할까, 신장 경락은 신장이나 생식 기능의 노화에 관련된 경로니까 중요하고…… 허벅지가 빠지는 효과도 있다고 하니까 반장도 할래? 허벅지?"

"안 해! 내 허벅지는 괜찮아!! 그리고 비키니에 그 포즈로 매다는 건 유죄입니다!"

잔소리였다! 무희 여자애는 도망쳤다!

이날 밤은 초절 분노한 남고생이 무희 여자애에게 벌을 준다는 이름의 꿈틀꿈틀이 가차 없고 용서도 없이 일찍이 없을 만큼 날뛰었고, 꿈틀꿈틀에 삼켜진 무희 여자애는 굉장히 반성한 모양이더라고?

"왠지 『이형의 목걸이 : 변태, 이형화, 점액(전체 내성, 전체 상태이상 부여), +DEF』를 써서 『기절 내성』을 가진 미끈미끈 점액을 붙였더니 기절도 하지 못한 채 계속 벌을 줄 수 있게 되어서 이형 느낌이 들어 편리했지?"

어째서인지 보고 있던 갑옷 반장까지 울상이더라? 아니, 그야 남고생에게는 꽤 한계였거든? 응. 줄곧 꽤 위험했지만, 역시 그 해피 베이비는 극도로 위험했어——!

【남고생, GoFight!】

밤도 깊어졌고, 두 사람 모두 조용히 쉬는 중이라 부업을 띌 겸 무희 여자애가 좋아하는 철선을 개조해서 미스릴화했다. 완성된 건 『미라주의 무용 부채 : SpE · DeX · MiN 30% 상승, 물리 마법 반사(특대), 회피(특대), 환혹, 환영, 참격, 비선(飛扇), +ATT, +DEF』였고, 확실하게 철선이 겹친 완전 미스릴 합금제 부채가 되었다.

"잘 펼쳐지나 볼까. 철선은 바깥쪽 뼈대만 철이거나, 접힌 부채 형태를 했을 뿐인 쇳덩어리도 있다고 하던데…… 그건 문진이잖 아!"

원래는 전투용 부채였겠지만, 무희 여자애의 특성에 맞춰서 손가락으로 끼워서 돌리거나 던질 수 있게 핵심 부분을 무겁고 붙잡기 쉬운 형태로 바꿨다. 요컨대 '부채 뒤집기' 같은 동작을 하기 쉽게 하고 부채의 바깥쪽에 칼날을 붙이고 길이도 늘이고 쇠도 붙여서 부채 면적을 넓혀 방어력을 올렸다. 이렇게나 개조하고 나서 미스릴화하니 『미라주의 무용 부채』가 되어서 전투용 부채가 무용 부채로 변했으니까, 개조하고 나서 미스릴화하면 성능이나 기능에도 반영되는 모양이다.

뭐, 모처럼 예쁜 부채춤을 봤고, 무희 여자애는 장식물을 좋아하는 모양이니까 부채에 조각을 달고, 금박에 극채색 무늬도 넣었으니까 무용 부채라는 걸 알 수 있겠지. 원래는 던전에서 싸울 때가 아니라 실내나 대인용 호신 무기니까, 이 정도의 장난은 해도 된다. 모처럼 부채춤을 출 수 있으니까, 마음에 들었다면 예쁜

게 좋겠지.

그리고 『마도의 비표 : 참격(대), 비표, 유도, 마법 전도, +ATT』 의 호화 18개 세트. 이건 사슬 끝에 연결해 두자. 무희 여자애라면 간단히 쓸 수 있겠지.

"이후에는 오타쿠들에게 줄 수류탄에 지뢰에 어뢰, 바보들의 장비와…… 주문도 있었지."

그렇게 밤도 깊어 갔고, 부지런히 부업을 뛰다가 이런 일이나 저런 일을 하고, 또 깨작깨작 부업을 뛰다가 어라어라 어머어머를 반복했다. 응. 미궁황들도 매일 『재생』 레벨이 올라가고 있는 것 같다! 그렇다. 밤이 깊어 가더라도 남고생의 밤에 끝은 없는 거다! 라고나 할까?

> **뽀용뽀용 풍경을 즐기는 표정을 보이고 있지만,**
> **그냥 빙수를 너무 많이 먹고 있었다.**

88일째 아침, 던전 지하 80층

새로운 장비 『마도의 비표』를 끝부분에 단 18개의 사슬이 산개하면서 공중을 날았고, 「액셀 호넷 Lv80」은 베여서 격추당했다. 몸길이 1미터는 되는 말벌이라니 진짜 위험하지만, 큰 만큼 노리기 쉽다. 응. 가속(액셀)이지만 연기로 그을리고 나서 물 마법으로 스프링클러처럼 물을 뿌렸으니까 빠르기는 해도 움직임도 안 좋고 약해졌지?

침을 쏘는 원거리 공격도 가능한 벌이 날려댄 침을 춤추듯 피하며 사슬을 보내 벌을 격추하는 사슬 공격의 난무. 무용의 신처럼 아름다운 천상의 춤은 선풍의 회오리로 변했고, 죽음의 춤처럼 말벌을 족족 떨어뜨렸다. 말벌의 시체만이 계층에 쌓인다.

"응. 던전 안에서 연기를 피우고 물을 뿌리며 활약하다니, 뭔가 생각하던 판타지와는 다르네? 근데 엄청 잘 통한단 말이지?"

(끄덕끄덕, 꾸벅꾸벅, 뽀용뽀용)

벌 중에서도 말벌은 매우 흉포하면서 사납고, 찔리면 머리 꼭대기에 못이 박힌 것 같은 통증이 하루 넘게 이어지다가 죽을 위험도 있다고 한다. 잘 생각해 보면 일상적으로 머리에 못이 박히는 듯한 아픔이 느껴지니까 익숙하네? 응. 하나 정도라면 아플 뿐일지도?

"수고했어~『마도의 비표』와 미스릴화한 사슬도 괜찮아 보이네. 근데 왜 나는 눈을 뜨자마자 그 사슬에 묶인 걸까? 응. 열심히 밤을 새워 만든 사슬에 묶인 채 눈을 뜨다니 극적인 자극이었고 눈이 핏발설 정도로 깨버렸는데 끝나지 않는 아침 봉사는 대체 얼마나 눈이 번쩍 뜨여야 끝을 알리는 건지 알고 싶었는데, 옆에서 남 일처럼 고개를 끄덕이고 있는 갑옷 반장도 전력으로 아침 봉사에 참가했었잖아!"

응. 아침부터 지쳤다. 왠지 전투보다 대미지가 큰 아침 기상인데, 과연 그건 개운한 아침 기상에 포함되는 걸까?

"응. 그러니까 데헷날름으로 해결을 꾀하는 건 그만두라고! 그건 절대로 깜빡 실수나 실패가 아니잖아! 아니, 데헷날름의 사용법도 잘못됐는데 그 머리를 툭 두드리는 건 뻔뻔스러우면서도 약삭빠르네? 그리고 그 날름 움직이는 게 야하니까! 그거 데헷날름이 아니라 뭔가 요망한 걸로 달라졌어!"

아침부터 장가갈 수 없을 듯한 아침 체험이 펼쳐지고 있는데, 변함없이 신랑은 고사하고 남친도 안 된다는 애첩 콤비라서 오늘도 계속해서 여친 없는 경력이 갱신 중. 응. 여친도 없는데 상당히 굉장한 일을 당하고 있는데, 나는 장가갈 수 있을까?

(뽀용뽀용~)

나설 차례가 없었던 슬라임 씨가 지루해 보인다. 다음 계층에서 맛있는 마물을 기대해 볼까?

"나 참. 조금 밤을 새워서 수면 부족에다 먼저 일어나지 않으면 아침부터 굉장한 체험을 하게 된다니, 내일은 무조건 일찍 일어나서 앙갚음하자! 응. 물론 밤에도 밤을 새워 복수할 거야!!"

(부들부들)

그러나 아침 봉사를 위해 메이드복을 준비하다니 얕볼 수 없다. 그렇다. 그걸로 남고생의 대미지가 깊어졌어! 그러나 대체 두 사람은 여자 모임에서 뭘 배우는 걸까?

마물이 집단으로 모여있는 넓은 방에서는 대열 포메이션 연습, 그리고 미로형이라면 분산해서 개별 연습. 소수 마물 상대로는 『마전』과 『허실』의 조정 훈련. 던전에서 훈련하고 여관 연습장에서 전력으로 싸우는 건 뭔가 이상한 느낌도 들지만, 무저항으로 30분은 위험하단 말이지. 응. 어느 정도 위험한지는 아침에 맛봤다! 잘 먹었습니다?

개인전과 집단전이 가능해서 다들 즐거워 보이지만…… 이 던전, 마법이 안 통하는 마물이 많은데? 그런데 비밀 방에는 『마술사의 브레이슬릿 : Int · MiN 30% 상승, 마법 공격 방어력 증가(대), 마술 제어(대), 마장(魔裝)』이라는 마법 장비가 있었다. 조금 갖고 싶지만, 문화부도 장비가 필요하고 『마장』이 마전 같으니까 중위 장비로 좋아 보이기도 한다. 뭐, 모처럼 던전에 있으니까 시험해 보자.

미로형 계층을 분산 공략. 처음부터 『공간 파악』과 『지도』로 길을 아는 미로지만, 분기가 많으면 갔다 돌아오느라 이동에 고생한다. 모처럼 장비를 가진 마물이니까 흘리고 싶지는 않고, 85층이면 마석도 고급품이다. 응, 확실하게 전부 사냥하자.

몸을 『마전』으로 강화했다. 지금까지는 순간적으로 빨리 두르는 것만 의식했지만, 전체가 아닌 개별을 느끼고 특히 『전이』와 『중력』과 『지괴』 세 개를 개별적으로 의식해서 『장악』하며 두르고 제어했다. 제어하지 않으면 뒤섞여서 화합하면서 제어 불능에 빠져 자괴가 시작된다. 뭐, 섞지 마라 위험? 하지만 섞는 게 강하기는 해도, 제어할 수 없는 강함에 의지할 수는 없다. 응, 섞여서 뭐가 될지 알 수도 없으니까?

호쾌하게 휘두르는 창과 맞부딪치고, 튕겨내고 품에 파고든 동시에 베었다. 싸움과는 별도로 스킬을 의식하고, 인식하고 제어하고 억제한다. 역시 전신을 『소실』할 수는 없다. 몸의 부위가 순간 이동으로 사라질 뿐. 최속의 최적 행동을 넘어선 초가속으로 이동하는 느낌이지만, 느낌뿐이고 제어하지는 못하고 있다.

"응. 의식조차 하지 않았으니까 팔꿈치 앞부분만 『순간 이동』하기도 해서 어깨와 팔꿈치가 맞물리지 않아 부러져서 자괴하는 원인이었던 거야!"

뼈와 근육 파괴는 이것 때문이겠지. 혈관 파열이나 피가 뿜어져 나오는 건 다른 이유인 것 같지만, 『망석중이』에 의한 강제 신체 조작의 부하를 고려하면 어디가 부서져도 이상하지는 않다.

대현자가 되어 『신체 강화』를 부여할 수 있게 됐고, 그걸 두르는 만큼 망가지기는 어려워졌다. 망가지면 『재생』, 망가지기 직전이라도 『치유』나 『회복』도 두른 만큼 낫는 속도는 빨라졌다. 그러니 할 수 있을 거다.

발을 내디디기만 해도 온몸이 『허실』을 발동하기 시작하고, 팔을 휘두르기만 해도 온몸이 『허실』에 최적인 행동을 보인다. 덤덤히, 유유히 그 형태를 몸의 심지까지 기억하고, 사고 가속의 슬로 모션 세계로 들어가 베는 데만 전력을 쏟아붓고, 쓸데없는 모든 걸 잘라낸다. 모든 걸 두르고, 낭비 없이 최속으로 벤다. 그저 그것만을 위한 기술이 『허실』.

"응. 잔재주였네. 몸으로 베지 못하니까 팔이 끊기나?"

어두운 눈구멍이 떨린다. 어째서 꿰뚫지 못했는가. 어째서 베지 못하는가. 알지 못한 채 베인 「스켈레톤 랜서 Lv85」가 하얀 조각이 되어 터졌다. 베여서 무너진 해골의 텅 빈 눈구멍이 불만스럽게 올라갔다. 뭐, 눈흘김은 아니니까 아무래도 좋지?

고레벨 『창의 극한』을 가진 해골 기사들과 꼭두각시 실을 서로 얽어가면서 인형극을 벌였다. 조악한 고속 재생 영상처럼 사라졌다가 베고, 베고 사라지며 춤췄다. SpE 900을 넘긴 마물보다 빠르게 벤다. 모든 것이 무박자가 되는 순간을 노리고 베었다.

"하아~ 피곤하지만 찔리면 일격에 죽으니까, 찔리는 것보다 빠르게 베면 자괴하더라도 죽는 것보다는 낫지? 뭐, 정통파는 빡세네. 강하고 빠르고, 눈흘김도 없고?"

꽤 좋은 창이고, 갑옷도 괜찮다. 모두의 장비보다는 뒤떨어지지만 일반 판매하면 크게 벌겠다. 하지만 미묘하게 물건이 좋아서 시판에는 어울리지 않을지도 모른다. 응. 적이 사면 최악이고, 눈가리개 담당도 눈을 가려주지 않으니 참 곤란하다니까?

"아니, 그 눈가리개 담당 콤비를 생각하면 뭘 하더라도 용서할 수 있을 것 같은데, 뭔가 하면 무조건 잔소리가 되는 게 부조리한 세상이지만……. 아무리 그래도 하층 무기, 장비는 파는 상대를 고르는 게 좋겠지?"

(끄덕끄덕, 꾸벅꾸벅, 뽀용뽀용)

그나저나 베기 위해서 조바심을 내면 팔 끝만 전이하려고 한다. 하지만 던전에서 전투 중일 때 느긋하게 있다가는 죽잖아?

"왕국이나 변경군에게 팔려고 해도 가난하고? 모험가도 아직 중층까지밖에 가지 못하니까, 그렇게 돈이 많아 보이지는 않잖아? 돈이 있고 살 법한 건 대체로 적이라는, 경제 격차에 의한 나의 떼부자 몰락 위기인데 하루 일곱 번은 몰락하고 있으니까 뭐 상관없나? 응. 그리고 한 번에 칠전팔기하고 있는데 매번 일어나지 못하는 건 어째서인지 허공을 바라보며 물어보고 싶지만 대답 같은 건 어디에도 없단 말이지. 응. 듣고 싶지도 않고, 물어보면 대체로 잔소리니까?"

그리고 『공간 파악』에 의하면 다음 86층으로 던전은 끝. 비교적 얕았지만 86층도 충분히 깊은 레벨이다. 장비가 모이더라도 아직 군도 모험가도 중층에서 멈춰 있다. 50층조차 없애지 못하는 지금 상황에서 하층은 전부 위험하다고 해도 좋다. 적어도 70층까지만 있고 평범한 미궁왕이라면 반장 일행도 충분히 싸울 수 있을 텐데……. 깊단 말이지. 어째서지?

"기다렸지~ 근데 매번 내가 마지막이라는 게 조금 슬픈데, 전투 전의 포즈는 양보할 수 없다고? 응. 던전에서 싸우는 남고생으로서는 안 할 수 없는 필수이면서 중요한 포즈이건만 적도 아군도 다들 무시하는 게 슬픈데 다들 하지 않을래?"

(도리도리, 붕붕, 부들부들)

거절당했다! 게다가 즉시 결정 즉시 거절의 완전 부정이었다!! 아직 이세계에는 중2병이 발생하지 않은 모양이다. 그리고 고2지만 완치까지는 멀어 보이네? 그야 던전이니까.

그래도 『어깨 보호대』로 공격을 흘릴 수 있게 되었고, 회피를 적게 해도 되는 만큼 『허실』도 형태가 잡히고 있다. 전투 시간도 단축할 수 있으니, 분명 멋진 포즈 정도는 용납되겠지. 그러나 Lv80이 넘는 마물의 공격은 『어깨 보호대』로 흘리더라도 대미지를 받는다. 완벽히 흘리지 못하면 레벨 24로는 충격만으로도 상당한 대미지가 되는 모양이다.

그리고 상대는 미궁왕. 조금이라도 긴장을 풀면 치명상을 입을 수 있는 상대. 치명상을 입기 전에 사슬에 묶여서 마구마구 찔리고 먹혔지만, 느슨해진 정신을 다잡고 경계하고 분발하는 거다!
뭐, 묶여서 움직일 수 없어 보이지만?

"이거, 좋습니다."

쓸만해 보이기는 했는데, 『마도의 비표 : 참격(대), 비표, 유도, 마법 전도, +ATT』는 『비표』로 공중을 춤추고, 『참격』으로 베는 사슬이 『유도』되어 후려친다. 묶인 뒤에 마지막으로 마도의 비표가 박히고 『마법 전도』로 전격까지 얻어맞는다. 한 줌에 두 번 맛볼 수 있고, 하나만으로도 너덜너덜하게 만드는 표창이 18개. 그걸 피하더라도 『프로메테우스 신의 사슬』이 기다리고 있단 말이지?

그래도 차례차례 생성되는 「아이스 히드라 Lv86」의 머리를 파이어 불릿으로 날려버리고, 갑옷 반장의 참격으로 드득드득 깎여서 빙수가 되어…… 슬라임 씨에게 먹히고 있다. 응. 시럽은 필요 없는 모양이네? 시험 삼아 농축된 시럽 상태가 된 나무 열매 주스를 뿌려줬더니 (뽀용뽀용) 하고 기뻐했다. 맛있어 보이는데, 아이스 히드라는 무슨 맛이 어울릴까?

"마침내 드래곤인가 기대했더니 『아이스 히드라』는 얼음 가고 일이잖아! 뭐, 그러니까 전부 얼음이고 빙수가 올바르려나? 응, 근데 빙수로 만드는 게 정상적인 잡는 법이라면 이세계 던전에 문제가 느껴지는데?"

(부, 부들부들!)

"보라고. 차가운 걸 한 번에 먹으니까 찌~잉 하는 거잖아. 찌~잉 하는 머리가 어딘지는 모르겠지만 배가 차가워진 걸까? 뭐, 배가 어디 있는지는 모르겠지만, 일단 뜨거운 차? 버섯차지만?"

(후루룩, 꿀꺽꿀꺽, 뽀용뽀용)

모두 함께 차를 마셨다. 지면에 양탄자 같은 매트를 깔고 야외 다과회를 열게 되었으니 만쥬도 내놓자. 덤으로 양산도 만들어서 세우니까 다들 기뻐하니까 괜찮겠지. 던전에서도 이건 이것대로 풍류인 걸까?

> 그 '뭣이!' 라는 표정이야말로 엄청 열 받지만,
> 이해하지는 못한 모양이다.

88일 정오, 초원

바깥에서 점심밥. 다음 던전으로 가는 겸 삼림 벌채 중인 데몬 사이즈들과 합류해서 런치 타임. 그러나 정식으로 사역하게 되어서 레벨 1로 리셋되었는데 이미 레벨이 40을 넘겼다. 응. 마의 숲 마물 격감은 데몬 사이즈들의 범행일지도? 뭐, 길어서 안 부르고 있지만 사역으로 상위화되어 「아크 데몬 데스사이즈」로 이름이 길어졌고, 낫도 커지고 칼날도 넓어지고 한층 강하고 흉흉해진 사신의 대낫 같은 상위 악마들은…… 과자를 먹고 있네? 응. 낫인데 볼이 빵빵해졌잖아?

"이걸로 두 번째고, 다음이 세 번째? 근데 반장네가 어제 80층 계층주를 잡았으니까, 또 하나 늘어나서 두 개 남았다. 80층을 넘는다니 깊단 말이지…… 깊은 던전에 온 이세계가 울 것 같아!"

(부들부들!)

그런 것보다 점심밥을 먹고 싶은 모양이다. 야외 다과회의 풍류는 어디로 간 걸까? 뭐, 차를 마시고 만쥬를 먹었을 뿐이지만. 그래도 슬라임 씨는 그 전에 빙수 먹었잖아?

아이템 주머니에서 의자와 테이블을 꺼내고, 식탁보도 깔고 앉아서 기다리는 세 명에게 제공하고 서빙했다. 응. 사역자는 큰일이란 말이지?

"많이 먹어~ 근데 이세계의 대초원에서 먹는 팔보채라니 신기한 광경인데, 닭튀김도 있으니까 뭐 상관없나? 라고나 할까?"

""잘 먹겠습니다.""

(뽀용뽀용!)

이제는 이세계에서도 완전히 잘 먹겠습니다, 잘 먹었습니다가 절찬 정착 중이라 고아들도 밤낮으로 해서 기억하고 있다. 그래서 거리에도 퍼지고 있는 모양인데, 쓸데없이 영감신에게 기도하는 것보다는 음식에 감사하는 게 건전하다. 응. 그야 영감신이 음식을 가져다주는 것도 아니고 요리해 주는 것도 아닌데 정말 뻔뻔스러운 녀석이야!

얼음 미궁왕 시럽 뿌린 빙수로 키~잉 해져서 데굴데굴 뽀용뽀용하던 슬라임 씨도 지금은 태연하게 팔보채를 만끽 중이라 빙결 대미지를 받지는 않은 모양이다.

그리고 빙수의 원료가 된 「아이스 히드라 Lv86」의 드롭은 『얼음 안개의 링 : InT 30% 상승, 수빙 마법(대), 빙무, 고드름, 얼음 환영』이라는 얼음 특화 장비였다.

"이건 날라리 리더겠지?"

(끄덕끄덕, 꾸벅꾸벅, 부들부들)

『빙무』는 그 이름대로 얼음 안개를 발생시켜서 수빙 마법 효과를 높이니까, 날라리 리더의 『영구빙창』과 상성이 좋다. 그리고 『얼음 환영』으로 환상을 보여주거나 『고드름』을 만들어서 방패나 발판을 만드니까 『영구빙창』의 『빙동진』과 조합하면 더 강력해진다. 그리고 날라리 리더의 여성복 브랜드가 마구마구 팔려서 돈 벌고 있으니까 엄청 비싸게 팔아치우자!

"자, 그럼. 다음 던전은 1층부터 들어가서 비밀 방을 찾으며 빠르게 80층까지 내려가고, 거기서 탐색해도 되겠지? 뭐, 위험한 분위기라면 75층 정도부터 주의하는 게 좋겠지만, 여기는 무희 여자애가 교관이었으니까. 어떤 느낌이었어?"

"평범. 개가 많다? 80까지 괜찮, 습니다."

"개라면 식초도 준비하고 싶은데, 나의 명추리로는 전에 쌍두의 오르트로스도 삼두의 케르베로스도 잡았지……. 그렇다면 가능성을 봐서 여기의 미궁왕은 머리 하나 달린 개일 거야! 근데 그건 그냥 개잖아!"

(뽀, 뽀용뽀용!)

응. 리스폰 마물도 적으니까 상층은 달리면서 습격전. 중층도 비밀 방 말고는 곧바로 섬멸전이다. 비밀 방에 있는 마물도 대단하지 않았고, 드롭한 던전 장비도 눈에 띄는 건 없다. 이미 동급생들이 일반 중층 던전 장비 이상의 무구를 장비하고 있으니까, 중층 정도라면 희귀한 장비 말고는 팔고 있다. 기대되는 신상품은 하층부터.

　무리를 지어 덤벼들면 식초를 던지겠지만, 드문드문 덮쳐드는 멍멍이는 식초를 던지는 것보다 두들겨 패는 게 빠르다. 그리고 당장 두들겨 패지 않으면 깨문다.

　"이 던전을 공략하던 건 날라리들이니까, 깨물기 전에 깨물어 죽였을 텐데 리스폰한 걸까. 깨물다 만 걸지도?"

　(부들부들?)

　으르렁거리며 뛰어들어 물어뜯으려는 거대한 육식동물 무리. 게다가 레벨 74의 야수 같은 체구에 높은 스테이터스로 보강된 흉악한 짐승 무리. 그런 대형 동물 특유의 야생미 넘치는 박력에 위압되고 압도되겠지. 보통은?

　(크아아아아아아!)

　"아니, 뭔가 깨물리는 것에 익숙해져서 '크아아아!' 라고 해도 두들겨 팰 거거든? 그야 '크아아아아!' 로는 알아들을 수 없으니까? 뭐, 어쩌면 날라리들에게 깨물린 걸 불평하는 걸지도 모르지만, 나한테 말하지 말라고?"

　예전에는 제어 불능이라 『난격』이 발생했던, 두들겨 팬 적의 소멸 현상. 최근에는 잦아들고 있어서 시험해 봤더니 『전이』와 『지괴』가 『위그드라실의 지팡이』에 집중되면 두들겨 팬 상대가 소멸하는 모양이다. 그러나 MP 소비가 매우 심하고 몸에 부담도 크다. 베거나 때리는 게 빠르고, 소멸시키면 「하운드 바이트 Lv74」의 마석도 사라진다고!

　"이게 만약 귀엽게 생긴 멍멍이라면 때리는 게 가슴 아프겠지만, 밉살스러운 얼굴을 하고 이빨을 드러내며 침까지 흘리고 물어 죽이러 오니까 기분 좋게 두들겨 팰 수 있네? 그야 이런 흉악한 얼굴을 한 녀석들은 복슬복슬하지 않아!"

이름도 바이트니까 깨물 생각이 넘쳐나는 아르바이트 중인 사냥개다. 짐승계에 『연계』를 보유하고 있으면 고레벨이 될수록 성가시고, 개인 주제에 페인트 같은 걸 쓰니까 밉살스럽다! 아니, 『나신안』의 『미래시』로 보이지만, 속이려고 드는 게 열 받잖아?

"느려요. 무슨 일, 있었나요?"

기다리지 못한 모양이다. 그러나 실험이 오래 이어지기도 했고, 속이려고 페인트를 시도하는 개가 열 받아서 마구 두들겨 패던 게 원인이겠지. 그치만 개가 '뭣이!' 라는 표정으로 일제히 오른쪽을 바라본단 말이지! "어?" 하고 나도 돌아본 순간 덮쳐드는 게 엄청 열받아! 응. 기척 감지로 아무것도 없다는 걸 알고 있는데 바라보게 된단 말이지!

그렇게 개가 얼마나 열 받는지를 이야기하면서 계단을 내려갔다. 흘겨보고 있으니까 나 말고는 아무도 속지 않았던 모양이다.

"아니, 『공간 파악』과 『기척 탐지』로 아무것도 없다는 건 알고 있고, 『미래시』 같은 걸로도 보이지만 저도 모르게 돌아보게 된다니까! 응, 개 주제에 '뭣이?' 같은 표정까지 짓는 게 진짜 열 받는다고!!"

(부들부들)

계단을 내려가면서 『공간 파악』과 『기척 탐지』로 75층의 낌새를 파악했다. 아무래도 75층은 넓은 방에 모인 마물 대집단과의 집단전. 그러니 사전에 대열 포메이션 가위바위보라는 질 수 없는 싸움이 시작된다! 그런 애타고 가슴 찢어지는 가위바위보 결과, 갑옷 반장과 무희 여자애가 전위, 나와 슬라임 씨가 후위라는 박스 포메이션이 정해졌다. 후위직이 아무도 없는데 박스 포메이션에 무슨 의미가 있는지는 생각해선 안 된다. 그래. 가위바위보에서 이기면 앞인 거다! 응, 졌다고!!

"갑니다!"

거구는 아니지만, 그만큼 민첩한 움직임으로 이쪽을 포위하려고 눈이 핑핑 돌 만큼 빙빙 돌면서 위치를 바꾸는 늑대들. 그리고 연계하면서 사방팔방에서 통솔된 움직임으로 급속도로 덮쳐오는 바람을 두른 늑대들, 「거스트 울프 Lv75」.

집단전은 진형의 싸움이다. 늑대들은 포위하려고 움직이고, 갑옷 반장과 무희 여자애는 포위되지 않게 이동하고, 나와 슬라임 씨는 포위하려는 늑대들을 응원한다. 그러나 뛰어넘어서 뒤로 돌아가려는 늑대는 갑옷 반장에게 몸통이 절단됐고, 멀리 돌아서 포위하려고 내달리는 늑대는 날아오는 사슬에 붙잡혀 조여 죽었다! 무희 여자애도 전부 앞에서 모조리 가로챌 생각이다!

이름대로 돌풍(거스트)을 몸에 두르고 비상하는 듯한 날카로운 도약을 보여주는 늑대인데도 전위를 돌파할 수가 없다. 후위는 멋진 포즈를 잡고 기다리고 있다!

열심히 뛰어넘으려고 공중으로 도약하는 늑대는 포탄처럼 날아오는 표창에 꿰뚫렸고, 갑옷 반장도 굳이 베지 않고 칼등으로 터무니없이 예리한 타격을 날려서 늑대들은 힘차게 동료를 길동무 삼아 날아갔다. 즉, 멋진 포즈 말고는 할 일이 전혀 없다!

늑대들은 필사적으로 달려서 사각을 점유해 덮치려고 했지만, 뒤를 못 잡고 베이고만 있다. 양 사이드에서 우회하려는 늑대들도 사슬에 붙잡혀 깽깽 울고 있다. 열심히 파고들게 하려고 움직이는 나와 슬라임 씨한테 닿지 않는다! 그야 박스 포메이션은 전위가 적의 공격을 받아내고 후위를 지키기 위한 진형이지만, 너무 단단한 것도 정도가 있다. 응. 한 마리도 뒤로 보낼 생각이 없는 전위들이다!

포기한 나와 슬라임 씨가 원거리 공격으로 전환하려는 순간, 전위가 돌진을 시작해서 늑대를 베고 돌아다녔다. 황급히 양익으로 흩어져서 쫓아갔지만, 늑대는 도망치지 못하고 전멸해 버렸다. 이길 수밖에 없다. 응. 가위바위보에서 지면 나설 차례가 없다!!

"80층 계층주는 리스폰되지 않았으니까 81층으로 갈까? 여기부터가 진짜고? 따, 딱히 가위바위보에서 전부 져서 토라진 게 아니거든?"

그렇다. 가위바위보에 전부 졌다. 다이아몬드 포메이션도 제일 많이 져서 후위였다. 줄곧 혼자서 멋진 포즈를 잡은 채 후위. 응. 파이어 불릿으로 세 마리만 죽였다…… 응.

그리고 겨우 81층에서 미로형 계층.

"단독 행동 말고는 나설 차례가 없는데, LuK이 LvMaX라서 한 계 돌파해도 가위바위보에 이기지 못한다니 대체 얼마나 약한 거야! 응. 왜 미래시가 뿌예져서 안 보이는 걸까?"

의문을 던지면서 미로를 방황하지만, 스킬 『지도』로 계층도가

다 보이니까 방황하고 있을 뿐 길을 잃은 건 아니다. 뭐, 분위기?

아무리 장비로 끌어올려도 레벨의 벽이 있다. 그러니 레벨 30보다 높은 마물은 모두 위협적이고, 레벨 80대라면 괴물과 싸우는 셈이다. 분명 싸우게 하고 싶지 않겠지. 하지만 레벨이 오르지 않으니까 싸우지 않으면 강해질 수 없단 말이지.

"죽이기만 하면 강하다는 건 의외로 아무래도 좋고, 죽이지 않을 수는 없단 말이지? 아마도?"

지팡이를 휘두르니까 몸이 망가진다. 그러니 몸을 휘두른다. 지팡이는 어디까지나 결과로 휘두른다. "크와악!" 하고 외치면서 이빨을 드러내고 침을 흩뿌리며 덤벼드는 「레드 울프 Lv81」의 몸을, 칼날을 미끄러뜨리듯 베며 나아갔다. 나무 작대기지만 벤다. 완전과는 거리가 먼 『허실』이지만 건드린 저항감도 느껴지지 않고, 느껴졌을 때는 이미 베었다.

"완성된 건가?"

이번에는 별로 오래 걸리지 않고 합류할 수 있었다. 분명 멋진 포즈를 잡기 전에 「레드 울프」가 덤벼들었기 때문이겠지. 현재의 스킬과 장비라면 제어할 수 있게 되어가고 있다. 그러나 시험할 방법은 단 하나, 구타 훈련뿐이다……. 이건 시험해서 무리라면 얻어맞고, 확실히 가능해지더라도 얻어맞는다. 어떻게 시험해도 얻어맞는다는 궁극의 한계 영역 연습전이야말로 가장 좋은 시험이자 공포의 구타다. 일단 밤의 복수전을 위해 신작 치어리더 의상도 준비했다. 응원술도 기본 탑재다! 그러니 당장 없애자. 훈련과 치어리더가 나를 기다린다! 치어리더는 나를 응원하지 않고 두들겨 패기만을 기다린다!! 응. 얻어맞기 전에 앙갚음할 준비는 완벽하다!

> **엄청난 지방 한정 마이너 멍멍이지만,**
> **설정이 그거랑 똑같아서 헷갈린다.**

88일째 오후, 던전

팍팍 가고 있지만 지루하다. 개, 늑대, 개, 개, 늑대, 개……. 도중에 직립보행하는 개도 있었는데, 이럴 때는 보통 늑대가 아닌가 의아해하면서 괴이한 마음으로 90층. 마지막 층이니 미궁왕이 나오려는 모양이다.

도중에 비밀 방에서 물건을 뒤져봤지만, 물건은 좋아도 눈에 띄는 건 없었다. 그리고 마물은 개와 늑대뿐이라 장비 드롭도 없다. 돈을 벌 수 없는 불황 던전인 모양이다. 아래에서 "크웅크웅." 하고 시끄러운 울음소리가 들리는데, 우아한 다과회 중이니까 조용히 해줬으면 좋겠네?

테이블에는 각종 과일이 들어간 크림 크레이프가 있고, 무희 여자애와 슬라임 씨도 다투면서 시식 중. 갑옷 반장도 곤란한 표정을 보이면서 입에도 코에도 크림이 묻어있으니 제법 달려들고 있는 모양이다. 응. 마음에 든 모양이니 또 만들자.

"생크림 없이 밀크 크림인 게 개인적으로 미묘한 점수지만…… 점점 사라지고 있으니 호평 같네?"

(부들부들♪)

　버섯차를 다시 타주면서 티타임을 즐겼지만, 찻잔에만 따른 버섯차인 것을 신경 써서는 안 된다. 그나저나 아래에서 "깽깽." 짜증 나네!

　어차피 개일 거니까 잠깐 식초를 분무해서 입구를 닫는데……역시 개였던 모양이라 다과회 중에 소란을 부리고 있다. 응. 교육이 덜 된 개다.

　"나 참, 던전의 왕을 자칭한다면 예의 바르고 조용히 포효해 줬으면 좋겠네."

(부들부들)

　그리고 식초 냄새 나는 90층으로 내려가자 숨을 헐떡이고 괴로워하며 거구를 떨며 버둥거리는 쌍두견. 또 오르트로스인가 했는데「마위옹 레벨 100」, 인도네시아의 신건이었다!

　"확실히 보르네오섬의 사라왁주 멜라나우 씨족 신화에 나오는, 여신 아다드와 사령을 맞이하는 천계의 문 앞에 있는 죽음의 나라 입구를 지키는 쌍두의 파수견이라는 로컬한 마물이었지? 으음. 너무 로컬이잖아!!"

　이미 갑옷 반장과 무희 여자애가 두 머리를 날려버렸고, 슬라임 씨가 먹고 있는데 신맛이 나는 게 불만인 듯 뿌용뿌용 화가 났네?

　"자, 그럼. 또 하나 돌면 늦어질 테니까 돌아갈까? 잠깐 훈련도 하고 싶달까 던전에서 전투 부족이라 훈련으로 과잉 폭력을 만끽하게 되는 부조리함이 신경 쓰이지만 오늘은 핸디캡용으로 의상을 준비했으니까 갑옷 없이 훈련할 거라고? 뭐, 매번 전혀 맞지 않으니까 핸디캡으로 작동하지 않는 것 같고, 분명 치어리더도 나를 응원하지 않고 두들겨 패러 오는 미래밖에 보이지 않는다는 건 굳이 『미래시』로 보지 않아도 결과가 뻔히 보이지만 조금 조정하고 싶으니까?"

(끄덕끄덕, 꾸벅꾸벅, 뽀용뽀용)

괜찮은 모양이다. 내가 싸우기는 별로 바라지 않지만 훈련은 괜찮은 모양이다. 마물과 싸우는 건 위험하니까 시키고 싶지 않지만, 자기 손으로 두들겨 패는 건 마음에 든 모양이네?

그리고, 여관—— 흘러가는 시간이 지체되고 지연되고 늘어난다. 그에 맞춰서 무거워지는 몸과 시간의 흐름. 『지혜』에 의한 고속 사고를 발동했고, 슬로 모션의 세계에서 흐르는 참격의 선을 피하며 『허실』로 한순간의 세계를 원만하게 한 동작으로 벤다.

나무 작대기끼리 닿고 튕겨난다. 정지할 것처럼 천천히 흘러가는 시간 속의 순간에서 검격이 튕긴다. 달라붙는 듯한 끈적한 공기를 헤치고, 몸을 조작하여 『마전』을 제어하면서 검격의 피가 쏟아지는 틈새로 몸을 비틀고 미끄러뜨려서 불완전한 허실을 날린다. 연격이라기에는 조잡하고, 검술이라기엔 일그러진 검무. 어느 정도의 시간을 버틸 수 있을지 알고 싶은 훈련인데, 무겁게 흐르는 시간 속에서 눈 깜빡할 사이에 순각(瞬刻)의 검격과 전순(轉瞬)의 회피를 반복하면서 서서히 시간 감각이 사라지고 영원한 시간을 맞부딪치며 검을 나눈다.

갑옷 반장과 무희 여자애와의 2대1 훈련, 만에 하나라도 빠져나갈 수 없는 검의 무간지옥. 그 안에서 1초라도 오래 싸운다…….
그야 치어걸이니까!

미끄러지는 발걸음과 춤추는 듯한 발놀림으로 미니스커트가 흔들리고, 반짝이는 무수한 검선 너머에 있는 허벅지들의 윤무. 수천의 검격을 빠져나가고 수억의 검격을 떨구면서 쳐다본다. 지금까지 익힌 모든 것을 긁어모아, 지금까지 손에 넣은 모든 능력을 하나로 모아 몸에 두르고── 그저 전심전력을 담아 쳐다본다!

극한의 집중으로 한없이 시간을 무로 늘리는 유한의 세계. 그저 흔들리는 허벅지들을 시야에 넣고 무엇 하나, 단 하나도 놓치지 않고 빠뜨리지 않으면서 온갖 각도에서 모든 시야를 동원해 공간 전체를 『나신안』으로 간파하며 쳐다본다. 이건 영원한 시간을 모조리 간파하는 극한의 집중력이 가능하게 만드는 세계. 두 명의 미궁황이 날리는 구타를 피하면서 허벅지를 계속 쳐다본다. 그런 이세계 최대의 시련 속에서 치어리더의 허벅지를 무한히 쳐다봤다. 한계에 한계를 거듭하고 궁극까지 가속된 사고는 마침내 한계를 넘어선 순간에 허망하게 끊겼고…… 그리고 얻어맞았다!

""굉장히 좋은, 집중력이었어요. 그래도, 눈이 엉큼해요!""

엉큼했던 모양이네? 분명 『나신안』에 문제가 있겠지. 물론 『나신안』으로 영구 보존하고 있지만, 생허벅지는 별도다! 게다가 갑옷 반장에게 칭찬받는 건 좀처럼 없는 일이니까 어떻게든 충분히 싸우기는 했겠지. 이걸로 다시 『허실』을 쓸 수 있다. 그러나 문제는 어떻게 마물 상대로 극한까지 집중하느냐다. 응. 마물을 보는 건 즐겁지 않으니까?

"어서 와~ 배고파? 뭐, 조금 이르지만 밥 먹을까? 아니면 얻어
맞을래? 연소해도 연소해도 무한이 들어가는 영양 과다 과식의
윤회에서 해탈할 수 없으니까, 연소에 끝이 없는 무간지옥에서
지옥처럼 얻어맞으면 지방도 연소되고 몸도 마음도 허벅지도 개
운? 이라고나 할까? 그보다 보고 있었거든?"

"""다녀왔어~ 그런데 왜 치어걸?"""

"""귀여워, 나도 갖고 싶어!"""

반장 일행이 여관에 돌아온 것도 훈련을 보러 온 것도 감지하고
있었다. 그저 의식을 돌릴 여유가 없었지만, 그 집중 상태로도 주
변의 일을 인식하고 파악하고 있었다. 그러나 허벅지가 네 개라
서 집중력이 한계였는데 놀랍게도 단번에 40개가 추가라니 사고
한계입니다. 그렇다. 포동포동 스패츠 난입으로 의식의 한계를
넘어버렸어!

남고생의 한계를 시험하는 시련이었다……. 근데 이거 남고생
에게는 절대 무리잖아! 응 44개의 포동포동 허벅지에 22개의 실
룩실룩 힙 라인 같은 걸 확인하면서 싸울 수 있는 남고생은 없어!
응. 있으면 BL 심판에 넘겨지겠지.

여자애들은 가볍게 운동하고 나서 저녁을 먹는다고 해서, 나는
밥 준비를 하며 고아 런처 확산형 다각 동시 공격을 피했다. 고아
들도 차례차례 일에서 돌아와 "다녀왔어~."라는 목소리와 함께
고아 런처에 추가되더니, 아래에서 고아들이 마구 몰려오고 허공
에는 고아들이 춤추는 광희난무 식사 준비다. 보모들도 원 모어
세트 중이라 원호가 없는 고립무원의 끝없는 싸움! 훗, 이걸 매일

맞는 내가 던전의 멍멍이 따위에게 깨물릴 리가 없다고!

그리고 고아들에게 괴롭힘을 당하던 오타쿠 바보들은 표적이 나로 바뀐 순간 도망쳤다. 응. 저 녀석들은 날아오는 고속 고아들을 받아내니까 금방 묻혀서 뭉개지는 거다. 고아들에게는 '오타쿠는 위험하니까 건들지 말고 다가가지 마라.' 라고 가르쳤으니까 고아 남자애들은 오타쿠를 저격하고, 고아 여자애들은 바보들에게 몰려드는데, 내가 오면 조준해서 양 진형 모두 집중포화를 퍼붓는단 말이지? 응. 밥 먹기 전에는 쿠키 채프를 쓸 수 없으니까 바쁘다.

""""잘 먹겠습니다~.""""

겨우 모두가 모여 저녁밥. 떠들썩하고 시끄러워서 곤란하지만, 기운차다면 그래도 상관없다. 이제 겁먹을 날도, 엿보는 표정도 하지 않게 되어 아이들다운 반짝반짝한 눈으로 밥을 먹고 있다. 지지 않고 먹고 있는 원 모어 세트의 사람들은 Re 원 모어 세트의 루프 세계에 돌입하겠지. 응. 빠져나갈 날은 멀어 보이지?

""""맛있어 ♪""""

"이게 흑발 나라의 요리."

"대단하네요."

이세계인은 어떨까 불안했는데, 탕수육도 호평이고 교자만두는 산더미처럼 쌓아놨는데도 어마어마한 속도로 사라졌다. 그리고 덤으로 바보들은 젓가락을 버리고 삽으로 퍼서 양동이에 담기 시작했다. 응. 그건 똑똑해진 걸까, 아니면 퇴화한 걸까? 뭐, 예의범절은 뒤에서 노려보는 반장님이 조련하겠지.

"""맛있어~ ♪"""

"왠지 요리가 더 맛있어졌네."

"""응. 원 모어 세트(눈물)."""

마침내 추가로 내놓은 새우 딤섬의 산도 사라졌고, 식비를 계산한 반장이 머리를 감싸 쥐었지만…… 디저트로 나온 호빵의 산에 몰두하고 있다. 원 모어 세트에 라그나로크는 없는 모양이다.

목욕하고 나와서 방으로 돌아가자 이미 문화부 여자애들이 기다리고 있었다. 그러나 어째서 얌전해 보이는 문화부 여자애들까지 다들 비키니? 이세계에서 유행하나? 하지만 이세계는 수영복 자체가 없잖아?

예전보다 몇 단계는 단련해서 탄탄해졌지만, 그래도 여전히 가녀림이 남은 날씬한 몸. 얌전한 얼굴과 내성적인 성격…… 그리고 그런 것치고는 뻔뻔스러울 만큼 남에게 맡기는 기질!

"""체형이 좋아지는 비키니로 해주세요!"""

"물리 법칙을 왜곡할 생각이 넘쳐나잖아! 게다가 전부 떠넘기고…… 있다고!"

뭘 어떻게 해야 비키니를 입으면 체형이 좋아지는 현상이 있을 수 있다고 생각하는 걸까?

"적어도 원피스 타입이라면 웨스트를 잘록하게 해주고 힙업도 해주고 바스트도 모으고 올려줄 수도 있을 텐데, 비키니에서 노출된 부분을 어떻게 하라는 거야?"

"""어떻게든 해줘! 비키니를 입고 싶지만 주변 애들 몸매가 너무 좋아!"""

이미 원 모어 세트를 계속하고 있어서 탄탄하고 건강한 살집은 되었다. 다른 여자애들과 비교해도 뒤떨어지지 않는 육체미다. 원래부터 그 미인 학급에 들어올 정도의 용모였고, 스타일도 결코 나쁘지는 않다. 하지만 주변이 나이스바디 여고생에 둘러싸여 있는 게 콤플렉스였고, 그리고…… 그걸 나보고 해결해 달라고 할 생각이 넘쳐났다!

"몸이 날씬하니까 겉보기만이라면 불가능하지 않지만, 그건 하이레그로 만들어서 다리가 긴 느낌을 주고 로라이즈로 잘록함을 강조하고, 브래지어도 가슴팍을 와이드로 잡아서 시각적으로 시선을 좌우로 늘리고 폭을 넓히는 인상을 줘야 하니까, 본래의 바스트 폭보다 넓어지고 옆으로 커지고 안쪽을 한껏 터버리는 과격한 디자인이 될 텐데? 야하네?"

"""그래도 부탁합니다! 야해도 나이스바디로!"""

뭐, 본인의 희망이 그렇다면 그건 그것대로 어쩔 수 없다. 만들어 보고 예상대로의 파괴력을 가진다면 갑옷 반장이나 무희 여자애에게도 만들어 주자. 그 두 사람은 그 이상으로 스타일을 좋게 만들 필요가 없지만, 그건 그거고 이건 이것대로 만들어야지? 응. 만들면 적시거나 바라보거나 벗기는 등 대단한 밤이 도래하겠지만, 남고생에게는 피할 수 없는 운명이라고 해도 되겠지……. 그야 하이레그니까!

결국 새로운 디자인이니까 재설계에 재치수. 아슬아슬하니까 촉수 씨로 아슬아슬하게 촉수촉수(만질만질) 치수를 쟀고, 마수 씨로 마수마수(꿈틀꿈틀) 조정했다.

"아니, 절규하면 이웃에 민폐인데, 소리 없는 절규라는 것도 꽤 초현실적이네? 응. 얼굴은 외치면서 흰자위를 드러내고 있는데 목소리는 나오지 않고 혀를 내민다니, 여고생이 남들 앞에 보여 줄 수 없는 표정인 것 같은데…… 눈을 감고 있으니까 안 보인단 말이지?"

물론 현재도 좌우에서 필사적으로 눈을 뜨게 하려는 눈가리개 담당 두 사람에 관해서는 언급할 것도 없겠지. 응. 엄청 잡아당기고 있거든?

"으음. 전멸 직전인데도 웬일로 묘하게 얌전한 도서위원도 이 디자인으로 괜찮겠어? 지금이라면 아직 수정할 수 있고 희망사항을 들어줄 여지도 있는데, 뭔가 없어?"

"아뇨. 처음부터 하이레그로 부탁하려고 했으니까요. 반장네가 T백을 금지했고, 슬링샷도 마이크로 비키니도 브라질리언도 Y프론트도 O백조차 안 된다고 해서요. 너무하지 않나요?"

"너무하기는 하지만, 너무한 건 그 수영복 초이스야! 은근슬쩍 슬링샷이라든가 Y프론트 같은 걸 입으려고 하는 그 발상이 무섭고 너무하고 두려운 여자애야! 그보다 그걸 남고생에게 주문하지 말아 줄래? 그걸 입으면 대참사 확정이지만, 만들 때도 대단히 이상한 일이 일어나거든! 그도 그럴 것이, 그건 그냥 파고드는 끈이라서 가릴 생각이 전혀 요만큼도 없달까, 차라리 안 입는 게 그나마 건전한 수영복인지도 불명확한 것들뿐이잖아!! 변태네!"

분명 만들기만 해도 잔소리로는 그치지 않을 무서운 것들만 선정했으니까 기각당한 거겠지. 응. 왠지 하이레그 로라이즈 부메랑이 건전하게 보이네! Y프런트 같은 걸 보면 남고생은 전멸이다. 나도 무리입니다.

"그럼 순서대로 대야에 들어가고, 조정할 테니까 빡빡하면 말하라고?"

"이거 온수인가요. 로션은?"

"왜 수영복 치수 재는 데 로션이 필요하다고 믿는 건데!"

"또 그런다. 좋아하는 주제에 ♥"

"…………이 녀석 이제 싫어!"

무시하고 조정에 전념했다. 상대하면 남고생적으로 위험해! 그리고 눈가리개 담당자들, 왜 로션을 넣으려고 하고 있어! 눈가리개는 어디 갔어!!

"여기의 천은 없애고, 허리는 리본만 달고 T자형으로."

"기각이야. 공공 외설 준비죄로 잔소리일 테니까 거절합니다! 그보다 그건 이미 T백이 아니라 T프론트잖아!"

수영복도 입었으니 직접 확인하기 위해 눈을 떴는데, 결국 오늘도 눈가리개를 한 적이 한 번도 없지 않나? 그리고 거기! 은근슬쩍 로션 넣지 마! 그쪽도 섞지 마!!

"모처럼 걸쭉걸쭉한 느낌이니까, 조금 더 천 면적을 줄이고 파고들게 하는 편이 하루카의 취향에도……."

"이미 상당한 하이레그라 천 면적이 위험한데, 대놓고 파고들게 하면 Y프론트잖아! 그리고 파고든 모습을 보여주지 않아도 돼!!"

다른 문화부 여자애들은 차례차례 버둥거리면서 대야에 가라앉았는데, 왜 멀쩡한 거지? 얼굴도 빨갛고 호흡도 거칠지만, 태연한 표정으로 위험한 주문을 반복하고 있다. 하지만 점차 몸이 떨리면서 꿈틀꿈틀 움직이기 시작했고, 움직임이 경련으로 바뀌면서 입술을 악물고는 말이 없어졌다.

지금 이때 빨리 끝내지 않으면 남고생적인 의미에서 위험한 영역에 도달할 거다. 나중에 로션을 넣은 두 사람에게 벌을 줄 거다! 끈적끈적 번들번들 에로한 몸을 꿈틀거리는 여고생 수영복 쇼가 벌어져서 건전한 풀장에서 헤엄치는 진지한 수영복 제작과는 뭔가 다른 느낌이 들고 있다고!

"그리고 거기 두 사람. 왜 방을 간접 조명으로 바꾸는 거야! 뭔가 야릇한 분위기가 드니까 그만두지? 그보다 눈으로 보면서 수영복 만들고 있으니까 어둡게 하지 말라고? 랜턴 불빛은 일렁거려서 만들기 어렵고, 에로하니까 그만둬 줄래? 진짜 부탁합니다."

역시 도서위원조차도 말이 없어졌지만, 완성되자 다섯 명 모두 의기양양하게 거울 앞에서 포즈를 잡으며 모습을 확인하고 있다. 응. 꽤 터프하네!

""""다리가 길어!""""

"엉덩이도 올라가 보이네요."

"응. 바스트가 부끄럽지만, 그만큼 잘록해 보이네."

그렇다. 하이레그는 다리가 길어 보이는 효과를 주니까 원래부터 충분히 긴 다리가 날씬하게 쭉 뻗어 보이고, 로라이즈의 효과로 허리의 잘록함이 강조되고 날씬한 몸의 라인을 스타일 좋게 보여주고 있다. 가슴도 넓고 바깥으로 탁 트인 삼각형의 샤프한 디자인이라 가슴을 크고 풍성하게 보여주면서 몸의 굴곡을 어필하고 몸매를 두드러지게 보여준다. 시각 효과뿐이지만, 이게 비키니로 할 수 있는 한계다.

다들 마음에 들었는지 로션에 젖은 몸으로 포즈를 바꾸면서 거울에 비치는 모습을 응시하고 있다. 그 뒤에서 남고생이 끈적끈적 번들번들한 뒷모습을 쳐다보고 있는 건 분명 제작 의욕 때문인 게 분명하다. 응. 제작은 끝났지만 의욕은 아직 있거든?

겨우 끝났을 때는 한계여서, 30분 휴식을 받은 뒤 있는 힘껏 벌을 주면서 로션도 넣어가며 철저하게 남고생의 슈퍼노바를 했달까, 극한까지 집중했지만 시간의 흐름상 30분은 짧다! 그러나 연장은 곤란하겠지. 이미 두 사람은 꿈쩍도 하지 않으니까? 뭐, 벌이라서 봐주지 않았는지라, 역시 『감도 상승』과 『정신 고양』과 『신경 예민화』의 중첩은 굉장했던 모양이다……. 이거 미궁황이 아니라면 정신이 붕괴하지 않았을까? 응. 그 미궁황급도 『재생』하지 못하고 계속 경련하고 있으니까? 위험하네?

➤ 착시 현상에 의한 피로라고 판단했는데 편애였던 모양이다. ◄

88일째 밤, 하얀 괴짜 여관

일단 대야에 띄워봤다. 벌을 준 갑옷 반장과 무희 여자애를 침대에 눕히고…… 앞으로 다섯 명.

"의식은 없지만…… 건강해 보이네? 응. 기운차게 경련을 멈추지 않고 있으니까 입에 버섯을 물려줄까?"

어째서인지 더더욱 야시시한 그림으로 보이는 건 분명 눈의 착각 현상에 의한 피로라고 편애하며 판단해 볼까?

"문제는 벌을 줬는데도 반성하지 않고 또 복수를 시작하는 보복의 연쇄가 윤회를 반복하며 연환에 순환해서 나에게 돌아온다는 건데, 매번 있는 일이니까 생각해 봤자 별수 없으니 생각하지 마라 느끼는 거라며 남고생적으로 노력해 볼까?"

뭐, 경련하고 있지만 움직이지 못하니까 시트는 덮어줄까?

"빨리 하자고~ 이제 착착 해버리고 잽싸게 끝내자. 응. 이제 왠지 이제 지쳤어 날라리 러시?"

묵묵히 서 있으니, 정밀하고 정교하게 만들어진 비스크돌을 방불케 하는 길고 가느다란 손발과 긴 목에 작은 얼굴. 어깨 폭은 있지만 몸은 날씬하고, 굴곡진 몸매에 진 거품 바디워시로 더욱 투명감이 늘어나서 도자기처럼 매끄러워 도저히 사람으로 보이지 않을 만큼 신기한 분위기를 내고 있는…… 뭐, 사람이랄까. 날라리니까?

그게 다섯 명이 나란히 있으니 패션쇼 같지만, 입을 건 현재 제작 중이라 아직 아무것도 입지 않았다. 물론 확실히 눈을 감고 치수를 재는 중이다. 『공간 파악』과 『마수』씨의 촉진으로 머릿속에 정밀한 3D 입체 영상을 그린다.

"왜 우리 차례만 그렇게 의욕이 없는 거야!!"

"그리고 누가 날라리 러시야!"

"그보다 왜 두 사람은 침대에서 경련하는 건데!"

확실히 수영복을 만든다는 분위기는 아니지만, 귀찮으니까 빨리 끝내고 싶다. 그야 애초에 날라리들은 마수 씨의 치수에 엄청나게 약해서 시간이 걸린다. 그리고 날라리즈 차례에서는 매번 똑같은 패턴으로 남고생에게 큰일이 벌어질 거다.

"빠르게 끝내자. 그보다 촉수를 빠르게 끝내자고? 응. 착용한 뒤 조정하고 보정까지 단번에 갈 거야. 뭐랄까 단번에 가면 여러모로 좀 그렇겠지만…… 힘내라고? 라고나 할까?"

"잠깐, 기다, 기다! 꺄앗, 아아아아앙!"

"뭐야? 앗, 으으으응, 하악, 앗."

"어? 아니, 흐아아앙, 거, 거긴…… 윽!"

"꺄으, 으아앗, 아아아아아앗……."

"큭, 으으응. 으극, 아아아아!"

음성이 제일 위험한 건 매번 날라리들이다. 시끄러운 것도 짜증나지만 무언의 허덕임이 무섭다. 허덕이면서 거친 숨소리를 내고 묘하게 귀여운, 날라리답지 않은 교성이 섞이는 데다 마수 씨 쪽에서는 끊임없이 몸부림을 치는 떨림이 전해지고, 대화가 없다는 게 반대로 힘들다!

"아니아니, 매번 뭔가 캐릭터가 달라서 곤란한데, 좀 더 날라리답게 날라날라 소란을 부리는 게 알기 쉽거든?"

"나, 날라리가, 아앗, 으응, 하악, 아니라고 했……잖아!"

"""으핫……. 캐, 캐릭터라니, 아앗, 앗♥"""

대답할 여유도 없는 모양이다. 그리고 괜히 말을 시키면 더더욱 위험한 것 같다!

"뭔가 문제가 있으면 말하라고. 그보다 말할 여유가 없어 보이니까 대야에서 조정할 거야. 대야 안이 로션인 건 신경 쓰지 말라고? 나는 굉장히 신경 쓰이지만, 사악한 진범 두 사람은 벌을 받아서 반성 중이고 경련 중이니까 아직 부활하지 못했는데, 벌칙 제2탄도 결정됐으니까 신경 쓰지 말고 들어가라고?"

"하악, 하악, 하악…… 사, 사이즈는, 괜찮은, 것 같아."

"따, 딱히, 로, 로, 로션 정도는, 괘, 괜찮으니까!"

수영복을 입었으니 눈을 뜨자 날라리 리더가 숨을 헐떡이며 대야로 들어갔는데, 비키니 차림으로 네발로 기어서 가는 건 뭔가 좀 그러니까 그만둬 줄래? 응. 눈을 떠도 위험한 건 변함없는 모양이다.

"크으으윽, 크하악! ……으아앗, 아아아앗. 흐와아아아아아앗!"

날라리 리더는 로션 속에서 몸을 웅크린 채 끈적끈적한 엉덩이만 높이 들어서 떨고 있다. 뭐, 거기를 조정하고 있기는 한데 들어 올리지는 않아도 되거든? 응. 왠지 똑바로 볼 수가 없으니까…… 여러모로?

""" 으하앗, 아앗, 크으으, 으으으응!" ""

그리고 날라리 A는 로션 속에서 몸을 활처럼 젖히며 높이 들고 떨고 있는데…… 뭐, 거기를 조정하고 있는 거지만 브리지는 안 해도 된다고? 응. 뭔가 보면서 작업하기는 쉽지만 굉장히 곤란하거든? 여러모로?

"아니, 날라리 B? 아무리 생각해도 수영복 피팅에서 해피 베이비 자세로 경련하는 건 이상하지 않아? 유행하는 거냐고!"

다들 허벅지살이 신경 쓰이는 나이인 건가? 근데 그 포즈는 확실히 조정하기 쉽지만 곤란하다고. 특히 방향이 곤란하거든?

"응. 그리고 날라리 C도 확실히 무희 여자애가 요가 강습까지 시작하기는 했지만, 뭘 어떻게 젖혀야 이삭의 포즈(파리브리타 자누 시르사아사나)가 되어버리는데? 그건 비키니로는 권장하지 않는다고?"

"""아앗, 아아앗, 아아아! 히이익, 아윽!"""

겨우 끝이니까 그냥 뭐든 상관없다고 생각했었는데 어설펐던 모양이다. 날라리 D는 설마 하던 두루미의 포즈(바카사나)였다. 그건 아무리 그래도 무조건 일부러 하는 거 아니냐고!

"보통 아무리 그래도 그렇게는 안 될 것 같은데, 뭔가 경련하면서도 절묘한 밸런스라서 오히려 그 포즈로 기절이라니 난이도 너무 높다고 생각하는데……. 굉장히 옮기기 어렵겠어!"

아무래도 요가 강좌는 성황인 모양이다. 그러나 그런 이상한 포즈로 기절하면 남고생으로서는 옮기기 힘들거든? 그리고 이제 확실히 남아있는 건 수영부 콤비 두 명뿐인데, 이제는 무리다. 남고생의 한계다!

속옷보다는 수영복이 안전할 줄 알았는데, 수영복용으로 특수하게 만들어야 하는 천의 신축성 미조정이 많고, 마수 씨의 차례가 필연적으로 늘어나고, 그러면 마수 씨도 늘어나서 촉수질을 하니까 날라리들도 바쁘게 반응하고 돌아다녀서 더더욱 마수 씨가 만지고 비비고 엉키고 파고들어서…… 피해가 커진단 말이지. 응. 큰일이네?

"왜, 왠지 전보다 촉수의 세분화가 늘어나지 않았어?"

"""이런 걸 가만히 버티는 건 무리야!"""

더 정밀하고 섬세한 측정이 가능해진, 대량의 『마력실』을 사용한 측정이 문제였던 건가? 하지만 이 기술로 밀리미터 단위 이하까지 가동 부분에 신축 부위를 합친 천 보정이 가능해진 궁극의 피팅이었는데 불만인 모양이네?

참고로 아까 미궁황들에게 『마력실』로 부여한 『감도 상승』이나 『야한 기술』이나 『성왕』까지 둘러서 시험해 보니 대단히 마음에 들었던 모양이었는데 뭐가 좋지 않았던 걸까? 응. 자극이 적도록 피부에 닿을락 말락 한 아슬아슬한 접촉만으로 치수에 조정을 진행한 건데 안 됐던 모양이네?

일단 로션을 씻기고 방까지 옮기자. 아슬아슬하게 접촉한 마수 씨 문제는 나중에 벌을 줄 콤비로 시험해 보자. 응. 그 로션 투입은 남고생적으로 위험했으니까 무조건 Re:잔소리다!

시험해 봤습니다. 하룻밤 내내 벌을 주니 아비규환이었고, 쓰러지고 나서 부활하고는 『마력실』 씨에 의해 몸부림을 치며 노는 게 참 즐거워 보였다. 그동안 부업을 뛰면서 미궁왕 「마위옹 레벨 100」의 드롭 아이템인 『단죄의 아창(牙槍) : ALL 30% 상승, 물리 마법 방어 약체(대), 관통, +ATT』를 미스릴화했다. 누구나 쓸 수 있는 물건이고 판매할 곳은 반장에게 상담하자. 그러는 사이 또 부활해서 『마력실』 씨와 놀면서 격렬하게 펄떡 뛰며 또 쉬고 있네? 그리고 잡화점이 언제나 보내는 「급한」 부업과 「제일 급한」 도시락을 만드는 사이 또또 부활한 두 사람에게 벌이라는 이름의 『마력실』 씨 실험을 실제로 체험하자 버둥거리며 쉬게 된지라 다시 장비 아이템 재검토에 들어갔다.

"자, 밤도 깊었으니 자자! 자기 전에 누워야 하지만 힘내자!"

응. 힘냈다! 나중에 경험자들이 "마력실의 살랑살랑은! 살랑살랑은 안 돼요! 더더욱 죽어버려요!!"라든가 "신경이 미칩, 니다! 미쳐 버립니다! 계속 죽을 뻔했고, 죽었습니다?"라는 체험담 잔소리 코멘트를 들었다. 마력실도 위험한 모양이네?

> **싸우러 가는 목숨을 지킬 전투 준비는**
> **포동포동하고 대단히 출렁출렁했다.**

89일째 아침, 하얀 괴짜 여관

아침부터 잔소리인 줄 알았는데 앙갚음이었다! 양팔은 갑옷 반장의 양다리에 얽혀서 눌렸고, 양다리는 무희 여자애의 양다리에 얽혀서 움직일 수가 없다. 그렇다. 얽힌 채로 봉사라는 이름의 앙갚음이 칠전팔도에 칠전팔기가 칠종칠금인 치킨 레이스 7주 차에 들어선 모양이다! 응. 이건 여러 의미에서 남고생에게는 탈출 불가능한 아침의 관절기이었고, 이 미션은 남고생에게는 임파서블한 적극성이었어!!

"밤을 새워서 힘내면 아침에 앙갚음을 당하는, 종지부를 모르는 복수에 『재생』LvMaX라도 따라잡지 못하다니…… 크헉!"

비열하고 야시시한 피대미지에 남고생도 함락 중. 응. 패배한 원인은 알고 있다. 저, 적어도 치어걸이 아니었다면…… 커흑(꽈

당) 【성왕 다시 자는 중?】

상쾌한 아침이다. 상쾌한 기상 전에 뭔가 있었던 느낌이 들지만 상쾌하니까 뭐, 상관없겠지? 앙갚음은 나중에 생각하자.

"좋은 아침, 이라고나 할까?"

""""좋은 아침.""""

"그리고, 딱히 '이라고나 할까?' 가 아니라 평범하게 좋은 아침이거든."

아침 식사인 샌드위치와 로스카츠 샌드위치와 버섯 샐러드와 버섯 수프를 놓고, 재빨리 뷔페 형식으로 아침 식사를 마쳤다. 식사 준비를 허둥지둥 진행하면서 오타쿠 바보들의 장비를 갱신했는데, 남자의 갑옷 차림은 보더라도 전혀 즐겁지 않지만 조정은 했다고? 응. 안쪽에 가시를 붙이면 즐거워질지도?

""""붙이지 마!""""

"그건 대체 무슨 아이언 메이든!"

"뭐, 이 정도? 응. 몸집도 크고 지킬 가치도 없는 갑옷이니까. 그보다 『상태이상 내성』을 붙여도 알맹이가 이상하니까 의미가 없는 듯한데? 뭐, 일단 시험 삼아 베어 보고 사망 확인할까?"

"확인하려면 안전을 확인해!"

"사, 사망 확인이라니 죽일 생각밖에 없어!"

"그보다 『위그드라실의 지팡이』는 그만둬! 그거 물리 방어 무효니까 갑옷 입어도 죽어!"

"응. 너희의 희생은 헛되이 하지 않겠어(번뜩)!"

"""배신자가 있다~!"""

"그야 시노비(닌자)라서 무거운 갑옷 안 입으니까?"

추악한 다툼이었다. 그러나 경갑옷형 시노비 복장을 웃으면서 건네주니 도망쳤다. 역시 시노비다. 그러나 『나신안』으로 다 보이니까 저격하자.

"""기브, 기브 업, 무리. 기브!"""

"아아, 더 주라고?"

"""그런 생각은 없었어!"""

"시험 삼아 베지 마! 그건 칼을 시험하는 거지 베이는 갑옷을 시험하는 게 아니야!!"

"아니, 시험하지 않으면 불안하잖아? 응. 어느 정도로 죽을지 시험 삼아 한 번?"

목숨을 지키는 최후의 보루인 갑옷이 어디까지 버틸 수 있는지 알아두지 않으면 목숨을 맡길 수 없다. 그렇다면 시험해 봐야겠지. 좋아. 해치우자!

"한 번 죽으면 끝이니까 다음은 없습니다!"

"그거 알아도 늦었잖아!"

"해치운다니 죽일 생각이 넘치잖아!"

"시험하지 않으면 불안하다니, 시험하는 쪽은 불안하달까 즉사하잖아!"

"그래그래. 세 명 시험하면 충분하지?"

"""배신하지 말라고 했잖아!"""

눈이 마주친 순간 바보들은 도망쳤다. 위험 감지 능력만큼은 뛰어난 모양이다. 그러니까 오타쿠들로 해보려고 했는데 해치우게 해주지 않는 모양이네? 유감이네?

"뭐, 던전에서 실제로 시험하면 되나…… 뒤에서 몰래?"

"""던전보다 아군이 더 불안해!"""

아침부터 허둥대면서 각자 장비를 걸쳤다. 싸우러 가는 이들의 목숨을 지키는 용맹한 전투 준비.

"아~앙, 각갑이…… 이거 오른쪽이잖아."

"잠깐, 정강이 보호대가 어긋났어."

"앗, 잡아당기지 마! 스패츠가 벗겨지잖아."

"누가 저기 장갑 좀 잡아줘~."

"꺄앗, 지금 엉덩이 만진 거 누구야!"

"앗, 위험해. 파고들겠어. 위치 위험해."

"어라~ 브래지어가 빡빡해졌네~?"

"""흐응~ 그런가요."""

"내 검 어디로 갔어? 나와 줄래~?"

포동포동 스패츠 씨들의 전투 준비. 응. 뭔가 여러모로 큰일인 것 같다. 남자도 큰일이지만 뭐랄까, 그보다 이 정도로 곤란해하지 말았으면 좋겠는데. 그야 만드는 쪽은 이런 걸로 그치지 않는다. 그것이야말로 남고생을 죽이는 지옥이라고!!

오늘 여자애들은 변경군과 근위군 지도에 나선다고 한다. 메리 아버지가 정식으로 의뢰했는데, 어째서인지 내가 안 가도 되는 모양이더라고?

"어디에 의문의 여지가 있는데!"

"참고가 안 되기 이전에, 영문을 모르니까 병사들이 혼란에 빠지잖아!!"

"그리고 안젤리카 씨나 슬라임 씨의 지도를 첫날부터 받으면 꺾여버리니까!"

(뿌용뿌용!)

응. 메리메리 씨가 여자애들을 지명한 모양이네? 남자만 쉬면 원망할 것 같으니까, 남자팀은 하층 공략 시험판. 갈 수 있을 때까지 가 보고, 위험해지면 더 보내자. 그걸로 안 된다면 더 보내는 게 오늘 계획이다. 뭐, 여차하면 우리가 뒤에서 공격해서 마물과 협공하는 걸 시도해 보자.

"""후위에서 중얼거리는 목소리에 살의밖에 없어!"""

그 정도로 하지 않으면 이 녀석들은 단독 파티라도 안 죽는다. 위험하다고 느끼면 도망치고, 불길한 예감만 들어도 돌아온다. 응. 피해가 전무라 갑옷의 한계치를 전혀 알 수 없다.

"자, 산개해 주세요."

"""그래. 가자."""

"""알았어."""

그리고 죽지 않는 것에 능숙하다. 상대가 싫어하는 일을 자연스레 알아채는 바보들과 이길 수 있을 때까지 버티고 이길 때는 확실하게 이기는 오타쿠들.

"오다, 협공해!"

"알겠습니다. 오른쪽 갈게요."

그리고 오타쿠들은 살육전을 경험하고 변했다. 그저 지키는 것만이 아니라, 그저 쓰러뜨리는 것만이 아니라…… 확실하게 죽이러 간다. 결계를 방어만이 아니라 함정으로 써서 협공하고, 무기를 써서 찢어버린다. 이 녀석들 네 명만으로도 결계 두 개와 성결계가 하나. 게다가 결계 인술과 하얀 방까지 결계계 스킬을 마구 익히고 있다. 그러니 방어가 단단한데, 무기까지 쓰게 되면…… 그건 치트다. 그야 보이지 않는 방패는 위험하기 그지없는 무기니까.

"먼저 팔이나 다리를."

"뭉개버릴 테니까 움직임 막아."

"""알겠습니다!"""

81층의 마물 「암즈 맨티스 Lv81」을 바보들이 몰아넣고, 오타쿠들이 결계로 협공해서 뭉개버린다. 그리고 잠깐의 빈틈을 타서 사마귀(맨티스)의 목덜미를 향해 가늘고 얇은 결계의 단두대.

"나머지, 뭉개버리자."

"""응!"""

그리고 여섯 개의 손을 가지고 두 개의 낫과 창과 검이 붙은 손을 두 개씩 가진 사마귀 「암즈 맨티스」. 의미심장한 이름이라 다수의 무기(암즈)인지 다수의 손(암즈)인지 알기 어렵지만, 알 수 없는 상태로 사마귀들이 사냥당하고 있네?

언제나 상대가 당하면 곤란한 움직임을 본능적으로 하는 바보들이 상대인지라, 사마귀는 그저 무기만 휘두르면서 부서지고 있다. 창으로 찌르면 창끝을 잡아당기니까 자세가 무너져서 발을 내디딘 순간…… 다리가 절단되고, 고꾸라지는 사마귀의 목덜미에 검을 꽂아서 퍼 올리자 절단된 사마귀의 머리가 떨어졌다. 베고 들어가면 유도당한 뒤 옆에서 공격당하고, 대기하면 투창에 찔려서 싸움에 들어가기 전에 뭉개진다…… 응.

"대체 얼마나 말해야 그 투창이 『할버드』고, 던지는 건 베고 있는 그 『부메랑』이라는 걸 이해할 거야! 지능은 사마귀가 무조건 더 높을 테니까 머리를 갈아치울래? 응. 떨어졌지만, 바보보다 사마귀의 머리가 더 지적으로 느껴지거든?"

"""바꾸지 마! 그리고 올리려고 하지 마!!"""

몸을 흔들고 비틀면서 낫을 뿌리치고, 검을 흘리고 창을 젖힌다. 갑옷을 방패로 쓰고, 그러면서도 받아내지 않고 모두 흘려낸다. 움직임을 막지 않는 초경장 갑옷이라 움직임은 더더욱 낭비 없이 세련되게 변했고, 공격을 가하는 사마귀의 무기를 미끄러뜨려서 자세를 무너뜨린 뒤 카운터로 벤다. 오타쿠들도 결계를 비스듬하게 들어서 공격을 흘리고 사마귀를 뭉개버리고 있다. 결계로 받아내면서 반격하는 게 아니라 방어와 동시에 무너뜨려서 공격으로 바꾸고 있다.

사실은 내 어깨 보호대 사용법의 최적 견본이 되어주는 게 바보들이 장갑으로 무기를 흘리는 기술과 오타쿠들의 비스듬히 세운 결계로 몸을 지키는 기술이다. 그러나 왠지 이 녀석들에게 배우는 건 싫다! 그도 그럴 것이, 바보가 여섯 개의 손을 떨구고 사마귀의 목을 뒤에서 붙잡아 방패로 삼으면서 베고 들어가는 걸 보니…… 이 녀석들은 무조건 악역이야!

확실하게 처리할 수 있는 무기를 들고, 공격을 흘리는 갑옷을 입고 싸움에 여유가 있다. 무리하지 않고, 자기들이 유리해지게 끌고 들어가서 적을 궁지에 몰아넣는다. 그렇다. 수렵민족과 꼼수로 죽이는 것에 특화된 악랄한 공격으로 88층을 아무런 어려움 없이 공략하고 89층…… 앗, 도망쳤다.

"""하루카~ 헬프! 저건 무리. 위험해 보여."""

"""하루카, 맡길게! 잘 있어!!"""

응…… 도망쳤다! 굉장한 직감력이다. 이길 수 있는 적은 철저하게 이기고, 위험해 보이면 도망친다. 승산이 나올 때까지 싸우지 않고, 확실하게 죽일 수 있을 때까지는 다투지 않는다. 고슴도치도 적이 갑자기 도망쳐서 놀란 모양이지만, 「베놈 헤지혹 Lv89」는 상태이상 효과가 넘치는 독 가시를 가진 고슴도치. 그리고 『내성 무효화』가 있다.

순수하게 숫자적인 확률로 따지면 레벨 100을 넘는 『상태이상 내성』 장비를 착용하고 있으니까, 레벨 89의 『내성 무효화』나 『상태이상 독』이 통할 가능성은 없다시피 하다. 하지만 저 가느다란 바늘을 난사하니까, 그게 갑옷 속까지 들어가게 되면 낮은 확률이라도 숫자로 밀어붙여서 『독』이 통할 가능성은 부정할 수 없다.

그리고 『관통』까지 가지고 있다면 무조건 결계로 막을 수 있다고 말하기 힘들다. 뭐, 궁지에 몰린다면야 싸우겠지만, 도망칠 수 있으면 도망치고, 떠넘길 수 있다면 떠넘기는 순간적인 판단력. 그렇다. 나한테 떠넘겨 버렸다! 모처럼 괜찮은 적이 나왔으니까 나도 뒤에서 고슴도치를 도와 협공하려고 했는데 그 순간 도망쳤다! 무서운 위기 회피 능력. 야생의 감과 괴롭힘당하던 놈들의 감은 얕볼 수가 없다.

(부들부들 ♪)

뭐, 지루해하던 슬라임 씨가 기뻐하니까 상관없나. 예감이든 요행이든 영감이든 직감이든 오타쿠 예지든 바보 점술이든 전파 수신을 하든 아무튼 위기를 회피할 수 있는 건 재능이다.

"오타쿠 바보라면, 이 정도는 5분 이내에 섬멸할 수 있겠지?"

(부들부들)

"안전하게 10분만 들이면 거의 노 대미지로 이기겠지? 하지만 굉장히 운이 나쁘게, 자기들 머리 수준으로 운이 나쁘고 기적보다도 극히 희귀한 거의 말도 안 되는 가능성에 걸리면…… 죽겠지? 저건?"

(끄덕끄덕, 꾸벅꾸벅, 부들부들)

거의 있을 수 없는 가능성이라도, 있을 수 있다면 안 싸우는 게 낫다. 싸운다면 안전한 대책을 세우고 다시 와야 한다. 모든 것이 잘못된 오타쿠와 바보라도 이건 올바르다.

"와요!"

전방위에서 일제히 쏟아지는 얇고 가는 바늘의 비. 연기처럼 일면을 뒤덮은 대량의 바늘이 피할 수도 없이 공간을 메웠다. 바늘이 아주 가늘어서 쳐낼 수도 없다. 응. 못 하니까 『소실』로 바늘의 비를 통과시켰다. 슬라임 씨는 바늘과 함께 고슴도치를 먹고 있네? 그리고 갑옷 반장은 한 방에 무진장한 바늘을 공간째로 쓸어버렸고, 무희 여자애는 춤추듯이 대형 방패를 회전하면서 무한한 바늘을 튕겨내고 있다.

이게 차이점. 여자애들이라면 필사적으로 방패로 막고, 피탄을 감수하면서 돌격할 거다. 강함을 추구하며 피하지 않고 맞선다. 아주 약간의 위험성 정도라면 도망치지 않겠지. 그건…… 운이 나쁘면 죽는다는 뜻인데도.

아무리 낮은 가능성이라도 무한히 반복하면 실현된다. 첫 번째에서 실현될 가능성이 아예 없는 것도 아니다. 그리고 한 번이라도 『즉사』가 실현되면, 그건 확률과는 무관계하게 죽는다. 부반장 B의 『소생』이 있다면 늦지 않게 살릴 수야 있지만, 그 『소생』은 단 한 번밖에 쓸 수 없는 대량 MP 소비 마법이다. 기적적인 확률을 넘어서 두 명이 즉사한다면 한 명은 살 수 없다. 그러니까 0%가 아닌 이상 도망치는 게 올바르다. 이미 오타쿠 바보들은 사람이 간단히 죽는다는 걸 안다. 왜냐하면 자기들이 죽었으니까.

"수고했어요. 역시 대단하네요."

"응. 저게 안 맞는다는 건 말이 안 되지만 안 맞는단 말이지!"

"상식적으로 불가능한 건 비상식 전문가에게 맡기는 게 최고?"

"진짜 의미의 치트는 분명 이거란 말이죠!"

"응. 스테이터스나 스킬의 치트로 이건 무리!"

뭔가 도망쳤던 오타쿠가 잘난 듯 해설하고 있다. 태우고 싶지만 태우기 전에 도망치니까 더더욱 짜증 난다!

"""하루카. 아래도 위험해 보이는데 돌아가도 될까? 다음 던전 중층까지는 뭉개둘게."""

"수고했어~ 그보다 도망치고 떠넘기는 바람에 나는 지쳤는데?"

뭐, 싸우지 않고 넘어간다면 안 하는 게 좋긴 한데, 나한테 떠넘기지 말라고?"

""아니, 완벽하게 멀쩡하잖아?""

역시 『완전 방어』 정도가 아니면 80층부터 아래쪽은 열반의 확률이라도 지금의 장비로는 위험한가…… 응.

"80층 아래쪽은 가지 말라고. 가면 점심밥 거를 거야."

""절대로 안 가. 점심밥은 불고기덮밥으로!""

위험해 보이면 도망칠 생각이 넘쳐난다. 그러니까 이 녀석들은 단독으로 움직여도 괜찮다. 만약 이 녀석들이 죽는다면 도망치지 못하고 누군가를 지킬 때고, 그게 싫다면 변경에서 우리와 함께 있을 거다. 그래도 가고 싶다면, 스스로 선택할 권리가 있다. 그야…… 그 목적은 마초 누님들과 짐승귀 소녀들이니까!

응. 나도 잠깐 가고 싶지만, 변경의 던전을 내버려 두는 건 위험하다. 인원은 많아도 여자애들만으로는 위험하니까, 갑옷 반장과 무희 여자애와 슬라임 씨 중 최소 두 명은 붙어있지 않으면 확실하게 안전하다고 할 수 없다. 그리고…… 그 어둠이 있을 가능성이 있으니까 나도 변경에서 움직일 수 없다. 짐승귀가…… 복슬복슬이…….

흘겨보고 있잖아! 그러나 남고생인 자, 아직 보지 못한 이세계 짐승귀를 똑바로 보지 않으면 복슬복슬을 얻지 못한다고 옛날 에로한 사람도 말했는지 어떤지는 모르겠지만 짐승귀는 보러 가고 싶다! 근육질 누님들도 미인이었지만, 그건 근육뇌 바보들과 동류인 파동이 느껴졌다. 응. 근육뇌보다도 짐승귀다. 그야 근육뇌 여자애는 레어도가 낮단 말이지? 이미 여자 운동부가 있으니까?

**이세계에서는 흙더미에도 눈치가 있는데,
야생이나 괴롭힘당하던 애들의 감으로는 불가능한 모양이다.**

89일째 정오, 던전 지하 90층

오타쿠 바보들은 도망치고 평소의 네 명이서 90층으로 내려갔다. 계층주는 야생과 괴롭힘당하던 애들의 감대로 위험했다. 그건 상태이상이 아니라 물리 트랩.

진흙 인형 「애드히시브 골렘 Lv90」. 골렘 중에서도 약한 부류에 들어가는 머드 골렘의 아종 같은데, 이름대로 접착제(애드히시브) 골렘이라 건드리면 달라붙고 무기도 빼앗길 수 있다. 그리고 지면에 접착제가 튀어서 멀쩡히 발도 내디딜 수 없는 상태에서 움직이지 못하게 되면…… 저 『힘』에 죽는다.

"아아~ 이건 오타쿠 바보들이 도망친 게 정답이네. 감이 저렇게 좋은 건 대체 뭘까? 저 직감력은 일상생활에서는 전혀 사용되지 않고 분위기 파악도 못 하면서, 신기할 정도로 눈치가 빠르단 말이지?"

하층의 특수형이나 꼼수 계열은 정공법 전투로는 만의 하나가 있을 수 있다. 여자애들도 80층까지, 가능하면 74층에서 멈추게 하고 싶단 말이지? 응. 계층은 단순히 레벨로 계산할 수 없을 만큼 강약의 차이가 크지만…… 깊으면 약삭빠르단 말이지.

"발 디딜 자리를 빼앗고, 무한 재생의 내구력과 파워로 밀어붙이는 건가……. 응. 너무 무방비하네?"

진흙 덩어리가 진동음처럼 낮게 신음하면서 맹독 점착제 덩어리를 흩뿌리며…… 도망쳤다. 응. 진흙 거인은 슬라임 씨의 취향이었는지 먹을 생각이 넘쳐나네?

(뽀용뽀용 ♪)

90층 계층주 정도 되면 분위기를 파악할 수 있는 모양이다. 놀랍게도 요새처럼 기다리던 애드히시브 골렘이 자신을 먹을 생각이 넘치는 공포의 점액 생물에게서 도망쳐 버렸잖아? 건드리면 접착되고, 원거리로도 『마법 흡수』, 진흙 인형이니 물리에도 강하지만…… 포식은 예상 밖이었던 모양이네?

(고보고보보보브아아아!)

지면에 깔린 점착 진흙을 넘어서 그대로 허공을 박차며 공중을 도약했다. 공중에서 몸을 틀며 진흙탄을 피하고 『공중보행』으로 하늘을 박차며 허공을 지그재그로 질주하면서 스텝을 새겼다. 그리고 거인이 힘껏 휘두른 두꺼운 진흙 팔을 뚫고 나와서 탄막이 끊긴 머리 위로 이동해―― 중력 마법을 꽂아 넣었다.

위에서 미끼가 되어 발을 묶자, 갑옷 반장은 참격을 날려 진흙 몸통을 베어버렸고, 무희 여자애는 마법으로 지면에 간섭해서 애드히시브 골렘이 딛고 있는 바닥부터 가라앉혀서 발을 묶었다. 이 두 사람은 전위를 좋아하지만, 한쪽은 마법의 궁극인 『마신』을 가지고 있고 한쪽은 이교의 성녀라는 칭호를 가진 무녀이자 대현자란 말이지? 평소에는 전혀 원거리전을 할 생각이 없지만, 이번에는 접착제 때문에 애용하는 무기가 끈적해지는 게 싫었던 모양이네?

다리가 베여서 무너지고 지면이 함몰된 데다 위에서는 초중력에 걸려 움직임이 멈췄다. 그리고 베여서 무너지는 거구는 슬라임 씨에게 붙잡혀 먹히기 시작했다. 그나저나 슬라임 씨가 『접착』을 흡수하면 "치덕치덕~." 같은 소리를 할까?

"수고했어~ 라고 말할 만큼 피로는 느껴지지 않고, 아침에 일어났을 때의 피로감은 비통할 정도로 피폐한 기상이었지만, 어째서 『절륜』과 『성욕 왕성』의 상위 스킬이 아침부터 한계를 넘어서 한계 돌파 발동했는데도 쓰러진 걸까? 그리고 어째서 의기양양한 건데! 저, 전혀 반성하지 않고 있달까, 그 승리의 웃음이 의기양양한 데다 다시 보니 양손에 허리를 대고 우쭐대는 포즈잖아!"

(뿌용뿌용)

식사가 끝난 슬라임 씨를 칭찬하면서 91층으로 향했다. 말로 표현할 수 없는 패배감. 오늘 밤에는 결코 질 수 없는 싸움이 막을 여는 것이 확정된 모양이다. 그러나 막은 연극 상연할 때나 여는 건데 열어도 되는 건가?

뭐, 아침은 그 치어리더에 넋을 잃어서 빈틈을 허용한 게 패인이었다. 만들고 입힌 건 나였다! 그러나 후회는 없고, 재도전도 희망한다고!

"미로니까 출구에서 집합하기로 하고, 단번에 가버릴까?"

(끄덕끄덕, 꾸벅꾸벅, 부들부들)

현재, 지금 시점에 한정한다면 조정하고 있다. 완전 개방은 전혀 할 수 없지만, 억누르고 제어를 잃지 않는다면 대미지 없이 싸울 수 있게 되었다. 그러니 손대지 못했던 『마술사의 브레이슬릿 : Int · MiN 30% 상승, 마법 공격 방어력 증가(대), 마술 제어(대), 마장』에 『뱀술사의 목걸이 : 【일곱 개 들어감】 InT 40% 상승, 뱀 복제(3마리 · 몸에서 마력으로 복제), 독 제조, 비늘 경화, +DEF』와 『밸리언트의 목걸이 : 변태, 이형화, 점액(전체 내성, 전체 상태이상 부여), +DEF』, 그리고 봉인한 채로 잊고 있었던 『마수의 팔찌 : 전 능력 상승』에 『반사의 방패 : 반사』나 『순전의 망토 : 순전』도 조합해서 실전이다.

하나씩 의식하고 천천히 『마전』으로 중첩한다. 이렇게 한번에 장비하면 『마전』했을 때의 차이가 확실히 느껴진다. ……InT와 제어력도 올랐고, 『마수의 팔찌』의 전 능력 상승이 꽤 영향을 주는 것 같다. 응. 의식하고 조정해도 여전히 제어는 불안정하다.

"불안정하다는 전 제어하지 못하고 있는 거지만 간섭은 할 수 있어. 응. 그럼 좋겠네?"

그러니 마전에 집중하던 의식을 마물로 돌렸다.

커다란 턱이라고나 할까 구기(口器)나 저작구기(咀嚼口器)라고 말하는 엄니 같은 입. 그 좌우에 있는 가위 형태의 큰 턱을 딱딱 울리며 꺼림칙한 겹눈으로 이쪽을 보고 있다. 응. 이쪽 보지 말아 줄래?

"뭐, 겹눈이라면 저쪽을 보고 있어도 이쪽을 볼 수 있겠지만. 나 참, 저쪽을 보면서 이쪽을 쳐다본다니 대체 어디 사는 『나신안』 같은 녀석이냐고!"

검붉다기보다는 징그럽다고 할 만한 혐오스러운 「나이트 앤트 Lv91」은 밤(나이트)이 아니라 기사(나이트) 개미인지 뒷다리 두 개로 서 있다. 그러나 인간 크기의 개미는 그로테스크 내성이 없으면 꽤 위험한 상대다. 갑각인지 갑옷인지 모를 미묘하게 번들번들한 그로테스크 장갑에 가늘고 긴 네 개의 손에는 검과 방패를 들고 있지만 얼굴이 개미라서 징그럽다!

"뭐, 개미는 차가우면 움직이지 못하게 된다고 들었지만, 실험하면서 연습해야 하니 참아야 하네?"

그리고 수수하게 알코올이나 고무가 싫다고 하지만, 이세계에서는 아직 고무를 발견하지 못했고, 16세 남고생이니 술도 안 가지고 있다.

"응. 귀중한 요리술을 개미 따위에게 쓸 생각은 없어! 이세계에 음주 연령 제한 같은 건 없지만 미성년이란 말이지?"

꽤 재빠르게 움직이는 개미지만, 슬로 모션의 세계에서는 멈춘 거나 다름없다. 즉, 잘 보니 더더욱 그로테스크하다. 그다지 접근전을 하고 싶지 않아서 『위그드라실의 지팡이』를 뻗어서 3미터 정도의 곤으로 만들어 중거리전을 시험했다. 세 마리의 개미 옆으로 돌아 들어가서 단번에 파고들고는 발돋움하듯이 중심을 이동해서 반회전하는 몸과 함께 곤에 원심력을 실어 휘둘렀고, 올려 치듯이 아래쪽에서 후려쳐서 두 개의 검으로 받아내게 했다. 그리고 비튼 몸을 되돌리면서 몸을 숙이고 역회전하며 무릎 밑을 후려치는 다리 걸기.

"오, 막았네? 역시 레벨 91."

막혔지만 개미의 방패는 내렸다. 정면으로 파고들어 검을 든 두 개의 손을 밑에서 위로 베었다. 더욱 회전시킨 곤으로 텅 비어버린 목을 날려버렸다.

그대로 가속하면서 두 번째 개미에게 파고들어 무도의 턴 동작으로 회전하면서 곤에 원심력을 실어 후려쳤고, 막게 한 뒤 비튼 몸을 되돌리면서 역회전에 말려들게 하며 베었다. 좌우에서의 회전과 선회하듯이 도는 스텝 이동으로 네 개의 손을 벌리게 한 뒤 급격하게 회전하며 세로로 바꿔 베었다.

"응. 뭐, 남고생의 허벅지 배턴 트월링은 수요가 없어 보이지?"

아프지만 몸에 대미지는 없다. 다음 세 마리째는 정면에서 뛰어들어 그저 베었다. 곤을 중앙에 들고 회전하면서 원심력을 붙여…… 손잡이를 곤 끄트머리로 이동시켜서 회전 속도를 원심력으로 바꿔 파고든 동시에 그저 세로로 베었다. 숨을 내쉬면서 몸을 움직여 보니 큰 대미지는 없는 모양이다. 제어할 수 있는 범위 안이라면 『허실』까지의 흐름에도 대단한 문제는 없었다.

균형. 아마 『마술사의 브레이슬릿』의 InT와 MiN 30% 상승, 그리고 효과 『마장』이 마전을 보조해 줘서 단번에 장비를 늘린 것치고는 마전을 제어할 수 있었다. 그리고 『뱀술사의 목걸이』의 InT 40% 상승에 『마수의 팔찌』의 전 능력 상승 효과로 스테이터스 자체가 올라가서 그런 걸지도? 응. 생각보다 괜찮았다.

이후에는 『생명의 보주 : 【연성술, 연단술 및 방중술에 의한 신체 연성, 연금술사, 대현자가 필요】』에 필요했던 대현자를 얻었지만, 『신체 연성』이 수상하다. 물론 방중술도 수상함 만점이지만, 『연성』이라는 건 인체 연성이고 인간을 그만두는 위험한 녀석인 것 같다. 응. 스테이터스 강화를 넘어서서 호문쿨루스나 선인으로 개조당할 것 같다. 현재는 싸울 수 있으니까. 이건 내 인간족을 위해 봉인하자.

그리고 『밸리언트의 목걸이 : 변태, 이형화, 점액(전체 내성, 전체 상태이상 부여), +DEF』는 그다지 의미는 없어 보이지만······ 뭔가 마수 씨와 상성이 굉장히 좋아 보인다. 그렇다. 오늘 밤도 아침의 복수가 기다리니까 연습해 두자!

"기다렸지~ 이쪽은 17마리밖에 없었는데 내가 마지막이야? 아, 개미가 극혐이라서 곧장 파괴하고 왔구나? 뭐, 내려갈까."

"장비······ 늘린, 건가요?"

들켰다. 손에 든 장비에 복합한 건 들키지 않았을지도 모르지만, 목걸이는 곤란했을지도? 그러나 제어할 수 있으니까 문제는 없고, 분명 『밸리언트의 목걸이』가 문제를 일으키는 건 밤부터라고?

"아니, 조금 여유가 있어 보여서 시험해 봤더니 제어계와 InT 장비의 추가라서 꽤 쓸 수 있었다고?"

"몸의 한계, 넘어서고 있, 어요."

"또, 몸, 부서집니다!"

"무리하지 않게 조정하고 있고, 『재생』MaX에 『치유』와 『회복』도 있으니까 꽤 가능한데? 그 이전에 망가지지 않았으니까 괜찮아. 아마도? 응. 고마워."

걱정하는 거겠지. 뭐, 무희 여자애는 망가지는 모습을 봤으니까? 그러니 두 사람의 머리를 쓰다듬어 줬다. 갑옷 반장은 머리를 쓰다듬어 주는 게 마음에 든 모양이지만, 무희 여자애도 기뻐 보이네?

그리고 92층. 최대한의 집중력으로 제어한 『허실』로 「바인드 플랜트 Lv92」를 깎았다. 전혀 자괴하지 않고 완벽하게 잡지 못하면 두 사람이 걱정한다. 그러니 처음부터 마지막까지 슬로 모션을 풀로 써서 『허실』로 연격을 날렸다. 그저 간단하게 조작하고, 심플하게 베었다. 이게 어려운지라, 집중해서 삐걱거리는 몸을 제어했다. 파고든 순간 베는 게 끝나고, 베는 게 끝난 동시에 다음 「바인드 플랜트」에 파고들어서 벤다.

나의 몸과 스킬과 마법, 그리고 장비 스킬까지 제어하면서 『나신안』이 포착한 적의 움직임을 전부 파악한다……. 고속 이동과 『전이』에 의한 순간 이동도 조정하며 제어하는 『지혜』의 고속 다중 사고, 그 고속으로 인한 슬로 모션 상태를 유지하면서 완전히 제어하는 『마전』도 유지하며 연속된 『허실』.

도중에 몇 번 의식이 날아갈 뻔했지만, 이 정도는 가볍게 해내지 못하면 안심하지 못하겠지. 100마리 이상 있던 「바인드 플랜트 Lv92」를 전부 사냥했다. 아무 말도 하지 않는 걸 보면 합격점을 주고 납득한 모양이다. 뭐, 아직 걱정은 하고 있겠지만, 나중에 과자를 먹여주면서 머리를 쓰다듬어 주자.

그리고 다음은 93층. 여기도 깊은 걸 보면, 심화를 진지하게 조사하는 게 좋아 보인다. 상층 정도라고 생각했던 던전이 중층화되었다면 모험가도 위험하다. 그리고 50층에 도달하지 않은 던전은 범람 위험이 없으니 뒤로 미뤄도 될 거다. 돌아가서 메리 아버지……의 측근에게 말해두자.

볼일이 있어서 구석에서 혼자 슬퍼하는
아저씨에게 말을 걸었더니 좋아하더라.

89일째 오후, 오무이 영주 저택의 연병장

강하다는 건 알았다. 그리고 소년의 동료인 이상 그 높은 전술성도 충분히 예측했다. 무엇보다 던전을 중층까지 차례차례 돌파한 실력은 파악하고 있었다. 그래도 경악할 만큼 다채로운 전술과 임기응변에 대응하는 숙련도. 500 남짓은 되는 변경군과 근위사단의 정예 부대가 고작 20명의 소녀에게 무너지고 괴멸되어 간다……. 검은 머리 미희. 이건 그런 미적지근한 것이 아니다!

"중앙은 돌파, 좌익과 협공해서 좌후방에서 학익으로!"

"""Ja(알았어)!"""

"오른쪽, 끌어들이면서 물러나, 분단할 거야!"

"""Ja(알았어)!"""

몇몇 소문을 듣고 심모원려의 군사 타입이라고 추측했는데, 막상 상대해 보니 신산귀모이자 즉단즉결의 군략을 쓴다. 마물과 계속 싸운 숙련된 변경군조차 순식간에 몰려서 붕괴되고 있다.

"우익은 역습! 전체적으로 협공하면서 이동 공격. 왼쪽, 무너뜨려!!"

"""알았어. 왼쪽 종열 전개!"""

"""포위! 디스트로이!"""

군은 전투 훈련의 대련 정도로 생각하고 있었지만, 검을 맞대지도 못한 채 유린당해 도망치고 있다. 이미 지휘가 불가능할 정도로 분단됐고, 진형은 흔적도 없이 무너져서 흐트러진 빈틈을 무방비하게 후벼 파여 무너지고 깎여나갔다.

"왼쪽, 격파!"

"중앙, 괴멸!"

"그대로 원진으로 선회!"

"""Ja(알았어)!"""

21명의 전쟁여신이 달린다. 아니, 소수라고 해서 샤리세레스님과 그 메이드, 그리고 메리에르까지 더해졌지만, 그래도 고작 24명. 가장 공포스러운 그 소년과 고작 9명으로 상국의 정예 부대와 악명 높은 용병단을 괴멸시켰던 소년들이 없는데도 이렇게 강하다.

깔보지는 않았고, 얕보는 건 주제넘은 일이다. 경시하는 건 말도 안 된다고 각오했는데도 예상하지 못했던 강함이다. 상상했던 최강의 경지보다도 더욱 높았다. 상상을 초월했다. 우리는 아무도 이런 싸움을 알지 못했으니까.

"종료——!"

"""수고했어~."""

순식간에 섬멸당한 변경군도 근위군도 그저 망연자실하게 넋이 나갔다. 멀리서 지켜보던 자들 말고는 대체 무슨 일이 일어났는지 이해하지도 못하겠지. 나와 무리무르는 지휘관이 아닌 영주로서 떨어져서 훈련을 지켜보고 있었는데, 저 자리에서 싸웠다면 무슨 일이 일어나고 있는지 알지도 못한 채 쓰러졌을 거다.

"아버님. 이해하셨나요. 배운다면 반장 씨예요. 저것이 군이 지향해야 하는 정점이에요. 그보다 하루카 씨를 지향하면 군이 괴멸해요. 가능하면 가능한 대로 왕국이 괴멸하겠죠. 하루카 씨와 똑같은 짓을 할 수 있는 사람이 잔뜩 있다면 세상이 끝장나요! 그건 이해 자체가 무리고, 그걸 지향하면 안 돼요!!"

"그래. 이게 전술이라는 건가……. 소년에게 전략 전술의 책을 받았으니, 읽고 배우고는 있는데…… 막상 내 눈으로 보니 터무니없구나."

도저히 이해할 수는 없지만, 이 눈에 새기고 마음에 각인했다. 그저 최강을 모아놓은 게 아니라, 최강이 최적으로 연계해서 최대한 이상의 힘을 발휘하는 엄청난 지휘를.

"멜로트삼 님. 보셨습니까? 저게 하루카 님 일행이 살던 나라의 기나긴 싸움의 역사 속에서 연구되고, 갈고닦은 싸움입니다. 우리의 싸움 같은 건 어린아이 장난이나 다름없는 고도의 이론적 싸움법입니다. 실제로 이 민족 진짜 정신 나간 게 아닌가 싶을 정도의 귀모입니다."

"네. 지켜봤습니다. 머나먼 나라라고 하던데요……. 멀어서 다행이군요. 저런 게 잔뜩 있고, 계속해서 싸우면서 기술이나 전술의 극치에 달한 전투 민족 국가라니 다가가고 싶지 않습니다. 소년이 살던 나라에는 마물이 없었다고 들었습니다만, 저런 게 우글거리는 나라라면 마물 같은 건 멸망하는 게 당연하겠죠."

그렇다. 저 소녀들도, 소년들도 병사는 아니었다고 한다. 저 수 많은 전략과 전술은 일반 상식이고, 일반적인 백성도 알고 있다고 한다. 그건 대체 어떤 전투 국가인가! 저런 백성이 있는 나라의 군대를 상대로 싸우면 끝장이다. 대륙의 모든 국가가 결집해도 저항하지 못하고 쓸려나가겠지.

하루카 군은 "음식도 안마의자도 전혀 재현하지 못하고 있거든? 그야, 난 전문가도 뭐도 아닌 남고생…… 학생이라고? 응. 이런 걸 누구나 할 수 있는 나라란 말이지? 아마도?"라고 말했던 걸 듣고 경악하면서도 그런 나라에 가보고 싶다고 생각했지만…… 절대 가지 않을 거다!

설령 지고한 안마의자가 있더라도 싫다. 그 소년 같은 사람이 평범하게 우글거리는 나라는 위험하다는 문제가 아니다. 미궁왕보다 흉악한 일반인이 넘쳐나는 나라에는 절대로 접근하고 싶지 않다. 농담이 아니라 멀어서 다행이다.

"변경백님. 오늘 하루에 할 수 있는 건 한정되어 있으니까 이쪽이 연병과 행군, 집단행동의 설명서입니다. 이게 가능해져야지만 그제야 전술이 의미가 있을 거예요. 그리고 숙련도가 오르면 이런 진형을 조합하면서 싸울 수 있게 돼요."

"귀중한 시간을 할애하여 훈련에 와줘서 고맙습니다. 들은 것보다 더욱 훌륭한 지휘더군요. 감탄했습니다."

소년들이 지휘를 일임하고 있는 어여쁜 소녀. 다들 '반장'이라고 부르는데, 아마 그게 최고 사령관의 호칭이겠지. 그리고 이 소녀조차도 군사 방면과는 전혀 상관이 없던 일반 학생이었다고 한다. 대체 그 나라는 학생에게 뭘 가르치는 걸까?

　그 나라는 굉장히 평화롭고 치안도 좋고 발전했다고 한다. 당연하겠지. 이런 일반인이 있는 나라에 누가 쳐들어온다는 건가. 이런 일반인이 당연하게 있는 나라라면 수작을 부리는 것도 목숨을 걸어야 하니, 싫어도 치안이 좋아질 거다. 그리고 모두가 고도의 교육을 받고, 읽고 쓰기를 당연하게 하며 고도의 계산이나 역사에 음악까지 배운다는 나라던데…… 발전하지 않을 리가 없다. 영주로서는 꼭 배우러 가고 싶지만, 그 나라에서 살아남을 수 있을 것 같지 않다.

　"종심진. 좀 더 빨리! 옆과의 거리와 각도, 변경 8번대, 너무 물러났어요!"

　"""네!"""

　"들어오면 거리를 맞춰요! 돌파당하면 의미가 없다고요. 물러나세요!"

　"""알겠습니다!"""

　"그래요. 그 거리예요!"

　"""네!"""

　해보고, 들려주고, 시키면서 지휘하며 질타하고, 하게 되면 칭찬한다. 몇 번이고 몇 번이고 반복해서 할 수 있을 때까지 이어간다. 수많은 걸 기억하는 것보다 하나를 완전히 할 수 있게 되는 게 좋다고 한다.

　지휘받는 군대의 움직임이 눈에 띄게 좋아졌다. 만약 내가 돌격하더라도 저건 유도당해서 돌파할 때까지 괴멸적인 피해를 입겠지. 멀리서 지켜보고 있으니 알 수 있지만, 최전선에서 싸우면서 저 진형을 상대한다면, 밀고 있다고 판단해 끌려 들어가서 뭉개지게 될 거다……. 무서운 생각을 하는군.

그리고 중장거리의 십자포화. 좌우에서 한 점에 집중되는 저 공격은 선두가 중장갑 기병이라도 버틸 수 없다. 그리고 선두가 무너지면 돌진 속도도 떨어지고 돌파력은 줄어들고, 그대로 포위당하는 형태로 방어전에 몰린다.

"평화로운 나라……라."

그 나라는 싸움을 너무 좋아하고 죽일 생각이 넘쳐난다. 죽이는 방법을 계속해서 고민하고, 시험하지 않는다면 이런 무서운 생각은 하지 못한다. 그렇다. 평화로워질 때까지 모든 적을 몰살시켰을 거다. 그 소년이 많이 있다면 결코 불가능한 이야기는 아니다.

"그럼 다음! 중앙, 지연시키면서 돌파를 허용하세요. 단, 적이 반전하지 못하게 추격 부대로 최후미를 쫓아야 해요. 반전을 허용하면 동료가 죽어요!"

"""네!"""

무리하게 막지 않고 지연시키면서 타격하고, 피해가 커진다면 감속시키면서 굳이 돌파를 허용한 뒤 후방에서 추격해 무너뜨린다. 저러면 반전하지 못한 채 도망칠 수밖에 없고, 그리고 후방을 노출한 채 물어뜯겨서 무저항으로 얻어맞으며 도망칠 수밖에 없다……. 악랄하군. 그 나라에는 절대로 다가가지 말자. 그 나라의 백성은 너무 무섭다.

"가장 중요한 건 퇴각! 자신을 지키는 건 당연하고, 아군도 지켜야 해요."

"지켜주는 아군을 지키지 않고는 퇴각할 수 없어요. 반드시 서로를 지켜주면서 물러나야 해요. 도망치면 죽어요. 물러나세요!"

""""네!""""

이길 수 없군. 이건 이길 수 없다. 병력을 갖추고, 강병을 모아도 이길 수가 없다. 아무리 유리해도 무너뜨릴 수 없다. 끝장낼 수 없으니 이길 방도가 없다. 그 책에 쓰여 있던 수수께끼의 문장, '최약의 병사라도 이길 수 있는 책략으로 편하게 임해라'란 이거다. 보통은 레벨이 낮은 병사를 아무리 모아도 레벨의 벽이 가로막아서 고레벨 소수에 패한다. 그래서 의미를 알 수 없는 말이었는데, 레벨 차이도 숫자 차이도 뒤집는 싸움법이 있었다……. 유도하고 깎아내서 죽이는, 싸우지 않고도 죽이는 전법이.

"그래서 레벨 10도 되지 않던 소년이 마의 숲을 쓸어버리고, 고대의 대미궁조차도 돌파한 건가."

아니, 그건 별도겠지. 그건 근본적으로 뭔가 다르다. 메리에르의 말대로 목표로 삼아서는 안 된다. 흉내 낼 수조차 없는 무언가다. 그건 배울 수가 없는 것이다.

"다 큰 어른이 여자애들의 지휘를 받아서 기뻐 보이네요."

"실감하고 있는 거겠지. 지금 자신들이 강해지고 있다는 것을."

병사들의 사기가 오르고 있다. 인원이 적은 소녀들에게 패했는데도 그 싸움법을 자기 것으로 삼으며 자신감으로 넘치고 있다. 강해지는 걸 실감하고, 하나도 놓치지 않겠다는 듯 눈빛이 다르다. 소년을 불렀다면…… 전군의 눈이 죽었겠지. 음. 그건……
배운다는 자신감도 사기도 다 깨져서 뭉개졌을 것이다.

저 소녀들과 어깨를 나란히 하고 싸울 정도로 강해진 메리에르
가 소년의 훈련을 본 것만으로도 마음이 부서졌다. 샤리세레스
왕녀도 똑같았겠지. 아무튼 그날은 하루 종일 허공을 응시하고만
있었다. 대체 레벨 24에서 어떤 지옥 같은 훈련을 해야 레벨 100
의 전설급 마물과 싸울 수 있는 것일까. 그 몸에 얼마나 괴롭고 격
한 단련을 부과하고 있는지는 알 도리도 없지만, 그걸 본 이들이
침묵할 정도로 가혹했겠지.

소년── 장난스럽게 웃으면서 아무 일도 없다는 듯 변경을 다
시 태어나게 하고, 모든 재앙을 그 몸으로 받아내면서 평화를 쟁
취한 소년. 하루카 군은, 이 소녀들도 따라갈 수 없는 가혹한 싸움
에 몸을 던지며 계속 싸우고 있다. 이 소녀들조차도 따라가지 못
한다고 하니까, 은혜를 갚으려면 적어도 이 소녀들과 같은 위치
에 서지 않으면 말이 안 된다는 뜻이다.

지금도 마물의 미희를 데리고 던전 심층에서 싸우고 있다고 한
다. 우리가 도달할 수 없는 하층보다도 더욱 아래에 있는 최하층
에서……. 강해질 수밖에 없다. 병사만이 아니라, 군대만이 아니
라, 변경이 강해질 수밖에 없다. 개인은 물론이고 군대도 도달할
수 없는 땅에서 싸우는 자를 위해서. 변경 전체가 받은 큰 은혜는,
변경 전체가 강해지지 않으면 영원히 갚을 수 없을 거다.

"오무이 님. 연습은 끝났는데 개별 지도까지 할까요? 군인 여러
분에게는 체력적으로 힘들겠지만, 3인조로 싸우는 방법을 익혀

두면 생존율이 몇 단계는 올라가요. 그리고 3인이 연계하면서 싸우면 더 많은 동료와 연계할 수 있게 돼요. 어쩌죠."

"지도해 준다면야 병사들에게도 더없이 고마운 일인데, 자네들은 피곤하지 않은 건가? 우리가 부탁하는 처지니까 무리하지는 말았으면 하는데."

"아버님, 저도 배운 게 있으니까 병사들을 지도할게요."

연계라. 레벨이 낮고 기량이 떨어지는 병사는 세 명이 있어도 정면에서 뛰어들어도 순살할 수 있다. 그러나 그 세 명이 연계하게 되면 이렇게나 버거워진다니⋯⋯ 연계하고 집단으로 움직이면 고속 이동 스킬이 있어도 전혀 무너뜨릴 수가 없다.

약병조차도 숫자로 강병과 싸울 수 있고, 평범한 일반인이 이 소녀들이나 소년들 레벨인 국가. 어엿한 직업 군인이 별도로 존재하고, 무기가 충실한 군대도 있다고 한다. 그리고 그 소년, 하루카군이 평범한 일반인으로 있는 나라⋯⋯ 그 나라에 거스른다면 지옥조차도 미지근하겠군.

병사들의 행동거지가 눈에 띄게 교묘해지고 있다. 사람보다 강한 마물과 싸우기에 최적인 전투 방법. 게다가 레벨 100을 넘는 초월자 소녀들이 이 연계를 극도로 끌어올려 싸운다는 공포. 앞선 내전에서는 우리 변경군도, 왕녀가 이끄는 근위사단도 범람을 이겨냈지만, 이 소녀들은 고작 20명에서 그걸 이뤄냈었다.

검은 머리 미희라고 칭송받고 있지만, 그 실태는 전쟁여신의 재림과도 같은 강자들이다. 이 소녀들의 훈련에 참가한 이후의 메리에르나 샤리세레스 왕녀님의 실력 향상은 경이로웠다. 그래서 병사들의 단련을 부탁했는데, 이 정도일 줄이야……. 기분 탓일지도 모르지만, 옆에서 드레스 차림으로 견학하던 무리무르가 없다 싶었는데…… 갑옷을 입고 난입해 버렸다.

왕국의 상징인 공주기사의 칭호를 가진 자는 역대로 따져도 고작 7명. 그 선대 공주기사와 현 공주기사 두 명이 훈련을 받고 있다니 믿을 수 없는 광경이다. 뭐가 믿을 수 없냐면, 참가하면 싸움에 정신이 팔려서 배울 기회를 잃는다면서 떨어져서 지도를 견학하자고 타이르며 나의 참가를 막았던 장본인이 의욕 넘치게 참전하러 갔다는 거다……. 갑옷을 가지고 온 거다. 자기만!

"어라? 메리 아버지 따돌림받고 있어? 뭔가 창가, 아니 훈련장 구석에서 혼자 떨어져 있는 게 불쌍하지만, 아저씨니까 어쩔 수 없는 운명이라고? 그리고 덤으로 측근 씨한테 '던전이 위험하달까 깊어지고 있을지도, 라고나 할까?' 라고 전해줄래?"

아무런 기척도 없이 갑자기 나타난 소년과 그 일행 두 명, 슬라임 하나. 그리고, 아무래도 좋은 잡담이라는 듯 중대 발표를 전해줬다.

"여어, 하루카 군. 반장 씨 일행에게 무리한 부탁을 해서 미안하네. 그리고 던전의 심화는 큰 문제인데 확실한 건가? 그리고 굳이 측근에게 전할 것 없이 내가 영주거든? 측근이 내게 전하러 와야 하거든? 그나저나…… 돌파한 던전의 최하층은 몇 층 정도지?"

"원래부터 중층을 넘어선 깊어 보이는 던전을 우선해서 들어가고 있지만, 최근에는 얕아도 90 직전이고 웬만해서는 전부 90층 돌파? 가장 깊었던 건 99층이고, 오늘은 95층이었어. 하지만 50

층 미만의 얕은 던전도 심화되고 있고, 모르고 침입했다가 중층 던전이기라도 하면 위험하잖아? 마물이 단번에 늘어나고 강해지니까 주의하는 편이 좋을지도? 조사 방법은 대량의 아저씨를 시험 삼아 던전 안에 보내서 무사히 돌아오면 문제없으니 아저씨를 가두고, 돌아오지 못하면 심화되어서 위험하다는 걸 알아챌 수 있고 아저씨를 내던진 채 묻어버릴 수도 있으니 추천하거든?"

긴급하게 통지해야 한다. 확실히 측근에게 전하지 않을 수 없군. 그보다 어느새 옆에서 메모하고 있고, 즉시 통지했다……. 어째서 하루카 군이 오면 나타나고, 주저하지 않고 하루카 군의 지시를 따르는 거지? 나는 아무런 지시도 내리지 않았고, 아무것도 듣지 않았는데?

"아니, 그 작전은 아저씨를 너무 괴롭히는 것 아닌가? 뭐, 병사도 모험가도 아저씨가 많기는 하지만 시험하는 것도 문제고, 시험한 끝에 가두지는 말아 줬으면 하는데……. 던전은 전부 깊어지고 있는 건가?"

"확실히 던전이라면 아저씨가 무한히 솟아날 위험성이 있을지도! 돌아오고 나서 들어갔던 게 10군데쯤 있는데, 전부 예상보다 깊었지? 그런 것치고는 마물이 강하지 않은 것 같지만, 90층보다 아래는 그럭저럭? 그런 것치고는 드롭 아이템은 넘어가도 보물상자가 적고 초라했어! 나 참, 계층만 늘리고 보수가 적다니, 잘 생각하면 부당 노동이잖아! 미궁왕에게 잠깐 불평하러 가고 싶은데, 이미 죽였네!"

90층이 넘어간 던전을 짧은 기간에 공략하고, 그 미궁왕은 이미 죽였다. 즉, 돌파해서 없앤 거다. 모험가가 아니니 보수도 받지 못하고, 저 검은 머리의 전쟁여신들도 도전하는 게 금지된 심층 영역을.

"""감사합니다."""

훈련도 끝나 병사들은 다들 진이 빠졌지만, 그 눈에는 자신감이 엿보였다. 고작 하루의 훈련이었지만, 강해졌다는 걸 모두가 실감하고 있겠지.

그리고 내일은 하루카 군의 집에 초대받았다. 이미 메리에르나 샤리세레스 왕녀님은 초대받은 모양인데, 집은 마의 숲 안에 있다고 한다…… 어떻게 해야 마의 숲 깊은 곳에서 생활할 수 있는지 묻고 싶기도 하고 묻고 싶지 않은 듯도 한 복잡한 기분이지만, 은인의 초대를 거절할 수는 없다.

이 땅에서 변경의 수호자 가문에 태어나, 지금까지 마의 숲에 몇 번을 싸우러 나갔는지 떠올릴 수도 없지만…… 설마 마의 숲으로 초대받아서 놀러 가는 날이 오리라고는 생각지도 못했다. 음. 인생이란 알 수 없는 법이다.

◆━ **당사 대비 2.5배라니 어디의 당사가 계측한 건지 의문점이다.** ━◆

89일째 저녁, 오무이

하루카 일행은 최하층 95층까지 가고, 미궁왕을 잡고 나서 던전을 없앴다고 한다. 하지만 묻고 싶은 건 그게 아니다.

"하루카는…… 싸웠어? 최하층에서, 미궁왕과?"

얼버무리고 있지만, 망가져서 싸우지 못하게 되고 있었다. 그건 약체화 같은 게 아니라, 근본적인 무언가가 망가진 거다. 그건 자기 힘으로 자기 몸을 부수는 붕괴, 약한 채로 너무 강해져서 약함이 강함에 버티지 못하게 되었다. 처음부터 쭉 무리하고 있었고, 누구보다도 약한 채로 강하게 있으려다가…… 심하게 망가졌다.

"몸은, 망가지지 않았어요. 그래도, 한계는 여전히 넘었어요."

"게다가…… 장비, 늘어, 났습니다. 더, 강해질, 생각입니다."

레벨 24로 던전 하층 90층을 넘어서서 싸우고 있다. 하루카는 한계를 맞이하고도 싸우고 있다. 그렇게 생각한 직후에 들은 말은…… 한계는 이미 넘었고, 그런데도 아직 싸우려 한다.

그랬다. 한계이고 자시고 처음부터 말이 안 됐다. 이세계에서 처음 본 하루카는 레벨 5였고, 마의 숲 마물들을 불의 비로 몰살해서 우리를 구해줬다. 그 광경이 너무 충격적이어서 이해할 수 있는 영역을 넘어선 거다. 대미궁에서도 구조하러 갔더니 반대로 구조받았다. 그 무한한 마물을 쓸어버린 뒷모습이 눈에 새겨져서…… 그 강함을 동경하고 말았다.

강하지 않은데. 이세계에 오고 나서 줄곧 약한 몸이었는데 강했다. 처음부터 한계는 이미 넘었고, 그걸 들키지 않게 태연한 표정으로 위험한 걸 전부 혼자 짊어지고, 강한 듯한 표정으로 태연하게 있었다.

"어째서, 어째서 아프다거나, 왜 괴롭다는 말을 안 하는 거야!"

"내가, 우리가 사역당하게 된 건 그걸 위해서였는데!!"

"어째서, 어째서 아무 말도 안 하는 건데!"

한계를 넘어서 망가진 육체로 계속 싸우다가 망가져서 싸우지 못하게 되었다. 강함을 잃었다. 그래서 몸이 망가지지 않게 새로운 싸움법을 익히려 한다고 생각했다. 조금씩 싸울 수 있게…… 그렇게 생각했는데 전보다 강해졌다. 연약한 몸으로, 또 한계를 넘어서면서.

"몸이 기술에 버티지 못하는데 장비가 효과로 상승하고, 그게 쓸데없이 부하가 걸리는 게…….."

"몸은 망가지지 않았어요. 확실히, 싸우고…… 있었어요. 제어에 성공, 했어요. 그래도…… 망가지지는 않더라도, 아플 거예요. 괴롭고 고통스럽, 겠죠."

몸이 파괴될 정도의 부하를 스킬로 보강했다. 그건 베여도 금방 재생하는 것과 마찬가지로, 무사하기만 할 뿐이지 전혀 괜찮지 않다. 그야, 아프고 괴롭고 고통스러울 테니까. 그런데 그걸 줄곧 하면서, 마침내 버티지 못하게 되어 몸이 파괴되었는데…… 더 보강해 버렸다.

"아슬아슬한 몸으로, 혼자서…… 미궁왕을 두들겨 팬 거야?"

"자기 몸이 망가지기 전에 마물의 상식을 먼저 파괴하니까요."

"""아아, 그러고 보니 몸이라든가 레벨 같은 방향성으로 싸우지 않았었지?"""

몸에 부담이 가지 않고 망가지지 않는 싸움법을 배웠는데, 또 최강의 힘을 손에 넣어서 쓰려고 하고 있다. 그게 자기 몸을 망가뜨린다고 알면서도 싸울 힘을 갈구하고 있다.

"재발한 건가. 낫지 않은 걸까?"

"미궁왕에게 촉발되었다~ 같은 느낌이려나~?"

"흥겨워하고, 있었어요. 그건 분명 일부러, 예요."

그렇다. 지금은 괜찮다. 그러나 여전히 한계를 넘어서고 있다면 파탄은 금방 온다. 아프고 고통스럽고 괴롭다. 혼자서 줄곧 고통받아 왔는데…… 그런데도 놀고 있다니. 어째서 다들 걱정하는데 최하층에서 미궁왕과 흥겹게 분위기나 타고 있는 거냐고!

오늘 마지막 미궁왕은 「섀도 클로 Lv100」. 그것은 인간형을 한 그림자 검사이고, 그 어둠은 아니지만 만약을 위해서 하루카 혼자서 흥겹게 싸웠다고 한다.

검은 대검을 든 칠흑의 그림자. 그 몸에서 새까만 까마귀를 날리며 분신. 그렇다. 그것에 촉발되어서 판넬과 그림자 까마귀들이 공중전을 전개했고, 그림자 검사와 고속 이동전으로 맞부딪치다가 흥에 겨워서 쓸데없이 공중을 돌아다녔다고 한다.

"멋진 포즈, 연발했어요."

"네. 그냥 베면 될 텐데, 일일이, 자세를 잡았습니다."

""아~ 아주 신났네!""

공중을 나는 그림자 검사와 공중을 달리는 중2병이 재발한 흑의 남고생이 의기투합한 거겠지. 검을 맞부딪치면서 '큭!' 이라든가 '칫!' 이라든가 '크하악!' 같은 말을 하며 싸웠다고 한다. 응. 신검을 가지고 있으니까 검까지 베어버릴 수 있잖아. 일격에!

"평범하게 사라져서 피할 수 있을 텐데, 공중제비도, 쓸데없이 잔뜩 돌았어요."

"""아아~ 즐거워 보이네."""

그렇다. 같이 날 것 없이 『차원참』으로 벨 수 있다고 생각하지만, 즐거워 보여서 끝날 때까지 계속 구경하고 있었다고 한다.

"의미도 없이, '끄하아악' 하면서, 검을 건틀릿으로 막고 있었어요. 피할 수 있으면서?"

"""중증이었어!"""

"이능을 없앨 생각 넘쳐나네!"

미궁왕과 마음도 취미도 맞았던 거겠지. 상성도 좋았을지도 모른다. 하지만 혼자서 레벨 100의 미궁왕 상대로 놀고 있었다. 한계를 유지하며 강해졌다. 그리고 아프고 괴로운 것치고는…… 즐거워 보이네?

여러모로 이야기를 들으면서 여관으로 돌아가자, 하루카는 거리에서 나타나 뛰어든 고아들에게 안겨서 움직이는 아이들의 산이 되었다.

"무거워, 너무 무겁잖아! 이 중량 오버는 새끼 너구리가 끼어있구나! 너무 무겁잖아?"

"레이디에게 무겁다고 하지 마! 그리고 새끼 너구리가 아니야!! (까득!)"

있었던 모양이다. 하루카가 비명을 지르면서 아이들의 산에서 머리를 깨물리고 있는 것 같다. 응. 작은 산의 이동 속도가 올라갔으니까?

"까아아아악. 아니, 깨물지 마, 새끼 너구리! 그리고 아니라고. 재발하지 않았어! 그건 신 장비인 『순전』이나 『마장』 같은 걸 시험한 거고, 절대 '큭, 이대로 가면…… 이렇게 되면 쓸 수밖에 없는 건가아아!' 라고 말하고 싶었지만 그건 아니거든? 그건 분위기를 파악하기 위해서야. 그래그래. 공중에 그런 기운이 감돌고 있었거든? 이라고나 할까?"

틀리지는 않은 것 같다. 게다가 '이렇게 되면 쓸 수밖에 없는 건가~' 라니, 전부 쓰고 두르고 있으니까 문제가 생기는 거고, 완전히 무엇 하나 숨기지 않고 닥치는 대로 쓰고 있잖아?

그리고 오늘은 불고기덮밥! 그것은 전쟁터, 그것은 싸움이었다……. 그리고 원 모어 세트였다! 응. 위험해! 배가 동그래진 고아들을 데리고 목욕탕에 데려갔고, 반짝반짝하게 씻기고 감기 걸리지 않게 타월로 확실하게 닦아줬는데…… 어느새 타월이 신제품! 굉장한 흡수력, 파일 같은 천인데 『흡수』도 붙어있을 게 틀림없다. 그야 타월 드라이만으로 머리카락이 마르니까. 주문하자!

"다들 잘 자~."

"""안녕히 주무세요~."""

목욕탕으로 돌아와 목욕탕 여자 모임에 참가하자. 화제는 새로운 능력 『마력실』.

"꿈틀꿈틀과 꾸물꾸물과 살랑살랑과 슬금슬금이 와요! 머리가 녹아버려요!"

"의미를 모르겠고, 영문도 모르겠고, 머리가 새하얘지며 미쳐버립니다!"

"""아와와와와!"""

위험한 듯하다. 로션으로 혼나고 질책받고 벌을 받았는데……

하룻밤 내내 죽어 있었다고 한다. 응. 미궁황들이 하룻밤 내내 죽어 있었다니…… 그거, 정말로 약한 거 맞아?

"그건 치수 재기 작업만으로도 무리. 그건 진짜 무리!"

"의식이 날아가. 뭔가 그 닿을락 말락 한 게 위험해!"

"응. 그건 쓸데없이 민감해져서, 완전히 온몸의 피부에 위험한 게 오더라!"

"의식을 유지하는 게 고작이어서 아무것도 생각할 수 없어. 그건 무리야!"

"오싹오싹 꿈틀꿈틀한 전류가 온몸을 내달려서, 줄곧 미쳐 버리기 직전이었으니까!!"

일반적인 상태여서 『야한 기술』이나 『성왕』이나 『진동』이나 『감도 상승』은 없었는데도 소녀가 죽어버리는 파괴력. 전부터 굉장했는데…… 그걸 넘어섰다!

"오늘…… 우리야…… 죽는구나…… 미쳐 버리는구나…….."

"수영복은 필요해! 아무리 굉장하더라도 참겠지만…… 참을 수 있을까!"

오늘이 마지막이고, 피해자의 목소리에 떨고 있는 수영부 콤비 두 사람만 남았다. 분명 이 두 사람을 위해 풀장을 만들고, 부끄러워서 싫다던 수영복을 만들어 줬다. 우리처럼 놀이가 아니라, 진심으로 헤엄치고 싶은 두 사람을 위해서…… 그러니까 오늘은 두 사람뿐이다.

"즉, 촉수 씨도, 둘이 독점?"

"다섯 명이라도 미쳐 버리는 걸 둘이서 독점!"

"""다시 말해, 다시 말해 당사 대비 2.5배의 꿈틀꿈틀이!"""

"""꺄아악! 말하지 마! 뭔가 벌써 울 것 같으니까 말하지 마!!"""

지금까지는 만드는 방식이나 순서가 다른 수많은 천을 조합하고 조정하고 있었다. 그게 보정이다. 그러나 옷을 입은 채 다시 만드는 모양이다. 심리스 일체 성형으로 천과 마력실이 살랑살랑 형태를 바꾸고 감싸면서 슈륵슈륵 조여든다고 한다!

"홀가먼트 제작법으로 3D로 몸이 피트!"

"신기술이 위험해!"

궁극의 옷 제작에 도달한, 그 섬세한 정밀 기술의 딱 달라붙은 자극 앞에서 안에 있는 육체가 버티지 못하고 가버리는 모양이다! 온몸의 피부를 가느다란 실이 무한하게 매만지면서 온몸을 휩쓸고 조이고 풀고 꿈틀대고…… 가버린다고?

내일은 소풍. 스케줄도 최종 조정 중이다. 수영복 콤비는 울 것 같은 표정이지만, 그래도 그 궁극의 수영복에 대한 기대감에 두근두근하면서 하루카의 방으로 갔다. 응. 나중에 회수하러 가자. 아마 완성될 무렵에는 걷지 못할 테니까? 응. 무리였다.

> **진짜 거의 마지막까지 완벽했는데,**
> **부리로 찌르는 게 까마귀였다. 아깝다.**

89일째 밤, 하얀 괴짜 여관

좋은 싸움이었다. 그것이야말로 올바른 남고생의 싸움이라 할 수 있겠지. 그렇다. 최하층 미궁왕 「섀도 클로 Lv100」은 근사한 호적수였다. 검은 대검을 든 칠흑의 그림자 검사, 그 그림자 몸에서는 검은 까마귀를 생성하고 날리며 분신하는 마물. 응, 뭘 좀 알잖아.

가슴이 뜨거워지는 그림자 까마귀와 판넬의 공중전 와중에 하늘을 날고 또 뛰면서 검격전을 펼친다니 센스가 있는 마물이었다! 무엇보다 판넬을 조작해서 까마귀들과 공중전을 펼치는 동시에 그림자 검사와의 고속 이동으로 공중을 내달리는 기동전으로 검격전을 벌인다니, 이만큼 맞물리는 연습이 가능한 적은 아마 없겠지. 공중을 내달리고 하늘을 춤추며 판넬을 제어하고 까마귀와 싸우면서 그림자 검사와 참격을 펼치고 검을 맞부딪친다. 또 그 그림자 남자의 무기가 태도라고! 잘 안다. 센스가 있다. 발병했어! 15세였던 걸까…… 중학교엔 안 간 모양이네?

판넬 제어와 마전에 의한 신체 제어를 병행해서 의식하며 치르는 전투는 고난이도이면서 그 이상으로 유의미했다. 공간 파악한 영역 속에서 판넬로 춤추며 적과 대치하는 감각 속에서 『마전』의 제어를 유지하며 검격을 펼치며 몸을 컨트롤하는 스릴.

"응. 뭔가 감이 잡힌 걸지도?"

지금까지와는 다른 공간의 힘겨루기. 그건 초고속의 땅따먹기 싸움이었다. 더 좋은 위치, 더 좋은 타이밍, 더 유리한 위치를 찾아 적확하고 정확하게 이동하는 로직, 지금까지 보이지 않았던 게 보이는 신기한 감각. 결국 어떤 능력을 가지고 있어도 능숙하게 다루지는 못했다. 하지만 공간 속에서 자신의 몸과 동작을 멀찍어서 바라보고, 객관적으로 볼 수는 있었다……. 그리고 멋진 포즈도 잡을 수 있어서 유의미했다!

"그치만 등장하자마자 아홉 개의 그림자로 분신하면서 베기를 날리고, 곧바로 그림자 까마귀가 되어서 흩어진다니……. 응. 그 건 뭘 좀 아는 거야. 응. 발병했을지도?"

그렇다. 너무 유의미해서 마지막에 "작별이다…… 네놈 덕분에 나는 더 높은 경지에 도달했다(훗)."라고 말했더니 흘겨보더라 고? 전투 중에도 각종 멋진 포즈를 잡았더니 흘겨보더란 말이지? 눈흘김은 좋은 것이지만, 나의 멋있음은 평가받지 않은 모양이 다. 역시 호감도가 없으면 멋진 포즈라도 안 되는 건가!

"그래. 아까운 적이었어. 마지막의 마지막에 부리로 찌르지 않 았다면 완벽하게 우정이 싹텄을 텐데. 그걸로 무심코 울컥해서 두들겨 패버렸단 말이지. 그치만 칼날을 맞대면서 '나는 네놈의 목숨을 빼앗는 자다. 여기서 나의 양식이 되어라!'라고 멋있게 말 했을 때 이마를 찌르더라니까! 두들겨 팰 만하지!!"

응. 아팠다.

"그림자 까마귀는 그림자에서 까마귀가 나오는데 본체는 없는 눈속임? 그림자 분신도 그냥 환영……. 아아, 이 그림자 실체화 로 조작하는구나. 앗, 그림자 잠복이라니 메이드 여자애가 했던 그림자 숨기의 상위판?"

그렇다. 「섀도 클로」는 드롭 아이템도 뭘 좀 알았다. 이제 맹우 라고 불러도 지장이 없겠지. 뭐니 뭐니 해도 드롭 아이템이 『그림 자 외투 : SpE · DeX 30% 상승, 그림자 까마귀, 그림자 분신, 그림자 조작 실체화, 그림자 마법, 그림자 잠복, 기척 차단』이라는 남고생의 중2심을 자극하는 근사한 망토였으니까!

"이 망토는 멋있지만 쓸 수 없네. 조작이 난해하고 제어도 복잡하고 MP 소비도 심각하니까…… 슬픈 장비잖아!"

망토에 『그림자 외투』를 복합만 하고 미스릴화는 미뤘다. 굉장히 굉장히 쓰고 싶지만, 이걸 전투에서 병용하면 『지혜』의 부담이 급증할 것 같다. 메이드 여자애도 실전에서는 그림자 마법 같은 건 거의 안 쓴다. 즉, 쓰기 불편하다. 아깝다. 아깝지만 그림자에 숨는 남고생은 중2병처럼 멋있는 것과는 별도로 왠지 범죄 냄새가 난다! 그렇다. 이건 호감도적으로도 사용하기 힘들다. 기척이 방 앞까지 와서 똑똑 노크했다.

"돌아왔어요. 데려왔어요. 눈가리개, 할까요?"

"목욕, 끝났습니다. 다들 타월 주문했습니다."

"어서 와~ 뻐끔뻐끔 나체족 여자애도 왔으니 시작할까? 그리고 왜 자기가 눈가리개를 하면서 의문을 품고 의문부호를 붙이는 걸까! 오히려 눈가리개에 의구심을 가지는 눈가리개 담당이야말로 의문인데. 눈을 가리기는 하는 건지 의심스럽기는 고사하고 일말의 희망도 존재 자체도 인정받지 못하는 눈가리개 담당이니까 어서 오고&들어오라고?"

"""실례합니다~ 아니, 뻐끔뻐끔 나체족 여자애라고 뭉뚱그렸잖아!"""

목욕도 끝난 모양이니 대야를 내놓고, 눈을 감고 공간을 파악했다. 식별하고 실내에서 일어나는 모든 사상을 인식하고 지각하고 분석한다. 뭐, 옷을 벗는 게 두 사람이고 눈을 뜨게 하려는 게 두 사람이니 일부러 파악할 것도 없이 눈꺼풀이 아프다는 걸 잘 알 수 있거든?

"우선 이 디자인화로 비키니를 만들고, 일단 한계까지 강력한 장착력으로 제작에 들어갈 건데…… 어디까지나 물놀이용이거든? 전력에 진심을 담아 헤엄칠 때는 나중에 경기용 수영복 하나 더 만들어 줄 테니까 그걸 써야 한다? 뭐, 저번 학교 수영복을 개량해도 되겠지만, 아직은 여고생에게 구식 학교 수영복을 제작해서 입히는 남고생의 호감도적 의미가 걱정되는 요즘 이맘때인데, 필요하면 그쪽도 개량할까?"

""부탁합니다!""

한다면 한 번에 한다. 이 두 사람만큼은 진심으로 정밀 제작할 필요가 있고, 인정사정없는 집요하고 철저한 치수 작업이 필요하다. 조정과 보정도 한계까지 집중해야겠지. 이미 풀장에서 갑옷 반장과 무희 여자애의 경기용 수영복을 통해 천과 형상에 따른 물살 저항은 철저하게 확인했다. 그만 도중부터 꿈틀꿈틀해버렸지만, 데이터는 확실히 수집했다.

참고로 근대 영법을 모르니까 어쩔 수 없겠지만, 갑옷 반장도 무희 여자애도 수영이 서툴렀다. 서투른데도 굉장히 빨랐다. 스테이터스가 높고 물의 저항을 힘으로 헤치는 영법, 그리고 그 수압이 어마어마한 워터 제트 상태에 도달했으니까! 참고로 접영과 평영의 합체판 같은 개헤엄이었지?

"갑옷 반장하고 무희 여자애라도 아슬아슬하게 벗겨지지 않았지만, 벗겨서 계측 불능 한계를 (남고생적으로) 천원돌파 해버렸지만…… 물살에는 버틸 수 있을걸?"

그러나 이 두 사람은 수영부. 게다가 나체족 여자애는 올림픽 출전 후보군에 있던 수영선수였다. 게다가 뼈끔뼈끔 여자애는 그 지도자로, 선수급 신체 능력이 없어서 전국대회 수준에서 멈췄지만, 최고 효율의 수영법을 익혀서 나체족 여자애를 지도했었다. 그리고 그런 두 사람이 이세계에서 스테이터스가 강화됐다. 실험 뒤 50미터 풀장은 500미터 풀장으로 다시 만들었지만, 그래도 너무 짧을지도……. 그만큼 빠르고, 그만큼 수압도 늘어난다.

그러니 한다면 한 번에 한다. 몸에 치밀하게 밀착하도록 정밀하게 만들고, 아무리 격하게 움직이더라도 틈새를 최소한으로 억누른다. 그걸 위해서는 몸의 정밀 치수 작업이 불가결하고, 조금의 인정사정없이 모든 근육의 움직임과 가변 영역을 집요하고 철저하게 재고, 피부의 모든 걸 조사해야 한다. 그리고 입혀 보면서 온몸을 움직이고 흔들고, 밀고 만지고 조정하고 보정하는 작업을 계속 반복해 궁극의 조정을 진행하고, 여기에 물을 적시면서 극한까지 피팅한다. 물의 저항이 주는 부하도 어마어마해질 테니까 표면 처리도 유체역학적으로 물을 흘려보낼 수치를 알아내고, 그러면서도 물살을 침입시키지 않는 개구부의 형상이 요구된다.

그렇다. 궁극의 측정과 보정이 요구된다는 거다. 일찍이 감자양배추 같은 이름을 가진 사람이 '한다면 한 번에, 화근을 남기지 마라. 슬금슬금 몇 번이고 하는 건 떽!'이라고 말했다고 들었다. 확실히 슬금슬금 하니까 날라리들도 위험해 보였다! 그러니 화근을 남기지 말고 단번에 전력 전개 전 마수 씨로 임한다!

""꺄아아! 아, 아아! 앙, 아아아…… 앗. 으하앗, 아아! 아 아…… 아으, 아으으으앗!(털썩)""

화근은 남기지 않았지만, 의식도 남기지 않았던 모양이네? 하지만 촉촉한 눈동자는 어딘가 먼 곳을 바라보고 있다. 분명 내일을, 겨우 헤엄칠 수 있게 되었다고 생각하고 있는 거겠지……. 흰 자위지만? 뭐, 매일매일 언제나 물속에 있던 두 사람이 3개월 가까이 물에서 떨어진 채 헤엄치지 못했으니까 눈물도 나겠지…… 혀는 왜 내밀고 있는 걸까?

"왠지 기절한 여고생의 몸을 촉수로 희롱하는 남고생이라는 본의 아닌 구도가 느껴지지만, 최종 조정이거든?"

""히이이이이익…… 으아아♥""

겨우 헤엄칠 수 있게 된 두 사람을 위해 전력으로 촉수를 전개했고, 마력실 씨도 다루면서 재치수와 재조정을 무한히 반복하며 보정하면서 완성했다. 기절했는데도 꿈틀꿈틀 떨어서 큰일이었지만, 친절하고 세심하게 마수 씨로 손발을 억누르면서 다시 치수를 재고 보정하는 작업을 반복했다……. 응, 기절했는데도 몸부림을 치면서 몸을 젖히고 있다니 신기하네?

"뭐, 하지만 근육이 격하게 수축하고 있으니까 조정하기는 딱 좋은 것 같기도 하고, 뭔가 치명적으로 위험한 것 같기도 한데? 응. 어째서일까?"

물결치는 대야 속에서 마침내 완전히 움직이지 않게 되었다. 얼굴도 원래대로 돌아가지 않고? 비키니도 스포츠 타입이기는 하지만 상당한 수압, 물살에 버틸 수 있는 좋은 완성도다. 경기용 수영복에 이르러서는 현재 내가 아는 모든 기술을 쏟아부어 만든 최고의 완성도. 그렇다. 학교 수영복 개량형도 경기용 수영복에 뒤떨어지지 않는 명품이거든? 그런데 화내고 있네?

"뭘 하는 거야 뭘!"

"왜 기절했는데도 경련하고 몸부림치는 여자아이의 손발을 촉수로 누르면서 더 자극하는 거냐고!"

"게다가 왜 입에 버섯을 물리고 이제 괜찮다는 얼굴을 하는데!"

"뭔가 이제 둘 다 남에게 보여줄 수 없고, 시집갈 수 없는 얼굴이 되어버렸잖아!!"

"""게다가 학교 수영복이라니, 뭐 하는 거야!"""

마중 나온 반장이 화내고 있네? 할 수 있는 한도에서 가장 완벽에 가깝게 완성했는데 불만이고, 손발도 다정하게 누르지 않으면 대야 가장자리에 맞아서 위험하다고? 대야가?

"어? 확실히 기절해서 의식이 없는 건 생물학적인 수수께끼지만, 덤으로 혀도 내밀고 있는 게 생명의 신비지만……. 반장도 이런 느낌이었달까, 좀 더 굉장했고, 얼굴도 굉장히 굉장한 느낌이었지만……. 버섯을 물려줬더니 괜찮아졌잖아? 응. 반장 때는 기절했는데도 불굴의 정신력으로 '좀 더, 좀 더'라고 중얼거렸고, 쓰러져도 쓰러져도 의식을 잃고 경련하면서도 몸을 떨며 노력했었잖아? 근성이라고? 라고나 할까?"

(끄덕끄덕, 꾸벅꾸벅, 뽀용뽀용, 출렁출렁)

아니, 부반장 B는 대체 뭘로 맞장구를 치는 거야! 뭐, 동의하는 모양이다……. 응, 살기!

"시, 시, 시, 싫어어어어어어어어어! 꺄아아아아아아아! 무, 무, 무, 무슨 소리를 하는 거야! 이, 이, 이제 유죄 오브 유죄니까! 그보다 봤어? 그걸 봤냐고! 가, 가는…… 싫어어어어어어어 꺄아아아아아아! (퍼억, 콰앙, 콰직, 뚜둑, 콰각, 빠각, 푸욱, 빠직!)"

혼났다고나 할까 얻어맞았네? 퍽퍽 맞았는데, 그게 모닝스타 난타였다는 건 말할 것도 없겠지. 그러나 의식을 되찾은 뼈끔뼈끔 나체족 여자애는 얼굴을 새빨갛게 물들이며 울상이었지만, 굉장히 기뻐했다. 반장은 굉장히 빨개진 얼굴로 격노했고?

과보호하는 비키니 보호자는 진상이 된 여고생 대집합이었고 고아들은 대회전이었다.

90일째 아침, 마의 숲

마경── 이곳 너머는 마물의 세계. 그 경계선이 마의 숲. 이 숲 속에 들어간다는 건 인간 세상 밖으로 나선다는 뜻이다. 그것은 인간 세상이 아니고, 마물의 거처에 침입하는 행위. 이 너머는 사람의 이치에서 벗어난, 마물이 우글대는 곳이다.

"모험가 길드 신인 강습에서는 그렇게 가르친다지만, 사는 사람도 있으니까 남 듣기 안 좋고, 악성 루머 피해가 심각하기 그지없잖아?"

(뽀용뽀용)

게다가 길까지 제대로 있거든?

"여기까지 길을 만들어 준 근면한 데몬 사이즈들과 포장까지 해준 근면한 남고생에게 바다보다 깊은 감사를 전해줬으면 좋을 정도인데, 어제도 부업에 힘쓰는 근로 수영복 제작자이자 근면한 좋은 남고생이 사실무근의 폭행을 당해서 너덜너덜했거든? 응. 그건 진짜였어!"

마의 숲에 길이 뚫렸고, 주변의 나무들과 겸사겸사 마물도 벌채했다. 데몬 사이즈들은 마의 숲 침식 구역을 마구 베어버린 뒤에도 소풍용 길을 만들어 주었다……. 뭐, 보수로 과자를 엄청 요구하던데, 낫이 살찌면 어떻게 될까?

마차를 타고 흔들리면서…… 아니, 흔들리지는 않지만 숲속을 나아가서 우리 집으로 향했다. 다들 데몬 사이즈들을 칭찬하며 과자를 주고 있다. 포장한 남고생은 칭찬해 주지 않나 보네?

"하루카 군. 어째서 마의 숲에 나무 틈새 햇살이 들어오는 판석 깔린 숲길이 있는 건가? 나도 깜짝 놀랐지만 마물도 놀랄 텐데?"

메리 아버지와 무리무리 씨도 초대했다. 그보다 어제 있었으니까 불러 봤다? 변경 고아원의 관리자는 무리무리 씨고, 운영자는 메리 아버지. 그래서 고아들과 친해지는 게 좋고, 일단 변경에 멋대로 집을 짓고 있으니까 초대해서 기정사실을 만들어 두자.

"우리는 도시로 가려고 여기를 지났었지."

"응. 어느새 관광명소처럼 되었지만?"

"이 루트였구나."

"응응. 모두 함께 숲속을 돌파했었지? 어느새 포장됐지만?"

"마물들로 넘쳐나는 숲을 대탈출했었는데…… 편하게 당일치기 코스네!"

"마의 숲에 슬쩍 손을 대서 나무를 솎아내다니 세심한 배려네!"

"""응. 이 나무 틈새로 들어오는 상쾌한 햇살이라니, 마경하고는 너무 다르잖아!"""

여자애들도 추억이 돋는지 숲을 돌아보며 떠들고 있다. 일단 마차 경호를 위해 판넬 여섯 기로 주변 경호를 시키고 있어서 평화롭고 한적한 마차 여행이라 고아들도 즐거워 보인다.

"아이들이 처음으로 나온 자연 체험 학습이 마의 숲이라니…… 괜찮을까?"

"괜찮지는 않아도 변경에는 마의 숲밖에 없으니까?"

"특히 왕도 팀은 도시 아이들이니까~ 기뻐 보이는데?"

"""응. 치이고 있는 고블린의 비명이 애들 정서 교육적으로 문제긴 하지만!"""

은근슬쩍 풀장을 노리고 온 마스코트 여자애와 미행 여자애도 처음으로 나온 마의 숲 관광을 즐기고 있다. 벌채하고 정비한 숲에 들어오는 햇살이 이끼와 버섯으로 덮인 나무들과 어우러져서 우아한 빛과 그림자의 콘트라스트를 연출하고 있는, 오래된 거목들이 즐비한 깊은 숲. 사람의 발길이 닿지 않은 지역의 기나긴 세월이 조용히 머무는 나무들을 지나 판석 위를 나아갔다. 그러나 우리 집이 전인미답 지역으로 지정된 게 좀처럼 납득이 안 간단 말이지? 다들 지나갔잖아?

"그럼 이 앞의 삼림공원에서 마차를 세우고 잠깐 휴식하면서 아침을 먹을까?"

""""네——에 ♪""""

"대체 누가 어느새 마의 숲에 삼림공원을 만든 거야!"

"응. 그건 마물의 휴식처잖아!"

유감이지만 마물들은 쉴 새도 없이 숲의 나무들과 함께 벌채됐으니까 말은 공원이어도 공공장소는 아닌 모양이다. 각박하네?

""""잘 먹겠습니다~ ♪""""

(부들부들)

대량으로 놓인 각종 샌드위치의 바다에 덤벼드는 고아들과 배고픈 동급생들의 질주. 응. 오늘은 포동포동 스패츠가 아니니까 남자들도 애쓰고 있는 것 같다.

"그보다 완전히 피팅해서 수영복 만들었으니까 들어가지 않게 되어도 난 모른다? 그 이전에 비키니니까 배는 무방비해서 무제한 볼록볼록?"

""""말하지 마! 헤엄쳐서 소비할 예정이니까 괜찮아!""""

소비할 생각은 있어도 절제할 생각은 없어 보인다. 승산이 없는 끝없는 싸움 같지만, 몸매는 좋아졌으니 딱히 잘못된 건 아닐지도? 이세계 굉장하네?

"아니, 그러니까 헤엄쳐서 소비하기 전에 수영복이…… 늘어날 것 같은데!"

""""말하지 말라고 했잖아!""""

식사도 끝나고 마차는 이동 속도를 올려서 우리 집으로 향했다. 그나저나 근위사단도 변경에 왔는데 이「호화판 멋쟁이 미인 여기사 열렬 환영 접대 DX 롤링 SP호」에는 아직 미인 여기사가 안 오고 있단 말이지? 응. 여자의 외출 준비는 길다고 들었는데 상상 이상으로 길었어!

"""우와————……."""

왕녀 여자애에 메이드 여자애, 메리메리 씨나 여동생 엘프 여자애의 이세계 팀은 풀장 자체를 처음 보는 거겠지. 왠지 굳었네?

"응. 몸이 굳으면 좋지 않으니까 준비운동이 필요하다고?"

"""이 대규모 어트랙션은 대체 뭐야!"""

"상상했던 것과 격이 다르잖아!"

"아니, 레벨 100을 넘은 인간이 놀 수 있는 풀장은 이 정도가 필요하거든? 그리고 고아들 100명이라면 얕은 풀장도 크게 만들지 않으면 안 되고, 워터 슬라이드도 자리를 잡아먹잖아? 응. 고저차가 필요하니 다이빙대를 만드는 겸사겸사 흐르는 미끄럼틀을 만들었고 그대로 흐르는 풀장으로? 이라고나 할까?"

그렇다. 모든 건 겸사겸사 하는 편이 똑같은 노동 코스트로도 작업이 술술 진행되고, 계획도 분위기와 기세로 확장된다. 그리고 애초에 정신이 들자 저질러 버렸다는 느낌은 있지만 해버렸으니까? 그리고 컬러풀한 방수천으로 튜브도 대량 생산했고, 방수천 보트에 플로팅 베드도 만들었다. 풀사이드에는 덱 체어와 테이블도 놓여있고, 목제라서 밸리풍 고급 리조트 느낌도 내 봤지? 응. 소파 같은 건 일부러 워터 히야신스풍으로 만든 역작이다!

그리고 여자애들은 고아들을 데리고 풀장을 돌았고, 워터 슬라이더를 미끄러지면서 풀장으로 흘러갔다. 바보들은 계속 다이빙대에서 뛰어내리는 걸 보면 역시 높은 곳을 좋아하는 모양이다.
분명 저것과 같은 취급을 받으면 연기도 억울하겠지.

형형색색의 비키니들이 내달리고, 다종다양한 배리에이션과
천차만별의 뽀용뽀용이 뛰어다닌다. 응. 나 애썼지……. 백화요
란의 극채색이 흩날리고, 그 화려한 색상보다도 눈부신 살색이
눈앞에 왔다 갔다 흔들리고 있는데, 훌러덩은 없다. 응. 애썼어!

"다음은 어쩌지."

""""워터 슬라이더 가고 싶어!"""

""""찬성!"""

물보라가 치솟고, 허벅지가 터질 듯이 슬쩍슬쩍 노골적으로 드
러나고, 노출된 맨살에서는 물방울이 터지고 젖은 자태가 삐져나
올 듯 신나게 놀고 있다.

"플로트 들고 가자~!"

""""응. 보트도 가져가자!"""

""""와아──아 ♪"""

얕은 풀장에서 개최 중인 수영부에 의한 고아들 수영 교실에는
왕녀 여자애와 메이드 여자애에 메리메리 씨까지 참가 중…….
응, 가르치는 쪽이 아니라 참가하고 있다. 응, 헤엄치지 못하니까
안전 조정형 비키니 같은 건 필요 없었네! 갑옷 반장과 무희 여자
애도 참가해서 자유형 터득을 노리는 모양이다.

마스코트 여자애와 미행 여자애도 교실에 참가했지만, 이 두 사
람에게 마수 씨의 치수 재기 작업은 위험하기에 세미 오더의 세퍼
레이트 수영복이다. 치수는 쟀지만, 나신안으로 사이즈를 알아보

고 만든 거니까 시판품과는 비교도 되지 않게 좋은 물건이다. 고레벨 여자애들과는 달리 완전 측정 설계를 하지 않아도 찢어질 일은 없을 거다.

"응. 이세계 팀은 수영이 거북한 건가 납득하고 있었는데, 여동생 엘프 여자애는 경기용 수영장을 접영으로 가볍게 헤엄치고 있잖아! 엘프, 무섭구나!"

(뽀용뽀용!)

오타쿠들은 고작 5분 만에 덱 체어에서 휴식 중……. 너희는 정말 고등학생 맞냐! 왜 그렇게 젊음이 없어! 사실은 아저씨인가? 뭔가 피곤해 보이는데. 리얼 아저씨인 메리 아버지와 무리무리 씨는 거품 욕조에서 거품과 같이 꽁냥대고 있으니까 나중에 폭파하자.

나도 헤엄이나 치려고 풀장에 다가가자, 풀 사이드에 '촉수 금지' 간판이 있네? 촉수 씨 차별 풍조인가?

"응. 'NO 꿈틀꿈틀!'이나 '로션 투입 금지' 같은 건 누가 세운 거지? 아니, 안 할 건데?"

(부들부들)

풀장에 플로팅 베드를 띄우고 슬라임 씨와 둥실둥실 떠 있었다. 그러자 아이들은 경이로운 학습 능력으로 순식간에 헤엄을 익혔고, 고아들이 자유형으로 몰려들었다!

"이, 이건 신기술 고아 어뢰인가! 큭, 완전히 포위당했어!!"

(뽀용뽀용!)

초조해하지 마라. 집중하자. 수중에서는 기동력이 줄어드니까,

숫자의 폭력에 저항할 수 없다. 이건 물이 족쇄이기 때문이다. 그러니 물에 사로잡히지 말고 물을 포착해야 한다. 물에 간섭하고 마력을 침투해서 확산해 풀장의 물을 『장악』하고, 이후에는 물 마법으로 흐름을 만들 뿐!

"소용돌이쳐라. 물의 나선이 되어 고아들을 밀어내라! 신 마법 스파이럴 웨이브! 그냥 물 마법으로 밀어내고 있을 뿐이지만, 고아들을 밀어내면서 세탁이다~!"

"""위험하잖아! 이제 막 헤엄을 익힌 애들한테 파도나 소용돌이는 위험해!"""

"""와아――아 ♪"""

과보호하는 비키니 보호자들에게 둘러싸였고, 진상 여고생 대집합. 하지만 이 물살 속에서도 훌러덩은 없으니까 수영복의 완성도는 좋았다……. 그래도 가까워! 닿고 있잖아!

"물밑에는 촉수 씨들이 있어서 빠질 걱정은 없고, 나신안이 360도를 빤히 보니까 체크는 완벽하고, 지혜로 항상 한 명씩 상태를 파악하고 있으니까 안심 안전 소용돌이 풀장이고, 물밑에는 촉수 씨들이 구조와 준비 OK인 안전그물? 이라고나 할까?"

"""촉수 금지라고 간판 세워놨잖아! 그리고 구조 전에 빠지게 만들지 마!"""

안 되는 모양이다. 고아들은 크게 기뻐하면서 이 빅 웨이브에 올라타고 있건만 분위기를 못 타는 여고생들에게 혼났네? 그리고 가깝고 닿고 있으니까 둘러싸지 말아 줄래? 응. 제반 사정으로 인해 풀장에서 나갈 수 없는 남고생이 곤란하잖아?

"아니, 그렇기에 구조 활동을 펼쳐서 촉수 씨의 사실무근인 불명예를 씻어내고 싶은 거고, 명예 꾸물꾸물 만회 작전을 수면 아래에서 전개 중인 소용돌이 풀장 in 꿈틀꿈틀이거든?"

"우리는 그 꿈틀꿈틀 때문에 대야에서 빠졌다고! 구조받지도 못하고 빠져버렸어!!"

"응. 그 꿈틀꿈틀은 인명 구조요원이 아니라 대량 소녀 학살범이야!"

멀티 컬러에 패턴 복사 기술로 빨간색이나 노란색 비키니에 꽃무늬나 도트 무늬 비키니도 섞여서 몰캉몰캉 밀어붙이며 잔소리 중인데 가까운 걸 넘어서서 밀착 상태인 데다 젖은 맨살 대량 접촉 중이라 「두근! 수영복투성이 여고생 수중 밀어내기 경기 with 잔소리 feat 흐르는 고아들」로 대소동이다.

""" "오빠, 좀 더~!" """

"돌아라 돌아라 고아들아! 빙글빙글 도는 소용돌이치의 흐름을 지나, 거친 파도를 넘어서라! 라고나 할까~?"

""" "와아~아, 돌고 있어~ ♪" """

응. 역시 기뻐하고 있네? 나는 객관적 견지로 봐서는 기쁠 것 같은 여고생 몰캉몰캉 중이지만, 남고생은 그런 걸 멀찍이서 느끼고 있을 여유가 없다.

"잠깐, 허벅지가 닿잖아! 그보다 거기는 안 되거든? 이건 이미 '대고 있어' 라는 상황을 넘어서서 '밀어붙이고 있어' 라는 언뜻 상위 진화처럼 보이지만 실은 공격적 압살이 되고 있잖아? 몰캉거리네?"

"""그러니까 돌리지 말라고 했잖아! 소용돌이 만들지 마!!"""

"잠깐. 알았으니까, 멈출 테니까 그만두지? 아니, 그게 아니라고나 할까 똑같다고나 할까 물살을 멈출 테니까 비키니 변태 지옥은 그만두라고? 보고 싶네, 그보다 훌러덩하지 않게 내가 전력을 다해버렸잖아!"

"""변태라고 하지 마!"""

촉수 씨는 10여 개밖에 없고, 풀장은 넓은데도 금지당했다. 촉수 차별주의자의 탄압이 밀착하며 압력을 걸어오는 게 위험해서 거스르지 못했던 게 후회된다.

그리고 점심은 바비큐! 캠프라고 하면 바비큐! 바다가 아니라 풀장이지만 바비큐! 고기와 버섯으로 바비큐! 저쪽에 시시 케밥도 있지만 바비큐! 주먹밥도 구운 주먹밥으로 바비큐인 거다!!

"""바비큐! 바비큐! 바비큐! 바비큐!"""

"""잘 먹겠습니다~ ♪"""

(뽀용뽀용!)

처음 봤을 때는 살짝 어둡고 더럽던 피부는 목욕탕에서 씻어내니 깜짝 놀랄 만큼 창백했다. 지금은 잘 먹고 건강해져서 혈색도 좋아졌지만 피부는 여전히 하얗다. 변경으로 데려와서 매일 열심히 일하고 있고 놀려고 하지 않는다. 일이 끝나면 여관 일을 도와주기도 한다.

그건 착한 아이가 아니다. 착한 일을 하는 게 착한 아이인 게 아니라, 녹초가 될 때까지 놀고 진심으로 웃으며 착한 일을 하는 게 올바른 착한 아이이다. 줄곧 왕도의 어두침침한 빈민가에서 자라서 변경에 올 때까지 거리에서 일하기만 하는 건 잘못되었으니까 죽을 만큼 놀게 해주자! 물에 빠지더라도, 넘어져서 다치더라도 좋으니까 놀게 한다! 배가 가득 차더라도, 좀 더 놀게 해서 피곤에 절어 녹초가 되고, 돌아갈 때는 웃으면서 쓰러질 때까지 놀게 해준다! 그러니 든든하게 먹이자. 오늘이라는 날은 아직 많이 남았으니까.

> **비율 변화 수치를 비교해서 저항치를 올리면 끈적끈적 미끈미끈해지는 건 어쩔 수 없다.**

90일째 낮, 마의 숲 동굴

이곳이 우리 집. 갑옷 반장의 방도 무희 여자애의 방도 슬라임 씨의 방도 있는, 모두의 집. 뭐, 슬라임 씨의 방은 수수께끼의 기계장치 고양이 하우스처럼 되어버렸지만, 즐거워 보이니 상관없겠지? 응. 도르래 속을 데굴데굴 구르면서 놀고 있잖아? 뭐, 귀여운 게 좋으니까 겉모습만큼은 아르데코 돌 하우스풍으로 벽 안에 채워 넣었지만……. 슬라임의 손님이 있을까?

그리고 검은 비키니를 입은 갑옷 반장과 하얀 비키니를 입은 무희 여자애에 알몸인 슬라임 씨까지 있어서 개방적이지만, 우리 집에 틀어박혀 봤다. 적당히 정리하고 저녁밥 준비다.

요리도 식기까지 이미 들여놨지만, 100명을 넘는 손님을 맞이하다니 이 동굴도 참 출세했다. 대체 외톨이는 어떻게 된 걸까?

"큭. 눈앞에 근사한 비키니가 어슬렁어슬렁 실룩실룩하고 있는데 덮칠 여유가 없어. 너무 바쁜 백수잖아! 그보다 전혀 틀어박히지 않아서 청소가 큰일인데 30분 정도라면……. 아니, 이게 아니야! 보라고. 청소 계획 이야기잖아? 분명? 그보다 왜 빗자루와 대걸레에 칼날이 들어있는 거냐고! 아, 전에 내가 만든 걸 놔두고 있었구나……. 그림자 분신&그림자 까마귀!"

(퍼억! 빠각!)

미궁왕 따위의 기술은, 미궁황에게 통하지 않는 듯하다……. 응. 그림자랑 같이 두들겨 맞았어! 더군다나 분신에 안 속으니까 그냥 튀는 게 더 빨랐다고!

30분 정도면 될 줄 알았는데, 역시 어젯밤 『이형의 목걸이 : 변태, 이형화, 점액(전체 내성, 전체 상태이상 부여), +DEF』를 실험하느라 한창 불타올라서 대박력 전개를 벌인 게 곤란했던 걸지도? 아니, 어쩌면 『독수의 글러브』의 다중 독 상태이상 부여로 감도 상승이나 최음 효과가 붙은 촉수 씨에 감도 상승과 최음 효과 점액을 중첩했던 게……. 응, 그 이상 자극을 줬다면 방이 파괴되었을 만큼 엄청 몸부림을 쳤고, 보강에 보강을 거듭해서 재설계하며 연금으로 소재 변화까지 걸어놨던 침대가 부서졌다. 응. 두 동강이 났다!

그러나 후회는 없다. 그건 정말 점액으로 끈적끈적한 촉수 씨가 하얀 피부를 휘감고 호박색 피부로 기어가서 온갖 상태이상을 다 걸면서 어루만졌고, 끈적끈적 휘감았더니 꿈틀꿈틀 아주 대단히 소란을 부렸는데, 파괴력이 너무 높았는지 점액으로 번들번들 젖은 알몸들이 경련하며 기절해 버려서……. 점액을 두른 남고생이 남겨지고 말아서 쓸쓸했으니까 난입해 봤더니 광란 상태가 되어 침대가 부러졌다. 응. 마철로 보강했는데 파쇄당했네? 아무래도 이세계에서는 침대도 미스릴화가 필요한 모양이지?

"뭐, 촉수가 나거나 점액이 나오는 남고생이라니 호감도에 일말의 불안감이 느껴지지만 버리기는 힘들지? 응. 그래도 『변태』와 『이형화』가 호감도와 사이가 나쁠 것 같단 말이야?"

(뿌용뿌용)

그렇게 아침 일찍 일어나서 그런지, 힘이 너무 빠져서 그런지 오늘은 아침의 앙갚음이 없었다. 그리고 남고생적으로는 비키니 천국인 높은 맨살 비율과 고농도 살색 성분이 굉장히 큰일이었지만…… 안 되는 모양이네? 밤까지 너무 긴데?

"좋아. 정리도 끝났으니 헤엄이나 더 칠까? 오늘은 휴일이니까 도와줄 것 없이 놀아도 되거든. 모두와 함께 잘 놀지 않으면 고아들에게 본보기가 안 되잖아?"

(부들부들~ ♪)

음. 좋은 대답이다. 분명 풀장에서도 다들 좋은 대답을 하면서 부들부들 떨겠지. 그렇다. 너무 과도한 출렁출렁 느낌 때문에 아침부터 오타쿠들은 5분 만에 공기가 되어 사라지고 말았다.

"저 녀석들. 짐승귀 여자애들을 만나러 가도 공기가 되어서 의미가 없지 않을까?"

참고로 학교 수영복 여아들 전용 풀장과는 격리 조치를 했고, 오타쿠용 요격 시스템도 완벽하게 준비했다! 그 건너편에서는 바보들이 여전히 뛰어들고 있는데, 저 녀석들은 머리를 부딪치더라도 더 바보가 될 걱정은 없으니 안심이다. 안심이지만, 이미 안전하지는 않게 되었다. 어디까지 뛰어내릴 생각인가 해서 흙 마법으로 다이빙대를 점점 높이고 있는데 아직도 포기하지 않고 있네? 그냥 뛰어내린 순간 풀장 물을 빼버릴까?

"하루카. 이제 준비 끝났어."

"인원이 필요하니까 말 걸어줘."

"튜브가 대인기고 아이들도 괜찮아 보이고, 더는 손대지 않아도 되니까 응원하러 갈 수 있거든?"

"이미 끝났어. 피로 회복 메뉴인 파스타와 버섯 아라카르트니까 준비도 끝났지만 일품 요리인데 전부 주문하는 여고생과의 치열한 다툼이 예상되니까 여고생에게는 결코 굴하지 않는 큰 접시도 준비했거든? 응. 접시를 강화하는 것보다 접시를 잔뜩 만드는 게 빠르니까?"

반장이 빨강 비키니를 입고 내게 말을 걸었다. 아까는 검정 비키니였는데, 의상은 그대로지만 색상을 바꾸며 즐기고 있다. 응. 지금이라면 이 풀장의 입장료를 30분 5만 에레로 해도 줄이 생길 거다. 나라면 산다! 회수권으로 산다! 연간 회원권 구입도 싫지는 않지만. 여기는 우리 집인데 누구한테 사면 될까?

슬라임 씨는 부반장 B와 풀장에서 둥실둥실 떠 있다. 뭐가 둥실둥실 떠 있는지 자세히 실화 중계하고 싶지만, 어마어마한 숫자의 색적 반응에 둘러싸여 있는 데다 수중전에서 모닝스타는 위협적이다! 응. 저번에 갑옷 반장과 무희 여자애에게 얻어맞아서 경험했으니까!! 그리고 특설 500미터 풀장에서는 물기둥이 치솟고 있다.

"역시나…… 으~응?"

뻐끔뻐끔 여자애와 나체족 여자애가 헤엄치고 있다. 기쁜 듯이…… 하지만 이제는 너무 달라져 버렸다. 원래 수영선수는 물보라를 일으키지 않는다. 효율적으로 물을 헤치니까 조용하고 적은 저항으로 입수하고, 물을 확실하게 뒤로 밀어낸다…… 그런데 물기둥이 치솟고, 물보라가 흩날리고 있다. 변해버린 신체 능력에 비해 물의 저항이 너무 약하다. 그러나 속도가 올라갔는데도 손도 발도 면적도 달라지지 않았다. 저건 모터만 급격하게 강해졌는데 스크루가 그대로라 공회전하는 상태인 거다.

"어~이. 뭣하면 오리발이라도 만들어 줄까? 손에 물갈퀴를 단다는 인체 개조 플랜도 있거든?"

"앗, 하루카. 갑자기 몸이 강해지는 바람에 폼을 잡을 수가 없어서…… 그래도 자기 몸으로 헤엄치고 싶으려나?"

"응. 뭔가 헤엄치기 힘들달까, 전진할 수가 없네? 물의 저항이 없어서 감을 잘 잡을 수가 없고, 헤치고 나가지도 못하는 느낌?"

그렇다. 레벨 100을 넘은 신체 능력에 비해 물의 저항이 너무 약하다. 사람이 공기 중에서 헤엄치지 못하듯이, 너무 가벼워진 물로는 저항이 너무 작아서 전력으로 헤엄칠 수 없는 거다.

"응…… 방법은 있긴 하지만?"

""정말?""

그리고── 헤엄치고 있다. 확실히 헤엄치고 있다. 학교 수영장에서 매일 보던 광경이다. 물속에서 오로지 헤엄치던 두 사람. 마치 물속이 자기 자리라는 듯 언제까지고 헤엄치던 모습, 조용히 빠르게 물을 가르듯 나아가는 두 개의 그림자. 그리운 광경이다. 분명 두 사람도 그리워하고 있을 거라고 향수에 잠겼는데…… 화내고 있네?

"왜 로션 풀장을 만들어서 헤엄치게 하려는 거야! 아이들이 흉내 내면 어쩌려고!!"

응. 물의 점도를 올려서 저항감을 늘리는 것 말고는 이 두 사람이 옛날처럼 헤엄칠 방법이 없다. 몸이 너무 달라졌으니까…….

"그러니까 비중을 무겁게 만들고 저항감을 늘릴 수밖에 없는데? 응. 확실히 물에서 올라올 때마다 번들번들 반짝이는 수영복 차림은 여러모로 생각하는 바가 있지만, 다른 뜻은 없거든? 나도 설마 로션과 구식 학교 수영복의 콤비네이션이 이 정도 파괴력이 있을 줄 몰랐어……. 마음의 노트에 기록할까?"

"""어째서 좋은 일을 하려고 한 결과가 이렇게 추잡한데!!"""

다들 피곤해서 순서대로 휴식 중이다. 그래서 트로피컬 주스를 돌렸다. 각종 과일로 장식해 알록달록하지만, 사실은 나무 열매 주스다. 뭐, 겉모습이 다르면 맛도 달라지는 느낌이 들고, 하물며 과일 토핑으로 향기도 붙으면 인간은 그 맛을 느끼게 되는 법이다. 열대 과일은 아니지만 마의 숲도 밀림이니 그 열매라도 상관없겠지……. 응. 주스를 마시고 있으면 잔소리할 수 없잖아?

"자, 타월. 어때? 첫 풀장은?"

선명한 비키니 여고생들이 그 자태를 드러내면서 젖은 몸으로 누워 휴식하고 있다. 물론 주야장천 휴식하면서 공기가 되었던 오타쿠들은 겨우 헤엄치러 갔다. 그보다 당분간 풀장에서 나오지 못하겠지……. 저 녀석들은 2차원에서는 어떤 과격한 일도 태연한데 3차원에서는 너무 약해!

"굉장히 즐거워요! 헤엄치는 것도, 다시 헤엄칠 수 있게 된 것도 즐겁고 기쁘고 꿈만 같아요. 매일매일 줄곧 이어지는 꿈 같아서 굉장히 행복해요."

여동생 엘프 여자애는 꽤 오랫동안 병에 시달려 왔다고 하니까 정말로 오랜만이겠지. 나도 고생하고 고심하면서 입에 버섯을 쑤셔 넣은 보람이 있었다.

"왕녀 여자애와 메이드 여자애에 메리메리 씨는 헤엄칠 수 있게 돼서 다행이네. 응. 이걸로 헤엄치지 못하게 됐다면 비키니를 만든 의미가 전혀 없어서 그냥 돌려보낼 뻔했어. 자, 타월과 주스."

"감사합니다."

"그야 다들 입으니까 부러웠어요."

"왕녀님에게 이런 노출 의상을 입히다니 불경하지만, 확실히 헤엄치기에는 좋네요."

이 세 사람은 원래 레벨이 높았다. 그런데 여자애들과 던전에 가거나 함께 운동하면서 단번에 레벨이 올라가 버렸다. 그러니까 이제 수영복만이 아니라 사복도 평범한 건 힘들다. 최소한 멀티 컬러 마석 코팅 소재가 아니면 옷이 버티지 못한다.

"아이들……은, 낮잠?"

"피곤했겠지~ 이렇게 전력으로 노는 건 처음일 테니까~?"

"이렇게 웃을 수 있게 됐구나……. 이젠 잘 때도 웃으니까."

초 흡수 사양의 담요를 덮어주고, 애 보기 부대에도 타월과 주스를 나눠줬다. 그리고 대체…… 바보들은 언제까지 뛰어들고 있을 거지? 저건 이제 그냥 끈 없는 번지점프라고 할 만큼 높아졌는데, 어째서 저 높이에서 뛰어들면서 안 죽는 거야? 역시 물을 뺄까?

"갑옷 반장도 무희 여자애도 오늘은 휴일이니까 모두와 함께 잘 놀라고? 사이좋게 노는 게 휴일의 올바른 예의라는 게 전해졌는지는 이세계니까 잘 모르지만, 이전 세계에서는 전해지지 않아서 지금 만든 법이지만, 예의가 맞을걸? 응. 나는 초대한 쪽이니까 일해도 되지만, 초대받았으면 노는 게 일이고 예의란 말이지?"

""감사합니다.""

두 사람은 최근 꽤 부드럽게 말하게 되었다. 단문이나 한마디 정도라면 평범하게 말하고 있다. 그런데 존댓말만큼은 낮지 않는 건, 원래 말투가 정중해서 그런가? 응. 아무도 안 쓰는데 어디서 익힌 걸까?

저마다 휴식하고, 다시 헤엄치러 가고, 워터 슬라이더를 타고 풀장으로 와~와~꺄아꺄아 하면서 놀고 있다. 한창 놀고 싶은 아이들과 싸움과는 얽힐 일이 없이 놀아야 했던 여자애들이 신나게 놀면서 웃고 있다. 이게 평범한 광경이어야 하는데, 고작 하루의 휴일이라니.

"앞으로 한 시간 뒤에 저녁밥 먹자~. 먹고 나서 돌아갈 테니까 라스트 스퍼트로 놀라고? 뭐, 온수 풀장도 가능하니까 언제든 올 수 있단 말이지?"

"""""네——에 ♪"""""

 다들 즐겁게 지내고 있다. 그러니 고심에 고행을 거듭하고 고난을 이겨내며 비키니를 만든 보람은 있었다. 지금은 시선을 돌릴 곳을 찾느라 고심하고 고생하는 남고생이지만? 그야 타월과 주스를 준비하고 앉아있으면 형형색색의 비키니가 차례차례 몸을 쑥 내밀면서 나타나 "타월 줘~."라며 포동포동, "목말라~."라면서 출렁출렁, "휴식 ♪"이라고 말하며 눈앞에서 닦으면서 눈앞에서 실룩실룩 엉덩이가 흔들린다. 그렇다. 차례차례 교대하며 모이는 비키니들이라는 연환계에 둘러싸인 360도 맨살 파노라마 뷰의 비키니 월드라서 보기 힘들다! 내가 만들고 직접 살피면서 확인했으니까 전부 본 적 있는 비키니일 텐데, 시선을 돌릴 곳이 곤란한 위압감 넘치는 비키니 벽에 둘러싸인 남고생이라니……은근히 거북하단 말이지? 진심으로? 응. 그러니까 어서 저녁밥!

"""""잘 먹겠습니다~!"""""

 "그립네~. 이 동굴…… 아니, 또 넓어졌잖아!"

 "텐트 생활에서 느닷없이 리조트 호텔 느낌이 되었네……. 지금은 여관이 럭셔리 호텔로 변했지만."

 "안쪽 방도 남아있구나. 처음엔 이 거실에서 잤었는데."

 """그보다 다들 마의 숲에서 얼마나 우아하게 지낸 건가요!"""

 "뭐~ 여기에 올 때까지는 고생했거든~?"

 "맞아맞아. 오다네가 없었으면 완전 밖에서 자야 했고."

 """신세 많이 졌습니다~!"""

 "아니, 그건 텐트뿐이었으니까요."

"응. 이 동굴을 본 뒤의 텐트 생활은 괴로웠지……."

"방, 만들어 줬음, 마이 홈."

"""좋겠다~!"""

"저도, 방…… 받았어요."

"""나중에 보여줘~!"""

(폼폼!)

"""스, 슬라임 씨까지 개인 방 보유!!"""

"근데 전에는 모던 아트 쪽이었는데 리조트로 변했네?"

"응. 방이 아니라 거실 같은 느낌?"

"오, 하루카도 자기 방을 만들었네!"

"""보고 싶어~!!"""

삼삼오오 집 구경인지, 동굴 탐색인지는 모르겠지만 다들 탐색에 나섰다.

"뭐, 미궁황이 사는 동굴이지만 돌파는 하지 말라고?"

"""미궁황 셋이 모여서 두들겨 패는 최강 최악의 동굴이라니, 공략할 수 없어!!"""

"응. 던전보다 위험한 집이라니 대단한 방범력이네!"

고아들에게 슬라임 씨 방이 대인기인데, 역시 유아들 정도 말고는 놀 수 없는 모양이다. 미로 방처럼 벽에 진열된 대량의 구멍 뚫린 상자에 판과 봉을 조합한 고양이 놀이터 Ver 슬라임 씨 사양. 게다가 아르데코 형식의 방이라 조그만 애들로 북적거린다. 응. 다음에 고아원에도 놀이터를 만들어 보자.

여자애들은 유러피안에 아르데코 형식 지붕 침대에 고양이 발

가구까지 있는 갑옷 반장의 방과, 오리엔탈하고 이집션 형식 퍼블릭과 이집션 캣이 달린 물건이 가득한 방으로 나뉘어서 다과회를 열고 있다. 무리무리 씨는 역시 리얼 엄마 경험자인 만큼 고아들에게도 사랑받고 있고, 바지런히 돌봐주고 있다······. 역시 길들이는 방식이 전혀 다르다. 여고생에게 엄마 역할은 아직 어려운 모양이라, 안심한 표정의 아이들······과 도움이 안 되는 메리 아버지가 있다. 응. 역시 측근을 초대하는 게 나았으려나?

그리고 피곤해져서 잠든 고아들을 마차에 태우고 도시로 돌아왔다. 여자애들도 다들 피곤해서 축 늘어졌지만, 그 얼굴은 만족스러워 보였다.

이런 진짜 휴일이 있어도 되겠지. 고등학생이니까 이쪽이 당연하고, 마물과 싸우는 일상이야말로 이상한 거니까.

자, 돌아가자······. 아니, 여기가 집이기는 한데, 이미 도시도 우리 집 같은 셈이니까.

뭐, 여관비가 매일 큰일이지만, 외상은 며칠까지 기다려 주려나? 응. 캠프로 있는 돈 죄다 써버렸단 말이지? 위험한데?

◀━ 이세계 전이가 아니라 2차원 전이를 지향해야 했던 모양이다. ━▶

90일째 저녁, 초원

남자들이 득실대는 마차는 타고 싶지 않지만, 타기로 했다. 남자라기보다는 오타쿠 바보 마차?

"그래서, 정했어?"

"그래. 우리는 왕도까지고, 후작령도 동쪽이라 가까우니까 갔다가 왔다가 하면서 지도?"

"뭐, 연습 상대고, 그쪽도 얕다고는 해도 던전을 내팽개치고 있다고 하잖아."

"50층까지라면 아슬아슬하게 우리라도 없앨 수 있으니까."

바보들도 나름대로 열심히 허무하다고까지 불리던 뇌를 쥐어 짜내서 고민했던 모양이다. 변명을.

"너희는 그렇게 말하면서 미인 근육질 누님들을 노리고 있잖아! 여자에 흥미를 보이지 않아서 BL 의혹이 일어나 그쪽 취향의 부인부터 할머니들한테도 인기 폭발이었고, 그쪽 경험이 풍부한 마니아도 나타날 기세였는데…… 아마조네스가 취향이었을 줄이야? 뭐, 그런 장르는 확실히 없었지?"

"취향이라기보다는, 연약해 보이는 게 문제였지."

"그래, 가냘프면 망가질 것 같잖아?"

"싸우지 못한다니 위험해 보이니까."

"역시 옆에서 나란히 싸울 수 있는 정도는 되어야지."

듣고 보니 근육질 여자 스포츠 선수는 있어도, 옆에 나란히 서서 살육전을 벌일 여자는 없었겠지……. 응, 있으면 테러리스트야!

"강할 뿐이라면, 지금이라면 우리 여고생들이 더 강한데? 미인 수준이라면 안 밀리고, 파괴력은 압도적으로 앞서니까? 응, 놀랍게도 잔소리력은 이세계 무쌍이야!!"

""그건 잔소리력이 너무 올라갔잖아!""

키가 크고 근육질이어야 하는 걸까? 그리고 살육전이 가능한 배틀계 누님은 좋아도 그 여자애들은 무서운 모양이다. 응. 나중에 일러바치자.

"오히려 오다네가 긴 여행 아닐까?"

"뭐, 배가 있으니까. 가는 길에는 태워달라고."

"오타쿠들은 안 물어봐도 갈 거야. 짐승귀니까? 응. 짐승귀를 만지러 가지 않을 리가 없지? 그보다 수인국에 정식 초대를 받았다니까 바보들도 데리고 가야 하지 않나?"

"아니, 정식 초대 때는 검은 머리 군사님도 지명했으니까!"

"뭔가 남 일 같지만, 행상을 나가서 된장을 찾아오지 않으면 배를 가라앉힌다고 협박했잖아요!"

"정식으론 왕녀님과 함께 가야 하고, 나중 이야기라던데요?"

"응응. 우선은 배로 원조 물자 수송과 교역만 하는 것 같아요."

"응. 어차피 말하지 못할 테니까 '짐승귀는 나의 색시!' 라든가 '발바닥 젤리는 양보할 수 없어!' 라고 배에 적어둘까?"

"""그건 수인을 적으로 돌릴 테니까 그만둬!"""

우선은 원조의 감사를 표하는 사자가 왔다고 한다. 거기까지는 감사장을 받았으니까 알고 있다. 그리고 국교가 안정되는 대로 서로 초대한다고 하는데…… 실행범인 검은 머리 남자도 지명한 모양이다. 그렇다. 연극 때문에 검은 머리 군사가 상사 취급을 받고 있어서 오타쿠 바보들의 동료로 들어갔다니, 이게 무슨 악성 루머 피해야!

그리고 왕국에서 수인국으로 보내는 원조 물자를 옮겨달라는 의뢰도 왔다. 최근에는 강에서도 눈치 없는 해적이 나온다니까 튼튼한 배를 가진 오타쿠들이 가장 적합하다고 판단한 거겠지. 확실히 안전하다. 왜냐하면 해적질의 장본인이니까.

"아. 난 해적 오타쿠가 될 거야?"

"""그런 공격적인 오타쿠는 없어요!"""

뭐, 검은 머리 군사 관련이 없더라도 지명했겠지. 쌀도 간장도 수인국에서 들여오는 수입품이고, 줄곧 인기가 없어서 안 팔렸다고 하니까. 원료나 판매할 물건이 별로 없는 수인국에 있어서 간장이나 적포도주를 대량으로 사들이고 요리를 퍼뜨리는 나는 경제적으로도 중요 인물 취급을 받고 있었다. 그리고 수인국에 된장이나 두부나 가다랑어포가 있다면 사러 가고 싶지만, 변경의 던전이 우선이라 움직일 수 없다.

그러니 배를 가진 데다 은인 대접을 받는 오타쿠들을 보내서 사기로 했다……. 애초에 이런 구실을 붙이지 않으면 이 녀석들은 결단하지 않는다. 그렇다. 2차원 짐승귀는 덮칠 기세인데 3차원이라면 엄청 얌전해진단 말이지? 응. 이 녀석들은 이세계보다는 2차원 전이를 지향해야 하지 않았을까?

"하루카는…… 움직일 수 없나."

"역시 이건 던전이 활성화되고 있는 걸까?"

"그보다 하루카. 정말로 괜찮겠어?"

"아니, 반대로 묻겠는데, 갑옷 반장과 슬라임 씨 콤비에 무희 여자애까지 추가된 그 트리오로 괜찮지 않으면 이미 이세계는 틀린 거 아닐까? 그건 세상 끝까지 도망쳐도 무리 아니야? 게다가 이 무장은 못 쓰잖아…… 다른 누구도? 응. 이게 아니면 죽일 수 없으니까, 내가 해도 안 된다면 이제 무리? 라고나 할까?"

"""하긴, 그건 이제 무리겠지!"""

남자들로 인체 실험도 해봤지만, 『위그드라실의 지팡이』를 준 순간 MP 고갈로 쓰러졌다. 모두가 단번에 전투 불능에 의식 불명이 되어 졸도했다. 아마 『장악』이나 모종의 스킬, 사고계 제어 스킬이 없으면 쓸 수 없다. 남자가 전멸한 이상, 위험하니까 여자애들에게는 시험할 수 없다. 갑옷 반장도 무희 여자애도 슬라임 씨도 건드리지 않는다……. 그러니까 아무도 없다.

"하루카가 오지 못하면 음식의 질이."

"일용품도 변경 밖은 뒤떨어지는 것밖에 없단 말이지."

"그보다 쌀이…….."

"목욕탕도 보급되지 않았다고."

"이세계에 처음 왔을 때처럼 야영으로 돌아가는 건…….."

"이세계 요리는 뒤떨어졌어!"

"평범하게 돌아가기에는 비상식에 너무 익숙해졌어."

"매일 그 퍼석퍼석한 빵인가."

"변경의 레벨이라면 몰라도, 밖은 말이지…….."

그로부터 진지하게 의견 교환을 진행하고, 활발하게 논의하고 의논했다. 물론 남고생의 뜨거운 논의라면 오늘의 비키니 문제지!

"그거, 아슬아슬하지 않았어?"

"그보다 검정 하이레그라니."

"맞아. 그건 다리가 길어 보이는 효과를 희망했거든?"

"아니, 평범하게 길지 않나요."

"오히려 그 로라이즈 뒷모습의 파괴력이!"

"""그건 위험해! 그래서 풀장에서 나올 수 없었어!"""

"납작 콤비도 뭔가 커진 듯한?"

"그거에 얼마나 고생했는지…… 360도 전체의 살을 한 점에 모아 봤거든?"

"""하이테크였어!"""

"그보다도 그 망사가…… 왜 망사!"

"그거, 망사의 가느다란 부분에 파고들지 않았어?"

"너무 커서 지금까지는 커다란 수영복밖에 못 입었고, 평범한 삼각 비키니를 입고 싶다고 하니까 디자인을 유지하면서 그 망사로 들어 올리고, 삐져나오지 않게 만드는 게 진짜 어려웠어!!!"

"""응. 그건 좋았지!!"""

"역시 다들 몸매가 더 좋아졌더라."

"네. 눈 둘 곳이 없었어요."

"그야 다들 비키니라니 너무 위험하잖아요!"

"몸도 탄탄하고 댄스 때문에 쭉쭉빵빵한 몸매가 파워 업했지?"

"힙업 효과로 다리가 길어 보이는 느낌도 나고, 올라간 엉덩이가……."

아, 아뿔싸!

"마차가 포위당했어! 적의 공격이다. 적 숫자 26. 큭, 미궁황 두 명이 끼어 있어! 우리는 멸망할 거야!!"

"""뭐…… 뭐라고——!!"""

마차 밖으로 뛰쳐나왔을 때는 이미 늦었다. 하늘에서 쏟아지면서 꽝음을 내며 대지를 쪼개는 철구의 유성군. 알기 쉽게 설명하자면 모닝스타에 의한 집단 잔소리 철구 제재. 내 앞에서 벽으로 삼은 바보가 날아가고, 나의 방패로 삼은 오타쿠가 땅바닥에 엎어졌고, 내가 미끼로 던진 바보에게는 수많은 철구가 꽂혔고, 내가 뒤에 숨은 오타쿠는 지면에 처박혔고, 회피 불능의 철구에 맞은 바보가 날아가면서 점점 나의 방패가 줄어들었다!

"아니, 딱히 나는 꺼림칙하지 않다고나 할까 수영복 제작할 때의 고생담을 줄줄이 풀어놨을 뿐이고, '그 엉덩잇살이 파고든 모습이~'라고 말했던 건 바보들이고, '계곡에 틈새조차 없어!'라고 기뻐했던 건 오타쿠들이니까 나는 무관계한 수영복 해설자고, 제작에 얽힌 기술적 시행착오와 수영복 안쪽에서 움직이는 살집의 형상 변화에 대한 소견을 요구받았을 뿐이고, 제작시의 관찰 경과를 감안해서 공개적으로 정보 게시를 한 거고, '목소리가 야했다'는 그냥 질문받았으니까 답변한 것에 불과하고, 주관적인 견해에 객관성을 주고자 어떤 포즈에서 경련하고 있었는지 상황 묘사를 했을 뿐이니까 나는 잘못 없잖아? 질문에 대한 답변을 거부하면 청문회라면 바로 출석할 거고, 증인 신문이라면 거부권조차도 즉시 거부하고 출석도 참석도 불사하겠다는 남고생적인 결의가 있으니까 나의 무죄는 완벽하게 입증되었지? 무죄잖아?"

"""유죄! 소녀의 비밀 누설죄로 단죄합니다."""

(잔소리 중입니다. 한동안 얻어맞습니다.)

혼났다. 온갖 풍상고초를 겪은 부업의 천신만고 고생담은 어째 서인지 소녀의 비밀 사항이라고 하는 듯? 아니, 나는 여자가 아닌 데. 어째서인지 나 혼자 여자 마차에 타서 무릎을 꿇고 잔소리를 들으니까 게 좁고도 가깝다. 수영복 제작 비화가 창피해서 잔소 리하는 것치고는 부끄러움이 느껴지지 않을 만큼 가깝게 밀집해 있으니까 잔소리보다 그쪽이 더 신경 쓰이는데, 이야기하면 안 된다면서 떨어지지 않고 지근거리에 있는 건 괜찮은 건가? 그렇 다. 여자 마음은 참 어렵다. 그래도 남고생 마음도 이해해 줬으면 좋겠네?

"""도시다~."""

"하루카 군. 오늘은 고마웠네. 이야~ 풀장은 참 좋더군? 무리 무르의 수영복도 근사했어! 그건 정말 좋았지!"

메리 아버지는 수영복에 눈을 뜬 모양이다. 원피스에 파레오를 두른 디자인이었지만, 직접 입 밖으로 꺼내서 고른 건 메리 아버 지니까? 응. 꿍냥대고 있는 걸 보면 메리메리 씨가 미묘한 표정을 짓고 있더라니까?

"하루카 님. 고아들 일은 맡겨주세요! 완전히 친해졌어요. 정말 로 착한 아이들이네요. 저렇게 착한 아이들이 가난하고 굶주리면 서 죽을 뻔했다니…… 살아남은 귀족이 좀 없을까요? 있으면 목 을 날려버리고 진열하겠어요!"

무리무리 씨는 고아들이 잘 따르면서 굉장히 응석을 부렸다. 역시 진짜 엄마 경험자는 다른 거겠지. 여자애들이라면 아무래 도 누나나 언니에 그치니까, 저렇게 응석을 부릴 수는 없는 것 같다……. 한 마리 정도는 동화되어 있으니까?

호위하던 판넬도 되돌렸고, 데몬 사이즈들에게도 보수인 과자를 통 크게 뿌렸다. 데몬 사이즈들이 벌채나 호위를 애써줬으니까 다들 즐길 수 있었으니 포상 MVP란 말이지.

"응. 대낮은 헤엄치지 못하니까 참가하지 못해서 딱하기도 했고? 그야 참가하면 녹슬 것 같잖아?"

(((…… ♪)))

피곤해서 잠든 고아들을 방까지 옮겨 재웠다. 우리는 가끔씩밖에 놀 수 없으니까, 오늘은 확실히 즐거줬을까?

마스코트 여자애도 휘청거리고 있고, 미행 여자애도 묵고 가려는 모양이다. 처음 헤엄쳤고, 그렇게나 신나게 놀았으니 피곤하겠지. 일단 반쯤 벌린 입에 버섯을 쑤셔 넣었는데, 어째서인지 여자애들이 화를 내더라?

"잠깐. 요전에는 말없이 단번에 쑤셔 박아서 혼났으니까 이번에는 확실히 천천히 '자자, 입을 크게 벌리고 버섯을 맛보면서 삼켜야 한다~'고 말을 걸었는데, 학습력 좋은 마음씨 착한 남고생의 의료 행위로 화를 내다니 불합리하네?"

"""응. 어째서 그 학습력은 멀쩡한 지식을 안 배우는 걸까!"""

실컷 헤엄치고 거품 욕조에도 들어갔는데 여자애들은 목욕탕에 가는 모양이다. 자외선을 맞은 피부를 거품 바디워시로 씻어내야 한다는 모양이네?

"변경에 있는 동안이라면 정기적으로 풀장에 갈 수 있지만, 풀장에서 막 돌아왔는데 수영복 주문을 대량 투고하면서 '대감 마님, 수영복을 더 부탁하옵니다' 라니 뭔가 시대극의 농민 같잖아! 게다가 대감님이 아니고 신고함은 장군님이고 날뛰고 처단하는 사람이니까, 나한테 그걸 말해서 어쩔 거야? 그리고 신고하는 사람이 자기 멋대로 신고함을 설치했는데! 뭐, 형태는 알고 있으니까 치수 작업 없이 대량 생산은 가능하지만 결국 시험 착용과 조정은 필요하고, 싫다고 해도 부탁하고 부탁을 받아들여서 만들면 울상을 지으며 흘겨본단 말이지? 뭐, 나는 눈흘김이라면 막대하고 광대무변한 마음으로 받아들일 수 있지만, 잔소리는 받아들일 수 없고 단호히 거부하는 마음가짐으로 도전했다가 패하고 방어전 일변도인 불쌍한 부업 노동자라고. 응. 디자인화가 올라오지 않았으니까 다음에 하면 되겠지?"

(뽀용뽀용)

슬라임 씨가 목욕탕에서 나와 뽀용뽀용 돌아왔다. 분명 지금까지 여자애들과 알몸 교류를 하며 접촉하고 있었겠지……. 쓰다듬어 주자. 쓰담쓰담?

(부들부들)

뭐, 뭐라고! 로션 목욕탕을 검토하고 있다고? 잠깐, 당장 만들자. 지금 만든다고나 할까 만들었네? 응. 연금으로 배합하기만 하면 피부가 미끈미끈 끈적끈적 쫀득쫀득한 목욕용 로션 완성이다. 시험 제작은 충분히 진행하고, 매일 개량하고 있었으니까 조합도 완벽하다. 이 걸쭉걸쭉한 느낌을 낼 때까지 매일 고생을 거듭하며 노력하고 연구에 분투하던 나날이 겨우 보답받은 모양이다. 그래. 끈적끈적 로션의 근사함이 세상에 인정받았다. 응. 좋단 말이지? 굉장히 좋아——! (경험담?)

그렇다. 여자 모임도 끝나고 돌아온 두 명이 신작 끈적끈적 대야 욕조에 침몰한 건 더 말할 것도 없겠지. 스킬『변태』는 대단해!

죽는 게임이지만 운 게임으로 끌고 들어가서 피탄 판정을 회피하는 초가속을 했더니 치트가 아니라 버그였다?

91일째 아침, 하얀 괴짜 여관

그 숨겨진 새로운 능력, 그 이름은『변태』! 응. 신고하자. 그렇게 생각했던『밸리언트의 목걸이 : 변태, 이형화, 점액(전체 내성, 전체 상태이상 부여), +DEF』의 효과『변태』. 이건 촉수만이 아니라 마력으로 육체를 변질, 변형시킬 수 있었다. 응. 굉장했다!

물론이지만 변형하고 변질된 남고생이 던전에 침입해서 대활약하며 크게 날뛰며 침입과 탈출을 반복하는 스릴과 서스펜스 넘치는 이세계 모험 이야기가 전개되었다. 그리고 상태이상 점액도 대활약하며 수많은 모험담을 펼쳤고, 줄곧 나설 차례가 없던『밸리언트의 목걸이』도 이제 쌓였던 체중이 내려갔겠지. 던전에서 변신 남고생이 벌였던 처절한 싸움에 관해서는 할 말이 몹시 많지만, 말하면 죽을 것 같은 엄청난 분노의 잔소리가 전개 중이고 얻어맞는 중이다.

"죽어요, 죽는다고요. 가버리는 지옥에 죽어요! 기절하면서 몇 번이고 몇 번이고, 죽는, 다고요!!"

"미쳐 버린 채 망가짐. 뇌가 녹아내린 채 미쳐 버립니다! 그건 흉악 흉포에 광란죄!!"

새로운 시도는 불가피한 사고가 따르는 법이고, 진실의 규명이란 때로는 비참한 결과를 낳는 법이다……. 알기 쉽게 말하자면, 조금 즐거워져서 지나치게 해버렸네?

"아니, 그치만 하루 종일 26명의 비키니에 둘러싸이고 세미 비키니 두 사람도 덤으로 붙어서 줄곧 남고생 풀 차지 상태였으니까 힘내봤지? 라고나 할까?"

그러나 원래 이세계에 소환된 남고생이 이세계의 던전을 한계 돌파해서 일심불란 쾌도난마로 돌진해 절차탁마하며 던전에 도전하는 건 이세계 모험물로도 올바른 행동인데 혼나고 있네? 응. 도중부터 조금 위험하다는 생각이 안 드는 건 아니었지만, 그 수많은 멋진 모험에 홀려 78차전까지 돌진해 버린 노력가 남고생의 흐뭇한 에피소드였는데…… 격노하고 있잖아? 무섭네?

"의식과 기억이 혼란, 광기와 환희로 머리가 아픈, 데요? 죽일 생각, 인가요!"

"그건 죽음, 정신, 미쳐서 죽습니다! 불사자라도, 죽습니다!!"

"죽어도 안 죽으니까 불사자 속성 아니야? 그보다 신체적인 안전성은 『나신안』으로 보고 있었으니까 괜찮거든? 응. 한계까지 노력했지만 한계 안쪽이니까 안전하고 안심? 같다고나 할까?"

그렇다. 이 세계에는 HP가 있다. 그리고 두 사람 다 재생을 보유했고, 게다가 고속 재생 레벨까지 매일 밤 단련하고 있는 강력한 노 라이프 킹 미궁황들이니 분명 괜찮다고?

""괜찮지 않아요. 전혀 괜찮기는커녕 정신, 미치면서 죽고 있다고요! HP가 아닌 곳이 죽는다고요! 안심 없어요!""

변형도 변질도 촉수 조작으로 궁극에 도달했으니까, 두 사람이 제일 기뻐하며 마음에 드는 형상으로 골라서 애썼는데 뭔가 문제였던 걸까? 응. 복잡한 나이일지도…… 그래도 영원한 17세라면 줄곧 복잡한 건가? 복잡하네?

"잠깐, 피가 밸 만큼 수련과 단련을 거듭해서 쌓은 『야한 기술』을 구사해 심야의 던전 모험 이야기를 나서는 건 왕도 전개인데 화내고 있네?"

참고로 자기들은 실컷 희롱하며 유린극을 펼쳐도 『성 기술의 극한』의 봉사라며 만족스러워하고 있던데, 이 불공평한 느낌은 뭐지? 성 소년 촉수 봉사라든가 성왕 봉사 활동이라고 이름을 바꾸는 게 좋을까?

그리고…… 오늘 밤, 고아들은 고아원으로 이동한다. 학교도 있고 친구도 많고 무리무리 씨나 메이드들에 교원들도 있으니 아이들에게는 완전 좋은 환경이다. 고아들과 헤어지는 새끼 너구리는 아침부터 울상이지만, 같이 고아원에 가도 아마 아무도 눈치채지 못할걸?

""""잘 먹겠습니다~.""""

모두와 밥을 먹었다. 그러나 우리는 던전에 가고, 고아들은 일하러 간다. 그래서는 안 된다. 실컷 놀고 많이 배우고 잔뜩 응석을 부리다가 조금씩 도와주기만 해도 된다.

하지만 우리와 있으면 일하게 된다. 우리와 마찬가지로 일해야 한다며 노력하게 된다. 그리고 놀게 해줄 수 있는 시간이 부족하고, 신경 써줄 시간도 별로 없다.

"자자, 새끼 너구리. 핫도그 줄 테니까 울지 마. 응. 커지면 고아원에서 나올 수 있지만, 커지지 않는 평탄한 상태라도 평면 세계로 전이하면 납작 문제도, 아니, 잠깐…… (으적!) 끄아아악!"

"새끼 너구리 아니고, 납작도 평면도 아니야! 완만하고 얌전한 성장기니까. 그리고 안 울었어!"

깨물렸구나. 까득까득 물려서, 아프네?

그리고 아침 일과로 잡화점과 무기점에서 돈을 수거하고, 유익한 의뢰를 찾아 모험가 길드로 가서 눈흘김을 받았다. 아니, 아직 안 변했잖아! 게시판의 제행무상이 도가 지나쳐서 보편화되어 항구화되고 있단 말이지?

그리고 한 줄기 바람이 되어 던전을 내달렸다. 천 개의 바람이 되면 큰일이다! 힘을 빼고, 속도만으로 어루만지듯 베고, 선을 잇듯이 똑바로 그었다. 이걸 아슬아슬하게, 99%까지의 마전으로 완전 제어 상태를 유지한다. 여기서 1%가 더해지면…… 대폭주 100,000% 상태가 되겠지? 응. 아무래도 계산이 안 맞는 것 같지만 99%라면 몸에 문제가 없다……. 그러나 약하다.

등차급수가 아니라 기하급수적인 거겠지. 아마 진정한 100%라면 나는 소멸한다. 뭐니 뭐니 해도 레벨 100을 넘어선 남자들이라도 단번에 쓰러지는 장비가 넘쳐나니까. 그러니 수치상으로 죽는 아슬아슬한 100%를 임시로 설정해서 아슬아슬하게 제어하고 있다……. 그러니 한계를 목표로 삼으면 자괴한다. 등급만 봐서는 아주 약간 힘을 더했을 뿐이라도 기하급수적으로 따지면 막대한 상승이고, 그게 압도적인 힘이 되어 자괴하는 원인이 된다. 숫자상으로 어떤지는 모르겠지만 감각적으로 말하면 그런 거겠지. 요컨대 무서운 거다!

투 웍스 포 스텝, 클로즈드 프롬나드, 프로그레시브 링크, 오픈 리버스 턴 레이디 아웃사이드, 클로즈드 프롬나드, 백 코르테로 투 웍스에서 오픈 리버스 턴 레이디 아웃사이드에 락 턴에 내추럴 트위스트 턴인데 내추럴 프롬나드 턴은 어땠더라? 발을 다루고, 몸으로 춤춘다. 상대의 움직임은 예견하고 있고, 이쪽 움직임은 따라잡지 못한다. 더 유리한 최적의 코스를 간파하고, 거리를 재면서 타이밍에 맞춰 도약한다.

기다란 전투용 도끼를 휘두르고 폭풍으로 흙먼지를 일으키는 「액스 아머 Lv81」. 고속으로 회전하는 대형 도끼의 완력은 대단하지만, 회전하는 도끼를 지나친 뒤에는 그냥 안전지대다. 한바퀴 돌리고 돌아올 때까지의 찰나에 파고들어서 베면 즉시 달아난다! 그렇다. 무도란 돌진해서 패고, 달아나는 리듬의 완급. 슬쩍 들어가서, 잠깐 죽이고 달아난다.

"뭔가 괜찮은 느낌? 왠지 천부적 재능이 느껴지네?"

(끄덕끄덕, 꾸벅꾸벅, 뿌용뿌용)

마지막 하나, 그 대형 도끼의 회전에 말려들 듯이 공중을 박차고, 파고들면서 도신을 갑옷의 어깻죽지로 휘둘렀다. 단단한 갑옷을 가르고 뒤로 내달려서 반회전하며 숨을 내쉬었다. 결론부터 말하자면 맞지 않으면 안 죽고, 때리면 죽는다. 지금까지와 같다. 강함도 튼튼함도 레벨도 상관없이 그저 죽인 놈이 이기고 빠른 놈이 승자. 속도와 기술로 웃돌고, 완전하고 완벽하게 회피하는 한 싸울 수 있다.

절대무비한 치트 능력 같은 건 없다. 하지만 본래의 의미인 「치사함」이나 「속임수」 같은 치트라면 있다. 뭐니 뭐니 해도 치트의 본뜻은 「부정을 저지르는 자」니까. 이런 불공평한 세계에서 공정하게 싸울 생각은 전혀 없다. 그야 처음부터 마물 자체가 치사하잖아?

"이런 느낌? 그야 댄스 같은 건 보고 익힌 것만으로는 잘 모르겠고, 갑옷 반장의 검술도 그대로 재현하는 건 불가능하니까 조합해서 섞으며 얼버무리는 겸 속여봤다? 라고나 할까?"

그렇다. 속여봤다. 허실 자체가 노 모션의 무박자 참격, 정지한 뒤의 순간적인 이동. 그걸 무도의 완급으로 보강하고, 조잡한 검술과 없는 힘을 회전으로 얼버무려 사기를 쳤다.

"응. 지금까지의 경험으로 봐도 무리라면 속이면서 가진 걸 조합하고 섞으면 얼버무릴 수 있었으니까, 그동안 일단 죽여두면 어떻게든 되는 법이지?"

"수평 방향은, 좋았어요. 그래도 상하의 움직임과 비스듬한 회전축, 필요해요."

"힘 필요 없습니다. 회전 속도와 유연함. 칼날을 세우는 것……의식해, 주세요."

(품품)

그런가. 아침부터 평면 세계의 새끼 너구리에게 깨물린 탓에 수평 운동만 하고 있었던 모양이다. 원의 움직임이라면 괜찮았지만 구의 움직임은 하지 못했다. 즉, 평면인 새끼 너구리는 두 개의 구체를 영원히 얻을 수 없다는 거겠지. 그야 16세부터 성장기라니 한도가 있잖아? 그리고 만에 하나 성장기의 기적이 남아있더라도 레벨 100을 넘었으니까 '노화가 굉장히 느리다=성장기도 굉장히 안 온다 이론' 이 성립되는 거다!

　걱정하고 있지만, 시점을 바꾸면 죽는 게임을 운 게임으로 끌고 들어가는 싸움법이다. 그리고 LuK이 LvMaX로 한계 돌파했으니까, 종잇장 방어인 최약체 캐릭터로 제약 플레이하는 세계라도 운에 맡겨서 최흉 장비를 입고 속공에 올인하면 이길 수 있다.

　흘려낸다. 거스르지 않고 젖히면서 위력을 받아내지 않고 흘려낸다. 항상 절묘한 각도로 받아내고, 힘의 방향에 간섭하며 틀어버린다. 완전 회피가 불완전하더라도 틀어버리면 피할 수 있다.

　"어째서인지 틀어버리는 것하고 꼼수를 부리는 건 특기라서, '역시 하루카는 삶이 흔들리는 것만이 아니라 틀어져 있네.' 라고 여자애들이 칭찬을…… 칭찬이 아니었어! 잠깐. 웃으면서 말해서 칭찬하는 줄 알았는데, 잘 생각해 보니 까는 거였어!"

　(부들부들)

　위그드라실의 지팡이로 틀어버리고, 어깨 보호대로 틀어버리고, 건틀릿…… 아니 글러브로 틀어버리고 회피할 수 있는 곳을 억지로 만든다. 그러나 레벨 81의 PoW 특화라면 흘리고 틀어도, 스치기만 해도 HP가 줄어든다.

"훗, 『재생』 만렙을 얕보지 마! 응. 어마어마한 재생을 매일 밤 거듭하면서 무한히 도전하고, 한계 너머까지 돌파해서 재생하고 도전하며 혼나고 눈흘김을 받아왔다고! 응. 이딴 생채기로는 매일 밤 노력하는 내 재생 속도를 따라잡을 수 없어!!"

방어하면 깎인다. 그것이 레벨의 벽. 그러니 받아내면서 젖히고, 공격에 공격을 거듭하며 상쇄해서 감쇄하고…… 흘린다!

"응. 이런 걸로 미궁황 두 사람을 꺾으려고 하다니 미적지근해! 응. 완전히 꺾지 못하면 둘이 덤벼서 너무 무서운 음란한 역습극이 개최되어서 절찬 롱런한단 말이지?"

어라? 흘겨보고 있다. 중얼거린 건가? 응. 혼나기 전에 끝내자. 하층에서는 길고 유연하고 강인한 덩굴을 휘두르는「윕 그래스 Lv81」. 파괴력 중점의 채찍 공격인데, 반장님이 날리는 질책의 채찍과 비교하면 줄넘기보다 못하다! 응, 그건 정말 무섭다고!

베어버리고, 잘라내고, 흘려내면서 고속의 무도로 날려버린다. 참격을 조합해서 전투의 춤을 조합해 도약한다. 휘어지는 만큼 궤도를 읽을 수 없고 회피하기 어렵다. 그러니 젖히면서 베어버린다. 재생이 없다면 위험했겠지만 재생 속도 MaX라면 스치는 정도는 아무렇지도 않다.

"어떻게든 조정한 느낌이랄까, 포동포동은 저항할 수 없는 매력적인 매혹으로 넘쳐나지만 채찍에 맞는 취미는 없고 눈을 뜰 예정도 없다고?"

(부들부들?)

미궁황들은 내 한계를 알아보는 거겠지. 얕보면 곤란하다. 나는 얼버무리는 것도 꼼수를 부리는 것도 엄청 특기다! 한계 정도는 끝없이 얼버무리면 그건 무한, 그리고 무한에 도달한 거짓은 진실보다 강하다……. 그것이 허실. 기술이 아니라 개념이니까.

그래도 90층에서는 싸우게 해주지 않을지도 모른달까, 내달리고 있으니까 참지 못했던 모양이다. 걱정하는 건 내 몸이 아니라 사냥감이었던 것 같다. 그야 아래로 갈수록 슬라임 씨가 먹고 싶어 하고, 마물이 안 남는단 말이지?

분명 여자애들에게 들어서 감시를 맡은 거겠지. 응, 고작 2층으로 인내심의 한계를 맞이한 것 같다! 전투력은 무적인데 인내력은 전무하네?

> **던전에서 마상 서핑하며 날뛰는 말로 로데오하는**
> **서커스 느낌이 꽤 즐거워서 대인기였다.**

91일째 정오, 던전 지하 88층

비밀 방의 보물상자 수호자. 그 계층에서 가장 위험한 상대이며, 그리고 꽤 크다. 비밀 방은 숨겨져 있을 정도니까 좁은데도 크네? 비좁아서 움직이지 못하니까 쉽지만, 이쪽도 회피할 공간이 극단적으로 적은데 초근접 상태로 회피 행동을 강요당하고 있다. 꾸물꾸물 가까워지는 여고생들에게도 곤란했지만, 투박하고 딱딱한 강철의 거대 뱀은 수요가 없어! 우오오오, 꼬리!

"응. 강철 비늘의 뱀 상대로 도망칠 곳 없는 접근전이라니 너무 무모해. 꾸물꾸물한 걸 휘감는 건 결코 싫지는 않아. 그건 굉장히 남고생적으로 좋은 거였지만, 휘감기는 취미는 없어! 그보다 뱀에게 조여서 죽는 게 취미라면 여러모로 위험하잖아! 뭐, 뱀이니까 식히면 되겠지? 강철이라도 파충류니까?"

그리고 88층 비밀 방에 멀뚱멀뚱하게 혼자 있다. 일행은 88층에서 무쌍을 찍고 아래층으로 달려가서 마물을 모조리 쓸어버리고, 지금쯤 89층에 있겠지. 그러니까 비밀 방 말고는 나설 차례가 없다. 그런데 뱀…… 차가워져서 동면할 것처럼 잠에 취한 뱀「메탈킹 파이선 Lv88」을 해체했다. 그리고 당장 해체하지 않으면 진짜로 방이 좁아!

"뱀 사체와 꽁냥꽁냥 밀착하는 취미는 없는데, 살아있어도 싫단 말이지!"

물론 남고생으로서는 라미아 미소녀나 메두사 누님이나 에키드나 미녀, 뭣하면 마니악하게 칸칸다라 무녀더라도 매혹적인 몸이라면 꽁냥꽁냥대도 싫지 않지만 금속 뱀이잖아!

그리고 거대 뱀의 시체에 파묻혀 있던 보물상자의 내용물은 『프로텍션의 머리핀 : 긴급 간이 결계(횟수 제한 있음)』이라는, 좌우에 다는 두 쌍의 머리핀이었다. 일시적인 위안 수준의 장비니까 여자애들에게 팔아도 되지만, 안전성 강화가 된다면 일시적인 위안이라도 양산화해서 분배해야겠지. 응. 오리지널은 두 개 있으니까 일단 갑옷 반장과 무희 여자애에게 달아주자.

"검이 춤추고, 마물이 흩날린다. 이상 갑옷 반장이었습니다?"

(끄덕끄덕)

그리고 사슬 버전과 점액 버전도 있지만 생략하자. 분명 89층의 이름 없는 마물도 노력했을 거다. 그래도 미궁황 세 명은 빡셈입니다. 이름만이 아니라 종족을 감정할 새도 없이 마석이 되었네?

"소부대 편성으로 창끝을 가지런히 세우고 덤벼든, 미궁황들을 노리고 전술을 구사해 파상 공격을 가한 이름 없는 마물들…… 너희의 이름은 잊지 않을게? 모르지만? 응, 뭐였을까?"

뭐, 투창 같은 무언가? 응. 투척하는 것 말고는 모른 채 죽어버렸네?

"수고했어. 분명 전혀 지치지 않았겠지만 적의 창이 금속 피로? 뭐, 창 마물도 피곤할 새도 없이 썰렸고, 슬라임 씨도 썰어서 잔뜩 먹었지?"

(뽀용뽀용 ♪)

응. 다행이네. 나를 버리고 간 보람이 있었던 셈이다. 응. 사역자를 두고 가다니, 외톨이로 마물도 없는 던전을 느긋하게 걸어왔단 말이지?

그리고 『프로텍션의 머리핀』을 두 사람에게 달아주니 수줍어했다. 이건 구타부끄라는 새로운 장르고, 일상적으로 두들겨 패면서 극히 드물게 수줍어하는 개고생이 넘치는 캐릭터고, 그 구타의 파괴력은 미궁황이라니…… 빡셈이라고 생각했더니 죽는 게임이었어!

그렇다. 꽁냥꽁냥 양옆에서 팔짱을 끼고 좌우에서 머리를 어깨에 올리고 걷고 있다. 겉보기에는 리얼충이지만 갑옷 장비다. 응. 딱딱하거든? 그리고 이건 구속 상태고 내가 빠져나가는 걸 봉쇄

하고 있어!

"자, 그럼. 90층이니까 계층주전인데 나설 차례는 있을까? 응. 일단 걸으면서 계층주전용 포즈도 생각했는데, 멋진 포즈를 잡으면 일시 정지로 늦어져서 계층주가 죽어버리니까 굉장히 덧없는 계층주 절멸 위기인 것만이 아니라 이미 섬멸 확정인 미확인 마물이란 말이지?! 미확인 생물체?"

말이었다!

"이거 오타쿠 바보들의 마차로 어떨까? 뭔가 이 세상의 끝까지 달려서 마차와 함께 불바다로 바꿔버릴 듯한 늠름함이 오타쿠 바보들에게 어울리는 살육감 있는 말인데, 이거 오타쿠 바보들에게는 괜찮아도 바깥에 내보내면 안 되는 녀석일지도? 뭔가 독을 뿜고 있으니까? 아니, 독 같은 건 저항할 수 있으니까, 독설과 잔소리가 특기인 여고생보다 좋은 말일지도?"

뭔가 다리는 여덟 개 있고, 독기를 두르고 쩌억 벌어진 입에서는 이빨이 가지런히 나 있고, 불까지 뿜고 있지만 말이었다. 몸도 가시 돋치고 장갑화되어서 무척이나 오타쿠 바보들에게 보내고 싶은 말이지만, 바깥에 이런 게 있다면 일반인들에게 민폐겠지. 응, 오타쿠 바보들이 이미 민폐니까 이 이상 악화시키는 건 삼가자.

슬라임 씨가 정면에서 뽀용뽀용 가로막았다. 귀엽다! 갑옷 반장은 왼쪽, 무희 여자애는 오른쪽으로 돌아 들어갔다. 아뿔싸. 멋진 포즈를 잡느라 늦어졌다! 공중을 박차고, 허공을 질주하는 말의 머리 위로 날아올라⋯⋯ 밟았다. 응, 올라탔네?

마상 서핑 같은 느낌인데, 등에 올라탄 채 말의 머리를 두들겼다. 그러자 말은 화가 났는지, 뭔가 골치 아픈 문제를 안고 있는지 울부짖으면서 펄쩍 뛰고 있다!

"오오, 뭔가 야생마 서핑에 서커스 같은 느낌이라 꽤 즐거워!"

(부들부들)

떨어뜨리려고 날뛰는 말을 절묘한 균형 감각으로 타면서 머리를 두들겼다.

"응. 말은 올라타면 아웃이라고? 마물에는 안 어울리지 않나?"

(뽀용뽀용)

즐거운 서핑 로데오를 즐기고 있는데 갑옷 반장과 무희 여자애와 슬라임 씨가 줄을 서며 기다리고 있었다. 교대를 요구하는 모양이다! 모두 함께 순서대로 로데오 드라이브를 즐겼고, 피곤해져서 움직이지 못하게 된 말은…… 슬라임 씨가 맛있게 먹었네?

"응. 적어도 한 바퀴 정도 더 힘내줬으면 했는데, 야생마 주제에 뭔가 근성 없는 말이었는걸?"

(끄덕끄덕, 꾸벅꾸벅, 뽀용뽀용)

그렇다. 뛰다가 급정지하는 잭나이프부터 뒷발로 우뚝 선 윌리 등등 상당한 라이딩을 즐길 수 있었는데, 고작 27바퀴 만에 힘이 다했다……. 응, 다들 줄 서서 기다리고 있었는데 말이지?

"로데오 드라이브로 라이딩 감각도 만끽했으니 아래로 내려갈까? 그나저나 흐르는 풀장에서 빅 웨이브에 바디보드 정도라면 괜찮은 느낌이……. 그래도 역시 서핑이라면 풀장 자체를 신규 제작하는 대공사가 필요하고 재료비가 큰일이겠지?"

그리고 연습하고 싶으니까, 크레이프로 매수하고 91층 마물은 양보받자. 어제 호위할 때의 조작은 판넬 제어의 좋은 연습이 되었고, 연계에 능숙해져서 유효 사정거리도 조금 늘어났다. 지금은 이동 방패 연습 중. 공중을 날면서 공격을 젖히고 흘려내는 어깨 보호대들. 가끔 파이어 불릿도 쏘면서 적을 교란하며 방어 라인을 쌓고 중거리전에 들어갔다.

"익숙해지니까 판넬이 참 편리하네? 응. 어깨를 지키는 모습은 그다지 볼 수 없지만, 싸움의 폭은 넓어졌으니까?"

(우물우물♪ 우적우적♪ 덥석덥석♪)

저건 대답인가? 뭔가 씹는 소리가 들리는 건 기분 탓일까!

"아니, 사역자를 완전 무시하고 과자를 먹는 일은 있을 수 없으니까 대답일 거야! 아무도 이쪽을 보지 않지만 대답일 거야!"

그렇게 생각하자. 나는 생각한다, 고로 나는 불쌍하다? 어라라? 도중에 비밀 방에서 『발톱 공격의 글러브 : SpE 40% 상승, 마조격, +ATT』가 나왔다. 남고생의 마음을 간지럽히는 칼리오스트로 쪽 성의 지하에서 우글거리던 발톱이 달린 글러브인데, 아무리 생각해도 무기 장비를 방해한다⋯⋯. 응, 팔자. 엄청 마음이 끌리지만!

그런 일을 하면서 빠른 사람이 임자라는 듯 던전을 내달렸다. 역시 멋진 포즈를 잡으면 시간상 불리하다! 다들 계단 앞에서 기다리고 있다. 즉, 이 아래의 97층이 최하층. 무조건 최하층 앞에서는 나를 기다린다. 이것만큼은 약속하게 했다. 최하층만큼은 어둠이 나올 위험이 있으니까, 이 약속을 깨면 밥도 간식도 거르겠다고 엄격하게 말했다.

"기다렸지~? 그보다 너희가 두고 가버린 사역자는 마물이 절멸한 계층에서 멀뚱히 쓸쓸하게 멋진 포즈를 잡고 서 있었는데, 거북하니까 위로 좀 해줄래?"

(끄덕끄덕, 꾸벅꾸벅, 뽀용뽀용)

음. 좋은 대답이다. 뭐, 대답만 한 거지만 대답을 한 만큼 진보했다고 할 수 있겠지. 미끄러지듯이 한 발짝 내디디고, 흐릿하게 소실되면서 간격을 지우고 스킬을 두른 칼날을 휘두른다…… 모든 능력을 두른 위그드라실의 지팡이가 허공을 가르고, 아무것도 없는 공간을 후려치는 허실의 참격. 계층의 공간 자체가 격하게 떨린다…… 앗, 피했다!

크게 휘두른 일격이 내가 이동한 위치를 노리고 떨어진다——. 그 미래를 미래시로 본 직후 행동을 정지해서 회전 운동으로 급격하게 변화시키며 간격 밖으로 도망쳤다. 그 위치에도 예리한 2격이 꽂혔다!

6장의 판넬이 공중에 방벽을 쌓고 찌르기를 흘려내면서 튕겨냈다. 추격하려는 미래를 보고, 고속 스텝으로 환영을 두르고 환각을 날리면서 그림자까지 분신하고, 덤으로 그림자 까마귀까지 날리면서 피했지만 간파당했다. 속도와 페인트에 의한 순간 이동까지 끼운 교란조차 간파하고, 선수를 빼앗기며 궁지에 몰린다!

"서, 설마…… 네놈. 보고 있구나! 이걸 진짜로 쓰는 날이 올 줄이야! 감사함다?"

보이지 않는 마력실로 참격을 날려도 대검으로 튕겨낸다. 그렇다. 정말 비겁한 녀석이다!

"이 녀석, 『미래시』 가지고 있냐고. 뭐야 그거, 치사하잖아! 진짜 열받는달까 멋대로 나의 미래를 보지 말아 줄래? 미래 초상권 침해라든가 미래 사생활 침해라든가 이것저것 유감스럽거든? 보고 싶네?"

정말 부조리하고 불합리하면서 불이익한 녀석이다. 완급도 페인트도 상관없고, 미래를 보고 공격하러 온다니 비겁하기 그지없다. 정말이지, 내가 『미래시』를 가지고 있지 않았다면 위험했다. 정말 비겁한 미궁왕이다!

서로 미래시로 예측하며 맞부딪치면, 무겁고 예리하며 회피할 수 없는 저 참격을 흘려낼 수 없는 내가 진다. 그야 레벨 24와 레벨 100이니까? 극히 평범한 남고생인 인간족과 던전의 왕인 마물이 미래시로 속도 같은 게 무의미한 승부를 벌이면, 남는 건 기술뿐. 스테이터스에 절망적인 차이가 나는 이상, 조금이라도 흘려내지 못하면 팔이 통째로 날아간다! 뭐, 끌어들이겠지만? 그리고 유일한 선택지인 흘려내기조차도 『미래시』를 당해서 갑자기 간격을 바꾸고, 타이밍을 틀고 힘의 강약도 바꾸고 있다. 그걸 『미래시』 해서 미조정으로 반복하면서 흘려내고 되받아친다.

보고 이해하고, 반응한다. 보이는 건 어찌할 수 없다. 환영이나 연막도 안 통하니까 혜안 같은 다른 무언가도 가지고 있을 거다. 그리고 레벨 100의 스테이터스로 발휘하는 반응 속도는 절대적이다. 거스를 수 없다. 필요한 건…… 보이든, 초반응을 하든 무의미한, 이해할 수 없는 공격이다.

파악하고 제어하고 정밀하게 조합하고 치밀하게 중첩했던 『마전』을 풀었다. 그리고 혼돈 상태를 그대로 둔 채로 단번에 『마전』을 다시 걸었다. 제어를 초월한 변화, 화합하며 변하는 광란. 이미 나도, 『지혜』조차도 이해할 수 없는, 영문도 모르고 의미도 할 수 없는 기묘하고 기상천외한 상태. 보더라도 이해할 수 없는 엉터리 같고 복잡기괴하게 날뛰는 마력에 몸을 맡긴 채 지팡이를 휘둘렀다.

(크, 카아아아아악!)

그래도 아슬아슬하게 미래를 보고, 초반응과 고속 반응으로 피했다. 그러나 엉망진창인 방향에서 엉망진창인 궤도를 그리는 참격을 받아내지 못했다. 분명 영문을 알 수 없어서 화가 났겠지만 나도 모르니까 내게 말하는 건 엉뚱한 화풀이인 거다!

제어할 수 없는 난격을 두르고, 변화하고 유전하고 화합하고 변환하는 스킬을 둘렀다. 기술 자체가 이판사판에 사방팔방에 의미 불명에 제어 불능인 기술이니까 이해하려는 게 잘못되었단 말이지? 받아내도 뚫고 나온다, 피해도 전이해서 온다. 그런 영문 모를 『난격』을 머리로 생각하면 안 된다니까? 참고로 느껴도 맞고, 뭘 하더라도 베이지만?

"갑옷 반장이나 무희 여자애에 슬라임 씨 클래스의 미궁황급 말고는 회피한 적이 없고, 그 무희 여자애조차도 레벨 1일 때는 요격과 회피가 늦어서 맞았는데……. 피하니까 미궁황급인가 했지만, 그냥 보이고 있을 뿐이잖아?"

그렇다. 고작 하급직인 미궁왕 따위에게는 버겁다.

(크가아아아악——!)

화내고 있다, 화내고 있어. 미쳐 날뛰고 있지만, 이쪽도 『미래시』가 있으니까 도망치기만 하면 안 맞는다. 상대가 움직이는 미래가 보인다는 비겁한 녀석에게 어울리는 말로다.

　"그래. 나는 보는 것도 뚫어져라 보는 것도 좋아하지만, 보는 대상이 되는 고도의 취미도 보여주는 성벽도 없어! 응. 진짜로 없거든? 롱코트가 조금 끌리기는 하지만, 롱코트를 입고 활짝 펼치거나 하지는 않거든? 응. 즐거우려나?"

　역시 『미래시』를 보유한 레벨 100 미궁왕이라면, 뭔가 착오가 벌어져서 만에 하나 이해라도 일행들에게 공격이 스칠지도 모른다. 그리고 『극사(極死)』라는 스킬의 이름이 불길하니까, 아마 『즉사』의 상위가 아닌가 싶단 말이지. 분명 아마 전혀 그림자조차 스치지 않고, 『불사』 속성이 있는 세 사람에게는 억조의 1 이하의 확률로 안 통하겠지만…… 굳이 리스크를 무릅쓸 필요도 없다. 그야 확률론이라면 강운에게 맡겨야 하니까.

　"지금까지의 경험으로 따져서 나의 경우 『극사』의 확률로 죽는 것보다 먼저 평범하게 맞기만 해도 죽으니까, 『극사』로 죽을 확률은 0이란 말이지? 응, 안전하네?"

　미궁왕 「데스 가디언 Lv100」은 굉장히 불만스러운 듯 마석으로 변해갔다. 이걸로 미래시의 위협은 사라졌지만 동료들이 흘겨보고 있네? 자, 어서 돌아가자. 오늘 밤은 고아들의 이사와 작별회가 있으니까 준비하기 꽤 힘들단 말이지?

> **모처럼 이름을 붙여주고 간판까지 만들었는데,**
> **이름은 변경된다는 모양이다.**

91일째 저녁, 오무이

축제다. 뭐, 잿날이지만 변경의 축제. 풍족해져서 병에 걸린 사람들도 회복되었고, 마의 숲도 벌채가 진행되어 멀어지고 전쟁도 격퇴했으니…… 겨우 평화로워졌다.

"굴러떨어지듯이 나날이 나빠지던 상황이, 설마 이렇게 초고속으로 굴러 올라가서 상태 복귀를 달성하고, 더한 속도로 최선의 상태조차 뛰어넘어 대약진에 폭주 중이라니……."

""응. 그러니까 축제인 거네.""

그래서 겨우 제사를 지낼 수 있다. 겨우 봉납할 수 있다. 변경을 지키고, 가족을 지키고, 재앙과 싸우고 비운에 저항하며 목숨을 잃었던 무수한 영령들에게, 행복해진 가족과 변경을 보여주기 위한 축제. 모두가 웃는 모습을 바라고 있었을 테니까, 행복하게 웃을 수 있는 그 행복을 가져다준 영령들에게 감사를 바치기 위한 축제.

2례 2박 1례. 변경에 신 같은 건 필요 없다. 이 변경은 아무도 구해주지 않고 아무도 손을 내밀지 않았다. 버려진 땅끝. 그뿐만 아니라 영감의 이름을 내걸고 공격당한 땅에 그런 사신은 필요 없을 뿐만 아니라 그저 악이다.

변경은 변경이 지켰다. 지키기 위해 목숨을 잃은 무수한 사람들과 여기서 고난의 생활을 보내며 아이들의 행복을 바라며 산 사람들. 그러니 그 꿈을 포기하지 않고 이어받아 지금을 살아가는 변경의 사람들을 위한 축제다. ……응. '대변경제'? 근사한 네이밍이라, 내가 생각해도 자신의 센스가 두려워질 정도로 심오하고 좋은 이름이다.

응. 간판도 만들었다고? 그런데 흘겨보고 있다. 인원도 많은 만큼 눈흘김력도 굉장하다. 분명 눈흘김 스카우터를 만들어도 폭발할 만큼 측정 불능의 강력한 눈흘김을 받고 잇겠지!

"좋은 이야기였고, 아버님도 감격하셨어요. 그런데 『대변경제』라니……."

"영령들을 향한 감사가 슈퍼에서 팔다 남은 상품 느낌이 나는 이름이 되다니……."

"누가 하루카에게 이름을 정하게 한 거야? 정말이지, 모두의 별명만 봐도 이렇게 될 줄 알았잖아?"

"""축제라는 말밖에 못 들었으니까…… 이건 분명 멋대로 지었을 거야!"""

그야 축제에는 이름이 없어도 되니까. 영령은 그런 걸 바라지 않는다. 웃고 놀면 된다. 행복하게 살고, 모두가 웃으면서 그 행복을 감사한다. 그저 그것만 바라고 있었을 테니까. 그러니까 이름은 대충 지어도 된다. 응, 길면 잊어버리니까?

"그러니까 오늘은 대변경제 기념일? 이라고나 할까?"

신나게 돌아다니는 고아들과 유카타 차림의 미소녀들. 노점이 늘어선 거리에는 연등이 켜졌고, 사람들로 북적이며 모두가 웃고 있다. 그것만으로도 축제는 성공이다. 이걸 보여주기만 해도 된다. 이 정도의 행복을 믿으며 목숨을 걸고 모두를 지켜내기를 바랐던 거니까. 응, 나도 유카타를 볼 수 있으니 부업을 띈 보람이 있었다!

하얗고 가는 목덜미, 약간 엿보이는 쇄골 라인이 보였다 가려지는 게 요염하다. 형형색색의 유카타 입은 미소녀들을 보자 길을 걷는 이들이 숨을 삼키고 그 아름다움에 넋을 잃는다. ──좋아. 이걸로 시판 유카타 세트도 마구마구 팔리겠지!

갑옷 반장도 무희 여자애도 익숙하지 않은 나막신을 딸깍딸깍 울리면서 즐겁게 걷고 있다. 핫피나 진베이를 입은 고아들은 달리다가 혼났지만, 즐겁고도 즐거워서 견딜 수 없는 거겠지. 미니 유카타를 입은 고아들도 신나게 돌아다니고 있다. 응, 기쁜 듯이 빙글빙글 돌고 있다.

"앗, 아아, 저거, 사과 사탕!"

""""꺄아아아아!""""

"저쪽에서 경품 사격도 하고 있어!"

""""할래에에에에에 ♪""""

여자애들도 신났다. 분명 이전 세계라면 사과 사탕 같은 건 그리 기쁘지도 않았겠지. 그러나 잃어버렸다고 생각한 추억이니까, 이제 먹을 수 없다고 생각하던 게 눈앞에 나타나서…… 그러니 저도 모르게 뛰어들게 된다. 나는 돈을 벌고? 응. 잿날의 노점 대부분은 내 부업으로 운영하고 있단 말이지?

근데 경품 사격이라니, 매일 던전에서 마법 사격에 활로 일제 사격을 반복하고 있잖아? 큭, 여동생 엘프 여자애가 고속 사격으로 상품을 차례차례 떨궈서 마구 따고 있다. 완전 손해다! 화살의 축을 세심하게 틀고 중심을 어긋나게 했는데도 백발백중으로 상품을 떨구고 있어서 완전 적자다. 여자애들도 고아들도 자기가 쏘지 않고 여동생 엘프 여자애에게 원하는 걸 주문해서 마구 따고 있다……. 다음번부터는 출입 금지로 하자!

그래도 고리 던지기나 공 넣기는 확실히 고전하는 모양이다. 모든 게 일그러지고 중심도 어긋난 데다 착각 작용으로 거리감을 잡기 힘들게 고안했단 말이지. 그러나 다트에서 당하고 있다! 난이도를 높이고자 흔들리는 과녁을 사용했고, 울상인 아저씨가 필사적으로 과녁을 흔들고 있는데 초고속으로 날아가는 다트에 족족 맞으며 상품을 빼앗겨서…… 완전 적자다!

"여어, 하루카 군. 이렇게 수많은 백성들이 행복하게 웃으며 즐기는 건 처음 있는 날이야……. 조상님들도 다들 감사하겠지. 정말로 고맙네."

"하루카 님. 메리에르만이 아니라 저한테까지 유카타라는 걸 주셔서 고마워요. 입는 방법도 배웠으니까 고아들에게도 입혀줄 수 있겠어요."

축제의 주최자님이다. 취지를 이야기하기만 했는데 규제도 없이 허가가 나왔고, 이권도 모두 넘겨준 고마운 주최자님이지만, 결정한 건 지금도 영주 저택에서 일하고 있을 측근이라는 건 말할 것도 없겠지?

그리고 무리무리 씨를 발견한 고아들이 모여들어서 안겼다. 아무래도 무리무리 씨에게는 고아들 런처가 발동하지 않는 모양이네? 차별인가?

밝게 빛나면서 주변을 비추는 연등의 흔들림. 살짝 어둡게 비추는 그 너머에는 옛 고아원이었던 교회가 있다. 그곳에는 지금까지 변경에서 죽은 사람들이 모셔져 있다. 모두가 손을 맞대고 그리워하듯 고개를 숙이며, 떠올리면서 바라본다. 변경을 지킨 조상들을. 응. 감사하려면 저쪽이겠지? 변경을 지켜내고 행복을 가져다준 건 변경에 있으니까.

"하루카! 돈 빌려도 될까? 하루카의 적립금 말고는 저축한 돈이 전멸해 버렸거든?"

"좋아. 이자도 안 붙일 테니까 팍팍 빌리라고?"

"정말 고마워."

여기서 재산을 써버리면 돌고 돌아서 떼부자의 수입이 된다. 또한 빌린 만큼 본전이 돌아오니까, 여기서는 투자만이 있을 뿐이다! 그야 여자애들은 사실 변경에서 돈을 가장 잘 버는 사람들이고, 바가지의 길에 종점은 없으니까!

오늘 밤부터 고아원으로 이동할 고아들과 많은 추억을 만들고자 지갑의 끈이 풀린 거겠지. 응. 분명 고아원이 교회가 된 의미도 알아채지 못하고 있겠지. 매일 함께 있던 고아들과 이제는 가끔씩밖에 만나지 못하니까 추억을 만들어 주려고 놀고 있는 거다……. 신 고아원은 여관 뒤니까, 연결되어 있어서 매일 만날 수 있다는 것도 모르겠지. 응. 안 가르쳐 줬으니까? 아까 만들었거든?

그 결과, 차례차례 차용증을 가져오는 유카타 여고생들에게 둘러싸여 마구 비비적대고 있다.

"아니, 유카타는 천이 얇으니까 밀착하면 곤란하다고. 남고생적으로……. 아니, 안 입었다고?! 그, 그, 근사해. 이게 무슨 짓이야. 속옷을 안 입었다니 뭘 좀 알잖아. 그래도 더더욱 밀착이 곤란해!!"

뭔가 감촉이 위험하다. 그보다 나도 유카타니까 천이 얇아서, 몰캉이나 뿌용의 감촉이 다이렉트로 전달되어 남고생이 위험하다!

"아니, 남고생에게 다이렉트로 몰캉몰캉하는 건 누구—— 윽! 그보다 왜 내 유카타를 젖히려는 거야? 그리고 왜 유카타 안에 손을 넣냐고! 그건 반대잖아. 남고생이라면 수요가 없달까 변태가 대체 몇 명이야! 잠깐, 띠를 풀지 말아 줄래? 여기는 그냥 시내 한복판 길가거든? 변태잖아!"

대변경제라고 생각했는데 변태 여자 축제였고, 남고생의 홀러덩도 있다니, 남고생의 홀러덩은 즉시 체포에 신고도 필요 없는 안건이라 안 되는데…….

"왜 거기서 다이렉트로 '대고 있는 거야'를 해버리는 거냐고! 그리고 왜 아까부터 남고생의 엉덩이를 만지고 있어? 뭐랄까 남녀의 위치가 이상하잖아! 보통 반대라고. 이게 보통이라면 그건 그것대로 곤란한 것 같기도 하지만 어째서 축제날에 밀어내기 경기를 시작하고 있어? 게다가 성희롱까지 붙어서!!"

달콤한 냄새와 부드러운 압박감의 바닷속에 격침되고 있는데,

의식이 없는 사이 무슨 일이 있었는지는 묻지 않는 게 좋겠지. 묻는 게 무섭다!

피곤해져서 길가 벤치에 앉아 축제를 바라봤다. 떠들썩하고 혼잡한 거리에서 웃는 사람들의 활기와 호객하는 소란. 뒤섞이는 웃음, 그리고 마구마구 팔리는 유카타와 진베이! 가면도 인기인데, 설마 코볼트 가면이 저렇게 인기 있을 줄은 몰랐으니까 더 만들어서 몰래 보충했다. 응. 귀여운 병아리 가면도 대인기였지만, 코볼트 가면의 매출에 밀리는 게 신기하네? 너무 리얼하게 만든 게 좋았던 건가?

고아들도 도시 아이들도 사이좋게 돌아다녔고, 와글와글 군것질을 하며 즐기고 있다. 응. 원 모어 세트가 영원히 끝나지 않는 사람들도 군것질에 힘쓰고 있네? 교회에서는 모두가 손을 맞대고 추도를 바쳤고, 이윽고 거리의 혼잡함에 삼켜져 언제부턴가 얼굴에서 웃음이 감돌고 있다.

"후우~ 던전도 펑펑 나오고 심화도 심각하지만, 겨우 평화가 찾아왔고 풍족한 나날을 보내고 있으니까 이 정도는 웃어도 되겠지. 나머지는 메리 아버지한테 죄다 떠넘기면 돼……. 그러면 측근이 애써 줄 테니까?"

응. 나중에 과자라도 펑펑 갖다주자. 분명 축제 관리 때문에 아마 아직도 일하고 있을 테니까…… 완전 악덕이네?

마음에 남은 미련은 물풍선의 실용화다. 가면을 쓴 고아들이 진베이나 핫피 차림으로 솜사탕이나 프랑크푸르트 소시지를 들고 돌아다니고 있지만, 그 손에 물풍선은 장비하지 않았다. 그렇다.

고무가 없다. 뭐, 부드럽고 내구성 있는 식물이 있어서 그런지 고무의 수요도 적어서 나돌지 않고 있는 걸지도? 응. 고무고무의 나무를 찾지 않으면 일그러진 문명이 될 것 같네?

"옆자리, 가도 돼?"

"아, 반장. 성희롱하지 않는다면 1미터까지는 괜찮은데?"

"엄청 경계하고 있잖아! 다들 조금 축제 때문에 이성의 끈이 풀려서 폭주했을 뿐이니까 오늘은 넘어가 줘."

그렇게 말하며 가까이 앉았다. 내 의견은 바로 무시한 모양이다. 그리고 모두를 다정하게 감싸는 발언이지만, 나의 기척 탐지에서는 성희롱 만쥬 때 대놓고 참가했었잖아!

"그보다 전혀 멈추지 않았고, 엄청 가까운 포지션을 유지하고 있었잖아!"

응. 위치로 따지면 범인 의혹이 농후한 중요 참고인은 전혀 무관계하다는 듯 청초한 표정으로 웃었다.

"다들 굉장히 즐거워 보이네. 다들 이 축제를 절대로 잊을 수 없을 거야. 그야 굉장히 행복하고 있으니까."

흰 바탕에 나팔꽃 무늬가 있는 유카타의 옷깃에서 하얀 목덜미가 어깨까지 엿보이고, 쓸어 올리는 흑발에서 흐트러지는 머리카락이 하얀 피부에 달라붙는다. 완벽하게 무시하고 있어!

"그럼 잊어버릴 만큼 좀 더 즐거운 기획을 세워야겠네. 응. 익숙해진 이벤트는 쇠퇴나 다름없고, 새로운 집객을 지향하려면 끊임없는 신기획이 필요하고, 그게 떼부자로 이어지는 바가지 하이웨이 구상이고, 완성이라는 단어는 오탈자? 안 되잖아!"

"그렇게 애쓰지 않아도 이제 다들 괜찮거든? 그래도, 고마워."

반장은 할 말만 하고 밤의 가게 쪽으로 사라졌다. 덤으로 성희롱 문제는 전혀 언급하지 않고 도망치고 말았다! 뭐, 다들 즐겁다면 상관없나…… 상관없는 걸까!

이사해서 돌리는 국수를 이사하지 않고 상주하는 골방지기가 수타로 만든다는 사건?

91일째 밤, 오무이

축제의 끝. 즐겁기는 했지만 쓸쓸함도 쌓이는 정숙. 아까 소란이 거짓말인 것처럼 사라졌고, 노점을 정리하는 사람들만 남은 조용한 큰길.

붉게 비치는 연등만이 축제의 자취가 되어 몽환처럼 사라지는, 그런 축제가 끝나면…… 고아들이 이사한다. 고아원에는 확실히 학교가 있고, 언제나 함께 있어 주는 보모들도 있고, 숙소에서 하루 종일 머물면서 일해주니까 훨씬 좋은 환경이다. 그러니까 이제 도시에 익숙해진 고아들은 고아원에 사는 게 행복할 거다……. 떨어져 있어도 같은 도시니까 언제든 만날 수 있다.

다들 손을 잡고 조금 눈물지으면서 여관으로 가자…… 여관 뒤에 새 고아원이 만들어져 있었다. 응. 범인은 묻지 않아도 안다.

"아니, 구 고아원은 위령비나 공양 모뉴먼트로 써버렸고, 고아원 사람들이 단번에 두 배 가까이 늘어나니까 비좁잖아? 그래서 새 고아원 건설을 의뢰하니까 만들어 봤거든? 응. 부업에 애쓰는 근면한 근로 남고생이니까 나는 잘못 없지? 그보다 일하기에는 아직 이른 고아들은 여관 일을 돕고 있으니까 가까운 게 좋잖아. 그보다 몰래 연결해 놨으니까 어느 의미로는 한 지붕 아래? 뭐, 지붕은 따로고 다른 건물이지만 인접 설비로는 이웃이니까 메밀 국수를 만들어서 돌렸는데, 왜 나는 줄곧 여관에 있는데도 국수를 돌리는지 수수께끼고, 이사 고아들 몫까지 만든다는 영문 모를 선물 국수인데 먹을래? 이것저것 섞였지만 메밀가루가 손에 들어왔거든? 즉, 굳이 말하자면 나는 잘못 없잖아?"

""""먹을래! 그래도 미리 말해야지. 다들 조금 울었잖아!""""

국수를 후루룩 넘기느라 잔소리할 수가 없다. 범인은 "아니, 교회풍 구 고아원이 교회가 되었으니까 당연히 이전해야지?"라면서 당연하다는 듯 말하고 있지만 유죄고, "그치만 가까운 게 편리하잖아? 새끼 너구리를 맡길 때도…… 끄아아아아악! 그보다 국수를 입에 문 채로 머리까지 같이 깨물면서 넘기지 말아 줄래? 내 머리가 국수투성이 꼬불꼬불이 되면 파마 금지라 교무실에 호출될 텐데, 교무실은 어디에 있는 걸까? 응. 호출될 바에는 교무실이 전이해 오란 말이지. 그 어쩌고 고등학교?"라며 전혀 반성하지 않아서 머리를 깨물리고 있는데도 아무도 막지 않네?

"나 참. 부반장 C가 얼마나 쓸쓸해 했는지 알기나 해!"

""""정말이야! 그리고 국수 맛있네!!""""

그러니까 억지로 몰래 새 고아원을 지었다……. 그걸 위해 분명 전에 살던 사람들에게 부탁해서, 그 사람들의 새집도 만들면서 한참 전부터 준비했을 거다. 그리고 겨우 일정이 잡혀서 풀장과 축제를 열었다……. 변경으로 돌아왔을 때부터 줄곧, 준비하고 있었던 거다. 응. 그래도 입 다물고 있었으니까 깨물어도 좋아!

(까득까득!)

(부들부들!)

"잠깐, 새끼 너구리가 마물화되고 있잖아!! 응. 메밀 알레르기인가?"

메밀국수는 순메밀이 아니라 양을 늘리려고 밀가루를 섞어서 만들었고, 국물도 가다랑어포와 다시마가 없다며 불만스러워했지만 맛있었다. 일식에 조예가 있는 도서위원도 "정석이 아니더라도 맛있으면 정의."라며 보장할 만큼 맛있었다. 부반장 C는 기쁘기도 하고 울어서 부끄럽기도 하고 화가 나기도 하고 맛있기도 해서 그런지 울면서 하루카의 머리를 깨물고 있다. 응. 굉장히 기뻐 보여서…… 평소보다 많이 깨물고 있네?

여관에서 간식과 디저트를 먹은 아이들은 고아원으로 이사했고, 짐은 미리 옮겼으니까 각자의 모포를 쥐고 고아원으로 가기만 하면 된다. 그야 복도가 연결되어 있으니까.

""""안녕히 주무세요~ 내일 봐요."""

무리무르 님의 인솔로 고아원, 아니 고아동으로 이동하는 아이들에게 손을 흔들었다.

"""잘 자~ 내일 봐."""

그렇다. 내일도 모레도 언제나, 매일 만날 수 있다. 강한 척하고 있지만 아이들도 태연하지는 않았을 거다. 그래도 다부지게 행동하고, 폐를 끼치지 않겠다면서 아이인데도 노력하고 있었다. 하루카가 그런 걸 인정할 리가 없었는데. 만약 슬퍼한다면 하루카는 고아원에 보내지 않거나 고아원에 이사했을 거였다. 그런데 아무것도 하지 않았다. 즉, 괜찮았다. 그보다 억지로 물리적으로도 지리적으로도 강제적으로 괜찮게 해버렸다.

그러니까 잔소리다! 입 다물고 있던 것에 대한 잔소리도 아직 남았고, 낮에 있었던 일로도 잔소리할 게 있다. 또 위험한 일을 했다고 하니까! 순간적으로 잔소리 포위망을 전개하자, 범인은 검은 망토를 휘날리며 안개처럼 사라졌고, 무수한 그림자가 춤추듯 분신하면서 포위망을 돌파했다.

"도주로를 봉쇄! 환각을 조심하고, 포스를 믿어!"

"""알았어!"""

그 디저트 푸딩에 눈이 멀어 포위망을 미처 깔지 못했던 게 후회된다. 하나 더 먹지만 않았다면…… 적어도 네 개로 멈췄다면.

"잠깐, 이건 어두운 면이 아니라 그림자 마법이고, 나에 대한 악성 루머로 호감도가 아싸가 되면 어쩔 거야!"

검은 망토 차림이 수많은 검은 그림자가 되어 식당에 흩어졌다. 앞을 막으려고 해도 그림자는 무수한 검은 까마귀가 되어 날면서 사라졌다. 잔소리를 듣는다는 자각은 있었던 모양이다. 도망칠 생각이 넘쳤다. 고아원 일도 그렇지만, 또 위험한 마물…… 게다가 하필이면 미궁왕 레벨 100과 혼자 싸웠다. 다음 수를 보는 『미래시』를 가지고, 『극사』라는 치사성 스킬을 가진 상대와 혼자 싸웠다.

몸이 한계를 넘어서서 망가지고 약체가 됐는데…… 한계를 얼버무리고 불가능을 속이고, 억지로 원래의 무지막지한 강함을 되찾은 하루카가 혼자 해치웠다고 한다. 게다가 여느 때처럼 매번 매번 아무런 반성도 없이 평범하고 일상적인 영문 모를 말을 늘어놓으면서 반성을 부인했다!

"지금까지 열심히 노력하면서 죽이면 죽일 수 있었으니까, 분명 나는 죽이면 되는 아이란 말이지? 죽이지 않고 후회하는 것보다는 죽이고 공개하라는 녀석? 이라고나 할까?"

"""뭔가 노력하는 성실하고 착한 아이처럼 보이지만 죽일 생각이 넘쳐나고 속이지 마!!"""

잽싸게 도망치고 있다. 돌파당하고 말았다. 또 기술이 늘어났다. 즉, 또 무리하고 있다. 아무리 걱정해도 '혼났다'고만 할 뿐 말을 듣지 않는다. 아무래도 여전히 혼나는 원인이 호감도라고 믿고 있는 느낌마저 든다. 그렇다. 전혀 반성하지 않는다!

어중간한 포위는 분신과 환영에 휘둘려서 너덜너덜해졌고, 그 틈새를 누비며 사라졌다. 도망을 허락하고 말았다. ……그치만 푸딩 추가였고?

"노력해서 죽인 거구나."

"죽이면 되는 아이라니 무섭잖아!"

"게다가 왜 죽이고 공개할 생각인 건데!"

"오히려 죽이지 않으면 후회한다니, 대체 얼마나 죽이고 싶은 거야!"

사뭇 당연한 소리를 하는 표정으로 단언하고 도망쳤지만, 잘 들어 보면 극악 살인마보다도 악질적인 범행 성명이었다.

"예전보다 안정되어서 강했, 어요. 견실하게 싸우고…… 영문
도 모를 공격으로, 쓰러뜨렸죠?"

"그건, 치사함. 미궁왕 강했습니다. 단지, 상대가 멀쩡하지 않
았습니다."

두 사람 모두 진심으로 화내고 있지 않으니까 확실히 강해진 모
습은 보여줬겠지. 안심과는 거리가 멀지만 괜찮다는 걸 싸우면서
보여준 거겠지. 정공법으로 안정적인 모습을 보여주고, 기책으로
미궁왕을 잡았다. 또 치사한 짓을 했지만 안심시켰다. 싸울 수 있
다는 걸 증명했다.

아까도 21인의 포위를 가볍게 돌파했고, 건드릴 새도 없이 그림
자처럼 사라졌다. 너무 화려했기에 안젤리카 씨와 네페르티리 씨
에게 무슨 스킬인지 물어봤더니 『분신』이나 『환영』에 『그림자
분신』과 『그림자 까마귀』를 조합해서 눈을 속이고, 본체는 테이
블 밑에 엎드려서 도망쳤다고 한다……. 응, 눈속임이었구나!

단순한 시선 유도. 하지만 그 기술은 좀 더 눈에 띄지 않는 수수
한 사람이 해야 한다고 생각하지만, 그림자 분신이 수많은 까마
귀로 나뉘어서 날아가는 표면적인 임팩트로 21명의 시선을 돌렸
다. 놓쳐버린 건 아니었는데 의식이 쏠렸다……. 본체는 순간적
으로 그림자 분신과 교체해서 테이블 밑에 숨어 기어서 도망쳤
다……. 응, 별로 화려하지는 않네?

그리고 아이들이 없으니까 조금 쓸쓸하게 천천히 목욕탕 여자
모임. 물론 의제는 가장 공포스러운 위기 『변태』. 응, 이름부터

위기감이 넘치는 스킬인데, 상상을 초월하는 파괴력을 가진 흉악 병기였다. 사용자의 상상력이 흉악한 건지 광희난무에 미쳐 날뛰며 유린당했다고 한다.

다들 흥미진진하게 서둘러 옷을 벗고 목욕탕에 뛰어들었고, 거품 바디워시를 전신에 바르면서 피부를 촉촉하고 윤기 나게 씻으면서 앞다투어 욕조에 뛰어들었다. 그리고 들었다. 그 공포의 비극을.

"잠깐! 뭐, 뭐, 뭐야 그게! 그, 그, 그런 게 안……. (퐁다~앙)"

"아, 안에서 변형하면서 돌기가 꿈틀거린다니……. (부글부글부글)"

"게다가 점액이 스며들어서…… 바깥과 안쪽에서 감도 상승의 중첩! (텀버~엉)"

"변태에 변형으로 버섯이 안쪽에서 꾸물꾸물하고, 돌기 진동으로 안쪽이이……. (뽀글뽀글뽀글)"

바깥에서는 피부에 『독수의 글러브』의 다중 독 상태이상 부여로 감도를 상승시켜서 미치게 하고, 그런 광란 상태에서 새 장비인 『밸리언트의 목걸이 : 변태, 이형화, 점액(전체 내성, 전체 상태이상 부여), +DEF』의 효과로 안쪽까지 점액으로 민감하게 해서 광희 상태로 만든 뒤에 『변태』로 변형하고 변질된 흉악한 버섯이 내부에서 날뛴다. 필설로 형용할 수 없는 위협적이고 흉악한 콤비네이션. 너무 굉장해서 기절조차 하지 못하는 자극에 시달리며 정신이 발광하는데도 계속 반복되는 광란의 유린극.

"SOS예요, 지원군 구해요. 본처 빨리!"

"부활, 재생할 시간…… 없습니다! 둘로는 무리, 입니다. 적어도 앞으로 다섯 명, 가능하면 10명이면 호각?"

"어째서 일제히 나를 보는 거야——! 무, 무, 무, 무리니까, 바깥도 안쪽도 미쳐 버린다니, 저, 저, 저, 절대로 무리니까. 그, 그, 그, 그치만, 후, 후, 후벼판다잖아. 황홀하게 녹여버릴 만큼 후벼판다니, 무리무리무리 절대로 무리! 그보다 왜 아무런 망설임도 없이 나한테 넘기려는 거야~ 당연히 무리잖아. 돌기로 후벼판다니, 돌기가 침입해서 아, 안쪽에서 진동 회전한다니 당연히 무리라고——! (텀버~엉)"

【치료 중입니다. 우물우물.】

무시무시하고 흉악한 공포, 그것이 야한 기술의 최강 지배자 『성왕』. 이세계 최강인 미궁황조차 둘이 덤볐는데 어쩔 도리도 없이 미쳐 버리고 쓰러지고 광기의 절정을 부르는 재앙! 너무나 강한 자극 탓에 욕조에서 침몰하는 아이들을 건지고 신작 건조 타월로 몸을 닦고 머리를 말리고, 모두 함께 방으로 퇴각했다.

"그래도~ 재생 보유자라면 죽든 미치든 재생~으로 하면, 즉시 전력감~?"

"피해 담당관을 두고 대미지 컨트롤을 맡기는 방법도 있네요."

"나머지는 모두 함께 『치료』라든가 『회복』으로 부활시키면 무한 인간 방패 담당?"

"쓰러질 때마다 입에 버섯을 보급하는 의료반을 대기시키면 언브레이커블!"

"왜 나만 희생하는 버티기 포메이션을 의논하는 건데!"

온몸을 희롱당하고, 피부라는 피부를 세밀하게 어루만져서 미쳐서 죽는 열락의 광기 속에서 내부로 침입하는 촉수 공격에 바깥만으로도 한계를 넘어서는 미칠 듯한 느낌이…… 거기에 안쪽에서 더욱 굉장한 희열을 흩뿌리며 몸 안쪽을 엉망진창 유린하고 침입하고 희롱하는 공포의 신 스킬! 그건 정말… 굉장했다고 한다!

"온몸의 신경이 발광하고, 머릿속이 타올라서, 미쳐 버려요. 미쳐도 미쳐도, 좀 더 굉장한, 광기…… 와요."

"몇 번이고 몇 번이고 몇 번이고 몇 번이고 몇 번이고 몇 번이고 몇 번이고 몇 번이고, 미쳐 죽는다는 생각조차 하지 못하게 됩니다. 그래도 영원히 안 끝납니다!"

무엇보다 무서운 건 혀까지 변형하며 점액을 뿌리는 전신 병기라는 거다. 당연히 10개의 손가락도 변형해서 늘어나고 진동해서…… 무기의 숫자가 너무 다르다! 그러니까 10명은 더 있어야 호각인 모양이다. 그런데도 우위가 되지 못할 만큼 흉악!

"구원 기다려요. 본처 난입, 기사회생!"

"어서 쓰러뜨리지 못하면 점점 더 강해집니다. 이미…… 위험, 합니다!"

그런 말을 남긴 채, 안젤리카 씨와 네페르티리 씨는 타이트 니트 바디콘(바디 콘셔스) 스타일인 어깨를 노출한 미니 원피스를 입고, 그 매혹적인 바디 라인에 딱 달라붙는 육감적인 곡선미를 드러내면서 길고 예쁜 다리에 스타킹을 신으며 성왕 토벌에 나섰다. 아마 장비만 없다면 유리할 거다. 그러나 완전 장비 상태인 성왕은 이미 쓰러뜨릴 수 없을지도 모른다.

그건 이세계 최강이다. 인해전술조차도 쓰러뜨린다는 보장이 없다. 소녀의 죽음을 가져다주는 사자다. 뭐, 풀장에서는 비키니를 부끄러워하며 눈을 돌렸고, 아까는 유카타로 비비적거리니까 눈이 심해까지 가라앉아서 잠수했지만…… 성왕이다. 여전히 여자가 밀착하면 경직되고, 눈앞에 알몸 여자아이가 있으면 눈가리개가 없어도 필사적으로 눈을 감고 있지만 성왕이다……. 그렇다. 한심하고 부끄러움도 많이 타는데 공격력만큼은 흉악한 것 같다!

깨달음 세대가 되어서 깨달음을 얻기 전에 이세계 전이했는데도 왠지 깨달음을 얻을 것 같지만 투시가 곤란하다.

91일째 심야, 하얀 괴짜 여관

실수했다. 여자애들을 화려한 일루전으로 현혹하고 농락하면서 재빨리 탈출해 위기감이 사라졌던 걸까. 그리고 어젯밤 『변태』의 효과로 압승한 탓에 경계심이 느슨해졌던 걸지도 모른다.

그러나 어깨 노출 바디콘 미니 원피스 초미인 누님 두 사람이 좌우에서 다가와 앉고, 밀착하면서 기대며 어루만지는데 저항할 수 있는 남고생이 존재할까? 아니, 없다! 그보다 있으면 그런 녀석은 남고생 자격을 박탈하고 영구 추방될 거다!!

"잠깐, 가깝잖아!"

"봉사, 접대는 초근접거리예요 ♥"

미니에서 뻗어 나온 스타킹에 감싸인 길고 예쁜 다리가 무릎 위에 올라가고, 하얗고 부드러운 살 속 깊은 계곡이 밀착하면서 동그란 덩어리가 짓눌려 형태를 바꾼다. 몰캉몰캉 살랑살랑 포동포동이 좌우에서 교대로 펼쳐지는 상황에서는 아무리 금욕적 남고생이라도 저항할 수 없다! 그보다 금욕적 남고생 같은 건 존재할리가 없는 거다! 응. 벗겨졌다. 알기 쉽게 말하자면 방심했더니 장비를 모조리 빼앗겼고, 좌우에서 완전히 억눌린 남고생에게는 선택의 여지조차 남아있지 않았다!

"후후후, 사고를 빼앗으면 사고 속도, 무의미해요♥"

"그래요. 기호를 공들여 봤습, 니다♥"

"거기서는 취향을 공들여야지!"

수천 년의 시간을 들여 갈고닦은 기술사나 마술사들의 지혜, 그건 사람의 인지 패턴을 이용하여 뇌 자체를 착각하게 만드는 다양한 로직이 들어가 있다. 심리학과 인지과학의 궁극이라고 할 수 있는 필연적인 본능을 이용한 심리 조작. 그렇다. 초미니로 시선 유도를 당해버렸다! 아니, 보게 되잖아? 그리고 보게 되면 사고 정지 상태에 빠져버리잖아?

그렇다. 정신을 차렸을 때는 모든 무장이 해제된 무력한 남고생이 남았고, 위와 아래에서 눌리고 붙잡혀서 닿았다 떨어지고 얽히고설키고 대단히 복잡한 상황이자 대단히 큰일인 상태가 벌어져서…… 함락됐다. 실수다! 어느새 장비에 현혹되고 장비에 의존하는 바람에 장비가 벗겨지니 허를 찔렸고, 싸움 속에서 싸움을 잊고 말았다!

"그보다 평범한 남고생의 개인전으로 미궁황급 두 명을 상대하는 건 완전 무리 아닐까? 적어도 목걸이 장비만이라도…… (아윰, 질척질척)……크허억. 아니, 적어도 망토라든가……(꾸물, 찰박찰박)……크허어어억!"

이미 말조차 통하지 않았고, 여기서는 말이 아니라 싸움으로 말하는 수라의 길!

"아니, 잠깐, 그건 위험…… 크으윽. 이렇게 되면, 앗, 크아악! (끈적, 쪽♥) 크하악! 아직이야, 당하지는 않겠어. 정신을 집중해서 진동파로 오버 드라이브킥, 커허억. (찰박, 쪽♥) 끄악……. (쪼오옥……♥)"

출렁거리는 부드러운 유선형 엉덩이가 흔들리고, 요염하고 잘록하게 들어간 허리는 가늘면서도 탄탄하고 풍만하게 흔들리는 포동포동한 도원향. 몸을 움직일 때마다 출렁 흔들리고 뽀용 되돌아가고, 거기서 물 흐르는 듯한 곡선을 따라 기다란 다리의 허벅지가 눈앞에서 탱글탱글 늘어선 장관이라 할 수 있는 광경.

부드럽고 탱탱하고 매끄럽고 동그란 감촉이 손바닥에서 흘러나오고, 출렁거리며 터질 듯한 탄력과 빨려드는 듯한 섬세하고 윤기 나는 피부 감촉. 그러면서도 손끝이 파고들 듯한 부드러움……. 그리고 양팔은 탱글탱글하게 달린 허벅지살 사이에 끼어서 움직일 수가 없다. 이런 큰일이 벌어지고 있는데 냉정하게 대처할 여유는 없어! 응. 최근에는 왠지 남고생의 성적 취미가 들켜서, 넋을 잃고 멍하니 있을 법한 옷을 고르니까 실수하기 쉽다. 그렇다. 알면서도 보고 만다고! 응, 지금도 보고 있어——! (한밤중

에 메아리치는 중)

활짝 웃으며 새근새근 잠든 얼굴이 두 개 나란히 있다. 장비가 없더라도 싸울 수는 있고, 기술도 극도로 익혔고 약점도 간파했다. 하지만 신체 능력으로 깔아뭉개는 굳히기에는 저항할 수 없어서, 일방적으로 유린당하는 전개였다. 섬멸할 때까지 유린하고, 핥으면서 재생 능력까지 떨어진 뒤가 진정한 싸움이라니 치사하단 말이지! 그리고 이른바 시체 능욕 같은 로데오가 교대제 기마전이 되어서, 던전에서 말을 괴롭혔던 벌을 받은 건가 진지하게 고려했지만, 기마로 유린하던 두 사람도 말 서핑으로 놀고 있었으니까 공범죄랄까 연좌제야!

음냐음냐 웃으며 잠든 예쁜 얼굴. 그 예술품처럼 아름다운 입술 주변에서 흐르는 하얀 걸 닦아주면서 천천히 일어났다. 유감스럽게도 남고생은 완전히 연소했으니 복수할 수 없다. 그래서 조용히 부업을 뛰기로 했다.

동급생의 갑옷을 정기적으로 받아서 『나신안』으로 조사한다. 싸움법이나 특기, 비특기에 따라 각자 금속 피로 위치가 달라지고, 그 부위가 가동에 부하를 가하고 있거나 공격을 받기 쉬운 곳이다. 피탄 부위는 장갑을 두껍게 『연성』해서 표면 강도를 올리고, 가동 부위의 부하 쪽은 가동역을 함부로 늘리면 강도나 내구성을 희생하게 되니까 각각의 특성을 보면서 가동 각도나 위치를 미조정하며 최적화했다.

실제로 검이나 공격을 흘려내는 싸움을 경험하면서 장갑에 대한 이해도가 현격히 늘었다. 정면에서 받아내지 않고 흘려내는 유선형 구조와 칼날을 그대로 받아내지 않는 유선의 유용성을 실제로 체험해 보고 반영해서 장갑의 디자인을 손봤다. 그렇게 손을 대보면 더더욱 알 수 있다.

"남자들은 전혀 무리하고 있지 않네. 갖다 댄 흠집은 있어도 맞은 흠집이 없잖아?"

흠집은 있다. 오히려 너덜너덜하다. 특히 바보들의 갑옷은 가장 흠집이 많다. 그러나 그 흠집은 일부러 만든 흠집이다. 장갑을 방패로 써서 받아내지 않고 흘리고, 장갑이 두꺼워서 대미지를 받지 않는 부위를 써서 일부러 갖다 대고 있다. 오타쿠들은 흠집 자체가 거의 없지만, 가끔 있는 건…… 장갑을 대신 희생한 거다! 그에 비하면 여자애들은 긁힌 흠집이 너무 많다! 아슬아슬하게 깊이 파고들고, 아슬아슬하게 회피하고 있기에 약간의 공격이 갑옷 표면을 스쳐서 생기는 긁힌 흠집이다.

이건 안전 보장을 줄이고, 약간의 실수가 치명상이 될 수 있는 아슬아슬한 지점으로 파고든 거다. 최소한의 회피로 너무 노력하고 있다. 아직 초조한 건가?

"아니, 나는 잘 살아있고 전혀 안 죽었잖아. 한 번도?"

왜 그렇게 초조해하고 겁먹은 걸까. 그야 과거 실적으로 봐도 내 사망률은 0%다. 그야 죽은 적이 없으니까?

"응. 애초에 이 세상에서 살아가는 사람은 사망률 0%니까, 그건 죽을 때까지 괜찮다는 거고 어느 의미로는 죽을 때까지 『불사』? 라고나 할까?"

사실은 갑옷 반장이나 무희 여자애의 갑옷만이라도 미스릴화하고 싶다. 그러나 고레벨 장비가 될수록 필요한 미스릴이 많아져서, 그 두 사람의 갑옷에 돌릴 미스릴 재고가 간당간당하다. 그래도 보험은 얼마든지 필요하다. 던전이 깊으면 위험 부담도 커진다.

"찾으러 가서 캐낼 수밖에 없지만, 그럴싸한 곳을 찾을 수 없으니까 탐지에 걸릴 때까지 닥치는 대로 산속을 파는 것 말고는 방법이 없단 말이지?"

뭐, 철이 있는 곳은 몇 군데 찾았으니까 철 채굴용 터널을 파다 보면 어딘가에서 미스릴이 탐지에 걸릴지도 모른다. 그러나 밤중에 외출하면 갑옷 반장이나 무희 여자애나 슬라임 씨도 걱정할 거고, 이 세 사람은 사실 수면이 필요하지 않으니까 따라올 거다.

응. 모처럼 웃으면서 자고 있으니까 깨우고 싶지 않다. 분명 그 어두운 미궁의 어둠 밑바닥에서 혼자, 줄곧 악몽에 두려워하며 잠들지도 못한 채 영겁의 시간을 지내왔을 테니까……. 방해하면 안 된다. 응. 아직 복수도 무리고?

그리고 신경 쓰이는 게 오늘의 미궁왕 「데스 가디언 Lv 100」의 드롭 아이템이었던 『심연의 눈알 : 미래시, 혜안, 투시, 깨달음, 극사』라는 보주.

"응. 겹쳤잖아. 『미래시』와 『혜안』은 『나신안』에 있거든?"

문제는 『투시』. 지금까지 남고생은 열심히 유혹과 싸우면서 호감도를 지키는 싸움을 펼쳤건만, 이러면 눈가리개를 할 의미가 사라진다! 아니, 잘 생각해 보면 눈가리개의 의미가 존재하는 걸 본 적은 없었다. 이 세계에서 가장 눈뜨기를 강요하는 자가 바로 눈가리개 담당이었다! 응. 대체 그 두 사람을 고른 건 누구야!

"왠지 모르게 『나신안』에 복합할 수 있을 것 같지만, 『깨달음』이라니 미래시보다도 정신적인 거고, 여동생 엘프 여자애의 감정 탐지에서 보이는 타입의 그런 건가?"

요괴 사토리는 사람의 마음속을 투과하는 괴이라고 민간에 전해진다. 토리야마 세키엔이 그린 에도 시대의 요괴 화집 『금석화도속백귀』에도 나오는데, 사토리(깨달음) 세대에 대한 효과는 없었지? 그리고 마지막의 『극사』는 왠지 눈매가 사나워질 것 같아서 싫은데?

"그러고 보니 『데스 가디언』도 뭔가 눈매가 사나웠는데."

뭐, 다정한 눈을 가진 마물도 본 적 없지만? 팔기에는 너무 위험해서 논외. 하지만 동급생도 『미래시』나 『혜안』은 사고 보조계 스킬이 없으면 어려울 거다. 눈에 쓸데없는 게 비치는 건 의외로 다루기 힘들다. 그리고 『투시』가 있으니 남자는 제외다! 응. 왠지 여자도 위험해 보인다!

생각해 봤자 끝이 없으니, 일단 봉인. 지금까지 봉인했던 것들이 조금씩 나오고 있는 것 같지만 봉인이라면 봉인이다. 내 호감도에 위험한 건 봉인하는 게 최고다. 투시와 깨달음은 위험하다. 여성의 사생활을 침해할 생각이 넘쳐나는 스킬이란 말이지!

자, 그럼. 적당한 시간에 부업이 끝났으니 느긋하게 자자. 축제 준비로 바빴고, 부업도 일단락되었으니 아침까지는 회복해야겠지…… 물론 완전 장비로 잔다(복수전이다)!

> 스퀘어 원이라면 영화 제목 같지만,
> 그냥 마름모 진형으로 돌진하는 거였다.

92일째 아침, 하얀 괴짜 여관

실내 공간을 공기까지 완전히 『장악』해서 지배하에 뒀다. 그러니 절규조차 바깥에 들리지 않는다……. 그보다 이른 아침부터 소란을 부리면 혼나잖아?

귓불을 따라 가느다란 목덜미로, 그리고 우아한 쇄골을 따라 가슴으로. 배꼽에서 서혜부를 지나 허벅지로 가는 이형의 촉수 씨 대행진. 물론 『변태』에 의해 점액과 금단의 『이형화』에 따라 3차원을 넘어선 괴상한 형태로 변했고, 온갖 이형을 본뜬 차마 말할 수 없는 형상이 되어버린 촉수 씨들이 요염하게 피부를 대행진하며 기어다닌다!

"" ─────!……… ♥""

목소리가 되지 못한 절규. 몸을 활처럼 크게 젖히면서 떨고, 점액에 흠뻑 젖은 순백과 호박색 육체. 미친 듯이 춤추는 것처럼 버둥거리고, 미녀의 살에 휘감기는 형용하기 힘든 이형의 촉수들이 꿈틀대면서 점액을 피부에 바르며 기어다닌다.

"응. 『이형화』 굉장하네~ 흡반은 맹점이었어!"

흡반 촉수가 예쁜 발끝부터 달라붙었고, 매끄러운 복사뼈를 꾸물꾸물 감아치며 올라간다. 부드러운 허벅지를 조이면서 휘감고, 그 이음매를 기어서 어루만지고, 요사한 물소리를 내며 계속해서 괴롭힌다.

그리고 촉수들이 기뻐하는 얼굴로 바르르 떠는 여자들의 윤기나는 몸을 휘감고, 그 끝에서 말미잘처럼 움직이는 입이 괴롭히면서 빨아들인다. 부드러운 살을 탐닉하는 주름과 돌기에 뒤덮인 촉수가 어루만지듯 피부 위를 꿈틀거리고, 감도 상승 점액에 젖은 몸은 부들부들 떨고 뒤틀리며, 격하게 허리를 흔들었다…….이건 무조건 혼나겠지. 응. 상상했던 것보다 위험했다!

『이형화』는 지정하지 않으면 랜덤으로 형성되고, 자동으로 특수 효과를 두르며 꿈틀대는 이형의 무언가였다. 그 무서움은 미친 듯이 꿈틀대는 촉수 씨들과 사이좋게 얽히고 몸을 꿈틀거리며 피부라는 피부를 모조리 희롱당해 떨리는 두 사람의 얼굴을 보면 알겠지? 응. 커다란 눈에는 굵은 눈물을 머금었고, 벌어진 채 연분홍색으로 물든 입술에서는 새빨갛고 긴 혀가 늘어져서…… 입을 반쯤 벌린 채 침을 흘리고 있다. 응. 이건 혼날 거다!

짧은 시간에 100번을 넘는 경련과 절규를 반복한 두 사람은 몸에서 힘을 쭉 빼고는 침대에 누워 격하게 호흡을 가다듬었다. 점액에 물든 피부를 깨끗하게 씻어내고, 침이나 눈물도 닦았다. 응. 흠뻑 젖은 시트도 갈아서 깨끗하게 빨았지? 아직 눈의 초점은 돌아오지 않았다. 돌아오면 하늘을 뚫을 듯한 구타가 내게 쏟아질 것 같다……. 기분 탓은 아닌 모양이다. 눈동자에 생기가 돌아오고 흘겨보는 눈에 살기가 깃들었다. 서, 설마 구타 겸 잔소리 겸 앙갚음인가!

"100번 죽었습니다! 101번 앙갚음, 입니다!!"

"몸으로, 보상, 합니다. 광란을 해소하겠습니다. 자, 가시죠!"

"잠깐, 진짜로 반성이(쪼옥♥) 크아아악! 아니, 무희 여자애까지 (질척질척♥) 크허억! 아니, 그건 사고라고 (츄르릅♥) 커크헉…… (찰박찰박♥) ……(쭈웁쭈웁♥) …………."

【미궁황급 잔소리가 강림 중입니다. 잠시 기다려 주세요……. 앞으로 93번?】

휘청휘청 방을 나와 터덜터덜 계단을 내려갔다. 하, 하반신에 힘이 들어가지 않아!

"좋은 날씨야. 응. 태양이 노란색을 넘어서서 파란색이 감도는 것처럼 보이네!"

강한 햇살이 말라붙은 나를 찌른다……. 엄청 혼났다! 점액으로 물든 이형의 촉수 사건의 보복은 어느 의미로는 점액과 점액체에 의한 무서운 앙갚음이었다. 응, 무섭게 야했다!!

"좋은 아침이긴 이미 늦었지만 좋은 아침, 이라고나 할까?"

마침 고아원 직통 통로에서 고아들도 대이동해 찾아온 것 같다.

"""좋은 아침입니다~!"""

"""좋은 아침. 다들 잘 잤어?"""

"""응♪"""

고아들의 등장에 새끼 너구리가 달려갔고, 난입하고 매몰되어 뒤엉켜서 알 수 없게 된 행방불명 새끼 너구리가 되었다. 솔직히 부반장 C는 어리다. 그건 평탄하고 수평에 한없이 가까운 곡선과 직선의 틈새 같은 미약하기 그지없는 무에 가까운 가슴 이야기……는 접어두자. 고아들 무리 속에서 살기가 느껴진다! 이건 깨물 생각이 넘쳐나는 살기다!!

뭐, 평평한 건 접어두더라도 어리다. 외모 이야기가 아니라 정신적으로 어리다…….그보다도 연약하다. 이세계로 끌려와서 가장 많이 울었던 건 부반장 C겠지. 그렇기에 가족을 잃은 고아들과 친해졌고 서로를 구원했다.

그러니 말했다. 그야 여자애들에게는 말할 수 없으니까. 고아들이 이사하기 전에 "거기거기, 거기 새끼 너구리여. 무리하며 싸우지 않아도 된다고? 이제 평화로우니 고아원 직원으로 같이 있어도 된다고? 애초에 새끼 너구리가 이세계를 구해야 한다니 이상하잖아? 응. 어느 이세계에도 '마왕이 나타나서 망할 것 같으니까 새끼 너구리를 소환하자!', '둥둥둥~ 새끼 너구리 등장!' 이라는 게 이상하잖아? 그러니까 고아들과 같이 있어도 된다고? 반장네한테는 내가 말해둘 테니까 괜찮다는 느낌? 응, '새끼 너구리는 산으로 돌아갔다던데? 잘됐군, 잘됐어? 라고나 할까?' 라고 말하면 다들 납득할 테니 괜찮은 느낌이 든…… 앗, 끄아아아악. 이건 느낌이 아니라 까득까득이랄까 까득이 여자애!!"라며 진지하게 말했었다. 응, 깨물렸지만?

그 대답은 "다들 아빠나 엄마가 죽었어. 마물에게 죽고 아이만 필사적으로 도망치게 했대……. 그 밖에도 병에 걸렸는데 약도 없어서 살아나지 못하거나, 도적이 마을을 습격해서 다들 고아가 되어버렸어. 그러니까 나는 싸울 거야. 그야 싸울 수 있으니까! 마물도 도적도 해치우고, 버섯도 잔뜩 따와서…… 왜냐하면 나는 싸울 수 있으니까……. 그러니까 계속 싸울 거야. 모두를 지킬 거야! 이제 아빠나 엄마가 죽는 건 안 되니까!!"였고, 그렇게 말하며 눈물을 펑펑 쏟으면서 노려봤다. 그러니 오늘도 싸우겠지……. 응. 흉포한 새끼 너구리네?

그게 고아들을 위해서이든, 고아원을 더 늘리지 않기 위해서이든, 아무튼 싸울 이유가 있다면 이제 할 말이 없다. 나는 싸울 이유가 없다. 그저 돈이 없고 마석과 장비가 필요하니까 던전에 갈 뿐이고, 마물이 조금 눈치 있게 장비를 내밀고 마석이 되어준다면 싸울 이유는 어디에도 없다. 그런데 녀석들은 눈치도 없이 야만스럽게 덮쳐온단 말이지. 싸움을 바라지는 않는데 정말이지 너무한 녀석들이다.

아침에는 햄버거의 산, 자유롭게 가져가라는 상태로 쌓아 봤다. 여전히 고아원의 주방 설비가 갖춰지지 않아서 고아들과 걸신 들린 소녀들이 기운차게 몰려들었다……. 물론 포동포동 스패츠 씨들의 엉덩이가 실룩실룩 흔들리자 바보들조차도 양동이를 든 채 공기가 되었다. 오타쿠들은 말할 것도 없지?

응. 이 살벌한 살육의 세계에서, 자그마한 마음의 여유를 찾으러 가자.

"그래. 이건 절대적인 보편이자 영원한 것. 세계가 망하더라도 이 게시판만큼은 남는다~라는 전설이 나올 만큼 의뢰 내용이 전혀 안 바뀌는데, 혹시 이 게시판에서 불변의 의뢰서를 뽑아가는 사람은 용사로 뽑힌다든가 하는 전설이 있는 신성한 의뢰서라면 평범한 의뢰 게시판을 따로 놓으라고! 이제 게시판 담당자의 업무에 대해서는 할 말도 없달까 말하기 전에 아무 일도 하지 않으니까 말할 내용이 없다고나 할까?"

"모험가 길드에 수수께끼의 전설을 유포하고, 게다가 그런 걱정을 듣기 이전에 모험가조차도 아니면서 매일 나타나 게시판의 주인이라든가 전설이 되고 있는, 모험가도 뭐도 아니니까 몰래몰래 와야 하는데도 게시판의 패왕이라든가 게시판의 절대자 같은 전설이 되고 있는, 전혀 몰래몰래 오지 않는 사람의 걱정을 해주시죠! 게시판 담당자 얘기는 안 해도 되고, 대체 몇 번 말해야 몰래몰래 조용조용 와줄 수 있는지 꼭 그 방법을 말해주면 좋겠네요?"

""헤엑~헤엑~헤엑~!!""

아침 라디오 체조도 넷이서 끝내고, 아침 접수처 반장의 눈흘김도 받았다. 어째서인지 같이 온 반장 일행과 갑옷 반장, 무희 여자애도 흘겨보니까 마치 눈흘김의 무한 탄막 연사처럼 좋은 아침이다. 자, 그럼 영주 저택에라도 가볼까. 분명 왔을 거다. 대체 변경에 교회 사람이 무슨 낯짝으로 왔는지 한번 보러 가실까.

> **본인 허락도 없이 돌았다고 한 모양인데,**
> **어째서 돌았는지는 과연 몇 바퀴째에 판명될까?**

92일째 정오, 오무이

괴물이 우글대고 마(魔)로 더러워진 현세의 지옥. 변경은 아이들과 거리를 걷는 사람들의 웃음소리, 그리고 풍부한 물품이 넘쳐나는 이 세상의 낙원이었습니다. 대륙의 오탁이 모이는 땅끝은 청결했고, 깨끗한 거리와 형형색색의 아름다운 옷을 입은 도시 사람들이 넘쳐나는 풍족하고 행복한 도시였습니다.

교회 상층부가 정화라는 이름으로 공격해서 멸하려 했던 땅은, 다정한 사람들이 넘쳐나고 아이들이 웃으면서 뛰어다니는 낙원이었습니다. 교회의 옷을 입은 우리에게 돌을 던지는 사람은 없고, 모멸의 말을 내뱉는 사람도 없습니다⋯⋯. 무슨 일이 있었는지 알고 있을 도시 사람들이 '영주님의 손님'이라면서 예의 바르게 대접해 주었습니다. 참을 수 없는 자책감과 고뇌를 가슴에 품고 찾아온 우리는 거북할 정도의 환대를 받았고, 일행은 다들 입술을 악물면서 참회하듯이 도시를 안내받았습니다.

그렇게 변경의 땅 오무이의 교회로도 안내받았습니다. 장엄하면서도 간소하고 깨끗한 하얀 건물. 아름다우면서도 청렴한, 교국의 화려하고 호화로운 장식이 덕지덕지 붙은 교회와는 전혀 닮지 않은 청량한 순백의 건조물. 그리고 다정하고 청량한 빛에 감싸인 실내에는, 신이 아닌 변경의 땅을 살아가고, 변경의 사람들을 지키고, 그리고 목숨을 잃은 사람들의 이름이 새겨진 비석이 놓여있었습니다. 모두가 그곳에 꽃을 올리고 진심을 다해 예배하러 오는, 무엇보다도 고귀하고 신성한 곳이었습니다.

"교회분들이 보면 신이 아니라 죽은 자를 모시는 교회는 불쾌할지도 모르겠군요. 하지만 이건 마물에게 둘러싸여 살아가는 변경의 백성을 위해 필요한 일이라면서, 이 건물을 기증한 분이 지으신 교회입니다. 저 비석이 있는 방은 『영령의 방』이라고 하더군요. 가족이나 친구, 사랑하는 이들을 잃은 사람들, 그리고 누구인지는 몰라도 누군가를 위해 싸우고 지키다 죽은 이들을 향한 공양과 감사를 바치기 위한 교회입니다. 양해해 주시죠."

변경백 멜로트삼 심 오무이. 그 이름은 대륙에 널리 알려진, 군신의 이름을 가진 변경의 왕. 현왕 디알세즈 디 디오렐의 맹우이자 왕국 최강으로 불리는 변경군을 거느린 전설의 인물. 하지만 위엄으로 가득하면서도 행동거지는 부드럽고 예절을 존중하는, 지적이며 부드러운 분이었습니다. 우리 같은 교회 사람도 정중하게 대응하시는 바람에 다들 송구스러워 말이 없어졌습니다.

펄펄 날뛰면서 욕을 퍼부을 것을 예상하고 발걸음을 옮겼던 우리에게 이런 대우라니……. 믿지 않을 리가 없습니다. 원망하지 않을 수 없을 텐데.

"이의를 제기할 수 있을 리가 없죠. 교회 상층부가 저지른 일, 그리고 이번 일을 생각하면 신을 모실 수 있을 리가 없을 테니까요. 애초에 신께서는 이름도 모습도 표현하는 걸 금지하고 계십니다. 그리고 저희처럼 힘없는 소수파가 고개를 숙인다고 해서 분노가 식을 거라는 오만한 생각은 하지 않습니다. 아무쪼록 저희 교회 사람에게 고개를 숙이지 말아 주세요. 저희가 고개를 숙이러 온 겁니다. 고개 따위를 숙여도 의미 없는 행위, 용서를 구할 수 있을 리가 없겠죠. 그래도, 최소한 신의 이름으로 사과의 말씀을 드리러 온 겁니다!"

"저희가 부덕하여 변경에 비극을 불러온 것, 교회의 사람으로서 사과의 말씀을 드립니다."

""""죄송합니다.""""

목이 날아가는 걸 각오하고 찾아온 변경. 그런데 설마 손님처럼 대우받을 줄은 몰라서 혼란에 빠진 채 사과조차 하지 못했지만, 겨우 알아채고 황급히 바닥에 엎드려 사과를 구했습니다. 이걸 위해서 왔는데…… 정말 생각했던 것과는 너무 다릅니다.

하지만 이곳만큼 저희가 사과하기에 어울리고, 저희가 단죄당하기에 마땅한 곳은 달리 없겠죠. 변경의 비극은 교회의 변질이 원인. 신께서 내린 가르침에 등을 돌리고 모든 비극의 원인이 된 것이 지금의 교회…… 교국이니까요.

"고개를 들어 주시죠. 여러분이 교회에서도 주류파와는 다른, 변경에 악의도 없고 수인도 차별하지 않는 종파라는 건 들었습니다. 그렇다면 여러분을 원망할 수는 없겠죠. 그리고 이만큼 치유사를 데려오신 걸 보면, 변경의 백성에게 도움을 손길을 내밀고자 찾아온 것임을 알 수 있습니다. 변경의 영주로서 예의를 지키는 건 당연한 일, 다들 변경을 위해 찾아와 주셔서 감사합니다."

그렇게 말하고, 변경벽님께선 아무것도 할 수 없었던 우리에게 고개를 숙이셨습니다.

"변경백님의 송구한 말씀에 저희가 더 감사드립니다. 하지만 어째서 시내 사람들까지 교회의 옷을 입은 사람들에게 분노를 드러내지도, 욕하지도 않는 거죠…… 무슨 일이 있었는지는 다 알고 있을 텐데. 아무도 욕 한마디 던지지 않아서 너무 뜻밖이라 다들 놀라고 있습니다."

교회는 신의 이름 아래 성전이라 칭하며 변경 토벌을 위해 군대를 보냈습니다. 모두가 그것이 마석 이권을 노린 것임을 알죠. 정화라는 이름만 내건, 욕망과 욕심으로 물든 침략이었습니다. 그런데도 변경의 백성은 교회의 옷을 입은 우리에게 분노하지도 않고 맞이했고, 좋게 생각하지는 않아도 예의 바르게 대우해 주었습니다. 어째서…… 원망하고, 증오하고, 분노해야 마땅한 이 땅에서 이렇게나 예의를 다하는 건지 이해할 수 없습니다. 각오를 다지고, 살아서는 돌아갈 수 없다고 각오하고 이 땅에 찾아온 모두가 당혹하며 곤혹스러워하고 있습니다.

"아아아……. 한 가지는 피해가 없었기 때문이겠죠. 믿기지 않으시겠지만 아무도 죽지 않았고, 무엇 하나 잃지 않고 평화롭게 해결되었으니까 원한도 없습니다. 물론 군대의 침공이나 던전 범람에 대한 분노는 있습니다만, 여러분이 변경에 치유사를 데려와 주신 것에는 다들 감사하고 있죠."

"하지만…… 부상자는 물론이고 병자도 없어서 전혀 도움이 되지 못했으니, 감사받을 일은 아무것도 하지 못했어요!"

그렇습니다. 변경에는 귀중한 약품이 싸게 공급되고 있고, 도시에는 부상자도 병자도 없는 이 세상의 낙원 같은 모습이었습니다. 전쟁의 상흔만이라도 치료하고자 목숨을 버리고 지원하러 온 치유사들은 아무것도 하지 못했고, 반대로 비싼 식사나 과자를 대접받아서 망연자실하며 당혹스러워했습니다.

"그래도 이 변경에 손을 내밀어 주셨잖습니까. 여기가 얼마나 위험한지를 알면서도 찾아온 것만으로도 다들 고마운 겁니다. 버림받은 땅, 종언의 땅끝에 사는 이들은 그 의미를 아는 거죠."

그는 그렇게 말하며 웃었습니다. 극악무도한 신의 적으로 결정되어 목을 요구받았던 변경백님이, 그리고 교회에 의해 부정한 땅으로 불리던 이 땅에 사는 사람들은 어느 나라의 사람들보다도 다정하고 따스했습니다.

"그리고 이건 조금 하기 어려운 말입니다만, 뭐랄까…… 사람이란 자기가 화가 났더라도 옆에서 아주 터무니없이 미쳐 날뛰는 사람이 있으면 독기가 빠져서 냉정해지는 법이거든요. 그래서 변경의 백성은 다들 '가장 분노할 자격이 있는 사람이 분노에 돌아서 웃고 있으니까'라며 냉정해진 겁니다. 그리고…… 동정하고 걱정하고 있는 거죠. 아니, 아마 다들 이해해 주리라 믿고 있습니다만……. 뭐랄까, 행복을 뿌리는 재해 같은 셈인지라, 어떻게 대처해야 할지 여전히 알 수가 없달까, 보통은 설명하면 이해하겠지만 이야기를 나누게 되면 더더욱 이해할 수가 없어지니 다들 뭐라 말해야 좋을지 알 수가 없는 거겠죠. 아뇨, 반드시 어떻게든 달래서…… 설득이랄까, 탄원이랄까? 아무튼 변경의 손님으로서 저도 지켜드…… 지켜드리겠습니다만, 곤란하달까 불가능하달까 절망적이긴 합니다만 이 검을 걸고 지켜드리겠으니 안심해 주십시오. 뭐, 이 검도 받은 겁니다만…… 아~ 화내고 있으려나? 어쩌지."

그렇습니다. 얻어맞고 욕을 들을 각오로 도시로 왔건만, 어째서인지 걱정과 동정을 받은 기분이 들었습니다. 말도 안 되는 일이라 기분 탓이라고 생각했는데, 진심으로 동정하고 걱정하고 있는 모양이네요……. 위엄으로 넘쳐나는 유연한 태도를 보이던 변경백님이 동요하면서, 우리가 분노의 대상이 되는 건 당연한 일이건만 송구하게도 지켜주시겠다고 말씀하고 계십니다.

하지만 '가장 분노할 자격이 있는 사람'이란 변경을 다스리는 변경백님을 뜻하는 말일 겁니다. 그리고 군신의 이름을 가진 불패의 검사로 이름 높은 변경백님이 곤란하고 불가능하고 절망적이라고 할 상대가 이 세상에 존재하는 걸까요? 그리고 '분노에 돌았다'는 말은 뭘까요? 하지만 어떤 분노도 받아들일 각오를 하고 왔습니다. 사람들의 치료도 필요 없다는 걸 알게 된 지금, 우리가 할 수 있는 일은 사과와…… 그 분노와 울분을 받아들이는 것뿐입니다. 우리는 보호받을 자격이 없으니까요.

"변경에 오셔서 놀라셨겠죠. 위험하고 병으로 가득한 죽음과 가장 가까운 땅으로 불리던 변경이 평화롭고 풍족하고 행복으로 가득하게 되었으니 무척 놀라셨을 겁니다. 네. 저희도 놀라고 있습니다. 저희도 매일 아침 꿈이 아닐까 두려워하고 있으니까요. 뭐, 영주 저택이 뭔가 굉장하게 변해버려서 눈을 뜬 순간 깨닫게 됩니다만…… 요전까지는 아침에 눈을 뜨면 바로 거리를 돌아봤습니다. 그리고 매일 아침 이 광경을 보고 눈물을 흘렸죠. 살고 있으면서도 아직도 믿기지가 않습니다. 다른 곳에서 오신 분들은 무척 놀라시겠죠."

우리는 지금까지 변경에 대해 속았고, 거짓에 휘둘렸다고 의심하고 있었지만, 변경백님의 말로 추측건대 우리가 들었던 마물로 넘쳐나는 가난하고 위험한 땅이라는 건 올발랐고…… 지금, 우리가 보고 있는 변경이 이상한 것 같습니다. 그러나 이 도시만이 아니라 변경 전체에 도로가 정비되었고, 크고 작은 마을에는 훌륭한 방어벽이 설치되어 있었습니다.

밭에는 작물이 풍성하게 맺히고, 행상이 오가는, 훌륭하게 정비된 도시였습니다. 그게 바로 얼마 전까지는 가난했다니 말도 안 됩니다. 치밀한 도시 계획을 세우고 긴 세월에 걸쳐 조금씩 정비해야만 실현되는 수준입니다. 그러나…… 확실히 뭔가 너무 새것 같아 보였습니다. 마치 어느 날 갑자기 일제히 건조된 것처럼.

"이 훌륭한 변경 도시가……. 하지만, 이곳에 올 때까지 마물을 한 번도 보지 못했고, 마물의 습격 흔적도 보지 못했어요. 무엇보다 이 도시도 주변의 마을들도 강고한 방어벽에 둘러싸여 있고, 도로도 정확하고 효율적으로 정비되어 도시 계획이 얼마나 훌륭했는지 엿볼 수 있었고요. 적어도 가난함과는 거리가 먼 인상을 받는데요."

"그렇겠죠. 큰 나라의 수도조차도 이렇게나 도시화하는 건 불가능할 겁니다. 여기에 오고 나서 몇 번이나 말도 안 된다고, 불가능하다고 생각하셨습니까?"

셀 수도 없습니다. 말도 안 되는 것, 불가능한 것들뿐이라 압도당해서 간과하고 말았지만…… 이건 이상합니다. 그렇게나 평평한 길을 만들 수 있을 리가 없으니까요. 아무리 평탄한 곳이라도 약간의 기복은 있기 마련이라, 도로는 절대로 평탄해질 수 없습니다. 그리고 이 도시의 건물도 너무 높습니다. 이렇게나 높은데 그 무게로 무너지지 않는 건 그야말로 말도 안 되고, 애초에 짓는 것도 불가능할 겁니다. 모두가 돌이켜 보면서 경악하고 거리를 다시 보고 있습니다. 말도 안 되는, 건조할 수 없는 도시를.

"변경에 찾아온 상인들은 머리를 쥐어뜯으며 소란을 부리더군 요. '말도 안 된다', 이런 건 '불가능하다'라고 하면서요. 이미 변경의 백성들은 익숙해졌달까 체념했습니다만…… 그건 천재 지변이고, 멋대로 행복을 뿌리는 저항할 수 없는 자라서요. 네. 저 희가 정신을 차렸을 때는 이미 늦어버렸습니다. 모든 것이 다시 태어났죠. 재앙을 뿌리는 천재지변이라면 몇 번이고 봐왔지만, 행복을 뿌리는 천재지변은 저희도 처음 봅니다. 그게 진짜 기적 이겠죠. 이 행복한 변경이 아니라, 그걸 뿌리는 자야말로 기적인 겁니다. 그래서 다들 체념했습니다. 체념했지만, 아마 절대로 평 생 잊지 못하겠죠……. 이 기적이 얼마나 존귀하고, 얼마나 행복 한 것인지를. 그래서 변경에서는 아무도 신을 모시지 않습니다. 매일 기적이 거리를 걸으면서 대소동을 일으키고 있으니까요."

무슨 말인지는 알아들었지만, 이해조차 미치지 못해서 대답이 입 밖으로 나오지 않았습니다. 이런 기적이 있을 수 있는 걸까요? 이런 일이 가능하다면── 그 사람이야말로 확실히 기적입니다. 하지만 이건 천재지변과 마찬가지로, 사람으로는 거스를 수 없는 강대한 무언가입니다. 그 무언가가 분노에 미쳐서 아예 웃고 있 다고 합니다……. 그래요. 그 사람은 웃고 있었습니다.

저는 그 얼굴을 평생 잊지 못할 겁니다……. 그 웃는 얼굴에는 한없이 다정하고, 무서울 만큼 새까만 눈이 있었으니까요.

후기

집어 주셔서 감사합니다. 혹시 읽어 주셨다면 감사합니다. 그리고 구매해 주셨다면 정말로 감사합니다.

놀랍게도 여덟 번째인데도 아직도 자신의 필명을 떠올리지 못하는 고지 쇼지입니다. 필명이란 건 일상에서 전혀 쓰지 않는지라 매번 다음 권이 나올 무렵에 잊는데, 덕분에 이렇게 여덟 번째로 필명을 적게 되었습니다.

그런고로 후기입니다. 그렇습니다. 후기입니다. ──놀랍게도 이번에는 당초 1권 분량이 30만 자를 넘어버렸고, "290,000자 오버로 50,000자 줄이죠."라며 가볍게 어려운 과제를 떠넘기는 편집자님에게…… "6페이지 남았네(헤헤♪)."라는 한마디를 들었습니다. 이미 8회 연속이라서 매권 익숙해진 후기입니다.

이번 8권은 저번 권에서 겨우 왕국의 문제가 해결되고, 변경으로 와서 던전 모험으로 되돌아간 일상 이후 마지막에 조금 복선 같은 걸 내주는 사람과 연결되기에…… 엔딩 라인을 바꿀 수 없는 상태였는지라 채울 만큼 채우고 역대 최대로 줄이고 또 줄여서…… 놀랍게도 남은 페이지가 역대 최장인 6페이지가 되었습니다(웃음).

네. 이러면 그냥 장대한 프롤로그나 에필로그까지 쓸 수 있지 않나 싶을 만큼 호화로운 후기 공간이 만들어지고 말았습니다.

(그러나 교정과 페이지 레이아웃이 끝날 때까지는 알 수 없는지라, 알게 되었을 때는 본문에 손댈 수 없다는 딜레마가(눈물).)

참고로 교정에서는 줄이는 방향으로 수정하면서 여분을 줄이고, 행을 채우고, 거기서 다시 서적 레이아웃에 따라 줄마다 다시 쓰고, 다음 줄로 넘어가는 부분을 줄이거나 하면서 줄을 줄여갔고, 그럼에도 많은 부분을 단락마다 자르면서 재작성하고, 한 줄 한 줄을 줄 단위로 꽉꽉 채웠습니다만…… 6페이지라니, 줄이 세 자릿수나 여유가 있었잖습니까(웃음).

그런고로 이번 권에서도 담당 편집자 Y다 씨와 이인삼각이랄까, 이미 자인잔학(煮人殘虐)으로 만들어 줄까 싶은 느낌으로 8권이 완성되었습니다. 네. 감사의 멘트를 쓰려고 해도 살기만 치솟는 이유가 뭘까요ㅋ

그리고 이번 권에서도 근사한 그림을 그려 주신 에노마루 사쿠 선생님에게 감사합니다. 네. 당초 예정한 것보다 한 달이나 지연되고 만 것은 180% Y다 씨 탓이라고 판명되었습니다. 마음껏 걷어차 주세요. (3초 내라면 흉기도 중화기도 OK입니다!)

그런고로 정말로 한 달 전에 낼 예정이었던 게 한 달이 지연되고 말아서, 또또 비비 선생님의 만화판과 동시 발매가 되었습니다. 비비 선생님과 코믹스 담당 편집자 헤비 님도 고맙습니다. 네. Y

다 씨만 아니면 감사로 가득하니까 감사 멘트도 술술 나옵니다.

　이렇게 후기라는 이름의 Y다 씨 험담 페이지를 잔뜩 받았는데, 라노벨 도시 전설에서는 '발매 한 달이 지났는데도 편집자가 아무 말도 하지 않는다면 강판'이라는 법칙이 있다고 합니다. 그런데 이 Y다 씨에 이르러서는 발매만이 아니라 8권이 나오지도 않았는데 "10권은 연말에 ㅋ"라는 말을 꺼내는 상황인지라……. 저번 권인 7권에서 깔끔하게 끝나서 다 타버린 상태로 멍하니 있었는데, 갑자기 "8권은?"이라는 말이 나왔을 때는 깜짝 놀랐습니다(웃음).

　아니, 그치만 "낸다고 했잖아."라니, 아직 형태도 잡히지 않았던 1권 무렵부터 일관적으로 매번, 매번 발매도 하지 않았는데 멋대로 소란만 부릴 뿐 정말 아무런 정보도 없더란 말이죠. 그렇습니다. 원래는 '어찌어찌 (이 정도) 팔렸으니까, 다음 권을~' 같은 진지한 이야기가 나와야 할 텐데…… 듣지도 못하고 8권이 되었습니다. 참고로 여전히 속간 지속 라인은커녕 실제 판매량도 모릅니다. 네. 누적 판매량조차 띠지를 보고 알았습니다(웃음).

　이렇게 적으면 '농담이지?'라고 생각하는 분이 계실지도 모르지만, 지금 이 후기를 쓰는 와중에 '외톨이 8/띠지 디자인 송부'라는 메일이 당도했고, 그걸 보고 "와, 누적 130만 부?!"라는 걸 알았습니다(진짜입니다 ㅋ).

　그리고 구매해 주신 여러분에게 진심으로 감사드립니다. 이번 권은 인터넷 연재판에서도 요청이 무척 많았던 부B가 마침내 표지에 나왔습니다. 아니, 정말로 많았는데 이유는 뭐…… 그렇겠죠(웃음).

네. 이번 권은 수영복회가 되었습니다(둥둥빰빰♪)

뭐, 수영복회 전에 속옷회가 있었던 이야기인지라 신기하달까 새삼스럽다는 말도 나옵니다만, 그건 에노마루 사쿠 선생님의 양면 삽화를 만끽해 주시면 좋을 것 같다는 말로 남의 힘을 빌리겠습니다(땀).

저번 7권까지 쓰고 다 불타버렸습니다만, 여러분 덕분에 이렇게 8권을 내놓을 수 있게 되었습니다. 정말로 많은 분께 감사를 표하고 싶습니다만, 왠지 전부 쓸 수 있을 것 같은 페이지수인데 반대로 태클을 거느라 바빠서 페이지수를 낭비하고 말아…… 어영부영 6페이지가 됐네요.

그렇습니다. 후기 페이지수=편집자님을 향한 증오라는 새로운 공식이 발견됐는데, 아마 후기를 종합하면 엔간한 등장인물보다 많이 쓰지 않았을까 싶은 편집자 Y다 씨에게도 감사드립니다.

예전에도 적었습니다만, 책은 고사하고 처음으로 써본 이야기를 많은 분들이 읽어 주신 덕분에 서적화되고, 아무것도 모르는 생초보인 채로 8권이나 책을 냈는데…… 8권이 되어 이해하게 된 것은 "이 편집자 이상해!"뿐입니다만(그것만큼은 확신했습니다), 교정과 수정 담당자님이 너무나 힘든 이 이야기를 고쳐 주셔서 언제나 감사드린다는 말씀을 드립니다. 그리고, 그럼에도 후

기가 6페이지는 좀 아니지 않나 하는 네버 엔딩 디스를 Y다 씨에게ㅋ

그치만 다른 데 후기를 읽으면 '편집자님과 상담하면서'라든가 '편집자님과 대화를 나누면서'라며 다들 좋은 이야기를 하는데, Y다 씨에게 받은 유일한 상담은 "부B의 수영복 어떻게 할까요!"였으니 말이죠(웃음).

그보다 여기까지 쓰고 '5페이지 정도일까?'라고 예측하게 될 만큼 이번에도 채워 넣느라 고생했습니다만…… 단락 바꿈이 가장 많고 줄에 여유가 있는 게 후기라니 대체 뭘까요?!

네. 어마어마하게 채워 넣은지라 아마 읽느라 대단히 힘드시겠지만, 범인은 Y입니다. (뭔가 편집부가 이세계 전이할 기세로 이전됐는데, 판권장에 새 편집부 주소가 떡 실렸을 겁니다!)

그런고로 저번 7권까지가 왕국편, 그리고 (여전히 Y다 씨가 멋대로 확정했을 뿐, 나올지 말지는 아직 모르는) 9권부터가 새로운 이야기입니다. 즉 이번 권은 7.5권, 원래 서적으로 나올 때는 빨리빨리 진행하면서 넘겨버리는 일상으로 돌아가는 이야기입니다.

이걸 '늘어져서 싫다'고 생각하신다면 죄송합니다. 극히 개인적인 싸움만 하는 주인공 일행의 행복한 행간(일상)까지 쓰고 싶다는 마음이 있었는지라……. 그런 것치고는 원문에 행간이 전혀 없는 수수께끼의 한 권이 되어버렸습니다.

어지간해서는 누적식으로 우상향하며 강해지는 이야기가 영웅 담입니다만, 강해진다는 건 지금까지 쌓아온 것을 부수면서 새로운 강함을 도입해 조정해 나가는 작업이라는 마음이 있었는지라……. 네. 늘어졌다면 정말 죄송합니다(땀).

뭐, 그것도 있어서 엔딩 라인은 최소한 여기까지 한다는 걸 미리 정했는지라, 거기까지를 한 권에 채워 넣느라 힘들었습니다. 단지 전개상 편집자님 쪽에서 대폭 삭제, 좀 더 이후까지 진행하자는 지시가 오지 않을까 걱정했습니다만…… 편집자님 쪽에서 OK를 주셨달까, 들은 건 부B의 수영복 디자인뿐이었습니다.

잘 생각해 보면 각 권의 회의 때마다 '목욕탕은?' 이라든가 '속옷은!' 이라든가 '반라 영차영차!!' 라든가 '망사 비키니 왔다?!' 뿐이었네요?!

정신이 들자 어느새 역대 최다인 6페이지조차도 사라질 기세인 지라, 다시금 정말로 여러분에게 감사의 말씀을 드립니다.

그리고 만약 하루카 일행의 일상을 즐겨주셨다면 정말로 다행이겠습니다. 적어도…… 매번 매번 후기에서 작가가 편집자를 욕하는 것보다는 즐겨주셨다면 다행이겠습니다(땀).

고지 쇼지

외톨이의 이세계 공략 Life.8 푸른 폭풍의 변경 홀리데이

2025년 01월 20일 제1판 인쇄
2025년 02월 05일 제1판 발행

지음 고지 쇼지 | **일러스트** 에노마루 사쿠

제작 · 편집 노블엔진 편집부

발행 데이즈엔터(주)
등록번호 제 2023-000035호
주소 07551 서울특별시 강서구 양천로 570 NH서울타워 19층
대표전화 02-2013-5665

ISBN 979-11-380-5625-0
ISBN 979-11-6524-383-8 (세트)

Hitoribotchi no Isekai kouryaku Life.8
ⓒ 2021 Shoji Goji
First published in Japan in 2021 by OVERLAP, Inc.
Korean translation rights reserved by DAYS ENTER COPORATION.
Under the license from OVERLAP, Inc., Tokyo JAPAN

구매 시 파손된 도서는 구매처에서 교환하실 수 있습니다.
기타 불편사항, 문의사항이 있으신 독자님께서는 노블엔진 홈페이지
[http://novelengine.com] 에서 Q&A 게시판을 이용해 주시기 바랍니다.